개인기록
연구총서
3

창평일기 3

이정덕·소순열·이성호·문만용·안승택·김규남·김희숙·김민영

지식과교양

이 책은 2011년도 정부재원(교육과학기술부 사회과학연구지원사업비)으로 한국연구재단의 지원을 받아 연구되었음(NRF-2011-330-B00157)

서문

　근대화 과정에서 서구가 가장 빠르게 경제성장할 때(1820~1870) 영국은 연평균 2% 미국은 4.2%를 성장하였지만, 20세기 후반 한국, 대만, 중국은 30년 이상 연평균 10% 이상 성장하였다. 세계사에 이렇게 빠른 속도로 성장해본 적이 없다. 역사, 가치관, 경험의 차이에도 불구하고 서구화가 근대화로 간주되어 많은 국가들이 서구를 모방하는 데 노력을 기울였다. 그러나 갈수록 서구의 근대화 경험은 보편성이 없는 서구의 독특한 역사, 정치, 경험을 반영하는 것으로 보는 시각이 크게 늘어나고 있다. 마틴 자크는 『중국이 세계를 지배하는 날』(2009, 부키)에서 중국이 2027년 GDP에서 미국을 추월할 것이며, 중국의 역사적 경험, 문화, 제도가 서구와 달라 중국이 주도하는 세계는 중국의 가치관과 제도를 중심으로 형성될 것으로 예측하고 있다.

　매년 10% 성장하는 국가에서의 개인경험과 2% 성장하는 국가에서의 개인경험은 크게 다르다. 10%씩 성장하는 경우 가족구조, 사회체제, 인간관계도 급속하게 변한다. 또한 각 국가가 세계질서에서 처한 위치나, 서구의 가치와 동아시아의 가치가 크게 다른 만큼 이러한 차이도 경험에 커다란 영향을 미칠 것이다. 우리 연구팀은 압축적 근대화의 이러한 경험이 문명권 사이(예: 유럽과 동아시아), 국가 사이(예: 영국, 프랑스, 폴란드, 일본, 한국, 중국, 베트남), 지역 사이(예: 전라권, 경상권 / 농촌, 도시)에 어떻게 다르게 나타나는가를 그 당시의 일상을 생생하게 기록한 개인기록(일기 등)을 통하여 비교 연구하고자 한다.

　이러한 연구는 서구가 주도하는 '글로벌 스탠다드'가 사회제도, 관계, 생활에까지 압축되어 관철될 것인지, 동아시아 각국의 독특한 역사, 제도, 가치가 압축적 경험의 중심이 되어 '독자적 문화'를 유지하며 발전할 것인지, 또는 이들이 교배되어 압축적 혼종현상으로 나타날 것인지, 혼종현상이 나타나면 어떠한 방식으로 나타날 것인지, 그리고 앞으로 동아시아가 주도하는 세계가 어느 방향으로 발전할 것인가를 전망하는 데 중요한 근거가 된다. 궁극적으로 우리의 연구는 서구 중심주의적 근대관념을 극복하고 동아시아의 가치와 경험이 중요하게 반영되는 보다 보편적인 근대와 미래를 탐색하는 데 기여하고자 한다.

　개인이 자신의 삶을 일기, 노트, 자서전, 회고록, 사진 등으로 남길 때, 압축성장에 의해 나타나는 압축근대가 실제로 체험되는 날마다의 경험이 이미 생생하게 반영되어 기록된다. 우리는 『창평일기 1』에서, 다양한 영역에서 이러한 압축성장이 반영되어 근대성이 압축적 변화를 거치며 나타나고 있는 내용들을 설명한 바 있다. 이 안에 포함된 "1970년대 국가와 농촌개발", "촌락사회의 조직들", "농촌노동의 양상", "비시장교환의 양상들", "가족, 친족, 문중생활", "생활권역과 외지출입", "언어생활의 표기특성" 등의 글들은 1970년대 농촌의 개인에게서 타나난 압축적 성장의 내용과 영향들을 잘 보여주고 있다. 압축성장 과정에서 국가가 빠르게 강화되면서 지역사회의 세부적인 부분까지 장악하고 동원하거나, 농촌을 조직화하여 빠른 속도로 다양한 정책들을 실행하고 세계적 변화에 대응하며, 다양한 공적 단체들을 조직하고 동원하여, 압축적 경제성장에 농촌을 동원하는 양상을 보여주고 있다. 지역사회 자체에서도 교환의 성격이 바뀌고(예: 쌀에서 화폐로), 선물과 재분배방식이 변하고, 노동양상이 변하며, 전통 모임들이 왜소화되고 새로운 모임들이 확대되며, 가족/친족/혈족/인간관계가 변하고, 방문과 이동방식과 범위가 변하며, 언어와 사고가 변한다. "1970년대 국가와 농촌개발", "농촌개발과 새마을운동", "농업과 농가사업", "일상생활 속의 물질문화"는 압축성장 과정에서 과학담론이 지배적인 담론으로 등장하면서 새마을운동이나 농가사업 그리고 전기/전화/상수도/의료 등에서 어떠한 상황이 나타나는지를 보여주고 있다. 『창평일기』의 분석을 통해 우리가 여러 잡지에 출간한 논문들이나 학술대회에서 발표한 글들은 압축성장을 위한 기반으로 한 국가의 총력동원체제를 매개로 농촌에서 어떻게 압축적인 변화가 일상적으로 일어나서 생생하게 체험되고 있는지를 보여주고 있다.

　이번에 출간된 『창평일기 3』, 『창평일기 4』는 주로 1980년대의 변화를 다루고 있다. 지난 50년의 압축성장 과정 중에서도 지난 1970년대와 1980년대는 가장 압축적인 성장의 과정이었고, 또한 이러한 압축성장의 결과로서 다양한 변화와 혼성과 혼란이 나타나고 있었던 시기이기도 하다. 농촌 또한 마찬가지이다. 이를 가장 단적으로 상징하는 것이, 『창평일기』의 대상지인 임실군의 인구가 1966년 118,175명에서 1995년에 37,201명으로 줄어든 일이다. 이렇게 빠른 속도로 농촌의 인구가 줄어든 경우는 세계사에서도 드물다. 인구만 줄어든 것이 아니라 젊은층은 대거 도시로 흡수되고 노년층이 계속 집적되어 인구구성 성격 자체가 아예 본질적으로 변하기도 하였다. 동시에 전기, 다양한 전자제품, 화학제품 등의 상품 소비나 다양한 도시네트워크를 통해 도시의 경제체제에 점차 흡수되어 가는 과정이기도 하다. 조직이나 문화도 기존 농촌의 혈족관계와 공동체와 세시풍속에 기초하던 체제가 빠르게 해체되고 기존의 일부가 남아 있으면서도 새로운 요소들이 대거 밀려들어와 혼합되는 이전보다 훨씬 복합적인 농촌 체제를 만들어냈다.

　『창평일기 3』에 포함된 "1980~90년대 농정과 농촌변화," "근대적 시공간의 형성과 농촌사회의 변화", "1980년대 생활과 생활권의 변화", "개발 이후의 개발", "농가사업과 생활환경", "촌락사회의 조직", "가족, 친척, 조상숭배", "언어생활의 변화" 등은 이러한 상황을 기반으로 다양한 변화들이 1980년대 한국 농촌에서 어떻게 나타나고 있는지를 보여주고 있다. "물(物)로서의 일기"는 일기 자체가 지니고 있는 물질적인 속성을 다양한 측면에서 점검하고 있다. 일기 자체의 물적 속성도 압축성장을 위한 자기성찰체제를 반영하는 것이며 또한 일기의 내용에 영향을 미친다.

　『창평일기 3』의 일부와 『창평일기 4』는 최내우 씨의 일기와 자서전을 입력한 것이다. 일기 자료의 입력은 수기된 글자의 해독 자체부터 지난한 과정이었다. 일기는 비표준 한자와 방임적 표기, 방언이 뒤섞여 있으며, 감정 상태에 따라 갈겨쓴 부분, 그리고 1980년 이후 시도되는 다양한 세로쓰기 방식 등에서 비롯되는 글자 인식과 자구 해독의 불가해성 때문에 상호 교차 검토와 여러 차례의 탈초 과정을 거쳐야만 했다. 입력과정에서 토론을 통하여 내용에 대한 심층적인 해석을 할 수 있게 되었다. 이것을 출판하여 누구나 읽을 수 있도록 하여 우리 연구팀뿐 아니라 어떤 연구자들이든 사용할 수 있도록 하였다.

일기라는 자료를 바탕으로 압축성장 속의 농촌변화를 연구하는 것은 생각보다 쉬운 일이 아니다. 26년 동안의 일상을 빼곡히 기록한 일기 자료 안에 등장하는 약 2,400여 명의 인명과 지명 그리고 수많은 사건들을 분류하고 정리하는 것도 간단치 않은 일이다. 생각보다 훨씬 많은 사건, 관계, 행동, 생각이 일기에 포함되어 있다. 무궁무진한 사람, 사건, 관계를 정리하는 일은 미시적 관점과 더불어 전체를 정리하는 거시적 접근을 동시에 필요로 한다. 또한 일기는 개인이 개인의 생각을 적은 것이기 때문에 기록된 내용의 진위를 파악하고 관련 인물 가운데 생존한 마을 주민들을 통해 일기 행간에 빠져 있는 정보를 수집하는 현지조사로 보충되어야 했다. 한 개인을 중심으로 벌어진 생생한 압축적 변화를 세계적 맥락에서 이해하기 위해서는, 지역, 국가, 세계의 변화에 대한 이해와 자료수집 그리고 이들이 어떻게 한 개인의 삶과 연결되어 있는지를 추적하는 노력이 필요하다.

현재 진행되고 있는 개인기록을 통한 한국농촌의 압축적 근대성에 대한 연구는 전통사회와도 다르고 서구사회와도 다른 한국의 현대를 이해하는 것이다. 더 나아가 이러한 연구를 농촌에서 도시로 확장시키고, 동아시아의 국가들, 그리고 문명 간의 비교연구로 확장시켜, 압축근대성의 세계적인 비교연구로 나아가고자 한다. 기존의 근대성에 대한 연구들이 주로 서구화를 근대화로 받아들이면서 서구의 근대성 담론을 충분히 성찰하지 않고 서구적 근대화 담론을 그대로 반복하여 적용하는 경향을 보여주었다. 우리는 한국의 각 지역에서 나타나는 압축근대성의 비교연구를, 국가 간, 문명 간 연구로 확대하여, 근대성이 다양하며 다중적으로 각 지역/국가/문명에서 다르게 나타났다는 점을 보여줄 수 있으리라 생각하고 있다. 그러한 다중적이고 다양한 근대성의 유사성과 차이성을 비교 분석함으로써 각 문명권들이 지닌 근대성들이 유사성에도 불구하고 커다란 독특성도 함께 가지고 있다는 점을 보여줄 수 있을 것이다. 이를 통하여 서구중심적 시각에 의해 전개되어온 서구우월주의적 근대성 담론을 극복하고, 다양하고 다중적인 근대성들에 대한 보다 사실적이고 공평한 담론을 생산하고, 이를 지구적 차원에서 종합적으로 논의할 수 있는 틀로 발전시켜 나가고자 한다. 『창평일기』를 통해 한 지역의 압축성장에 따른 압축적 변화와 근대성에 대한 연구로 출발하여 점차 국가, 문명, 나아가 세계에 대한 설명력을 지닌 담론으로 발전할 수 있으리라 믿는다. 이를 위해 다양한 일기의 수집과 분석 작업이 지속될 것이다.

이를 시도할 수 있게 해주는 수많은 분들에게 감사를 표하고자 한다. 사적인 경험과 생각들이 잔뜩 들어 있는 일기를 공개적으로 연구할 수 있도록 제공한다는 것은 커다란 용기를 필요로 한다. 선친의 육필일기를 제공해 주시고 우리가 현지를 조사할 때마다 지역 곳곳을 안내해 주시고 우리가 모르는 수많은 이야기를 해주신 임실문화원 최성미 원장님께 특별한 감사를 드리고자 한다. 일기와 관련된 가족, 친족, 지역의 모든 분들, 특히 우리에게 많은 사실과 이야기를 해주시는 주민들께도 특별한 감사를 드린다.

우리 연구팀은 한국연구재단의 한국사회과학연구지원사업(SSK)의 지원으로 안정적이고 장기적인 연구를 진행하고 있다. 우리의 창대한 꿈을 조금씩 실현시킬 수 있도록 지원해주는 한국연구재단에게도 깊은 감사를 드린다. 또한 이러한 자료와 글의 가치를 알아보고 어려운 출판 상황에서도 책으로 출판될 수 있도록 도움을 주시는 〈도서출판 지식과 교양〉의 윤석원 사장님과 관계자에게도 감사를 드린다. 아무쪼록 조그만 출발이지만 세계적 연구로의 발전의 발판으로서, 그리고 한국현대사를 연구하는 분들에게도 압축성장을 매개로 한 압축근대성의 현장에 대한 생생한 자료로서, 기여할 수 있기를 간절히 희망한다.

2013년 6월
연구팀을 대표하여 이정덕 씀

목차

창평일기 1 목차

제1부
시·공간 압축 속의 농촌변화

창평일기 3

제1장 국가정책과 시·공간 압축

1. 1980~90년대 농정과 임실농촌의 변화

일기는 시대의 거울이다. 최내우는 1965년부터 1994년까지 26년간 매일 매일 일기를 써왔다. 이 기록은 당시 농업정책이 최종착지점인 현장에서 어떻게 전달되는지, 또 이것이 어떻게 수용되는지를 일상생활 속에서 보여준다. 2차년도인 1981-94년까지, 14년의 기록은 당시 농촌상황이 어떠했는지를 현장에서 드러낸다.

1981~94년 기록은 농산물 개방시대의 개막과 구조정책의 본격화를 임실에서 고스란히 체현해 준다. 이 글은 이 기간 동안 농업정책이 어떻게 전개되었으며 임실의 농촌이 어떻게 변화했는가를 본 것이다. 해제 이해의 지평을 넓히기 위함이다.

임실은 전북의 동남부에 위치하여 동으로는 진안·장수군, 서쪽으로는 정읍군과 접하고 남쪽은 순창·남원군과 경계를 이루며 북쪽으로는 완주군과 인접해 있다. 이렇듯 노령산맥의 지맥에 자리한 임실은 해발 200m내외의 소분지로 형성된 준산간지대를 이루고 있는 데, 최내우가 살고 있는 신평면은 표고가 높고 경사지 급한 지대에 속하고 있다. 오수면, 지사면, 삼계면은 그 중간적인 지대에 속한다.

임실은 농업중심 지역이다. 1994년 농가인구는 전국평균보다 5배나 많고 전체 생산에서 농업생산액 비중이 전국평균의 7배, 전북평균의 2배니 많다. 그러나 경영규모도 영세하고 농지의 질을 나타내는 농업생산기반도 전국평균, 전북평균에 비해 크게 뒤떨어져 있다. 그러면서 준산간지대가 그렇듯이 임실은 쌀을 중심으로 하면서도 축산, 채소가 어느 정도 발달하여 다양화되어 있다.

1) 농정기조의 변화

우리나라 농촌은 1970년대 후반을 전후로 상당한 변화를 겪었다. 적어도 1970년대 말까지 농정은 절대빈곤과 식량부족을 극복하기 위해 '증산농정'을 계속해 왔다. 그 내용은 구조개선이나 경쟁력 강화보다는 농산물 특히 쌀 다수확 신품종의 개발 및 보급에 의한 녹색혁명, 이중곡가제에 의한 가격지지 등에 두어졌고 이를 보완하는 수준에서 농업소득증대와 농촌개발사업 등이 추진되었다.

그러나 1970년대 후반 공업화가 가속되면서 농정은 '개방과 경쟁'으로 전환되기 시작하여 농산물 시장을 개방하여 왔다. 농산물의 정부수매가격 인상을 억제하고 부족한 농산물의 수입을 확대하여 가격을 안정시킨다는 개방시대의 농정이 태동하게 되었다.

1980년대 농정은 농산물가격안정 및 농외소득을 통한 농가소득증대에 목표를 두었다. 1979년 발생한 제2차 석유파동으로 세계경제가 불황국면에 들어서게 되면서, 1980년 한국경제는 수출상품의 경쟁력의 약화로 어려움에 처하게 되었다. 한편 농업부문에서도 개간·간척 등의 계속적인 농지확대사업이 추진되었음에도 불구하고 공업화, 도시화의 진전으로 경지면적이 지속적으로 감소되었다. 또한 계속된 이농과 탈농으로 인하여 농업노동력 부족이 심각한 상태에 이르게 되었다. 그 결과 농업부문은 상대적으로 저성장하고 지위가 크게 낮아지게 되었다.

이에 정부에서는 1980년 농어민후계자육성에 착수하고, 쌀자급 7개년계획(1981~87년)을 실시하였다. 농가소득 증대를 위해 1983년 농외소득원 등 농어촌소득개발촉진법을 제정·공포하고 1984년부터 농공단지사업을 추진하였다.

[표 5] 농정의 전개(1980-94년)

시기구분	법 (시행령) 및 사업	상 황 및 정 책 내 용
1980년		양특적자의 누적, 물가상승의 이유로 이중곡가제는 1980년대 들어 전반적으로 후퇴, 생산자 가격지지 대폭후퇴 및 1983년까지 실질수매가격은 지속적으로 하락
1981년	농어민후계자육성사업	1981-86년 2만 8013명의 농민후계자에게 1인당 600-800만원 자금지원
1983년	복합영농시범사업	1983-88년까지 농어가 소득증대시책으로 복합영농시범사업실시 양파, 고추가격 폭락 및 송아지 가격의 폭등
1983년	농어촌소득개발촉진법	추곡과 하곡의 수매가격의 동결, 밀의 수매 중단 농촌공업단지 조성
1984년		적자보전방식은 일반회계 보전방식으로 바뀜
1984년 ~1885년		소값 폭락, 축산농가 연일 시위, 이에 따라 정부는 1986년, 1987년 농어가부채경감대책마련
1986년	농지임대차 관리법 농어촌종합대책	농지임대차를 합법적으로 인정, 그러나 시행령은 1994년 농지법제정시 시행 유보 1양담배 수입개방으로 잎담배 재배면적이 격감 고추, 마늘, 양파 등 양념채소류를 대상으로 가격안정대사업을 실시 소값 파동에 따른 손실과 농가부채의 증가로 농어촌개발 종합대책 및 부담경감조치 마련
1987년	농어가부채경감대책 농어촌경제활성화 종합대책	1986년의 농어촌종합대책의 성과가 나타나기까지에는 장기간 소요된다는 대해 특별대책
1988년		쇠고기 수입 부분적 개방 및 오렌지주스, 냉동감자 등의 수입허용
1989년 4월	농림수산물수입자유화 예시계획 농어촌발전종합대책	미국통상법 슈퍼 301조에 의한 우선협상국 지정을 피하기 위해 수출입공고상 수입제한품목 243개 품목을 1989-91년 중에 단계적으로 수입자유화 구조개선, 가격안정 및 수요개발, 농외소득원 개발, 정주생활권 개발, 부담경감과 경제안정, 수입자유화, 행정체계개선 등으로 구성

1989년 10월	농어가부채경감 특별조치	가트 국제수지위원회 결의를 수용 수입제한품목조항의 원용을 중단 3차에 걸친 대책에도 불구하고 상당한 기간 소요되므로 특별경감조치
1990년	농어촌발전특별조치법	자조금적립의 지원에 관한 규정으로 제도화됨
1991년 3월	자유화예시계획발표	제1차로 1992년-94년 기간의 132개 품목의 자유화예시계획발표
1991년 7월	농어촌구조개선대책	구조개선 촉진
1993년 6월	신농정추진계획	생산성향상을 위한 구조개선정책으로 전환 및 정부는 생산기반정비 등 농업의 하부구조개선을 담당하고 생산·시장 활동은 생산자가 주도케 함
1993년 8월	양정개혁방안	양곡의 수매가격 인상억제와 수매가와 방출가의 격차축소, 쌀값의 계절진폭 허용, 농협수매에 의한 차액지급제 실시, 민간유통업계에 벼 매입자금 지급, 미곡담보융자제 도입, 새로운 양곡관리계정의 설치
1993년 12월	양곡증권법	양곡관리기금의 부채상환을 위한 양곡증권정리기금을 설치하고 양곡증권 신규증액 발행을 중단
1993년 12월	우루과이라운드 농업협상타결	통합공고상 수입제한품목들도 대부분 1995년부터 수입자유화됨
1994년		양곡관리사업은 양곡관리특별회계로 운영
1994년 1월	양곡관리법과 그 시행령개정	수매예시제, 차액지급제 실시, 민간유통업체 시설자금 및 양곡 매입 자금 지원의 실시 근거 마련, 양곡가공업과 매매업에 대한 규제를 완화하여 허가제를 등록제와 신고제로 각각 변경하고, 양곡관리기금법을 폐지
1994년 3월	수입자유화계획발표	143개 품목의 1995-97년의 수입자유화계획발표
1994년 6월	농어발전대책 및 농정개혁추진방안 (농어촌발전대책)	농어업의 경쟁력 강화, 농어민이 자율적으로 생산·출하조정과 저장·가공·판매사업을 수행할 수 있도록 품목별 전문 생산단체를 육성, 영농조합법인의 지역제한 철폐 42조 구조개선사업 조기실현과 15조 농특세 신설 등으로 투자재원 확보

자료: 한국농촌경제연구원(1998) 재작성

1980년대 이후 대내적으로는 농가부채의 증가, 농민운동의 확산, 쌀 과잉생산에 따른 생산 조정문제 등이 본격적으로 제기되어 농업구조조정문제가 강력히 대두되었다. 그리고 대외적으로는 미국의 무역·재정수지 악화, EC를 비롯한 농산물 보호무역강화 및 전 세계적인 생산증가로 농산물 과잉생산문제가 대두되어 농산물의 시장개방압력이 고조되었다. 그 결과 1986년 이후 GATT 우루과이라운드 다자간 무역협상에서 농업분야가 쟁점으로 부각되고 농산물수입은 점차적으로 확대되었다.

이에 따라 정부에서는 농어촌개발종합대책(86.3), 농어촌경제활성화종합대책(87.12.), 농어촌발전종합대책(89.3.)과 1991년 7월 향후 10년간 42조 원을 농어촌에 투자하기로 하는 농어촌구조개선대책을 발표하였다. 1993년 7월에 이르러서는 신농정 5개년 계획을 수립 42조원 투자계획을 3년 앞당겼다. 이른바 종합적인 접근방식을 통한 농업구조조정을 추진하기 시작한 것이다.

이렇게 보면 최내우가 겪었던 1981~1994년은 1970년대 후반 개방농정이 시작된 이후 수매가 억제와 저농산물 가격지지정책으로 인해 농외소득원 개발, 이후 농산물 수입개방에 따른 농업구조조정 등이 주요한 농업정책으로 추진되던 시기였다. 최내우는 이 기간 동안 농민후계자육성, 복합영농개발, 농촌공업단지의 조성, 농산물 수입자유화와 관세인하, 농가부채경감, 종합대책 등의 국가시책을 피부로 느끼면서 일기를 썼다.

2) 농민후계자 육성

1970년대 이후 이농에 따른 농업인력 부족은 매우 심각하였다. 특히 농촌청소년을 영농에 정착시키는 것은 농업노동력의 확보뿐 아니라 농업경영의 승계를 위한 후계세대의 확보라는 점에서도 의의가 큰 것이었다.

1980년 '농어민후계자육성기금법'이 제정·공포되고 그 이듬해인 1981년 부정축재환수자금 401억 원을 바탕으로 기금이 조성되어 농민후계자육성사업이 본격적으로 착수되었다. 이 기금으로 연평균 5,000명 내외의 농어민 후계자를 선정하여 자금을 지원하는 것으로 사업의 기본방향이 수립되었다.

농민후계자는 병역을 필했거나 면제받은 농촌청소년 가운데 영농정착의 신념과 의욕이 강한 자, 지원대상자는 1981년도 사업초기는 35세 이하, 1992년부터는 40세 미만인자로 자격요건이 제한되었다. 이러한 자격요건을 갖춘 희망자가 주소지 관할 읍면(시 지역은 농촌지도소)에 신청하면 읍·면장은 읍·면지도협의회를 구성하고 영농정착의욕, 학력 및 영농 교육훈련, 영농기반, 개인별 신용상태 및 사업자금 융자 적격여부에 대해서 평가한 후 적격자만 관련서류를 첨부하여 농촌지도소장에 통보하게 된다. 농촌지도소장은 분야별 전문심사위원회를 구성하고 읍·면장이 통보한 자료 등을 종합적으로 검토한 후 지원대상자 우선순위 및 지원금액을 정하여 적격자만 시장·군수에게 추천하도록 되어 있었다.

후계육성자금은 전액 국고융자였다. 사업초기인 1981년은 1인당 평균 400만 원이 지원되었으며 자금 대출금리는 연 5%, 원금상환조건은 3년 거치 4년 균분상환으로 되어 있었다. 그러다가 1990년부터는 5년 거치 10년 균분상환으로 조건이 바뀌었다. 융자취급기관은 농협이 담당토록 하였으며 지원자금은 비료, 농약, 유류구입 등 운영비로 쓰면 안 되고 농지구입, 고정식 온실, 하우스 시설, 과원조성, 대형농기계 등 영농기반을 조성하는 데만 사용토록 하였다.

농민후계자로 선정되고 나면 일정한 기간 동안 사업을 행해 나가는 데 필요한 정신교육과 전문기술교육 등의 교육훈련을 받도록 하였는데, 1990년 사업이 확충되면서부터는 해외연수까지 할 수 있도록 하였다.

임실의 농가인구는 1980년 84천명에서 1994년 46천명으로 38천명이 감소하였다. 이들 농가인구 감소는 전체 가족의 도시로의 이동이 아니라 대부분 젊은 층을 중심으로 한 부분이동을 통해 이루어졌다. 이러한 임실의 농가인구 감소는 농가인구의 노령화라는 노동력의 질적 저하를 수반하였다. 같은 기간 60세 이상 고령인구 비율은 10.6%에서 21.4%로 두 배

이상 증가하였다. 이러한 상황에서 임실에서 농민후계자육성사업을 통해 지원된 농민후계자는 1981년부터 1993년까지 415명이었는데, 그 가운데 축산이 154명으로 가장 많았으며 경종이 132명으로 그 다음이었다.

3) 복합영농개발

복합영농개발사업은 당시 농수산부가 1982년 4개년계획(1983~86년)으로 지역특화작목을 개발하되 주로 미맥경종부문과 친화력이 강한 축산부분을 결합한 경영조직을 편성하여 경영부문간 보완관계를 살려 경영비도 줄이고 농업소득을 증대해보자는 발상에서 출발하였다. 당시 농수산부는 농가소득 증대를 위해 10대전략작목(맥주보리, 참깨, 유채, 감자, 신선채소, 양파, 마늘, 사료작물, 과수 등)을 선정하고 각 지역별로 맞는 작목을 선정하여 계획적으로 배치하여 품종개발, 재배기술 지도, 계약재배와 가격예시제 등 지원 정책 실시하였다. 농협은 이 사업을 주관하여 자금과 농업지도 면에서 일정한 역할을 담당하였다.

이와 함께 농가소득증대를 위해 1983-88년 '복합영농시범사업'을 실시하였다. 이 사업은 쌀, 보리 위주의 단순경영을 경제작물과 축산 등 고소득 작목을 포함하는 복합경영형태로 전환하여 농업소득을 지속적으로 증대시키자는 목적을 지니고 있었다. 1988년까지 1,968개의 복합영농시범단지가 조성되고, 12만 8천호 농가가 참여하였다.

1994년 농촌진흥청이 조사한 농가의 기술수준을 보면 임실은 벼 이외의 식량작물, 과수, 축산 부문에서 전국보다 높게 나타나고 있다. 특히 한우 사육 두수는 1980년 9,792두에서 1994년 11,242두로 1,450두가 증가하였다. 실제로 최내우는 소 사육을 본격화함에 따라 사료용 옥수수 재배를 시작하였고, 여러 상업 작물의 재배에도 많은 노력을 기울였다.

그러나 복합영농개발사업은 입식주작목인 도입육우 수급 및 가격동향이 당초 예상과는 크게 빗나가 1985년을 전후로 한 농산물 가격 폭락의 한 원인이 되었다. 1983년의 양파, 고추가격 폭락 및 송아지 가격의 폭등, 그리고 쇠고기 수입에 따른 1984~85년의 소값 폭락 등이 대표적인 것이다.

4) 농촌공업단지의 조성

1970년대 말부터 강력하게 제기된 개방농정에 대한 우려는 농촌지역에 2·3차 산업을 활성화하여 농외소득을 높여야 한다는 논의로 귀착되었다. 더욱이 시행하고 있었던 저미가정책으로 농가소득이 크게 타격을 입자 정부는 농업소득을 늘리는 데 한계를 느껴 농외소득 증대로 정책을 전환하게 되었다.

1983년에 정부는 '농촌지역에 공업 및 서비스산업을 유치하여 농촌소득개발을 촉진'할 것을 목적으로 한 '농어촌 소득원개발촉진법'을 제정하여 농공단지를 비롯한 각종 농외소득원 개발사업을 추진할 수 있는 근거를 마련하였다. 이 농공단지 개발사업은 농촌지역에 중소규모 공업단지를 조성하고, 공장을 집단적으로 유치하여 기업에게 저렴한 공업용지 제공과 함께 조세 및 금융지원, 각종 인·허가 절차의 간소화와 같은 종합적인 지원을 하는 방식으로 추진되었다. 이렇게 함으로써 과거 부분적인 지원에 의해 개별분산적인 농촌공업개발을 추진해 온 '새마을공장건설사업'의 한계를 극복하고자 한 것이었다.

농공단지 조성규모는 10만 평~30만 평, 입주업체에 대한 금융지원규모 및 조건은 유형마다 조금 다르지만 시설자금 3억~5억, 운영자금 1억~3억 원, 연리 7~8% 수준이었다. 농공단지는 1984~85년의 2년 동안 시범사업을 거쳐, 1986년부터 확대 개발하였다. 그 결과 전국적으로 1984~86년에 122개의 농공단지 지정되어 1,355 업체가 입주하기로 하였다. 1989년 전국에는 138개 농공단지가 조성되어 있었으며 전북에는 16개 단지, 임실에는 관촌면에 1개 단지가 들어섰다.

5) 농산물 수입자유화

1970년대 말 농산물 수입확대의 직접적인 계기는 수급불균형에 따른 가격파동이었다. 1978년 가뭄에 의해 여름배추가격이 폭등하고 가을배추 가격은 폭락하였으며 고추, 마늘, 양파가격도 한발로 인한 작황부진으로 크게 상승하는 가격파동을 겪었다. 축산물 또한 1974~1975년의 육류가격 폭락으로 인한 가격파동 이래 상승하기 시작한 소, 돼지 값은 1979년에 최고조에 달했다.

이에 정부는 농산물 가격안정사업을 한층 강화하였으나 실제 운용과정에서 충분히 대처하지 못해 가격이 오를 때마다 수입을 계속 확대시켰다. 종래의 농산물 수입이 대개 수급차질에 의한 부족량을 메꾸는 차원이었지만 이 시기에는 물가안정을 위해 수입을 추진하고, 특히 국내외 가격차를 줄이고 공산품 수출 대상국과의 무역마찰을 피하기 위해 적극적으로 농산물 수입을 확대하였다. 이 시기에 곡물 외에 고추, 마늘, 양파 등의 채소류와 바나나, 쇠고기, 돼지고기, 송아지, 유제품 등으로 수입품목이 대폭 확대되었다.

특히 1980년대 중반 이후 미국은 재정적자와 무역적자를 해소하기 위한 수단의 하나로 농산물 수출을 확대시키기 위해 우리나라에 대해 농산물 시장개방을 강하게 요구하였다. 농민의 강력한 저항에도 불구하고 정부는 미국의 거센 수입개방 압력을 빌미로 농산물수입개방을 더욱 확대하기 시작하였다. 1986년에는 양담배수입이 개방되고 이에 따라 잎담배 재배면적이 격감하게 되었다. 1988년부터는 쇠고기 수입이 부분적으로 개방되기 시작하고 오렌지주스, 냉동감자 등의 수입이 허용되었다. 1978년부터 수입자유화 조처를 내린 이래 1988년까지 농산물 수입자유화율은 72.8%로 높아졌으며 농산물의 평균관세율은 43.2%에서 25.2%로 인하되었다.

1980년대 말부터 가트체제하에서 예외적으로 인정되어 왔던 농산물수입 제한 조치가 급격히 철폐되고 수입개방이 전면적으로 확대되었다. 1989년 정부는 '농림수산물 수입자유화 3개년 예시계획'을 발표하였으며 1991년에는 1992~94년 자유화계획, 1994년에는 1995~97

년 자유화계획을 발표하기도 하였다. 이에 따라 농산물 수입자유화율은 1989년 79.2%에서 1991년 86.4%, 1993년 90.7%로 높아졌으며, 평균관세율은 1989년 18.1%에서 1993년에는 8%이하로 낮아지게 되었다. 이런 수입자유화 조치와 더불어 1986년 이후 지지부진했던 우루과이라운드 농업협상이 1993년 타결되어 이듬해인 1994년에 WTO가 출범하게 되었다. WTO 출범은 수입개방의 확대와 농산물 수입의 급격한 증가로 인해 국내 농산물 수급과 가격이 수입농산물에 의해 크게 규정되는 시대가 도래한 것을 의미하는 것이었다. 이에 여당에 우호적이었던 최내우 조차도 농산물 수입개방에 대해 강한 비판적인 입장을 취하기도 하였다.

6) 농가부채 경감 및 종합대책

농산물 수입확대에 따라 농가부채는 눈덩이처럼 불어났다. 농가 가구당 부채는 1980년 338천원에서 1982년 830천원, 1986년 2,192천원으로 급격히 증가하였다. 1984~1985년 육우수입·보급에 의한 소값 파동으로 엄청난 손해를 볼 수 밖에 없었던 축산농가들은 연일 소를 앞장세우고 정부의 축산정책에 항의하는 시위를 벌였다. 이에 정부는 1986년과 1987년 농가부채경감대책을 발표하지 않을 수 없었다.

1986년에 발표된 '농어촌종합대책'은 소값 파동에 따른 손실과 농가부채 등으로 어려움을 겪고 있는 농촌에 대해 국가개발전략 차원에서 종합적인 대책을 마련한 것이었다. 농가부채 부담 경감을 위한 내용으로는 1983-84년 소 입식자금에 대해 1985·1986년의 이자 614억원을 2년 거치 3년 분할 상환케 하고, 소 입식자금·주택개량자금·영농자금의 금리를 10%에서 8%로 인하하고 수리시설 개보수 사업비의 70% 융자를 보조를 전환한다는 것 등이었다.

그러나 농가부채경감의 성과가 별로 나타나지 않자 정부는 1987년 '농어가부채경감대책'을 발표하였다. 그 주된 내용은 연간 24.2%의 사채를 연 8%의 정책자금 5천억 원, 14.5%의 상호금융자금 5천억 원으로 대체하고, 중장기자금 금리를 9~12%에서 8%로 인하하며, 영세농의 경우에는 3% 인하함과 동시에 3년 거치 7년 분할 상환토록 한다는 것이었다. 또한 1983~1984년에 방출한 소 입식자금의 이자를 축산진흥기금에서 대납하여 농가에는 이자부담이 없도록 하고, 연체금리는 2% 인하하고 농지구입자금의 금리를 14.5%에서 5%로 내린다는 것이었다.

이어 농촌부채문제는 기본적으로 소득증대를 통해 해결하는 것이 바람직하다는 인식 아래 정부는 1987년 '농어촌경제 활성화 종합대책'을 마련하였다. 연리 8%의 영농자금을 확대하고 같은 해 3월의 부채경감대책에서 지원한 사채대체 특별 상호금융자금 5,000억원의 금리를 14.5%에서 10%로 인하하며 중장기자금의 상환이자 및 기한을 연리 8%, 5년 거치 7년 균분상환으로 연장하였다.

1986년 이후 추진된 세 차례의 부채 경감대책이 단기대책, 제도 미비 등으로 농촌문제의 근본적인 해결이나 자생력을 회복하지 못했기 때문이라고 판단한 정부는 농촌발전을 촉진

시키기 위한 근본적이고 종합적인 대응책을 마련하였다. 이러한 인식아래 정부는 1989년에는 '농어촌발전종합대책'을 발표하였고, 1991년에는 농촌구조혁신을 위한 42조원 투자계획 (1992~2001년)인 '농어촌 구조 개선대책'을 수립 · 발표하였다.

정부는 1989년의 '농어촌발전종합대책'을 계기로 농업중심의 농정에서 농민·농업·농촌을 종합적으로 고려하는 종합농정으로 변화를 시도하였다. '농어촌발전종합대책'에는 가격안정 및 수요개발, 정주생활권 개발, 부담경감과 경제안정뿐 아니라 수입개방에 따른 경쟁력 강화로써 농지유동화의 촉진 등 구조개선을 담당할 농어촌진흥공사를 설립하고, 전업농으로의 농지집중을 지원하기 위한 농지기금을 설치하며, 농지의 장기 임대제도 도입과 농지 임대촉진, 영농조합과 위탁영농회사, 농업진흥지역의 설정과 진흥지역 내 농지기반조성 등의 구조정책이 담겨 있다.

그 가운데 농민부담경감대책은 영농자금과 농기계구입자금의 금리를 8~11.5%에서 5%인하, 1983~1984 소입식자금의 상환기간을 5년 거치 5년 분할상환으로 연장하는 내용 등으로 되어 있다. 이와는 별도로 1989년 정부는 중장기 자금과 상호금융 자금의 이자감면·상환연기를 주요 내용으로 하는 '농어가부채경감특별조치'를 공포하였다.

1989년 4월 구조개선촉진을 제1의 중점시책으로 설정한 '농어촌발전종합대책'이 재원이 뒷받침이 되지 않자 정부는 1992~2001년 10년 동안 총 42조원을 투자하는 '농어촌구조개선발전 종합대책'을 발표하였다. 주된 내용은 집단화된 우량농지에 대한 집중적 투자, 농어민 후계자 육성, 한계농지 개발 등 경쟁력제고분야(35.5조)와 이농인력의 재촌취업, 고령농 등에 대한 지원, 생활개선, 교육여건, 농공단지확대 등의 다양한 소득원 개발 등 농촌활력증대분야(6.2조)에 대한 투자로 이루어져 있다.

이 시기 최내우는 농가부채 증가와 정부의 부채경감대책이 전개되는 가운데 농가부채의 원인이 농산물 수입 때문이라는 인식을 가졌다. 도저히 수입과 지출을 맞추지 못해 신앙과도 같았던 기록 장부를 없애는 극단적인 행동도 서슴지 않았던 것이 이 시기이다.

2. 근대적 시·공간의 형성과 농촌사회의 변화

지난해에 이어 출간되는『창평일기』(이하『일기』)의 2차년도분은 1981년에서 1994년에 이르는 14년치 분량이다. 2차년도『일기』기록의 중심을 이루는 1980년대는 전라북도 농촌인구가 급격하게 감소하는 시기이다. 1980년대의 기간 동안 전라북도 농촌인구는 약 42.5%가 감소하였는데, 이는 전국 평균인 30.5%를 훨씬 웃도는 것이다. 임실군의『통계연보』(각 년도)에 의하면 같은 기간 동안 임실군의 인구도 약 절반가량으로 감소하였으며,『일기』의 주요 무대가 되는 신평면의 인구도 거의 같은 비중의 감소를 기록하였다.

창평리 마을에서도 도시로 이주하는 주민들이 점점 늘어나고, 최씨 가문의 친지들 중에서도 상당수가 마을을 떠났다. 1988년 2월의 『일기』에는 마을을 떠난 주민을 언급하면서, "從前에는 里 戶數가 九九戶인데 只今 現在 三〇餘 戶가 떠날 豫定이고 떠낫다. 殘戶는 六九戶이나 其中에도 떠나려 하는 戶수가 잇다"(88.2.7.)고 기록되어 있다. 그리고 최내우는 마을에 또 빈집이 늘었다(88.2.6.)고 쓸쓸해한다. 그로부터 약 1년 반 후인 1989년에는 서울의 친지 결혼식에 참석하여 서울로 이주한 주민들의 소식을 듣고, 그날 일기에 "昌坪 住民이 서울에서 40餘 戶가 居住로 알앗다"(89.6.25.)고 적고 있다. 1970년대까지 약 100호 남짓이던 창평리의 주민들 중 약 40여 호가 서울에 거주하고 있다면, 도내 도시지역으로 이주한 주민들까지 합하면 전체 주민 중 절반 이상이 다른 지역으로 이주한 것으로 볼 수 있다.

　최내우의 자녀들도 고등학교 교육을 마치고는 대부분 도시로 생활 터전을 옮겼다. 11명의 자녀 중 부친의 가업을 이어받은 3남 성동을 제외한 10명의 자녀가 모두 도시로 이주하였다. 공무원으로 근무하는 두 명의 자녀(큰아들과 큰딸)는 임실군 내에 직장을 두고 한동안 임실군 내에 거주하고 있었으나, 이들도 곧 전주로 거주지를 옮겼다. 나머지 8명의 자녀는 서울, 수원, 전주, 남원, 천안 등지로 일자리를 찾아 옮겨갔다.

　농촌에서 도시로의 이주는 지리적 이동 뿐 아니라 생활 및 사회적 관계의 변화도 의미하는 것이다. 사회이동(social mobility)은 근대성의 대표적인 특징으로 이해되고 있다. 특히 신분 및 지위의 이동과 지리적 이동은 대표적인 사회이동의 지표이며, 양자는 서로 밀접한 관련을 지니고 있다. 도시로 이주한 최내우의 자녀들의 예를 보아도, 큰딸을 제외한 두 명의 딸은 결혼 전에 도시의 임금노동자로 생활하였으며, 남원으로 이주한 성락의 경우에도 도시 노동자가 되었다. 한편 성강, 성봉, 성걸 등은 수원, 전주 등지에서 자영업에 종사하게 되는데, 당시 타지로 이주한 농촌 주민의 자영업 종사 비중은 상당히 높은 편에 속한다. 창평리 최씨 문중의 종손인 성길과 성규 등도 서울로 이주한 이후 자영업자가 되는데, 이러한 특징은 1980년대 한국사회의 산업구조에서 도시 비공식부문이 상당한 비중을 차지하고 있었던 것과 관련된다.

　여기에서는 『일기』에 나타나는 1980년대 농촌사회의 공간적 특성 변화를 살펴보고자 한다. 이 시기에 나타난 농촌사회의 변화는 한편으로 농촌주민의 도시 이주를 통해 진행되지만, 다른 한편으로 외지인에 대한 농촌 생활공간의 개방에 의해서 나타나기도 한다. 농촌 주민의 입장에서 보면, 전자는 이동에 따른 생활공간의 지리적 확장과 압축이라 할 수 있고, 후자는 농촌사회의 개방과 개입이라고 볼 수 있다.

1) 1980년대 농촌사회의 공간적 변화

(1) 생활공간의 확장과 압축

　가족과 친지의 도시 이주에 따라 농촌주민들의 생활 범위도 확장되기 시작하였다. 도시의 가족과 친지를 방문하는 일이 잦아지고, 마을 내에서 이루어지던 결혼, 조문 등 애경사 참여가 도시 지역으로 확장되기 시작하였다. 특히 종손을 비롯한 문중의 중심인물들이 도시로 이주하게 되면서 제사를 비롯한 문중의 일들을 고향마을 외부에서 논의하고 결정하게 되었다. 이를테면 문중의 종손인 성길은 1980년대 이전에 이미 전주로 이주하여 살고 있었다. 그래서 1980년대 초반부터 최내우는 제사를 모시기 위해서 저녁시간에 전주 성길의 집을 방문해야 했다(81.8.5.). 그러다가 1982년 말 성길은 다시 서울로 이주하였다. 그래서 최내우는 한동안 제사에 참석하기 위하여 서울을 다녀오기도 했다. 그러다가 점차 제사에 참석하는 일이 줄어들기 시작하였다.

일반적으로 지리적 이동은 새로운 생활로의 전환, 즉 새로운 직업, 새로운 사회적 관계의 형성을 의미한다. 실제로 이농은 농민층의 도시 노동자로의 전환 과정이다. 그러나『일기』에 기록된 내용들은 도시로 이주한 사람들과 농촌에 남은 사람들 사이의 관계가 여전히 지속되고 있음을 보여준다. 적어도『일기』에 의하면 이농은 마을 내 사회적 관계의 단절이나 남아있는 사람들과의 절연을 의미하지 않는다.『일기』에서 나타나는 바, 농촌주민들의 이농은 재산 중 일부, 특히 토지를 완전히 정리하지 않은 채 이루어지고 있다. 또한 이동 후에도 마을 사람들과의 사회적 관계를 여전히 유지시키고 있다. 이농민들에게 토지와 마을 주민들과의 사회적 관계는 어쩌면 도시생활에서 부딪치게 될 사회경제적 위험에 대한 버팀목으로 인식되고 있었는지도 모른다.

도시로 이주한 자녀들과 부모와 가족이 남아있는 고향 마을주민과의 사회적 관계는 한동안 매우 긴밀하게 유지된다. 예를 들어 남원으로 이주한 성락(81.1.15.)은 집을 구하는데 필요한 돈을 마련하기 위해 아버지에게 손을 벌리고(81.3.13.) 취업을 위해서 면사무소에 와서 서류 일체를 갖추고 신원보증인도 마을의 친지들에게 부탁한다(81.2.14.). 또한 성봉은 수원에서 고물처리업을 시작하기 위한 사업자금을 부모와 형제들을 통해 고향 마을에서 마련하려 한다(84.1.22.). 최내우는 "모텡논을 팔아서 成奉의 營業 後事을 대줄가 햇든니 成傑이가 五百까지는 後援해 준다고 하기에 논는 팔지 안키로" 하고 안도한다(84.2.3.). 그리고는 부족한 성봉의 사업자금을 조달하기 위해 마을 주민들에게서 돈을 구하려 동분서주한다(84.3.15.). 전주에서 트럭운전을 하는 성걸의 경우에도 트럭 구입을 위한 자금을 아버지에게 의존하며, 최내우는 또 마을 주민들에게서 돈을 융통하여 트럭 구입을 돕는다. 그리고 트럭 구입을 위한 보증인도 마을에서 구한다(85.10.17.).

도시로 이주한 젊은이들이 도시 생활의 기반을 마련하기 위해서 한동안 고향 마을의 사회적 관계에 의존해야 하는 것은 어쩌면 매우 당연한 일이다. 도시에서의 새로운 일자리를 찾았다 하더라도 거기에서 새로운 사회적 관계가 형성되고, 그것이 도시 생활의 기반이 되기까지는 일정한 시간의 간격이 있다. 따라서 이농민들은 기존의 사회적 관계에 의존하지 않을 수 없다. 이농민들은 고향 출신 인사들에게 취업 청탁을 하고, 마을에 남은 친지들에게서 돈을 빌리며, 쌀과 부식의 상당부분을 고향의 부모와 형제의 전답에 의존한다. 그리고 이것은 고스란히 고향 마을에 대한 이농민들의 경제적, 사회적 부채로 남는다. 그래서 도시로 떠난 사람들은 이주한 이후에도 한동안 마을의 결혼, 회갑, 장례에 빠짐없이 참가하고, 명절이면 어김없이 고향마을을 찾는다.

기존의 전북지역 도시 빈곤층 실태 조사 자료들을 살펴보면 1970년대에 도시로 이주한 농촌 주민들은 출신 지역에 따라 도시 내에서 집단을 이루어 모여 살면서 도시 생활을 위한 일자리 정보 등을 공유했던 것으로 나타난다. 그리고 이러한 특성은 초기 이농민들이 도시 생활의 기반을 마련하기 위하여 기존의 사회적 관계에 의존하고 있었음을 보여주는 것이다. 1970년대의 이농민들은 상당한 기간 동안 고향 마을과의 교류를 지속하였으며, 도시에 살면서도 농촌적 삶을 유지하였다. 이처럼 이주 이후의 도시 생활에서도 농촌의 사회적 관계와 관행을 유지하는 현상을 이른바 "도시 속의 농촌"이라 부르기도 한다. 『일기』에 나타난 도시(이주민)와 농촌(마을주민)의 관계에서도 "도시 속의 농촌"이라 말할 수 있는 생활 방식이 지속되고 있음이 확인되는데, 더욱 중요한 점은 양자 사이의 사회적 관계가 한동안 지속될 수밖에 없었던 이유가 『일기』의 내용에서 어느 정도 드러나고 있다는 것이다.

이러한 점에서 1970~80년대의 이농은 한국사회의 근대적 산업화의 결과이며, 농촌에서 도시로, 농업에서 공업과 도시 비공식부문, 농민에서 도시 노동자로의 전환 과정이지만, 그러한 전환이 단숨에 이루어진 것은 아니며, 따라서 단선적으로 묘사될 수 있는 것도 아니다. 오히려 한동안 농촌의 삶이 도시로 확장되면서 혼성화된 삶이 유지되고 있었다고 보는 것이 타당하다.

① 도시에 대한 의존의 증가

한편 도시의 성장은 도시와 농촌 사이의 사회적 거리를 한층 좁혀놓고 있다. 1980년대 이후 인근 도시인 전주, 이리(현 익산) 등은 창평리 주민들이 가장 빈번하게 왕래하는 장소가 되었다. 우선 도내 인근 도시들은 이주한 가족과 친지들이 가장 많이 거주하는 지역이기 때문에 가족 및 친지의 행사들 중 상당수가 인근 도시로 옮겨져 열렸다. 예를 들면 친지의 자녀 결혼식은 대부분 인근 도시에서 개최되었으며, 마을 인근의 친지들은 도시에서 만나 안부를 확인했다. 결혼식 뿐 아니라 동창회, 계모임 등과 같은 마을 행사와 제사 등과 같은 집안 행사가 점차 도시로 이관되기 시작했으며, 마을 주민들의 인근 도시 나들이는 한층 빈번해졌다. 이러한 점에서 농촌 주민의 도시로의 이주는 (적어도 상당한 기간 동안) 농촌과 도시 사이의 거리를 좁혀 놓았다. 도시는 농촌 마을에서 벌어지던 일들의 상당 부분을 흡수함으로써, 농촌 주민이 교류하는 장소가 되었다.

> 金炯根 二次子 結婚式日이다. 丁基善과 同伴해서 全州 禮式場에 간바 地方有志들이 다 왔드라. (81.2.22.)

1980년대 이후 최내우는 부인과 자녀의 건강검진을 위하여 전주의 병원을 찾게 되었다. 종합병원에서 부인의 종합검진도 하고(85.6.21.), 몸이 불편하다는 부인을 데리고 전주의 병원에 와서 컴퓨터 촬영도 하고 엑스레이 검사도 한다. 그러나 의사는 아무 이상 없다면서 이틀분 약만 조제해준다(87.1.22.). 전주의 병원을 찾는 일은 마을 주민 모두에게서 일반적으로 나타난다. 단순한 검진이라도 가능하면 도시의 병원으로 오려고 하고, 수술이 필요할 경우에는 거의 대부분 도시의 병원을 찾았다. 어쩌면 자녀들이 도시에서 생활하고 있기 때문에 노인들은 도시의 병원을 찾는 것이 여러 가지로 편안했을 것이다. 그래서 친지 문병을 위해 전주의 병원을 방문하는 일도 부쩍 늘어나게 되었다.

농업 기계화가 진전되면서 농촌주민의 도시에 대한 의존은 한층 증가하였다. 특히 농업과 함께 방앗간을 운영하였던 최내우 일가는 기계 부품을 구입하기 위하여 전주, 이리 등 인근 도시 뿐 아니라 광주, 대구 등지의 기계회사나 부품상들과 긴밀하게 연락하고 왕래하게 되었다. 특히 정미기의 부품 공급과 수리를 담당하는 대구의 조양기계, 광주의 광농상회, 이앙기를 취급하는 전주의 동양기계는 최내우가 가장 자주 다니고 연락하는 곳이었다. 농업 기계화는 농업과 기계제조업 사이의 관계를 통해서 도시와 농촌 사이의 시장 거래를 활발하게 하는 기능을 하기도 한 셈이다.

타고 다니던 오토바이가 고장이 나면 항상 관촌역전의 수리점에 맡겼으나, 그곳에서 부품을 구하지 못하자 직접 오토바이를 타고 전주까지 와서 수리를 맡긴다(88.8.15.). 또 1991년 집을 수리하면서 인력은 마을 주변에서 구하고, 벽돌과 목재 등은 오수, 임실 등지에서 구입하지만, 방안의 가구와 주방의 싱크대 등은 전주에서 구입해서 사용한다(91.7.8.). 또한 1993년의 집수리에서도 필요한 전기 부품, "電線 속곗트 其他 附品 1切을 (전주에서) 購入해 왔다."(93.3.23.).

정확히 언제부터 시작되었는지 분명하지 않지만, 1980년대 들어 농촌주민들의 도시 관광이 일반화되었다. 1980년대 농촌 주민들의 관광은 전주의 관광회사와 계약하여, 관광버스가 마을 앞까지 와서 주민들을 싣고 출발하는 것으로, 기차나 버스 시간에 맞춰 떠나야 했던 이전의 여행과는 분명히 구분된다. 『일기』에서 1982년에 처음으로 등장하는 마을 주민들의 관광은 강원도의 설악산, 강릉, 삼척에서 경상도의 경주를 거쳐 울산에서 조선소와 자동차공장을 견학하고, 부산과 마산을 돌아 집으로 돌아오는 삼박 사일 일정(82.4.29~5.2.)의 관광여행이었다. 마을계에서 주최한 이 여행은 마을 주민들이 스스로 계획하고 섭외하기는 어려운 일정과 코스로 구성되어 있다. "人員는 四一名이고 三泊 四日 旅費는 藥 一,七一四,○○○원"(82.4.29.)이었는데, 적지 않은 비용을 스스로 부담해서 떠난 것으로 보아, 이 여행은 어떤 기관이나 단체가 협조한 것이 아니라 관광회사의 상품으로 기획된 것으로 보인다. 유명 관광지와 대표적인 문화유적지, 그리고 공업단지의 산업시설 견학이 적당히 버무려진 관광 상품이 농촌 주민들에게 적극적으로 판매되기 시작한 시기가 1980년대 초반이라는 점은 확실한 것 같다.

1980년대 중반 이후 농촌 주민들의 관광은 매우 일반화되어, 각종 계모임, 양로당, 동창회, 마을 회의, 부녀자 모임, 마을 유지 모임 등에서는 의례 관광 계획을 세우고 실행하였다. 관광지도 마을 주민들이 스스로 결정하기 시작하였는데, 자연농원과 민속촌, 독립기념관, 목포의 유달산, 여수의 오동도 등은 하루 여행코스로 빠지지 않는 장소가 되었다. 그리고 조선소, 자동차공장, 제철공장 등 산업시설과 휴전선과 땅굴 등도 주요한 견학 장소였다. 심지어 최내우는 1990년 여름에 각각 계모임(7.17.)과 양로회(8.1.)를 통해서 롯데월드를 두 차례나 구경하고 만족해했다. 그리고 전주의 端午제, 남원의 춘향제 등 인근도시의 축제는 농촌 주민들이 쉽게 참여하는 행사가 되었다.

> 里民 多수는 端午節이라고 全州에 男女 할 것 없이 간바 나는 우리 食口는 그 參禮 못햇다. (86.6.11.)

> 南原 廣寒樓에 간바 韓季錫 內外도 왓드라. 九時 列車로 간니 時間이 適合하야 學生들의 市街 行列行進이 每週 보니 좋으라. (89.5.12.)

정리하면 한국사회의 근대적 산업화와 이에 따른 농촌주민의 대대적인 이농은 농촌과 도시 사이의 지리적, 사회적 거리를 좁혀 놓았다. 전주 예수병원은 1980년대 전라북도 농촌 주민들의 건강을 책임지는 대표적인 병원이 되어, 농촌주민들이 자신의 건강 뿐 아니라 친지를 문병하고 우의를 확인하는 장소가 되었다. 전주 봉래원예식장은 농촌주민 자녀들의 결혼식을 도맡으면서, 농촌지역의 친지들이 오랜만에 만나 음식을 나누면서 안부를 묻는 장소가 되었다. 뿐만 아니라 근대적 산업화와 도시화는 농촌을 근대적 산업의 시장으로 개방하는 결과를 가져왔다. 주민들은 농촌 생활에 필요한 각종 필수품 중 공산품의 대부분을 도시의 시장에서 구입하게 되었다. 농촌 주민들의 생활은 상품과 기술, 건강과 교육, 레저 등에서 점점 더 도시의 시장에 의존하게 되었다. 나아가 농촌 주민들은 도시의 문화와 경관의 소비자가 되었다.

② 근대적 시간 인식과 표기

1970년대의 『일기』에서 시간의 표현은 농사의 시간이거나 자연의 시간이었다. 계절의 변화는 대체로 농사의 시간으로 계산되었으며, 하루의 시간은 주로 "早起하야", "朝食 後에", "夕陽에" 등 자연의 시간으로 표현되었다. 1980년대 이후의 『일기』에서도 "夕陽에 店芳에서 멋 분의 老人을 맛나고" 환담을 나누기도 하고(84.8.16.), "夕陽에는 丁柱完 問病을"하고, "早起하야 成東하고 宗山으로 耕耘機을 몰{고} 가서 牛草 一輪을 草刈해"(84.8.12.) 오기도 하고, "朝食 後에 畜舍 牛가 새기를 낫다"고 기록하는 등 마을 내에서의 일들에 대해서는 여전히 자연의 시간을 사용하고 있다.

그러나 버스나 기차를 이용해서 외지를 방문하는 일이 많아지면서, 시간을 기록하는 방식이 변화하고 있다. 버스나 기차의 이용은 규율화된 시간관념을 요구하는 것이어서, 시간의 기록 방식이 변화하는 것은 당연한 일이다. 그러나 출발시간의 규율화는 도착시간에 대한 관념까지도 바꾸어 놓고 있는 것으로 보인다. 『일기』에서는 유독 기차나 고속버스를 이용해서 여행하는 경우, 출발시간과 도착시간을 정확하게 기록해놓고 있다.

八時 四〇分 特急列車로 急히 到着한바 十二時 三〇分이엿다. (85.12.1.)

八. 五〇分 特急으로 安養 到着하니 一時 三〇分이엿다. (89.4.3.)

三{時} 二〇分 高速으로 大田을 거처 全州에 오니 七時. 바로 집에 온니 밤 八時 半이드라. (82.10.29.)

아침 六時 三〇分 뻐스로 內外 갖이 全州에 着햇다. 七時 三〇分 高束[高速]으로 서울 着. 午前 十一時 三〇分이여다. (88.7.10.)

그리고 1988년도 일기장의 앞부분 내지에는 임실-서울 간 기차 시간표를 적어 놓았다. 서울을 방문하는 일이 잦아지면서, 임실은 서울행 특급열차는 타기 위해 들러야 하는 곳이 되었고, 전주는 고속버스로 서울을 가기 위해서 거쳐야 하는 장소가 되었다. 창평리에서 서울은 네다섯 시간이면 갈 수 있는 곳이 되었으며, 아침 6시 30분에 출발하여 친지의 결혼식에 참가하고, 오후 4시 차로 돌아와 집에 7시 40분에 집에 돌아올 수 있는 일일생활권이 되었다 (88.7.10.).

特急列車 時間表

任實發	서울着
0. 51분	5. 38분
8. 51	12. 51
12. 47	16. 54
16. 26	20. 32
22. 55	3. 50
23. 29	4. 08
서울發	任實着
10. 20	2. 17
1. 20	5. 21
3. 05	7. 05
9. 45	2. 18
10. 15	3. 21
11. 50	4. 31

이와 같이 시간의 기록 방식이 시계의 시간을 인식하고 표기하는 것으로 변화하게 된 것은 지리적 이동 거리가 멀어지면서 근대적 이동 수단에 전적으로 의존하게 되었다는 점과 밀접한 연관을 지닌다. 그러나 농촌의 생활이 점차 규칙적, 주기적으로 변하게 된 것과도 관련을 지니고 있다. 예를 들어 마을 주민들의 생활은 매월 공과금의 납부, 농협 대출금 이자 상환일, 적금과 보험 납부일, 도시에서 학교를 다니는 자녀의 등록금과 하숙비 납부일 등 근대적 경제 질서에 의해 규율화되고 주기화되었다. 기계 이앙을 시작하면서 못자리, 이앙 날짜 등도 농촌지도소와의 협의에 의해 결정되고 달력에 표기되었다. 수확한 벼나 보리가 판매되고 현금 수입이 들어오는 날짜도 나라에서 결정한 추곡, 하곡 공판일에 의해 결정되었다. 심지어 타지에 나가 있는 자녀들이 정기적으로 예비군 훈련 통지를 받고 마을에 돌아와 훈련에 참석해야 했다.

(2) 마을 공간의 개방과 국가 개입

도시와 농촌 간 소득격차가 심화되고 농촌 주민의 도시 이주가 증가함에 따라 농업·농촌에 대한 국가의 지원이 큰 폭으로 증가하게 되었다. 1980년대는 농업생산과 농촌소득 뿐 아니라 주거환경개발과 같은 생활환경 개선사업이 국가의 주요 농촌정책으로 채택되었다. 농업생산부문에서는 농어촌후계자 지정과 지원, 영농기계화 등이 계속되었고, 한편으로는 주택개량사업과 같은 농촌 생활환경 개선이 추진되었다. 농촌에 대한 국가의 지원이 증가하면서 농촌사회에 대한 관의 개입도 자연스럽게 강화되었다.

① 경제적 지원과 기술적 개입

농업이 기계화되고 신품종 개발과 새로운 영농기술이 도입되면서 영농교육의 중요성이 커졌다. 각 지역의 농촌지도소는 주로 농한기를 이용하여 새로운 품종과 기술을 보급하고, 유망 영농분야에 대한 정보를 제공했다. 최내우는 영농교육에 빠지지 않고 참석하여 새로운 영농기술을 습득하고 새로운 소득원을 찾는데 관심을 보였다. 뿐만 아니라 농사에 문제가 생겼을 때는 농촌지도소에 연락하여 적극적으로 상담을 하기도 하고, 시비 방법을 배우기도 했다.

농촌지도소는 영농 기술교육, 신품종의 보급은 물론이고 농촌 후계자 지원, 마을개발사업, 주택개량사업 대상자 선정 등 마을 및 주민의 경제적 지원에 적극적으로 개입하고 있었다. 따라서 농업경영의 기술적 측면은 많은 부분을 농촌지도소의 영농교육에 의존했다. 예를 들어 기계이앙이 본격화되면서 농민들은 모판설치 방법을 새로 배워야했고, 이앙 날짜 등을 농촌지도소와 협의하여 마을별로 세워야 했다(84.3.13.). 소 구입자금을 받은 최성동은 농촌지도소로부터 초지조성방법을 교육받고(82.2.23.), 가축의 사육 실태 등을 감독·점검 받아야 했다. 심지어 농촌지도소 직원은 주택개량 사업을 감독하기 위해서 마을을 방문하기도 하고

(91.4.9.), 보조 사업으로 추진한 양로당 개축 사업의 감사를 나오기도 했다(93.10.14.).

指導所에서 依賴가 있어 牛舍 模樣을 尺수로 재달아기에 側尺[測尺]해 보니 長이 十三m 엽이 五.五m로 雲報[電報]해주윗다. (81.6.27.)

午後에는 新平指導所 職員, 郡 指導職員 二名이 牛舍을 살펴보려 왓다. (81.8.17.)

來日 養老堂에 農村指導所에 里 保助事業의 감사를 온다고 해서 養老堂 會員 名單을 筆記해서 액자에 넛다. (93.10.14.)

② 훈련과 동원

1982년 청운동에 사는 "鄭圭太는 앞山에서 戌木하다 面職員에 들키여" 시인서를 써 주었다(82.2.26.). 면 직원은 군 산림과에 이 건을 인계하고(82.2.26.), 그 며칠 후, "新平面 財務擔當者인 者가 靑云洞에 와서 林産物 取締을 하야 今日 郡에서 出頭"(82.3.2.)할 것을 요청하였다. 정규태는 불안하여 최내우에게 와서 군청에 알아봐 줄 것을 부탁하였다.

1982년 2월 최내우는 "三組式[三條式] 便所 改良敎育"(82.2.22.)을 받고, 마을 시범사업으로 자신의 집에 설치하기로 하였다. 면에서 공급하는 삼조식 변기를 가져오고(82.3.18.), "便所 改良 (공사를) 하는데 郡 衛生課에서 係長 및 係員 打士[技士]가 來臨"(82.3.23)하여 살펴보았다. 약 20여일 후에 "(군청의) 安 課長, (면사무소의)稅政係長, 面長이 三組式 便所 改修 如否을"(82.4.16.) 점검하러 와서 사업을 재촉하고 돌아갔다. 그로부터 한달 뒤 면장이 "三組式 便所도 郡守任이"(82.5.14) 와서 본다고 통보하였다. 다음날 업자가 "三組式 便所을 갑작히 斜色[塗色]"(82.5.15.) 하고 가더니, 두 달쯤 후에 업자가 와서 "三組式 便所 斜色料라며 三萬 원을 내라 햇다"(82.7.11.). 최내우는 그런 저런 돈을 낼 거였으면 "三組式 便所는 하지 말 것을 이재 후회 난다"(82.7.11.)고 기록하였다.

도덕과 위생은 생활세계에 대한 국가의 지역사회에 대한 개입과 침투의 가장 일반적이고 효과적인 영역이다. 1970년대의 『일기』에서 이미 도박단속, 근면절약, 혼분식, 위생 교육 등이 국민 만들기의 주요한 소재였음을 확인한 바 있다. 1980년대 초반에도 여전히 벌목행위 뿐 아니라 도박에 대한 단속(81.11.5.), 10분도 도정 단속(83.4.8.)도 간헐적이지만 여전히 실시되고 있었다.

1980년대 들어 도덕교육과 정신교육이 한층 강화되어 각종 관변기구와 단체들이 주최하는 교육 및 회의에 참석하는 날이 늘었다. 사회정화위원회(82·83·85년), 의식개혁위원회(82·83년), 바르게살기운동추진협의회(91·93년), 방위협의회(84년) 등이 면단위까지 조직되어, 일년에 몇 차례씩 회의를 소집하였다. 이들 단체에서 지역 유지 또는 주민 전체를 대상으로 의식개혁지도자교육(82.3.16.), 의식개혁교육(82.5.7.), 국민정신교육(82.7.26.), 정화위원회교육, 사회

정화운동결의대회(83.9.5, 11.22.), 민방위대원교육(85.9.5.), 반공대회, 반공교육(89.5.3.) 등 매우 다양한 행사를 개최하여 주민들의 참여를 강제하였다.

해방 이후 줄곧 마을 유지로 살아온 최내우는 정화위원, 의식개혁 지도자 등의 직함 이외에도 신평면 평의회(94.3.28.), 신평면 번영위원회(94.1.28.), 신평면 청사건축추진위원회(91.9.18.), 청소년선도교육 지도자(90.12.11.), 개발위원회(88.2.10.), 산림회복관리위원회(89.3.3.), 신평면 선거위원회(87.12.15; 88.4.25.) 등의 위원으로 활동하였다.

특히 마을 유지들은 이런저런 직함을 가지고 선거에 개입하는 역할을 부여받기도 했다. 대통령선거를 앞두고 군에서 개최한 국가안보확대보고회의(87.12.9.)에 참석하여 북한의 정세에 대한 설명을 듣고, 1988년 국회의원 선거 전날은 선거자금을 살포하라는 지시를 (上部로부터) 받기도 하였다(88.4.25.). 농촌후계자 육성농 지원대상자로 선정된 성동은 각종 영농교육, 후계자교육, 후계자대회에 참석하느라 분주했다.

이러한 훈련과 동원은 한편으로 농촌 마을에 대한 국가 개입의 주요한 수단이지만, 다른 한편 마을 주민들의 적극적인 수용과 자발적인 참여가 수반되어 성공적으로 추진될 수 있었다. 마을 유지 및 기관장들이 참여한 한 모임의 느낌을 최내우는 "機關長會議나 다름없다"고 만족해하면서, 회의가 끝난 후 마을로 돌아가 "政事 里之事 等을 設得[說得]해서 解明해 주웟다"(88.2.2.)고 기록하고 있다. 관과의 관계를 통해 얻을 수 있는 지원과 혜택이 적지 않다는 것을 지역 유지들은 이미 1960-70년대의 개발과정에서 체득하고 있었던 것이다.

③ 군부대 설치 계획

1986년 하반기가 되면서 청운동 일대에 군부대 설치를 위한 보상 계획이 구체화되었다. 7월 9일 『일기』에 "오늘 字로 筆洞 靑云洞 地域에 軍事基地로 選定됨을 公布" 했다고 기록되어 있다. 최내우 가문의 왕판 종산도 군부대 부지로 수용되어, 최내우는 군부대의 담당자(문관)와 보상 협의를 진행하는 한편 종산 부지 매입을 위해 여기저기 수소문하고 다닌다. 1986년 8월에는 "군데군데서 軍人들 一般人들이 側量[測量]을"(86.8.18.) 시작하고, 9월 들어 보상을 위한 조사가 시작되면서, 보상 문제는 곧 마을사회의 가장 뜨거운 주제가 되었다.

문중의 종산이 수용 대상이 된 최내우는 토지를 측량하고 시설물, 재배 작물 등 보상 대상을 조사하는 군부대의 문관에게 "中食이나 侍接하겟다고 한바 感謝하다고 해서 驛前에 가서 닥 一首을 사가지고"(86.10.8.) 와서 대접한다. 최내우 일가는 마을 주민 중 군부대의 토지 수용에 가장 적극적으로 대응하는 태도를 취하는 편이었다. 종산의 밤나무(86.8.25.), 초가집(86.10.8.), 묘지 신고(87.5.1.) 등 보상에 포함되는 지상물을 적극적으로 등록하고, 조사를 담당하는 문관에게 식사를 대접하면서 "宗山 포푸{라} 二〇六株을 세여주고 樹슈[樹齡]을 오리여 잘 바라고 付託"(86.10.20.)하기도 하고, 담당 문관에게 소위 교제비를 건네기도 하였다(87.5.1.).

그러나 토지의 수용 여부에 따라 주민들의 이해관계는 크게 달랐다. 주민 중 일부는 "軍事

基地 策定에는 村落까지도 드려가계 陳情書을 내자고"(86.8.25.) 하고, 실제 서명 작업을 시작하였다. 최내우는 이것이 보상에서 제외된 토지주들이 앞장 선 것이라고 보고 반대하였지만, 결국은 (손익계산 끝에) 서명에 참여하였다(86.8.29.). 주민들의 진정서는 당시 임실지역 국회의원이던 양창식에게 전달되었고, 그로부터 "本村은 軍部에서 必要 없으니 買入 不能하다"(86.10.22.)는 회신을 받고서야 진정되었다. 최내우 자신도 군부대 설치 소식을 들은 직후 수용되는 "農地는 約 四〇〇餘 斗落인데 年 〃 一般벼만 移種하야 食糧을 하는데 工場 收入도 減量이 뻔하다"(86.7.9.)고 방앗간 운영이 어려워질 것을 걱정하기도 하였다.

2) 개인기록의 계량화(計量化) 가능성의 탐색- 시·공간의 변화를 중심으로

일반적으로 근대적 공간은 도시화(도시 공간의 형성), 산업화(산업 공간의 형성)를 중심으로 논의되어 왔다. 여기에서 농촌 공간은 공동화되거나 노령화되는, 자본주의의 발달에 따라 쇠퇴해가는 장소로 인식되고 있다. 그러나 근대화 과정에서 도시와 농촌 사이의 관계는 단선적으로 설명될 수 있는 것이 아니다. 『일기』에서 얻을 수 있는 정보를 통해 1970-80년대 한국사회에서 농촌의 생활세계가 도시로 확장되고, 도시의 생활은 농촌을 기반으로 다져지고 있었음을 확인할 수 있다. 다른 한편 농촌은 근대적 경제와 정치의 요소들에 의해 개방되고 개입되면서 변화하였음도 확인된다. 이른바 확장·압축과 개방·개입의 과정을 통하여 농촌 주민의 도시 사람으로의 전환이 이루어지기도 하고, 근대적 농민이 탄생하기도 한 것이다.

개인기록연구팀은 개인기록에 수록된 정보들을 계량화하여 분석할 수 있는 방법을 모색하고 있다. 개인기록의 계량화는 정보를 부호화하여 일관된 틀에 담아둠으로써 체계적이고 효율적으로 자료를 활용할 수 있다는 장점이 있다. 그러나 기록을 계량화함으로써 얻을 수 있는 더 중요한 분석적 장점은 한 사회 내에서 발생한 다양한 사건과 변이들 사이의 상호관련성을 검증할 수 있다는 데 있다. 즉 한 사회 및 구성원이 경험한 시간적, 공간적 변이, 사건, 개인의 인식과 태도 및 행위의 변화들 사이의 인과관계를 통계적으로 확인해 볼 수 있다. 예를 들어 시간의 흐름에 따른 공간적 생활범위의 확대는 일차적으로 개인의 물리적 이동거리나 행동범위의 변화를 통해 확인되지만, 이는 변화·확대되는 시·공간상에서 형성되는 새로운 집단과 사회적 관계를 통해서 구체적으로 설명될 수 있는 것이다. 약 26년에 걸쳐 기록된 『창평일기』에 들어 있는 무수한 정보들은 마을 내외부에서 발생한 사건과 그에 대한 개인의 해석 및 대응 행위들에 관련된 것이다. 이 정보들을 통해서 1970~80년대 한국 농촌사회의 변화를 분석하는 데 있어서, 정보의 단편적 인용과 편집을 넘어 정보에 담겨진 일련의 흐름을 파악하기 위한 방법으로 개인기록의 계량화를 추진하는 것이다. 계량화를 통해서 개별 정보들 사이의 상호관련성을 포착할 수 있을 것으로 믿기 때문이다.

여기에서는 개인기록의 계량화 가능성을 모색하는 차원에서 『창평일기』에 기록된 시·공간의 변화, 즉 시간의 변화에 따른 공간성의 변화를 중심으로, 관련 내용들을 정리하고 부호화하기 위한 방법을 시론적으로 검토하기로 한다.

(1) 시간 및 공간 변수의 지표화를 위한 논의

① 시간

일기는 시간의 흐름에 따른 변이의 기록이다. 『창평일기』(이하 『일기』)는 농촌사회의 시간적 변화를 기록하고 있다. 『일기』가 기록하고 있는 1970년대부터 1990년대 초반까지의 시기는 크게 세 차원의 시간을 담고 있다. 하나는 한국사회의 근대화전략이 추진된 시기의 시간적 흐름으로, 70년대, 80년대, 90년대의 시기로 크게 분류될 수 있다. 이러한 시기 구분을 통해 근대화 전략 속에서 농촌사회가 경험한 변화를 그려낼 수 있을 것이다. 둘째로는 『일기』에서는 저자인 최내우 옹의 생애사 과정에 따른 시간을 구분해낼 수 있다. 『일기』 속에서 1969년부터 1994년까지는 저자의 40대 후반부터 70대 초반까지의 생애과정을 시간 순서에 따른 배열이다. 농촌주민으로서의 저자의 인식과 태도, 행동은 개인의 나이듦에 따른 변화를 담고 있다. 세 번째로 『일기』는 농촌사회의 생활주기에 따른 시간의 배열을 드러내준다. 농촌사회의 시간은 농번기-농한기, 파종기-이앙기-수확기 등의 주기로 나뉘고, 이 시간의 흐름에 따라 주민의 생활이 구성된다. 소를 키우고, 누에를 치고, 고추를 재배하면 농민의 생활주기는 이에 따라서 재구성된다.

이러한 시간 구성의 다양성에 따라 『일기』의 시간 정보를 재구성하여 분석할 수 있도록 「일기장」의 연·월·일을 각각의 변수로 다루어 입력한다.

② 공간

「일기장」의 시간과 『일기』에 나타난 장소 관련 내용들을 입력함으로써, 시간-장소의 변수 사이의 단순한 연관관계를 확인할 수 있다. 지리적 이동은 장소와 장소 사이의 이동 빈도와 거리를 통해 측정될 수 있다. 그러나 두 개 이상의 장소의 위치에 관한 정보로 이동 거리를 확인할 수 있으며, 여기에 시간 정보가 추가되면 이동 거리의 변화를 측정할 수 있다. 그러나 위치에 관한 정보만으로는 두 개의 장소 사이의 연관성은 설명되지 않는다. 따라서 지리적 이동의 내용에 관한 정보가 추가되어야 한다. 여기에는 이동의 목적, 방문자 및 피방문자, 이동 수단, 이동 시간, 체류 시간 등에 관한 정보가 포함된다.

가. 장소-지명

장소에 관한 일차적인 정보는 지명으로 확인된다. 그러나 모든 방문기록에 지명이 포함되어 있는 것은 아니다. 때로는 방문자 또는 피방문자의 이름이나 직함이 기록되어 있기도 하며(성숙이 왔다, 염창렬이 내방했다, 면장이 왔다 등), 방문기관이 기록되어 있기도 하다(군청, 면사무소, 병원, 농협, 가공조합 등). 심지어 행사의 종류가 장소를 확인해 주기도 한다(예를 들어 오대조 묘사, 육대조 묘사는 각각 남양리와 계수리라는 지명을 확인할 수 있게 해준다). 따라서 장소를 나타내는 모든 정보를 활용하여 장소의 위치를 입력해야 한다.

나. 장소의 특성

장소 간 이동의 특성을 설명하기 위해서는 출발지, 경유지, 도착지가 모두 확인될 수 있어야 한다. 1980년대 이후 전주는 최내우의 일상생활권에 포함되며, 서울, 수원 등 수도권 방문도 매우 빈번해진다.(이것은 급속하게 진행된 이농의 결과일 것이지만, 저자의 나이와의 연관성, 그리고 농한기라는 농촌시간의 특성과의 연관성 등도 통계적으로 설명되어야 한다) 그런데 전주를 기차를 이용해서 갈 때는 관촌역을 이용하고, 서울을 특급열차로 갈 때는 임실역에서 기차를 탄다. 그리고 고속버스를 이용할 때는 전주터미널에서 출발한다. 1980년대까지는 아직 서울이 일일 생활권이 아니어서, 서울에 갈 때면 항상(방문목적에 따라 약간씩 달라지지만) 수원의 아들이나 부천, 안양 등의 친지를 방문한다. 이러한 장소의 주목적지, 이차 목적지 등의 특성이 함께 입력되어야 지리적 이동의 특성을 설명할 수 있다.

다. 방문 목적

농촌의 경제적, 사회적 활동과 일상생활의 범위가 시기적으로 변화해가는 특성을 확인하기 위해서는 지리적 이동의 거리, 빈도와 함께 이동의 분명한 목적이 확인될 수 있어야 한다. 장소 방문의 목적은 생활의 전 영역에서 파생된다. 생활영역의 공간적 확장과 시간적 단축 정도가 지리적 이동의 폭을 결정하는 것이다. 마을 공동체 내에서 이루어지던 제사, 혼인 등의 집안 및 가족사가 자녀 및 친지의 이농을 배경으로 지리적으로 확장된다.

한편 1980년대의 농업의 쇠퇴와 농가부채의 증가가 농민의 경제활동을 어떻게 변화시키는가를 시·공간 변수와 방문 목적의 교차분석을 통해 확인해 볼 수 있을 것이다. 농가경제의 쇠퇴에 대한 농민의 대응은 (최종적으로 이농을 선택하기 이전까지는) 새로운 소득작물을 찾고, 새로운 재배-사육기술을 습득하는 것이다. 정부기관과 농촌지도소 등의 농촌농업 지원에 관한 정보의 취득, 농업기술교육에 대한 의존, 그리고 시장에 대한 의존의 증가 등이 농촌주민의 생활공간 확장 과정에 중요한 부분을 차지한다. 또한 농사자금의 대출, 비료, 농약 등의 구입을 위한 농협에 대한 의존의 증가도 확인된다.

국가와 농촌사회 간의 수직적 관계가 확립됨에 따른 농민층의 동원도 농촌주민의 생활공간 확장에 적지 않은 영향을 미친다. 정화위원회, 개혁위원회, 농민후계자교육, 반공궐기대회 등은 농촌주민의 군과 면 소재지의 출입 빈도를 높인다. 마을개발사업을 독려하고, 작물의 작황을 확인하기 위한, 그리고 마을 주민의 동태를 감시하기 위한 군과 면직원의 마을 방문도 한층 빈번해진다.

라. 이동수단, 소요시간 및 체류 시간

1970년대와 비교하여 지리적 이동에서 나타나는 두드러진 특징 중의 하나는 이동 거리의 확장과 함께 이동수단이 다양화되었다는 점이다. 1980년대 들어 이동수단은 주로 군 단위의 범위에서는 자전거, 오토바이, 버스 등인데, 장거리 이동의 경우에는 버스, 고속버스, 기차, 특급열차, 선박, 비행기로 다양화된다.

『일기』에서 확인되는 바, 기존의 마을 및 가족사와 관련된 시간 표기는 정확한 시간의 기록이 아니었다. 방문 약속이나 작업계획 등이 날짜는 비교적 정확하게 기록되는데 비해, 시간은 석양에, 조식 후, 조기하야, 종일 등으로 표기되었다(다만 임금을 결정하는 데에서는 하루와 반일 등으로 구분하였다). 그러나 지리적 이동의 범위가 확대되고 이동수단이 다양화되면서, 버스 시간, 기차 시간 등은 매우 정확한 시계의 시간으로 표기되기 시작하였다. 출발시간이 정확하게 규제됨에 따라 도착시간도 상세하게 기록되고 있어서, 지리적 이동에 소요된 시간을 계산할 수 있게 되었다. 또한 방문지, 방문 목적, 피방문자 등과 함께 체류기간을 확인하는 것도 중요하다 할 수 있다.

(2) 변수의 구성

앞의 논의를 염두에 두면서, 『일기』에 나타나는 시간 및 공간 관련 정보의 입력은 대체로 아래와 같은 방식으로 진행될 수 있겠다.

구분	변수 이름	변수 값
시간	년	- 일기장 기록의 시간배열
	월	
	일	
장소	지명	- 지명/ 인명(거주지), 직함(근무지) - 기관·단체(군청, 면사무소, 병원, 시장, 조합, 농협, 결혼식장, 공원, 농촌지도소 등의 소재지) - 행사(제사, 동창회, 체육대회, 궐기대회, 회의, 축제 등)
장소 구분	장소 구분	출발지, 경유지, 목적지(1차 목적지, 2차 목적지) 등
방문 방법	접촉	직접 방문, 인편 연락, 전화/편지 등
이동 범위	이동 거리	- km
	이동 권역	- 마을 주면, 면내, 군내, 도내, 도외, 해외 등
이동 시간	출발 시간	- 버스, 기차 시간표의 시간과 목적지 도착시간이 기록된 경우에 한해서
	도착 시간	
체류 기간	체류 시간	시간으로 환산하여 입력
방문자	피방문자와의 관계	인명의 수를 고려하여 가능한 한 상세하게 재분류
피방문자	직함(직위)	
	방문자와의 관계	
	직함(직위)	

방문 목적	방문 목적	- 가문일(제사, 친지방문 등) - 가족일(가족 방문, 교육, 자녀 취업, 혼담, 건강, 출산 등) - 경제활동(생산, 소비)/생업 관련(농사, 구매, 판매, 대출, 적금, 세금납부, 부품구입) - 친목, 유흥, 레저(여행, 야유회 등) - 공적 행사(회의-정화위원회, 개혁위원회 등, 예비군 훈련, 농사교육, 후계자 교육 등) - 직업관련 모임(작인회의, 가공협회, 이앙계 등) - 사회적 관계(결혼, 조문, 회갑 등) - 마을 및 지역사(마을개발사업 등) - 기타(사례별로 다시 재분류 필요)
이동 수단	교통수단	- 도보, 경운기, 자전거, 오토바이, 버스(고속버스), 기차(특급열차), 선박, 비행기 등
연락 방법	연락 방법	직접 방문, 인편, 전화, 편지(전보) 등

3. 1980년대 생활과 생활권역의 변화

1) 압축적 도시화 속의 농촌변화

이 장에서는 1980년대 『창평일기』 저자의 생활권역이 1970년대에 비해 어떤 변화를 보이는가를 살펴보고자 한다. 생활권역의 변화는 시대적 요인과 개인적 요인을 통해 이해할 수 있다. 개인적 요인은 저자가 장년기에 노년기로 접어들면서 생기는 사회생활의 내용과 그로 말미암은 이동범위의 변화이며 시대적 요인은 1980년대의 시대적 특성과 그에 기인하는 변화를 말한다.

주지하는 바와 같이 한국에서 1980년대는, 1970년대부터 진행되어온, 농촌에서 도시, 농경사회에서 산업사회로의 전환이 본격적으로 이루어지는 시기이다. 인구주택총조사 자료에 따르면 1966년 임실군의 인구는 118,175명, 1995년에는 37,201명으로 약 30년 동안 80,974명이 줄어든다. 같은 시기 전국 인구는 1966년 29,159,640명에서 1995년 44,608,726명으로 15,449,860명이 증가, 1995년의 인구는 1966년에 비해 약 50% 증가율을 보이고 있다. 따라서 1966년에서 1995년까지 전국 50%의 인구 증가율을 감안한다면 1995년 임실 추산 인구 170,000명 중 약 130,000명이 임실을 빠져나간 셈이다. 1970년 이래 전북의 유출 인구는 1,631,613명으로 전라남도 2,051,514명에 이어 전국 두 번째이다. 반면 서울 경기를 비롯한 대도시들은 1970년에서 1994년까지 순이동자수(유입인구-유출인구) 경기 4,659,871명, 서울 2,616,502명, 부산 772,479명, 인천 702,950명, 대구 228,232명, 대전 206,651명, 광주 175,869명으로 나타나 서울 경기 지역과 대도시의 인구 증가 정도를 가늠하게 한다.

『창평일기』 2차 입력본 시기는 한국의 산업화에 따른, 농촌 인력의 도시 유입이 본격화되는 시기이다. 저자의 자녀 11명 중 셋째 아들만 마을에 남고 나머지 10명의 자녀들이 모두 전주와 서울 근교로 떠난 것도 그 전형적 사례이다. 일기에 거론된 인명을 중심으로 한 현지조사의 결과 1960년 당시 창평 마을에는 약 90여 가호, 남성 인구 252명으로 파악되었는데 2013년 현재 그 중 사망 71명, 창인 거주 23명, 타지에 거주하는 부모 세대 10명을 제외한 나머지 148명은 모두 타지로 떠나게 된다. 『창평일기』 2차 입력본은 바로 이러한 시대적 상황을 배경으로 하며, 2차 입력본의 시작 연도인 1981년 저자의 연령은 만 58세로 1980년대는 대체로 저자의 60대 생활 시기에 해당한다.

농촌인구가 도시로 대거 유입되는 80년대 상황에서 저자의 삶과 생활권역이 어떤 변화를 겪는지는 일기 텍스트에 출현하는 관련 어휘의 분화와 빈도를 토대로 살펴보고자 한다. 이는 어휘통계학적 관점의 일환으로 어휘통계학은 일정 텍스트의 어휘를 어휘장에 따라 분류하고 그 출현 빈도를 토대로 텍스트의 성격과 내용을 구명하는 응용어휘론의 한 분야이다. 어휘통계학은 주로 문학 텍스트 분석에 적용된 방식으로 텍스트의 장르와 작가의 기술 태도에 따라 출현 어휘와 빈도가 달라진다는 시각으로부터 출발한다. 일기 텍스트 역시 출현 어휘의 특성에 따른 어휘장과 어휘의 출현과 비출현 그리고 빈도의 차이에 따라 시대적 특성과 저자의 관심사를 규명할 수 있기 때문이다. 이 장에서는 이러한 관점으로 1차 입력본과 2차 입력본 사이에 어휘 출현의 목록과 빈도에 있어서 큰 차이를 보이는 현상 몇몇을 추출하여 그 변화의 대강을 살피고자 한다.

2) 마을 내부에서의 삶의 변화

저자의 생업은 정미업과 농사일이다. 정미와 관련된 어휘들의 출현 빈도와 정미기계 관련 부품 명칭의 다양한 어휘 분화는 저자의 삶에 있어서 정미업의 중요성을 잘 나타내고 있다. 저자의 정미사업은 '精米'(484회, 94년까지), '脫作'(186회, 83년까지, 이후 '율무, 보리, 콩, 메물'), '精麥'(327회, 80년까지), '脫麥'(243회, 83년까지) 등에서 보는 바와 같이 83년까지는 정미와 정맥, 83년 이후는 정미가 주류를 이룬다. 정미기계와 관련된 부품 이름은 일본식 외래어들로 '노라, 라지에다, 마구넷도-마구렛도, 메다루, 모다-모타, 모비루-모비루갑-모비루代, 미싱, 바루뿌-바루푸, 박깅, 베루도, 베루베리-삭송, 베린-베야링-베에랑-뻬야링, 보데, 보데박깅, 보링, 부라에스, 부란데, 보당, 뻬스통, 뿌레, 뿌이베루트用, 샤우도-샤우드, 수프링, 엔도, 엔도노라, 악센부리, 오히루-오히로, 스이지, 야게루, 엔지, 텟도' 등이 나타난다.

농사 관련 어휘들도 다양한 분화를 보인다. '一般벼, 裡里 345號(81년), 瑞光벼(81년), 水稻種籾 太白벼, 東津벼(83년), 原豊벼(85년), 種籾 三光벼(85년), 七星벼(85년), 동진벼(86년), 天馬벼(87년), 秋靑벼(87년), 參光벼(88년), 섬진베(89년), 운봉벼(90년)' 등은 벼 품종의 시기별 출현 예이며, '보리, 보리共販, 보리農事, 보리種子-보리종자, 보리종자代, 보리가리, 보리논, 보리대, 보리방아, 보리밭, 보리걸-보리글, 보리混食' 등은 보리농사와 관련하여 출현하는 어휘들이다. 그 외 다양한 어휘 분화를 보이는 것은 누에와 고추 농사이다. 누에농사와 관련된 어휘는 '桑畓, 桑木-뽕나무, 桑苗, 桑田-뽕밭, 蠶室, 蠶견共販場, 上簇, 上簇機, 秋蠶共販, 春蠶 누에-누예-뉘예-뉴예, 누에섶, 누예고초-누예고추-뉴예고초-뉴예고치, 뽕값-뽕금, 뽕따기(1987년까지)' 등이며 고추농사와 관련된 어휘는 '고초-고추-곳초-꼬초, 고초苗, 고초苗田, 고초相子用, 고초溫床, 고초資金, 고초田, 고초種子-고초種字, 고초가리-고초갈이, 고초農事, 고초代-고추代-고초갑, 고초말-고초말뚝, 고초밭-고초밫-고초밭, 고초방아, 고초 사건, 고초심기, 고초 약, 고초파동-고추파동 고추市場(1994년까지)' 등이다.

논농사와 밭농사와 관련하여 '複合肥料-복합肥料, 물肥料-물肥-물비료' 그리고 '그라목손, 독활藥, 도열병, 메루약-며루, 문고病-문고병약, 바루문, 밧사粉製-밧사그란-밧사리드-밧사미드-밧사, 사일로, 살충제, 殺菌劑-殺균제, 殺草藥-殺草劑-殺蟲濟' 등 비료, 병, 농약 관련 어휘의 다양한 분화도 주목된다. 그 외 '담배, 담배苗, 담배代, 담배밭, 담배붛, 담배상, 담배장사, 담배집', '강냉이-깡냉이, 깡냉苗, 깡냉이種子, 깡냉이밭', '깨, 깨밭, 들깨, 들깨苗-들깨모', '딸기, 딸기苗, 딸기밧畓-딸기밭', '마늘, 마늘밭', '강낭콩' 등의 어휘 분화가 나타난다. 이 어휘들의 출현 시기를 토대로 담배 농사는 1976년부터 1994년까지, 옥수수 농사는 1978년에서 1986년까지, 딸기 농사는 1981년과 1982년에 이루어졌음을 알 수 있다. 나무 관련 어휘로 '뽀푸라-뽀푸리-뽀뿌라(76~86년)', '리기다(76년)', '대추나무(92년)', '사구라木-사구라목(82년)' 등이 나타난다.

80년대 농업 기계화와 관련하여 '原動機, 揚水機, 移秧機, 분무기, 까터機, 불이機-石拔機, 콤바이, 電氣乾燥機,' 등의 기계 명칭 분화를 보이는 것도 주목할 만하다. 원동기의 사용은 1969년 일기를 쓰기 시작한 해에서부터 나타나는 반면 이앙기의 도입은 1979년 이앙기 견습대회에 참여한 후의 일이다. 1980년대 이후 새로 도입된 기계로는 "까터機(飼料切斷機) 附品[部品]을 便紙로 附屬品 故物하고 現金 五仟원을 封入하야(84.2.25.)", "불이機 石拔機가 入荷되엿다.(82.10.6.)", "콤바이로 벼를 脫穀햇다.(88.10.13.)", "電氣機械 乾燥場에 投入코(92.7.31.)" 등이다.

70년대 이후 지속적으로 개량되고 발달되어 온 기계화는 근대적 문질문명의 발달과 도입에 따른 것이며 생활 전반에 걸쳐 다양한 변화를 가져오고 있다. 근대적 상징물 가운데 하나인 시멘트는 70년대 '세맨, 세메, 세멘, 세멘트, 쩨메, 쩨멘, 쩨면, 쩨멘' 80년대 '세메, 세메트, 세멘, 세멘트, 세민, 세멘' 등의 이형태 표기로 나타나며 이와 관련하여 '보로고, 보로구, 보로코, 보로크, 보루구, 보루크(블럭)', '공굴, 공구리, 공구리트, 꽁구리(콘크리트)' 등의 어휘들이 다양한 표기 변이를 보인다. 시멘트 작업을 하기 위해 모래를 운반하는 데 있어서도 1960년대와 70년대 초반까지는 '소구루마(牛車)'를 사용하다가 70년 중반부터는 경운기 그리고 1980년대는 '모래車'가 사용된다. 그 외에도 담부車(덤프)는 1981년부터, '코구링, 코쿠링(포클레인)'은 1991년, '부루도자, 도자(불도저)'는 1971년에 한번 언급되었다가 1980년 이후 7차례 출현하고 있다.

근대적 산물로서 시멘트는 편의성에 기대어 생활공간 전면에 걸친 변모를 가져왔다. 그

가운데 전형은 아마도 부엌 공간의 변화로 보인다. 새마을 운동의 지붕 개량과 더불어 진행되어 온 '부엌 改良(부엌 개량)'과 개보수에 대한 언급은 1972년, 1978년, 1979년, 1981년, 1983년, 1986년까지 지속적으로 나타난다. 1981년에 연탄을 놓고("冬季에는 煙炭[煉炭]을 裝置를 한다."), 1983년에 입식 부엌으로 개량, 조리대, 석유 보일러를 놓는다. 1991년에는 대대적인 개보수를 진행하는데 '조리대'가 '싱크대(신코대, 신크臺, 신크대, 싱크臺之事)'로 대치된다(① 家屋 前面을 뜻고 ② 後面을 뜻고 ③ 부엌을 뜻고 ④ 마루를 뜻고 ⑤ 石油 보이라로 하고 ⑥ 신코대를 놋고 ⑦ 前面 門을 밀窓으로 하고 ⑧ 되비하고(91.6.29.). '冷장庫-冷장고-冷藏庫-랭장고(냉장고)'는 1981년, 가스렌지는 1986년에 들여놓게 된다.

한편 저자는 지인의 관혼상제에 참례하는 것을 중요한 사회적 행위로 여긴다. "90年度에 有得히 出入이 많앗다. 冠婚喪祭費가 60萬원(91.1.1.)."처럼 상조비 부담을 기록하기도 하지만 자신의 행사가 있을 때마다 지역 주민들이 대거 참석, 품앗이 형태로 상조하는 것에 대해 만족감을 나타내고 있다.

> 賀客의 祝賀 封投[封套] 수字가 205狀이고 祝賀金은 305萬이 收入이엿다. 우리집은 언제나 冠婚喪祭 時에는 近處에서 뒤지지 안고 部落的으로는 最盛況을 이루엇다. (90.7.29.)

마을 공간 안에서 이루어지는 변화 가운데 마을 안에서 이루어지던 상례가 장례식장으로 옮아가는 변화도 이 시기에 나타난다.

> 尹龍文을 시켜서 喪衣軍[상여꾼] 10餘 名만 求하라 햇든니(76.6.9.)
> 喪衣軍[상여꾼]이 不足해서 個別訪問하고 私情[事情]해서 드려세윗다. (82.7.1.)
> 鄭 喪家 出喪하는데 銘전을 써 주윗다. (87.9.1.)
> 喪家에서 終日 밤 3時까지 처래[철야]하다. (89.9.19.)

89년까지 상례가 마을 안에서 이루어지다가 90년 이후 "어제 大學病院에서 死亡. 來日 靈安室에서 出喪한다고 通報가 왔다."(90.5.5.), "出喪하는데 예수교 식으로 執行하는데 祭需도 必要 업고 朝夕喪도 必要 없이 찬송가로 式을 맞이고 出喪햇다."(90.10.5.)와 같이 장례식장으로 옮아가거나 예수교식 장례식에 대한 언급이 나타나기도 한다.

이 시기 마을 내부에 일어나는 중요한 변화 중 하나는 시내버스 노선 유치이다. 80년대 후반 시내버스 노선을 마을까지 유치하기 위한 노력이 강구되는 반면 "우리 마을 뻐스 運行의 件. 뻐스 운행하는 交涉 中인데 不贊者가 있엇다. 理由인즉 運行 中 洞內에서 事故가 나면 某人이 責任진야 햇다."(89.6.30.)는 기록에서처럼 일부에서는 교통사고의 우려를 보이기도 한다. 이러한 우려는 "용운치에서 뻐스에 치여 숨겻다(88.7.1.), 뻐스에 치여 危急하게 되였다고 들엇다(90.1.15.), 崔榮泰가 뻐스에 치여 卽死하야(93.12.11.)" 등처럼 현실로 나타나기도 한다.

저자는 일기를 쓰기 시작하는 1969년 당시 자전거를 이용 인근 지역을 내왕하고 있는데 1985년부터 자전거에서 오토바이로 이동수단이 바뀐다.

> 싸이카를 驛前에서 修理하야 試運轉을 햇다. 처음이라서 危險하드라. 試驗 삼아서 大里로 館村 成子 집으로 任實 相範 집으로 단여왔다. 行人들이 비웃드라. (85.5.24.)

저자는 행인들의 비웃음을 감수하고 오토바이를 타게 된다. 그러나 마을과 인근 지역에서 크고 작은 오토바이 사고가 발생하였으며 저자 역시 마을 앞 진입로에서 공사차량과의 오토바이 사고(94.6.18.)로 운명하게 된다.

3) 사회 활동의 변화와 활동 공간의 확대

일기에 등장하는 사회 활동 관련 어휘와 출현 빈도를 토대로, 저자는 40대에는 주로 계모임, 50대에는 조합, 협회, 향교 등의 공적 모임, 60대 이후에는 대종회, 노인회 등을 통해 사회활동을 하는 것으로 보인다. 40대에 활발하게 이루어지던 계모임에 대한 언급 횟수는 60대 후반 무렵에는 줄어드는 반면, 50대와 60대에 시작되는 조합, 협회, 향교, 대종회, 노인회 언급 횟수는 지속적 증가 추세를 보인다.

계모임으로 언급되고 있는 것들로는 70년대 시작되는 것과 80년대 시작되는 것으로 나뉘는데, 70년대 시작되는 것들로는, '爲親契(70~94년 31회)', '宗契(73~93년 11회)', '親睦契(69~89년 30회)', '七星契(71~91년 22회)', 束錦契~束綿契(69~93년 각 45회, 13회), '婚姻契(69·79년 각 1회)', '新湫契~新湫坪契~新湫가리(69·71·74·77·80·85년 각 1회)', '松竹契(69년 2회)', '靑云堤修理契(72·73년)', '白米契(72~80년 6회)-쌀게(74~82년 23회)-쌀계(84~89년 8회)' 등이 있고, 80년대 시작되는 계모임은 '移秧契(81년부터 88년까지 14회)', '養老契(87년 1회)', '脫穀契(89년, 90년 각 1회)', '橫灘稧(82·93년 각 1회)', '七七稧(90년 별지 1회)' 등이 있다. 70년대 모임 가운데 新友會(74년 이래 총 18회 중 2차 입력본 12회)는 신평면 유지들의 모임으로 80년대에 언급 횟수가 증가한다. 회라는 명칭으로 이루어지는 모임으로는, 작인회, 가공협회, 이앙회 등으로, 作人會議(소류지 71년, 신보 71년, 85년, 87년, 저수지 85년, 청운제 74년, 後野들 81년, 못텡이 81년)는 같은 공간에서 농사를 짓는 사람들 간의 협의체이고, 加工協會(69년 1회, 76~93년 30회)는 저자의 주업인 정미업과 관련된 것으로 70년 중반부터 본격적으로 활동을 시작하여 말년까지 지속되고 있다. '移秧會(80~85년 14회)는 80년대 초 이앙기가 도입되면서부터 나타나는 모임이다.

저자는 노년기 들어, 장년기부터 시작된 계모임, 조합, 협회 모임과 더불어 향교, 대종회, 노인회 활동을 하게 되면서 보다 활발한 활동력을 보인다. 1차 입력본과 2차 입력본의 가장 두드러진 차이는 종회 활동이다. 종회의 출현 횟수는 93년까지 총 57회인데 그 가운데 2차 입력본 출현 횟수가 51회에 이른다. 저자는 70년 이래 사종중 활동을 시작한다. 사종중 활동은 종재의 운용과 관련되어 있어 종토, 종곡 관리 등에 관한 종원들 간의 이해관계가 얽혀 갈등이 야기되기도 한다.

84년 이래 시작되는 대종회 활동은 "大宗會을 召集했으니 꼭 가시자고 하나 뜻이 全然而없다. 理由는 宗員이 宗穀을 떼먹고 宗財 없는 宗會議하면 무슨 效力이 있나 한다."(84.1.5.). 처음에는 종재 없는 종회에 참여할 의사가 없음을 밝히고 있으나 "桂壽里서 大宗會 있어 參席했다. 各地에서 例에 比하면 最滿員이다."(85.1.10.)에서처럼 한두 차례 대종회를 참석한 후로 생각이 바뀐다. 91년 대종회에서 주최하는 종원 수련대회 "서울 朔寧 大宗會 事務室에 通報를 냇다. 八月 中 宗員 修練大會에 參席코자 하오니(91.7.31.)", "簇潛[族譜] 가지고는 모르고 實地 現地에 가보니 生覺이 달앗다."(91.8.7.) 등에 참여한 이후로는 선조들에 대한 의식을 더욱 공고히 하는 변화를 보인다.

종회 활동과 관련된 어휘의 분화상도 다양하게 나타나는바, 대체로 묘사 관련 "墓祀-墓祠, 墓所, 墓先, 墓山, 墓祭祝, 墓形, 墓地代, 墓地申告" 비문, 비석 관련 "碑文, 碑文書, 碑文書役, 碑文撰, 碑文綴, 碑石, 碑撰文", 종재 관련 "私宗契, 私宗穀, 私宗垈, 私宗山, 私宗財, 宗畓, 宗山, 宗費" 제사 관련 "祭閣, 祭官, 祭軍, 祭器, 祭物, 祭服, 祭祀-祭祠-祭사, 祭需, 祭主, 祭酒, 祝官, 三獻官, 三顯官, 春季大祭, 合同祭祀" 문서 관련 "譜牒-譜諜-簇譜, 中文書" 등으로 분류된다. 저자의 종회 활동은 전주와 남원, 광주를 중심으로 전개되지만 90년대에는 족보 수단비를 걷기 위해 서울, 부산을 비롯 전국 각지의 종친들을 방문하는 방식으로 활동 범위가 확장된다.

향교 활동 역시 1970년대와 1980년대에 큰 차이를 보이는 것 중 하나이다. 향교에 대한 언급은 78년부터 총 81회 언급되고 있다. 저자는 78년 임실향교의 장의가 되어 춘추대제에 참여한다.

> 朝食을 鄕校에서 맞이고 11時頃에 大祭準備을 끝내고 署長 郡守 敎育長이 參席하야 大祭을 올이엿다. (79.9.27)
>
> 鄕校에서 各面 支部長 副支部長 連續會議가 있어 參席하야 郡支部 副支會長 三人 其他 九名을 選任했다. 나는 監察部長이라고 했으나 別 뜻이 없다. (87.7.9.)
>
> 任實鄕校 役員會議에 參席 햇다. 多數가 募였다. 入會員 丁漢喆 尹圭燮 鄭貴男 崔乃宇 四人分 一二,〇〇〇원을 金敎成에 주고 領收證을 바닷다. (87.8.23.)
>
> 大祭에 參席햇든니 新入 掌議가 參席햇는데 任實驛前 韓正錫 氏 개평리 金炳基 氏(前 面長) 斗月里 金時泳 氏 屯德里 李雄宰 氏한고 酒席이 되엿는데 全部가 社交 親友들이드라. 此後 鄕校에서 募臨이 있으면 우리 七, 八名이 單合[團合]해서 左右通過할 것을 言約햇다. 崔乃宇 나도 發言이 强하니가 席上에서 視線이 내게 오드라. (88.3.23.)
>
> 新平鄕校 支部長으로 첫 就任人事을 하는데 準備없이 당황햇다. 그려나 過居 經驗은 잇고 해서 그대로 就任 人事햇다. (91.11.28.)

그 후 별다른 기록이 보이지 않다가 86년 이후 제관, 축관으로 참여하면서 향교에 대한 언급 횟수가 증가한다. 저자는 향교 모임을 통해 임실군 내 지역 유지들과 교류하게 되고 88년에는 7,8명의 장의가 모여 향후 향교 모임에서 안건이 있을 때 뜻을 함께 할 것을 합의, 향교 운영진 내 영향력이 강화되고 있음을 보여준다. 저자는 1991년 임실 향교 신평 지부장에 취임하게 되어 신평면 내 향교 모임의 중심에 서게 된다.

1985년 이후 노인회(임실노인회, 신평노인회, 대한노인회)에 대한 언급은 30회이며 그중 29회가 87년 이후에 나타난다. 저자는 향교 활동과 더불어 임실 노인회 활동을 하면서 마을 사람들에게도 향교와 노인회 활동에 참여할 것을 권유하고 있다.

> 食後에 養老院에서 臨時會議이를 主催하고 非會員는 大韓老人會에 加入하라 햇고 相助會도 加入하야 惠澤 보라 햇다. 말하는 途中에 嚴柱榮 者는 말하기를 고암을 지르며 鄕校에 對한 말이야고 햇다. 鄕校에 對 말하면 엇더야 햇고 건방진 놈이라며 호통을 첫든니 말없이 자리를 뜨드라. 제놈이 돈은 많다지만 사람으로는 내가 不足할 게 무엇 잇느야 하고 一字無識者라 햇다. (87.7.20.)

저자는 향교, 종친회, 노인회 활동을 통해 노년기 위세를 강화하며 마을과 지역 그리고 가문의 어른으로서의 사회적 위세를 누리게 된다.

4) 여가 생활과 관광

70년대와 80년대 두드러지는 변화 가운데 하나는 여가 생활의 공간이 마을 주변에서 전국으로 확대되는 것이다. 70년대 계모임을 비롯한 각종 모임에서 여가 생활을 즐기기 위해 주로 찾던 곳은 천변이었다. 저자의 마을은 임실천과 오원천이 만나 섬진강으로 합수되는 곳이다. 임실천은 창인마을 앞에서는 창인천변, 오원천은 관촌역 앞에서는 관촌천변, 대리평 앞에서는 대리천변, 신평면 앞에서는 신평천변으로 불린다.

오원천과 임실천에 제방이 쌓인 것은 1930년 무렵(국가기록원 기록물 '하천 재해 복구공사 국고보조 서류 임실천 제방호안 재해복구 공사 설계 변경의 건')으로 제방이 쌓인 후 창인천변 앞쪽으로 형성된 들이 '새봇들(新洑坪)'이다. 하천제방이 축조되면서 형성된 '새봇들'에는 비옥한 농지가 형성되고 천을 따라 축조된 제방은 창인 마을과 관촌역을 이어주는 새로운 통로로서의 기능을 하게 된다.

1970년대 천변은 모내기 끝나고 농사일이 한풀 꺾일 무렵부터 시작되는 계모임이 이루어지는 장소이다.

> 나는 親睦契員들과 川邊에서 노는데 午後에는 內外 同席해서 원만니 놀앗다. 夕陽에 越川하는데 男女가 물에서 장난이 벌어졋다. (69.5.22.)

夕陽에 村前 川邊에 가니 崔奉宇는 술이 취해는지 나무 밭테서[남의 밭에서] 쓰려지는 것을 보왔다. 나를 보더니 제는 술 먹엇어요 하면서 未安합니다면서 지게를 지고 비척 〃 하면서 가는 걸 보왔다. (69.6.13.)
親睦契員 川邊노리. 有司는 丁漢喆 張基涉인데 終日 잘 노랏다. (74.5.28.)

계원들은 천변에서 물놀이도 하고 남녀가 어우러져 물장난을 하기도 하며 싸움이 나기도 한다. "2時쯤 川邊에서 招請해서 갓든니 組合長 課長 外 20餘 名이 參席. 잠시 談話코 人事도 업시 歸家했다. 夕陽에 들으니 職員끼리 是非가 나서 傷恥[傷處]가 나고 그랫다고 들었다."(76.5.22.)의 기록에서는 군의 산림과 직원들이 마을 앞 천변에 놀러 와서 싸움을 벌인 사건에 대한 기록이다. 외지 사람들이 이곳 천변에 들어와 노는 것처럼 이곳 사람들도 다른 지역의 천변을 찾아 여가를 즐긴다.

川邊에서 술 밥 요구를 하고 취중에 노래 부르고 놀다 보니 3時였다. 出發하자고 해서 出發한데 途中에 外家집에 들이엿다. 夕食을 하고 求禮口에 왔다. (70.5.3.)
七七稧 定期總會日다. 아침 九時 列車로 鴨錄江 川邊에 갓다. 七七稧碑 立席式이 擧行되엿다. 中食을 맞이고 六時 列車로 歸家했다. (84.8.3.)

저자가 주로 찾았던 외지 천변은 구례천변과 압록천변이다. 구례는 외가가 있어 외척들과 교류하면서, 압록은 선산이 있어 일가들이 모여 놀던 곳이다. 천변에서 여가를 즐기는 것에 대한 기록은 80년대 중반까지 나타난다.
이른바 관광으로 불리는 여가 방식은 75년 속리산 관광을 시작으로 80년대와 90년대 근대화의 산물로 만들어진 댐, 다리, 공장 그리고 팽창된 서울의 어린이 대공원, 남산, 롯데월드와 유원지 주변에 온천 등을 개발하여 형성된 국민관광단지로 확대되며, 반공 이데올로기를 강화하고 애국심을 고취하기 위한 이념 관광도 그와 더불어 시대의 단면으로 자리하게 된다.

<다리, 공장, 댐>
成美 母는 麗水로 해서 南海大橋까지 단여 2日 만에 왔다. (76.5.13.)
崔景喆 案內로 造船所工場 內部을 구경하고 自動車工場은 景喆으 職場이 달아서 路上에서만 行視햇다. (82.5.2.)
淸州땜을 구경하고 왔다. (85.11.12.)

<서울, 어린이대공원, 남산, 롯데월드>
完鎬 內外 형수 成淑과 同伴 어린이 공원에 갓다. 周違[周圍]을 살펴 求見하고 鍾路[鐘路] 貞礼 집에 갓다. (75.1.26.)

南山을 택시로 三人이 갓다. 求影[求景, 즉 구경]할 만하드라. 사진도 찟고 왔다. (85.1.25.)
新平 新友會 主催로 40餘 名 會員이 서울 롯데얼트 觀光을 햇다. 約 3時間을 둘여 보왔다. 會費
는 人當 17,000식엿다. (90.7.17.)
오늘은 成金 兩母 두분과 同伴해서 서울 롯데월트 求景길에 나섯다. (90.7.18.)
養老者들하고 서울 롯데월드 求景하려 갓다. 第一次 面內 人士들하고 갔었다. 2,3個所만 보왔
는데 今般에는 5,6間데를 보고 乘車도 3次나 햇다. 잘한 폭이다. (90.8.1.)

<온천>
男女 四十名이 貸切하야 釜谷溫泉에 沐湯에 갓다. 12時에 着하야 中食을 끝내고 動物園을 求
景하고 植物園을 구경하고 沐욕湯에 드려갓다. 約 1時間 程度를 햇다.
우리 內外 成晩 母 家族 3人이 同參햇다. (91.12.31.)

<임진각, 땅굴>
임직각[임진각]에 당하니 午前 11時엿다. 여기서 板門店은 20里 開城은 40里이라고 햇다. 首都
警備司令部에 들이여 萬里長城을 求見[구경]햇다. (76.4.24.)
住民 男女 四十一 名이 起用하야 三八線 第二 땅굴을 求景햇다. (90.3.21.)

5) 노년기의 불안감과 병원 출입

　노년기에 접어들면서 저자에게 여러 가지 불안 심리가 가중되는 것도 2차 입력본에 나타
나는 주요 특성 가운데 하나이다. 저자는 노년기에 접어들면서 자신의 건강 상태에 대해 특
히 신경을 쓰게 된다. 그래서 금주를 여러 차례 시도하는데 금주에 대한 언급이 1차 입력본
에는 16회 출현하는 데 비해 2차 입력본에는 77회 출현한다. 특히 90년에는 작심하고 금주
를 시도하는데 일기 첫머리에 금주에 대한 언급을 빨간 색으로 표시, 그해 10월 9일 자에는
97일 동안의 금주를 스스로 위무하며 금주에 대한 자신감을 표현하기도 한다.
　건강에 대한 불안감은 나이가 들면서 더 심해진다.

骨針을 맞고 溫帶로 뜸질햇다. (88.12.20.)
聽力檢査를 한바 治料하야 完治할 수는 없고 保聽器[補聽器]를 다는 수박게 없다고 햇다.
(89.7.25)
간지스토마는 只今 이 始點에는 藥을 復用 못 한다고 햇다. (90.2.10.)
다리가 통증이 잇다 하니 뜸질을 하시{요} 햇다. (91.7.24.)
針 맞고 뜸질하고 物勿治療[物理治療]을 바닷다. (92.9.14.)
全州 病院에 갓다. 針을 맞고 뜸질햇다. (92.9.25.)
珍察하든니 간절염이라며 治料[治療]가 어렵드라고 하드라. 그려나 針은 마잣다. 모레 또 오라

햇다. (92.12.29.)

90년 이후는 귀가 어두워져서 보청기를 사용하게 되며, 간디스토마, 관절염 등으로 건강에 대한 위협을 느끼면서 침, 뜸, 병원 등을 부단히 찾게 된다. 보약에 대한 언급은 7,80년대 총 5회에 지나지 않으나 90년 이후로는 해마다 언급되고 있다. 저자는 관촌, 임실, 남원의 보건소, 의료원을 비롯하여 전주 대학병원, 예수병원, 한방병원, 이비인후과, 치과 등을 드나들며 자신과 가족들의 건강관리에 각별한 관심을 가지고 종종 친지들의 병문안을 다니기도 하며 병원 출입이 잦아진다.

노년기로 접어들면서 보이는 심리적 불안 역시 상당한 차이를 보인다. 저자의 심리상태를 나타내는 어휘 '不安'의 출현 빈도는 총 759회로 그 중 2차 입력본에 554회의 출현 빈도를 보인다. 불안의 요인은 자녀들의 생활이 안정되지 않은 것과 함께 사는 아들 며느리 내외에 대한 불만, 동네 사람들의 행동 양식, 농사일, 채무 관계 등 다양하지만 건강에 대한 불안이 가장 크고 경우에 따라서는 특별한 이유도 없이 불안감을 느끼기도 한다.

　　엇전지 不安하다. 終日 舍郞에 잇자하니 헛計算만 生覺해지드라. (82.1.11.)

불안과 더불어 상대의 행위에 대한 부정적 인식 표현이 다양해지며 그 빈도도 높아진다. '不快'는 전체 39회 중 2차 입력본에서만 37회 출현하고, '갯심하-, 개씸하-, 개심하-, 괫심하-'도 총 18회 중 14회가 2차 입력본에 출현한다. 저자가 타인에 대해 부정적 평가를 내리고 그를 표현하는 다양한 어휘로는 "不良女-불량자, 不良心者, 不良女子, 不良女息, 不良者, 不良行爲者, 不良宗員(不良 총 282회 중 2차 입력본 144회), 不信者(총 12회 중 2차 입력본 11회), 不安者(총 4회 중 2차 입력본 3회), 不逆行爲者(2차 입력본 1회), 不行無識者(2차 입력본 1회), 不行人(2차 입력본 1회), 不行者(2차 입력본 2회), 非人間(총 26회 중 2차 입력본 17회), 非人生(2차 입력본 1회), 非人種(2차 입력본 1회), 惡性者(2차 입력본 1회), 惡質者(2차 입력본 1회), 개상놈(2차 입력본 1회), 개좃놈(총 2회 2차 입력본 1회), 불개쌍것(2차 입력본 1회)" 등이 있다.

6) 맺음말

저자의 삶은 생업 즉 농업과 정미업이 이루어지고 있는 마을을 생활의 기본 공간으로 한다. 그리고 인근 부락 대리, 관촌, 신평과 임실 등지를 정치, 경제, 사회, 문화적 생활 범위로 하며 성장해 왔으며 20대 중반에 마을 이장으로 활동, 한국전쟁을 겪으면서 신평면의 주요 인물로서 사회경제적 성취를 이룬다. 그 후 마을 내부에서는 핵심 권력자로 활동하며 마을 주민들 혹은 인근 마을의 유지들과 계모임을 통해 결속을 공고히 해 왔다. 또한 임실군 공화당 당원, 가공조합 임원으로 활동하면서 공무원, 정치인, 신평면 유지들과의 사회적 유대를 형성, 그 교류망을 이용하여 가족과 마을의 대소사를 해결하면서 사회적 위상과 활동 범위를 확장해 왔다. 1980년대 들어 그는 장년기에서 노년기로 접어들면서 그 동안의 사회 활동을 기반으로 향교 장의, 임실 남원 종회 회장, 임실 노인회 신평 지회장 등으로 활동하게 되고 노년기에 접어들어 장년기보다 사회적 위상이 높아지고 그 활동 범위도 확대된 것으로 이해할 수 있다.

1970년대 이후 국가 압축 성장과 본격적 근대화 과정으로 말미암은 이촌향도 그리고 사회 전반의 발달 등은 도시와 농촌의 거리를 단축시키는 동시에 저자의 활동 범위를 확장시키는 시대적 요인으로 작용하게 된다. 노년기에 접어들면서 저자의 개인적인 활동력 증가가 그에 맞물리면서 1980년대 저자는 1970년대에 비해 보다 확장된 이동 범위를 보여주고 있는 것이다. 여기서는 1차 입력본과 2차 입력본에 등장하는 주요 지역의 언급 횟수와 활동 내용을 정리, 저자의 외지 출입의 내용과 정도를 도표로 제시함으로써 맺음말을 대신하기로 한다. 표1)은 저자의 일상적 삶과 관련된 주요 출입 지역에 대한 언급 횟수와 활동 내용을 정리한 것이다. 표1)의 언급횟수 항의 1차본은 1970년대, 2차본은 1980년대에 해당한다. 주요 활동 내용은 1980년대의 활동 내용이다.

[표 7] 80년대 주요 외지 출입 지역의 언급 횟수 및 내용

지역	언급 횟수		주요 활동 내용
	1차본	2차본	
대리	600	595	계, 관혼상제, 친교, 논 관리
관촌	332	434	역, 시장, 공판, 병원, 결혼, 동창
신평	286	304	면사무소, 농협, 지도소, 지서, 가공조합, 정화위원회, 애향단, 노인회, 유도회
임실	798	868	군청, 역, 시장, 향교, 가공조합, 산림조합, 농협, 대서소, 등기소, 노인회, 노인학교, 병원, 보건소, 의료원, 석공장
남원	135	550	종회, 법원, 대서소, 세무서, 의료원, 시장, 침
곡성	22	34	선산 관리 및 묘사
전주	1,156	1,361	종회, 결혼식, 병원(문병, 치료), 터미널, 친구, 가족
이리	77	57	정미 기계 부품, 결혼식, 계원
군산	36	37	동네 사람들, 여행, 조문, 결혼식
논산	34	22	훈련소, 종산 위토 관리
구례	78	40	외가, 외척 교류, 화엄사, 뱀사골 소풍
순천	42	30	처가, 외척 교류
광주	45	64	동화회, 정미 부품 구매,
여수	23	33	여행
서울	307	603	가족 친지 결혼식, 장례식, 문병, 방문, 제사, 족보 수단, 관광(대공원, 롯데월드, 경복궁)

70년대 저자의 일상적 활동 공간은 80년대에도 크게 차이를 보이지 않는다. 그러나 저자가 노년기에 접어들면서 향교, 노인회, 종친회 활동을 하고 병원, 보건소, 의료원, 한의원, 침술원 등을 찾게 되면서 임실, 남원, 전주로의 이동 횟수가 증가한다. 특히 남원에 대한 언급 횟수가 3배 이상 증가하는 것은 4남이 남원에 거주하게 되고 남원 임실 대종회의 회장으로 활동하면서 종사 관련 업무를 남원에서 주로 처리하기 때문이다. 반면 구례와 순천 등 외가와 처가와의 교류는 현저하게 줄어든다. 서울에 대한 언급이 두 배 가량 증가한 것은 7,80년대 꾸준히 진행되어 온 주민들과 자녀 세대들의 서울 생활이 증가한 한 결과이다. 전주 출입 역시 70년대 교육과 정미기 부품 구입, 법 관련 업무에서 종회 활동과 친지 방문 그리고 병원 출입으로 그 내용이 바뀐다. 이리, 논산, 군산 등지도 70년대 정미기 부품 구입, 정미기 기술자 방문이 중심이었던 데서 결혼식 참여, 친지 방문, 종산 관리, 군산, 여수 등지는 관광, 광주는 대종회 활동과 부품 구매로 방문 목적이 바뀌게 된다.

표2)는 2차 입력본 즉 1980년대 들어 새로 언급되거나 1차 입력본에 비해 언급 횟수가 증가한 지역의 언급 횟수 변화와 활동 내용을 정리한 것이다.

[표8] 80년대 이후 활동 범위의 확장

지역	언급 횟수		주요 활동 내용
	1차본	2차본	
수원	5	349	2남, 5남, 6남, 7남, 8남 거주 관련
부산	28	54	5남 화물차 운행지, 이거 주민, 족보 수단, 관광
대전	37	45	친지, 이거 주민 자녀 방문, 엑스포 구경
안양	3	28	85년 이후 친지 방문
벌교	0	26	88년 이후 석물공장
진주	0	21	87년 이후 5남 입원, 촉석루, 사당 관광
천안	18	20	2녀 거주지, 독립기념관
강진	9	16	친지 방문, 침
부천	7	13	친지 방문, 연립주택 분양
마산	1	12	5남 화물차 운행지, 속금계 관광지
의정부	0	11	90년 이후 친척 방문
강경	3	8	70년대 정미기술자, 80년대 친지 방문
무주	1	8	87년 이래 동창회 피서지(구천동)
공주	0	7	6남 처가(85년 이후)
목포	6	7	결혼식(1회), 계 모임 관광
청주	0	6	85년 이후 청주댐 관광
나주	0	5	86년 이후 족보 수단
고창	0	5	83년 이후 결혼식, 선운사 관광
광주(경기)	1	4	87년 1회, 91년 3회 퇴촌면 선조 묘소

울산	0	3	85년 이후 관광 경유지
파주	0	2	91년 친지 방문
포천	0	1	92년 관광 경유지

80년대 이후 가장 큰 변화를 보이는 지역은 수원이다. 70년대 5회 언급되던 것이 80년 이후 무려 349회 출현하며 전주, 서울, 임실, 대리, 남원, 관촌에 이어 여섯 번째로 많이 언급되는 지역으로 등장하게 된다. 이는 6남이 수원에서 고물상 사업으로 성공하면서 저자의 다섯 아들이 수원에 거주하게 됨으로써 나타난 결과이다. 그 외에도 대전, 부산 등지의 대도시에 대한 언급과 서울 근교의 부천, 의정부, 파주 등지에 대한 언급이 증가하는 데 이는 이촌향도에 따른 마을 주민들의 이거와 관련되어 있다. 원거리 관광이 빈번해지면서는 서울, 부산, 마산, 목포, 무주, 울산, 진주, 청주 등지가 관광지로 언급된다. 특히 90년대 대종회 활동이 활발해지면서 족보 제작 등의 종회일로 그 이동 범위가 확대되고 있다. 저자의 노년기 왕성한 활동력은 국가 산업화에 따른 인구 이동 그리고 도로, 교통 시설의 발달과 맞물려 그의 이동 범위를 서울과 수원을 비롯한 경기 일원, 부산, 대전, 전남, 충남북, 강원, 경남북 등 전국으로 확장시키고 있는 것이다.

제2장 농촌개발과 농촌사회조직

1. 개발 이후의 개발

1) 1980년대 이후 농업·농촌 일반

1980년대를 여는 첫 해의 일기 쓰기를 시작하며 최내우는 "一九七八年度 로풍被害로 收入은 全無하데 支出 比較的 늘고 私債務는 整理 못하고 延期하다 보니 利子는 늘어가고 物價는 上昇하고 工場은 도라가지 안코 있으니 其 心思는 오즉하겟나."(1981년 일기 내지)라고 적고 있다. 정부가 적극 나서 전국에 보급하였던 '노풍'의 참혹한 실패가 가져온 타격이 2년이 지난 시점에까지 지속되고 있었음을 보여준다. 이어 그는 "雪上에 加霜 格으로 고초[고추]를 栽培하야 生産도 높이고 債務을 내고라도 고초 乾燥場[乾燥場]을 新設하겟다고 決定코 모든 準備을 다 完備하야 k當 三○○원에서 四○○원까지 사다가 乾燥을 햇든니 培額[倍額]이 赤字을 보고"(1981년 일기 내지), 손해를 만회하고자 집에서 식용으로 비축해 둔 고추마저 시장에 내다 팔아야 하는 상황에까지 치닫게 된 현실을 개탄한다. 늘어나는 현금수요를 지탱할 요량으로 융자를 받아 시설물에 투자를 하고도 예측할 수 없이 등락하는 농산물 시세에 본전치기는커녕 자급할 방도까지 잃게 되었으니, 말 그대로 그 심사가 오죽했을까 싶다. 접촉할 수 있는 모든 인맥을 동원하여 정보를 수집하고, 이를 바탕으로 신중하게 한 해의 농가 경영계획을 세우고 실행하고 난 결과였던 터라 그 상실감이 더욱 컸던 것인지도 모른다.

정부의 지침을 누구보다도 앞장서서 실천하였던 그가 이렇듯 농업에서 쓰디쓴 결과를 맛볼 수밖에 없었던 이유는 무엇일까? "손을 베고 보니 不具가 되여 잠시 편하다"(83.7.11.)고 말할 정도로 날마다 쉴 새 없이 일을 했던 그의 품성이 게을러서였던 것은 결코 아니다. 그보다는 앞서 인용한 일기 내용이 말해주고 있듯이, 이 시기 최내우 가(家) 가계경제의 곤란함은 오히려 정부지침에 적극 따른 솔선수범의 결과로서 나타나고 있는 측면이 있다. 조금 더 확대하여 해석하자면 정부 농정의 실패라고 말할 수 있는 것으로, 실제 이를 방증하듯 일기 속 80년대의 농촌에서는 실패한 농정으로 인해 피해를 본 농민들의 집단적 저항이 종종 포착되고 있다. 70년대 노풍 피해에 대한 농민들의 데모에 이어, 80년대에는 소파동, 고추파동과 같이 걷잡을 수 없이 등락하는 농산물 가격에 대한 농민들의 분노가 뚜렷하게 나타나고 있다. 최내우 역시 82년에 딸기를 재배하고도 판로가 없어 걱정하고(82.5.20.), 사료용으로 재배한 옥수수 알곡을 약강에 판매하러 나갔다가 한 접에 고작 2,500원 정도밖에 받지 못한 것에 괴로워하는 등(82.6.24.) 농업수익의 불안정성에 깊이 시름하는 모습을 보인다. 81년, 4년째 흉작을 만나 매년 채무만 늘어가니 마음이 괴롭다(81.9.2.)고 한탄한 이후에도 해마다 수익성이 있을 만한 다른 농작물 재배를 시도해 보지만 그마저도 번번이 실패를 거듭한다. 이런 상황이고 보니 "무윗을 해야 되는지 도무지 못 살겠다"는 절망적인 한탄이 절로 나온다(82.5.23.). 그리고 급기야 80여만 원을 주고 샀던 소 한 마리 값이 30만 원대까지 떨어지자 "政府에서 장에[장려]만 해놋코 代案도 없이 農民으로 이려케 못 살게 했으니 못고 살 데 없다."(86.1.13.)며 정부에 대한 분노를 숨기지 않기에 이른다.

1980년대를 이전 시기와 구분 짓는 가장 중요한 이슈는 농산물 수입개방이다. 우루과이라운드가 시작되면서 불붙기 시작한 농산물 수입개방에 대한 농민들의 불안과 분노는 일기에서도 잘 드러나고 있다. 우루과이협상이 시작된 1986년을 보내고 난 새해 첫날의 일기에서 최내우는 지난해의 수입지출 결산 결과 500여만 원의 적자가 난 것에 분개하며 "政府하고 農民하고는 付合[符合]이 되지 안코 잇다. 農畜産物을 輸入해다가 農民을 못 살게 한니 弱子을 이처럼 괄세하고도 長期職權[長期執權]을 延長하려 함은 不良한 處事로 본다. 選擧時는 利用하고 끝이 나면 또 괄세하드라. 이제는 農民도 覺悟가 잇다. 두고 보자."(87.1.1.)라며 정부의 농업정책에 대항하는 결의를 다지는 모습을 보여준다. 이어 수입개방이 돌이킬 수 없는 현실로 굳어지게 된 1990년에는 "萬諾에 우류과이國하고 農産物 輸入開放에 協商이 이루워지면 韓國 農民은 將來 希望이 업고 失職者가 된다. 其 國 農産物은 우리 國의 農物보다 價格이 싸고 질이 良護[良好]하기에 國民들이 그게 쏠인다. 앞으로 農民는 볼장은 없어지게 되며 政治도 흔들일 것이다."(90.9.14.)라며 미래에 대한 어두운 전망을 내놓는다.

이처럼 한편으로는 분노하고, 한편으로는 절망할 수밖에 없었던 것이 1980년대 이래 농촌과 농민의 현실이었다. 이어지는 장에서는 1970년대, 이른바 '개발시대'를 거치고 난 후의 농민과 농촌이 어떠한 곤경에 처해 있었고, 이를 해결하기 위한 농민들의 전략은 무엇이었는지를 일기에서 언급된 내용들을 통해 살펴볼 것이다. 그리고 사실상 농업과 농촌 전반에 걸친 문제였다고 볼 수 있는 이 시기 농촌문제를 해결하기 위한 정부차원의 노력이 어떠한 형태로 이루어졌는지를 살펴볼 것이며, 그 한계를 간략히 짚어보고자 한다. 마지막으로 1970년대 사회 전체를 움직이는 동력이었던 새마을운동이 80년대 이후 어떻게 지속, 또는 변화된 형태로 시행되고 있었는지를 살펴볼 것이다.

2) 농업의 곤경: 농업생산수익의 저하와 농가부채문제

生覺하면 農民 내의 形便을 살펴보왓다. 每日 休息 없이 勞動은 햇다. 그러나 당장 受入[收入]이 없다. 支出만 生起이니 살 수 없다. 他人의 人夫賃 家用 其他 支出이 多額이다. 眞實로 못 살겟다. 學費도 累積되엿다. 政府에서 알고 잇는지 本給[俸給]을 밧는 사람은 또 달라 眞心으로 못 살겟다. (83.5.29.).

1980년대에 들어서면서 최내우의 일상은 '빚과의 전쟁'이라 생각될 만치 밤낮 부채를 청산하는 문제로 골머리를 앓는 날들의 연속이다. 농자재와 농기계를 구입하기 위하여 해마다 농협자금을 끌어다 쓰지만, 수확물의 공판이 끝나 목돈을 손에 쥐어도 인부임금과 농기계 이자, 농약과 비료 외상값 등을 제하고 나면 푼돈 정도만 손에 남으니 "못 살겠다"는 말이 "스스로 입에서 헛소리처럼 나온다."(83.5.31.). 11남매나 되는 자녀들을 고교까지 뒷받침하는 동안 누적된 학비며, 심심찮게 터지는 사건사고들을 뒷수습하는 데 소요된 비용이 만만치 않았던 것은 그가 입버릇처럼 말하는 '不運'의 탓으로 돌릴 수 있을지도 모른다. 그러나 1980년대에 들어서면서 그의 일기에 빈번히 등장하는 '못 살겠다'는 한탄은 대개 필요한 일상적 지출을 충당하지 못하는 가계경영의 어려움으로부터 나온다. 그리고 이는 곧바로 농업생산만으로 필요한 경비를 충당할 수 없게 된 '농민'으로서의 자신의 형편에 대한 자각으로 이어진다.

자녀들이 장성하여 독립된 살림을 꾸려 분가해 나감에 따라 최내우 가의 가계소비에서는 교육비를 포함한 자녀 양육비의 부담은 줄어들게 되었다. 그러나 별다른 사건 사고가 발생하지 않아도 기본적으로 농업생산자금만으로 상당한 비용이 상시적으로 지출된다. 일례로, 고향에 남아 농사를 물려받은 셋째 아들 성동이 81년 추곡공판에 벼 35가마로 929,950원을 받고 나서 지출한 금액은, 축사자금으로 283,767원, 비육우대 이자 79,314원, 경운기 이자 68,559원, 냉장고 대금 241,661원이다(12.14.). 돈도 없는데 들여놓았다며 아버지의 한심을 샀던 냉장고(4.10.)를 제외하면 모두가 농업에 투자한 비용이다. 이렇게 67만여 원을 공제하고 난 나머지 금액이 한 해 농사를 짓고 남은 수입이고 보니 "딴 計劃을 세웟든니 틀이엿다"며 아들 내외가 언성을 높이며 싸우는 일도 생긴다.

벼농사 외의 부업에서도 사정은 마찬가지이다. 1987년 누에공판이 끝나고 난 후의 기록을 보면, 누에를 팔아 33만 6천 원을 수입해 와서 "農藥代 成東 洋服代 모내기人夫賃 婦人 男子 脫穀 人夫賃 人夫 饌代 酒代 其他 계 二〇萬 원을 주고 支拂"하고 보니 "農協債務 利子만도 十八萬 원데 八萬 원이 不足 現狀"(87.6.19.)이 되고 만다. 고추의 경우는 더욱 심각하다. 1983년에는 과잉생산으로 고추의 시장가격이 하락하여(8.1.) 고추를 판 수입이 6만 원인데 묘목대만으로 6만 7천 원이 들어가고 기타 비닐이며 비료, 농약 구입비용이 11만 4천 원 가량이 들어가 5만 4천 원 가량을 손해 보았다고 적고 있다(83.10.2.). 이외에도 최내우는 담배와 깨, 약목을 재배하는 등 백방으로 수입을 올리기 위한 방법을 궁리하지만, 결과는 대체로 만족스럽지 못하다.

사정이 이렇다 보니 공판에서 쥐게 될 목돈을 담보로 일상적으로 지출되는 '家政用下'를 이웃이나 농협에서 빌려 때우고, 공판에서 얻은 수입은 다시 이 채무를 갚는 데 쏟아 붓는 일이 반복된다. 이렇게 가정지출이나 채무를 '돌려막기'로 때우는 방식 가운데 가장 관행적으로 이용되고 있는 것이 각종 농어촌 지원 자금이다. 일기에는 매년 저자가 자신의 명의나 아들 명의로 빠뜨리지 않고 다양한 융자금을 대부받은 사실이 기록되어 있다. 매년 3월경 정기적으로 대부받는 영농자금 외에도 축우자금, 특용작물자금, 일반자금, 심지어 재배한 기록이 전혀 나타나지 않은 복숭아자금까지 그 종류도 다양하다. 이렇게 확보한 융자금 중 일부는 이전에 대부받은 부채를 상환하는 데 쓰이고, 남은 금액은 일상적으로 소요되는 가계지출경비로 사용된다. 이렇게 하여 농산물을 수확하여 생긴 수입이 대부분 각종 융자금을 갚는 데 사용되고, 그에 따라 부족해진 생산자금과 가계소비지출분을 충당하기 위하여 융자금을 대부받아야 하는 부채의 연속적인 순환만이 남게 된다. 결국 저자는 "年〃히 償還하고 보면 債務는 늘고", "農事 農穀으로 附産物[副産物]로 生産하야 債務을 絶對로 償還 못한다"라는 결론에 도달하기에 이른다(86.12.31.).

영농자금이 영농보다는 부채상환과 생계지원금으로서 더 많이 활용되고, 역설적이게도 이러한 부채의 순환이 농가경제를 근근이 지탱시키는 힘이 되고 있음을 보여주는 일기 내용들은 개발시대에 성큼 발을 들여놓아 재미를 보았던 시장의 유혹이 이후 농업과 농민의 곤경을 야기하는 과정을 단적으로 보여주는 듯하다. "全北投資銀行에 利子 計算햇든니 557,000원 元利 합계해서 9,876,500원에 約 122,300원이 不足한 壹仟萬 원이다. 年利가 約 120萬 원이면 農事보다는 利得인 것 갓다"(92.9.17.)는 저자의 셈이 결코 틀리지 않게 되어버린 것이 이 시기 농업과 농촌의 현실이었다.

3) 복합영농과 농어촌후계자 육성

1970년대 후반 전국을 강타한 노풍과 냉해피해의 타격은 개별농가의 경제적 어려움 차원을 넘어서서, 이를 수습하기 위해 정부가 내놓은 후속조치에서 더 큰 후유증이 발견된다. 연이은 피해로 인한 쌀 수급 부족사태에 직면하여 정부는 1981년, 225만 톤이라는 막대한 양의 쌀을 수입하고, 그 결과로서 과잉재고 사태가 발생하자 정부는 '물가안정'을 명분으로 추곡수매량을 제한하고 가격을 통제하는 정책을 취하기 시작하였다. 일기를 살펴보면 그 방법은 대략 두 가지 방식으로 나타난다. 먼저, 전체 수매량을 제한하기 위하여 특정 품종의 벼만을 수매하는 것으로, 82년에 일반벼를 제외하고 신품종 벼만을 수매한 예가 이에 해당한다(82.11.4, 11.7.). 두 번째 방식은, 이와는 정반대로 "政府에서 一般벼 買上을 권장하고 里民들에 强要"(84.12.7.)했다는 기록에서 유추할 수 있는 것으로서, 1970년대 이래 식량증산을 목적으로 강요하였던 신품종 재배를 포기하게 함으로써 결과적으로 전체 쌀 생산량을 줄이는 방식이다. 주곡자립을 달성한 시점에서 남아도는 쌀을 수매하는 데 드는 재정 부담을 줄이기 위한 조치였다.

쌀 수매와 관련하여 취해진 일련의 조치들은 이전까지 생산에만 주력하면 되었던 벼농사가 더 이상 안정적인 소득기반이 될 수 없게 되는 현실을 만들어냈다. 그리고 이에 대한 대책으로써 벼농사를 보완하여 소득을 창출할 수 있는 복합영농이 권장되었고, 또한 이를 지원하기 위한 각종 자금이 방출되었다. 정부정책에 귀가 밝아서였기도 했지만, 늘 부채에 쫓기고 있던 최내우는 누구의 권유랄 것도 없이 스스로 돈이 될 만한 작물 재배에 적극 나서는 모습을 보여주고 있다. 가족들의 외면에도 불구하고 70년대 중반 이후 이미 사양길에 접어든 양잠을 80년대 후반까지도 포기하지 않은 것이나, 고추, 딸기, 들깨, 담배, 약목 등 다양한 작물을 재배하느라 동분서주하는 모습에서 이를 확인할 수 있다. 하곡이나 추곡수매를 통한 수입이 주로 채무를 상환하는 데 쓰였다면, 각각 시기를 달리하여 출하할 수 있는 기타작물들은 일상적으로 지출되는 현금을 확보하기 위한 수단이었던 것 같다. 그러나 고추나 딸기, 약목과 같이 시장의존적인 작물의 재배는 판로와 가격하락 문제로 인한 위험부담도 감수해야 하는 것이어서, 저자는 종종 이와 관련한 걱정과 불만을 털어놓고 있다.

복합영농과 함께 80년대 들어 변화한 정부의 농업·농촌정책을 확인할 수 있는 것으로는 농어촌후계자육성사업이 있다. 일기에서는 1981년부터 이와 관련된 기록을 상당수 찾아볼 수 있는데, 농촌에 남아 가업을 물려받은 최내우의 셋째 아들이 바로 이 농어촌후계자였기 때문이다. 일기에는 저자가 아들 성동의 후계자 지정을 위하여 특유의 정치력을 발휘하는 모습이 그려져 있다(81.3.4, 3.6, 3.10, 3.11. 등). 군청에 다니는 장남을 통해 농어촌후계자 사업에 관한 소식을 들은 이튿날 최내우는 바로 면장과 지도소장을 만나 아들 성동을 후계자로 선정해 줄 것을 요청한다. 후계자에 대한 혜택이 축산을 계획하고 있던 차에 축우와 자금을 확보할 수 있는 좋은 기회라고 판단했기 때문이다. 이미 교육을 보낸 청소년이 있다는 지도소장의 말에 그는 "八二年度에 連續시키고 우리 애는 今年이 超過되면 年令 關係로 失業者가 된다"며 재차 우선 선정을 부탁하고 집으로 돌아온다. 그러나 역시 지도소장의 말이 마음에 걸렸던지 "두고 보로되 萬一에 모든 여건이 맞는 사랑[사람]에 가면 모르로되 내게 比해서 不足한 者에 選定되엿다면 座視[坐視] 안코 따질 計劃"이라며 기어이 뜻을 관철시키리라는 의지를 다지는 모습을 보여준다(81.3.6.). 결국 기대대로 아들 성동은 후계자로 선정되었고, 그가 받은 후계자육성자금은 연초 계획하였던 축산자금으로 사용되었다. 이외에도 후계자 자격은 각종 정부지원 자금을 융자받는 데도 유리하게 작용하여, 매년 성동의 명의로 저리(低利) 자금들을 융자받아 이전에 융자받았던 높은 이율의 채무를 돌려막는 데 사용하기도 한다. 1989년에는 역시 농어촌후계자 자격을 내세워 800만 원의 농지구입자금을 배정받아 농토를 구입하기도 한다.

농어촌후계자 지원 사업은, 그러나 대상자 선정과 관련하여 주민들 사이에 불만을 낳기도 했던 것 같다. 일기에는 성동이 농지구입자금을 받게 된 일을 두고 주민 몇 사람이 "農地購入資金은 업는 사람을 주지 잇는 사람을 준야고 항변햇다"(89.1.23.)는 내용이 나온다. 이에 대하여 최내우는 "法則을 모른 놈들"이라는 말로 응수하고 일축하는데, 이는 이보다 앞선 14일 자 일기에서 이장을 만나 설명한 바와 같이 "成東이는 첫채 農高 卒{業}生이고 두채 農村에 이제까지 常住하면서 農事 經營이 잇고 셋재 年令[年齡]이 35歲이고 넷채 農漁村 後계者이고 다섯재 營農敎育도 年〃이 修了하고 잇기에 昌坪에서는 第一켓으"이고, 따라서 "面內에서도 成東이와 갖이 條件이 갖워진 人物도 없다고" 확신하기 때문이다(89.1.14.). 그러나 후계자 선정과정이나 후계자자격을 조건으로 내건 지원 대상 선정과정이 모종의 '정치'를 포함하고 있는 것인 까닭에 형평성에 관한 논란이 제기되지 않을 수 없었던 것도 사실이다.

그럼에도 불구하고 후계자의 자격조건을 내세우는 최내우의 논리는 정당하다. 다만 그의 아들이 농업에 대한 굳은 신념을 가지고 농촌에 남아있는 의욕적인 청년이 아니라, 어쩔 수 없이 농고에 들어가고, 졸업 후 떠나지 못해 농촌에 남아있게 된 것이라는 데 차이가 있을 뿐이다. 그러나 그러한 개인적 사정이야 무엇이 되었건 있는 집 자식인 그가 후계자가 되고 농지구입자금을 받게 된 것이 그의 잘못은 아니다. 그보다는, 복합영농이나 농어촌후계자육성 정책이 대다수 소농의 생계경제를 지원하고 농촌에 남아있도록 하는 데 목적이 있는 것이 아니라 규모화와 병행하여 상업적 영농을 확대하고 대농을 육성하는 데 있었다는 사실에서 기인하는 문제일 것이다.

4) 새마을운동의 지속과 변화

일기에는 1980년대에도 여전히 여러 형태로 지속되고 있는 새마을운동에 관한 기록들을 찾아볼 수 있다. 1981년, 군청에서 '독농가회의'를 소집하여 81년도 증산계획 발표와 함께 새마을사업의 추진을 적극 당부(81.4.10.)한 사실이나, 이후 83년의 "새마을事業 起工式"(1.5.), 84년의 "工場새마을事業", 85년의 "동래[동네] 새마을事業金"(4.8.) 등과 같은 용어에 대한 기록을 통하여 1980년대 중반에 이르기까지 마을 내에서 이루어지는 여러 사업들이 종전과 다름없이 새마을운동의 이름으로 시행되었음을 확인할 수 있다. 또한 새마을운동이 절정에 달했던 1970년대 중후반과는 빈도수 면에서 차이를 보이기는 하나 군청과 면사무소, 농촌지도소 직원들은 여전히 "새마을사업"을 위해 빈번히 마을을 드나드는 것도 여전하다. 매달 정기적으로 반상회와 마을회의가 열리고, 여기에 군·면의 공무원들이 참석하여 지시사항을 전달하는 것도 종전과 다를 바 없이 지속되고 있다.

새마을사업의 내용이라는 것도 70년대와 별반 다를 바가 없어, 풀베기, 마을청소, 농로개설 등이 시행되고 있다. 면장이나 면 직원이 몇 차례 마을에 찾아와 풀을 해달라고 요청을 하면(81.8.14.), 며칠 후 주민들이 반(班)별로 공동풀베기 작업을 실시하는 식이다(8.27, 8.28.). 그러나 풀베기는 퇴비증산 독촉이 심했던 70년대에도 제대로 이행되지 않았던 일이다. 더구나 이미 화학비료 사용이 일반화된 시점인데다 이농으로 인력이 부족한 농촌에서 더는 이를 요구할 수 없었던지 풀베기에 관한 내용은 81년을 끝으로 일기에는 더 이상 나타나지 않는다.

새마을운동의 '지속'을 가장 뚜렷이 볼 수 있는 분야는 생활환경개선이다. 일기에서 가장 먼저 눈에 띄는 것은 변소개량사업으로, 농촌지역의 재래식 변소를 '위생변소'로 개량하는 것을 지원하는 사업이다. 일기에는 창평리가 82년, 삼조식 변소 개량사업 시범마을로 지정되었다는 기록이 나온다(82.2.22.). 도내 다른 농촌지역보다 먼저 변소개량 사업이 착수되었던 것인데, 이와 관련한 교육도 실시되어(82.2.22.), 최내우는 이 교육을 받고 온 한 달 후쯤 변소개량 공사에 착수하였다. 그의 변소개량은 마을 내에서도 시범적인 케이스였던지 군 위생과 직원과 기사가 방문하여 변소개량 공사 현장을 시찰하고, 이삼 일 후 도내 6개 군에서 변소개량을 견습하기 위해 올 것이니 이에 대비하라는 지시를 받기도 한다(82.3.23.). 그리고 실제 이 지시를 받고 난 이틀 후 도와 군의 담당계장이 부군수까지 대동하여 도내 6개 군에서 50여 명의 사람들과 함께 집을 방문하여 개량변소를 보고 갔다는 내용이 나타난다(82.3.26.).

변소개량 견학은 한 번에 그치지 않아, 4월에는 면장이 담당직원을 데리고 방문하여 삼조식 변소 개량 여부를 확인하고는, "이다음에도 六個 郡 指導者가 募인다고 하고 來日부터라도 修理를 끝내 달아고" 요청했다는 내용이 나온다(82.4.16.). 이후 견학 여부에 관한 기록은 일기에 나오지 않으나, 시범마을을 지정하여 행정에서 시행한 사업을 홍보하는 방식은 70년대 새마을운동 때와 마찬가지로 여전히 지속되고 있었음은 충분히 알 수 있다. 군수와 면장, 기관장이 촌전 교량 준공식에 맞추어 마을을 방문할 일정이 잡히자, 행사 당일 담당직원이 급히 도색업자를 보내어 변소를 도색하라고 지시하는 바람에 예정에도 없던 도색을 하게 된(82.5.15.) 일도, 이전의 실적 채우기식 전시행정이 여전히 계속되고 있었음을 보여준다.

80년대 새마을사업으로 시행되고 있는 일 중 눈에 띄게 증가한 것은 도로개보수 작업이다. 일기에는 도로개보수 공동부역에 관한 기록들이 다수 나타나고 있는데(81.5.3, 5.27, 9.5; 83.1.5, 1.11, 3.5, 7.3; 84.3.17, 4.1, 11.27, 12.8; 86.9.4, 9.14; 87.12.7, 3.10. 등), 농로와 마을안길, 마을과 마을을 잇는 간선도로 등 매년 빠지지 않고 주민들을 부역에 동원하는 도로건설 및 개수사업이 시행되고 있는 것을 확인할 수 있다. 88년부터는 포장도로에 대한 언급도 나타나고 있는데, 마을 내 하천부지에 골재채취장과 레미콘공장이 들어선 것도 이러한 변화와 무관하지 않으리라는 점은 분명해 보인다. 88올림픽을 전후하여 전국적으로 이루어진 도로건설 붐에 농촌마을도 예외는 아니었으며, 도로를 개보수하는 취로사업이 "새마을사업"의 중심사업이 되어 실시되는, 잘 포착되지 않는 전환이 이 시기에 이루어지고 있었던 것 같다.

그러나, "負役을 하다기에 作業場에 가보니 約 二〇餘 名 좀 너물가 하드라. 어리애[어린애] 婦人 老人들이드라. 里長은 驛前에서 술만 마시고 現場은 오지도 안트라. 그리고 住民 中에도 經由[境遇]도 알고 人力이 忠分[充分]한 中農 大農 公職者만 不參했드라. 조금 不安했으니 묵忍[黙認]햇다. 一部는 不平도 잇드라. 바로 왓다."(83.7.3.)는 내용에서 볼 수 있는 바와 같이 공동부역의 의무감과 강제성은 이전과는 달리 사뭇 줄어든 것으로 보인다. 호당 한 사람씩 의무적으로 참가하는 것이 원칙인 마을부역에서 중장년층 남성의 '부재'가 지시하는 현실이 무엇인지는 일기의 단편적 언급들만으로는 파악하기 어렵다. 그러나 부역에 내보낼 인력이 충분한 중농 이상의 가구나 공직자들이 불참하고, 심지어 마을공동부역의 총책임자라 할 수 있는 이장이 역전에서 술을 마시느라 현장에 나타나지 않는 것 등을 보면, 70년대 새마을운동에서 강조하던 공동부역의 정신적 의미는 이미 상당히 퇴색한 것으로 보인다.

한편 변소개량사업 이후 부락공동청소 정도만이 이루어질 뿐 한동안 눈에 띄지 않던 환경개선사업이 다시 나타나고 있는 것은 1987년경에 이르러서이다. 마을 양로당 건립사업이 그중 하나로, 이는 아마도 이농으로 인해 중장년층이 떠나면서 마을에 노인들이 많아지게 된 현실과 관련이 있었을 것으로 추정된다. 저자 자신이 이미 노년기에 접어든 시점이라 노인관련 기술이 많이 등장하는 경향이 있는 듯도 하나, 양로당 건립을 비롯하여 양로회가 마을지사를 논의하는 의사결정기구가 되어가고 있음을 보여주는 일기 속 정황들이 이러한 추측을 뒷받침한다. 일기에 따르면 주민들(특히 노인)의 공동공간으로서 양로당 외에 새 모정을 건립하는 일도 추진되었다(91.8.6.). "今般 本里 募亭[茅亭]을 修理하는데 近方에서 茅恥拾亭이라 하야 保助[補助]도 해준다"는 내용으로 보아 농촌마을에 모정 건립하는 것을 행정에서 지원하는 사업이 시행되기도 했던 것 같다.

'마을'이라는 이전의 공동체 공간이 '양로당'이나 '모정'이라는 노인들의 공간으로 축소되고, 양로회원들의 잦은 관광이 일상화되어가는 현실이 이 시기 농촌 환경개선사업이 갖는 사회적 의미였는지도 모른다. 이러한 변화는 이후 농촌정책으로서 각 부처가 유사하게 추진하였던 사업들과도 연결되고 있는데, 일기에서는 이것이 1993년, '정주생활권개발계획'으로 나타나고 있다(93.11.10.). 새마을운동에서 유일하게 성공적이었던 것으로 평가되고 있는 생활환경개선사업의 미래 모델이었던 셈인데, 어쩌면 이는 70년대의 새마을운동에서부터 예견된 것이었는지도 모른다.

생활환경개선사업이나 주민 공동부역 등이 70년대 새마을운동의 '지속'을 보여주는 내용이라면, 제5공화국 들어 새마을운동이 민간주도운동으로 전환되면서 나타난 사회정화운동은 이것의 '변형'을 보여주는 것이라 할 수 있을 것이다. 최내우 자신이 '사회정화위원'으로서 활동을 했던 만큼 일기에는 이와 관련된 언급이 자주 나타나고 있다. 그는 81년 4월 17일, 임실군청회의에서 '사회정화운동 결의대회'를 가진 이래, 같은 해 8월 7일 면 정화위원으로 선임되었고, 이후 면이나 군에서 소집한 정화위원회의나 행사에 거의 빠지지 않고 참석하는 열의를 보인다. 또한 정화위원으로서의 역할을 실천하는 데도 적극적이어서, 82년 2월 24일에는 "郡 淨化會議場에 參席햇다. 고흔 말을 잘 드럿다."고 적은 바로 다음날 마을 반상회에 참석하여 면 정화위원회의와 군에서 개최한 의식개혁지도회장 간담회에서의 내용 등 "우리가 꼭 지켜야 하는 점"을 간추려 주민들에게 30여 분 가량 설명을 해주는 등 맡은 바 역할을 충실히 이행하는 모습을 보여주고 있다(2.25.).

그가 면이나 군에서 개최되는 정화위원회의에 참석하여 들은 "고흔 말"의 내용이 무엇인지는 일기에 나와 있지 않다. 그러나 이는 그가 정화위원으로 활동하고부터 이따금 등장하는 "삼척[삼청교육대] 對象"이라는 말로 충분히 짐작할 수 있을 듯하다. 사회정화운동이 시작되면서 이전까지 마을규범이나 연장자들의 도덕적 훈계로 처리되던 문제들은 사회적 차원에서 다스리고 처벌해야 할, 일종의 범죄로서 인식되는 경향이 나타난다. 예로, 마을 주민 한 사람이 "林仁圭가 家財道具 一切을 破散하며 祖母에 害코자을 한니 엇저면 좃는야"고 묻는 말에 "끅[꼭] 삼척[삼청교육대] 對象이로되 其 따린 子息들 事後處理 生計 대문에 어절 道理가 없네 하고 機會 나는 때로 訓械하겟다"(82.3.7.)고 하는 것이나, 아들 성동이 술을 마시고 들어와 주정을 부리는 데 대하여 "다음도 그려면 申告해서 삼척대[삼청교육대]로 볼 낼 예정"(82.4.12.)이라고 말하는 데서, 또한 "喆洙가 오늘도 술을 마시고 內外間에 病院에 갓다 왓서 집에서 폭역行爲을 하니 삼척교육대[삼청교육대]로 보내 주시요"라고 최내우에게 와서 부탁하는 주민의 말에서 이러한 인식을 포착할 수 있다. 이는 개별공동체의 윤리에 준거하여 판별되었던 비정상적 행동들이, 기실 상상적인 것임에도 불구하고 분명한 신체의 감각으로서 경험되는 외재하는 권력, 즉 국가에 의해 일탈로 규정되고 처벌될 수 있다는 인식에 다름 아니다. 새마을운동에 의해 확산된 의식개혁운동이 사회를 정화의 대상으로 보는 국가의 폭력적 현존과 함께 국민의 윤리로 자리를 잡아가게 된 것–아마도 이것이 명칭의 변화에도 불구하고 명백히 새마을운동의 지속이라고 볼 수 있는 측면이 아닐까.

일기에는 89년, 이전의 사회정화위원회가 바르게살기운동회로 개칭되었다는 내용이 나온다(89.8.21.). 그러나 이전의 사회정화위원 최내우는 바르게살기운동회원 최내우와 다르지 않다. 정부의 실패한 농정에 대하여 분개하는 최내우는 또한 이 바르게살기운동회원으로서 여행을 떠나는 최내우와 같은 인물이다. 개발시대 이후 급속히 전개된 농업의 실패에도 불구하고 지속되는 개발이란 바로 이 불편한 틈새 속에서 찾아볼 수 있을 것이다.

2. 농가사업과 생활환경

최내우는 1946년 정미사업을 시작한 이래 1994년까지 만 48년 동안 도정공장을 운영했으며, 쌀·보리농사에서 각종 채소와 뽕나무 및 약용식물 재배 등 다양한 작물의 농사, 양잠, 조림, 축산에 이르기까지 여러 사업을 이끌어왔다. 이 글에서 다루는 1981년부터 1994년까지는 '개방과 경쟁'을 기본으로 한 경제 정책 속에서 농산물 수매가격 인상 억제, 가격 안정을 위한 농산물 수입 확대 등 '개방시대의 농정'이 전개되던 시기였다. 농가 소득 증대를 위해 농외소득원 개발이 강조되었고, 농민들은 복합영농에 더욱 관심을 보였다. 최내우도 이 같은 흐름 속에서 축산을 본격화하는 한편 담배나 약용식물 등 상업 작물 재배에 힘을 쏟았다. 각종 영농자금의 지원을 받으며 장성한 아들이 농가 사업을 함께 하면서 최내우가의 경제 사정은 점차 나아졌다. 비록 최내우를 비롯한 대부분의 농가들이 적지 않은 농가부채를 안고 있었지만 1980년대 후반에 이르면 창평리의 생활환경은 현재와 큰 차이가 나지 않을 정도가 되었다. 하지만 환갑을 넘기면서 최내우와 그의 배우자는 크고 작은 질환을 앓게 되었고, 이는 건강에 대한 높은 관심과 잦은 의료기관 이용으로 이어졌다. 이 글에서는 최내우가 이끌어왔던 농가사업과 생활환경의 변화, 그리고 그가 경험한 보건의료 관련 기록들을 살펴보고자 한다.

1) 개관

도정공장을 운영하면서 농사와 양잠, 양묘, 축산에 이르기까지 다양한 사업을 벌여온 최내우는 1980년대 초반 극심한 경제적 곤란을 겪었다. 1970년대 후반 '노풍 피해' 등 신품종 벼농사의 작황 부진은 1980년대 들어와 도정공장 운영에도 지장을 주었으며(81.1.1.), 물가 상승과 농가 대출금의 이자로 인해 상당한 압박을 받아야 했다. 그는 1982년말의 회고에서

"그동안 일생을 통해 부모로부터 특별한 재정적 지원을 받지 못하고 남의 채무로 생활을 해 온 셈이며, 현재 농협 채무가 400만원"이지만 "열심히 청산해서 자식들에게는 채무를 남기지 않겠다"고 다짐했다(82.12.28.). 하지만 이듬해 "농민들은 매일 매일 휴식 없이 노동을 하지만[하는데도] 당장의 수입이 없이 인부들의 인건비, 생활비, 자식들의 학비 부담까지 지출은 쌓여가기에 진심으로 못 살겠다"면서 정부는 이러한 농민들의 사정을 알고 있는지 모르겠다고 푸념했다(83.5.29.). 할 일이 넘쳐나기에 밤이면 다음날 어떤 일을 어떻게 해야 할지 고민하다 보면 꿈자리가 이상해지는 경우도 있었다(83.6.3.). 어떻게 채무를 정리해야 할지 막연하기 그지없었고(83.8.1.), 당장의 생활비에서도 부족을 느껴 장성한 자식들이 자신이 노년에 병이 든 다음에 약을 쓰려하지 말고 지금이라도 매달 얼마씩 용돈을 보내면 좋겠다는 현실적 희망을 밝히기도 했다(85.4.14.). 따라서 그는 영농자금 지원을 받을 수 있는 기회가 생기면 이를 받기 위한 갖은 노력을 했고, 새로운 수입원이 될 만한 작물을 찾는 데도 많은 신경을 썼다. 여러 상업 작물과 축산까지 포함된 복합영농설계서 작성은 그러한 노력의 일환이었다(86.1.27.).

　1985년에 들어와 최내우가의 경제 상황은 조금 나아졌다. 그해 보리 수매나 벼 수매에서 전년보다 나은 수익을 올렸고, 양잠이 "대성황[대성공]"을 이룸에 따라 조금의 여유를 갖게 되었다(85.9.9.). 그는 보리 수매 결과 보리농사도 할 만 하다고 만족스러운 평가를 내렸으며(85.7.19.), 벼 수매에서 대부분 1등급 판정을 받고 아마도 정부에서 특별히 지시가 있었던 것 같다고 추측했다(85.12.18.). 이에 마을 주민들끼리 자연농원 관광(85.9.19.)이나 제주도 여행(86.4.14.)을 다녀오는 여유를 갖게 되었다.

　하지만 1986년 역시 500여 만 원의 적자를 기록했고, 그는 "농사만으로는 채무를 절대로 상환할 수 없"다고 단언했다(86.12.31.). 이러한 상황에는 정부의 농축산물 시장 개방이 큰 영향을 주었다. 그는 1987년 대통령 선거를 앞두고 농촌의 민심을 보아 여당이 정권을 잡기 어려울 것이라 보았다. 농민들이 이구동성으로 정부에 대한 비판적 입장을 보였으며, 비록 여당의 당원이었지만 농촌을 이렇게 만든 정부에 대해 자신부터 불평을 하지 않을 수 없었다고 기록했다(87.1.1.). 정부의 정책은 농민의 바람과는 전혀 부합되지 않고, 농축산물을 수입해서 "농민을 못살게 하면서 선거 때는 이용하고 선거가 끝나면 괄시하는" 여당에 대해 "농민도 각오가 있다. 두고 보자"며 어느 때 보다 강한 비판적 어조를 보였다. 1987년 수입지출이 맞지 않아 농촌에서는 못 살겠다고 한탄하던 최내우는(87.9.3.) 1988년에는 '기록하는 농민'에게 어울리지 않게 도정공장의 수지와 인건비를 기록한 장부, 경운기 작업일지, 축산 일지, 교육비 지출장부 등 4종의 장부를 모두 파기하기에 이르렀다(88.4.18.). 수지타산이 맞지 않아 더 이상 기록하고 싶지 않았기 때문이었다.

　그러나 1989년부터 최내우의 경제상황은 양적 질적으로 훨씬 나아지는 모습을 보였다. 그는 1989년 추가로 전답을 구입하는 등 사업 규모를 확대해 나갔고, 실화(失火)로 인한 보상 등 예기치 않은 지출이 생겨 지긋지긋한 해라고 표현했지만 한편으로 "마음 불안해도 때로는 행복한 마음도 든다"는 솔직한 심정을 밝혔다(89.12.31.). 우루과이라운드 체결로 농산물 수입이 개방되면 한국의 농민은 희망이 없는 실업자가 될 것이라는 우려 속에서도(90.9.14.) 최내우의 행복감은 1990년에 2,400만원 수입에 400만원 흑자라는 만족스러운 결과로 이어 졌다. 이는 농토가 확대되어 농사가 "대업"이 되었고, 벼농사에서 다수확에 의해 수입이 크 게 증가했기 때문이었다. 1991년에도 2,150만 원의 수입에 200만 원의 흑자를 기록했으며, 이때는 들깨에서 많은 수입을 올린 덕분이었다(91.10.11.).

이후로도 수입이 어느 정도 안정되면서 채무도 점차 갚아나갔지만 한편으로 연령이 높아 지면서 자신과 가족의 건강 문제가 부각되었다. 부인이 중풍으로 한 달 이상 병원에 입원했 고, 자신도 결핵을 비롯해 크고 작은 질환을 앓게 되면서 농가 사업으로 확보한 수익의 상당 부분을 약값과 입원비로 써야 했다. 1993년의 경우 벼, 담배, 고추 등 중요 작물이 대부분 풍 작을 거두었지만 농가 부채 상환에 많은 지출을 해야 했으며, 동시에 가족과 자신의 건강 문 제로 쉴 새 없이 병원을 드나들어야 했다. 비록 병원에 날마다 출근하듯이 다니면서도 장수 할 자신이 있다(94.6.17.)고 밝혔던 최내우는 바로 다음날 갑작스런 교통사고로 세상을 떠나 고 말았다.

2) 농업

최내우는 1981년 초 일기의 첫 페이지에 한해의 영농계획을 수립했다. 기록하는 농민으로 서 영농계획은 한해의 시작을 알리는 의식이었다. 여기에는 농기구 준비에서 보리 시비, 뽕 밭 관리, 벼 종자 침종, 고추 파종, 고추 이식, 보리 베기, 모내기, 김장용 파 파종, 벼 베기, 탈 곡, 보리 파종 등과 춘잠에서 추잠, 만추잠까지 양잠에 대한 일정이 월별로 기록되어 있다. 이 계획에 포함된 벼, 보리, 고추, 뽕나무 등은 최내우가 경작한 중심 작물들이었다. 그 밖에 축산을 본격화하면서 사료용 옥수수를 키웠으며, 딸기, 콩, 마늘, 무, 참깨, 율무, 땅콩, 생강 등 여러 작물을 경작했다. 또한 특정 작물이 수지가 맞는다는 정보를 듣고 담배나 약용 식물 등의 상업 작물의 재배를 시도하기도 했다.

도정공장까지 운영하던 그가 이처럼 다양한 작물을 경작할 수 있었던 것은 결혼한 3남 성 동이 함께 살면서 농사와 도정공장 일을 도왔기 때문이었다. 그의 일기에 등장하는 농업과 농가사업은 사실상 2가구의 것이었다. 하지만 경제적으로 완전히 분리가 된 상태가 아니었 기 때문에 수익의 배분을 둘러싸고 다소의 갈등을 빚기도 했다. 그의 아들은 농어민후계자 로 선정되어 자금 지원을 받았고, 정부가 제공하는 여러 영농자금 융자를 받을 수 있었는데, 여기에는 최내우의 정보력과 인맥이 중요하게 작용했다. 최내우는 장성한 아들의 분가(分 家)와 분재(分財)를 계속 고민했으나 실천에 옮기지는 못했다.

앞서 간행된 『창평일기1, 2』의 1969~1980년에 비해 1981~1994년에는 최내우가의 농업 규모가 전반적으로 확대되었다. 새로운 농지 구입에 따라 경작 면적이 늘어났으며, 이전 시 기에 비해 양잠의 비중이 줄어들고 축산의 비중이 커졌다. 축우를 본격화함에 따라 사료용 옥수수 재배가 시작되었고, 여러 상업 작물의 재배에도 많은 노력을 기울였다.

1980년대 벼농사는 기계이앙이 확대되면서 품종 선택에서 기계이앙에 유리하다는 사실이 중요한 선택 기준의 하나가 되었다(81.1.1.). 농촌 기계화 속에서 이앙기회, 분무기회 등 개인이 소유하고 운용하기에는 고가의 영농기계들을 조직을 구성하여 회원 공동으로 활용하고 관리하는 모습은 이 시기에 더욱 일반적이 되었다. 1983년 38명이 모인 이앙기회원 총회에서 콤바인을 구입해야 한다는 제안이 나왔으나 최내우는 자신은 경운기도 있고 탈곡기도 있기 때문에 반대 의사를 밝혔다(83.6.19.). 도정공장을 운영하면서 탈곡도 중요한 작업의 하나로 실시하고 있는 그에게 벼 베기에서 탈곡까지 한꺼번에 할 수 있게 한 콤바인은 그리 반가운 대상은 아니었을 것이다. 하지만 결국 콤바인 도입은 노동력 부족을 겪고 있는 농촌에서 피할 수 없는 대세가 되었고, 1980년대 중반 임실뿐 아니라 대부분 농촌 지역에 콤바인이 도입되었다. 최내우는 1994년 트랙터를 도입했는데, 평생 기계를 다루었던 그는 트랙터의 매뉴얼을 보고 충분히 이해가능하다고 자신감을 보였다(94.5.1.).

최내우가 쌀과 보리 다음으로 정성을 기울인 작물은 고추였다. 이미 1970년대 후반부터 고추 건조장와 육묘장을 설치하는 등 고추농사에 많은 투자를 했다. 폭설로 육묘장이 무너지기도 하고, 병충해 때문에 고추농사가 큰 타격을 받기도 했는데, 최내우는 고추 농사는 많은 투자를 했기 때문에 더욱 신경을 쓸 수밖에 없다고 밝혔다(86.7.19.). 흔히 '○○파동'으로 불리는 극심한 농산물 가격 등락으로 농민들은 적지 않은 어려움을 겪어야 했는데, 1988년은 고추파동이 일어났다. 1988년 7월부터 고추가격이 1/3로 폭락했는데, 이는 양담배 수입 때문에 엽연초 농가가 고추생산으로 전업한데다, 좋은 기후로 인해 고추가 과잉 생산되었기 때문이었다. 이에 농민들은 노상에서 고추에 불을 붙이며 강력하게 데모를 하기도 했다(89.1.24.). 다행히 1990년에 들어와 고추농사는 최고의 기록을 세웠으며(90.8.18.), 정부의 정책적 지원에 의해 고추 재배를 위한 비닐하우스 건설 자금이 저리로 제공되었다. 이에 최내우는 5%의 저금리로 면 농협에서 대출을 받아 8%의 이자를 주는 군 농협에 예금을 하는 기지를 발휘하기도 했다(90.10.13.).

수익을 올리기 위해 새로운 작물의 재배를 시도했지만 만족스러운 결과를 얻기가 쉽지 않았다. 새로 시작한 딸기는 판로를 찾지 못해 고민이었으며(82.5.20.), 딸기 농사에서도 기대한 성과가 나타나지 않자 무엇을 해야 되는지 도무지 알 수 없다고 토로했다(82.5.23.). 새로운 작물은 재배도 문제이지만 수확한 작물의 판로가 문제가 되는 경우가 많았다. 최내우는 농촌지도소에 근무했던 사람으로부터 더덕 계약재배를 권유 받고 계약금을 내고 덜컥 계약을 했으나 판로에 대한 책임이 전혀 없는 계약서임을 알고 뒤늦게 화를 삭여야 했다(83.11.12.). 소위 복합영농을 위해 새로운 상업 작물을 찾는 농민들이 많아지면서 이들을 노린 중개업자가 활개를 쳤다.

최내우가 수익을 위해 새롭게 찾아낸 작물은 독활(獨活)을 비롯한 약용식물이었다. 최내우는 TV에서 독활 재배가 수익이 많다는 보도를 보고 독활 재배를 결심했다(85.2.9.). 이를 위해 임실의 다른 농가를 찾아 약용식물 재배법을 배웠으며(85.4.19.), 500주를 식재하는 것에서부터 "약목(藥木)" 재배를 시작했다(85.4.25.). 독활 재배를 위해 농협에서 230만원의 자금을 10% 금리로 융자받기도 했다(87.3.21.).

또한 두충(杜仲) 재배에 많은 노력을 기울였다. 서울에서 한의약 분야에서 일하는 인척으로부터 약재를 재배해보라는 권유를 받고(86.3.16.) 두충 재배를 결심한 최내우는 "약목 가공업자"를 방문하여 좋은 묘목을 구입하고 재배법도 익혔으며, 벌초나 시비 등 약용식물 재배에 많은 신경을 썼다. 하지만 장래성이 있는지도 모르고 덮어놓고 시작을 했다며 불안감을 감추지 못했다(88.4.9.). 실제로 1980년대 두충이 고혈압 등의 성인병 치료에 효과가 있다고 알려지면서 농촌에서 두충을 너무 많이 재배하여 두충 가격이 크게 폭락했다. 최내우는 1990년부터 백지(白芷) 종자를 파종하기 시작했고(90.3.20.), 이후 진두찰, 엄나무, 오가피 등 여러 약목의 재배에 대해 관심을 보였다(92.9.28.). 하지만 약용식물 재배는 그다지 큰 수익을 가져다주지 못했다. 1990년에는 인건비와 종자대를 제하니 완전히 적자였으며, 이에 아들이 더 이상은 독활을 심지 않겠다고 해서 최내우는 단독으로 독활 재배를 했다(90.11.7.). 이 시기에는 최내우 뿐 아니라 많은 농가들이 약용식물 재배에 뛰어들었고, 그에 따라 약재들의 값이 폭락해서 기대했던 수익을 거두기가 힘들었다.

1990년부터 최내우는 엽연초 재배를 새롭게 시작했으며, 이를 위해 아들이 관촌에 가서 영농교육을 받고 왔다(90.3.6.). 다른 작물과 마찬가지로 담배 경작 역시 상당한 노동력 투입이 필요하며, 특히 담배 잎을 딸 때는 많은 노동력이 집중적으로 투입되어야 한다. 3, 4일간 외부 인부와 가족 전체가 동원되어 재빨리 수확을 마치고 건조해야 좋은 품질의 담배 잎을 얻을 수 있기 때문에 수확기에는 가족 전체가 집중해야 하며(90.9.7.), 비가 오거나 해서 작업이 늦추어질 경우 상당한 타격을 받게 된다. 이에 따라 3년간 담배를 재배한 다음 아들은 더 이상은 담배농사를 못하겠다고 거부의사를 밝혔다(92.8.10.). 이처럼 새로운 상업 작물로 꾸준한 소득을 기록하기는 쉽지 않았다.

3) 도정공장

최내우는 1946년부터 도정업에 종사했기 때문에 도정공장은 그의 한 평생이 새겨진 공간이자 여러 농가사업의 출발점이었다. 부모로부터 특별히 재산을 물려받지 못한 그는 도정업의 수익으로 농토를 조금씩 구입해왔기 때문에 도정공장은 그가 여러 농가사업을 영위할 수 있는 바탕이 되었다. 도정공장의 일은 공장 안에서만 이루어지는 것이 아니라 직접 현장을 찾아 진행하는 탈곡 작업의 비중도 적지 않았다. 하지만 그는 자신의 연령이 많아져 집집마다 방문하는 것이 서로에게 부담을 줄 수 있다는 판단 아래 방문 탈곡 작업은 아들이 전담하게 했다(82.10.17.). 또한 1986년에 들어와 마을의 농경지 400여 두락이 군부대에 수용됨에 따라 도정공장의 수입 감소를 걱정해야 했다(86.7.9.).

경제적으로 어려움을 겪고 있었지만 그는 도정공장에 필요한 시설 투자는 아끼지 않았다. 1983년 원동기실을 확대하고 새로운 원동기를 도입했는데, 고사를 지내고 참석한 마을 주민 50여 명에게 술과 음식을 대접했다(83.2.4.). 고가의 기계장치를 들여오거나 자동차를 구입한

다음 번창하기를 기원하며 음식을 장만하여 고사를 지내는 것이 당시 흔히 볼 수 있는 풍경이었다. 새로운 원동기 도입 이후에도 정미기나 탈곡기 등 여러 기계들을 새로운 제품으로 교체하거나 부품을 사서 직접 조립하면서 공장의 시설 수준을 유지해나갔다(83.8.8; 90.5.25.). 그는 공장 시설을 개선하기 위해 다른 도정공장을 시찰하여 내부 시설 개조하기도 했으며(89.10.5.), 공장의 합병으로 인해 문을 닫는 다른 도정공장에서 남는 기계를 구매하기도 했다(92.12.9.). 도정업 자체가 계속 성장하는 산업이 아니었기에 완전히 새로운 기계를 사서 설치하는 경우보다 도정공장끼리 기계를 사고파는 경우가 많았으며, 석발기 같은 오래된 기계의 부품은 구입이 어려워 다른 공장에서 구하는 것이 빨랐다(92.12.9; 93.3.27.).

도정공장도 변화하는 시대상 속에서 크고 작은 어려움을 겪어야 했는데, 무엇보다 농협이 추진했던 대규모 미곡종합처리장(RPC)의 등장은 도정공장에게 큰 위협이 되었다. 일기에는 아직 RPC나 미곡종합처리장이라는 용어가 나오지는 않았지만 최내우는 1992년 1월 농협이 벼 탈곡에서부터 시작하여 면 공장으로 운반해서 보관, 도정하고 자택까지 운반해주는 사업을 시작할 계획임을 확인하고 큰 우려를 보였다(92.1.24.). RPC는 수확직후 물벼상태의 벼를 농민에게 구입하거나 위탁받은 후 건조, 저장, 도정, 선별, 포장, 판매를 일관 기계화 및 자동화 설비로 처리하는 대규모 종합시설이었다. 첫 번째 RPC는 1991년 충남 당진 합덕 농협과 경북 의성 안계 농협에 시범 설치되었는데, 이후 조금씩 확대되어 갔다. 최내우는 농협이 그와 같은 사업을 벌이는 것은 생산자는 편리할지 모르지만 그에 필요한 인건비 등을 감안할 때 수지가 맞을 수 없는 무리한 계획이고, "장기적으로 국가가 망할 징조"라는 극단적인 반응을 보였다. 사실 RPC는 수확, 건조, 저장, 보관, 유통 등 그동안 분산적으로 진행되던 수확 후 관리를 종합한 것일 뿐 아니라 농협이 쌀시장에 적극 참여함으로써 유통에도 큰 변화를 가져오게 된 사건이었고, 영세 도정공장에는 큰 타격이 되었다. 도정공장을 운영하는 업자들은 농협의 방침에 강하게 반대했으며, 그들의 모임인 가공협회 회의에 도청 고위 관리나 경찰의 형사과장이 참석하여 업자들의 동향을 살피기도 했다(92.10.22.). 실제로 가공협회 회의에서 청와대 앞에서 데모를 해야 한다는 주장도 제기되었는데, 결국 협회원들은 국회의사당 앞에서 모여 대규모 시위를 벌이기로 계획했다(92.12.12.). 최내우는 이 시위에 참석하지 않은 것으로 보이지만, RPC의 등장은 마을의 정미소들이 하나씩 사라지는 직접적 계기가 되었다.

같은 시기에 마을 주민 한 명이 자가 도정기를 구입했는데, 이를 알게 된 최내우는 1년에 직접 도정하는 양이 몇 kg 되지도 않으면서 그 비용을 아끼려고 도정기를 구입하는 것은 자신에 대한 모욕이라 생각하고 무척 분노했다(92.10.25.). 당연히 도정공장 운영자 입장에서 자가 도정기 구입자가 무례하게 보였겠지만, 이는 쌀의 소비나 유통 방식이 변해가면서 나타나는 자연스러운 결과였다. 쌀 소비가 줄어들면서 양보다 밥맛 등 질에 대한 관심이 높아지면서 쌀의 포장단위도 줄어들었고, 농가에서도 대량으로 도정을 해서 저장을 하는 방식보다 필요할 때 조금씩 도정을 해서 밥맛을 유지하고자 하는 경향이 늘어가면서 나타난 현상인 것이다.

이러한 위기 상황에서도 최내우는 많은 돈을 들여 도정공장의 보수에 나섰다. 1993년 원동기, 정미기 등 여러 기계 및 부품을 교체하는 한편 320만 원을 들여 대대적인 공장 보수를 실시한 것이다(93.2.15, 3.5.). 이는 어려운 상황에서 공격적인 경영이라는 선택을 한 것으로, 정미소라는 이름 대신 도정공장이라는 표현을 고수했던 최내우의 도정공장에 대한 애착을 보여주는 사례였다. 그에게 도정공장은 쇠락해가는 정미소가 아니라 새로운 기계가 힘차게 돌아가는 역동적인 공간이었다. 40년이 넘는 기간 동안 그의 삶과 함께 했던 도정공장은 외부에서 가해지는 위기에도 금방 포기할 수 없었던 특별한 대상이었던 것이다.

4) 기타 농가 사업

1960년대 후반부터 양잠을 시작한 최내우는 1976년 일본이 견직물 수입을 규제함에 따라 정부가 나서 뽕나무 재배를 줄이고 양잠의 비중을 줄일 것을 요구하면서 한 때 양잠을 포기할 것을 고민하기도 했다. 하지만 그는 최내우는 꾸준히 양잠가 교육을 받으면서 양잠에 대한 관심을 놓지 않았으며, 1980년대 들어와서도 양잠을 계속했다. 사실 누에올리기(上簇)에 모든 가족이 동원되는 등 양잠에는 많은 노동력이 투입되었지만 기대만큼 수입이 많지 않아 가족들은 불평이 적지 않았지만 최내우는 "놀면 무엇 하냐"며 양잠을 계속 밀어붙였다(83.9.12.). 다행히 1985년에는 양잠이 대성공을 거두게 되어, 상당한 수익을 올리게 되었다(85.9.9.). 그러나 양잠 자체가 점차 사양 산업이 되어 가고 있었기 때문에 그가 양잠에 대해 쏟는 정성이나 일기에 기록된 양잠 관련 언급은 점점 줄어들고 있었다.

1970년대에 비해 1980년대에는 조림이나 양묘에 대한 기록도 훨씬 줄어들었다. 이는 속성수 중심의 치산녹화계획이 점차 완성되어 가던 시기였기 때문으로 보인다. 물론 여전히 포플러 조림으로 적으나마 수입을 올리고 있었는데(87.2.26.), 1989년 포플러 식재를 위해 하천에 불을 댔다가 근처 민간의 행랑을 전소시키는 사고를 내고 조림으로 얻는 수익보다 훨씬 많은 금액을 보상해야 했다(89.3.29.). 산림계의 조림 작업은 공동으로 작업하고 이후 이장이 조림비 혹은 입목대금을 받아 분배를 하는 방식을 취했는데, 그 과정에서 분배의 공정성을 둘러싼 논란이 종종 일어났다(88.5.1.).

이전 시기에 비해 비중이 크게 늘어난 농가사업은 축산이었다. 최내우는 1979년 젖소 5마리를 키우려고 사료용 옥수수도 재배하고 사일로도 만들고 축사도 수리하는 등 준비를 했지만 젖소 시가가 절반 이하로 떨어지자 투자비 손실을 감수하고 젖소 사육을 포기한 바 있었다. 그러나 1981년 들어 농어촌후계자 육성사업과 관련해서 전북 지역에 7억 원이 배정된다는 신문기사를 보고 다시 축산을 시작하기로 했다. 축사 사진을 찍고 규격을 재서 농촌지도소에 제출했으며(81.6.18.), 축사를 수리하고 전기도 가설하고 배설물 처리관도 설치하고 사일로도 다시 세웠다(82.3.13, 9.25.). 그는 모두 7마리의 한우를 키웠는데, 아들의 몫이 6마리였다. 효율적인 축우를 위해 최내우는 가축일지도 작성했으며, 농촌지도소장이 직접 방문에서 가축 사육에 대한 여러 정보를 전해주기도 했다(82.8.2.). 군 지도소에서는 정상적으로 축산이 이루어지고 있는지 확인하기 위해 사육 현황을 조사하러 나왔으며, 농산부에서도 감사가 나온다고 하여 미리 면사무소에서 담당자가 사전 점검을 하기도 했다(82.8.30; 84.3.15.). 군청에서 양축 농가에 초지조성 교육을 실시하는 등 축산 농가를 위한 여러 영농 교육이 이루어졌다(82.2.23; 83.1.6; 85.11.6.). 영농후계자인 아들이 주로 교육을 받았지만 경우에 따라 최내우가 직접 영농교육을 받기도 했는데, 대부분의 영농교육에 대한 농민들의 참여율은 그리 높지 못했다.

최내우는 소 외에 염소, 돼지, 닭 등을 사육했으며, 이는 대체로 자가 소비용이었고 돼지의 경우 간혹 판매 수익을 올리기도 했다. 하지만 먹이를 주는 일 등 돼지 사육을 주로 며느리가 담당했기 때문에 돼지 판매 대금을 둘러싸고 이견이 드러났다(82.10.31.). 최내우는 판매 대금을 당장 필요한 작업 인부 인건비에 사용하고자 했으나 며느리는 1/3만 넘겨주고 나머지는 새끼돼지를 구입하겠다는 뜻을 밝혔다. 이에 최내우는 불편한 기색을 보였지만 받아들일 수밖에 없었다.

소를 키우면서 아침저녁으로 소를 먹이기 위해 죽을 쑤어야 했고, 이는 계절에 관계없이 항상 해야 하는 일상적인 일이 되었다. 대부분의 농사가 계절에 따라 일의 내용과 강도가 달라지지만 소죽을 쑤는 일은 언제나 규칙적으로 진행되는 고정적인 작업이 되었다(84.2.5). 그런 노력에도 축산 역시 쉬운 일이 아니었고, 비싸게 주고 사온 소가 병을 앓게 되면 불안감이 매우 커졌다(84.2.14.). 소가 탈이 나면 관촌의 동물병원장을 불러 진단을 받고 주사를 맞아야 했다(84.2.14.). 소의 질병과 함께 축산농가에게 가장 큰 걱정거리는 소 값의 하락이었고, 최내우도 적지 않은 타격을 받았다. 그는 소값이 기대에 미치지 못해 농민들은 못 살겠고 채무만 늘어가게 되었다고 한탄했으며(84.3.21.), 1985년 소 값이 폭락함에 따라 임실 우시장이 열리는 날에 축산농민들이 데모를 할까봐 관에서 파장을 시키는 일까지 생겼다(85.8.6.). 실제 1985년에는 전국적으로 축산 농가들의 소 값 피해보상 요구가 전국에서 격렬하게 전개되었다. 우시장에 나간 최내우는 농민들 사이에 정부가 축산 정책과 관련해 부정이 많다는 정보가 돌고 있음을 기록했다. 축협이 주최한 축산 교육에서 강사는 축산업자 스스로 사육두수를 줄일 필요가 있음을 강조하고, 번식을 줄이도록 수의사의 인공수정을 금지하겠다는 정부 정책을 소개했다. 이에 최내우는 그동안 정부에서 대책도 없이 축산을 권장하여 번식을 하게 한 처사 역시 비판을 받아야 한다며 불만을 표시했다(86.10.28.).

5) 생활환경

1980년대 창평마을은 이미 전기, 수도, 전화가 들어온 상태였고, 집집마다 차이는 있지만 가전제품의 도입이 본격화되면서 물질적 생활환경은 현재와 유사한 상태가 되고 있었다. 1980년대 후반에는 마을까지 버스가 들어오면서 주민들의 이동이 훨씬 수월해졌으며, 기차보다는 버스 이용이 일반화되어 장거리 여행에도 고속버스를 이용하는 경우가 많았다.

최내우는 1985년 환갑을 훌쩍 넘긴 나이에 처음으로 오토바이를 타기 시작했다. 고령에 오토바이를 처음 타는 자신의 모습을 행인들이 비웃었다고 썼지만 이후 오토바이는 그에게 중요한 운송수단이 되었다(85.5.24.). 1988년 새 오토바이를 구매하려 했지만 면허증도 발부받고 번호판도 달아야 한다기에 처음에는 포기했지만 이듬해 적성검사도 받고 면허증도 받아 오토바이를 애용했다(89.5.18.). 그는 편도 한 시간 이상 되는 먼 거리도 오토바이를 이용해 다녀오곤 했다(90.6.17.). 하지만 포장도로에서는 편리했지만 비포장도로를 다닐 경우 기름통이 터져 기름이 새는 등의 문제를 겪었으며(89.9.17.), 타던 오토바이를 도둑맞고 속을 끓이기도 했다(92.11.14.).

1984년 마을의 숙원사업인 간선도로 공사가 완공되어 버스 마을 통과를 추진하게 되었지만 실제로 버스가 들어오기까지 상당한 시간이 소요되었다. 1987년 버스 회사와 협의를 통해 버스가 하천 제방을 통과하기 위해 건설과장의 사용승인이 필요하며, 전신주를 이전하고 노면을 정비하는 등의 작업이 필요하다는 요구를 받았다(87.11.24.). 뒤 이어 군청에서 포클레인을 동원하여 버스 노선 정비 사업에 착수하게 되었다(87.11.27.). 하지만 버스 운행을 위한 교섭은 1989년까지 진행되었는데, 마을 주민 중에서 교통사고를 우려해서 버스의 마을 진입을 반대하는 목소리가 있었기 때문이었다(89.6.30.).

사실 1980년대 중반 이후의 최내우의 일기에는 교통사고와 관련된 기록들이 크게 늘어났다. 여기에는 5남 성걸이 사업상 차량을 운행하면서 몇 차례 교통사고를 경험한 배경이 있었지만(84.8.15; 87.10.25; 91.2.27.), 마을 주민이나 지인들이 교통사고를 당해 목숨을 잃거나 생명이 위급한 상황에 놓인 경우도 자주 등장했다(86.5.12; 89.8.25; 90.1.15; 90.3.15, 11.10; 93.10.24, 12.11.). 또한 자식들도 생활이 안정되면서 자가용을 구입해 운행하면서 교통사고를 당하기도 했다(93.12.27.). 이처럼 잦은 교통사고에 대한 기억은 마을 주민들이 버스 통과를 우려하는 이유가 되었다. 하지만 마을에 버스가 다니게 되면서 이에 대한 의존도가 매우 높아졌다. 최내우는 1994년 일기 첫머리에 창평마을까지 오는 버스 노선 3개를 직접 표시하기도 했는데, 이는 그의 생활에서 버스의 비중이 높아졌음을 보여준다. 그러나 1994년 최내우는 골재채취를 위해 마을에 들어선 공장의 레미콘 차량에 치어 세상을 떠났다. 1990년에 들어선 레미콘공장(90.8.6.)은 그 동안 마을 주민들과 통행 불편이나 보상 등을 둘러싸고 여러 갈등을 빚어 왔으며, 이 공장 건설에 부정적이었던 최내우는 스스로 일기에 자주 기록했던 교통사고의 희생자가 되고 말았다.

1970년대 극심한 전화적체는 1980년대 들어 디지털 전자교환기의 도입과 개발로 조금씩 풀리기 시작했으나 아직 농촌지역에는 전화 가설이 쉽지 않았다. 마을의 전화 가설을 두고 주민들 사이에 경쟁이 빚어졌으며(85.1.7.), 마을의 유지로서 최내우는 도정공장에 새로 공중전화를 설치했다(87.5.17.). 그는 전화개통을 맞아 안내장 80여 장을 제작하여 지인과 일가친지에게 발송했다(87.5.26.). 일부 주민이 도정공장이 시끄러워 다른 곳으로 옮길 것을 요구하면서 이장이나 새마을 지도자의 집에 전화를 놓아야 한다고 요구했으나(89.6.29), 전화국 국장이 특별한 결격사유가 없다면 이전할 이유가 없다고 밝혀 이전이 이루어지지 않았다(89.6.30.). 최내우는 한 주민이 10여 분 넘게 통화하는 것에 대해 강한 불만을 표시하기도 했는데(84.1.6; 89.10.14.), 아직 "통화는 짧게, 용건만 간단히"라는 슬로건이 유효한 시기였다.

한편으로 교환원을 통해야 하는 시외전화 통화의 경우 교환원과 연결이 안 되거나 교환원의 불친절에 대한 불만이 종종 등장했다(85.1.9, 2.21).

1980년대를 거치며 일상생활을 편리하게 해주는 가전제품의 도입이 이어졌다. 1981년에는 냉장고를 도입했으며(81.4.2.), 직접 언급이 되지는 않았지만 전기밥통도 사용한 것으로 보인다(83.6.7.). 1983년에 부엌에 조리대를 설치하여 입식으로 개량했으며(83.3.20.), 1986년에는 가스레인지를 설치하여 취사가 쉬워졌다(86.3.3.). 1992년에는 전기 다기를 갖추고 커피에서 각종 전통차까지 마실 수 있는 여유를 갖게 되었고(91.12.22.), 1992년에는 아들이 세탁기를 보냈다(92.12.31.). 1988년에는 가옥을 수리하여 개량된 목욕탕을 설치하는 등 주거환경은 한결 편리해졌다(88.8.17.).

6) 보건의료

1981년부터 1994년까지의 일기 내용에서 1980년 이전에 비해 매우 달라진 부분이 바로 보건의료와 관련된 내용이다. 무엇보다 그 이전 시기에 비해 의료기관 이용에 대한 기록이 현저하게 증가했다. 여기에는 우선 최내우 본인과 두 명의 부인이 노년기에 접어들면서 건강에 문제를 느끼고 병원을 찾는 경우가 많아졌다는 점이 크게 작용했다. 또한 11명의 자식들이 장성하고 가족을 꾸리는 경우가 늘어나면서 며느리와 손자 손녀의 병원행까지 기록되면서 빈도가 증가했다는 측면도 있다. 이와 함께 이전 시기에 비해 의료기관의 수 자체가 늘어나고, 생활수준의 향상에 따라 병원의 문턱이 낮아졌다는 점도 이유의 하나로 들 수 있다. 이런 배경에서 일기에는 병원, 한의원, 치과, 약국, 보건소, 침술원 등 다양한 의료기관을 방문한 기록들이 담겨 있다. 특히 1980년대 후반으로 가면서 그 같은 빈도가 매우 늘어나며, 최내우가 갑작스런 교통사고로 세상을 떠나는 1994년의 경우 병원을 방문하는 것이 일상적인 일과의 하나가 될 정도였다.

잦은 의료기관 이용 기록을 통해 몇 가지 특성을 뽑아 볼 수 있다. 우선 질병에 따라 찾는 의료기관이 대체로 정해져 있음을 알 수 있다. 기침이 심한 경우 남원 산성약국을 찾아 약을 지었으며(86.8.20; 88.4.2; 91.9.6.), 장질부사에는 오수 임씨 한약방을 주로 찾았다(82.5.25, 12.13.). 남원 주천면의 침술사 주 씨에게는 팔다리의 통증이나 중풍 때문에 자주 방문해 침을 맞았으며(84.10.10; 92.8.12.), 백구면의 침술사나(84.11.20, 85.7.29.) 전주대 근처 침술사(92.10.20; 92.12.31.)를 찾아 침을 맞는 경우도 많았다. 1970년대에 비해 침을 맞거나 한의원을 찾는 빈도가 현저히 늘어났는데, 이는 고령에 따른 노인성 질환에 한방 치료가 좋다는 믿음과 관련이 있는 것으로 보인다. 전체적인 몸 상태가 좋지 않을 때는 전주의 병원(88.8.12, 10.12.)이나 임실의료원(90.2.7.)을 찾아 엑스레이를 찍고 위내시경을 하고 혈액검사를 하는 등의 검사를 받았다. 심한 감기나 식중독 등으로 병원을 찾아 엑스레이 등의 기본검사를 하는 경우가 많았으며, 잦은 엑스레이 검사가 오히려 건강에 문제가 않을까 하는 우려가 느껴질 정도였다. 때로는 특정 병원 의사의 태도나 병원비 혹은 진단 결과가 마음에 들지 않아 곧 바로 같은 분야의 다른 병원을 찾기도 했다. 또한 스스로 병원이나 보건소의 약이 효과가 없다고 판단하고 같은 질병에 대해 추가로 한의원에서 약을 짓거나 다른 병원을 찾기도 했다(90.2.20.). 같은 질병에 복수의 의료기관을 다니며 치료를 받고 약을 받다보니 상태가 호전되더라도 어떤 치료의 효과인지 스스로도 잘 모르겠다고 밝히기도 했다(94.1.8.).

또한 연령이 많아짐에 따라 스스로 자신의 건강에 대해 많은 염려와 관심을 보이고, 자발적으로 질병의 사전 검사를 하는 모습을 볼 수 있다. 최내우는 1989년부터 종합검진을 받고 싶었는데, 1990년 임실의료원에서 엑스레이에서 혈액검사, 소변검사, 조직검사에 이르는 종합검진을 받고 검사 결과 큰 문제가 없는 것으로 나타나자 매우 만족스러워했다(90.2.11.). 또한 1986년부터 정력주사라는 '미로뎁보'를 2주마다 한 번씩 맞고는 했는데(88.12.26.), 이 주사제는 1960년대 후반부터 생산된 호르몬제제로 대표적인 정력제로 광고되었다. 1991년에는 보혈주사라는 이름으로 영양제 주사를 20일 정도의 간격으로 여러 차례 맞았는데(91.5.27.), 주사를 맞아도 별로 효력이 없다는 불만을 표시하면서도 계속 규칙적으로 주사를 맞았다(91.8.13, 10.4.). 그 밖에 보건주사나 링거 주사 등을 맞았다는 기록이 자주 등장하는데, 이러한 모습은 건강에 대한 높은 관심을 반영하고 있다.

건강에 대한 염려는 잦은 금주 시도로 이어졌다. 술을 즐겼던 최내우는 거의 연례행사가 될 정도로 여러 차례 금주를 결심했다. 1990년은 세달 넘게 금주를 하면서 영원히 금주할 수 있을 것 같다고 밝혔는데(90.10.9.), 이후로도 맥주는 한두 잔씩 하고 집에서 만든 약주를 조금씩 마실 뿐 이전처럼 소주를 즐기지는 않게 되었다. 그는 금주를 한 다음부터 소화도 잘 되고 밥맛도 좋다면서 진즉 금주했더라면 몸이 튼튼했을 것이라며 후회하기도 했다(92.6.6.). 하지만 금주를 강조하면서도 거의 매년 여러 가지 술을 직접 제조했다. 곡자(麯子)를 사와 막걸리를 제조하거나(87.8.14; 91.9.24; 93.8.31.), 뱀을 잡아 뱀술을 만들고(88.9.10.), 여러 가지 한약재를 넣어 약주를 제조하기도 했다(92.9.21; 93.6.28, 10.20). 그는 자신이 직접 담근 "가용주(家用酒)"는 몸에 좋은, 글자 그대로 약주(藥酒)라고 여기고 아침 식전에 한잔씩 마시기도 했다(93.9.11.).

건강에 대한 관심은 여러 의학정보에도 귀를 기울이게 했는데, 신경통에 대마잎, 피문어, 곶감이 좋다는 얘기를 듣고 직접 만들어 복용하고(82.1.15.) 지인이 가져온 외국산 우황청심환이나 환약을 공복에 영양제처럼 복용하기도 했다(85.8.3; 86.3.23.). 독성이 있는 약재인 부자를 돼지족과 함께 끓인 다음 독성을 염려하여 조심스럽게 마신 다음 이상은 없었다고 밝히기도 했다(86.4.20.). 또한 한 모임에서 자신의 소변을 받아 마시는 요로 요법 대해 듣고 와서 직접 실천하기도 했다(92.6.29.). 스스로 "자수(自水)" 음용이라고 표현한 요로 요법을 10여 일간 실천한 다음 극심한 변비로 고생을 하면서 요로 요법 때문이 아닐까 의심을 했는데(92.7.19.), 그 이후로는 자수 음용에 대한 기록이 나타나지 않는다.

1992년 부인이 중풍을 겪고 자신도 크고 작은 질병을 앓게 되면서 최내우는 건강에 더욱 신경을 쓰게 되었다. 1994년 4월의 일기는 하루 일과에서 건강관리가 얼마나 중요한 비중을 차지하고 있는지 잘 보여준다.

> 새벽 5時면 起床하야 ◎ 保健所 藥을 복용하고 ◎ 水參[水蔘]을 갈아 우유하고 混合하야 마시
> 고 ◎ 朝食 前에 예수{병원} 약을 복용하고 ◎ 또 朝食 後에는 예수 약을 복용하고 ◎ 또 食後에
> 1개 약을 복용한다. ◎ 午前 中에 漢藥을 복용하면 6回를 복용한다. 紅參골드까지 10餘 順이나
> 된다. (94.4.19.)

　당연히 건강관리에 드는 비용 역시 상당했으며, 돈이 없어 약이나 약재를 구입하지 못하
게 되어 안타까움을 표시하곤 했다(94.4.22.). 그는 중풍으로 한방병원에 입원한 부인이 한 달
이상 지나도 큰 효과가 없자 퇴원을 결심하는데, 여기에는 치료비도 문제가 되었다. 그의 표
현대로 효험이 있다면 돈이 문제가 아니지만 금방 차도가 나타나기 힘든 중풍으로 장기간
입원할 경우 병원 치료비는 상당한 부담이 아닐 수 없었다(92.9.7.). 젊었을 때는 민간요법에
대해 부정적이었던 그는 나이가 들어감에 따라 민간요법을 달리 보게 되었는데, 부인의 병
세가 좋지 않아 무속인을 찾았고 선영에 제물을 갖춰 고사를 지내야 한다는 말을 듣고 실천
에 옮기기도 했다(92.12.15.).
　노년의 쇠약해지는 건강을 나타내는 지표의 하나가 약해진 청력이었다. 그는 보청기 사용
을 피하려 하였으나 노화에 의한 결과라 보청기 외에는 다른 방법이 없다는 설명을 듣고 보
청기를 사용하게 되었다. 그러나 보청기는 주기적으로 약을 구입해야 하는 등 사용도 불편
했고, 작은 크기로 분실하기도 쉬웠다. 보청기를 모양이 비슷한 생강으로 착각한 부인이 약
재에 함께 넣고 끓이는 바람에 가슴을 치기도 했다(92.11.14.).
　1994년 5월 22일 일기에서 다리의 통증이 극심해 "이쯤 되면 더 살고 싶지 않다"고 밝혔
으나 임실에 새로 문을 연 병원을 찾아 물리치료를 무료로 받으면서 병원에는 미안하지만
매일 다니겠다는 의지를 밝혔다(94.6.6.). 그는 바로 다음날 일기에서 상태는 호전되었지만
치료비에 따른 경제적 부담을 밝혔다.

> 1身에 服用藥은 ① 解糖錠 ② 예수病院 藥 ③ 聖바오로 任實 醫療원 藥(無料) ④ 물약 ⑤ 紅參
> 골드 藥을 服用한바 6日부터 病勢가 良護해젓다. 生覺한바 手足이 異常이 없어진 듯십다. 注
> [主]로 밤이면 痛症이 深햇든바 어제부터 良護하며 밤에 잠이 잘 오고 小便도 藉 〃히 보지 앓는
> 다[않는다]. 多幸인데 5가지 藥 中 何藥에 效果를 본지 알 수는 없다. 꼭 이런한 藥과 處身을 하
> 며 繼續하야겟는데 問題는 金錢이 앞으며[없으며] 其 金額이 不足하야 不安하다. 子息들에 金
> 錢 要求하기란 困難하며 차라리 世上을 등지고 싶은 心理 多分하다. (94.6.7.)

　최내우는 이후로도 날마다 임실의 신설 병원에 다니면서 치료를 받았으며, 보름째 병원을
다니면서 점차 양호해지는 건강 상태에 자신감을 갖고 "수명 연장은 자신 있다"고 밝혔다
(94.6.17.). 하지만 그는 이러한 일기를 남긴 바로 다음날 불의의 교통사고 세상을 떠나고 말
았다. 그해 1월부터 건강을 위해 시작한 한 시간 남짓한 아침 산책길에 레미콘공장의 차량에
사고를 당하면서 25년 넘게 계속된 그의 일기는 역설적이게도 장수에 대한 기대를 마지막으

로 갑작스레 끝을 맺어야 했다.

7) 맺음말

1980년대 개방농정과 복합영농의 강조는 최내우의 일기에서도 잘 나타난다. 여러 가지 농가 지원책으로 농가사업의 규모가 확대되어 갔지만 한편으로 농가 채무 역시 지속적으로 늘어났다. 40여 년 이상 그의 삶의 터전이었던 도정공장은 1990년대 들어 농협의 미곡종합처리장 사업 추진으로 위기를 맞게 되었다. 어려움 속에서도 포기하지 않고 새로운 소득원을 찾아나서는 한편 도정공장에 대한 투자를 아끼지 않은 최내우는 1980년대 후반에 이르러 조금씩 경제적 안정을 찾게 되었다. 그와 함께 교통여건을 비롯한 마을의 생활환경이나 가전제품의 도입이나 부엌 개량 등 집안의 주거환경도 꾸준히 개선되어 생활은 더욱 편리해졌다. 하지만 고령이 되면서 찾아온 건강 문제는 새로운 고민거리가 되었다. 나아진 경제력과 크게 늘어난 의료기관 덕분에 최내우는 자신과 가족의 건강을 위해 많은 시간과 돈을 투자하면서 노화와 맞섰다. 그러한 노력으로 장수를 자신하던 그도 불의의 교통사고는 피하지 못했다.

3. 촌락사회의 조직들

1) 행정조직

『창평일기』 1·2권(이하 <앞 일기>)에 나타난 70년대의 이장 선출과정은, 면장 및 창평리 유력자 집단의 내정과 이민총회(里民總會)의 추인을 거치는 형식과 내정 없이(또는 내정과 상관없이) 이민총회의 비밀투표 결과에 의해 선출되는 형식 사이에서 유동하는 양상을 보였다. 반면 1981~1994년 기간의 『창평일기』(이하 <이 일기>)에 나타난 이장 선출과정은, 면장을 중심으로 하는 면 행정조직은 대개 이장 선출과정에 개입하지 않고, 이민총회에서 선출되는 이장을 추인하는 것으로 한 발 물러서있다는 점이 특징적이다.

이장 선출과정의 열기라든가, 이장이 되고자 하는 열망 역시 이제는 많이 사그라져, 전임 이장의 임기가 끝날 무렵 적당한 이장 후보가 나타나지 않음으로 인해 곤란을 겪는 모습 또한 관찰된다. 1980년 선출된 배○○ 이장의 사임에 따른 1984년의 이장 선거에서는, 이민총회의 무기명투표 결과 31표 대 10표로 최○○가 압도적 득표를 하였다. 그러나 그가 이장직을 고사함에 따라, 또 다른 최○○가 이장에 선출되고 있었다. 이에 최내우는 "다표[여]야 하는데 소표로 된니"라고 짧은 감상을 달았다(2.28.).

이렇게 선임된 최○○ 이장에 대한 일정한 교체여론에 힘을 받아 치러진 1988년 이민총회의 경우, 현 이장의 임기종료에도 불구하고 이민총회가 미뤄지면서 일정한 산고를 겪고 있었다. 그리고 면에서 몇 차례 재촉을 받은 끝에 3월 5일 치러진 이민총회에서는 3인이 출마한 결과 일부의 불신임을 받던 현 이장이 재선에 성공하였다. 최내우는 최○○ 이장의 1차 임기 기간 상당한 불신을 표하는 편이었음에도 불구하고, 그의 재선에 적극적인 반대 움직임을 보이지는 않았던 것으로 보인다.

그러나 재선 최○○ 이장의 임기 수행과정은 매끄럽지 못했다. 선출 두 달 만에 사퇴설이 돌고(5.24.), 몇 달 뒤 직접 면장에게 사표를 제출하기도 하였다(9.12.). 그러나 88년 이민총회에서 그랬던 것처럼 대안이 없었던 듯 이장직이 유지되었고, 2년 임기를 채운 90년 3월에야 이장은 교체되었다. 여기에서 드러나듯이, 이장의 임기는 원칙적으로 2년이었지만, 별일이 없으면 재임을 보장하여 4년을 기본 임기로 삼는 형식으로 운영되고 있었던 것으로 보인다.

그러나 1년 만에 최○△ 이장은 사의를 표했고(91.3.8.), 지방의회 선거를 앞두고 20일 이상 이장을 공석으로 둘 수 없다는 면의 요청이 다급하였다(3.11). 그러나 이장선임은 원활치 않아 한 차례 이민총회가 유회(3.12.)된 끝에 개최된 총회에서도 입후보자가 없자 전임이장이 지목한 최내우의 아들 최성△이 최내우가 사회를 보는 가운데 이장에 선출되었다(3.14). 최성△은 처음에는 이장직을 고사하다가 다가온 지방선거를 치를 때까지만 맡겠다고 하여 일을 보았는데, 선거 직후 사표를 제출하였으나 면으로부터 반려되자(4.1.) 이후 이장직을 수행하였다.

<이 일기>에서 이장의 역할과 관련하여 주목되는 점은, 최내우가 이장들에 대해 배후자들의 조정에 놀아나는 일종의 꼭두각시처럼 서술하고 있다는 점이다. 특히 그는 마을 내에서 자신과 라이벌 관계에 있는 엄○○을 그 배후 핵심으로 지목하면서 초조 또는 분개하는 모습을 자주 보인다. 1980년대 내내 최내우는 이에 대한 불만을 일기장 곳곳에 남겨놓고 있었다. 1990년에도 최내우는 이장선거에 입후보한 두 후보에 대해 하나는 정○○이, 다른 하나는 엄○○이 추천한 것이라고 적었는데(3.3.), 전자의 자진사퇴에 의해 최○△가 이민총회에서 무투표 선임되었다(3.4.). 최내우는 엄○○의 입김이 관철된 것이라고 읽었을 것이다. 최내우의 아들 최성△이 이장으로 활약하던 동안—재임기간은 짧았다—에도, '반대편'에서는 비슷한 감회를 가지고 사태를 바라보았을 것이다. 이렇게 본다면, 70년대의 이장선출을 둘러싼 대립이 마을 유력자들 사이의 보다 직접적인 결합관계 속에서 나타났지만 그만큼 타협과 조정도 활발했다면, 80년대에는 그 결합이 보다 간접적이지만 동시에 그만큼 화해하고 조정되기 어려운 형세로 진행된 것이 아닌가 하는 인상을 받는다.

이장직을 향한 주민들의 열기가 <앞 일기>에 비해 떨어진 것은 사실이지만, 최내우와 주민들은 이장이 부정 또는 탈법을 통해 사리사욕을 쫓고 있다는 의구심을 끝없이 보내고 있었다. 이 떨어진 열기 속에서도 관철되는 이장들의 사리사욕 추구(또는 그에 대한 의심)와 관련하여, 그리고 변화된 사회경제적 지형 속에서 전개되는 마을 정치의 동학과 관련하여, <이 일기>는 상세한 자료들을 담고 있다. 특히 창평리에서 이 논의가 마을 스피커 방송시설 및 공중전화를 어디에 둘 것인가를 둘러싸고 전개되었던 사례 등은 대단히 흥미로운 논의의 소재가 될 것이다. 이러한 상징권력 자원과 함께, 특별조치법에 따른 여러 문제의 처리라든

가, 마을 산림계 공유림 입목벌채 대가를 둘러싼 분쟁 등과 같이, 실질적인 이권을 둘러싼 쟁점들이 병행하여 존재하였음은 물론이다.

〈앞 일기〉의 촌락조직 관련 해제에서 이장 및 반장의 수고비로서 지불되는 이장조(里長租)·반장조(班長租)에 대한 기록이 1970년대 초까지 확인된다고 하였으나, 이는 해제 집필자가 〈앞 일기〉 중 1979년 8월 14일의 기록을 누락하고 살핀 데에 따른 오류였다. 〈이 일기〉에서도 이장조 지급관행은 이어져서, 1983년까지도 이에 대한 기록이 주기적으로 나타나고 있음이 확인된다(81.9.30, 12.13; 82.9.29; 83.3.21, 12.23.). 단지 연말 12월의 이장조 납부 시기는 그대로이지만, 7, 8월이었던 하곡(夏穀) 납부가 9월로 바뀌어 추곡(秋穀)으로 변했음을 알 수 있다. 83년 이후 이장조 납부 기록이 나타나지 않는 것은 가계권이 아들 성△에게 이양된 데에 따른 결과일 수도 있다. 한편 최내우는 아들 최성△이 이장회의에 다녀와 첫 이장월급으로 108,000원을 받고 그 일부를 자신에게 용돈으로 준 기록을 남기고 있어(91.4.25.), 변하고 있던 이장업무 수고비의 지급관행을 확인할 수 있다.

2) 대동조직

〈앞 일기〉에서 1977년경부터 이민총회(주민총회)가 월례의 반상회로 정례화되는 양상이 있었음을 확인하였는데, 〈이 일기〉 초반부에도 그러한 상황은 지속이 된다. 1981년에는 거의 매달마다 빠짐없이 반상회를 개최하고 82년 상반기에도 거의 그러하였다. 이런 반상회에서는 면으로부터의 지시사항이 전달되고, 때로 면장이나 군·면의 계장 등이 직접 참석하여 협조를 당부하기도 한다(81.8.14, 9.25.). 최내우 역시 반상회에 참석하여 면에서 개최되는 정화위원회라든가 의식개혁지도회 등의 결의사항을 전달하느라 애쓰는 모습이었다(82.2.25.).

그러나 주민 측의 참여동력은 이미 이 시기에 상당히 약화되어 있는 모습이다. 3, 4명이 참석하였기에 개최도 못하고 산회하거나(81.4.25.), 면장이 참석했음에도 불구하고 회의는 모두 흐지부지하게 끝이 났다거나(8.14.), "반상회라고 떠든데 가면 무엇 하느야. 가고 십지 안타."는 기록(85.7.25.) 등이 산견된다. 이렇게 별다른 힘이 실리지 않게 되면서, 80년대 중반이 되면 반상회라는 표현은 1년에 한 번 정도씩밖에 일기에 등장하지 않는다. 이렇게 되면 사실상 월례회의로서의 반상회의 기능은 유명무실한 것이 되어, 이전의 연 2회로 개최되는 이민총회(주민총회) 형식으로 복귀하는 셈이 된다. 이를 반영하듯, 88년경부터는 표기용어 상으로도 이민총회, 대총회, 리 주민총회, 리 총회 등의 용어가 다시 기록의 대종을 차지하며 전면에 등장하게 된다. 특히 한동안 사용되지 않던 '리 대동회'란 용어가 1991년에 다시 재등장하는 점—이후 다시 사용되지 않기는 하나—은 대단히 인상적이다.

반상회의 쇠퇴와 이민총회 체제로의 복귀라는 큰 흐름 아래에서 마을 전체의 총회조직으로서의 기능은 일견 쇠퇴하고 있었던 것처럼도 보이지만, 그런 한편에서 마을주민 전체가 참여하는 공동작업의 양상은 오히려 80년대에 들어 더욱 잦아지는 양상을 보인다. 1980년대 전반 잦을 때는 거의 매달이다시피 공동부역, 공동작업, 리(동) 부역 등으로 표현되는 공동역사(共

同役事)가 이루어졌다. 주로 도로(농로)개수·포장이나 마을청소, 노변제초, 식수(植樹) 등 활동이다. 그 외 함께 어우러져 풍물을 두드리며 마을을 돌면서 걸립을 하는 형태의 놀이 모습도 자주 볼 수 있다. 1983년의 경우 노인들이 양로당에서 풍물을 두드리면서 노는 소리가 들리자 최내우는 무슨 일인지 묻고, 별 목적 없이 그냥 노는 것이라는 대답을 듣자, "임○○ 씨 형편이 고생이 막심하니 차라리 약 이십 명을 동원 부역을 해서 가옥[이]나 수리 좀 해주는 것이 엇더야 햇든니 전원이 찬성하드라."라는 기록을 남기고 있다(83.2.28.).

80년대 후반 이후로는 전반만큼 활발하지 않지만, 그럼에도 연 1회 정도의 공동역사는 기본적으로 실시하고 있는 모습이다. 85년에도 연 4회의 공동작업이 있었고, 그 중 9월 23일의 공동작업이 끝난 후에는 최내우가 "정오를 기해서 남녀 합해서 약 칠십 여 명을 모시다가 중식을 접대했다."는 기록을 남기고 있다. 이 시기에는 마을 전체 단위의 야유회 등을 가는 일도 많아졌다. 역시 사회 전체적으로 여가활동이 중시되는 경향이 농촌 마을에서도 마찬가지로 관철되는 양상이라고 할 수 있을 것이다.

이런 공동작업들 역시 실은 면 등 관청조직의 지시 내지 독려에 의해 벌어지는 일이 많다. 1981년에는 5월말 공동부역에 이어 8월말에도 이틀에 걸쳐 풀베기 공동작업을 하고, 9월 5일에는 마을길 모래깔기 작업을 하는 등 열성이었다. 그런데 그 전후의 상황을 보면, 8월 26일 군 재무과장이 방문하여 퇴비를 만들라고 부탁을 하고 갔고, 27일 최내우는 풀을 하라는데 딱하지만 알면서도 못한다는 탄식을 하였는데, 28·29일 양일간 창평리에서는 풀베기 공동작업이 이어졌음이 확인된다. 이어서 31일에는 면장이 다시 방문하여 퇴비증산에 대한 당부를 다시 하고 있었다. 82년 이른 봄에는 창평리민 전원이 동원되어 마을 안길과 농로에 대한 개보수 작업을 실시하였는데, 면 재무계장은 막걸리 한 말과 소주 두 병을 받아다가 최내우에게 건내며 휴식시간에 접대해주도록 당부하고 있었다(2.27.). 82년에도 3월 14일의 마을 공동청소, 3월 29일의 포플러 공동식수, 5월 14일의 마을 앞까지 도로정리 등 공동작업이 분주하였다.

이런 상황이 또한 공동체의 위기 심화와도 함께 진행되고 있었다는 점은 흥미롭다. 1982년 5월에는 마을 앞 교량의 준공식이 군수, 면장 및 각급 기관장 참석 아래 성대히 열렸는데, 같은 창평리 내의 청운동 주민들이 불참했다. 최내우는 이에 대해 "일촌(一村)에서 … 불참햇는데 무르니 초청 안 햇다고 햇다."는 기록을 남기고 있다(5.15.). 82년 9월은 대동회를 소집했음에도 불구하고 20여 명만이 모여 제대로 논의가 진행되지 않았다. 이는 일전 체육대회에서의 폭행사건으로 인해 마을주민인 가해자의 합의금에 대한 금전적 구제를 논의하는 자리이기도 하였다. 이튿날 주민들은 불참으로서 이 논의에 태업하는 자세를 취한 것이라고, 이는 수년 전 풀싸움[초전(草戰)]이 벌어졌을 때와 마찬가지 양상이라고 주민들에 의해 해석되고 있었다(82.9.3.). 83년 7월 3일의 공동부역 역시 20여 명만이 참여하였는데, 대개가 어린이, 부녀, 노약자들이었다. 이에 대해 최내우는 "이장은 역전에서 술만 마시고 현장은 오지도 안트라. 그리고 주민 중에도 경유[경우]도 알고 인력이 충분한 중농 대농 공직자만 불참햇드라. 조금 불안했으니[불안했으나] 묵인햇다."고 적고 있었다.

3) 생산조직

<앞 일기>에서의 생산조직에 대한 점검과의 연속선상에서 파악하자면, 1970년에 잠시 등장했다가 사라진 '노동계'나, 1972년 이의 대체조직으로 등장한 것으로 보이는 '공동작업반'에 대한 기록은 더 이상 등장하지 않는다. 아울러 1970년대에 자주 등장하던 임금상승에 대한 최내우의 불만 역시 더 이상 일기에 나타나지 않는다. 80년대 후반이 되면 마을 주민 중 40여 호가 서울에 거주하는 상황으로(89.6.25.), 노동력 이출이 대세가 되고 농업의 열세가 확고한 것으로 굳어져가는 상황이었다. 농촌임금이 비싸다는 불평이 나올 수 있는 상황이 아니었던 것으로 보인다.

반면 1980년 결성된 기계이앙회는 성황리에 활발히 활동을 하고 있었다. 이 조직은 81년부터는 기계이앙회라는 명칭과 함께 이앙계(移秧契)라는 명칭으로 기록되고 있었다. 82년의 기록에서는 회원이 21명인 것으로 나오며, 83년에는 회원이 늘어나 모두 38명의 회원이 가입되어 있었다. 또 81년 12월 24일의 연말 결산총회에서는 신입회원에 대해 일인당 1천 원씩의 입회비를 받고 있었음이 확인된다. 이앙계에서는 이앙작업을 공동으로 주관하는 외에 계 기금을 마련하여 식리활동을 함으로써 계 운영의 밑천으로 삼고 있었다. 불시에 예기치 않게 닥치는 이앙기의 고장 등 유지보수를 위해서는 몫돈이 필요하기에, 이런 운영방식은 자연스러운 선택으로 보인다. 계 자체의 활성화·회원확대 등에 힘입은 듯, 83년에 108,000원이었던 계 기금은(83.5.11.) 이듬해에는 45만여 원으로 불어 있었다(84.12.27.).

1985년 창평리 이앙계의 총 이앙면적은 340마지기에 이르렀고(6.29.), 이 해 기계 유지보수 비용 등을 정산하기 위해 계원들이 각자 부담해야 할 분담금은 34,500원이었다(12.26.). 6월의 결산총회에서 부담금을 따로 납부하는 것으로 보아(86.6.27.), 5월의 정기총회는 작업일정의 조정, 6월의 정기총회는 이앙작업의 일당공임에 대한 결산, 12월의 정기총회는 기계의 유지보수 및 계 전체예산의 운영에 대한 결산을 하는 것으로 기능이 나뉘어 있었을 것이다.

일기의 기록으로 보아 이앙계 정기회의는 모내기 작업 시작 전인 양력 5월 초, 모내기 작업 종료 후인 양력 6월 중순, 연말인 양력 12월 등 세 차례 개최되고, 농한기인 양력 2월이나 이른 봄인 3월 등에는 농촌지도소장이 주관하는 교육이 따로 실시되기도 하였다(82.2.18, 84.3.19.). 1984년에는 6월 3일 "오는 유월 십일 이앙계원 총회의 일(日)을 결정코 선포햇다."고 적은 후 실제 10일에 기계이앙 수지결산을 보는 총회를 개최하였다. 따라서 6월의 정기총회일은 해마다의 이앙일정 진행상황을 보아가며 날을 잡아 개최하고 있었다고 할 수 있다. 이렇게 개최되는 이앙작업 종료 후의 이앙계 총회일은 천렵의 성격을 겸하였던 것으로 보인다. 1986년에는 개를 한 마리(6,600원에 구입) 사서 이튿날의 총회에 대비하고 있었다(6.26.).

이앙계 회의에의 출석률은 대단히 높은 편이었다. 최내우는 1982년 5월 8일의 회의에 전원이 참석했다면서, "반상회 시는 불과 십여 명이 참석하든니 각자 생계 회의가 되고 보니 전원 이십 여 명이 참석햇드라."라는 소회를 덧붙이고 있었다. 그러나 1980년대 전반 이렇게 성공리에 운영되고 있었던 것으로 보이던 이앙계는 80년대 후반 들어 위기에 처하였다.

1987년 1차로 해산키로 의견을 모았다가 계원 전원이 참석한 총회에서 결론이 뒤집혀서 간신히 생존상태를 유지하였는데(87.7.2.), 그럼에도 불구하고 이듬해인 88년 1월의 정기총회에서 최종적으로 해산['파계(破契)']되고 말았다(88.1.18.). 87년 7월의 존속결정과 88년 1월의 파계결정 사이에 아무런 논의도, 변화된 조건도 없었던 것으로 보아, 계기금의 운영주기상 1년 회기 중인 여름이 아니라 그것이 종료되는 겨울이 해산시기가 되어야 한다고 의견이 모아졌던 것으로 판단된다.

파계의 원인이 무엇인지에 대해서는 그 이상의 설명이 없다. 그러나 80년대 전반 이미 이앙계에서 기계작업을 담당하는 기사들은 계에서 받는 일일공임이 개인적인 임노동 액수에 미치지 못한다는 점에 불만을 표하고 있었고, 기계를 갖고 있지 않은 계원들은 기계에 고장이 생겼을 때 예기치 않았던 지출이 발생하는 상황에 불안감을 나타내고 있었다. 또한 이앙작업만을 전담하는 이앙계로 남을 것인가, 아니면 컴바인 등 다른 농기계를 구입하여 보다 종합적인 생산조직으로 탈바꿈할 것인가를 둘러싼 계원 내부의 이견도 표출된 바 있었다. 결국, 농촌인구구성의 변화 및 농업기계화의 다음 단계로의 진입을 앞둔 시점에서, 기존 이앙계 조직이 더 이상 탄력적인 대응능력을 갖고 있지 않았던 데에 따른 귀결이 아니었을까 생각된다.

창평일기에 나타나는 또 다른 중요한 생산조직으로는 수리조직이 있다. <앞 일기>에서 창평리의 수리조직은 수리계, 보계 등 용어로도 불리고 있었으나, <이 일기>에서는 일관하여 그저 '(경)작인총회' '보 회의'라고만 표기되어 있다. 드문 예외로는 "신보평 계일이다."라고 적은 1985년 1월 2일의 기록, 그리고 면 산업계장이 "농지개량계을 조직하라"는 지시를 내려보낸 82년 1월 21일의 기록 등이 있다. 85년의 경우 84년 일기에 1월분 며칠의 일기를 이어서 적고, 다시 85년 일기장에 1월 1일부터 새로 적었다. 그런데 84년 일기장의 85년 1월 2일자 기록에는 '신보평 계일'이라고 적고, 85년 일기장의 같은 날 기록에는 '신보평 경작인총회일'이라고 적은 것으로 보아, 수리시설의 작인총회일과 계일은 같은 뜻임을 알 수 있다.

수리조직은 들 별로 조직되어 각 지구마다의 보에서 물을 공급받는 경지의 작인들이 모여 회의를 개최하고 있었다. 일기에는 뒷들[후야(後野)들], 못탱이야(野)[지야(池野)들], 보평(洑坪), 새보들[쌔보, 신보평(新洑坪)], 중보(中洑), 용산평(龍山坪) 또는 용산보(龍山洑), 청운제(靑云堤) 등이 작인총회를 개최하는 구역단위로 나오고 있다. 수리조직에는 보마다 소임(보소임)이 있어서 운영을 담당하였는데 그야말로 실무자 수준이었고, 최내우가 총회를 앞두고 회의를 준비하며 문서정리를 해주고 소임에게 지시하는 등 중심적인 역할을 맡고 있었다(85.1.2; 86.3.12; 88.1.26.). 참고로, 1988년 총회를 개최하면서 계원들에게 분배된 1인당 분담금은 1천원이었다(18.1.26.).

1년을 단위로 한 수리조직 운영양상을 보면, 대개 3월(1990년에는 2월 27일) 중으로 1년 중의 농사 시작을 앞두고 작인총회를 개최하였다. 그리고 12월말 또는 1월초에 1년 중의 작업을 결산하는 작인총회를 개최하였다. 그 외에 1984년 5월 13일에는 "경작인이 회의 소집하야 일할(日割)을 짰다"는 기록이 있다. 이것은 이앙계의 일정조정일 수도 있겠으나, 회의참석자들을 '경작인'이라고 부르고 있다는 점에서 수리계의 회의일 가능성이 높다. 만일 수리계 회의라면 관개수의 통수·분배일정을 협의한 회의일 것이고, 이는 해마다 필요한 일이었을 것이라는 점에서 5월의 수리계 작인총회가 정기적으로 개최되었을지도 모른다. 이렇게 3월과 12월(또는 3월, 5월, 12월)에 개최되는 두 번(또는 세 번)의 작인총회가 수리계의 정기총회에 해당한다.

이러한 정기총회 외에, 필요에 따라 임시총회가 개최되었다. 가령 1981년에는 6월 2일 못텡이들의 작인회의를 개최하여 양수작업 일정을 협의하고, 이어서 3일부터 못텡이 구역에 대한 양수작업을 개시하였다. 이 시기가 모내기철의 한가운데였던 점, 예년에 없던 작인총회였던 점, 참여인원이 적었던 점 등에 비추어, 가뭄에 따른 긴급 양수작업을 실시하기 위해 특별히 소집된 임시총회였을 것이다.

이런 총회 외에, 수리계에서는 '보매기'라고 불리는 공동작업을 실시하였다. 이는 훼손된 보를 중수하는 작업, 곧 보막이를 표기한 어휘일 것이다. 그 실시된 날짜를 보면(82.6.18.; 84.8.11; 85.3.28, 4.5, 5.11; 86.6.28, 7.31; 88.8.5; 89.6.19; 94.4.12.), 농사시작 전, 모내기 전, 모내기 후, 장마 후 등에 배치되어 있는 모습이 확인된다. 그해마다의 강우상황에 따라 보의 보강이 필요할 때마다 수시로 보매기가 실시되었을 것이다. 한편, 1994년 4월 실시된 보매기의 경우 '대동 보매기'라고 되어있는데, 이때는 이미 콘크리트로 보가 만들어져 이전 시기처럼 해마다시피 보를 수축할 필요가 없는 시기였다. 따라서 보의 수축 필요성이 사라진 뒤에도 보와 관련한 작업을 하고 함께 모여 음식을 나눠먹는 관행이 살아남은 것이 아닌가 한다. '보매기'를 들 구역별로 실시하지 않고 '대동'으로 실시하고 있는 점 또한, 예전과 달리 수축에 따른 노동력 동원보다는 어울려 시간을 보내는 행사에 초점이 두어진 결과일 것이다. 이와 함께, '○○평 역사'와 같이, '보매기'라는 표현을 쓰지는 않았지만 수리시설과 관련한 정비작업으로 널리 보아 보매기에 해당하는 작업을 했을 것으로 보이는 기록들이 있다(88.3.29; 90.8.3.).

이러한 기록들을 통해 확인되는 것처럼, 이앙계와 달리 수리계는 <이 일기>가 끝나는 시점까지 사라지지 않고 남아 생산조직으로서 중요한 기능을 담당하고 있었다. 이앙기의 공동활용을 주요 내용으로 삼는 이앙계가 농업여건의 변화에 따라 필요가 줄어들면서 소멸하였음에 비하여, 수리계는 여전히 의미 있는 기능을 하고 있었기 때문이라는 설명이 가능하다.

이러한 지속의 조건들과 함께 수리계를 둘러싸고 전개되는 일정한 변화의 상황도 감지된다. 1988년에는 신보평의 보 정리 작업을 콘크리트로 하였다는 기록이 있다. '보매기'의 필요성이 사라지거나 감소하지 않을 수 없었던 까닭이다. 1982년에는 면 산업계장으로부터 농지개량계를 조직하라는 지시가 시달되었고(1.21.), 같은 해 농사가 끝난 뒤에는 대개 정부방침에 협조적인 경향이 있는 최내우조차 임실토지개량조합에서 부과한 수세(水稅)가 부당하다고 생각하여 '항의해보겠다'는 기록을 남기고 있다(11.26.). 그리고 이듬해 1월 12일에는 신임군수 초도순시 자리에서 이 문제를 거론하고 있다. 그 연장선상에서, 1987년에는 소류지가 농림부 관할로 이관되는 데에 따른 문제들이 거론되어 있다(87.7.21, 7.23.).

『창평일기』에 나타난 생산조직의 문제를 이앙계 및 수리계를 중심으로 살펴보았다. 이앙계와 수리계가 맞물리며 창평리에서 농사가 돌아가는 모습을 실제로 확인하고픈 독자라면, 1984년의 일기가 도움이 될 것이다. 이앙계와 수리계 작업이 맞물리며 돌아가는 농사현장의 모습이 비교적 생생하게 기록되어 있다. 이 외 산림계와 같은 촌락조직, 그리고 군이나 면을 통해 배정되는 예산을 마을의 생산기반 확충·정비 목적으로 사용하는 일과 관련하여서도 『창평일기』에는 검토해볼 만한 많은 내용들이 기록되어 있다. 이러한 부분은 향후 해제 집필자를 포함하여 관련 연구자들의 작업의 몫으로 남겨두기로 한다.

1993년, 최내우는 다음과 같은 기록을 남기고 있다. "종일 비는 끝치지 안코 내렷다. 아침에 신보에 가서 안○○ 장○○ 나하고 3인이 용왕제를 모시엿다. 축(祝)을 작성하야 내가 축관을 햇다(93.3.24.)." 변화하는 시대 속에서도 농민의 마음이라는 것은 일관된 어떤 내용들을 지니고 있음을 보여주는 기록이 아닌가 한다.

4) 상조조직

창평리에서 가장 중요한 상조조직으로는 위친계(爲親契)가 있다. 유사(有司)라 불리는 직역을 맡은 이의 집에서 양력 12월과 1월 사이를 오가며 연말의 정기총회를 실시하며, 최내우가 회계장부를 정리하는 역할을 맡고 있었던 점은 모두 <앞 일기>의 상황과 동일하였다. 1988년 일기의 내지 첫 면에서 최내우는 자신이 맡고 있는 공적지위를 나열하여 정리하고 있는바, 위친계 내에서 맡고 있는 역할에 대해서는 "창평리 위친계 재무정리 책임"이라고 적었다. 내용적으로 이와 유사한 일을 하고 있는 속금계 내에서의 지위에 대해서는 "창평 대리 속금계장 겸 재정책임"이라고 적은 것으로 보아, 위친계 내의 위와 같은 최내우의 역할이 그가 계장이기 때문에 하던 일은 아니었다. 이는 창평리 내에서의 최내우의 사회적 지위와 관련된 것이기도 하겠지만, 무엇보다도 그가 정미소를 경영하며 마을 미곡유통의 중심이었던 사정과 관련이 있었을 것이다. "위친계곡(爲親契穀) 일입대(壹叺代) 현금으로 송성용에 드리고 … 이자 이두 오승는 공장에서 가저가라 햇다(84.1.11.)."와 같은 역할은, 미곡유통의 거점인 방앗간 주인 최내우가 아니고는 사회적 지위 고하를 막론하고 마을 내 아무나 할 수 있는 일이 아니었을 것이기 때문이다.

위친계의 정기총회에 대해서는 <앞 일기>에서와 달리 더 이상 '계갈이(혹은 최내우 식의 차자표기로 契加理)'라는 표현이 쓰이지 않는 것으로 보인다. 이는 계갈이라는 표현 자체가 사라졌기 때문은 아니다. "석양에 성호을 방문햇드니 여자 계가리라고 부인이 잇드라."(82.2.10.)와 같이, 다른 계들과 관련해서는 이 표현이 쓰이고 있기 때문이다. 앞서 생산조직에서의 경우처럼, 어떤 종류의 근대화와 함께 '계'들이 '계'라고 불리지 않고, 그 정기총회가 '갈이'라고 불리지 않게 되는 과정이 있었던 것으로 보인다.

<이 일기>에서 위친계와 관련하여 나타난 이보다 더 중요한 변화는 계답을 취득한 사실이다. 이 계답을 언제 어떻게 취득하였는지에 대해서는 일기에 전혀 나와 있지 않고, 한계석과

정주상의 명의로 되어 있던 논을 특별조치법에 의해 최내우 등 5인 공동명의로 소유권이전 등기를 하였다는 기록만이 있을 뿐이다(84.12.3, 12.6, 12.18.). 앞뒤 기록을 살펴보면, 1982년도 사업을 결산하는 총회에 대한 기록에서 최내우는 "신위친계 정기총회가 있엇다. 전원 참석햇다. 수입지출 계산서을 작성해 주엇다."(83.1.9.)고 적었다. 이 '신위친계'라는 표현은 <앞 일기>와 <이 일기>를 포함하여 이날 단 한 차례만 쓰였다. 일기에 따로 기록되지 않은 점은 이상하지만, 마을 주민의 세대교체나 토지기증과 같은 어떤 계기로 인해 새로운 위친계를 결성할 필요가 생겼고, 그에 따라 새로이 위친계를 중수하면서 계답을 구비하게 된 것으로 보인다. 그러나 실제 운영방식이나 조직원리, 역할 상에서는 큰 차이가 날 것이 없었기 때문에, '신위친계' 역시 그저 '위친계'라고 일기에 기록되었을 것이다.

위친계의 재정규모를 보면, 1980년도의 계곡으로 3가마니를 운영하고 있었다(81.1.8.). 1970년대 말의 재정규모는 <앞 일기>에 드러나지 않는데, 1976년의 기록에서도 분배된 계곡은 3가마니였고(3.23.), 이는 1973년의 9가마니에 비겨 1/3 수준, 1971년의 16여 가마니의 1/5 수준으로 줄어든 양이었다. '신위친계'의 결성이 재정이 풍족한 데에 따른 결과가 아니리라는 점을 추정 가능하다. 위친계의 재원이 이러저러한 마을사업에 투입되는 양상은 <앞 일기>의 해제에서 확인한 바 있다. 위친계의 재정은 1980년대 후반이 되면 쌀이 아닌 현금을 기준으로 결산을 이루는 방향으로 전환하였다. 87년에는 계 재정규모가 백미 2가마니 남짓과 현금 16여만 원으로 기록되어 있고(1.20.), 88년에는 361,000원인데 쌀로는 4가마니 5말 2되에 해당한다고 기록하였다(1.7.). 즉 87년과 88년을 거치며, 위친계의 계곡(契穀)은 계전(契錢)으로 전환되었다. 어떤 일이 일어난 것일까.

이러한 전환에는 쌀을 매개로 한 계 재원운용이 어려워진 사정이 작용하였던 것으로 보인다. 1987년 1월의 총회 직후 최내우는 "계곡을 차용자가 없어 일부 좀 놋코 결의하고 일금 육만…원을 일시 보관 중(1.12.)"이라고 적었으며, 20일에는 쌀 2.327가마니에 해당하는 돈 163,800원을 농협에 1년 만기로 예탁하고 예금증서를 양로당 서류함에 보관시켜두었다(1.20.). 1988년 총회에서 차용희망자를 찾은 것은, 이 예금을 찾아 현금 기준으로 계전을 운용하도록 방침을 바꾼 결과일 것이다. 88년의 계전 대출이자율은 1할 5푼이었고, 마지막으로 이율이 기록된 1990년에도 같은 이율이었다. 이 시기 위친계의 재정규모는 1990년에 52만여 원, 91, 92년에 60만원 안팎이었다. 미곡을 중심으로 계가 운영되던 사정이 방앗간 주인인 최내우가 각종 계에서 중요한 역할을 하게 된 배경이었다면, 이러한 변화는 마을 내에서 최내우의 역할변화와 관련해서도 일정한 함의를 지닐 것이다. 방앗간은 이제 마을 경제의 중심으로서의 지위를 상실하였다.

신위친계가 결성된 지 10년만인 1993년 창평리 위친계는 다시 결정적인 전환의 계기를 맞았다. 마을 주민들은 경매를 통한 계답의 불하와 계의 해산을 결정했기 때문이다(93.1.12.). 이 총회에서의 경매 자체는 절차적인 부족 등이 겹치면서 유찰되고 공개입찰은 1년 뒤로 미루어졌지만, 1994년 1월 16일 드디어 계답은 190만 원에 팔렸고, 여기에 계 재정 기본금을 합한 금액을 총 32명의 회원이 8만 원씩 나누어가졌다(94.1.16.). 계답뿐 아니라 기본금을 분배하였다는 것은 이 계가 해산되었음—일기에 기록된 최내우의 용어로는 파계(破契)—을 의미한다. 계원들은 계 해산과 함께 30만원을 회사금으로 마을재정(아마도 양로회)에 기부하였다(94.2.16.). 계곡운영과 관련하여 최내우가 결정적인 역할을 하게 되었던 위친계가 해산되던 1994년, 최내우는 작고하였다.

위친계원들 스스로가 계의 해산을 결정하던 상황은 어떻게 만들어진 것일까. 무엇보다도 이제 더 이상 마을단위의 공동체적 상호부조를 통해 상례를 치르지 않게 된 사정이 반영되었을 것이다. 노인들만이 남아있는 농촌에서, 노인들 스스로 위친계, 즉 '부모를 위하는 계'의 회원으로 활동해야 하는 상황은 웃어야할지 울어야할지 곤란을 느끼게 되는 희비극처럼 느껴진다. 계원들 자신이 누가 먼저 세상을 뜰지 모르는 상황에서 서로의 상을 챙기는 계를 운영할 수는 없는 일이다. 계원 스스로 자기 몫을 챙기지 못하고 세상을 뜸에 따라 엉성하게 마감된 계의 말로(末路)는 1988년 8월 25일 기록된 삼베계[麻布契]의 경우를 통해 짐작할 수 있다.

농촌의 공동체적 상조조직이 사라지는 상황에서, 그 가장 중요한 목적이었던 농촌의 상례 자체는 어떻게 되었는가. 이 시기를 즈음하여 농촌공동체의 상례가 병원이나 장례식장 영안실의 상례로 전환하기 시작한 사실은 우리 모두가 익히 아는 바이다. 농촌지역에서 농협이 상포계의 역할을 대신하게 되었던 것도 이 무렵의 일이다.

그렇다면 이에 대한 농민들 자신의 대응은 어떤 것이었는가. 1980년대 말부터 변화는 시작되고 있었다. 1989년 1월 대한노인회 간부를 맡고 있던 최내우는 양로당에서 대한노인회 상조회의 가입을 적극 권유하여 가입자를 확보하고 있었다(1.24.). 그러나 아직 이 추세 자체가 본격적으로 궤도에 오른 상태가 아니었기 때문에, 회원으로 가입하는 쪽과 회원을 유치하는 쪽 양쪽에 모두 긴장이 있었다. 상조회 운영자의 입장에서는 회비를 얼마 내지 않은 회원들이 너무 일찍 사망하고 있는 점이 부담으로 되고 있었고(2.20, 2.21.), 회원들은 회원들대로 이 상조회가 제대로 된 기능을 하지 않을까봐 탈퇴를 고려하는 상황이었다(3.6.). 상황은 좌충우돌하며 당시로서는 아직 많은 것들이 안개 속의 희끄무레한 전망들 속에 놓여있었던 것은 분명하다. 그럼에도 불구하고 또한 분명한 점은, 청년층의 도시이출 국면에 이은 농산물시장의 수입개방 국면으로 농업과 농촌의 황폐화가 예기되면서, 1990년대 벽두 농촌에 남겨진 농민들은 자신들이 건설한 공동체를 스스로 해체하고 각자의 죽음을 준비하고 있었다는 것이다.

제3장 가족, 친척, 언어생활의 변화

1. 가족, 친척, 그리고 조상숭배

1) 부모와 형제

일기의 저자인 최내우에게는 위로 이어지는 가족들과 아래로 이어지는 가족이 있다. 위로 이어지는 가족은 최내우의 할아버지, 할머니, 아버지, 어머니들, 숙부, 숙모, 형제들을 들 수 있다. 숙부와 숙모도 포함된 것은 이들도 같은 집안에서 생활을 한 적이 있고 대가족으로서 작동한 적이 있기 때문이다. 현재에 나타나는 핵가족이나 직계가족이 일반적인 상황과 달리 최내우가 성장하면서 자랐던 1960년대 이전 시기에는 할아버지, 아버지의 직계 가족뿐만 아니라 삼촌과 숙모들의 방계가족들도 함께 사는 경우가 많이 나타났다. 이미 1970년대까지 이러한 방계가족까지 포함하는 대가족이 한국농촌에서 거의 사라지고 직계가족(조부모, 부모, 자녀)이나 핵가족(부모+자녀)이 주도적인 가족형태로 나타났다. 이러한 변화는 저자의 가족생활에서도 잘 나타나고 있다.

직계가족이나 핵가족으로 변하였다고 하여 방계친족들의 역할이 사라진 것은 아니다. 별도의 가족 분리되었기 때문에 재산을 공유하거나 식사를 공유하는 것은 크게 감소되었다. 따라서 각각 별도의 가정경제를 구성하고 별도의 생활을 하면서 이전의 공유적 삶에 기초한 가족의 의무감이, 이전보다 약화되기는 하였지만, 계속 되고 있어 서로를 지원하고 교류하는 것을 도덕적 의무로서 느끼도록 만든다. 최내우도 부모님이 모두 돌아가셨어도 형제들이 같은 마을이나 가까운 지역에 살기 때문에 지속적으로 방문하고 서로 상의하고 지원하는 모습을 보여주고 있다. 물론 그러한 과정에서 나타나는 불만들이 있을 수도 있고, 때로는 피곤해하기도 하지만 이를 넘어서서 지속적인 관계를 유지하게 하는 사회적 압력이 존재힌다.

같은 마을에 살지 않는 경우에도 또는 도시로 이사 나간 경우에도 서로 방문하고 돕고 교류하고 다양한 잔치나 의례나 사건들이 빈번하게 나타난다. 형이나 형의 아들은 이 집안의 장손이기 조상제례나 묘소, 사종중의 운영, 친족 일들의 처리를 위해서도 서로 논의하고 협동해야할 일들이 매우 많다. 또한 일상생활에서 나타나는 다양한 문제들에서도 가장 우선적으로 이들로부터 도움을 받고 도움을 주는 것을 가장 편하게 생각한다. 가령 돈이 필요한 경우에도 가까운 부모나 형제자매가 가장 우선적으로 도움을 청할 수 있는 대상들이다. 결혼을 한 다음에는 형제들이 서로 다른 가족을 구성하면서 각자의 가족을 중심으로 생활하면서 조금씩 거리가 멀어지지만 그럼에도 불구하고 아주 단단한 협동, 지지, 방문관계는 지속되는 경향이 있다.

　구체적으로 아버지는 부인을 둘을 얻어 살았고 이 일기를 쓴 최내우는 둘째부인의 큰아들로 1923년 8월 22일 임실군 삼계면 신정리에서 출생하였다. 숙부를 포함한 대가족으로 살았다. 아버지는 45세이던 1927년 사망하였다. 결국 둘째부인은 자녀와 함께 따로 집을 얻어 살았다. 방 하나와 정제(부엌) 하나인 집이었다. 1930년부터 할아버지가 서당선생을 그만 두고 최내우 집으로 들어와 살았다. 이 집안의 종손인 이복형은 같은 마을에 살다가 전주로 이사 나갔다. 같은 마을에 살 때도 수시로 서로 방문하였다. 그냥 쉽게 아무 때나 갈 수 있는 곳으로 생각하고 있었다. 형님댁을 '大宅'으로 표현하며 자기(둘째) 집보다 높은 위치를 차지하고 있다는 것을 상징적으로나 실질적으로 잘 받아들이고 있다. 형보다 아무래도 거리가 있겠지만 그리고 형이 죽은 다음에도 형수하고도 빈번하게 교류하는 상황이 일기에도 잘 나타나 있다.

夕陽에 大宅에 갓다. (81.12.11.)

兄수 生辰이라고 해서 갓다. 終日 對話하면서 기냇다. 成吉 內外도 서울 德順 點順 딸들은 다 왓드라. (81.8.2.)

兄수가 서울서 二十餘 日 만{에} 왓다기에 雨中이여서 訪問햇다. (83.7.14.)

兄수가 오시엇다. 메누리가 信者이고 서울 메누리도 信者인데 成奎 內子는 生前에는 잘 할고 慕侍지만 死後에는 모르겟소 한다고 大端이 마음 不安케 생각하시면서…. (84.5.13.)

兄수 問病하려 갓다. 病者는 눈물을 흘이면서 국기[죽기]를 시려하드라. (86.5.17.)

아침에 成奎 집에 가보니 곳 도라가게 되엿드라 서울로 전하야 못 가겟다고 한바 成吉의 病勢도 惡化되여 不遠이면 別世하겟다고 햇다. 午後 八時 三〇分쯤 兄수는 숨을 거두웟다. 各處 親家에 電話를 通하야 訃音을 알엿다. (86.5.28.)

兄수 小祥日엿다. 外處客은 別로 없고 洞內 손님이 만햇다. 밤에는 한 소금도 [잠을] 못 이루엇다. 새벽 祭祀를 모시고 보니 아침 五時엿다. 讀祝을 하고 正式으로 慕侍엿다. (87.5.16.)

夕陽에 成奎하고 同行 範 집에 兄수 祭祀에 參席햇다. (94.5.29.)

　이복형은 이 마을에 살다가 전주로 이사 가서 살다 죽었다. 동생은 같은 마을에 산다. 아버지의 제사는 이복형과 정당성을 놓고 다투는 중요한 장소이다. 저자가 정미소를 통하여 상대적으로 많은 돈을 벌고 여유가 있고, 또한 이곳의 장소를 잘 지키고 있어서, 전주로 이사나 간 이복형보다 지역에 대한 정당성과 영향력을 더 확보할 수 있었다. 이복형이 죽음 다음, 선친의 제사도 그래서 결국 저자가 확보할 수 있었고 가문 전체에 가장 강력한 영향을 미칠 수 있는 자리를 확보하였다. 이복형의 가족은 점차 아버지의 제사에 참여하지 않는 경우가 많았고 그래서 친족 내에서의 발언권이 축소되었다. 돌아가신 아버지에 대한 이장이나 비문설치 등에 있어서 장조카를 제치고 주도적인 역할을 하게 되었다.

全州에서 成吉이가 왔다. 今日 先考祭祀이다. 밤에 昌宇도 왓드라. 12{시}경까지 놀든니 말없이 가버럿다. 祭祀도 不參하드라. (81.1.6.)

先考 祀祭日[祭祀日]이다. 成奎 昌宇 重宇 任實서 成曉 家簇[家族]이 參禮했다. (85.1.21.)

先考 祭祠엿다. 祝 紙方[紙榜]을 쓰려 하자 成吉이는 祝을 서울서 써왔다고 햇다. 氣分 좇이를 못 해서 엇저면 서울서까지 써왓나고 不安케 말햇다. 밤 十二時가 넘머서 祭祠 參祠하는데 成奎에 讀祝하라 햇든니 잘 쓰지를 못 햇기에 忠告한바 무렴하게 여기드라. (84.1.3.)

先考 兩位 移葬日이다. 早朝에 薦宇 氏 南宇 氏가 當到햇다. 役軍은 三三名이 動員되엿다. 日氣도 淸明 溫和하야 마음 흐뭇하드라. 熱心이 役軍해 주시여 感謝햇다. 祭物도 넉〃하야 滿足히 接待햇다. (87.1.5.)

全州 崔辰成 氏를 相面하고 先考 碑文 撰을 依賴하고 왔다. (90.1.9.)

林呔暉 先考 刻字하는데 任實로 갖이 石工場에 갓다. 碑石은 4尺 비로 하고 床石은 白石으로 4尺로 해서 再參[再三] 付託햇다. (90.7.6.)

어머니에 대한 제사도 충실하게 잘 지켜지고 있다. 제사를 잘 지내는 것이 효자로서의 덕목으로 인정되기 때문에 사회적 위세를 확보하는 데도 도움이 된다. 이 일기의 저자는 다양한 제사에 적극적으로 참여하고 문중과 묘사에도 적극적으로 참여하여 조상과 관련된 일들에서는 높은 위상을 이 지역뿐만 아니라 대종중에서도 얻을 수 있었다.

陰 7月 24日 오늘이 先妣 忌祭日이다. 今年에 꼭 100歲이고 27週 忌日이다. … 家族이 全員 募엿다. 서울서 成奎 水原서 成康 妻 孫子하고 왔다. 全州서 成俊 內外도 왔다. (90.9.12.)

先妣 祭祠日이다. 任實서 成曉 食口가 全員 왔다. 成允이에 大入試驗에 注力하라고 당부햇다. (85.9.8.)

오늘은 眞情한 先妣(慈堂) 祭祠日이다. 別世 年度로는 64年인바 今年 91年으로 計算하면 28年 해가 되겟다. 서울서 成奎가 參祠햇다. 重宇 完宇 全州 成俊 參禮햇는데 昌宇만 不參햇다. (91.9.2.)

이러한 과정에서 친동생은 제사에 불참하는 등의 탐탁치않은 행동을 자주 한다. 친형제이지만 동생에 대한 문제점을 많이 지적하고 있다.

今日 先考祭祀이다. 밤에 昌宇도 왓드라. 12{시}경까지 놀든니 말없이 가버럿다. 祭祀도 不參하드라. (81.1.6.)

밤에 成曉 母을 同伴해서 昌宇 집에 갓다. 昌宇에 말을 한부로[함부로] 하지 말아 햇다. (81.3.19.)

昌宇는 분무기를 저나 쓰제 外人까지 빌여주워서 그리 말아고 하고 차저왔다. (81.8.8.)

炳赫 炳基 氏 운복[음복]을 싸주라 햇든니 不應햇다(昌宇가). (82.12.4.)

中食은 金進映 氏가 招請해서 햇고 夕陽에 昌宇가 大田 갓다 왔다고 자랑하는데 藥도 지여주고 衣服도 주고 旅費도 八萬 원 주고 햇다고 자랑을 느려논데 마음이 不安햇다. (82.12.13.)

탐탁치 못하게 생각하는 감정이 있어도 서로 빈번하게 식사를 같이 하고 각종 대소사에 같이 다니고 다양하게 서로 돕는 모습을 보이고 있다.

> 昌宇 집에서 招請하야 成吉하고 同伴해서 中食을 갖이 햇다. (85.3.14.)
> 六代祖 墓祀日이다. 館村 炳基 氏 昌宇와 三人이 同伴해서 桂壽里에 갓다. 墓祀을 지내고 南原을 지내서 館驛에 당하니 夕陽이 되엿다. (81.11.17.)
> 夕陽에 昌宇 成{浩} 炳基 氏 同伴해서 全州 成吉 집에 曾祖父 祭祀에 參席. (81.12.28.)
> 桑木을 屈取[掘取]하다 昌宇와 同伴해서 農協에 갓다. (82.5.4.)
> 昌宇하고 同伴해서 全州 崔泰宇 女息 結婚式에 參席햇다. (83.1.30.)

2) 아내, 자녀, 며느리, 손자손녀

일기 저자의 아래로의 가족은 두 아내와 8남3년 11명의 자녀를 두었다. 최내우의 아버지처럼 최내우도 첫째 부인과 둘째 부인을 두었다. 적서구분보다 남녀구분을 더 중요하게 생각하여 아들에 대한 논의를 더 많이 하고 있고 딸은 일기에 아들 모두를 적은 다음에 딸들을 순서대로 적었다. 상당한 남녀차별의식을 가지고 있다. 남성이 주도하고 여성을 따라야 한다는 생각을 가지고 있다.

설날에는 가족들이 모인다. 전국으로 퍼진 자식들의 가족들이 모였다. 집에서는 차례를 지내고 자식들은 마을의 일가 어른들에게 세배를 다니며 뒷산에 성묘를 간다. 추석에도 전국에서 자녀와 그 가족들이 모인다. 저자는 이렇게 자식들의 가족들이 모두 모여 설날이나 추석을 지내는 것을 보며 흐뭇해한다.

> 客地에서 成康 內外드 오고 成曉 家族 全員 成傑이도 車까지 가지고 밤에 到着햇다. 大家族이 募엿다. 南原서 成樂 家族도 全員이 왓다. (86.9.17.)
> 秋夕日다. 家族들을 動員해서 省募[省墓]에 갓다. (86.9.18.)
> 舊正 冥節[名節]이였다. 온 家族[家族]이 全員이 募엿다. 次禮[茶禮]는 順序에 依하야 執行햇다. 後山에 家族길이[家族끼리] 省墓을 드리고 一家親戚 집을 단여서 哀家[喪家]도 멋 집 단여왓다. (89.2.6.)
> 舊正 설날이다. 水原 成奉 食口만 4名이 不參하고는 全 家族이 參祀햇다. 次祀[茶祀]을 慕侍는데 마음 흐뭇햇다. (92.2.4.)

아내를 두 명을 두었기 때문에 생기는 많은 문제들이 있었다. 두 아내가 나름대로 이런 저런 불평도 하였던 것으로 보인다. 또한 자식들이 크면서 분가하자 자식을 아내도 자식을 따라가려고 하면서 여러 고민들도 나타난다. 또한 자식들도 한쪽 어머니에게 주로 신경을 쏟고, 예를 들어 선물을 하여, 분위기가 어색해지는 광경들이 노출된다.

夕食을 하고 舍郎에 오니 成曉 母는 不平한 소리로 是非을 거렷다. 自己의 잘못을 아는 게 人生인데 잘못해도 잘한 것으로 위기니[우기니] 그려한 못 배운 사람하고 其間에 內外間이라고 지내{온} 것 참으로 寒心之事다. (82.1.19.)

水原에 成奉이가 送風機 二臺을 人便으로 보냇다. 一臺는 내의 舍郎用이고 一臺는 成奉 母用으로 指目하고 用錢 五萬 원 中 參萬 원은 제의 母用이고 貳萬 원는 父의 目으로 하야 傳해 왓다. (87.7.31.)

必流에는 李叔子 成康 母는 分家해서 제의 子息 없[옆]으로 갈 것은 當然이나 于先은 내게 秘는 없어야 하는데 母子之間에 相當이 保安을 하는데 창피했다. (91.1.20.)

夕陽 六時경 日募[日暮]가 젓는데 成康 母가 舍郎門을 열며 水原서 손님이 왔다며 나오라 햇다. 水原에서 올 사람이 없는데 不安햇다. 나가보니 紳士 二분이 門前에 섯드라. 방으로 드려갑시다 햇든니 急한 일이 있어 成奉 母를 慕待시려 왓는데 햇다. 異常心이 낫다. 用務를 말하라 햇든니 移轉 關係라 하면서 말하기에 방으로 모셧다. (91.2.22.)

자식들도 생각보다 잘 풀리지 못했다. 자식들이 성실하게 노동도 하고 공부도 하게 만들고자 많은 노력을 하였지만 뜻대로 이루어지지는 않았다. 일기 저자의 생각으로는 자식들이 공부를 열심히 하지 않고 못하거나, 일을 제대로 하지 않고 빈둥거리고 의존하기만 하는, 또한 술을 마시는 등의 문제로 여러 가지 걱정을 한다. 이에 대한 회환과 걱정을 많이 표현하고 있다. 자식들의 입장에서는 어머니가 둘이어 이에 따른 갈등과 고민이 많았고 또한 아버지가 독재적으로 일을 결정한다는 점에 대한 불만도 있었던 것으로 보인다.

子息들이 만타 보니 事故가 藉〃햇고 十一男妹을 養育하야 高等敎育까지 시키는 父母으 마음가짐도 구든 人生感[人生觀]에서가 안니면 達成 못했으리라 본다.

別 事故만 없이 조용이 學校만 나왓다면 (모두가) 家財가 누구를 비할 바 업고 공부를 잘 햇다면 大學으 後援는 누구의 父母 못지안케 後援했으리라 自貧[自負]한다.

그려나 이제도 늦지 안타고 본다. 子息을 爲하야 努力[努力]햇고 子息 옥심[욕심]이 만해서 多産하야 全部을 조흔 成績으로 卒業하야 各界 浸投[浸透]시켜서 社會에서 보란 듯이 活動하고 國家에도 奉賜[奉仕]의 情神을 投餘[投與] 볼가 計劃한 것도 이제는 너무 늦다고는 본다.

이제는 願忙[怨望]해도 別 道理는 없으나 他人의 某人은 無子息 上팔자라고 말은 하지만 그래도 自身는 其에 比하고 십지는 안타. 十一男 成允가 只今 中學 二學年인데 공부하는 行動을 보면 熱心的인 것은 안닌 것 갇다. 놀기를 질거하고[즐겨하고] 늦잠을 자는데 將來에 잘 할지라도 只今는 하지 안키에 藉週 付託을 했으나 別 誠意이가 보이지 안타. 或 莫同[막둥이]도 失敗하면 崔乃宇 人生은 永遠히 希望을 일어버리게 된다.

子息 中에는 成康 成東 成樂 成傑 成奉 八兄弟間에 五兄弟가 父母에 不安을 안겨 주웟다. 其 子息들이 過居[過去]을 生覺하고 反誠[反省]하다면 出世길이 萬里 같으니 各子[各自]가 늦게나마 父母에 死別 前 報答을 機待[期待]하면서 조용히 멧 字 記載해 보왓다.

一九八一年 一月 十五日 父 崔乃宇(五九歲)(印) (81년 일기 내지)

밤에 成傑이가 왔다. 술 滿醉되엿다. 작대기로 때렷다. (85.3.12.)

成東이는 방에서 잠자고 終日 나오지 안햇다. 마음은 괴로왓다. (82.11.22.)

銀姬 學校 成績表가 왓는데 平均 點수가 五八點이니 中績이 못 되니 不安하다. 조금 熱心이 하면 되는데 그럴가 하다. (91.2.22.)

成東이는 正模와 갗이 新平農協 移秧箱子을 運搬하려 갓다고 햇다. 밤 八時頃에야 到着햇다. 그러나 술이 滿醉가 되엿드라. … 淨化委員長이라는 者의 子息이 其쯤 行敗[行悖]을 부리니 眞心으로 情이 머려지고 一時에도 對面하기가 실려웟다. 洞內 사람들 보기도 실코 一家 內에서 아주 참을 수 업고 한두 번이 안니다. 成東이의 過居[過去]을 生覺하면 其者의 自身이 反省해야 하며 父의 괴롬음을 알아줄 때도 되엿다. 勿論 結婚 後 이제까지 生男 하나도 못하고 將來을 生覺하면 不平도 할 수 잇다. 하지만 그럴 수야 업지 안나. (82.3.15.)

弟수 말에 依하면 成東이 보고 기게 그만 고치고 때려 부서버려라고 햇단니 그런 망신이 또 잇나 햇다. (81.12.9.)

成樂 成傑 成曉 全員이 왓으나 女息 二名인데 한 사람도 오지 안코 成康이도 名節에 不參하니 大端히 不安햇다. 秋夕 祭物은 任實메누리가 다 해왓다. (81.9.11.)

　며느리들도 창평리로 결혼해 들어오면 같이 농사를 하는 것으로 간주되었다. 물론 분가를 하면 독립적으로 생활을 하지만 바로 옆에 집이 있기 때문에 서로 왕래도 빈번할 뿐만 아니라 며느리의 행동에 대해서도 계속 감시하고 평가하는 시선이 있다. 그러다 보니 애증이 교차하게 된다.

午後가 되엿는데 成東 內는 방에서 잠만 자고 잇다. 熱이 낫다. 中食도 먹지 안니 햇는데 午後 二時 半에야 온 사람이 말 업시 잠만 자니 애가 터지게 되엿다. 들에 보니 오먼[애먼] 사람은 熱心이 일만 하는데 참을 수 없엇다. 메누리보고 네 그럴 수 잇나. 모실 가는 것도 程度가 잇지 그럴 수 잇으며 他姓집에 너머 다닌다고 말햇다. 참을 수 없다. 메누리 人象[印象]도 조케는 못 보겟다. 장날이면 (市場) 每場을 다니니 그도 못 보겟다. 日前에 말햇드니 不安케 보이드라. (81.4.15.)

食床에서 成曉 안치 노코 成東 妻에 말햇다. 네가 나무[남의] 집에 왓으면 우리 家形에 依존해야 하는데 제금을 내달고 一家親척 그리고 他人에까자도 付託코 햇다니 그게 禮義이야 햇다. (81.12.9.)

食後에 成曉 母 메누리는 新田里에 고초을 따려 갓다. (82.9.12.)

崔乃宇 내의 것 내가 子息들 주는데 무슨 權利가 잇는야 햇다. 父母가 子息 주는데 異議가 무엇이냐…. (82.10.3.)

메누리 行動을 보니 不安햇다. 할 말이 있으나 生兒도 못하는데 誤該[誤解]나 할가바 말 못하고 잇다. 그러나 此後도 如前하면 冷情할 것이다. (81.7.1.)

아침에 起床하면 되야지는 벌서 高聲을 지른다. 메누리는 食事보다는 起床하기가 밥으게 되야지 밥부터 준다. 되야지 밥통을 보면 眞心으로 人間치고는 못 볼 形便이다. 어제 夕食 먹다 나문 밥이 다 나왔다. 政府에서는 食糧節約運動을 펴고 보리混食을 권장하고 麥類 增産을 독勵하는 판세에 참으로 熱이 아[안] 날 수 없다. (83.10.9.)

물론 며느리가 잘 하는 부분도 있고 또는 잘 하는 며느리도 있다. 그래서 타인들로부터 며느리에 대한 칭찬을 듣고 기분이 좋아지기도 한다. 또한 며느리를 도와주기 위해 다양한 일을 한다. 주로 자식을 위한 재정적 지원이나 또는 자녀를 도봐주는 행위이다. 또는 며느리들 친가의 중요한 대소사에 참석하여 정서적인 유대를 보여준다.

約 五〇名이 參席한바 점잔한 분들이고 副郡守도 參席햇다. 메누리 治下[致賀]가 만트라. (81.5.19.)
成曉 母는 任實메누리가 病院에 入院하려 간다고 兒該[兒孩]들 보려 갓다. (81.4.30.)
大學病院 重患者室 사돈 問病을 하고 河聲喆 次女 結婚式에 參席햇다. (83.10.9.)
成東 妻家에 장인 別世하는데 出喪하려 갓다. (93.2.2.)

자녀의 결혼은 아주 중요한 일이다. 결혼식을 위하여 신부감 또는 신랑감을 보러 서울까지 가기도 하였다. 결혼에 대한 걱정 때문에 잠을 제대로 자지 못하기도 한다. 다른 자식들과도 혼인문제를 상의하기도 한다. 자식들의 교육, 이혼, 미래에 대하여 걱정을 하는 모습도 나타난다.

館村에 成苑 집을 訪問하고 成奉 婚姻 關係 丁基善 子 明燮이 關係도 付託햇다. (86.8.9.)
서울 林成基에서 전화가 왓는데 成英의 結婚之事인데 今日 中으로 打合코자 한다고 上京하라 햇다. 一〇時 四〇分 特急列車로 서울에 당하니 三時 三〇分. 許玄子 집으로 갓다. 夕食을 맞이고 玄子 눈님 同伴해서 許俊晩 집으로 갓다. 밤에 婿 될 사람이 왓다. (82.10.28.)
成英 結婚 問題 工場 修理의 計算 家事整理 債務整理 問題로 단잠이 올이 없다(밤중에). (82. 11.1.)
南原 寶節面 黃茂里[黃筏里] 李得香 氏을 禮訪하고 婚事 擇日을 해본바 三月 十八日 日曜日은 화해日이라 不吉한 날이오니 단겨서 土曜日 二時가 조으니 擇日해주마 해서 婚婿紙[婚書紙] 擇日紙 사돈에 편지까지 해왔다. 집에 와서 全州로 전화햇든니 변경은 못하겟다고 햇다. 成英는 擇日이 무슨 必要 있으며 딴 사람은 잘만 살드라고 햇다. 알아서 해라 햇다. (85.3.6.)
成英이는 參拾萬원을 가지고 全州에 갓다. 시아비 洋服을 一六萬 원에 마첫다고 햇다. 任實서 메누리가 夕陽에 왓다. 成英 婚事로 每日 不安을 禁할 수 없다. (85.3.7.)

자식들이 결혼을 하고서도 빈번한 왕래가 있다. 때로는 너무 의존한다고 한탄하기도 하고 잘 오지 않는다고 야속해하기도 한다. 그리고 저자가 죽으면 재산은 모두 자식의 것이라고 하여 자식을 키우고 교육시키고 재산을 상속하는 또한 서로 경제적으로나 정서적으로나 지지하는 것을 가족으로 생각하고 있다. 자식들도 부모의 빚을 갚고 도와주고 제사를 지내는 의무를 가지고 있다고 생각한다.

> 任實서 成曉 食具 來往. 成植 內外가 간다고 밤에 왔드라. (81.7.19.)
>
> 아버지는 債務가 相當하니 네 뜻이 엇더야 햇다. 利子 없이 元金으로만 줄 터이니 一五〇萬 원만 보내라 햇든니 二月 二十六日頃에 送金하겟다고 햇다. (83.2.14.)
>
> 全州에서 成傑이가 왔다. 屯南 只沙을 단여서 왔다고. 昌宇에서 白米 一叺을 실코 서울로 成植에 준다고 햇다. 午後에 李允在 氏가 왔다. (83.2.17.)
>
> 全州 成英는 오늘 四日 만에 媤家로 歸家햇다. (86.2.13.)
>
> 내가 債務가 多額이 되는 것은 네의 子息들로 依하야 債務가 젓고 學生時節부터 社會에 나와서까지 不良한 事故로 原因은 되엿고 잘 사라보겟다고 날뛰고 잇는 것은 내가 死後에까{지} 財物을 가저가려 한 것은 안니{나} 殘財는 무도[모두] 너의 것이 아니야 햇다. (82.12.19.)

　손자들은 새로운 희망이고 즐거움이다. 손자 손녀들이 가득한 모습을 보면 기분이 좋아진다. 그래서 설날에 모인 아이들의 수를 세고 있다. 이들을 위해 세배돈을 미리 준비하기도 하고 먹을 것을 마련하기도 한다. 이들이 아프면 같이 마음이 아파한다. 손자나 손녀를 여러 가지 방식으로 도와주거나 손자를 주거나 돌봐준다. 딸이 아프거나 문제가 있을 때 남편을 놔두고 그쪽으로 가서 아이를 봐준다. 명절에 창평리의 집으로 내려와서 손자들이 모두 모여 같이 노는 것을 보면 흐뭇해한다. 멀리 있어도 손자나 손녀의 돌날에 참여하고자 한다.

> 새벽에 成苑이 왔다. 제의 母가 病이 낫는데 아마도 장지부스[장질부사(장티푸스)]病인 듯십다고 햇다. … 집에 왔든니 病院으로 入院하기 위하야 準備 中에서 任實로 택시 편에 보냇다. 成曉 母을 딸여서 보냇다. 마음은 괴로왓다. (82.12.13.)
>
> 成曉 母는 任實메누리가 病院에 入院하려 간다고 兒孩[兒孩]들 보려 갓다. (81.4.30.)
>
> 來日이면 설날인데 歲拜돈을 마련하려 館村가지 단여 殘錢을 겨우 마련햇다. 孫子가 十一名과 外孫 三人 侄孫[姪孫] 四名 計 十八名이드라. (92.2.14.)
>
> 설날 募인 直系 食口는 二五名 其外人 外孫 一人 妻族 食口 二名 昌宇 食口 三人 合計 三十一名 募였다. (91.2.15.)
>
> 水原 昶範 돌날이 9月 21日인데 나의 生日하고 한 날이라고 햇다. 나는 갈 수 없고 成奉만 가라 햇다. 그려면서 金반지 小形으로 해라 하야 2萬 원을 成奉 母에 주웠다. (89.9.18.)

3) 부계 친척

　부계 친척들이 전국에 퍼져 있다. 지역에 살던 일가들도 1970년대와 1980년대 대거 다양한 도시로 진출하였기 때문이다. 같은 마을에도 부계 친척들이 많이 있다. 종중이나 종친회를 통하여 전국에 있는 일가친척들과 관계를 가지고 있다. 여러 가지 이유로 외부로 돌아다닐 때 부계 친척들은 서로 빈번하게 방문하며 숙박을 한다. 같은 마을에서는 세배를 하거나 농사일을 돕거나 여러 물건이나 돈을 빌리거나 각종 정보를 공유한다. 부계 친척들이 마을에서 같은 편이 되는 경우가 더 많다. 각종 농기계를 서로 빌려주고 사용한다. 농사일을 서로 도와준다. 가족일을 서로 도와준다. 품앗이를 한다. 각종 일이나 심부름을 시키거나 도와준다. 사건이나 문제를 해결해주기도 한다. 생일, 잔치, 결혼식, 회갑연, 장례식 등에 가서 돕고 초청한다. 특히 나이가 든 일가의 생일, 결혼, 장례식에는 대부분 참석한다. 주인공의 최내우의 생일에도 마을사람들과 더불어 친척들이 대거 참석한다. 마을사람들이나 지역사람들뿐만 아니라 멀리 서울에서도 생일잔치에 참석하기 위해 내려왔다. 지역의 사고방식에서 가까운 친척(예: 조카)이라면 이러한 행사에는 최대한 참석해야 하는 것으로 생각하기 때문이기도 하다.

> 成植 母 生日라고 招請햇다. 朝食을 家族 全員이 가서 햇다. (88.4.20.)
> 今日이 내의 生日이다. 養老員들 20餘 名 大小家들 40餘 名이 朝食을 갗이 햇다. 서울서 成植이 왓드라. 生前 처음으로 用錢을 주고 가드라. (91.9.30.)
> 金善權 氏 女息 結婚式에 경상도 구미로 出發햇다. 慶尙道 구미에 當한니 12時 34分. 禮式을 맛치고 中食을 끝내고 바로 乘車하야 집에 온니 7時엿다. (81.1.11.)

가족을 제외하면 부계 친척은 가장 빈번하고 가장 강력한 상호부조의 원천이다. 혈연이라는 이유로 친척이 방문하여 숙박을 하게 되면 대개 음식과 술을 내오는 경우가 많다. 방이 없을 경우에도 같은 방에서 자도록 하는 경우가 많다. 이러한 경향은 지금은 크게 사라졌지만 1980년대 농촌사람들에게서는 자주 나타나는 현상이다. 대종중이든 사종중이든 조상에 대한 문제를 같이 상의하는 것으로도 같은 뿌리의 사람이라는 느낌을 강하게 가진다. 개업을 해도 일가친척을 종업원으로 쓰면서 이들은 믿을 수 있는 사람이라고 생각하는 경우가 많다.

> 炳基 堂叔 子 錫宇 結婚式場에 參席 햇다. (83.5.14.)
> 大小家 一〇餘 名이 一行이 되서 뻐스 便으로 斗峴面 石九里 堂叔 回甲宴에 參席 햇다. 壽宴床 禮가 끝이 나고 外來客들이 왓는데 注[主]로 大里 親友들이 만트라. (83.4.18.)
> 善宇 注油所 開業한 데 參席 햇든니 반가하드라. 館村서 炳基 堂叔이 오시엿다. 서울서 妹弟들도 內外 同伴 全員이 參席 햇드라. 注油所 從業員는 善宇 姨母 子 姨從弟하고 鄭東洙 子가 從事키로 햇다고 하드라. (81.12.19.)
> 成植이 內外가 歲拜하려 왓다. 말하기는 좀 쑥시럽지만 故 할면니[할머니] 石物을 不遠 할 터이니 二〇萬 원만 보내라 햇다. (83.2.14.)

아프면 문병도 가고 위로도 하고 병원비를 대주기도 하며, 살기 어려우면 쌀을 도와주기도 하고 또는 일자리를 마련해주기도 한다. 아주 가까운 친척이면 생활, 결혼, 정보 등을 적극적으로 도와주기도 한다. 일자리를 마련해주고 금전적인 뒷바라지를 해주기도 하고 교육을 시켜주기도 한다. 소작을 주거나 돈이 되는 일은 먼저 가까운 부계 친척들에게 제공하려는 경우가 많다. 숙박을 제공하는 경우는 흔하게 나타난다.

> 寶城 堂叔는 長期 病으로 古生[苦生]하드라. 全州 태우가 付託해서 一金 壹萬 원을 代納해 주웠다. (86.3.30.)
> 서울서 出發하야 大田으로 行하는 中 成植 집을 訪問할 豫定. 成植이는 宿直이라고 해서 一泊햇다. 반찬 술을 차린데 페가 되드라. (85.1.25.)
> 夕陽에 成植 집을 訪問하고 一泊햇다. 밤늦게까지 대화하고 잣다. (86.12.1.)

이러한 흐름도 그러나 점차 약화되는 경향을 보여준다. 일부는 친척의 네트워크에 참여하지 않는 경우도 있다. 또는 자신에 이익이 되지 않으면 적극 참여하지 않는 경우도 늘고 있다. 또한 돈을 빌려주기도 하지만 거절하시도 한다. 물론 액수가 커서도 그렇지만 점차 의무적인 감각이 줄어들고 있기 때문에 친척이라고 하여 또는 일가라고 하여 의무적으로 상부상조해야한다는 의식이 줄어들기 때문이기도 하다. 또는 자기가 도와준 만큼 자신을 도와주지 않는다고 해당 친척을 비난하기도 한다. 그렇지만 이러한 감정을 매번 나타내는 경우는 드물고 절제하면서 혼자 또는 특별한 경우에 나타내는 경우가 많다.

> 夕陽에 館村 堂叔이 오시엿다. 用件는 借金 關係엿다. 生覺해 보니 두를 수는 잇지만 此後에 무히 償還이 못 되면 뜻이 안 조흘가 念慮되드라. (83.9.30.)
> 成東이는 單獨으로 鄭圭太 移秧 二斗只만 하고 왓다. 館村 堂叔이 와서 二〇萬 원을 要求하는데 据絶[拒絶]햇다. 未安하지만 할 수 업다. (85.5.29.)

이 일기의 저자에서 아주 빈번하게 나타나는 것이 결혼식, 제사, 묘사 등에 관한 일이다. 친척이나 문중과 관련된 중요한 행사는 최대한 참석하는 경향을 보여주고 있고, 이러한 행사에 참석하지 않는 사람들은 도덕적으로 문제가 있는 사람으로 생각한다.

> 王板 高祖父 墓祀日이다. 炳赫 炳基 그리고 本村 大小家가 募엿다. 雨天候으로 山所는 못 가고 집에서 慕侍엿다. 私宗中 財産 菅理에 對하야 成吉이는 完全이 손을 떼고 八四年度부터 一年間 炳赫 堂叔이 菅理키로 햇다. 그리고 宗家 戶當 白米 一斗식을 据出하야 宗財을 늘이기로 햇다. 成奎 條 宗田畓 六〇〇坪 팔아먹은 것은 成吉이가 同生 하나 살여 달아면서 黑殺[默殺]하자고 한바 나는 말 못 하고 無語한바 炳基 氏가 그려케 하자는데 同意는 햇지만 成吉 兄弟는 앞으로 不良宗員으로 捺印[烙印]되엿다. (83.11.23.)

하지만 이러한 빈번한 관계 속에서 어떤 문제가 생기면 서로 부담스럽게 생각하거나 보지 않거나 피해버리기도 한다.

> 昌宇는 눈치를 보니 別 조흔 人象은 안니드라. 成植이도 왔는데 나의 生覺上 別 多情한 뜻은 없고 서먹 〃 해지드라. 人事하는 處勢도 名色이 伯父쯤 되는데 방에 드려가니 꾹구시 서서 고개만 끄덕하드라. (88.10.29.)
> 서울서 成植이가 어제 왔다고 오늘 담배 作業場으로 人事次 왔다. 그러나 엇전지 꺼끄럽다. 인사는 해도 반갑지 안타. 차라리 오지 안은 게 無方[無妨]하다. (91.7.31.)

4) 외가 친척

이미 어머니도 돌아가셨기 때문에 외가와의 가장 많은 관계는 외가의 중요한 제사나 묘사에 또는 예식(결혼식, 장례)에 참석하는 일이었다. 이숙이나 이모의 묘소를 참배하기도 하고 외고모 등을 만나기도 한다. 외조부모의 제사를 참석하는 것을 아주 중요시하여 매년 이 제사에 참석하였다. 하지만 부계 친척과는 달리 외가 친척은 경제적으로 지원을 해주거나 돈을 빌리거나 공동으로 어떤 일을 도모하는 경우는 드물다. 부계 친척에서는 돈의 거래나 호혜관계가 빈번하게 나타나는 것에 비하여 외가 친척들은 만나는 횟수도 훨씬 적고 만나는 내용에 있어서도 정서적인 작용이 경제적인 상호부조보다 훨씬 중요한 역할을 하고 있었다.

> 午後 四時 列車로 求禮 外家 外祖母 祭祀에 參禮햇다. (81.5.1.)
> 夕陽에 七時 列車로 求禮 外家에 갓다. 外祖母 祭祀日다. (82.4.21.)

외가들도 중요한 행사, 즉 결혼식이나 환갑연이나 장례식이나 중요한 제사가 있으면 참석하러 온다. 주인공인 최내우 할아버지의 환갑연이 그러한 대표적인 사례다. 친족이나 지역 사람들 뿐만 아니라 외가에서 대거 참석하였고 또한 사돈들도 참석하였다. 이러한 모습을 보고 자신이 아직 인심을 잃지 않았다는 자부심을 다시 한 번 느긴다.

> 九時 列車로 求禮邑에 到着한니 十一時 三十分이드라. 任正三 內外 外家집 食口 光義 元複도 두루 맛낫다. [婚]禮式이 끝나고 바로 中食만 끝낸 後 바로 特急列車 二時 五十分 列車로 直行햇다. (84.2.19.)
> 顯壽[壽宴]床 앞에 子息들이 느려섯다. 禮儀도 끝이 안 낫는데 賀客들이 募이{기} 始作 十二時 부{터} 三時까지는 大端이 分주햇다. 日慕[日暮]가 되자 賀客이 뜸햇다. … 外家집에서도 全員 오시고 妻家에서도 만이 오고 新田里 사돈宅에서 택시로 三臺 왔다. 반가운 일이엿다. (83.4.2.)
> 南原 二白面에서 전화가 왔다. 外叔母가 95歲인데 어제 10{日} 字로 別世햇다고 傳해 왔다.
> 成奎을 맛나고 明日 外家 問喪을 가자고 하고 아침 7時에 出發하자 햇다. (84.2.11.)

메누리는 親家에 갓다. 先母祭祀라고 햇다. (84.2.11.)

다른 일들이 있어 외가가 있는 구례를 방문할 때면 외가쪽 친척을 만나고 오는 경우가 많았다. 외가에 대해서 지속적으로 방문하고 관계를 유지하고 있었다. 또는 여러 가지 이유로 도움이 필요하면 서로 연락하여 도움을 받고 있다. 그쪽에서 더 잘 알 수 있는 것을 부탁하여 파악해달라고 하는 경우도 있었다.

午前 中에 墓祀을 끝내고 … 外家집을 訪問하고 元基 집도 찾아 보왔다. (84.11.8.)
對面의 案件는 外家의 之事엿다. 上關面에 外祖父 所有가 잇는데 現在 엊이 되여 잇는지 如否[與否]를 알아바 달아고엿다. (86.3.8.)

가까운 친척들이 아프면 문병을 다녀오기도 한다. 특히 아파서 죽게 되면 죽기 전에 문병을 가고자 하는 생각이 많이 나타난다. 더 이상 볼 수 없기 때문에 마지막으로라도 봐야한다는 생각을 가지고 있다. 이는 외가 친척에게도 적용된다. 나이가 든 외가친척이 돌아가자 더 이상 가까운 친척이 외가에 별로 없다고 생각하여 이제 외가를 방문할 수 있을지 생각하게 된다.

墓所에 省慕[省墓]하고 3時를 期하야 택시로 冷泉利 外家 外從兄수 問病을 햇다. 半身이 不수이고 말도 더듬드라. (90.11.25.)
어제 求禮에서 外從兄嫂가 別世햇다고 電話를 밧고 今日 出發햇다. (91.3.28.)
午前 十一時경에 出喪을 한바 山所에는 一時경에 着햇다. 外할머니 墓所 外할아버지 墓所을 省墓햇다. … 집에 온니 五時엿다. 外家宅하고는 이제부터 멀어컷다. (91.3.29.)

외가 친척들 중에서 가장 많이 만나는 사람이 갈수록 이모가 되고 있다. 이모는 훈육적인 성격이 가장 약한 가까운 친척이다. 전에는 만나는 빈도가 높았던 외숙이나 외할아버지는 아무래도 훈육적인 시선을 조금이라도 가지고 있다. 이모는 어머니와 나이가 비슷하고 갈수록 결혼 후에도 어머니와 같이 만나는 경우가 늘어나고 있어 가장 편하게 만날 수 있는 외가 친척이 되고 있다.

成樂이을 무르니 姨母 집에 갓다고. (81.1.23.)
注油所 從業員는 善宇 姨母 子 姨從弟하고 鄭東洙 子가 從事키로 햇다고 하드라. (81.12.29.)

외가와의 관계는 어머니가 살아 있을 때와 비교하여 점점 약화되는 모습을 보여준다. 외가친척들이 찾아오는 경우도 줄고 외가의 제사나 묘사를 열심히 찾아 다녔지만 점차 나이든 사람들이 죽으면서 외가와의 관계는 줄어들게 된다. 이 일기의 저자의 경우 구례에 외가

뿐 아니라 친가의 사종중이 있어서 양쪽일이 있을 때 외가를 방문할 수 있었다. 또한 저자가 둘째어머니의 아들로서 어머니가 부계 친척에서 제대로 대우를 받지 않고 살았다고 생각하였기 때문에, 또한 실제로 가난한 동안에 부계 친척에서 별다른 역할을 할 수 없었기 때문에, 어머니와 관련된 인척관계에 더욱 많은 노력을 했었다. 이를 통하여 외가 친척들과 상당히 돈독한 관계를 쌓고 유지하여 왔다. 하지만 외할아버지와 외할머니의 제사에 매년 참석하였으나, 자신과 친한 사람들이 점차 사라지면서 외가에 대한 관심이 점차 줄어들고 있음을 스스로 인식하고 있었다.

5) 처가 친척

처가 친척들과의 관계도 정서적인 측면과 물질적인 측면으로 나눠볼 수 있다. 물질적인 측면에서 상호부조나 돈을 거래하는 경우가 부계 친척들보다는 적지만 외가 친척들보다는 많이 나타나고 있다. 특히 처가들과의 관계는 갈수록 더 빈번해지고 있고 외가 친척들과의 관계는 빠르게 약화되고 있었다. 이는 아들들이 결혼해서 새로운 가족을 형성했을 때, 그의 처들은 일기 저자의 아내보다 적극적으로 자신의 발언을 하고 처가의 도움을 구하는 모습을 보여주고 있다. 처가의 각종 예식이나 행사에 참여하는 빈도가 부쩍 높아졌을 뿐만 아니라 물질적 상호부조도 이전보다 더욱 적극적으로 이루어지고 있다. 이는 가족 내에서 처들의 발언권이 전반적으로 강화되고 있고, 처들도 이전보다 적극적으로 자기의 의견을 제시하고 관철하는 모습과 관련되어 있다. 이러한 모습이 저자가 구세대의 남녀분업에 익숙하기 때문이다. 아니 구세대 중에서도 훨씬 남녀차별적인 태도를 가지고 있기 때문이다. 딸은 아들보다 뒤에 와야 하며(자녀의 기록 순서에서 딸들은 아들보다 뒤에 배치한다), 아버지의 말을 잘 들어야 하고(그렇지 않으면 화를 내거나 또는 만나는 것을 회피하는 모습을 보인다), 결혼하면 처와 어머니로서 가족을 잘 돌보는 것이 가장 중요하다고 생각하고 있다. 또한 집안에서 처(아내나 며느리로서)들은 조용히 자기(남편이나 시아버지)를 보조하여 가족 일에 집중하고, 남자(남편이나 시아버지나 아버지로서)인 자기가 대소사를 결정하여야 한다고 생각한다. 이러한 관점에서 보면 이전보다 자기주장이 강하고 남편(저자의 아들들)을 이리저리 조정하는 처(며느리)들의 모습은 저자에게는 못마땅한 모습으로 본다.

우선 처가의 방문이 크게 늘어났다. 일기의 저자는 처가를 빈번하게 방문하지도 않았고 또한 아내가 혼자 방문하는 경우가 많았는데 80년대 이후 가족들이 전국에 산포되고 자동차의 사용이 편리해지면서 쉽게 방문할 수 있게 되었다. 처가 혼자 방문하는 경우도 많지만 부부가 함께 방문하는 것이 크게 늘었다. 또한 설날과 같은 중요한 명절에는 처가를 정기적으로 방문하기도 한다. 처가의 방문이 늘어나다 보니 처가를 방문하는 것이 중요한 사건으로 생각되지 않는다.

成東 內外는 妻家에 갓다. (83.2.16.)

成東이는 夕陽에 妻家에서 왔다. (83.2.18.)
成東이는 妻家에 간바 이제껏 오지 안는다. (83.12.26.)
弟 亨宇을 相面하고 中食을 하고 오는 길에 南原 成樂 집을 찾으니 妻家에 갓다고. (85.1.4.)
成東이는 말없이 帶江 妻家에 갓다고. (85.7.10.)
成奉 家族은 成傑 車便으로 公州 妻家을 단여 來日이나 水原을 드려 간다고 하고 作別햇{다}.
(88.2.19.)

일기의 저자에 비하여 저자의 아들들은 일을 처들과 함께 처리하는 경우가 늘었다. 또는
처가 결정한 것을 따르는 경우도 늘어났다. 일기의 저자는 여자가 결정하는 남자가 따르는
것을 약간 부정적으로 표현하여 이를 못마땅하게 생각하는 듯하다. 남편의 일방적인 결정과
일방적인 외부활동이 약화되고 처들도 결정하고 외부활동을 하는 경우가 늘었다. 외부로 돌
아다니며 일을 처리하는 것이 이전에는 남자가 하는 일로 인식되었지만 점차 여성도 그렇게
할 수 있다는 생각이 증가하여 여성의 외부적 활동도 계속 늘고 있다.

親睦契日이다. 嚴俊祥 有司 宅에서 內外가 募엿다. (86.1.5.)
任實에서 成曉 內外가 왔다. 目的은 成康 母 回甲宴 打合次라 햇다. 成苑 內外 成曉 內外 成東
이 內外가 成康 집에서 募여 每事을 打合 結定[決定]햇다고 들엇다. (85.4.27.)
成曉 內外 成英하고 전주에 婚禮品 購入하려 갓다. 늦도록 오지 안햇다. (85.3.10.)
屛嚴里 崔善宇에서 전화가 왔다. 今日 十一時 三0分에 住油所[注油所] 開業式을 擧行한다고
參席을 要햇다 … 善宇 注油所 開業한 데 參席햇든니 반가하드라. 館村서 炳基 堂叔이 오시엿
다. 서울서 妹弟들도 內外 同伴 全員이 參席햇드라. (81.12.19.)
全州에서 成英 內外가 來日 母 回甲을 마지하야 왔다. 成苑 內外도 왔다. (85.9.21.)
成東이는 妻 祖母 生日이라고 內外가 갓다. 나는 마음에 맞이을 안는다. 저나 가제 成東이까지
데리고 가는 것은 꼴보기 실트라. (81.12.22.)
집에서 內外 말하기를 그럭저럭 生活하면서 財産이{나} 募이고 살자고 女子는 말햇다고. (84.2.23.)

일기의 저자 세대에서는 어느 정도 나이가 들어야 또는 어머니로서 발언권을 행사할 수
있었지만 아들세대에서는(1980년대) 젊어서부터 어느 정도 발언권을 행사할 수 있게 되었
다. 이렇게 남녀관계가 변화하는 것에 대한 저자의 불만도 일기에 표출되어 있다.

完宇 弟가 結婚하고 濟州島 新婚旅行을 단여왔다고 朝食을 갖이 하자고 해서 갖이만 大小間인
데 內外間의 人事法이 없드라. 敎信者라 그런지는 모르지만 道理는 안드라. (86.5.1.)

우선 처가 쪽 가족이나 친척들의 중요한 제사, 묘사, 예식에 참석하고, 아프거나 문제가 있
을 때 다양한 방식으로 도와주거나 도움을 요청한다.

成曉 母는 只沙 동생 祭祀에 參席 行次햇다. (81.11.13.)
成曉 母 成康 母는 全州 成康 妻母 問病次 단여왓다. (81.10.13.)
듯자니 松宇가 도박으로 不信者가 되고 一家妻家에서도 協助햇지만 此後 제의 行動에 매엿다고 들엇다. (89.1.30.)
成東 內外는 妻家宅에서 立石하는 데 參加 次 南原에 出發햇다. (89.12.3.)
成傑의 仗母[丈母] 小祥이라고 어제쯤 成傑 內外는 왔을 것으로 알고 오늘은 成曉하고 澤俊하{고} 問喪하려 간다고 어제 成曉가 傳햇다. (92.6.7.)
大里 사돈 內外分이 來訪햇다. … 大田서 사위도 왔다. (84.8.25.)

처가의 여러 친척들과도 다양한 관계가 형성된다. 장인, 장모, 처의 형제자매, 처의 이모 등이 밀접한 관계를 맺게 된다. 결혼을 하게 되면 빈번하게 처부모가 다양한 지원, 참견을 하게 된다. 결혼해서 전세를 옮기는 데도 처가 가족과 친가 가족이 다양하게 협조하는 모습도 나타난다. 사돈끼리도 대소사에 다양하게 서로 방문하며 또한 자녀 부부가 잘 살도록 다양하게 협조한다. 좋은 일도 많지만 또 갈등이 나타나기도 한다.

南原 成樂 妻姨母에서 電話가 왔다. 家宅 專世代는 後에 주드래도 미리 移事[移徙]부터 하라고 왓다. 大里에서 {成樂} 妻母가 전화햇다. 成樂이를 바꾸웟 주니 15日 移事하라 해서 移居 日割이 選定되엿다. (81.1.13.)
夕陽에 新田里 사돈 金福洙 氏가 來訪햇다. 뽀푸라를 購入하려 왔다. (85.8.24.)
十二時에 全州 朴泰珍 女息 結婚式場에 갓다. 同窓會員 一〇餘 名을 相面햇다. 中食이 끝나고 바로 鎭安 宋 氏 사돈宅을 訪問햇다. (86.4.5.)

동서계가 조직되어 동서들 부부가 같이 모여서 놀기도 하고 여행을 다니기도 한다. 그만큼 자매(또는 이모)들의 유대가 이전보다 빈번해지고 강화되고 있음을 보여준다. 이는 현대 한국사회가 부계에서 조금씩 벗어나는 모습을 반영하는 것이다.

成東 內外는 同婿契에서 外遊 旅行간다고 午後에 떠낫다. (87.4.19.)
메누리는 來日 同婿契에 參席次 鎭安으로 갓다. (91.8.3.)
全州 간 理由는 오늘 成東 同婿契日인데 約 20餘 名이 募인다는데 전문[절문] 사람들일 텐데 이무렵지[임의롭지] 안을가 해서 고의로 갓다. … 人事하는데 八男妹 同婿이드라. 男女 20餘 名이 合宿햇다. (92.8.8.)
成東 同婿契 費用이 約 20萬 원 支出된 것으로 안다. (92.8.9.)

이혼도 이전보다 더 나타난다. 하지만 이혼은 아직 남이 알면 부끄러운 일로 생각된다.

> 조용히 成康이하고 서울서 오는 뜻을 무럿다. 外人이 알가부다며[알까보다며] 家情不和[家庭
> 不和]로 妻와 이혼을 하겟다고 햇다. 內之事을 들으니…. (82.7.6.)

아내나 어머니를 매개로 한 관계의 역할이 계속 커지고 있고, 자매나 이모의 관계가 급증
하고 있는 것은 한국사회가 부계사회에서 점차 모계나 처계의 여성을 매개로 한 관계를 이
전보다 중요시하는 양계사회로 변하는 모습을 보여준다. 압축적 성장과정에서 대거 도시로
진출하고 도시에서의 적응과 삶에 모계와 처계가 하는 역할이 더욱 커지면서 나타나는 현상
으로 생각된다. 또한 여성의 지위가 높아지면서 남성중심으로 구성된 친족체계도 점차 변하
기 때문이다.

6) 장례, 산소, 제사

장례는 전통이 커다란 영향을 미치는 영역으로 생각되고 있다. 장례는 쉽게 변하지 않기
때문이다. 그러나 80년대 전통적인 죽음관과 관련하여 커다란 변화들이 나타나고 있었다.
또한 전통을 유지하더라도 장례와 제사를 간소화하는 과정이 계속 진행되었다. 제사를 지내
지 않거나 간소화하는 경향도 나타난다. 기독교인 경우도 있지만 그렇지 않은 경우에도 지
내지 않거나 줄이려고 하는 경향이 나타난다. 60년대까지도 집에서 죽어야 편안하게 장례를
치를 수 있고 또한 영혼이 객지에서 떠돌지 않는다고 생각하였다. 80년대에 들어와 이러한
생각이 농촌에서도 크게 약화되었고 이제 병원에서 죽는 것이 더 좋은 것으로 생각하는 경
향이 커졌다. 과거에 병원에서 죽는 것도 객사라고 생각하여 집으로 모셔가서 집에서 돌아
가시게 하는 일이 많았는데 죽음에 대한 전반적인 생각이 바뀌면서(예: 죽으면 영혼이 저승
으로 또는 극락 등으로 가거나 잘못되면 이승에서 떠돈다는 사고방식이 약화되면서), 여러
관행에 변화가 나타나고 있다.

나이가 들어 사망을 하게 될 때, 보통 아파서 누워 있다가 죽게 된다. 죽음이 확실하다고
생각되면 생전에 한번이라도 보기 위하여 가능한 한 방문하여 얼굴모습을 보게 된다. 아픈
노인을 보면 몸을 이리저리 살펴보면서 얼마나 살 수 있는지 가늠해보게 된다. 병으로 죽지
않더라도 점차 살이 빠져 피골이 상접하게 되면 대체로 돌아갈 시기가 되었다고 생각한다.
아래에 나온 '보탓드라'는 살이 거의 사라져 피골이 상접한 상태를 말한다. 일부는 사고로 사
망하기도 한다. 80년대에 이곳 마을에서는 대체로 집에서 간병을 하다고 임종을 하는 경우
가 많았다. 도시로부터 시작하여 점차 병원에서 임종하는 것이 확산되었다.

> 早朝 後에 斗峴面 石九里 炳赫 堂叔을 禮訪햇든니 不遠 死忙[死亡]케 되엿드라. 人事不知하고
> 全身이 보탓드라. 良宇에 말하고 모든 準備을 하라 햇다. 寒心하게 되엇드라. 今年 63세 나와 同
> 甲인데 딱하기 限이 업드라. (85.1.5.)
> 夕陽에 新安 堂叔 問病한바 운명이 時急하드라. (85.4.20.)

새벽 一時쯤인데 堂叔이 別世햇드라. 終日 喪家에서 일을 보고 손님도 接侍[接待]햇다. (85.4.21.)
屛巖里 李康德이가 交通事故로 驛前에서 死亡햇다고 訃音이 왓다. (87.2.28.)
日前에 子婦가 藥을 마시고 死亡햇다고 햇다. 死後處理를 엇더케 할 것인지 澤俊(사위)에 무려
바 달아고 햇다. (82.6.1.)
全州에서 朴順龍 同窓生이 어제 大學病院에서 死亡 來日 靈安室에서 出喪한다고 通報가 왓다.
(90.5.5.)
重宇 問病 5日 만에 今日 病院에서 死亡햇다고 들엇다. (93.1.5.)

어느 정도 아는 일가친척은 죽으면 바로 연락이 온다. 전에는 부고장을 만들어 가까운 일
가친척이 있는 마을을 찾아서 돌렸는데 이제 전화를 연락하는 것이 보편화되었다. 또는 다
른 연락이 어려우면 전보를 사용하기도 한다. 보통 부고연락을 받으면 관련된 가까운 사람
이라고 생각되는 사람에게 바로 연락을 해주는 것이 좋다고 생각하였다. 출상(발인)이 3일
만에 이루어지기 때문에 빠르게 연락을 하여야 참석할 수 있게 된다. 장례에 참석하는 것을
의무로 생각하고 참석하지 않으면 의무를 행하지 않은 사람으로 생각한다. 장례에 참석하는
사람의 수를 보고 그 사람이 생전에 얼마나 덕을 베풀거나 인심을 얻었는지를 설명한다.

새벽 六時에 只{沙面} 芳鷄里에서 電話가 왓는데 永浩 死亡이라고 왓다. 成奎에 連洛[連絡]하
고 全州에 갓다. (81.11.20.)
郭二勳 妻가 오늘 아침에 死亡햇다고 전통이 왓다. (82.1.12.)
집에 오니 五時쯤인데 서울 成吉이가 死亡햇다고 하드라. 各處에 전화 렬악을 햇다. … 出喪日
은 十二月 五日. (86.12.3.)
새벽 三時 四0分에 서울 着. (成順하고) 택시로 江西區에 갓다. 靈位에 參拜햇다. 서울에 사는
一家親척이 募엿드라. 밤에 六時쯤 入官[入棺]을 맞이고 弔客들 接侍햇다. (86.12.4.)
重宇 慈堂이 別世햇다. 午前 10時쯤이엿다. 喪家에서 終日 밤 3時까지 처례[철야]하다. (89.9.19.)
外來 問喪객들을 接侍[接待]햇다. 訃告는 發送을 폐햇지만 近方에서 多數가 禮訪햇다. (89.9.20.)
南原 從弟 正宇가 電話로 順天에서 哲宇 慈堂(叔母)가 別世햇다고 大小家 宗員에 전화로 알렸
으나 한 사람도 가계다고는 하지 안트라. 南原하고 宗員之間은 3從之間으로 보로 大小家인데
그럴 스 있을가. 다음 宗會 時에 相面하면 面目이 없게 될 게 안넌가. (91.6.8.)

사망을 하고 나면 처리해야 할 문제들이 많이 제기된다. 복잡한 장례식이나 장지 문제를
빠르게 해결하여야 한다. 또한 재산이나 다양한 문제들을 처리하여야 한다. 죽은 후에 남겨
진 남편이나 부인을 어떻게 모실 것인가도 결정해야 한다. 장례식을 치룬 다음에도 삼우제,
삭망제, 소상, 대상, 탈상 등을 행해야 한다. 이들은 주변에 알려서 사람을 참여하게 하는 행
사라 여러 가지 연락과 일이 이루어져야 한다.

正刻 七時頃에 葬地로 向하야 出發햇다. 南禮는 會社에서 自家用 一臺을 보내와서 갖이 同乘하야 益山郡 王宮面에 着햇다. 時는 午後 二時 半 着한바 埋葬時는 三時 半인바 時間이 되니까 裡里 拂敎堂[佛敎堂]에 學生들이 수拾 名이 參席하야 盛大히 入官式[入棺式]을 끝냇다. (86.12.5.)
靈前에 哭拜하고 夕食을 맞이고 討議 끗테 一〇〇日 脫福[脫服]키로 하고 叔母는 良宇가 慕侍기로 하야 作別햇다. (85.1.12.)
館村 堂叔 三慕祭[三虞祭]에 參禮하고 面 會議室에 들엿다. (85.1.14.)
이침 七時경 館村 堂叔하고 同伴하야 斗峴 故 堂叔 첫 喪望에 參禮햇다. (85.1.21.)
오늘이 堂叔 祭 小祥이라고 햇다. 大小家에 알엿드니 不應햇다. 호자[혼자] 斗峴에 當하니 밤 九時엿다. 이젓다고 할 수도 없고 해서 未安하드라. (85.12.30.)

사망한 다음 재산을 어떻게 나누고, 제사를 누가 지내고, 어머니를 누가 모시는가 등의 문제 등이 제기되어 죽음이 가까워지면 이를 논의하게 된다. 또는 죽으면서 이를 논의하기도 한다. 특히 재산문제 때문에 갈등이 많아서인지 재산상속에 대한 언급이 자주 나온다. 부모가 자식에 재산을 상속해주는 것이 당연하고 자식들은 대신 부모를 살았을 때 잘 모시고 제사도 잘 지내야 한다고 생각한다.

夕食을 맞이고 南禮는 父의 遺書가 있다니 할아버지가 말삼해서 보이게 해주시요 하고 要請햇다. 崔範을 불여 遺書를 가저다 全家族이 立會하는데 一〇餘 課目을 郎讀[朗讀]해 주엇다. 그러나 南禮 菊花 兄弟는 其 目的이 不動産 財産 關係 整理을 엇더케 햇는지가 目的인다. 不動産 土地 建物을 成吉 名儀로 되여 있으니가 次後[此後]에 處分을 말한바 이것은 全部 公證濟[公證制]로 되엿다고 하드라. (86.12.5.)
밤늦게까지 成吉의 財産 賣渡處分을 論議한바 死亡이 되고 보니 難關이 있드라. 萬諾 잘못하면 增餘稅[贈與稅]가 元價[原價]에서 五0%가 부가된다니 困難해 하고 債務가 多額이 마음 不安하다고 範이는 말하드라. (86.12.6.)
너는 두 번채로 집안 十代 宗孫으로 其 任務을 다해야 한다고 말하고 先塋의 祭祀는 誠意것 지내되 너의 曾祖父만은 내가 慕侍겟다고 햇다. (86.12.7.)
오늘도 遺書를 솔질햇다[손질했다]. … 나는 家事 整理가 目的으로 遺書을 作成함니 死者의 道理로 본다. 死後에 子女妹들이 하야 할 之事가 많은데 生存에 있을 時에 모두 書面으로 傳해 주는 것이 急先之事다. (92.1.31.)

사후 세계에 대해 어떻게 되는가에 대해 저자는 거의 언급하지 않는다. 죽으면 그것으로 끝으로 생각한다. 저자는 신이나 초자연적 존재를 믿지 않기 때문에 사후세계도 믿지 않는다. 전체적으로 초자연적인 것에 대한 표현이 일기에는 거의 나오지 않는다. 그래도 교회를 믿는 사람이 제사를 지내지 않는 것을 좋지 않게 생각하고 있다. 그렇다고 하여 유교적 사후세계관을 바탕으로 한 향교의 제례나 집안의 제례 그리고 位牌를 바꾸는 데 찬성하지 않는

다. 이를 제대로 지키지 않는 사람은 인격을 갖추지 못한 사람으로 생각한다. 그래서 저자는
이러한 행사에 항시 적극적으로 참여한다. 향교의 大祭에도 적극 참여하고 있다. 애경사를
빠지지 않고 참석하는 사람이 윤리적인 사람이라고 생각한다.

> 成奎 집에서는 靈位에서 火재가 나서 全堯[全燒]되엿다. 그려나 成奎는 靈位을 없이겟다고 하
> 는데 勤을 못햇다. (86.9.18.)
> 靈前에 哭拜하고…. (85.1.12.)
> 兄수가 오시엿다. 메누리가 信者이고 서울 메누리도 信者인데 成奎 內子는 生前에는 잘 할고 慕
> 侍지만 死後에는 모르겟소 한다고 大端이 마음 不安케 생각하시면서…. (84.5.13.)
> 또 당부는 死後에 神이 잇는지는 모르지만 祭祠는 崔範에서 지내도록 하고 내가 範에 付託하겟
> 고 남보다는 낮이[낫지] 안켓나 햇다. (86.12.7.)
> 任實宗中을 代表해서 順天으로 出發햇다. 直行으로 가는데 3時間이 消耗 되엿다. 弔問한바 帶
> 江 許 氏가 왓는데 朔崔하고 親戚되는데 우리 家問[家門] 愛慶[哀慶]喪問에 빠지지를 안는 사
> 람이드라. 알고 보니 有識하면 山書도 익힌 사살[사람]으로…. (91.6.9.)

　장지를 골랐으면 발인을 하고 장지로 가서 시체를 묻게 된다. 장지를 고를 때 풍수를 보기
도 한다. 하지만 일기의 저자는 풍수에 적극적인 관심을 가지고 있지는 않다. 墓所 앞에서
행해지는 神굿을 적고 있지만 조작극이라고 간단히 비판하고 있다. 앞에서 말했듯이 초자연
적인 것을 믿지 않고 있기 때문이다. 저자는 산소에 墓祀를 지내는 데 열심이고 또한 열심히
산소를 관리하고 있다. 그러나 이에 대한 후세대의 관심은 일기의 저자보다 훨씬 적다. 거의
모두 매장을 하지만 일기에 화장을 하는 경우도 나타나고 있다. 산소를 옮기기 위해 묘를 파
기도 한다.

> 崔炳文 氏를 訪問하고 五代祖 葬地 坐向을 確認한바 亥坐라 햇다. (93.4.21.)
> 南原 崔欽宇에 祖父의 墓 座向[坐向]을 알이라고 햇다. (89.3.9.)
> 喪家를 단여 靑云洞 高相厚 妻 墓所에 法士[法師]의 神굿을 한다기에 參席햇다. 造作劇이드라.
> (86.7.21.)
> 그런데 점쟁이의 말에 依하면 前母 順天 金氏 墓를 分墓하야 하며 下에 兄의 墓도 移葬하야지
> 其 子가 옆에 있을 수 업다고 햇다. (91.10.23.)
> 山所을 定望해야것는데는 누가 協助도 안니 하고 마음 괴롭다. (86.10.17.)
> 서울서 李英彩가 왓다. …前母 山所을 破墓해서 火葬을 한다고 햇다. (82.10.2.)
> 泰宇 祖考 妣 先考 三位을 破墓햇다. (87.1.14.)

　제사는 조상과의 연계를 과시하고 정당성을 보여주는 행사이다. 일기의 저자는 제사에 적
극적으로 참석하고 있다. 다양한 친족의 제사뿐만 아니라 외가, 처가의 제사에도 참석하고

있다. 제사 참여를 후손으로서 해야 할 도리로 생각하고 있으며 제사를 참여하지 않는 사람을 나쁘게 생각하고 있다. 제사는 4대봉사하기 때문에 제사를 지내던 4대 후손이 죽고 그 아래 5대손으로 내려가면 제사는 묘사로 전환이 된다. 제사는 대체로 장손이 이어서 지내고 있지만 묘사는 선산에 이루어지기 때문에 선산과 가까이 사는 후손이 주관하기도 한다.

今日 先考祭祀이다. 밤에 昌宇도 왓드라. 12{시}경까지 놀든니 말없이 가버렷다. 祭祀도 不參하드라. (81.1.6.)

九時 三十分 列車로 오수에 着햇다. 오늘밤에은 장母 祀祭祀[祭祀]엿다. (81.2.19.)

午後 四時 列車로 求禮 外家 外祖母 祭祀에 參禮햇다. (81.5.1.)

四時 一九分 列車로 順天 趙東安 祭祀에 參拜햇다. (81.7.16.)

어제 밤에 全州 成吉 집을 찻고 伯母 祭祀을 慕待[慕侍]엿다. (81.8.5.)

夕陽에는 祖父 祭祀에 參席햇다. (81.8.13.)

成曉 母는 只沙 동생 祭祀에 參席 行次햇다. (81.11.13.)

夕陽에 昌宇 成{浩} 炳基 氏 同伴해서 全州 成吉 집에 曾祖父 祭祀에 參席. (81.12.28.)

夕陽에 七時 列車로 求禮 外家에 갓다. 外祖母 祭祀日다. 九時 三〇分에 到着햇다. (82.4.20.)

成奎하고 三人이 同伴해서 서울 曾祖 祭祀에 參席햇다. 三人이 宗契 收入支出을 決算햇다. (82.4.20.)

今年에는 曾祖를 範 집에서 慕侍되 明年에는 墓祀로 변경하야 館村 堂叔 宅에 慕侍기로 햇다. (87.1.2.)

하지만, 祖上神이 정말로 존재하여 사후에 영향을 미친다는 생각이 점차 줄어들어 점차 제사를 의무적으로 치러야 하는 것 자체를 부담스럽게 생각하는 경향도 커지고 있다. 그 결과 4대조 조상 모두의 제사를 개별적으로 준비하여 치루는 것이 힘든 일로 인식된다. 이러한 생각은 1980년대부터 급격하게 확산되었다.

어제 밤에 妻家 合同祭祀日이다. (94.3.31.)

7) 宗親會와 墓祀

일기의 저자에게는 조상을 잘 모신다는 것은 윤리이고 의무이다. 그래서 개인적으로뿐만 아니라 집단적으로 이를 실행하는 데 적극적으로 참여하고 있다. 이것은 또한 사회적 덕망을 쌓는 데도 도움이 된다. 따라서 저자는 문중, 묘사, 제사, 장례식, 잔치 등에 적극 참여하고 있고, 향교의 다양한 제례도 적극 참여하고 있다. 스스로 가까운 조상을 모시기 위한 사종친회를 만들어 주도하기도 한다. 오랜 전통이 있는 대종중뿐만 아니라 다양한 사종친회를 주도적인 역할을 하고 있다. 이를 통하여 둘째 부인의 아들임에도 불구하고 친족들 사이에서 위세와 발언권을 높은 상태로 계속 유지할 수 있었다.

조상을 중심으로 많은 조직들이 만들어져 있다. 해당 조상을 모시기 위한 내용이 주이지만 이를 통해 친족들을 조직화하고 자주 만나면서 상호부조하기도 한다. 과거에 비해 문중이 경제적인 역할을 하는 경우가 크게 줄어들었지만 1980년대 농촌에서는 아직 혈족 조직인 종중이 일상생활에서나 사회적 위세에서도 아주 중요한 역할을 하고 있다. 또한 종중에서 족보를 만들기 때문에 족보가 자신의 신분을 드러내는 데 중요한 역할을 하기 때문에 종중도 이러한 신분을 보장하는 중요한 조직으로 간주되었다. 종중이 잘 운영되면 조상의 위세를 높일 수 있고, 후손들은 문중의 위세도 높아지고 그 일원인 자신의 위세도 높아지는 것으로 생각한다. 하지만 일기의 저자의 후세대들은 이러한 생각이 점차 감소하여 종중 일에의 참여열기가 점차 축소되는 경향이 있다.

조선시대부터 이미 조직되어 있는 종중은 종중 또는 대종중이라고 하고 그 규모가 크며, 가까운 조상을 모시기 위해 가까운 일가들이 모여서 새로 조직한 모임들은 소종중, 사종회 또는 사종친회 등으로 조직의 규모가 작다. 중중이 화수회라는 명칭으로 불리기도 한다.

제사로는 4대까지만 봉사하기 때문에, 그 위의 조상들의 묘사를 관리하기 위하여 사종친회를 조직한다. 이들 조상은 종중에서 관리하지 않기 때문에 이들의 산소와 묘사를 계속 체계적으로 관리하려면 이에 필요한 경제적 기반으로 宗畓이나 宗穀이나 宗錢이 필요하고(논이나 밭의 소작료를 또는 이자를 종친회에서 사용한다), 조직이 필요하다. 소종친회에서도 宗垈나 제각을 마련하는 경우도 있다. 이렇게 조상을 열심히 모시는 사람은 지역에서도 좋은 후손으로 인식되어 신망을 얻을 수 있다.

일기의 저자는 대종친회나 소종친회 모임에 다양하게 참여하였고, 각종 직책을 맡으며 주도적으로 다양한 종중 일을 처리하는 모습이 일기에서 잘 나타나고 있다. 종친회에는 가까운 일가들이 모여서 동반하여 참석하고 가까운 사람들이 조금만 참석하면 불안해하기도 한다.

서울 大宗會 本部에서 招請狀 나라왓다. 召集日字는 6月 30日 10時 30分이다. 定期總會인데 會비는 人當 10,000식이다. 中學生 以 朔寧 崔 子女 修研大會[修鍊大會]도 謙[兼]하게 되엿다. 修研大會비는 3泊 4日로 人當 3萬 원식인데 大人도 가볼 만하다. 不應이면 모르지만 應한다면 내 自身이 가보고 십다. (91.6.23.)

露濡濟[露儒齋] 椛樹會[花樹會] 參席햇다. 族譜代 殘金 拾六萬 원을 完拂해 주윗다. 花樹會長을 選出하는데 開議發言을 어더서 崔成五 氏 別는 崔光연 氏로 選任하야 萬場一致[滿場一致]로 通過되엿다. (81.5.8.)

炳基 氏하고 同伴해서 列車로 基宇 집을 訪問햇다. 宗員 全部 一0餘 名 宗中之事 討論에 들엇다. (84.1.8.)

桂壽里서 大宗會 있어 參席햇다. 各地에서 例에 比하면 最滿員[超滿員]이다...... 案은 大宗財 收入支出 結算[決算] 및 有司 選任의 件이다. 定期總會는 每年 陰曆 十一月 二十日로 定햇다. (85.1.10.)

全州 泰宇 炳基 成奎 完宇 同伴해서 桂壽里 宗會에 參席하고 薦宇 氏을 對面하고 宗山 契約 締結햇다. 契約金 百{만} 원을 주고 왔다. (86.12.22.)

豫定대로 私宗親會가 열엇다. 全州 태우부터 炳基 基宇 昌宇 重宇가 參席하야 收支決算을 한 바 30餘萬 원 잡포가 낫다. (89.12.20.)

오늘은 任實-南原 大宗親會日이다. 有司는 光州 炳龍 氏 宅이엿다. 全州 태우도 炳基도 不參하야 氣分 不安햇다. 重宇와 갗이 同行을 햇다. (90.1.1.)

木川公 以下 子孫 九仙臺에서 九仙宗親會를 組織햇다. (93.4.11.)

서울 大宗會 事務실로 전화 連絡하야(康鎬에) 八月 七日 晉州에서 四時에 相面키로 約束햇다. (91.8.5.)

저자가 각종 종친회에서 맡은 역할은 고문, 회장, 유사, 총무 등으로 다양하다.

昌宇 집에서 斗峴 堂叔에서 私宗財 一五萬 원을 引繼 밧고 八五年度까지 一年間 宗財 菅理 有司을 맡앗다. (84.11.11.)

私宗親會議가 有司 崔基宇 方[房]에서 開催햇다. 總務로써 빨이 간바 光州에서 震宇가 먼저 왓드라. (86.1.19.)

八時 四二分 列車로 壽洞 露儒濟[露儒齋]에 갓다. 代議員總會인데 나는 顧問이엿다. (87.1.16.)

成曉에 付託하기를 宗中文書를 父 내가 菅理[管理] 整理하고 宗事도 내가 主務者인 만금 經驗 삼마서 萬事를 除地[制止]하고 宗會에 參席하라 햇다. 오늘 會에 參席 人員은 10名이 募엿다. 宗事 決議은 願滿[圓滿]이 打合하야 잘 決議햇다. 谷城 五代祖代 移葬은 閏 3月中에 하고 宗員 30名에 對한 10萬식을 3月 30日 內에 据出[醵出]키로 햇다. 宗事에 誠意가 좇아고 治下[致賀]도 하드라. (93.1.5.)

종회에서는 재산, 족보, 제각, 종대, 운영, 석물, 이장 등에 대한 다양한 논의를 한다. 일기의 저자는 사종친회의 회장과 총무 그리고 종중의 유사 등을 경험하였다. 宗員들에게 宗費를 거둬 산소, 석물, 시제, 재실 등을 관리하고 개축하는 데 사용하고 있다. 산지기를 두어 묘소와 제각을 관리하게 하고 墓祀를 할 때 제물을 마련하게 하며, 대신 종답을 경작하여 그 일부를 자신으로 소득으로 가지도록 한다. 종답의 수확물의 일부는 제물을 마련하거나 종중의 운영비에 쓴다. 여러 사종친회에 가입되어 있고 여러 문제를 다루어야 하기 때문에 일가 친척들과 만났을 때 자주 이러한 문제들을 논의한다. 宗錢을 마련하기 위하여 일가들을 방문하기도 한다.

木川公孫 私宗會議다. 宗畓 二五斗只. 桂洞을 宗垈에 私中會議가 開催되엿다. 案件는 宗垈 建立 經過報告 및 宗財 收入支出의 有司 報告하고 此後으 宗垈 建立에 對{한} 宗員 負擔金 追加의 件이 上程되엿다. (85.1.11.)

八六年 二月 十一日 字 成東 男妹契錢 償還한다고 大宗錢 四三六000원을 通帳에서 引出해간
바 오늘 利子 9%로 加算해서 三九二四0원을 合해서 四七二四00원 一年滿期 豫託햇다. 一月
中 大宗會 定期總會를 앞두고 準備 整理햇다. (87.1.14.)
成吉하고 作別하고 良宇 집을 訪問햇다. 宗山 宗畓 移轉印鑑을 要求하고 냈다. 錫宇 집을 訪問
햇다. 宗事之事을 設得[說得]햇다. (86.12.1.)
通禮公 宗費 成曉 外 七名 八0000 入 成植 外 二名 三0000 入 (94.2.10.)
碑文하고 簇譜하고 對照하면서 碑文는 끝이 나고 夕食을 갖이 하고 碑文書役은 成五 氏의 子
鍾範에 依賴키로 決議. 宗中代表로 崔乃宇만 가라 햇다. 應햇다. (88.10.5.)
任實 南原 私宗中 定期總會를 召集햇든니 炳基 炳列 乃宇 重宇 泰宇 正宇 珠宇 七人이 募엿
다. 五代祖 葬禮費 收入支出 基本資 財産을 合해서 一金 七五六,五九0원을 殘金으로 決算 通
過햇다. (94.1.5.)

이렇게 하여 매년 조상묘소나 제각에서 이루어지는 시제, 묘사에 적극 참여하고 있다. 묘
사가 많아 같은 날 다른 묘사가 행해지기도 하며 따라서 각각 다른 사람을 뽑아 대표로 참석
시키기도 한다. 각종 묘사가 아주 많기 때문에 이를 참석하느라 매우 바쁘다.

六代祖 墓祀日이다. 館村 炳基 氏 昌宇와 三人이 同伴해서 桂壽里에 갓다. (81.11.17.)
오늘은 高祖母 兩位 墓祀日이다. 館村 炳基 斗峴 炳赫 重宇 成吉이가 參席하고 墓祀을 慕侍엿
다. (84.11.11.)
나는 炳基 炳列 태우하고 四人이 南原 大宗 墓祀에 參加햇다. (88.11.13.)
館村 堂叔 兄弟하고 三人이 雙百堂 墓祀에 參席햇다. (88.11.16.)
에제 屯基 10代祖 墓祠[墓祀]에서 言約대로 나는 오늘 소소리 從9代祖 墓祀 자근宅 代表로 參
席햇다. 炳基 兄弟는 滂沙亭 9代祖 墓祠로 보냇다. (88.11.17.)
連山 七代祖 墓祠日[墓祀日]이다. 4人이 同行하야 山直 집에 갓다. 當하자마자 氣分이 不安하
야 墓祀 慕侍고 中食까지 하고 不安케 하야 山直을 그만두기로 하고 왓다. (93.4.5.)

또한 묘소에 석물을 건립하는 것이 이 당시 널리 행해져서 석물을 위한 여러 행위들도 많
이 표현되고 있다. 제물을 마련하거나 이장을 하거나 산소를 관리하는 일에 관여한다. 이장
을 하기도 한다.

館村 堂叔 桂壽 欽宇와 同伴해서 南原市場에 갓다. 高祖 祭物을 約 拾萬 四仟 원을 들여 해 보
냇다. (87.12.3.)
私宗 高祖 以下 宗員은 炳基 炳列 重宇 昌宇가 參席햇다. 歲入歲出은 原案대로 異議 없이 決算햇
다. … 過歲 後 正初에 碑石 立石 日字를 받기로 햇다. 從祖 鎭九 道峰 從祖는 今年에 立石立碑가
어렵다고 햇다. 南原에 晉州 姜氏 大里 大門內 曾祖碑는 今年에 꼭 해야 한다고 햇다. (91.1.26.)

高祖 祖父 兩位 曾祖 晉州 鄭氏 破墓을 햇다. 參席 宗員은 炳基 泰宇 成奎 成曉 完宇엿다.
마음이 초조함은 高祖게서는 遺骨이 없다는 點이다. (86.12.25.)

산소의 자리를 잡거나 이장을 하는 데도 풍수지리가 80년대에도 아직 널리 행해지고 있었지만 일기의 저자는 이를 별로 언급하지 않고 있다. 믿지 않기 때문이다. 이장을 할 때 유골의 상태에 대해, 또는 이장의 날짜에 대해 간단히 언급하고 있는 정도이다. 山神祭가 딱 한 번 언급되었지만 어떤 내용인지는 설명하고 있지 않다. 저자가 이에 대한 관심을 별로 가지지 않고 있기 때문에, 남의 말을 보고하거나 언급하는 정도로 그치고 있다.

부골[북골]峙 作業場 山神祭을 지내로 갓다. (81.2.3.)
全州 堂叔 內外 移葬하고 床石을 올이는데 日字를 云字에 무르니 寒食 日字가 좃아고 하데 하드리라. 나는 其 日字가 連山 七代祖 墓祠[墓祀]日이니 參席 (91.2.14.)
慕先事業을 推進 計劃을 三, 四年 前부터 硏究해오다 今年度 大吉運이 드렸다기에 着手하야 三月 二十七日 立石부터 執行하려 하는데 地官이 不立地니 말겟다. 할 수 없이 作破을 햇는데 二0餘萬 원이 不足하는데 不安感이 든다. (91.4.3.)

수많은 제사, 묘사, 생일을 기억하고 치루기 위해 저자는 해마다 일기의 가장 앞쪽에 해당 날짜를 기록해놓고 있다. 달력에 표시하여 잊지 않고 참여하기 위해서이다. 참조로 첨부하면 다음과 같다. 아래 일정은 부계 친족이 가장 중요하며 살아있는 사람 못지않게 돌아가신 조상을 모시는 일이 중요함을 잘 보여주고 있다.

1984년

<내지1>
一九八四年 甲子
謹賀新年
士氣祈願 元初[原初]
崔乃宇 謹書 (印)

<내지2>
1월 3일 顯考 祭祠[祭祀] 孝子 乃宇 陰 十二月 初一日
1월 5일 顯曾祖考 祭祠 서울 成吉 陰 十二月 初三日
1월 8일 私宗中會議(定期總會)
   陰曆 十二月 初三日 陽曆은 (一月 三日頃)
   서울 崔成吉 方

1월 17일 안골 祖母 斗流里 炳列
1월 25일 長孫 相範 一九七六年 丁巳 十日月 初一日 生
2월 10일 孫女 羅연 一九七五年 乙卯 正月 初九日 生
2월 25일 大宗會議 定期總會 全州 基宇 方
2월 28일 花城 從祖母 祭祀 館村 炳基 宅
3월 16일 長子 成曉 生日 一九四八年 戊子 二月 十四日 生
3월 19일 伯兄 祭祀 成奎 陰 二月 十七日
3월 27일 六男 成奉 一九六0年 庚子 陰 二月 二十五日 生
3월 30일 九月 三0日 入隊
　　　　　入隊한 成愼 訓鍊[訓練] 修了日 六個月 만에
4월 5일 寒食 連山 七代祖 墓祀日
4월 15일 妻 李淑子 生日 一九二五年 乙丑生
4월 27일 外祖母 祭祀 求禮 外宗侄[外從姪] 金成玉
　　　　　陰 三月 二十七日
5월 11일 七男 成愼 一九六二年 壬寅 陰 四月 十一日 生
6월 29일 九月 末日 入隊
　　　　　入隊한 成愼 訓鍊 修了日 六個月 만에
7월 8일 從祖父 祭祀 陰 六月 十日 斗峴 炳赫
8월 1일 伯母 祭祀 서울 成吉
8월 10일 祖考兩位 陰 七月 十四日 祭祀 서울 成吉
8월 14일 參女 成玉 一九六0年 庚子 陰 七月 十八日 生
8월 20일 顯妣(母親) 祭祀 陰 七月 二十四日 孝子 乃宇
9월 3일 金順禮 妻 生日 陰 八月
9월 6일 四子 成樂 一九五五年 乙未 陰 八月 六日 生
9월 17일 家長 父 生日 陰 八月 一九二三年 二十二日 癸亥生
9월 23일 孫女 銀姬 一九七六年 丙辰 月 日 生
9월 24일 瑞希 一九七八年 戊午 月 日
9월 28일 孫女 康姬 一九八0年 庚申 月 日
10월 4일 八男 成允 一九六七年 陰 丁未 九月 十日 生
11월 12일 次子 成康 生日 一九四八年 戊子 十月 二十日 生
11월 18일 孫女 公主 一九七八年 戊午 十月 二十六日 生
11월 28일 叔父 祭祀 陰 十月 日
12월 8일 三子 成東 陰 十一月 十八日 生 壬辰
　　　　　一九五二年 生
12월 16일 次女 成英 一九五七年 丁酉 十二月

12월 22일 陰 十一月 一日

桂壽里
一. 通禮公 十五代祖 墓祠[墓祀] 陰 十月 中 初丁日이다.
二. 三溪面 가록리 通禮公의 子 三계公 初丁三日 만에
三. 求禮 東網派 大宅 墓祠 陰 十月中 中丁日이다.
四. 서울 文請公 十七代祖 墓祠 十月 五日 定日
五. 花樹會는 四月 五日로 定日
六. 자랑公 九代祖 墓祠
七. 雙白堂 一○代祖
八. 八代祖 花亭里 刑[邢] 氏
九. 連山 七代祖 寒食日 定日
六代 高祖
五代 曾祖 墓祠

2. 언어생활의 변화

1) 들어가기

이 장에서는 『창평일기』 1차 입력본(1969~80년)과 『창평일기』 2차 입력본(1981~94년)에 나타나는 표기 변이와 변화의 특징적 차이와 일기 자료가 가지는 사회언어학적 가치를 소개하고자 한다.

일기 자료에 나타나는 다양한 표기 변이형들은 결코 우발적으로 나타나는 것이 아니다. 표기 변이형마다 나름의 가치가 있으며, 연령, 성, 계층, 말의 격식성, 사회적 성취, 교류망, 정체성 등 다양한 사회적 변수들과의 상관성에 바탕을 두고 변이형 출현 빈도의 차이로 나타나게 된다. 특히 장기간에 걸쳐 기록된 일기 자료는 일상적으로 영위되어 온 개인의 표기 생활과 표기에 반영된 언어생활의 실제 시간 연구 자료로서의 가치를 지닌다.

26년의 일기 작성 기간은 저자가 40대 후반에서 70대 초반까지 장년기와 노년기에 해당하는 시기로 1차 입력본은 40대와 50대 후반, 2차 입력본은 60대와 70대 초반에 해당하는 시기이다. 1차 입력본에서 저자는 인명, 지명을 비롯하여 체언 용언 어간을 한자로 기록하고, 방언 어휘를 가능한 한 표준어로 바꾸어 쓰려고 노력하였으며 그러한 교정 의식이 지나쳐 다양한 과도교정 형들을 보이고 있다. 또한 체언과 조사의 분리를 인식하여 곡용 환경에서는 형태음소적 표기를 보이는 반면 용언 어간과 어미는 곡용 환경과 달리 어간을 제대로 인식하지 못하여 음소적 표기를 보이면서 동시에 연철, 분철, 중철, 혼철, 과도분철 등의 다양한 표기 방식을 보이고 있다.

　사회언어학적 관점에서 인간의 언어 사용은, 본질적으로 화자의 지역적 배경, 사회 계층, 말에 대한 주의력, 언어적 행위의 의도와 목적, 타자와의 관계, 지역 충성도, 교류망, 정체성 등과 같은, 발화 장면에서 관여하는 다양한 요인들에 의해 영향을 받는 것으로 이해된다. 따라서 사회언어학에서 언어 연구는 실제로 사용 중인 언어를 그 연구 대상으로 하며, 사용 중인 언어에 나타나는 변이 현상과 사회적 변수가 어떻게 상호 관련되어 있는가를 구명하는 데 목적을 두고 있다. 일기는 구체적 화자의 문어 생활을 보여주는 실증적 언어 사용 기록이다. 그런 점에서 일기는 구체적 화자로서의 개인에 대한 생애사적 이해 혹은 인류학적 정보를 토대로 표기 변이에 나타나는 일정한 패턴과 사회적 정보 사이에 상관성을 관찰하고 해석할 수 있는, 개인어 연구를 위한 매우 중요한 자료체이다.

　이 장에서는 사회언어학적 관점에서 일기 저자의 기록물들을 소개하고 저자의 언어생활에 영향을 주었을 것으로 보이는 생애사적 정보 그리고 1980년대 들어서 저자가 보이는 사회생활의 내용 등을 개괄하고 그러한 배경 위에서 저자가 보이는 언어생활의 몇 사례를 소개함으로써 사회언어학적 관점에서 『창평일기』의 자료적 가치를 개괄하기로 한다.

2) 저자가 남긴 기록물과 그 특성

　저자는 1923년부터 1994년까지 만 72년 동안 전북 임실군 신평면 창평리에서 삶을 영위하였다. 그는 1969년 1월 1일부터 1994년 작고하기 전날인 6월 17일까지 거의 하루도 빠짐없이 일상을 기록하였다. 또한 1993년 자신의 유년 시절에서부터 1970년대까지를 회고하여 16절지에 세로쓰기로 230쪽 분량의 회고록 「월파유고」를 남겼다. 그리고 1992년 12월 30일 가로 27cm x 세로 19.2cm 백지, 19쪽, 붓펜 세로쓰기를 한 유서를 남겼다. 유서의 매 장마다에는 간인을 하였다. 유서의 내용은 자녀들에 대한 당부, 사종중 위토의 주소, 묘사 일정표, 자신의 유적, 재산 분배로 구성된다. 유서에는 잘못된 글자를 바로잡은 것들도 있고 문장을 지운 것도 있어서 내용 전달과 표현에 신중을 기하고 있다. 그 밖에도 간단한 메모를 한 수첩과 장자가 군에 가 있는 동안 장자에게 보낸 편지 그리고 1991년 선거관리위원회에서 배포한 가로 9cm x 세로 17cm 수첩에 같은 크기의 기름종이에 써서 붙여 놓은 13대조 언수(彦粹)의 유적을 기록한 묘갈명, 자신의 직계 계보도 등을 남겼다. 저자는 모름지기 「월파유고」, 『창평일기』, 유서와 편지 그리고 수첩 등을 통해 자신의 일생과 역사를 기록으로 남긴 셈이다.

　『창평일기』 2차 입력본은 그 가운데 2012년 「월파유고」와 『창평일기』 1차 입력본(1969~80년) 그리고 그에 대한 해제를 엮은 『창평일기 1, 2』에 이어 『창평일기 3, 4』로 출판되는, 1981년부터 1994년까지 총 14년 분량의 일기 자료이다. 일기의 내용은 일상의 소소한 기록, 가족과 마을에서 일어난 대소사에 대한 내막과 감회, 거래 내역, 한 해의 수입과 지출, 정리 및 계획 등이 주류를 이룬다. 중요한 사안에 대해서는 별지에 그 내막을 상세히 기록하여 일기장에 붙여 일종의 증거로 남겨두기도 하였다. 그런 점에서 『창평일기』는 일기가 가지는 통상적 특징인 사회적 지위나 체면을 내려놓고 진솔하게 자신의 삶을 돌아보는 성찰의 내용보다 장부, 가족과 마을의 대소사에 대한 기록물로서의 성격이 더 강하다.

　일기는 국한문 혼용체로 되어 있으며 일기 전체 95,260 어절 중 68.55%인 65,300여 어절의 어기가 한자로 표기되어 있다. 앞서 말한 바와 같이 한글 표기는 방언 어휘나 방언 음운현상 적용형을 표준어로 바꾸어 표기하려는 노력이 지나쳐 다양한 과도교정 형이 출현한다. 표기 방식에 있어서도 어간 인식이 어려운 활용 환경에서는 음소 표기를 중심으로 연철 표기 경향을 나타내고, 곡용 환경에서는 체언과 조사를 구분하며 형태음소 표기와 분철 표기 경향을 보여주고 있다. 활용 환경에서의 음소 표기는 연철 표기가 주류를 이루지만 두 번째 음절 두음을 첫 번째 음절의 종성으로 적는 과도 분철 경향을 보이기도 한다.

　1차 입력본과 2차 입력본의 표기 방식 가운데 가장 두드러지는 차이는 2차 입력본에서 세로쓰기 방식이 중심을 이룬다는 점이다. 저자는 유서나 묘갈명처럼 중요한 문서는 어김없이 세로쓰기를 하고 있다. 이는 세로쓰기가 가로쓰기에 비해 격식성을 높이는 것을 의미하며 80년대 들어 저자의 일기 쓰기는 이전 시기에 비해 격식성이 높아진 것으로 이해할 수 있다. 80년대 들어서 일기 쓰기의 격식성이 높아지는 이유는 단정하기는 어려우나 대체로 사회적 지위 향상 혹은 어른으로서의 자의식이 강해진 것이 그 원인으로 보인다.

　장기간에 걸쳐 작성된 일기 자료는 연도별 시계열 분석이 가능하다는 점과 생애에 관련된 상세한 정보를 제공한다는 점에서 독자적 가치를 지닌다. 그뿐만 아니라 사안의 중요성, 일기 작성 당시 저자의 감정 상태 등에 따라 필체의 상이와 말에 대한 격식성의 차이가 두드러지고 그에 따른 변이형의 출현 양상이 달라지고 있다는 점도 중요한 자료적 가치이다. 이는 구어 자료에 나타나는 격식체와 일상체의 차이와 유사한 특성으로 언어 변이와 변화를 연구하기 위한 자료체로서 일기 자료의 중요성을 나타낸다.

3) 언어적 배경과 사회적 성장

　『창평일기』 저자는 조선시대 지역사회에서 양반으로서의 위세를 지닌 삭녕 최씨 가문에서 출생하여, 둘째 부인으로 입가한 어머니 밑에서 가난과 집안의 홀대를 감수하며 유년을 보낸다. 관촌보통학교 졸업 후 두 해 동안 정읍 고창 등지에서 자동차 회사원으로 근무한 후 다시 마을로 돌아와 1946년부터 자신의 둘째 부인의 도움으로 방앗간을 운영하면서 경제적 성장을 이룬다. 1950년 한국 동란기 그는 마을의 이장이었다. 1948년 남한 단독정부 수립 반대 임실 궐기 이른바 2.26사건 당시 일제강점기의 구장이었던 이복형을 피신시키고 대신 마을의 대표를 자처하여 상황을 수습한 일로 마을 사람들의 신임을 얻게 된 후 1949년 마을 이장 선거에서 주민총회를 거쳐 26세의 나이에 이장이 된 것이다. 1950년 한국동란이 시작된 후 경찰에서는 1948년 2.26 사건 가담자들을 색출하여 수감하거나 처형하게 되는데 저자는 마을 이장으로서 그들에게 미리 연통하여 피신하게 하는 등 동네 주민들을 보호하게 된다. 1950년 7월 23일 경 면 인민위원회가 수립되자 창평 마을 주민 중 세 사람이 당 위원장, 인민위원장, 분주소장으로 임명되어 면 인민위원회의 실질적 권력을 마을 주민들이 쥐게 된다. 저자는 한국동란 발발 직후 지역 군인과 경찰이 1948년 2.26 사건 가담자를 색출하던 당시, 인민위원회의 면당 위원장이 되는 이에 연통 그에게 도움을 준 바 있어 그의 비호 속에서 인민공화국 시절을 맞는다. 몇 차례 생사를 넘나드는 고비를 넘기며 저자는 철도감시원으로 일하게 되고 그 해 9월 중순 급히 피난하는 인민군 행렬을 보며 전주로 도주한다. 그리고 인민군들이 철수했다는 소식을 듣고 전주 서학동파출소에서 트럭을 얻어 타고 관촌으로 돌아온다. 관촌에 돌아오자마자 저자는 관촌 지서장 서방현을 만나 창평 마을 주민의 특수성을 설명하고 입산자 회유책을 써서 자수하게 하면 피해를 줄이고 사태를 진정시킬 수 있다고 설득, 마을의 입산자들을 자수시키기에 이른다. 저자는 이 일로 경찰서장과 긴밀한 관계를 형성하게 되고 1950년 겨울부터 이듬해 봄까지 그의 비호 아래 전쟁의 노획물로 얻은 벼를 비롯하여 마을과 인근의 방아를 독점하여 찧게 된다. 모름지기 한국 전쟁은 그의 경제적 기반과 사회정치적 기반을 공고히 하는 기회가 된 것이다. 그러한 기반 위에서 저자는 1965년까지 무려 17년 동안의 이장 생활을 하는 동안 마을의 부자, 면의 유지로 성장하게 된다. 1969년 일기 쓰기가 시작될 무렵에는 두 명의 아내와 11명의 자녀들을 거느린 대가족의 가장으로서 살림과 교육, 방앗간 경영과 농사일에 여념이 없는 시기이며, 2차 입력본 1980년대에 저자는 자녀들이 성장하면서 자녀들의 취업, 결혼, 도시로의 이거 등 장성한 자녀들의 뒷바라지에 고심하고 자녀들의 취업과 결혼이 끝난 후로는 이전 시기보다 더 활발한 사회 활동을 벌이게 된다.

[표 1] 연령대별 주요 사회활동 언급 빈도표

	69	70	71	72	73	74	75	76	77	78	79	80	81	82	83	84	85	86	87	88	89	90	91	92	93	누계2
친목계	1	2	1	1	1	1	3	1			2	3	2			2		2	2	6						30
쌀계		1			1				1		5	9	7	4	1	3	4	2			2	1				41
칠성계			1			3	1			1	3	2		1		4		2				2	2			22
속금계	1	2		1	3		1	1	1	1	1	2	1	3	2	1	2	2	4	3	3	3	3	4	1	46
가공협회	2				4	5	4	7	4	9	4	2	5	11	10	9	7	4	6	6	7	13	5	11	5	140
동창회				3	1	1	4	4	1	2	3	2	4	2	10	6	2	4	7	2	4	4	6	15	7	94
신우회						1	1	1	1			1		1	1	1	2		2		1	1	1		2	17
향교										10	7	2	1	3	2			6	7	11	3	4	7	7	10	80
77계													2	2	1	2	1	2		1	1	1	1	1	2	17
노인회															1	3	1	4	15	8	14	7	1	3	9	66
종회									2	1	3	2				10	7	5	5	3	6	11	18	16	14	103
누계 1	4	5	2	5	10	11	14	14	10	24	28	25	22	27	28	41	26	33	48	40	41	47	44	57	50	656

[표 1]에서 보는 바와 같이 저자의 사회활동은 연령대별로 차이를 보인다. 일기 작성 초기 69, 70년 무렵에는 친목계, 쌀계, 칠성계 등 마을을 중심으로 한 친교 모임이 중심을 이룬다. 70년 중반 무렵에는 가공협회와 동창회, 신우회 등 조합, 협회 그리고 관촌보통학교 동창회, 면의 유지 모임 등 면 단위로 사회활동의 범위가 확대된다. 표 1)의 누계 1은 연령별 주요 사회활동에 대한 언급 횟수이며 누계 2는 사회활동별 언급 누계이다. 누계 1의 연도별 빈도수는 연도별 사회활동의 정도를 나타내며 누계 2는 저자의 생애에 있어서 중요하게 여겨왔던 사회활동의 내용을 가늠하게 한다.

누계 2에서 언급 횟수가 가장 높은 활동은 가공협회, 종회, 관촌보통학교 동창회, 향교, 노인회, 속금계 순이다. 가공협회는 정미소 경영자로서 저자의 생업과 관련된 활동으로 저자에게 우선 중요한 활동이 생업과 관련된 사회활동임을 나타낸다. 종회 활동에 대한 언급은 70년대 후반과 84년 이후로 나뉘는데 70년대 후반에는 조부까지의 사종회 활동이며 84년 이후는 임실, 남원, 전주, 광주에서 이루어지는 대종회 활동이다. 대종회 활동은 나이가 들수록 더 강화되고 있으며, 저자가 삭녕 최씨 가문의 일원이었으나 둘째 부인의 소생으로 태어나 유년 시절 집안의 홀대로 가난과 싸워야 했던 것을 감안할 때, 자신의 태생적 한계 그리고 유년의 홀대와 설음을 극복하고 가문의 중심에 서게 하는 중요한 전환을 의미하는 것으로 이해될 수 있다.

그와 더불어 1978년 향교 장의가 된 것 역시 저자에게 특별한 의미를 지닌다. 저자는 그 이전 시기까지 경제적, 사회적 성장을 거듭해 왔으나 그러한 사회적 성취에 비해 지식인으로서의 위상은 한자와 한글 인식능력 한계로 말미암아 체면의 손상을 가져오는 부담으로 작용하고 있다.

> 편지를 보와 달이기에 잘못 일거주니 南連 氏는 우리 금자만치 못 익는만 그리고 현일이도 잘 익든데 그려면서 自己도 익드라. 참으로 창피하드라. (77.9.26.)

1977년 9월 26일 일기 내용에 따르면 뒷집 남연 씨는, 저자에게 편지를 읽어달라고 부탁을 하게 되고 저자가 그 편지를 읽자 남연 씨는 자신의 딸보다 못 읽는다면서 저자의 라이벌 현일도 편지를 잘 읽더라고 말하면서 편지를 부탁했던 자신이 저자 앞에서 편지를 읽어 보인다. 당시의 상황에 대해 저자는 '참으로 창피하드라'라고 기록하고 있다. 또한 1947년 이장 선거 당시에 대한 「월파유고」의 회고에서도 저자는 한자 인식 능력에 대한 동네 사람들의 우려와 압력에 자극을 받았던 내용을 기록하고 있다.

> 一九四九年 三月 中에 其者는 辭退하고 住民總會 席上에 選出키로 된바 住民들이 나를 추천하드라. 그런데 一部는 金暻浩를 추천하는데 崔乃宇는 漢文{27} 잘 모르고 金暻浩는 漢文도 잘 알고 筆子 잘 쓰니 金暻浩를 추천한다 햇다. 氣分이 少해서 可不間[可否間]에 投票를 해보자 해서 한바 結果는 多수票로 當選이 되엿다. 其後 뜻이 不和햇지만 내게로 따라붓드라. (「월파유고」 26~27쪽)

　저자의 한자 쓰기는 1949년 이장 선거에서의 압력과 자극에 대한 분투의 결과이며 1977년 편지 사건은 저자의 사회적 성취와 문자인식능력의 괴리 그리고 그에 대한 저자의 부담을 분명히 보여주는 생애사적 정보이다. 그런 그에게 향교 장의는 지식인으로서의 자존심을 회복하고 사회적 위상을 공고히 할 만한 사건이 아닐 수 없는 것이다.

　저자의 사회 활동이 나이가 들수록 더 활발해지는 사실은 사회활동 언급 횟수를 연령대별로 합산한 아래의 도표를 통해서 보다 선명하게 나타난다. 아래의 표에서 누계 1은 연도별 사회활동 언급의 횟수이며 누계 2는 사회 활동 언급 전체 누계와 연령대 별 사회활동 언급 누계이다. 40대에 시작된 사회활동의 누계는 138회인 반면, 50대 후반 60대에 시작된 사회활동 언급 누계는 264회에 이른다. 50대 초반에 시작되어 지속된 사회활동 언급 누계도 252회에 이르러, 40대에 시작된 사회활동보다 50대, 60대에 시작된 사회활동이 80년대 이후 사회생활에 있어 중심을 이루고 있음을 보여준다. 아래의 표에서 69년부터 72년까지는 저자의 연령대가 40대, 73년부터 83년까지는 50대, 84년부터는 60대 이후를 나타낸 것이다.

[표 2] 연령대 별 주요 사회 활동 언급 누계

년도	69	70	71	72	73	74	75	76	77	78	79	80	81	82	83	84	85	86	87	88	89	90	91	92	93	누계2
전체활동	4	5	2	5	10	11	14	14	10	24	28	25	22	27	28	41	26	33	48	40	41	47	44	57	50	656
40대	2	5	2	2	5	4	4	2	2	2	11	16	10	8	3	10	6	8	6	9	5	6	5	4	1	138
50대	2			3	5	7	9	11	6	11	7	7	9	14	21	16	11	8	15	8	12	18	12	26	14	252
60대										11	10	4	3	5	4	15	9	17	27	23	24	23	27	27	35	264
누계 1	8	10	4	10	20	22	27	27	18	48	56	52	44	54	56	82	52	66	96	80	82	94	88	114	100	

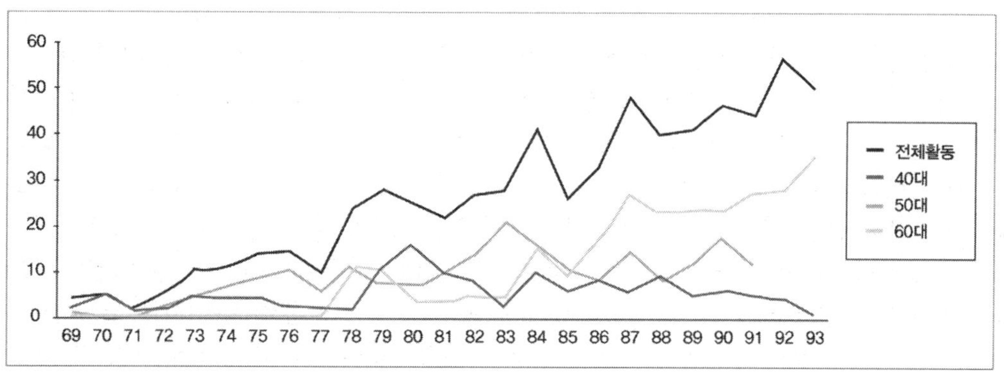

[그림] 연령대별 주요 사회활동 언급 누계 추이

　연령대별 사회활동 언급 횟수가 가장 높은 해는 92년 그리고 93년, 87년, 90년 순으로 87년 이후 93년까지가 저자의 사회활동이 가장 활발히 전개된 시기임을 알 수 있다. 반면 69년부터 77년까지는 사회활동 언급 횟수가 8회에서 27회에 머물고 78년부터 83년까지는 44회에서 56회 정도의 빈도를 보인다. 따라서 저자의 연령대별로 40대 후반에서 50대 중반까지, 50대 후반에서 60대 중반, 60대 중후반부터 70대까지를 시기별로 나누어 볼 수 있으며 장년 기 중반 이후 노년기로 갈수록 사회활동이 활발히 진행되었음을 확인할 수 있다.

4) 위신 표기의 변이와 변화

일기 자료의 사회언어학적 연구를 위해서 사용될 수 있는 연구 방법론은 일기 자료에 나 타나는 표기 변이의 목록을 확인하는 것이다. 그리고 그 표기의 언어 내적 출현 원인을 규명 한 후, 표기 변이 목록의 출현 빈도를 연령대별로 제시, 표기 변이 출현이 시기별 차이를 보 이는 일정한 패턴을 찾아내야 한다. 그리고 그러한 패턴에 영향을 미치는 사회적 특성, 말의 격식성, 교류망, 정체성 등의 사회적 변수가 무엇인지 규명함으로써 변이의 사회적 의미를 확정하고 표기 변이의 출현과 사회적 변수의 상관성을 예증하게 된다.

「창평일기」 1차 입력본에는 앞서 말한 바와 같이 저자의 다중정체성, 사회적 성취 등과 관 련하여 다양한 언어 변이가 출현하고 있다. 1940대 말 창평 언어사회의 비제도적 규범에 따 른 마을 지도자의 한자 인식능력에 대한 압력과 그에 대한 분투 결과로 나타나는 저자의 한 자 지식인 정체성은 고유어를 한자어로 표기하는 방식, 우리말의 통사 구조를 한문 문장식 으로 바꾸는 방식 그리고 한자 인식능력의 한계로 말미암아 나타나는 다양한 한자 오기가 다양하게 출현하는 방식으로 실현된다.

저자의 사회적 성취와 경제적 기반에 중요한 요인이 되었던 권력의 문제는, 저자가 17년 동안 마을 이장을 보면서 자신을 행정 업무를 처리하는 공무 집행자로서의 자아정체감을 갖 게 하였으며 그로 말미암아 '-코, -타' 등의 행정 공문식 표기가 일기 초반에 대거 등장하는 방식의 특성으로 나타나게 된다. 또한 방앗간 주인이면서 농부로서의 생활은 결국 마을 주 민들과 일상을 공유하며 마을 공동체 교류망에 긴밀하게 소속해 있으면서도 실질적인 권력 의 주체이며 문제 해결의 원천으로 작동하는 공무원, 정치인, 인근 마을의 유지 등 외부 권력 교류망을 마을 공동체 교류망보다 더 중요하게 여기는 외부 지향성은 마을 언어 사회에서 상용되는 토박이 말투를 표준어 지향적으로 교정하고 방언 음운현상을 과도하게 교정하는 표준어 지향성과 다양한 과도교정형의 출현으로 이끄는 동인으로 작동하게 하였다.

앞 장에서 살펴본 바와 같이 저자의 사회활동은 40대보다 50대 초반에, 50대 초반보다 50 대 중반과 60대 초중반에, 60대 초중반보다 60대 후반 이후에 보다 활발한 활동을 보이며, 저자는 임실 향교 장의 혹은 임실향교 신평면 지회장으로서 그리고 대종회 회장 즉 가문의 대표로서 그리고 임실노인회 신평면 지회장 즉 지역 사회의 유지이며 어른으로서의 자아정 체성을 확보하는 방식으로 사회적 위신을 더해가며 그에 걸맞은 위신표기를 사용하는 방식 으로 언어생활의 변모를 보여주고 있다.

1차 입력본에서 고유어를 한자어로 바꾸는 방식은 2차 입력본에서도 지속적으로 출현한 다. 그 전형적인 사례가 '모이-'를 '募이-'로 바꾸는 방식이다. 고유어 '모이-'와 한자어 '모일

모(募)'의 소리와 의미가 유사한 것 때문에 저자는 1970년 고유어를 한자어로 부호 전환을 시도한 이래 1972년부터 1973년까지 구형(고유어)과 신형(한자 전환형) 사이에 경쟁 관계를 보인다. 언어 변이와 변화의 일반적 과정에서 나타나는 바와 같이 신형을 쓸 때에도 일정 기간 동안 구형의 사용이 우세한 출현 빈도를 보이다가 서서히 신형 쪽으로 출현 빈도가 많아지는 방식으로 변화 추이를 보이고 있다.

[표 3] '모이-'의 변이형 연도별 출현 빈도

	69	70	71	72	73	74	75	76	77	78	79	80	81	82	83	84	85	86	87	88	89	90	91	92	93
모이	3	3		2	1		1	1			1	1							1				2		3
모여	9	9	17	2	4			3	1		1	2									1			1	
募이		1		1	1	2	1	3	3		4	3	1	2	4	2	2	3	1	2	4	1	2	1	1
募여		1	4	2	2	8	10	15	22	11	16	19	7	17	13	15	13	21	27	28	35	27	35	31	16
募臨		1		2				1			1	3	1	1	3		3		4	6	4	9	5	3	2

70년대 초반 한글을 한자로 전환하는 부호 전환의 방식은 어휘에 따라 그 전환 시기가 상이하다. 특히 이전 시기에 부호전환을 시도한 어휘와 유사한 환경을 가진 어휘를 기존의 부호전환과 같은 방식으로 유추하고 재해석하여 한자로의 부호전환을 시도하고 있는 사례가 나타난다. '모시-'의 한자 부호 전환이 그 전형이다.

[표 4] '모시-'의 변이형 연도별 출현 빈도

	69	70	71	72	73	74	75	76	77	78	79	80	81	82	83	84	85	86	87	88	89	90	91	92	93
모시	27	20	15	8	1	10	6	6	7	8	8	5	5	5	3		1	3	3		1	3	2		1
慕待											4		1	2											
慕侍													1	4	9	25	4	10	17	9	6	19	12	9	15
募侍															2		3		2				1		

'모시고'를 '慕侍고'로 대치하는 방식은 '모이고'를 '募이고'로 바꾸는 방식과 동일하다. '모이고'와 '모시고'는 한 음절만 다르다. 그래서 '모이고'를 '募이고'로 전환하는 방식을 '모시고'를 '慕侍고'로 전환하는 데 적용하고 있다. 1979년 7월 3일 일기 본문은 이와 같은 유추와 재해석에 따른 고유어의 한자 부호 전환의 과정을 구체적으로 보여준다. 아래의 일기는 '모시고'의 한자 부호 전환이 일어나는 장면이다.

9時 30分 뻐스로 全州로 해서 九耳 堂叔 집에 당햇다. 堂叔 3兄弟가 募이고 成淑이도 왓고 屛巖 里에 寬宇 母도 왓드라. 祭祠을 募시고 새벽에 成淑에 말햇다. 只今까지는 몇 年을 順天 金 氏

(前母) (成淑의 親祖母) 내가 慕待왔는데 이제는 내의 家政形便 上 慕待들 못 해겟다고 햇다. 成淑이는 其동안 手苦[愁苦]햇소 하며 제가 慕待겟다고 對答햇다. (79.7.3.)

구이 당숙 집에 당숙 3형제가 '募이고' 제사를 '募시고' 있다. '모이고'와 '모시고'는 앞서 말한 바와 같이 가운데 글자만 다르고 나머지는 같다. 그래서 '모이고'를 '募이고'로 전환한 것과 똑같은 방식으로 '모시고'를 '募시고'로 바꾸었다. 그런데 '모이고'의 '모'는 '모일 모(募)'로 '모이고'의 상황과 의미에는 적절하지만 '모시고'의 상황과 의미로서의 '募시고'는 다소 어색한 조합이다. 종친들이 모여서 제사를 모시는 것이기는 하지만 모이는 것이 중요한 것이 아니라 제사라는 의례 행위로서 의미가 더 중요하기 때문이다. 따라서 저자는 '모일 募'에서 '그리워할 慕'로 바꾼다. 그 결과 '慕待왔는데'에서 '慕'를 선택하게 된다. '慕待왔는데'의 '기다릴 대(待)'는 '모실 시(侍)'를 잘못 쓴 것이다. '모셔 왔는데'의 전라도 방언형은 [모시왔는디]이다. 저자는 [모시 왔는디]의 [모시] 발음과 의미의 유사성에 기초하여 한자 '募侍'로의 부호전환을 시도하고 있으나 한자 지식의 한계로 말미암아 '慕待'로 표기하게 된다. '募이'에서 유추한 '募侍'의 한자어를 '慕待'로 잘못 썼던 실수는 1981년과 1982년 '慕侍', '慕待', '모시'가 동시에 나타나는 방식으로 바로잡기를 시도하다가 1983년에 '慕侍' 표기가 우세한 방식으로 나타난다. 그렇게 여러 차례의 실수를 바로잡아 가면서 1984년에는 25회의 '모시'를 모두 '慕侍'로 고정하여 적게 된다. 비로소 저자에게 '모시-'는 '사모하는 마음으로 모시는 행위'가 되어 '慕侍'로 고정되기에 이른 것이다. 그럼에도 불구하고 여전히 주의력이 떨어지는 상황에서는 그리워할 '慕'를 모일 '募'로 잘못 쓰는 실수를 범한다.

한자 쓰기 방식 가운데 흥미로운 사례 중 하나가 '구경'의 한자 표기이다. 앞서 살펴본 바와 같이 저자는 고유어를 한자어로 바꾸고 있는데 이때 작동 원리는 고유어와 한자 간의 발음과 의미의 유사성이다. 그러나 그것은 어휘에 따라 발음만 유사하면 일단 한자로 전환해 보는 시도를 보이기도 하며 간단한 한자에 획을 더하거나 획수가 많고 복잡한 한자로 바꾸는 방식으로 나타나기도 한다.

[표 5] '구경'의 표기 변이형 연도별 출현 빈도

	69	70	71	72	73	74	75	76	77	78	79	80	81	82	83	84	85	86	87	88	89	90	91	92	93
구경	2	4				1			4			2	1	4		2	2		2				1		
求見		7	7	3	5	9	8	3	6	2	1		2	1		2					2	2	1		3
求景									6	8	2		2	7	2	2	1	17	10	11	12	9	17	10	9
求影											1	2	1		2	1	1								

1969년 일기 작성 첫해 '구경'은 고유어 '구경'으로만 출현한다. 1970년 '모이-'의 한자 부호 전환을 시도 '구경'과 '求見'이 함께 나타나기 시작한다. 이것이 앞서의 한자 부호전환과

다른 점은 부호 전환을 하자마자 한자 표기의 출현 빈도가 고유어 표기를 압도한 점과 발음과 표기가 달라진 점이다. '볼 만한 가치가 있는 것을 찾아서 눈으로 보는 행위'로서의 '求見'이 일견 이치에 합당한 것처럼 보이기도 한다. 그래서 1970년부터 1977년까지 '求見'은 고유어 '구경'을 압도하면서 한자 해독 능력을 가진 지식인의 한자식 어원 의식 표기로서의 지위를 굳히고 있다. 그러나 1977년에는 '구경'의 표준 한자음 '求景'이 또 하나의 표기 변이로 나타난다. '구경'의 본음으로의 전환이 어떤 원인이었는지는 분명하지 않으나 문제는 그 이듬해 1979년 '求影'이라는 표기가 등장하는 데 있다. '求影'의 '影'은 '구경'의 발음과는 무관하다. 단지 '求景'의 '景'을 '影'으로 잘못 쓴 것이다. 저자의 실수는 단순히 실수에 의해서 유발된 것인가.

흥미로운 것은 고유어를 한자로 바꾸는 표기와 단순한 한자를 획을 더해서 좀 더 어려운 한자로 바꾸는 시도가 나타나는 시기가 특정 시기에 집중되어 나타난다는 점이다. 아래의 표는 고유어를 한자어로 바꾼 어휘들과 비교적 간단한 한자에 획을 더해서 복잡한 한자로 바꾼 어휘들의 출현 시기와 연도별 출현 빈도를 제시한 표이다. 이 표는 두 부류로 분류되어 있다. '생기-'의 부호전환 '生起'를 비롯하여 '募이(모이-), 未流(미루-), 慕侍(모시-), 날時(날씨), 來려(내리-)'는 고유어를 한자어로 전환한 것이며, 본래 '根居'로 쓰던 것에서 획을 더하여 '根据(근거)'로 쓰는 것을 비롯하여 '過据(과거), 簇譜(족보), 家簇(가족), 求影(구경), 購하(구하-)'는 모두 본래 한자어에 획을 더하거나 간단한 한자를 어려운 한자로 바꾼 사례들이다. 이들을 하나의 도표로 모아 그 출현 시기를 살펴보면 다음과 같다.

[표 6] 한자 위신형 연도별 출현 빈도

	69	70	71	72	73	74	75	76	77	78	79	80	81	82	83	84	85	86	87	88	89	90	91	92	93
生起	8	10		3		5	9	7	10	4	5	9	6	4	5	6	4	6	10	6	1	11	9	7	7
募여		1	4	2	2	8	10	15	22	11	16	19	7	17	13	15	13	21	27	28	35	27	35	31	16
未流					1						2				1				3	2	2	3	4	2	7
慕侍											4		2	5	9	25	4	10	17	9	6	19	12	9	15
날時													2						1				1		
來려															1		2								1
根据			1					1	1	1					1			1	1						1
過据									2	2	1	1		1											
簇譜									3			1		2			2			6		1	2	1	1
家簇											1	6	3	8	5	9	4	22	6	4		5	2	3	
求影											1	2	1		2	1	1								
購하														1	1	2	1			2	4	1	1	1	1
	8	11	5	5	3	13	19	23	38	18	30	38	21	38	38	58	31	60	65	57	48	67	66	54	49

이 어휘들이 나타나는 시기는 '생기-, 모이-, 미루-'와 '근거'를 제외하면 나머지 모두 76년부터 83년 사이로 집중되며 80년대 중반에 대체로 안정적으로 사용되는 경향을 보인다. '구경'의 '景'을 좀더 복잡한 형 '影'으로 쓰는 시기도 바로 그 시기에 출현하는 것이다. '影'을 '景'으로 바로잡은 후인 1986년 이후로도 이와 유사한 한자 쓰기 방식은 여전히 상승세를 보이며 꾸준한 사용 빈도를 보이고 있음을 주목할 필요가 있다.

고유어보다는 한자어 표기를 선호하고 간단한 한자에 획을 더해서 좀더 복잡한 한자를 선호하는 것이 어떤 의미를 지니는 것인가. 저자의 사회적 위신 혹은 사회적 활동이 상승하는 시기에 작동하는 자의식이 과연 일기의 표기에 영향을 미칠 수 있는 것인가. 아니면 한자 표기 변이의 추이는 단지 우연한 결과일 뿐인가.

이와 관련하여 '하야' 점유율의 추이는 시사하는 바가 크다. '하야'는 한문 문장을 읽을 때 토처럼 상용되는 말투로 한문 지식인들이 그 위신과 격식성을 드러낼 때 주로 사용하는 말투이다. 그것이 일상적 발화에 나타날 때는 다분히 격식을 갖추고 위엄을 드러내기 위해 의도적으로 사용되는 표현으로 이해할 수 있다. 일기에 나타나는 '하야'의 사용 빈도 추이는 1970년대와 1980년대 이후에 두드러지는 변화를 보이는 예 중 하나이다.

[표 7] '하여' 변이형 출현 연도별 빈도와 '하야'의 연도별 점유율

	69	70	71	72	73	74	75	76	77	78	79	80	81	82	83	84	85	86	87	88	89	90	91	92	93
하여	2	1	1	3	2	2	3	3	1	1	3	3	4	7	4	2	4	2	4	2	2	5	2	3	4
하야	16	17	16	9	30	33	26	20	18	23	63	53	62	125	118	181	75	126	217	175	169	152	167	137	126
해서	209	307	205	111	113	184	184	213	180	187	252	216	145	223	130	71	61	84	106	117	105	103	162	150	189
%	7	5	7	7	20	15	12	8	9	11	19	19	29	35	47	71	54	59	66	60	61	58	50	47	57

표기 변이 '하야'와 대치될 수 있는 표기로는 '해, 하여, 해서' 등이 있다. '하야'는 일차적으로 '하여' 혹은 '해'로 대치되며, '해서'는 '하야서'의 축약이므로 '하야'와 직접 대치되는 것은 아니다. 그러나 일기에서 '하야서'는 출현하지 않으며 단지 '해서'와 '하야'가 변이 상태를 보인다. 반면 '하야'와 직접 대응되는 '해'는 그 출현 빈도가 너무 많고 보조용언과의 결합형과 구분해야 하는 번거로움이 있어서 계량화에서 제외하였다. 도표의 %는 세 변이형 가운데 '하야'가 차지하고 있는 점유율을 나타낸 것이다. 70년대 초기에 '하야'의 점유율은 5~7%, 73년에는 20%까지 상승하였다가 76년~77년까지 8~11%의 점유율을 보이며 그 사용이 주춤해진다. 그리고 79년 19%로 상승하기 시작한 이후 해마다 10% 이상씩 급등하면서 82년에는 29%, 83년에는 47% 그리고 84년에는 무려 71%로 정점에 이르게 된다. 이후 94년까지는 약간의 등락을 거듭하지만 대체로 50~60% 정도의 점유율을 보이며 지속적 사용 추이를 보이고 있다.

우리는 앞서 제기했던 문제, 저자의 사회적 위신의 상승이 일기 표기에 영향을 줄 수 있는

가의 문제와 관련하여 '하야'의 상승이 저자가 향교를 출입하는 시기와 연관되어 있음을 통해 그 가능성을 확인할 수 있게 된다. 저자가 향교 출입을 하게 된 것이 1978년부터이다. 그리고 그 이듬해부터 '하야'의 점유율은 가파른 상승세를 보이고 있다. 향교 장의가 되던 78년 저자는 향교 출입을 하면서 이전 시기에 비하여 '하야'의 사용에 더욱 노출되었을 것이 명백하다. 사회언어학의 교류망 이론에 따르면 화자가 특정 교류망에 긴밀하게 결속할수록 그 교류망의 특징적 언어 사용의 빈도가 높아진다고 한다. '하야'의 점유율 상승은 저자가 향교 교류망에 결속하면서 생긴 변화이다. 1980년대 '하야' 점유율이 지속적으로 상승하고 있는 것은 교류망의 결속에 따라 향교 일원으로서의 자아 정체성이 확립된 것을 의미한다.

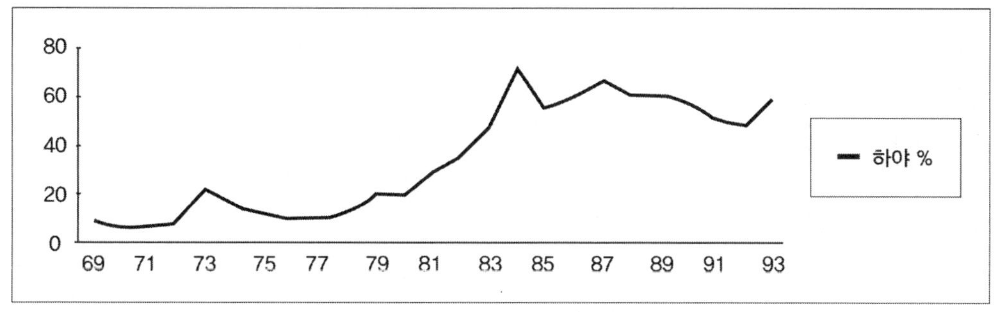

[그림] '하야' 연도별 점유율 추이

그러나 한편 73년의 일시적 상승과 74년 이후 77년까지의 '하야' 사용이 저조한 것은 또 어떻게 설명할 수 있을까. 이는 저자의 연령과 관련이 있는 것으로 보인다. 73년은 저자가 만 50세가 되는 해이다. 저자는 이미 이전 시기부터 '하야' 변이형의 사회적 위신을 인식하고 있었으며 1973년 자신의 나이가 50세가 되면서 나이에 따른 위신을 드러내기 위해 '하야'를 일시적으로 더 많이 사용한 것으로 보인다. 그러나 자신의 자의식과 사회적 지위 사이에는 여전히 간극이 있다. 73년 이후 77년까지 '하야'의 점유율이 오히려 감소되는 추세를 보이는 까닭도 그로 말미암는 결과로 이해할 수 있다. 그러다가 1978년 향교 장의로서의 사회적 지위를 확보하게 되면서 '하야'의 점유율은 가파른 상승세를 보인다. '하야' 점유율 상승은 곧 위신에 대한 자의식과 향교 장의로서의 사회적 지위가 합치되면서 실질적 자아정체성이 확립된 결과로부터 말미암은 현상이다. '하야'의 상승 추이와 저자의 사회활동 추이가 우상향 곡선을 그리는 방식과 시기가 분명한 일치를 보이고 있다는 점에서 우리는 그와 같은 이해에 도달할 수 있게 되는 것이다.

한편 앞서 살펴본 한자 부호 전환의 추이 역시 이들과 동일한 우상향 곡선을 보이며 상향 곡선의 상승 시기에 있어서도 일치를 보이고 있다. 이 세 가지 현상이 보이는 동일한 패턴은 곧, 연령대 별로 상승되고 있는 사회활동 변화와 그에 따른 위신 표기의 추이가 서로 상관 되어 있음을 나타내는 것이다. 우리는 지금까지의 이해를 바탕으로 70년 후반부터 사회활동의 증가에 따라 저자의 위신 의식이 상승하고 있으며 저자의 사회적 체면과 위신에 대한 자의식의 증가가, 고유어의 한자화, 좀더 복잡한 한자로의 전환, 향교 정체성 표지 '하야' 사용의 급등을 이끄는 사회적 동인으로 해석할 수 있게 되는 것이다.

5) 나오기

개인에게 언어는 그 개인의 삶과 사고방식에서 비롯되는 특성을 드러내는 표지이며 집단에게 언어는 그 집단의 사회문화적 특성을 보여주는 지표이다. 개인은 집단의 한 구성원이며 집단의 사회문화적 배경을 토대로 존재할 수밖에 없다. 개인이 보이는 특성은 그 집단의 사회문화적 토대 위에서 이해되어야 하며 그로 말미암은 개인의 특성은 집단이 지니는 특성에 대한 이해에 도달하게 하는 통로가 된다. 「창평일기」는 일기를 작성한 개인의 개인적 특징을 나타내는 자료체이다. 그러나 그것은 결코 저자 개인만의 것이 아니라 그 사회의 사회문화적 바탕 위에서 형성된 특성의 반영이다. 그런 점에서 「창평일기」의 저자가 보이는 언어적 특성은 여느 마을 공동체 혹은 언어 사회에서 어렵지 않게 조우할 수 있는 전형적 인물의 특성을 보여주는 정도의 일반성을 지닌다.

한편 1970년대와 1980년대는 농촌 중심의 사회에서 도시 중심의 사회로 급속한 전환이 이루어지는 시기이다. 시간과 공간의 제약 속에서 일정한 언어 사회를 중심으로 면대면 방식으로 이루어져 왔던 소통의 환경이, 매체, 통신, 도로, 교통 등 근대 물질문명의 발달로 말미암아 시간과 공간이 압착되면서 교류의 범위가 전 방위로 확대되고 초지역적 언어 변이와 근대적 산물로서의 표준어와 표기 규범의 획일적 통제가 이루어지는 시기가 바로 70년대와 80년대 한국적 언어 환경의 특성이다. 즉 제한된 공간 중심의 지역어들이 오랜 시간의 깊이를 가지고 각각의 사회문화적 특성 위에서 다양한 지리적 사회적 분화를 겪어오던 것이, 일시에 언어 규범과 서울말 중심으로 획일화되기 시작하는 시기가 바로 이 시기이다. 한국어가 겪고 있는 변화의 정도를 감안한다면 7,80년대 일상의 언어생활과 그 변모를 보여줄 수 있는 개인의 기록물들은 흥미로운 연구 자료가 아닐 수 없다.

「창평일기」는 바로 그 시기, 한국의 한 시골 마을에서 가난과 홀대를 극복하고 마을의 지도자로, 면 군의 유지로, 향교, 노인회, 종친회의 어른으로 성장해 온 한 인물의 언어 사용과 변화의 사회적 궤적을 담아내고 있는 자료체이다. 또한 「창평일기」를 비롯하여 「월파유고」, 유서, 편지, 묘갈명, 수첩 등에 담긴 한 개인의 일생에 대한 기록은 개인어 연구를 위한 귀중한 자료임에 틀림없다. 실제 시간 차원의 구체적이고 실증적인 자료체로서 이 개인기록들은 이제 막 그 전모를 드러내며 훌륭한 연구자들의 관심을 기다리고 있다. 그 광맥에서 보석을 캐내는 일은 그야말로 눈 밝은 연구자의 몫일 것이다.

3. 물(物)로서의 일기

　1969년부터 1994년까지 약 26년간 기록된 『창평일기』는 내용뿐 아니라, 일기장 그 자체로도 방대한 양이다. 해마다 한 권씩, 총 스물여섯 권의 일기장은 쌓은 높이가 1m에 달하고 무게는 13kg에 육박한다.

　저자는 매년 연말이면 직접 전주에 나가 문구점에서 일기장을 구입하였다. 저자가 구입한 일기장은 당시 문구점에서 일반적으로 판매되던 일기장으로, 성인들이 가장 흔하게 사용하던 것이었다. 많은 사람이 서양 종이로 인쇄·제본된 일기장에 일기를 쓰는 관습이 성립되어 있었던 시대, 즉 '일기장의 시대'의 일기장은 그 자체로 하나의 연구 대상이 될 수 있다. 일기장의 장정과 양식, 종이의 냄새와 느낌 등 형태로서의 일기장 역시 내용만큼이나 그 시대의 관습과 역사를 반영하고 있기 때문이다. 따라서 저자가 남긴 스물여섯 권의 일기장은 일기장의 시대 전체를 대표하는 동시에, 26년 동안의 상품으로서의 일기장 변천사를 그대로 반영하고 있는 역사의 산물이다.

[그림 1] 다양한 형태의 일기장(좌)과 1982년 일기장 표지와 내지(우)

　이 글에서는 『창평일기』 2차년도에 해당하는 1981년부터 1994년까지, 총 열네 권의 일기장을 일기장의 물(物)적 특성에 맞추어 살펴보고자 한다. 일기장의 외관과 내지의 구성, 부록의 변천사, 필기구의 사용과 비록 방식 등, 물(物)로서의 『창평일기』를 개괄적으로 살펴볼 것이다.

1) 일기장의 외관

　1981년부터 1994년까지 총 14권의 일기장은 세계문화사·양지상사·극동문화사·대경사·
종이와연필·청마상사 등 각종 수첩·다이어리를 전문으로 생산하는 회사에서 대량생산된 것
이다. 1990년과 1991년을 제외한 나머지 12권의 일기장은 저자가 직접 문구점에서 구입한
것이다. 1990년과 1991년에는 판촉용으로 배포된 일기장을 사용하고 있는데, 1990년도에는
가로수 보호 덮개 생산 업체 '한국가로수보호㈜'에서 1989년에 배포한 것을, 1991년도에는
종합미술인쇄사 '태광사'에서 배포한 것을 사용하고 있다. 저자는 문구점에서 직접 일기장을
구입하기도 하였지만, 무료 배포된 홍보용 일기장이 있으면 그것을 사용하기도 하였다.

　총 14권의 일기장 중 1982년도와 1989년도를 제외한 나머지 12권의 일기장은 모두 검은색·
갈색·회색의 인조 가죽 표지가 씌워진 일기장으로, 국판 또는 신국판 크기이다. 가죽 표지 오
른쪽 위에는 해당 연도와 간단한 문양 또는 'DIARY'(1991년)와 같은 영어단어가 새겨져 있다.
'DIARY' 외에도 'Usually'(1983년), 'DESKDIARY'(1985년), 'Daily Diary'(1986년), 'Plan
Diary'(1988년), 'CLASSIC DIARY'(1989년), 'New Elite'(1993년) 등이 기재되어 있다. '들국화日
記'(1969년), '知性日記'(1974년), '現代日記'(1976년), '觀光日記'(1980년) 등, 『창평일기』 1차
년도에 해당하는 1969년~1980년도 일기장 표지에 한글과 한자가 새겨진 것과는 대조적이다.

　다른 일기장이 무채색 계열 가죽의 단조로운 표지인 것과 달리, 1982년도와 1989년도 일
기장은 미색과 연두색의 밝은 하드커버에 다소 화려한 그림이 그려져 있다. 특히 1989년 일
기장은 표지 하단에 'FOR WOMEN LIFE', 내지에 '여성용'이라고 기재되어 있어 다른 일기
장과 외관이 확연하게 구별된다.

　1982년도 일기장은 미색의 하드커버에 남색과 금색으로 화려한 그림이 그려져 있어 14권
의 일기장 중에서 가장 눈에 띈다. 이 일기장은 1989년도 일기장처럼 '여성용'이라고 기재되
어 있지는 않지만, 다분히 여성스럽게 디자인되어 있다. 꽃과 새, 열매 등이 금색으로 그려진
표지 윗부분에는 '平和安全日記'라고 쓰여 있다. 평소 저자는 일기장의 맨 첫 장 또는 두 번
째 장에 해당 연도를 기록하고 저자 이름과 함께 도
장을 찍었는데, 1982년에는 일기장의 이름처럼 '마
음安定의해 새아침'이라고 한 해의 다짐을 기록해두
었다.

　가죽 표지의 안쪽이 백지였던 다른 일기장과 달리,
1982년의 하드커버 안쪽에는 서양 조각 작품을 찍은
사진이 실려 있다. 앞표지 뒷면에 실린 사진은 프랑
스의 조각가 Jean-Baptiste Carpeaux의 1865년 작품
'The triumph of Flora'이다.

　저자는 일기장에 달린 갈피끈이 풀어지지 않도록
한 번 매듭을 지어 사용하거나, 무게를 더해 잡기 편

[그림 2] 일기장의 갈피끈

하도록 갈피끈의 끝에 단추나 동그란 쇠붙이를 달아두었다.

내지는 14권 모두 백상지 또는 미색 모조지로 되어 있는데, 종이 품질에 따라 누렇게 변색된 것들도 있다. 그러나 일기장은 저자가 사망한 뒤 궤짝에 넣어져 보관되었기 때문에, 30년이 넘는 긴 시간에도 심한 훼손 없이 비교적 잘 보존되어 있다.

2) 일기장의 구성

일일 기록장만 있는 1982년 일기장을 제외하고, 나머지 13개의 일기장은 내지가 모두 비슷하게 구성되어 있다. 맨 처음 해당 연도의 달력이 실려 있고, 이어서 연간 계획표, 월간 계획표, 일일 기록장이 실려 있다. 저자는 모든 일기장 앞장에 해당 연도와 저자의 이름을 기록하고 도장을 찍었다.

농사 역시 방앗간과 더불어 주요한 수입원이었기 때문에 저자는 때때로 연간 계획표에 새해 농사 계획을 기록하기도 하였다. 1981년도 연간 계획표에는 '81年度 農事計劃 追進表[推進表]'를 써놓았다.

월간 계획표에는 한 해 동안에 있는 중요한 행사들을 기록해두었는데, 모든 해마다 중요한 행사를 기록해둔 것은 아니다. 긴단하게는 저지 본인 생일만, 자세하게는 제사와 문중 활동 등 가족 일정과 친목조직의 일정도 함께 기록해두었다. 1984년도에는 월간 계획표를 꼼꼼히 작성하였는데, 집안의 제사부터 장자의 생일, 장손과 손녀의 생일도 기록하고 있다.

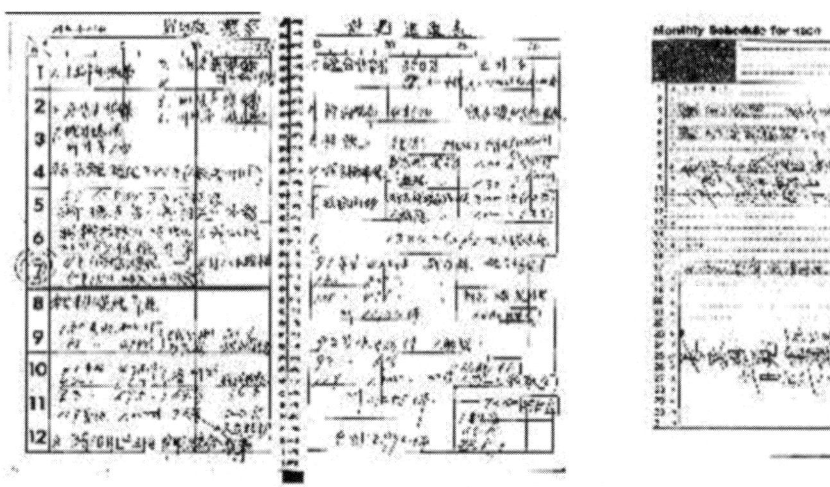

[그림 3] 연간계획표에 기록되어 있는 농사일정(좌)과, 각종 행사와 기념일이 기록되어 있는 월간계획표(우)

저자는 일일 기록장에 일기를 기록하였는데, 날짜가 기록되지 않은 곳에는 직접 날짜를 기록해 일기를 작성하였다. 날짜가 기록되어 있더라도 일기가 길어져서 다음 기록장에까지 넘어가거나, 1990년도 일기장처럼 작년에 발행된 일기장에 적는 등 일기장에 기록된 날짜가 자신이 실제로 기록하는 날과 다르면 날짜를 두 줄로 긋고 알맞은 날짜를 기재하여 썼다. 일일 기록장 뒤에는 모눈종이나 백지, 주소록 등 기재할 수 있는 부분이 있었으나, 저자는 이 부분에는 아무런 기록도 하지 않고 일일 기록장에만 일기를 기록했다.

해당 연도 달력·연간 계획표·월간 계획표·일일 기록장·여분의 메모장 뒤에는 부록이 딸려 있었다. 일기장의 종류에 상관없이 부록은 대게 다음과 같이 구성되어 있다. 전국우편번호, 우편물의 특수취급 종류, 체신요금표, 국내주요체신요금표, 관리상식(경영자의 체크리스트), 도량형 환산표, 세계 각 지방의 표준시, 연령 대조표, 절후표, 주요전화번호, 전신전화 이용안내, 세계시차표, 우리나라 전도, 각 도시 지도, 국제자동전화 번호, 국제전화요금표, 장거리 자동전화번호 안내, 시외통화청구번호 및 독촉번호 등, 이러한 부록들은 일기장 제조업체에 상관없이 어느 일기장이든 같은 내용이었다.

위와 같은 기본적인 부록 구성에 점차 새로운 항목들이 추가되는데, 1984년에는 아시아, 유럽, 북아메리카, 남아메리카, 아프리카, 오세아니아 등의 세계 지도가 추가되어 이후 우리나라 지도와 함께 부록에 지속해서 등장한다. 1985년에는 세계 주요 관광지 기후표와 서울 지하철 노선도가 처음 실린다. 이후 1994년 부록에 실린 전차노선표에는 서울 지하철 노선도뿐만 아니라 부산 지하철 노선도도 함께 실린다. 1994년에는 '자가운전자 안전기본상식'이라는 새로운 부록이 추가된다. 이것은 차량의 고장상태에 따른 원인 발견 및 점검대상 항목을 표로 정리해놓은 것이다. 하단에는 '안전운행을 위한 응급조치 요령'도 함께 실어놓았다.

앞에 언급했듯이 1982년의 일기장은 이와는 조금 다른 구성을 보인다. 1982년도 일기장은 특정 연도에 발행된 일기장이 아니므로 달력, 연간계획표, 월간 계획표 등이 생략되고 바로 일일 기록장이 나온다. 그리고 각각의 월을 각종 서양화로 구분시켜 놓았다. 가령 1월과 2월 사이에는 Vincent Van Gogh의 1888년 작품 '해바라기'가, 2월과 3월 사이에는 Pablo Ruiz y Picasso의 1900년 작품 '아르르칸과 그 여자친구'가, 3월과 4월 사이에는 Edgar Degas의 1878년 작품 '무대 위의 무희'가 끼어있다. 일기장에 실린 13개의 작품은 모두 서양화로, 작가나 화풍은 일정하지 않다.

일일 기록장 아래에는 간단한 삽화와 함께 금언이나 시, 상식 등 6줄 이내의 단문이 적혀 있다. 금언은 일기장에 자주 등장하는데, 1981년도 일기장 상단과 1983년도 일기장 주소록 부분에도 쓰여 있다. 그러나 1982년도와 비교했을 때, 한두 줄로 길이가 짧고 다루고 있는 내용의 범위가 좁다.

[그림 4] 1982년도 일기장에 실린 다양한 단문

3) 필기구의 사용

『창평일기』의 대부분은 검은색 볼펜으로 기록되어 있다. 검은색 사인펜이나 푸른색 볼펜도 가끔 사용되지만, 특별한 이유가 있는 것은 아니다. 저자는 돈이나 건강에 관련된 내용을 기록하거나, 특정 내용을 강조할 때 붉은색 볼펜을 쓰고 있다. 붉은색으로 기록한 일기 내용은 크게 다음과 같이 분류할 수 있다.

(1) 돈과 관련된 경우

아침에 鄭哲相 店鋪에 鄭鉉一 取貸 6萬 원 柱相 外上代 33,000 鄭宰澤 白康俊 梁奉俊 劉貞子 債務 및 外上을 全部 完納해 주윗다.
今般 淸算 總額은 1,826,007원이엿다. (82.12.27.)

嚴俊祥 氏에서 一金 貳拾萬 원을 借用햇다. 用途는 工場 修理 時 代用金 拾萬하고 成傑 條 一○萬 원하고 갑기 위{해}서엿다. 그려나 급해서 南原稅 二七,○○○ 保險金 一三,二○○ 전화로 [전화료] 不足金 壹萬 원 계 五○,三○○원을 代用햇다(全額 今日 拂入.)) (85.10.22.)

쌀계가리日이다.
쌀契員는 牟潤植 崔成苑 成曉 本人만 募이고 崔炳基 氏 沈參茂가 不參햇다.
成東 條 先子 벼 十二叺代 三六九,九六○ 계쌀 乃宇 條 八六八,○○○ 牟潤植 條 五一八,○○○
參茂 條 七○○,○○○ 계 二,四五五,九六○을 支拂해주{고} 殘는 곳 바다주마 햇다. (85.12.25.)

저자는 일기 내용 중 돈과 관련된 부분은 붉은색으로 기록하고 있다. 저자는 평소 돈과 관련해 마을 주민과 다툼이 있었을 때 일기장에 기록된 내용을 증거로 보여주었다. 개인적인 가계부는 물론 각종 모임의 회계내용까지 일기장에 기록할 만큼 돈에 관해 기록하는 것은 일기쓰기의 중요한 부분이었고, 그만큼 주의를 필요로 했다. 따라서 저자는 이것을 쉽게 찾을 수 있도록, 또 주의할 수 있도록 붉은색으로 기록하였다.

(2) 건강과 관련된 경우

今日도 어제와 갖이 終日 舍郞에서 讀書만 햇다. 그러나 갑작기 배속이 不平햇다. 便所에를 가도 別 新通치를 안햇다. 異常한 生覺이 낫다. 억지로 中食도 하고 夕食도 如前이 햇댓다. 그래서 禁酒를 覺悟햇다.
家事 整理할 게 泰山 같은데 죽는 게 問題가 안이고 할 일을 못다 함니 本人으로서는 大問題다. 꼭 生覺을 尊守[遵守]하겟다. (89.12.9.)

밤중에 곰곰 生覺하니 내가 폐병이 들 理由가 없고 先祖도 그러한 病이 없는데 妻子는 5, 6年 前〃부터 기침이 셋다. 그게 아마도 폐병이엿 든십다. 發見을 못해서 그런 듯십다. 本人 나는 年〃이 豫備的으로 現代(全州) 방사선課에서 찍고 昨年에도 찍엇지만 其려한 흠이 없다. 그러다 이번에 11月 22日 異常해서 간바 폐병으로 나타낫다. 아마도 妻에서 傳염된 듯십다. (93.11.23.)

일기에서는 저자의 나이가 증가함에 따라 예전과 같지 않은 본인의 건강에 관한 염려가 자주 드러난다. 저자는 몸에 이상이 느껴지는 경우나(89.12.9.), 폐병 발생의 경위를 추정하고 있는 경우(93.11.23.) 등 건강에 관한 부분을 붉은색으로 기록하여 주의를 나타내고 있다.

(3) 금주와 관련된 경우

今日부터 無期限 禁止酒 計劃을 세웟다. (88.3.27.)
複藥[服藥] 中이다. 오늘부터 禁酒令을 내렷다. (88.10.27.)
◎ 今日부터 1日 1食을 始作햇다. 1日채. (93.11.15.)

금주에 관련된 문구의 경우, 지면 상단에 붉은색으로 기록하거나(93.11.15.) 금주일을 "3일채"(93.11.17.), "4일채"(93.11.18.)처럼 착수일자로부터 날수를 헤아려 모두 붉은색으로 기록하고 있다.

(4) 자식과 관련된 경우

結婚 觀選 結果 게집애가 別 뜻이 없는 것 갓다. 相範 母가 다시 말을 드려보고 回答한다든니 別말이 없으니 成玉가 뜻이 없는 듯십다. 萬鎬에 전하야 破婚하겟다. (89.12.6.)

成玉 婚姻 件은 父로서는 1切의 居論[擧論]은 하지 안키로 覺悟햇다. 제의 兄弟間도 結婚 成事를 서둘여 줄 사람이 없서 보이고 잇다. 萬諾 成事가 되면 제의 貧擔[負擔]도 있을 것은 뻔하다. 觀選者는 아마도 5, 6名인 것으로 안는데 社會的으로도 창피하다. 內娟人[內緣人]이 잇는가 십다. (89.12.7.)

特報記載임
成東의 母 말에 依하면 메누리 者가 말하기를 全州 큰메누리 집에 가서 한 달쯤 잇다가 南原메누리 집에 가서 한 달 잇다가 約 2개원쯤 되면 오라고 햇다고 하니 成東의 妻가 시에미를 尊侍 또는 極히 生覺코 하는 말인지 모르나 成東 母의 말인즉 서럽게 생각한다면서 내게 말햇다.
나는 生覺하니 제의 母가 病身이고 한니 完全 無視하고 우리 內外를 除居[除去]하려 한 意道[意圖]인 것 갓다. 우리 內外가 死後에는 이 집(家屋)이 成東의 집으로 갈지라도 只今 現在는 있을 수 없고 우리 內外를 시려하면 成東 內外가 뜨나는 것이 올타고 본다. 그려면 우리 內外는는 사다가 못살면 同死 끝이 날게다. 良心 不良한 메누리를 두고 보겟다. 11男妹에 護訴[呼訴]하고 끝장을 내겟다. 現在 메누리 者란 사람에 페 키친 일이 업다. 用錢 주는 것은 父母의 所有財産에 依한 것이다. (93.1.6.)

저자는 딸 성옥의 혼인과 관련된 내용을 붉은색으로 기재하였고, 며느리에 관한 내용 역시 '特報記載'라고 일기장 첫머리에 붉은색으로 기재하였다. 11명의 자녀 모두를 전주에 보내 교육받게 할 만큼 자녀 육성에 열성적이었던 저자는 자녀에게 특별한 일이 생겼을 때 붉은색으로 기록하여 주의를 기울이고 있다.

(5) 기타

※「桂壽里 南宇는 木川公의 宗垈을 지겟다는데 約 一五〇〇萬 원 程度라면서 協助를 要한바 協助하겟다고 햇다.」 (83.11.5.)

驛前에서 丁基善이가 酒席에서 우리는 貧宗이{기} 때문에 宗中之事 모든 經費는 自己自身 自財로 支出한다고 하드라. 理由인즉 自己는 宗財는 없고 私財(丁基善)가 多財이라고 宗員들에서 의심 받이[받기] 좋고 햇다. (87.4.16.)

내의 日課는

새벽 3時면 分明이 起床한다. ◎ 小便을 본다. ◎ 新聞을 본다. ◎ 6時에 뉴스를을 듯는다. 박에 나간다. ◎ 가벼운 運動을 한다. ◎ 닭 모이를 준다. ◎ 洗水를 한다. ◎ 마당 掃地를 한다. ◎ 술 한 잔을 한다. ◎ 7時 前後해서 朝食을 맞인다. ◎ 藥을 複用한다. ◎ 前日 日誌를 記載한다. ◎ 作業 着手한다. 以上과 如히 日課는 苦定的[固定的] 行動함. (93.9.11.)

이 밖에 저자는 특정 내용을 강조할 때 내용에 해당하는 문구를 붉은색으로 기록하거나 ※,「」, ◎ 등의 기호를 붉은색으로 표시하였다.

4) 기록 방식의 변화

[그림 5] 같은 지면에 가로쓰기와 세로쓰기가
혼용되어 있는 모습

1981년부터 1994년까지의 기록 방식은 가로쓰기와 세로쓰기가 혼용되어 나타난다. 처음 세로쓰기가 사용된 것은 1981년 1월 27일의 일기부터이다. 이날의 일기는 첫 문장만 가로로 쓰였고, 두 번째 문장부터는 세로로 쓰였다. 이후 1988년까지 일기는 일 년에 열 번 정도만 가로쓰기로 기록되고 나머지는 모두 세로쓰기로 기록된다.

1989년 후반기가 되면 다시 가로로 쓰인 일기의 수가 세로로 쓰인 일기의 수를 앞지른다. 1989년부터 1월 1일부터 15일까지, 5월 11일부터 6월 9일까지 한때 나타난 가로쓰기는 7월 이후 지속해서 쓰이기 시작해 1990년에는 한두 번의 일기를 제외하고 모두 가로쓰기로 기록된다. 이후 1992년과 1993년은 1월부터 12월까지 모든 일기가 가로쓰기로 기록되고, 1994년 역시 1월 1일부터 7일까지의 세로쓰기를 제외하고 『창평일기』의 마지막인 6월 17일 일기까지 가로쓰기로 기록된다.

5) 기타

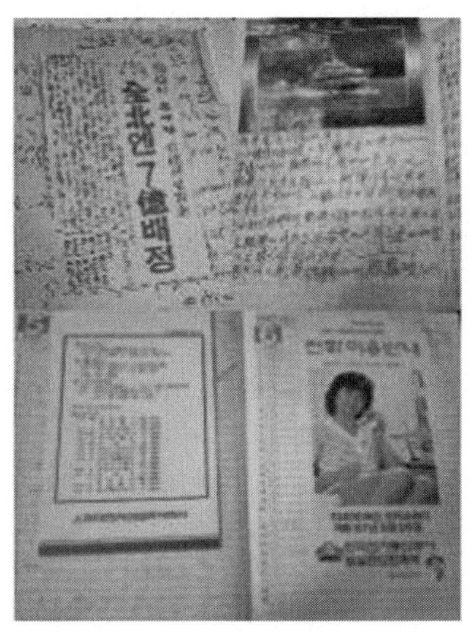

[그림 6] 일기장에 첨부되어 있는 자료

저자는 일기장에 일기 내용에 해당하는 신문 기사를 스크랩해놓거나, 전화 사용설명서, 선박 이용권 등을 덧붙여놓고 있다. 1981년 3월 5일자 일기에 첨부된 신문 기사는 '農漁村 후계자 育成사업資金 全北엔 7億 배정'으로, 해당날짜의 일기 내용 역시 농어촌 후계자 육성사업에 관한 것이다.

夕陽에 成曉 內外가 왔다.
成曉 말은 오늘 郡에서 各 面長 指導所長 會議가 있어는데 農漁村後게者 支援事業에 關한 件인데 面長任을 맛낫드니 어제 아버지게서 畜産을 해 보신다고 하시드라고 햇다. 좋아. 來日 面長 支所長[指導所長]을 맛나겟다고 햇다. (81.3.5.)

1987년도 일기장 앞부분에는 전화기 이용 안내 책자와 전화 이용 안내 책자가 부착되어 있다. 창인리 마을에 공중전화가 처음 설치된 것은 1987년으로, 저자의 방앗간에 설치되었다.

1991년 12월 5일 일기에는 여수–부산행 승선표가 붙여져 있다. 해당일기 역시 여수로 여행을 간 일을 적고 있다.

南原 成樂 집에서 9時에 出發하야 市內 求景을 하고 12時 20分 特急으로 麗水 着 3時 30分이엿다. 中食도 夕食도 아무 뜻이 업다.
여수 市內에 두루 둘어 求景코 船場에 갓다. 고기 競賣 부른데 좀 보고 다시 市內로 들엿다. 심심해서 술집에 들엿다. 海參[海蔘] 參仟 원엇치를 사서 막걸이 두 잔을 마시며 海參을 먹엇다. 乘船 賣票所에 갓다. 來日 票 釜山行 16,310에 豫賣햇다.
夕陽이 되어 旅人宿에 들엇다. 조용하게 누워 生覺하니 寒心하기 짝이 없다. 生計를 엇더케 해야지 마음 不安햇다. 그려치만 生命을 끈고 십지는 안타. 고생길로 접어 들엇다. (91.12.5.)

일기장에 첨부된 각각의 자료는 글로 기록된 일기만큼이나 저자의 행적을 뚜렷하게 보여준다. 따라서 일기장은 글의 기록장이면서 동시에 신문 기사나 사진, 전단 등 첨부된 자료로 저자의 행적을 보여주는 앨범의 역할도 하고 있다.

제2부

창평일기 Ⅱ (1981년~1986년)

창평일기 3

1981년

<내지1>

黃牛 꼬두례는 푸라티 水道 小形[小型] 빠이푸로.

<내지2>

一
八一年度 農事設計劃表
月中 設計 作成

二
三
農機具[農器具] 準備 및 修理

三
八日 麥 追肥 散布
一五日 麥 土入作業
二〇日 桑田 肥培 管理[管理]

四月
一日 種籾 浸種

四月
新品種 一五斗只 36、000g
2 1。
一般벼 五斗只 一三反 種子 50k
12,000g
(斗落當 2,400식)

四月
五日 고초 파종

四月
一〇日 箱子用 上土 準備
一六日 催牙場[催芽場] 入種

五月
二〇日 苗板에 移種

五月
一日 고초 移植 準備
一〇日 고(추) 移植

五月
二〇日 春蠶 三枚 掃立

六月
二〇日 機械 移秧

六月
一〇日 보리 베기

七月
十三日 一般벼 移秧

八月
一日 桑田 肥培 管理

八月
一〇日 김장用 細파 播種

八月
二〇日 秋蠶 四枚 掃立

九月
二五日 晚秋蠶 一枚 掃立

九月
收穫 準備

一〇月
稻刈
一五 脱穀

十一月
一日 麥 播種

越冬 準備

秋穀 收納 및 債務 整理

<내지3>

祝賀新年

一九八一 庚申 一月 正旦 日記帳 崔乃宇 (印)[1]

---

[1] 본 출판본에서 '印)'으로 표기된 것은 원문에서 저자가 직접 날인한 것을 표시한 것이다. 자신의 이름을 적은 경우나 수입지출 및 차용금의 결산과 관련된 내용이 있는 경우 이와 같이 날인을 하고 있다. 이와 같은 표시는 채무 거래내역을 기재한 곳에서도 발견된다. 날인을 함으로써 공문서와 동등한 효력을 지닌 것으로서 일기 기록을 사용하기도 했을 것으로 추정할 수 있는데, 실제 이는 마을주민들과의 면담을 통해서도 확인된 바 있다. 구두약속의 불완전함을 보완하여 사실관계를 입증할 수 있는 자료로서 활용되기도 하는 일기의 다양한 용도 가운데 하나를 확인할 수 있는 측면이다.

<내지4>

月＼日	5	10	15
1	1. 上土 豫히 準備	3. 消毒藥 準備 4. 다지가리 5병	
2	2. 규산질 準備	5. 비닐루 準備 6. 비닐루 準備	
3	7. 催牙場用[催芽場用] 　비니루 1切		
4	新品種 裡里 345號(1般 晉州벼)		
5	54kg代 3萬 원 程度 新德支署에 奇相道에 依賴		
6	機械移秧이 알맞고 5월 20일까지만 移秧할 事.		
⑦	4月 1日 種子 浸種 － 4月 10日 播種 5月 15日 絶大 移秧 (印)		
8	種籾 浸種 豫定		
9	150番地 800坪 155 〃 494坪　　瑞光벼　20k 3反步 機械移秧		
10	91番地 438坪 92 〃 563〃　　晉州벼 機械移秧 6反步　36k		
11	119番地 1,000坪 3反步 20k → 人力移秧		
12	※ 3月 10日 上土하고 복肥 混合할 事		

81年度 農事計劃 追進表[推進表][2]

---

2 <내지4>는 <81년도 농사계획 추진표>의 왼쪽 부분에, <내지5>는 같은 표의 오른쪽 부분에 해당하며, <내지4>가 일기장의 왼쪽 면에, <내지5>가 일기장의 오른쪽 면에 기재되어 있다.

<내지5>

81年度 農事計劃 追進表

15	20	25	30
1. 適合한 育苗 35日苗 포가[포기] 수 葉 3-4枚 3.3-100坪當 1,200本			
2. 種子撒布 4月 10日 移子浸 4月 5日 溫水			
3. 移秧日 5月 15日 5月 20日 5月 25日까지			
4. 種子 撒布量 新品種 箱子當 120g 상자당 5,000개 一般種 〃 130g			
5. 移秧面積 新品種 移秧面積 3,000坪(10反) 1般種 〃 1,000 〃 (3反)			
6. 13×4=52kg 種子 確保量			
91番地 438坪 新品種 種子 獲保量[確保量] 150 〃 800 〃 〃			
155 〃 494 〃 〃 新品 瑞光種 게[계] 1,732坪 = 6×5=30k			
92番地 563坪 1般種			
93 〃 695 〃 〃 人力用 15k 119 〃 1,000 〃 배답 人力으로 移秧 ◎			
게 2,258坪 = 7×5=35k			
1般品 合計 3,990坪 65kg			

第一號
3

一九八〇年度 歲入項目

一金 一一、六三〇、一五八

一。 農産物 收入

二。 債務額

三。 쌀契 現物

四。 特用作物代

五。 其他 雜收入

一金 七八九、二五〇

搗精稅 白米 一四叺 三斗 五升

一金 三〇萬 원

耕耘機 收入

八〇年度에는 交替로 因하야 實는 赤字임。

歲入 累計 一金 一三、七一九、四〇八원

第二號

一九八〇年度 歲出項目

一金 一一、一三九、八九三원

1。 債務整理

2。 家庭用品代

3。 農機具[農器具]代

4。 結婚費

5。 稅金

6。 外出 및 饌代

7。 肥料代

8。 人夫賃

一金 七〇八、五五〇원

一。 工場 內附 附屬代

二。 油類代

三。 稅金

四。 組合費

一金 五〇八、八〇〇원

一。 耕耘機 附屬代

二。 修理費

三。 油類代

一金 四六八、四六〇 — 純學費

一。 授業料

二。 車비 校服

三。 노트

四。 잡비

---

3 1981년의 1월 1일자 일기면 앞에는 제1호부터 제4호까지 일련번호가 붙여진 기록이 있다. 이 중 제4호 말단에는 '1981년 1월 15일'이라는 작성일자 표기와 서명날인이 되어 있으므로, 일단 이 날짜에 작성된 것으로 생각할 수 있다. 그러나 일기를 보면 2월 16일(음 1.12.)에 이러한 내용의 글을 작성한 기록이 있다("午前부터 비는 相當이 오고 잇다. 조용히 舍郞에서 八〇年度 過居[過去]을 기려 보왓다. 收入支出도 子息들 非行 私債 未整理 골구로 生覺해 보왓다. 本 日記帳에 簡略해서 몇 字 記載도 해 보왓다. 惑 子息이 父의 生時에 엇던 일을 햇는지 死後에라도 餘暇이 있으면 여려 볼지도 모른 일이다."). 반면 양력 1월 15일과 음력 1월 15일(양 2.19.)에는 모두 여행 중으로, 이러한 자세한 기록을 작성했을 가능성이 거의 없다. 따라서 이 기록은 음1월 12일 작성되었고, 원문의 1월 15일이라는 날짜 표시는 저자가 여행 중이었던 기간의 내용을 재구성하여 임의로 써넣은 것으로 봐야 할 것이다.

第三號

一. 總支出額 一金 一二,八二五,七〇三원

二. 歲入 一金 一二,七一九,四〇八원

三. 差引殘高 一〇六,二九五원 赤子임

四. 歲入이 없어 未整理 債務額 一金 參參八萬五仟원整

五. 右赤字4 累計 一金 三,四九一,二九五

六. 農協債務 一金 一,八五〇,〇〇〇

七. 實地 赤字로 因하야 一金 五,三四一,二九五원

※ 八〇年度에는 工場補修와 買上量이 超加[超過]된데 衣[依]하야 赤字運營하고 잇다.

※ 耕耘機도 八〇年度에는 赤字이다. 故章[故障]이 藉〃햇고 機體을 交替하고 修繕하느
　라 多大한 額수가 들엇다.

第四號

一九七八年度 로퐁被害로 收入은 全無하데 支出 比較的 늘고 私債務는 整理 못하고 延期
하다 보니 利子는 늘어가고 物價는 上昇하고 工場은 도라가지 안코 있으니 其 心思는 오즉
하겟나.

일즉부터 土地라도 一部 買賣[賣買]코자 한바 作者도 없고 打算도 差異가 너무 났으나 할
수 없이 어거지로 耕作 中에 家兒는 事故을 내서 生覺지도 안는 病院 治療비 一〇〇餘萬
원이 나고 家計簿을 보면 熱이 加重하고 他人의 債務도 一部 利子 程度만 주리다 八〇年
代에는 成樂 結婚이 當하야 百餘萬 원을 쓰고 보니 二, 三年間에 家庭이 不安해젓다.

雪上에 加霜 格으로 고초[고추]를 栽培하야 生産도 높이고 債務을 내고라도 고초 乾燥場
[乾燥場]을 新設하겟다고 決定코 모든 準備을 다 完備하야 k當 三〇〇원에서 四〇〇원까
지 사다가 乾燥을 햇든니 培額[倍額]이 赤字을 보고 自家生産 고초도 없어지고 말앗다. 年
令[年齡]이 높아지면 모든 事業之事가 잘 되지 안는 듯하다.

그래도 밤이면 硏究을 加하야 越冬만 되면 復舊을 해보련 해도 債務 生覺을 하면 生覺事가
뻿나는 것이 한두 번이 아니고 夜深에도 술을 한 잔 하면 一身上 慰勞는 된나 그도 깨이면
마찬가지엿다.

現 實政[實情]이 如何[如此]이온데 成樂이는 移居하면서 職業도 없이 가면서 돈만 달아
하니 其 마음 오즉햇겟으며 不安하면 술만 生覺이 나는데 나가면 술을 過飮이 普通이오나
食事까지도 먹지 못하는데 그만치 몸 치패가 된다.

그려나 作者만 生起면 高下間에 賣渡하고 一部라도 整理해야겟다는 마음 一日一時도 生

---

4 원문에서는 오른쪽에서부터 세로쓰기로 내용이 기록되어 있기 때문에, 여기서 말하는 '右赤字'란 앞서 기록한
　　"差引殘高 一〇六,二九五원"을 가리킨다.

覺 안 나는 때는 없다.

그러나 外人에게는 債務가 잇다 없다 有無는 말하지 안는다. 家族들에도 詳〃하게 말을 하지 안는다. 農事을 잘 진다 해도 秋收期에 合算해 보면 利子 條가 못 나오니 萬諾[萬若]에 不買[不賣]가 되면 土地는 自然이 死地가 되고 信用도 不信을 받게 되고 所有權도 行事 못하면서 不信者가 된다는 點 잘 알고 있다.

其 누구에게 相議할 곳도 없고 自身만 不安하고 잇다. 子息들이 만타 보니 事故가 藉〃햇고 十一男妹을 養育하야 高等敎育까지 시키는 父母으 마음가짐도 구든 人生感[人生觀]에서가 안니면 達成 못했으리라 본다.

別 事故만 없이 조용이 學校만 나왓다면 (모두가) 家財가 누구를 비할 바 업고 공부를 잘 햇다면 大學으 後援는 누구의 父母 못지안케 後援했으리라 自貧[自負]한다.

그려나 이제도 늦지 안타고 본다. 子息을 爲하야 努力[努力]햇고 子息 옥심[욕심]이 만해서 多産하야 全部을 조흔 成績으로 卒業하야 各界 浸投[浸透]시켜서 社會에서 보란 듯이 活動하고 國家에도 奉賜[奉仕]의 情神을 投餘[投與] 볼가 計劃한 것도 이제는 너무 늣다고는 본다.

이제는 願忙[怨望]해도 別 道理는 없으나 他人의 某人은 無子息 上팔子라고 말은 하지만 그래도 自身는 其에 比하고 십지는 안타. 十一男 成允가 只今 中學 二學年인데 공부하는 行動을 보면 熱心的인 것은 안닌 것 갓다. 놀기를 질거하고[즐겨하고] 늦잠을 자는데 將來에 잘 할지라도 只今는 하지 안키에 藉週 付託을 했으나 別 誠意이가 보이지 안타. 或 莫同[막둥이]도 失敗하면 崔乃宇 人生은 永遠히 希望을 일어버리게 된다.

子息 中에는 成康 成東 成樂 成傑 成奉 八兄弟間에 五兄弟가 父母에 不安을 안겨 주웟다. 其 子息들이 過居[過去]을 生覺하고 反誠[反省]하다면 出世길이 萬里 같으니 各子[各自]가 늦게나마 父母에 死別 前 報答을 機待[期待]하면서 조용히 몃 字 記載해 보왓다.

一九八一年 一月 十五日 父 崔乃宇(五九歲)(印)

畜産業을 計劃하려면
一. 畜牛舍 改修理 整純[整頓]
二. 草地 造成地 選定
三. 配合飼料 準備
四. 越冬用 싸이로 準備
五. 紛曬機[粉碎機] 壹臺 〃
六. 乾草 貯장 〃
七. 숫 一채 購入
八. 바가지 및 갈쿠리 準備
※ 夏季에는 生草田 및 草地에서 刈取草을 메기고
※ 冬季에는 造飼料을 먹인다. 生食으 시키는데 配合飼料을 混合한다.

※ 冬季에는 煙炭[煉炭]을 裝置을 한다.
※ 食事는 午前 八時 十二時 三十分 午後 八時 三〇分

<1981년 1월 1일 목요일>
눈비는 混合해 終日 내렷다. 鄭鉉一 招待
로 中食을 했다. 아마 新正으로 過歲한 模
樣이다.
昌宇 집에 갓다. 柳正進이가 왓드라. 쌀게
는 陰曆 30日에 한다 햇다.
전주에서 成傑이가 왓다.

<1981년 1월 2일 금요일>
새벽에 문을 여러 보니 積雪量이 만햇다.
崔南連 氏가 왔다. 白米 3叺만 取貸하자
햇다.
南連 氏는 終日 舍郞[舍廊]에서 갖이 談話
하는데 멋 해 前에 子息 今哲이하고 成吉
가 金錢 据來[去來]가 잇는데 父 南連이보
고는 차마 달아고는 못하고 今哲 住所만
對하라고 3, 4次 왓는데 南連 氏는 대관절
얼마나 되야 무르니 3萬이라고 하기에 五
萬 원 주면서 이것으로 끝지자 햇든니 6萬
을 달아기예 萬 원 대문에[때문에] 트려젓
다면서 大端 섭하게 말하고 少年時節에 生
死을 갖이 지낸 的 있는데 그럴 수 잇나면
서 結局 6萬 원 주고도 只今까{지}도 달이
본다고 하드라. 親故[親舊]라면 그럴 수 잇
나 햇다드라.

<1981년 1월 3일 토요일>
斗峴 炳赫 堂叔 집에서 宗會議가 있엇다.
參席 宗員는 炳基 氏 成吉 泰宇 나하고 四
人이 募엿다. 宗中書類을 보니 連山 林野

는 宗員 5, 6 名儀[名義]로 登記가 낫는데
南陽洞 林野 5.3反는 成吉 單獨 名儀로 있
으니 大端 異常햇다. 할 수 없이 特別措置
法으로 再移轉을 막이로 햇다.

<1981년 1월 4일 일요일>
※ 束錦禊5 會議을 鄭鉉一 집애 햇다. 元
穀 5叺만 넴기고 利子 12斗 6되는 1時
留保햇다. 郭宗燁이가 不平한데 昨年 4
月에 群山에 갓다 온 旅비 7,800원 記入
한데 子息代까지 저라 햇다.

---

5 일기에서 자주 등장하는 '束錦契(禊)'라는 명칭은
전라북도 진안군에 있는 마이산(馬耳山)의 옛 이
름 '속금산'에서 유래한 것으로, 본래 마이산은 말
의 두 귀를 닮은 형상이라 하여 조선 태종에 의해
현재와 같은 이름을 얻었지만, 신라시대에는 서다
산, 고려시대에는 용출산, 조선초기에는 속금산
(束金山)이라고 불렸다. 속금산이라는 명칭과 관
련해서는, 태조 이성계가 전라도 운봉에서 왜구를
무찌르고 돌아가던 중 마이산에 이르니, 예전 자
신의 꿈에서 선인으로부터 금척(金尺)을 받은 장
소가 이곳이었음을 깨닫고 조선 창업의 영산으로
여겼다는 이야기가 전한다. 그러나 일기 저자의
장남이 들려준 설명으로는 속금산에 놀러갔던 마
을주민들이 산의 이름을 따 계를 만든 것으로 알
고 있다고 한다. 인근 주민들의 설명에 따르면 '束
金'이라는 한자 명칭의 숨은 뜻이라는 것은 없고
단지 산의 형상이 땅에서 '솟아오른 모양'이라는
의미에서 '속금'이라 부르게 된 것이라고 한다. 명
칭과 관련하여 이러한 차이가 있는 까닭에, 본 출
판본에서는 저자가 사용하고 있는 '束錦'이라는
표현을 그대로 사용하되, 다만 '束綿'과 같이 명백
히 '錦'을 오기한 것으로 판단되는 경우에만 매년
첫 번째 표현에서 이를 바로잡는 한자 표기를 괄
호 안에 병기하기로 하였다.

<1981년 1월 5일 월요일>
終日 舍郎에서 讀書만 햇다.
廉昌烈 氏에서 전화가 왔다. 9日 字로 崔宗仁이가 退職한고 햇다.
崔南連 氏에서 10萬 원을 借用햇다. 里長 會計도 하고 人夫賃도 주기 위해서였다.

<1981년 1월 6일 화요일>
終日 舍郎에 있엇다. 送舊迎新이라지만 마음는 如前에 不安햇다.
債務 整理도 못다 하고 新正을 마잤으니 不安하기 짝이 업다.
全州에서 成吉이가 왔다.
今日 先考祭祀이다.
밤에 昌宇도 왓드라. 12{시}경까지 놀든니 말없이 가버럿다.
祭祀도 不參하드라. 不良한 者라 햇다. 自己의 부인는 앓으다 햇지만 人間之 非人種으로 生覺햇다.

<1981년 1월 7일 수요일>
裵明善 里長에게 11月 中旬에 取해온 五萬을 尹錫 집에서 맛나고 圭太도 잇는데 주웟다. 오래 되여 未安하다고 햇다.
丁壽福 집에 갓다. 婦人는 市場에 갓다고 하고 아들만 잇드라. 가 정게에서 壽福 氏가 나오기에 2萬 원을 주고 왓다. 崔瑛斗 氏 宅을 訪問하고 庶日[遮日] 使用料 2仟월[원] 주고 왓다.

<1981년 1월 8일 목요일>
靑云洞 鄭圭太 氏 집에서 爲親禊 會議가 있엇다. 禊곡는 3叺이고 利子는 中食代로 控除해 주웟다.
夕陽에 아무도 알이지 안코 驛前에 갓다.

理髮을 하고보니 約 4個月 만에 한 듯십다.
列車로 德津驛에 내리니 7時 50分. 成吉 집에 當하니 昌宇 重宇만 不參席 햇드라.

<1981년 1월 9일 금요일>
成吉 집에서 朝飯을 맞이고 하동宅이 갖이 가자 하기에 마음이 맞이 안해서 볼일이 있으니 後에 오시요 하고 미리 出發햇다.
途中에 南門게서 日記帳 2卷만 사고 바로 왔다.
安承均 白米 債務 4叺 8斗을 會計하야 하는{데} 1叺 8斗만 주고 參叺을 元穀으로 안처 노왓다.
崔南連 氏 白米 會計는 7叺 5斗을 드려야 하는데 利子 元곡 1部을 주고 3叺 半을 주고 元穀으로 4叺만을 안처 노왓다.
밤에 牟潤植 氏에서 10萬 원을 借用햇다.

<1981년 1월 10일 토요일>
柳正進 집에서 招請해서 갓다. 中食을 하고 契쌀 20叺을 借用햇다.
利子는 年 2.5分로 하고 沈參茂 게쌀 14叺을 주고 6叺는 成康 條 게쌀 너주웟는데 앞에 5斗只이 耕作稅 計 6叺이다.
柳正進 집에서 沈參茂 母에 五萬 원을 주면서 成樂 結婚 時에 四萬 원 取한 돈이고 求景 간다고 1萬 원인데 너무 오래 되여서 未安햇다.

<1981년 1월 11일 일요일>
金善權 氏 女息 結婚式에 경상도 구미로 出發햇다.
慶尙道 구미에 當하니 12時 34分. 禮式을 맛치고 中食을 끝내고 바로 乘車하야 집에 온니 7時엿다.

<1981년 1월 12일 월요일>
大里에서 전화로 成樂 장모는 南原放送局
에 就職場을 具[求]했으니 그곳으로 移居
을 시키고 交際비 多少을 주워야 한다고 햇
다. 알앗다고만 햇지 엄두도 못 내고 잇다.
梁奉俊 氏 집에서 親睦稧 會議가 있어 參
席햇다. 全員이 參席햇다.
稧곡 元穀은 7叺을 남기고 利子 18斗 95되
[홉]는 非常用으로 鄭鉉一에 留保시켯다.
大里 成樂 장모가 오시엿다. 成樂 취직 關
係을 잘 되엿다면서 交際비가 50萬 원이고
專世[傳貰] 방이 250萬 게 300萬 원을 要
한다 하니 生覺 外에 어리둥절햇다. 그래
서 着低[到底]히 안 되겟다고 하고 50萬
원는 창기겟다고 햇든니 합해서 100萬 원
도 못 햇겟야고 하기에 生覺해 보겟다고
했으나 딱햇다. 應試는 日割는 17日頃이
라고 햇다.

<1981년 1월 13일 화요일>
南原 成樂 妻姨母에서 電話가 왓다. 家宅
專世代는 後에 주드래도 미리 移事[移徙]
부터 하라고 왓다.
大里에서 {成樂} 妻母가 전화햇다. 成樂이
를 바꾸웟 주니 15日 移事하라 해서 移居
日割이 選定되엿다.
◎ 成康 會計 條는 앞들 5斗只 耕作稅 6叺
  하고 同 利子 6叺×2.5利=15斗 計 7叺 5
  斗인데 成康의 契쌀 柳正進 條 6叺을
  너주고 昌宇 條로 10叺 昨年에 타간 條
  3叺을 너주면 15斗을 내가 代納한 셈이
  된다.

<1981년 1월 14일 수요일>
乾草을 溫室에 噴水햇다.

任實에 成曉에 전화로 明 15日 成樂이가
南原으로 職場 따라 移居하겟다고 햇든니
家族 全員이 왓다.
成樂을 안처 놋코 成曉가 말해다.
너는 호가住宅에 250萬 원을 주고 간다니
父母任은 後事을 엇더케 처리하라는 것이
야고 따지고 于先는 100萬 원 以下로 具하
는 것이 조흘 것 갇{다}면서 조용히 말햇든
니 不安하게 生覺코 食飲도 안코 잇는 模
樣이엿다. 歲月이 갈수록 多事多難之事가
生起엿다.
住宅이 너무 과하기에 말햇다.

<1981년 1월 15일 목요일>
成樂 南原으로 移居햇다. 驛前에 丁玉萬
의 貨物車을 貸切햇는데 밤에 눈이 만니
내려 빈차도 人員이 미려 주웟다.
家財道具을 車에 시는데 洞內 靑年과 中
年들이 만니 나와 協助을 하는데 大小家에
서는 하나도 나와 보지 안트라.
無事이 南原에 着햇다.
白米도 1叺 주고 옹기그릇 양염 김치 무두
실고 보니 한 車가 되엿다.
南原에 着해서 不足한 家事道具을 約 5萬
程度 드러서 사주웟다.
成東 同婿 집을 訪問햇다. 방을 하나 아라
보라고 왓다.

<1981년 1월 16일 금요일>
成曉 家族 全員이 今日 任實로 떠낫다.
參茂 쌀契곡을 바드려 왓다.
丁壽福 집에 간니 主人이 不在中이다. 明
日로 미루웟다.
成東으 妻 메누리는 市場에서 歲祭物을 多
少을 가저왓다.

방[밤]에 養老院에 갓다. 놀다 보니 밤 11時엿다.

<1981년 1월 17일 토요일>
成允이는 今日 學校에 갓다.
全州 成傑에 전화을 햇든니 成傑이는 서울에 가고 金 社長은 成傑이는 社長의 車을 몰고 잇다고 햇다.
尹錫에 고추 325斤 682,500원 中 502,500을 찻고 180,000는 다 20日 주기로 햇다.

<1981년 1월 18일 일요일>
成允 便에 大里 사도[사돈]宅에 50萬 원을 보내면서 편지까지도 封入해 보냇다. 그런데 成允 말에 依하면 찬장을 보내라고 햇다.
丁壽福에서 白米 6叺 入햇다. 參茂 條인데 5叺만 주고 1叺는 방아실에 잇다.

<1981년 1월 19일 월요일>
12時 뻐스로 元泉里 孫周恒 議員 집에 갓다. 慰勞客은 雲巖서 만이 왓드라. 末席에 成傑 關係을 打合햇다.
搗精業者 面 分會 參席햇다. 80年度 末收 會費 萬 원 81年度 會費 66,000 中 26,000 出資金 1,000 료율票 액자 3,000 南原 稅金 19,000원 其他 計 59,000원을 支拂햇다.
農協에 갓다. 6回分 積金 21,300원을 주고 왓다
驛前에서 下加 李玄宇 丁基善과 同行햇다. 玄宇 氏는 不平을 하드라. 面長 支署長이 짜고 元泉 大里에서만 選擧人團이 出馬할 수 에게[있게] 햇다며 自己도 今般에 누가 며라 해도 登錄하겟다고.
成傑 母 便에서 拾萬 원 取햇다.[6]

<1981년 1월 20일 화요일>
成允 便에 驛前 尹錫에서 18萬 원을 받아 가지고 成傑 母에 取貸 돈을 주웟다.
全州 成吉이가 宗事로 왓다.
橋梁用 骨財[骨材] 운반하는데 求見을 햇다. 大里 川邊에 骨財 主人이 밤에 尹錫 집에 와서 말하기를 자갈 한 차에 얼마식 주고 下車하시요 햇다. 우리는 잘 모른다고 햇다. 主人는 우리는 13,000원에 昌坪里까{지} 到着시킨다면서 部落에서는 15仟 원 支出이라고 햇다. 嚴俊峰이을 오래다 무르니 氣分 안 좃케 말하드라.
丁壽福 집에 갓다. 宋成龍 妻와 是非만 하드라.

<1981년 1월 21일 수요일>
丁壽福에서 白米 前에 6叺을 가저오고 4叺가 남앗는데 그것을 바드려 간바 그려케 시비만 해서 말없이 成傑 집으로 갓다.
成傑 母에서 白米 2叺 代金 114,000원을 밧고 明日 주마 햇다.
大里 사돈宅에서 전화로 南原 成樂 집을 비라고 한다니 大端 不安햇다.
南原으로 전화을 해서 稅방[貰房]을 具해 보라고 成東이 同婚 李太圭 氏에 말햇다.
※ 丁基善과 同伴해서 學校에서 營農교육을 밧고 炳基 堂叔 집에 基善하고 1行하야 中食을 하고 白米 1叺 8斗代 57,000×18斗 =102,600원을 完納햇다.

---

6 이 문장은 세로쓰기로 지면의 여백에 적혀있다. 지면이 모자라 그리 한 것으로 추정된다. 혹은 20일자 일기에서 성걸 모를 통해 돈을 갚은 기록을 적으며 뒤늦게 19일의 기록에 부기한 것일지도 모른다.

<1981년 1월 22일 목요일>
丁壽福이가 와서 宋成龍 婦人에서 白米 四叺을 가저가라 햇다. 崔吉{南} 氏에서 萬원을 둘어서 보태가지고 南原에 李泰圭 宅 訪問하고 稅房을 求見햇다. 2間 長방인데 100萬 원에 結定[決定]하고 10萬 원 契約金을 대고 보이라도 改造해 달아고 하고 1年間 居住키로 하되 2年 程度 살아도 房稅[房貰]는 오려주지 안켓다고 하고 不遠 방을 비워주겟다고 햇다.
오는 길에 成樂 집을 들이엿든니 家族 全員이 不在中. 다시 나오려 햇든니 개가 줄이 끌여저 달아든니 현관에서 나오지 못하고 約 2時間 程度을 人質로 잡혓다. 主人이 왓다. 成樂이을 무르니 姨母 집에 갓다고. 전화하야 오개 햇다.

<1981년 1월 23일 금요일>
家族과 姨母가 잇는데 너의 집이 과다한니 主人에게는 未安하지만 不遠 移事하자 햇다. 메누리는 우리는 말 못하겟다고 햇다. 내가 하겟다고 하고 主人을 모셔 노코 말햇다. 내가 돈을 두고 못 사는 것이 안니오니 리해하시고 不遠 비워주겟으니 그리 아시요 햇다. 그려면 別수 업지요 햇다.
6時가 되여 出發하는데 成樂 內外보고 李太圭 氏을 방문하고 집을 구경하라 햇다.
◎ 집에 온니 밤 9時경에 南原서 전화가 왓다. 밧고 보니 집主人이엿다. 내 집에 와서는 계약금도 대지 안코 딴 집에는 契約金을 댈 수 잇나면서 교신자라고 속조차 업냐고 하면서 불캐하게 말을 하드라. 말할 것 업소 햇다. 집 팔 데는 업고 올케 임자을 맛낫다가 트려지니 마음이 괴로와서 그런 듯십다.

<1981년 1월 24일 토요일>
南原 李澤圭 氏에서 전화가 왓다.
알고 보니 成樂이가 전화로 無條件하고 移事을 못한다고 하드라고 햇다기에 그려면 成樂에 對하야 손을 떼겟으니 그리 알으시고 契約金이나 返還할 대로 해보시요 햇다.
22日에 한 座席에서 집主人과 打合햇는데 其後 변한다는 것은 어리석고 不良한 놈들이다.

<1981년 1월 25일 일요일>
館村에서 炳基 氏가 來訪햇다. 選擧人團 動態을 살펴보기 위{해}서 온 것 갓다.
全州에서 成吉이가 왓다. 位土 特別措置 書類 作成次 왓다.
창피하지만 못텡이 260坪을 사라 햇든니 서울로 떠나는데 餘有[餘裕]가 잇으면 해보겟다고. (不良者)

<1981년 1월 26일 월요일>
昌宇가 왓는데 契쌀 不遠 타주겟다고 햇다. 成曉도 단여 갓다. 成東 便에 任實驛前 韓文錫 氏 借用金 利子 52,500 1月 30日 까지 相範 母 30萬 條 利子 4개월 20日 利子 1月 30日 現在 49,000원을 計 101,500원을 주고 會計하고 오라 햇다.
白康俊 氏가 오시여 參禮支署에 전화로 白成基 子息에 말한바 敎育 갓다고 없{다}하니 좀 단여가라 付託하드라. 用件는 말없이 所有權 浸害[侵害]이고 이제는 1坪도 讓步 못햇다면서 不平하드라. 無視햇다는 뜻이드라.
酒店에 具道植을 맛낫는데 一種의 페인[페인]에 不可[不過]하드라.

沈參茂 條 契쌀 3叺을 金昌圭에 주웠다.
그려면 參茂 게쌀은 다 주고 2斗만 殘이다.

<1981년 1월 27일 화요일>
選擧委員會議이가 午後 2時에 面에서 있
엇다. 2月 11日 選擧人團 選擧에서 깊은
指示가 面長으로부터 있엇다. 旅費 萬 원
을 받앗다.
白康俊는 말없이 所有權 浸害햇다고 異議
을 걸고 崔成奎 嚴俊峰에 對한 大端한 유
감을 갓드라.
洞內 一部 住民 餘論[與論]을 들으면 俊峰
俊祥은 돈 잇다고 너무 獨權行爲을 하고
住民을 無視한다고 하드라.

<1981년 1월 28일 수요일>
九時 三十分 列車로 成吉이와 同伴해서
谷城邑內에 到着하고 郡廳을 据處서[거쳐
서] 登記所 代書所을 据處 夕陽에 南陽里
金昌洙 집을 찾고 特別措置法 査定委員
捺印을 받고 守護者에 治下金[致賀金] 萬
원을 日後 보내주기로 하고 왓다.

<1981년 1월 29일 목요일>
朝食을 맞이고 10時頃에 昌洙 집을 나서
오는데 맞암[마침] 모래車에 손을 들으니
정차해 주워 感謝히도 鴨錄江[鴨綠江][7]에
왓다.
바도[바로] 곡성읍에 書類을 提出햇든니
審査을 하든니 親切하게 對해주고 訂正도
해주워 大端히 고맙드라.
南原에 와서 郡廳 登記所에을 据處서 大

____

[7] 전라남도 곡성군을 흐르는 강으로, 섬진강과 보성
강이 합류하여 흐르는 강이다. 곡성군 오곡면에 이
강의 이름을 딴 압록 마을이 있다.

栗里 邢 氏 집에서 一泊을 햇다.

<1981년 1월 30일 금요일>>
朝食을 邢 氏 집에서 맞이고 書類을 갓
고 桂壽里로 行하야 崔炳文 氏 宅을 訪
問햇다.
中食을 待接 밧고 會議室에 간바 南宇도
長宇도 南宇 弟 完宇(現 里長) 잇는데 書
類을 맛기라고 해서 件當 五仟 원식 하기
로 하고 一切을 맛기엿다.
밤에 집에 온바 成樂이가 왓다. 南原에서
稅房을 具한바 一五〇萬 원이라고 해서 不
安햇다. 一〇〇萬 원 程度로 하라 햇든니
아무 말 없드라. 지[집]에 온니 다시 不安
感이 生起드라.
昌宇 쌀契 條로 柳正進에서 二叺 入 成康
條에서 三叺 入 計 五叺 入햇다.

<1981년 1월 31일 토요일>
成樂이는 南原에 가서 稅房을 具해보겟다
고 前番 契約金 拾萬 원 條 領收證을 달아
기에 주웟다.
방아 찌는데 노라 또 金網이 터저서 全州
에 가서 購入해 왔다.
全州에서 오다 驛前에서 成傑이와 同伴햇
다. 路上에서 元泉里 金允圭 氏 對面햇다.

<1981년 2월 1일 일요일>
館村 堂叔이 왓다. 崔宗仁 關係로 온 것인
데 別 반갑지가 안트라.
全州에서 成吉이가 왔다. 南原서 取貸金
旅비 六仟을 받앗다.
밤 十二時에 白康俊 氏는 農藥을 먹엇다고
해서 택시로 任實에 보낸다.

<二月 一日 連載>8
王主 昌宇 쌀契 條는 우리 10叺을 타야 하
는데 梁海童하고 雙立이 되여 할 수 없이
半量만 탓다. 大端 困욕을 지낸바 半額은
利子을 包合[包含]해서 今年 冬季에 會計
할 計劃이엿다.

<1981년 2월 2일 월요일>
大里 崔宗仁이 訪問햇다. 李鉉雨도 단여
갓다.
白康俊는 間밤에 農藥을 먹고 全州 病院
에 入院햇다고.
養老堂에서 嚴俊峰에 電話 加入金 八仟
원을 주웟다. 尹鎬錫 품싹 白康善 품싹도
주웟다.

<1981년 2월 3일 화요일>
基善이와 同伴해서 新平에 갓다. 合同政見
는 끝이 나고 支署을 단여서 農協에도 갓
다. 參事라는 사람 貸付係員하고 말다툼을
한바 氣分이 少햇다. 債務整理을 해버리면
그럴 必要도 없는데 창피하기 짝 없으라.
부골[북골]峙 作業場 山神祭을 지내로 갓다.

<1981년 2월 4일 수요일>
養老院에서 終日 노랏다.

<1981년 2월 5일 목요일>
舊正이다.
아침 次祀[茶祀]을 잡수시고 喪家 멧 집을
차저 보앗다.

____
8 2월 1일자 일기장 위에 다른 종이를 덧붙여 내용
  을 이어 적었다.

<1981년 2월 6일 금요일>
어제 終日 食事을 못 들고 술만 마셧으니
못[몸]이 不平햇다. 中食만 좀 들엇다.
全州에서 成吉이가 왓다.
天安에서 成玉이 왓다.
鄭太炯 氏가 오시엿다. 韓正石 氏가 病院
에서 退院한다는데 生命이 危險하다고 하
드라.

<1981년 2월 7일 토요일>
中高等學生 開學日이다.
朝食을 成康 집에서 한바 承姬 돌이라고
햇다.
養老堂을 둘여서 집에 와 舍郎에 終日 누
웟다.
館村 堂叔이 또 왓다. 할 수 없어 成奎을 만
나려 同行햇다.
柳正進 집 앞에서 너머젓다.

<1981년 2월 8일 일요일>
丁基善이가 왓다. 북골峙(재) 뚜는데 求景
하려 가자고 하드라.
술 한 잔을 하고 바로 가는데 基善이는 不
安感을 갓고 嚴俊峰 間을 不公平하게 處
勢[處世]을 한다고 하자 嚴俊峰이도 高聲
을 내며 잘못이 안이라며 言爭이 相當히
오고가다 最後에는 嚴俊峰 말이 또 쥐약
먹고 죽을 사람이 生起엿다고 하자 丁基善
이는 더 熱을 냇다. 나는 이족도 저족도 便
入的으로 말 못하고 집에 왓다.
中食事 中인데 丁基善이 또 왓다. 其間 嚴
俊峰 兄弟에서 못 들을 말을 들엇다면서
昨年 中旬頃에 大里 朴道洙 父親喪 訃告
가 와서 嚴俊祥에게 갗이 同行하자 햇든니
嚴俊祥이는 말하기를 나는 못 가고 基善이

는 朴道洙와 갖이 共産主義을 했으니 내의 賻儀金이나 傳해 달아기에 듯고 生覺하니 每宇 갯심하야 弔問도 안 가고 翌日에 俊祥을 對面하고 따지는데 잘못했다고는 했으나 子息들에 其의 之事을 말하고 嚴俊祥이는 樑心[操心]하여 보라고 햇든니 今日 俊峰에서 쥐약 먹고 죽을 사람이라 한니 生覺할수록 분하다면서 不遠 여려 가지로 公會席上에서 其의 兄弟에 對한 言사을 募와서 폭발하겟다고 말하드라.

<1981년 2월 9일 월요일>
大里에서 宗仁가 왓다. 嚴俊峰 丁基善 關係을 말해 주웟다.
午後에 鄭宰澤하고 新平農協에 갓다. 償還 措置(再契約)을 햇다.
金哲浩가 面으로 전화햇다. 바로 왓드라. 路上에서 日前에 農協에 와서 기분 납은 소리 햇다면서 엇지된 일이냐 햇다. 參事 貸付員이 不親切하드라 햇다.
밤에 館村에서 炳基 氏가 왓다.

<1981년 2월 10일 화요일>
館村에서 堂叔 오시며 몇 사람 訪問햇다.
건너 술집에서 嚴俊峰이보고 獨權行爲 말아 햇다.

<1981년 2월 11일 수요일>
아침 六時 三十分에 大里 第一投票{所}로 갓다. 七時부터 正常으로 投票가 始作되엿다.
終日 投票 分爲氣[雰圍氣]는 보기 드문 公明選擧엿다.
正刻 六時에 맞이고 왓다.

<1981년 2월 12일 목요일>
丁基善 崔成吉 金昌圭 同席인데 柳正進이는 嚴俊祥는 李賢雨에 갓다고 하기에 其 兄弟는 다 간 것으로 본다.
새벽에 大里에서 堂叔이 전화로 宗仁이가 當選되엿다고 햇다.
成吉이가 왓다. 基善이도 丁壽福 金昌圭이도 갖이 對話을 햇다.
다 간 지後로 成吉이는 말하는데 못텡이畓을 팔아고 햇다. 二十五叺을 내래 햇다. 약은 者드라. 二十二叺만 하자 하기에 生覺하다 할 수 없이 承諾햇다. 眞心으로 아수게[아쉽게] 되엿다.
任實에서 河聲喆 氏가 단여갓다.

<1981년 2월 13일 금요일>
丁基善이가 왓다. 舍郎에서 午前 中에는 對話하고 自己 집으로 가자 하야 갓다. 中食을 하고 養老院에서 놀앗다.
夕陽에 郡으로 成曉에 전화로 成樂 關係을 무르니 今日 炳列 堂叔하고 相議햇다며 明日 郡에서 相議하겟다고.
밤에 斗流里에서 전화가 왓다. 炳列 氏에서 왓는데 明 三時頃에 驛前에 맛나기로 約束햇다.
또 南原에서 成樂가 전화한바 明日 올아오라 햇다. 밤새두록 異常하게 잠이 오지을 안트라. 近心은 如前.

<1981년 2월 14일 토요일>
酒店에서 鄭圭太 말이 낫다. 方現里 鄭圭太 林野는 山主가 平野部예 잇다고 嚴俊祥에서 들엇다고 丁基善이 말햇다.
南原에서 成樂가 오고 任實에서 成曉도 面에 와 成樂 就職書類 一切을 갖어 주웟다.

身元證明이 每宇 難點이 있엇으나 겨우 맛
닷다. 財政保證은 丁基善 韓相俊이가 서
주웟다. 路上에서 崔宗仁을 對面하고 對話
을 햇다.

<1981년 2월 15일 일요일>
終日 舍郎에서 讀書만 햇다.
서울서 林明保가 왔다.
夕陽에는 朴仁培 집에서 招請해서 丁基善
崔瑛斗 同伴해서 단여왔다.
成奎는 全州 兄에 전화로 田代을 引受 要.

<1981년 2월 16일 월요일>
午前부터 비는 相當이 오고 잇다.
조용히 舍郎에서 八○年度 過居[過去]을
기려 보왔다. 收入支出도 子息들 非行 私
債 未整理 골구로 生覺해 보왔다.
本 日記帳에 簡略해서 몇 字 記載도 해 보
왔다. 惑 子息이 父의 生時에 엇던 일을 햇
는지 死後에라도 餘暇이 있으면 여려 볼지
도 모른 일이다.

<1981년 2월 17일 화요일>
嚴俊映에서 成吉 田 條로 一,一八○,○○
○원 入金햇다(叺當 五七,○○○식).
午後에 成東의 妻는 南原에서 一○餘 日
만에 歸家햇다.
驛前 韓文錫 氏을 訪問하고 五拾六萬 三仟
원을 주고 貳拾萬은 契約書로 締結햇다.
相範 집에 간바 家族이 不在中이여서 崔基
宇 집을 訪問하고 相範 母에 傳하라고 債
務 條로 參拾萬 五仟 원 보광당 패물代 成
樂 條 一○萬 원 게 四拾萬 五仟 원을 弟수
氏에 주고 왔다.

<1981년 2월 18일 수요일>
崔南連 氏 訪問하고 歲前에 取貸金 壹萬
원을 주웟다.
全州에서 成吉이가 왔다. 畓 賣渡에 對 特
措法 해달아고 하면서 讓渡稅가 만니 나
온다고 어리석은 소리을 하고는 尹錫을 불
너다 노코서 林野을 强制로 팔라고 하드
라. 우협[위협]까지 하는데 自己의 田畓에
해가 있으면 제게[제재]을 하겟다고까지
하드라. 成吉이의 行爲을 보면 每事가 어
리석고 아침[아첨]을 떨고 우멍한 處勢로
본다.

<1981년 2월 19일 목요일>
九時 三十分 列車로 오수에 着햇다.
뻐스場에서 金敎鎭 蔡奎鐸 氏 金鍾浩을
面會햇다.
實谷에 金漢洙 집 問喪을 맞이고 漢實 집
에 왔다. 郭二勳과 同伴햇다.
오늘밤에은 장母 祀祭祀[祭祀]엿다.

<1981년 2월 20일 금요일>
中食을 맞이고 漢昌 漢碩하고 同伴해서 山
西面 白雲里 具익조 집을 訪問하고 裵京
錫 同婿 집에서 一泊햇다.
밤 一時까지 談話을 한바 約 三○餘 年 만
난 具익조 씨 四寸同婿이지만 바가와서[반
가워서] 夜深까지 對話 連續된 것이다.

<1981년 2월 21일 토요일>
具익조 집에서 中食을 맞이고 只沙에 着하
야 鎭鎬에 전화한바 不在中. 바로 오수에 거
처 任實에 着. 成曉 집을 訪問햇다. 아이들
孫子女들이 감기로 每日 病院에 단이들라.

<1981년 2월 22일 일요일>
金炯根 二次子 結婚式日이다. 丁基善과
同伴해서 全州 禮式場에 간바 地方有志들
이 다 왓드라.

<1981년 2월 23일 월요일>
丁基善이가 왓다.
部落에서 委屬[委囑] 받은 田畓 卽 位土을
嚴俊峰 單獨으로 特措法에 依하야 名儀을
改正한다는 說이 잇는데 엇더케 생각하는
야 햇다. 그랫든니 올치 못하고 住民總會에
서 打合하야 한다고 하드라.
李賢雨 氏가 來訪햇는데 崔容安 氏을 미
려주마 햇다.

<1981년 2월 24일 화요일>
九時 三十五分 列車로 只沙에 갓다.
崔永哲 집에서 전화로 崔鎭鎬을 呼出해 왓
다. 實谷 故 金漢實 保險을 付託코 營農資
金 돌보와주라고 햇다. 바로 실곡으로 전화
을 햇든니 妻男宅이 나왓드라.
바로 뻐스로 館村에 왓다.
道峰 李奉根 回甲宴에 參席하고 왓다.

<1981년 2월 25일 수요일>
成東이는 방아 찌엿다.
終日 舍郞에서 讀書만 햇다.
近間에 없는 취이[추위]가 다시 와 ○下
七, 八度가 내려갓다.
肥料代 二○萬 營農資{金} 五○萬 원 農藥
代 一○萬 원을 申請해 보왓다.
班常會日인데 꼭 가고는 싶으나 뜻이 맞이
안니 하는 사람이 있어 參席을 抛棄햇다.
鄭九福이가 단여갓다.

<1981년 2월 26일 목요일>
舍郞에서 讀書한바 生覺이 나서 特措置法
期가 不遠인데 村前에 一五○번지 四九五
坪 畓을 崔成康 앞으로 特措法으로 申請
하고 一五五番地는 四九四坪은 成奉 앞으
로 申請하고 九參번지 六九五坪은 成康
母 앞으로 하려 한바 死{後}處理가 難點이
있어 成傑 앞으로 申請햇다.
밤에 嚴俊峰이가 와서 여러 가지로 里 行
事에 對하야 對話을 나누고 成康의 安否도
驛前 봉광의 메누리 便에서 들엇다고 햇다.

<1981년 2월 27일 금요일>
아침 일즉 朝食을 마치고 任實郡廳에 갓
다. 成曉을 民願{室}에 오라고 해서 特措
法 移轉手續을 마치엿다. 一四八의 壹番地
二三四坪은 成康 名儀로 申請하고 九二番
地 五六三坪은 成東 名儀로 햇다.
一五○番地 四九五坪은 成康 名儀로 잇드
라. 九參番地 六九五坪 자라[자리]하고 一
五五番地 四九四坪 자리는 成傑 成奉 앞
으로 申請하려 햇으나 生覺한니 此後에 惑
賣買할가바 미루워 버렷다.
瑞光 新品種 20k分代 八,○○○원을 成曉
에 주고 왓다.

<1981년 2월 28일 토요일>
丁基善과 同伴해서 大里 鄭恒承 回甲宴에
參禮햇다. 斗峴 堂叔 炳基 堂叔도 그 席에
서 對面햇다.
館村 堂叔 집에서 中食을 하고 다시 건너
왓다.
里에서는 郡 담부車[덤프차]가 와서 橋樑
[橋梁]用 모래 운반.

<1981년 3월 1일 일요일>
終日 舍郞에서 讀書하다 테레비도 보고 日
課을 맞이엿다.
成東이는 南原서 왔는데 成樂 집을 보니
언제 移事할지 막연하드라고.
性質이 낫다.

<1981년 3월 2일 월요일>
今日은 봄 날時[날씨]가 分明하고 따뜻햇다.
논밭을 두려보왔다.
新德面 指導所長 奇相道에 電話로 新品種
子을 依賴햇드니 晉州벼 裡里 三四三號
一般벼을 斡旋해 주겟다고 해서 代價는 一
叺當 三萬 원이라고 햇다.
牛舍을 둘여보니 修理해야 되것드라.
南原에서 梁昶植 立候補者 任實서 嚴炳洙
鄭大燮 廉東根 其他 五名 해 一〇餘 名이
訪問햇다.

<1981년 3월 3일 화요일>
三月 三日인데 全 大統領 就任式日라 終
日 舍郞에서 테레비전만 視廳[視聽]햇다.
終日 視廳해서인지 視力이 不足한 듯십다.
再畜産을 計劃해 보면
屋上에 용마람[용마루]을 손대고 門도 改
修하야 하고 間매기[칸막이] 飼育舍도 新
築하고 솟도 屋內에다 걸고 세멘으로 바닥
도 改修하야겟고 모구장[모기장]도 가추고
밭에 깡냉이도 심고해서 約 一〇萬 원 以
{上}이 들여야 하겟다.

<1981년 3월 4일 수요일>
面에서 營農敎育이 있다. 主催는 廉昌列
面長이 主管햇다.
會議가 끝이 나자 廉昌烈 指導所長을 對

面하고 앞으로 面에서 機會가 있어 惑 畜
産을 하게 되면 協助을 要햇드니 그것은
成曉에 말하시요 햇다.
다음 面長 俊峰 昌烈 郡 새마을係長과 中
食을 맞이고 面長室로 가서 面長에 付託하
기를 어는 機會에 貸付畜 成牛가 잇으면
協助을 말햇드니 좃타고 햇다.

<1981년 3월 5일 목요일>
鄭宰澤 責務[債務] 五萬 利 八仟 원을 完了.
방아가 故章이 生起여 終日 修理헌바 허리
와 다리가 앞어서 괴로왔다.
夕陽에 成曉 內外가 왔다.
成曉 말은 오늘 郡에서 各 面長 指導所長
會議가 있어는데 農漁村後게자 支援事業
에 關한 件인데 面長任을 맛낫드니 어제
아버지게서 畜産을 해 보신다고 하시드라
고 햇다. 좋아. 來日 面長 支所長[指導所
長]을 맛나겟다고 햇다.

<1981년 3월 6일 금요일>
아침 八時 二十分 뻐스로 新平指導所에 갓
다. 所長은 업으나 기드리니 왔다. 日前에
付託한 (三月 四日 字) 畜産業에 對한 協助
을 再參[再三] 要求햇다. 망상이면서[망설
이면서] 難便하다면서 崔 生員만은 모든 여
건이 되고 資格은 있으나 二個{月} 前에 敎
育을 보낸 靑少年이 있소 햇다. 八二年度에
連續시키고 우리 애는 今年이 超過되면 年
令 關係로 失業者가 된다고 햇다.
다음은 面長을 面會하려 간바 任實서 鄭大
燮 氏 康東根 氏와 對話 中 기드리다 鄭大
燮 氏을 보내고 面長 및 廉昌烈 氏와 三人
이 募여 對話 끝[끝]에 面長任은 잘 아랏
으니 가시지요. 우리 둘이 相議하겟다고 햇

다. 그러나 面長은 내에 두남는 두나[편을
드나] 廉昌烈은 反心[叛心]인 것 갈으라.
두고 보로되 萬一에 모든 여건이 맛는 사랑
[사람]에 가면 모르로되 내게 比해서 不足
한 者에 選定되엿다면 座視[坐視] 안코 따
질 計劃이다.

<1981년 3월 7일 토요일>9
尹鎬錫 氏 宅을 禮訪햇다. 술을 들면서 對
話하다 보니 十一時가 지낫다.
成曉가 왔다.
安玄模 집에서 兄수을 맛낫다.

<1981년 3월 8일 일요일>
鄭경석 油代 四九,五〇〇원 中 三萬 원 주
웟다.
崔南連 氏 債務 一〇八,〇〇〇원을 計算
해서 婦人에 주웟다.
柳正子 五仟 원 尹相浩 氏 外上代 三,一〇〇
원을 주고 끝냇다.
밤에 成曉가 왔다.

<1981년 3월 9일 월요일>
새벽에 몸이 異常햇다. 上身 半身이 떨이
드라. 下身는 異常이 없는데 아마도 풍氣
인 듯십다. 頭痛이 흔들이드라.
住民總會에 參席햇다. 新平서 金點仙이가
왔다.
軍隊 간 成俊이가 왔다. 今日 歸家한다기
에 旅비 三仟 원을 주워 보낸다.

____

9 3월 6일자 일기 내용이 길어 7일, 8일자 일기는 다
  른 종이를 붙여 내용을 기록하였다. 첨부된 일기에
  는 '1981. 3. 5字'로 일기 기록자가 날짜를 표기한
  신문기사 스크랩이 붙어있다. 스크랩한 기사의 제
  목은 '農漁村 후계자 育成사업자금 全北엔 7億
  배정'이다.

終日 눈비가 내려 日氣는 不順햇다.
(大里에서 石灰 四五袋을 운반햇다. 袋當
三八키로로 豫算햇다.
尹在成에서 五仟 崔德喆에서 五仟을 取
햇다.

<1981년 3월 10일 화요일>
農漁村育成事業資金에 關한 件이 궁금해
서 新平面事務所에 갓다. 面長을 相面한바
成東이로 資格者을 確定햇다고 하면서 아
즉은 郡에 報告는 안햇지만 不遠 報告하겟
소 하고 農組長이나 相面하라 햇다. 貸付
關係라 햇다.
組合長을 맛나려 간바 不在中이엿다.
新平育兒院 開院式에 參席햇다. 副郡守
伏範이 參席. 갗이 同車 中에서 成曉아재
을 키워주려 해도 자리가 나지 안타면서 잊
이[잊지] 안켓다고 햇다.

<1981년 3월 11일 수요일>
農協長 對面코저 갓다.
組合長을 私席에서 對面코 成東에 對한
協力을 要求햇다. 協助하겟다고 承諾을 밧
고 다방으로 갓다. 面長도 전화로 參席해
달아고 하고 支署長 中隊長까지 募여 차
한 잔식을 對接[待接]햇다.
바로 任實로 갓다. 成曉을 전화로 집으로
오라 하고 其間 이루어진 事項을 말해 주
웟다. 成曉는 面에서 事業計劃書을 餘有
잇게 내달아고 햇다.
崔德喆 五仟 원 取貸金은 福順에 주웟다.
尹在成 取貸金 五仟 원 面에서 주웟다.

<1981년 3월 12일 목요일>
指導所長에서 電話가 왔다. 今日 中으로

成東이의 事業計劃書을 産業係長과 相議해서 作成하야 郡에 進達[傳達]토로 하라 햇다. 바로 面에서 書類 作成하고 保證人는 嚴俊峰 崔成奎 二人으로 세우고 係長에 即接[直接] 주엇다.

嚴俊峰에 印章을 要한바 丁基善에 對한 非訪[誹謗]을 퍼붓는데 大端이 過熱햇다. 뽀푸리[포플러]을 비엿다고 칼로 배대기를 쭈서[쑤셔] 버리겟다고까지 하드라. 그려면서 나무[남의] 집(他人) 안방에 女子 욕심을 내고 드려간 事實도 잇다면서 말을 안 내니가 이것이 무엇이냐 하드라. 基善을 맛나고 謝過하라 햇드니 不應.

農協에서 里長 便에 營農資金 五〇萬 원을 융자받어 왓다.

<1981년 3월 13일 금요일>
새끼를 꼬왓다.

南原에서 成樂이가 왓다. 당장에 百萬 원을 要求하는데 熱이 낫다. 成曉에 相議한바 打治[타치(touch)] 마시요 햇다.

崔英姬가 왓다. 丁基善이는 유제 崔善眞 妻을 接觸하려 밤에 十二時가 너머 드려간바 婦人이 据絶[拒絶]하자 二次로 다시 들{어}갓다가 다 据絶 當햇다며 그와 갖이 움멍한 者라고 햇다. 崔善眞 婦人 와서 俊峰에 願情[原情]햇다는 것이다. 昨年 여름에 일이라고 햇다. 善眞 母子는 논물 대려 간 사이라고 햇다.

<1981년 3월 14일 토요일>
新德面 指導所長에 種籾 一叭代 三萬 원을 주고 왓다.

養老院에서 橋樑 請求業者[請負業者]가 와서 契約條件을 言約하고 갓다. 工事비야 五介로 하야 五百 원을 주기로 하고 人夫 五〇名을 대주기로 햇다.

成東 內外 우리 內外가 參席한 中에 今般 畜産은 七頭인데 一頭만 나 주고 六頭는 成東의 條. 耳目이 됫다고 당부햇다.

<1981년 3월 15일 일요일>
밤에 成曉 內外가 왓다. 成樂 關係을 말햇든바 一金 四拾萬 원을 가저왓다. 成曉 內外는 任實로 갓다.

午後에는 새기를 꼬왓다. 놀면 고민이 생긴다. 일하면 安定된다.

<1981년 3월 16일 월요일>
十五日 밤에 南原서 成樂가 電話로 어제 十四日 專世芳[傳貰房]으로 移事을 햇다고 왓다. 百萬 원을 三分利로 借用해서 주윗다고. 그리고 前에 살든 집稅 二個月 拾萬 원 주엇다고 햇다. 前에 拾萬 원 契約金 條하고 合해서 百拾萬 원이 든 펜이다. 今日 南原에 가서 成樂 집을 찻고 八〇萬 원을 주고 앞으로 二〇萬 원만 더 보내마 햇다.

<1981년 3월 17일 화요일>
새마을事業 하려 갓다.

丁基善이가 病席에 잇다기에 가밧다.

夕陽에 副郡守가 우리 집을 단여갓다.

寶城宅이 왓다. 昌宇하고 큰 시비을 하는데 參席햇다. 成奎가 삿다고 듯고 昌宇에 말햇든니 其쯤 是非가 된 것 갓다.

<1981년 3월 18일 수요일>
고초밭에 분소매[분뇨거름]을 주윗다.

午後에는 뱃속이 不安해서 休息을 햇다.

成曉가 단여갓다. 成曉 母는 相範이을 데

리고 任實로 갓다.
夕陽에 大里 校長先生이 오시엿다. 明日
代로 任實로 第一投票區 會議에 參席해
달아고 했다.
鄭泰燮에서 一金 貳拾萬 원 借用햇다.

<1981년 3월 19일 목요일>
郡廳에서 選擧委員 指示會議이가 있엇다.
오는 길에 成曉 집에 갓다.
任實注油所 外上代 一四一,〇〇〇원을 會
計해 준바 너머 오래되여 未安했다.
大同工業社에 外上代 四五,〇〇〇원도 會
計해 주엇다. 이도 오래되 未安했다.
村前 橋樑 施工式을 한바 面內 各 機關長
이 募이고 住民 多數 參席했다.
밤에 成曉 母을 同伴해서 昌宇 집에 갓다.
昌宇에 말을 한부로[함부로] 하지 말아 햇
다. 그리고 契쌀도 五叺 내라고 하고 嚴俊
祥 條 借用金 一〇萬 條도 달{라}하고. 寶
城宅 條도 말햇든니 그것은 會計햇다고.
우멍이 말하기에 다음 말하자고 햇다.

<1981년 3월 20일 금요일>
人夫 七名 家族 三名 計 一〇名이 宗山에
가서 발미를 했다. 二名은 成奉 條이다. 人
夫賃은 夕食 後 卽時 支拂해 즈윗다.
夕食 中에 숩 밑에서 安 氏 婦人 집 불이
나서 食事 中에 뛰여가 보왓다.
효주가 終日 三병이 들엇다.

<1981년 3월 21일 토요일>
任實市場에 갓다. 立候補者 演設會場[演
說會場]에 參加햇다. 市場日이라 많은 사
람이 募엿드라.
韓文錫에 들이여 借用金을 付託코 夕陽에

成傑이가 釜山 가는 길에 들여왓고 用金으
로 萬 원을 주드라.
成苑은 名儀을 點禮에 빌여 주윗다기에 당
장 取消하라 햇다.

<1981년 3월 22일 일요일>
長砟[長斫]도 패고 田畓도 두려보고 後田
에 포푸라 植穴도 파고 했다.
成吉이가 왔다. 일손이 바분데 客이 와도
별 반가운 마음이 업다.

<1981년 3월 23일 월요일>
不遠 주겟다고 鄭圭太에서 拾萬 원을 가저
왓다. 成允 成愼 授業料을 주기 위{해}서
엿다.
成愼 成允 授業料을 주엇다. 八三,四九〇.
牛舍 後面에다 植木을 하고 고초밭 두력에
도 포푸라을 植木햇다.
아침에는 成奎 집에서 朝食을 햇다.
밤에는 丁基善 집에서 善眞 母子가 쪼차가
서 高聲으로 是非을 거는 것 갓다. 그려나
善眞이 妻도 낮으고[나쁘고] 俊峰이도 안
니 할 말을 하 것 같타.
只沙에서 崔鎭鎬가 전화로 梁창식을 絶對
로 協助하라고 전화가 왔다.

<1981년 3월 24일 화요일>
里長 말이 民正堂[民正黨]에서 參萬 원이
왔다고.
新平 元泉里 幼兒院[幼兒園] 준공식日인
데 雨天로 無期 延期한다고 電話가 왔다.
崔容安 氏가 왔다. 李炯培 氏 運動者하고
對立되엿다. 是非하다가 막설하자고 하고
갓다.
路上에서 前 韓相駿 氏의 宋 秘書가 맛나

게 되엿다. 里長이 路上에서 廉東根에서
一金 參萬 원이 왓는데 韓相俊하고 갖이
受領햇다면서 어느 方法으로 使用했음면
조흘가요 하기에 各班에 五, 六仟 원식 주
워라고 햇다.

<1981년 3월 25일 수요일>
아침 六時에 出發해서 大里學校 投票所에
갓다.
七時부터 投票에 着手해서 午後 六時까지
끝내고 約 八二%의 投票率을 나타냇다.
夕陽에 炳基 堂叔은 다음 農協任員이 改
編되면 首席理事을 約束햇다. 監査는 뜻이
없다고 했다. 宗仁과 잘 相議해 보시라고
햇다.

<1981년 3월 26일 목요일>
任實郡廳 畜政係 晉領 氏하고 職員 李 氏
가 來訪. 豚家에 동코레라[돈(豚)콜레라]
注射 노로 왓다고 왓드라.
舍郞에서 選擧 이야기가 나왓는데 今般에
任實도 한 분 가야하는데 南原서만 二人이
되엿다고 햇다. 江律面[江津面] 近方에서
는 全炳宇 氏가 各 部落에다 공공연하게
二萬 원식 撒布햇다고 하드라.
押作히[갑자기] 日氣 不順으로 令下[零
下]의 氣溫으로 作業日程이 延期되여 짜
증도 낫다.

<1981년 3월 27일 금요일>
新德 奇相道와 堂叔을 相面햇다. 싸이카로
照月里을 同行햇다. 河 氏 집을 訪問하고
種籾 五四k을 引受하야 뻐스에 上車햇다.
鄭太炯 氏을 對面코 尿素 四袋을 取하고
桑田에 五袋을 撒布햇다.

一金 參萬 원 取해서 세메트 一○袋 食鹽
一叺을 사왓다.
里長은 當分間 水道稅을 關理[관리]해 달
아고 하나 將次에 上水道 自體가 求成[構
成]할가 念餘[念慮]다.

<1981년 3월 28일 토요일>
成曉 母 成康 母 成奉이는 十一時 車로 서
울 成康 집에 갓다.
南原 康姬 二歲 돌이다.
메누리가 衣服 한 볼[벌]을 사가지고 단여
왓다.
新平 支所長이 왓다. 移秧者들을 募와 놋
코 今年 移秧敎育을 시켯다.
鄭圭太에 빌여온 一○萬 원을 借用金으로
안치자고 햇다.

<1981년 3월 29일 일요일>
種籾을 浸種햇다.
裡里 三四五號(晉州벼)10 四○k하고 瑞光
벼 二○k을 全部 一三斗只用이다.
방아을 찟는데 애성을 바첫다.

<1981년 3월 30일 월요일>
梁海童는 부로크을 찍엇다.
成東이는 丁宗燁 堆肥 0.五日 운반해 주윗
다. 人夫로는 二日을 바다야 하며 그려케
結定[決定]햇다.

<1981년 3월 31일 화요일>
任實驛前 韓文錫 氏에서 一金 參拾萬 원
을 借用햇다.
會館에서 班常會가 열엇다. 사람 一○餘

---

10 진주벼는 이리 345호이다.

名 남짓했다.
崔南連 氏 取貸金 二萬 원을 주윗다.

<1981년 4월 1일 수요일>
鄭太炯 氏 取貸金 參萬 원을 집으로 가 주윗다.
尹錫 外上代 一五,五○○원을 주윗다.
移秧箱子 一,一二○個을 引受햇다.
밤에 靑云洞 高相浩 鄭泰燮 鄭柱相와 갗이 술 한 잔식 노누면서 노랏다.
面長도 단여갓다.

<1981년 4월 2일 목요일>
農協에 尹鎬錫 氏 鄭宰澤 金興源 具道植 氏와 同行해서 肥料貸付 手續하고 金興源 外 二名은 移秧相子[移秧箱子]을 契約햇다.
金德基는 成東하고 打合햇다면서 冷장고 一臺 二四萬이라며 契約하라기에 生覺다 못해서 安正柱 名儀를 빌이여 締結햇다.
驛前 鄭敬錫이가 왓다. 今年에 갗이 移秧을 하자고 햇다.

<1981년 4월 3일 금요일>
日氣는 구름이 만이 끼엿다.
他 人夫 二名하고 家簇[家族] 四名이 動員되 終日 고초갈이을 햇다. 除草濟[除草劑]까지 한바 例年에 比해 堆肥도 肥料 多量으로 하야 播種한 듯십다.
成奉이는 四日 三五師團 入所을 爲해 午後에 出發. 旅비 五仟 원을 주워 보냇다.

<1981년 4월 4일 토요일>
今日은 비가 내려서 作業에는 支章[支障]이 招來햇다.

<1981년 4월 5일 일요일>
아침에 鄭鉉一에 弔問하고 今日부터 護喪所에서 接受을 보왓다.

<1981년 4월 6일 월요일>
各 部落에 電話로 鄭鉉一 母으 別世을 알이엿다.
終日 護喪所에서 일을 바주윗다.

<1981년 4월 7일 화요일>
喪家에 出喪日이다. 一○時로 豫定한바 圓拂敎[圓佛敎] 式으로 한는데 時間이 만니 갓다. 村前에 十二時에 떠낫다.
鄭鉉一 喪主에 現金을 賻儀金 約 一五六萬 원 程度 된다면서 賻儀錄을 傳해주고 總打算해 보라 햇다.

<1981년 4월 8일 수요일>
아침 일즉 嚴俊峰 成奎 印章을 빌이여서 新平面에 갓다.
産業係員을 對面하고 成東 外 二名으 署名 捺印함.
前番 選擧 前에 書類는 旣히 提出한바 于今것 郡 又는 面에 保管해 노코 이제 着誤[錯誤]가 잇다고 再捺印을 要하드라.
面長을 私席에서 맛낫다. 面長 말에 依하면 支署長 柳 氏 말이 成東이가 崔容安을 支持한다고 하면서 農高生이고 自己도 農高生이라면서 後배인데 그려타고 햇다고 하드라. 此後에 맛나면 고맙다고나 해주시요 하드라.
造林을 午後에 햇다.
鄭鉉一 喪制가 一○萬 원을 보내왓다. 鄭九福 側量[測量]한 데 갓 보왓다.

<1981년 4월 9일 목요일>
任實에서 電話로 成曉가 傳해 왔는데 六月
初旬 頃에 農漁村後繼者 支援資金 放出된
다고 햇다.
고초을 갈고 난니 비가 내렷다.
鄭鉉一 喪制에 賻儀金을 統算[通算]해 보
라 햇든니 해보기는 해는지 計을 削除햇드
라. 左右間 이는[있는] 대로 주웟다. 내게
는 볼래 괴비[주머니]에 돈이 업섯다.
七日 一四〇萬 원을 넘겨주고 九日 아치
[아침]에 現金 七五,〇〇〇원 小使 條 三
五,〇〇〇원 計 넘기고 現金 九萬 合해서
一四九萬 원을 넘겨주웟다. 그려면 總收入
는 一五六萬쯤 된 것으로 본다.

<1981년 4월 10일 금요일>
任實郡廳에 동농가[독농가] 會議에 參席
햇다. 八一年度 增産計劃 發表 및 새마을
事業에 對한 追進[推進]을 적극 당부햇다.
一毛作 相子을 播床햇다.
돈도 없는데 랭장고을 가저왓다 하니 寒心
한 노르시다.

<1981년 4월 11일 토요일>
成曉 母 便에 九時 三十分 列車로 南原 成
樂에 一金 貳拾萬 六仟 원을 보냇다. 그려
면 그려면11 成樂 芳稅[房貰] 一〇萬 專世
芳代 百萬 원이 今日로 끝이 낫다.
種籾을 催牙[催芽]시키고 上土을 靑云에
파왓다.
市場에서 角木 세멘 철網을 삿다.

<1981년 4월 12일 일요일>
崔今福 氏 回甲이 온다기에 드려가 보니
서울서 딸 정예도 왓는데 正禮의 行爲을
보니 大端이 거만스럽게 보이드라. 보기 시
려 바로 왓다.
鐵條網을 後田 씨우고 비니루 첫다.

<1981년 4월 13일 월요일>
午前 中에는 播箱을 끝내고 午後에는 播床
에 옴기엿다.
鄭경錫 播箱用 上土 二輪을 운반해다 노
왓다.
郡 財務課長 安熙洙 氏 面長이 同伴해서
왓드라.
成曉 家簇이 왓는데 아마 柳文京 母 回甲
에 參席次로 본다.

<1981년 4월 14일 화요일>
아침 食事을 柳文京 집에서 햇다. 中食은
띠우고 夕食만은 또 그 집에서 햇다.
新田里 안사돈宅이 오시고 大里 안사돈도
왓다.
午後에는 배갓사돈[바깥사돈]게서 大里 安
의사에 珍察[診察]을 밧고 가는 길에 태시
[택시]로 와서 단여갓다. 精神이 異常한 듯
십드라.
鄭경석 移秧相子에 播床해 주웟다.
成曉 食口는 다 떠낫다.

<1981년 4월 15일 수요일>12
成曉는 橫山에다 人參[人蔘]밭을 約 二〇
〇坪 程度 購入해서 耕作 中이라고 하고

---

11 오른쪽에서부터 세로쓰기로 내용을 기록하고 있는
데, 줄이 바뀌는 경우에 이처럼 새로운 줄에 앞에
쓴 말을 중복하여 쓰는 일이 간혹 나타나고 있다.

12 4월 15일의 일기가 일기장의 4월 16일 란까지 이
어져서 작성되어 있고, 16일의 일과에 대해서는
따로 기록이 없다.

四月 十六日 雲巖 三吉里에서 삼발을 운반해다 橫山에 引渡해 달아고 햇다.
成康이 장인이 오시엿다. 中食을 해도 안 자시고 갓다. 소을 키워보겟다고 상딸[큰딸]이보고 말햇든니 왓드라.
午後가 되엿는데 成東 內는 방에서 잠만 자고 잇다. 熱이 낫다. 中食도 먹지 안니 햇는데 午後 二時 半에야 온 사람이 말 업시 잠만 자니 애가 터지게 되엿다. 들에 보니 오면[애면] 사람은 熱心이 일만 하는데 참을 수 없엇다.
메누리보고 네 그럴 수 잇나. 모실 가는 것도 程度가 잇지 그럴 수 있으며 他姓집에 너머 다닌다고 말햇다.
참을 수 없다. 메누리 人象[印象]도 조케는 못 보겟다. 장날이면 (市場) 每場을 다니니 그도 못 보겟다. 日前에 말햇드니 不安케 보이드라.

<1981년 4월 17일 금요일>
崔今福 氏가 집으로 가자하기에 갓다. 딸들이 담배상을 그만두라 하기에 抛棄하겟다고 햇다. 權利金을 달아기에 拾萬 원을 決定하고 다음 金曜日부터 引게하기로 햇다.
任實郡廳 會議에 參席. 社會淨化運動 決意大會을 가젓다.
담배집으로 丁基善 집으로 단엿다. 相範 집도 들이엿다.

<1981년 4월 18일 토요일>
담장을 成東이하고 正模을 시켜서 改修을 햇다. 終日 作業하다 보니 못이 不平햇다.
柳文京 母는 언제라도 全額을 주워야 小賣店을 주겟다고 햇고 딴 生覺이 드는 듯십다.

<1981년 4월 19일 일요일>
崔炳基 兄弟하고 同行해서 只沙에 崔鎭浩 回甲宴에 參席. 酒床을 채려 왓는데 막걸니을 가저 왓드라. 그려나 外房에 드려보니 그곳은 淸酒을 接待하는데 炳基 堂叔이 差別待遇한다면서 不安케 하드라.
오는 길에 갖이 基宇 집과 成曉 집을 단여 왓다.

<1981년 4월 20일 월요일>
뒤 담장을 부로크로 梁海童을 시켜서 쌋는데 安正柱가 協助해 주웟다.
成東이는 農協 預金 十五萬 원을 찻고 拾萬 원은 柳文京 母에게 小賣商 權利金으로 주웟다.

<1981년 4월 21일 화요일>
成康을 시켜서 淑子 名儀로 二〇萬 원을 貸付밧고 萬 원을 出資햇다고.
館村 炳基 堂叔하고 同行해서 任實에서 崔伏範을 面會하고 對話을 나누고 밤 一〇時 三〇分에 왓다.
어제밤에 全州 信範이가 交通事故로 大學病院에 入院햇다고 전화 왓다.

<1981년 4월 22일 수요일>
아침에 成奎 집에 갓다. 信範의 病勢을 무루니 重상은 免햇다고 하드라.
韓相俊하고 同伴해서 南原 梁창식 議員을 面談햇다.
바로 全州 大學病院에 信範이를 問病하고 完宇 妹弟 問病햇다.

<1981년 4월 23일 목요일>
丁振根을 시켜서 牛舍을 再砂[再沙] 修理

햇다.
終日 後事을 살펴주고 보니 夜中에는 몸이
不安햇다.

<1981년 4월 24일 금요일>
一般벼 二毛作 苗板을 設置 播種햇다.
午後에는 宋成龍 回甲宴에 參席. 五弓里
崔東煥이도 對面햇다.
夕陽에는 崔南連 氏 外 五, 六名이 店房에
서 募엿는데 한 잔을 달아기에 준바 酒席이
끝이 나자마자 南連 鄭九福이가 是非가 되
여 큰 소리을 치며 멱사리을 잡고 햇다.
담배 처음으로 五萬餘 원위치을 바다 왔다.

<1981년 4월 25일 토요일>
柳正進을 同伴해서 全州에 갓다.
大學病院에 信範 問病하고 건양기[권양기
(捲楊機)] 修理햇다. 바로 貯水池에 가서
組立을 햇다.
班常會 參度[參席]해 보니 三, 四名이 參
席햇{기에} 散會햇다.
丁振根 日비 貳壹仟 원 주웟다.

<1981년 4월 26일 일요일>
本面 指導職員 結婚式에 韓相俊을 同伴해
서 參席. 契의 代表로 壹萬을 封入햇고 바
로 直行으로 館村 李浩根 氏 回甲에 參席
하고. 廉昌烈과 동반햇다.

<1981년 4월 27일 월요일>
白康善 氏와 牛舍 修理햇다.
三月分 전기세 一〇,四七〇원 李澤俊에
주웟다.
鄭九福에서 一金 參萬 원을 借貸햇다.

<1981년 4월 28일 화요일>
天橋[川橋] 工事場 세메[시멘트] 五袋代
萬 원을 社長 子息에 주웟다.
아침에 舟川里에서 李成根 氏가 전화로 同
窓會 訪問하는 데 協助을 要햇다. 十五回
生에 五〇萬 원이 配當되엿다고.
白康善 氏하고 밥이[바삐] 서들어 牛舍을
午前 中에 끝냇다.
바로 뻐스로 反共大會에 參席한바 四〇分
이 延長이드라.
今日은 金判童 女息 結婚 崔瑛斗 婦人 回
甲 館村 同窓會 募臨. 그러케 만으니 어데
를 가야 하는지 本人이 計算 計劃을 못 해
겟다.

<1981년 4월 29일 수요일>
舟川里 李成根 氏가 단여갓다. 館村 母校
募金次 왔는데 못 하겟다고 햇든니 年〃이
同窓會에도 不參席하겟다고 하드라.
一金 萬 원이나 주겟다고 햇다.

<1981년 4월 30일 목요일>
成曉 母는 任實메누리가 病院에 入院하려
간다고 兒該[兒孩]들 보려 갓다.
苗床에 熱이 加熱[過熱]해서 前後을 터노
왓다.
館村에서 昌宇 同窓이라고 喜捨金 募金하
려 왔다.
昌宇는 宋成龍을 시켜서 牛 한 마리 달아
고 왔는데 어리석은 者라고 해서 보냇다.

<1981년 5월 1일 금요일>
館村校 六〇週 開校記念式에 參席햇다.
一金 壹萬을 李成根 傳해 주웟다.
午後 四時 列車로 求禮 外家 外祖母 祭祀

에 參禮햇다. 南基台 任正參도 對面햇다.
金光洙도 왓드라.

<1981년 5월 2일 토요일>
九時 三〇分 特急列車로 任實에 당한니
十一時 三〇分. 大里 李相云 有司 집에 參
席한니 全員이 募엿다. 五月 十七日 九時
三〇分 列車로 가서 德律公園[德津公園]
에서 一日 놀기로.

<1981년 5월 3일 일요일>
今日은 새마을作業日인데 終日 農路改修
을 햇다.
成東이는 家事 整理햇다.
南原 長水에서 族譜[族譜]代가 왓다.

<1981년 5월 4일 월요일>
成吉이가 全州에서 왓다. 大同族譜代을 泰
宇分 本人 것을 四萬 원을 가저왓다.
基宇가 未納이기에 任實에서 바닷다.
指導所長도 다여갓다[다녀갔다]. 郡에서
金 係長 노성근이가 왓다.
今夜에 班常會 한다고 햇다.
今日 字로 族譜代는 八질代 殘金 十六萬
원이 金額이 收金이 되고 賣商[賣上] (연
초) 許可申請이 끝이 낫다.

<1981년 5월 5일 화요일>
王板 先山에서 夏木으로 燃料用을 人夫
四名 成東 해서 五名이 運搬. 中途에다 나
는 耕耘機로 집에까지 終日 七次을 運搬햇
다. 成奉 집에 二車分을 주웟다. 밤에는 全
身이 고되여 不安햇다.
오늘은 苗床에 비니루도 全體을 여려 노왓
다. 惑 支章이 있을가 햇든니 夕陽에 보니

異常 없드라.

<1981년 5월 6일 수요일>
九時 三〇分에 館村에서 李成根 申東周을
同伴하야 金炯守을 對面하고 喜捨金 萬
원을 밧고 崔宗植을 맛나고 六仟 원을 밧
고 朴泰珍을 맛나고 參萬 원을 밧고 旅費
로 五仟 원을 밧고 金相浩을 맛나려다 헤
여젓다.
밤에 後野들 作人會議에서 斗當 二되식 것
기로 하고 一日 出役키로 한바 七五斗只에
十五斗이엿다. 一〇日 물 트기로 하고 閉會.

<1981년 5월 7일 목요일>
桑木 除据[除去]하려 成東하고 桑田에 가
서 살펴보니 難處하드라. 한 짐만 베고는
다시 왓다.
館村에 가서 農藥 新品種 {세}빈이라는 藥
稻熱豫防藥을 사고 왓다.
親睦契 會議라는데 몸이 고되여 不參코 새
보들 논에 물을 넛다.

<1981년 5월 8일 금요일>
露濡濟[露儒齋] 椛樹會[花樹會] 參席햇다.
族譜代 殘金 拾六萬 원을 完拂해 주웟다.
花樹會長을 選出하는데 開議發言을 어더
서 崔成五 氏 別는 崔光연 氏로 選任하야
萬場一致[滿場一致]로 通過되엿다.
夕陽에 오는 길에 孫周恒 母 弔問을 맞이
고 밤늦게 왓다.

<1981년 5월 9일 토요일>
肥料를 購入하려 新平農協에 갓다. 十三袋
을 出庫햇다.
任實에 갓다. 崔伏範 副郡守에 전화로 오

는 十五日 七七稧에 參禮하라 햇다.

<1981년 5월 10일 일요일>
明日 모내기 準備에 열을 냇다.
養老堂員이 外遊에 招請햇다. 一金 貳仟
원 가지고 參席한바 大里에서 老人 몃 분
이 參席햇다. 具道植 氏는 妻子에서 맛고
갓다고.

<1981년 5월 11일 월요일>
어제밤에 비가 내려 못내기 하는데 물이 만
해서 白康俊에 引게하고 午後로 미루엇다.
白康俊 六斗只 五斗只 計 十一斗只을 移
秧햇다.
柳正進하고 小溜池 改修비을 밧고 林澤俊
土地 四拾 坪을 壹叺 二斗에 賣渡햇다.

<1981년 5월 12일 화요일>
相子을 뜨더냇다.
成東이는 終日 우리 노타리을 햇다.
安承均을 시켜서 白康俊 소로 써레로 골아
앗다[골랐다].

<1981년 5월 13일 수요일>
우리 移秧을 하려 한바 日割을 병경시키엿다.
移秧은 崔六巖 氏의 準備不足으로 休業
햇다.
丁基善 親睦稧 有司로써 參席햇다. 今年
부터 契長이 有司인데 契곡으로 下重[荷
重]을 더려 주기로 決定햇다.
서울서 成英이가 萬 원 보냇다. 成윤에 주
윗다.

<1981년 5월 14일 목요일>
못텡이 機械移秧 完了 햇다.

成東 具會鎭하고 둘이서만 移秧하라고 指
目햇다.
鄭경錫에서 揮發油 一초롱 갓고왓다.
못텡이 移秧을 끝냇다.
苗가 不實해서 걱정이다. 耕耘機을 橋梁工
事에 貸與해 주윗다.

<1981년 5월 15일 금요일>
橋樑工事에 耕耘機 貸與해 주고 아침 七
時부터 回轉햇다.
新平에 徐炳斗 氏을 對面하고 川魚을 付
託코 四仙臺에 着하고 外遊場所을 살피고
李炳夏 氏을 맛나고 酒 一斗을 付託코 任
實 成曉 집을 訪問코 十八日 四仙臺에 오
라 햇다.
移秧은 終日 崔六巖 것만 햇다.

<1981년 5월 16일 토요일>
아침부터 비가 내려 終日 내렷으나 많은 비
는 안니 왓다.
종일 舍郞에서 讀書만 햇다.

<1981년 5월 17일 일요일>
柳正進하고 못텡이 貯水池 修理비 쌀갑 세
멘갑 取貸金 全州에서 修理비 全部 控除
하고 一四,三〇〇원을 會計해 주윗다.

<1981년 5월 18일 월요일>
朔崔宗員 李氏 韓氏 吳氏 丁氏 노氏 綜合
七七稧 會議가 四仙臺에서 集合햇다. 나도
入稧한바 最年少者{는} 崔昌範이엿다.
準備物品代는 實費는 주드라.
約 五〇名이 參席한바 점잔한 분들이고 副
郡守도 參席햇다.
메누리 治下[致賀]가 만트라.

<1981년 5월 19일 화요일>
田畓마둥[田畓마다] 고루지 못해서 不安
햇다.
午後에 柳正進하고 靑云洞 堤防에 모래
三車을 運搬햇다.
柳正進을 相對해 보니 사람이 개밥고 보관
을 질정 못하겟드라.

<1981년 5월 20일 수요일>
새보들畓이 水平이 안 되여 苗는 다 타죽
고 잇다. 갈개을 매는데 不安햇다.
成傑이 訓鍊[訓練]日이라는데 成東이가
連絡을 못햇다고.
鄭경석 苗을 다 쪄가고 俊峰 成奎 移秧햇다.

<1981년 5월 21일 목요일>
尹在浩하고 갖이 終日 논을 고루는데 愛苦
勞[隘路 또는 勞苦]가 만햇다.
成東이는 鄭경식 移秧 햇다.

<1981년 5월 22일 금요일>
방아 찟고 成東이는 移秧하는데 今日로 끝
을 냇다.
全州에서 成吉이가 왔다. 信範이 病勢가
不利하다고 햇다.
農協에서 成東이 後繼者資金 確定通報 六
月 三〇〇萬 원 七月 一〇〇萬 원으로 內
定되엿다고 햇다.

<1981년 5월 23일 토요일>
全州에 갓다 왔다.
午後에는 貯水池 工事作業 現況을 보왓다.
세멘 二袋. 殘는 保留햇다.

<1981년 5월 24일 일요일>
午前에 全州에서 附品[部品]을 삿다.
午後는 組立하고 방아 찌엿다.
鄭鉉一 招請으로 간바 草席 하나 繕物[膳
物]로 바닷다.

<1981년 5월 25일 월요일>
尹鎬錫 氏 外 五名이 同行해서 全州 新驛
浚工式[竣工式]에 갓다. 사람굿이드라.
成東이는 今日 午後 夕陽에야 裡里에서
敎育이 잇다고 入所햇다. 二週間이라고
햇다.

<1981년 5월 26일 화요일>
任實市場을 둘려서 牛市場에 時勢을 보니
黃牛 새기는 約 六〇萬 원이 주워것드라.
代書{所}에 成康 畓 成東이 畓 移轉을 막
기엿다.
夕陽에 갑작기 農村振興廳에 敎育 가라기
에 萬 원 旅비을 둘려주고 보냇다.

<1981년 5월 27일 수요일>
終日 里 共同負役을 햇다.

<1981년 5월 28일 목요일>
移秧畓 苗 때{우}는데 身警質[神經質]이
낫다.
水道稅을 아침에 一〇,三一〇 원을 李澤俊
에 주엇다(四月分).

<1981년 5월 29일 금요일>
尹鎬錫 氏에서 二十六日 萬 원 取貸金 今
日 反還[返還]해 주고 外上代도 會計햇다.
終日 移秧畓 모 때우기 햇다.

<1981년 5월 30일 토요일>
못텡이 물댓다.
방아 찌엇다. 午後에는 成東이가 왔다.
夕陽에 成東이 便에 揚水機 一臺 面에서
引受해 왔다.

<1981년 5월 31일 일요일>
德巖里 金世南 氏을 訪問햇다. 會員은 二
○名 中 六名이 參席햇다. 會費 全額이 一
五萬 원쯤 된데 八萬 원 정도로 消費하고
끝을 냇다. 不參한 會員는 未安하게 되엿다.

<1981년 6월 1일 월요일>
九時 三十分 列車로 桂壽里 谷城을 단여
왔다. 移轉登記은 되엿으나 崔完宇가 不在
中이여 書類을 못 갓추엇다.
밤에 成奎 집에 간바 마참 成吉이가 全州
에서 왓드라.

<1981년 6월 2일 화요일>
새보들에 두력을 베고 堆{肥} 追肥도 一袋
을 뿌렷다. 完宇 못자리 苗을 引受 밧고 肥
料을 뿌리고 피도 뽀바 주웟다.
밤에 못텡이 作人會議 召集을 햇든니 五,
六名이 못엿드라. 明 三日부터 揚水作業을
始作키로 議決햇다.

<1981년 6월 3일 수요일>
苗板에 家簇기리 移秧햇다.
夕陽에는 못텡이 揚水作業場에 옴기고 밤
十二時까지 揚水하고 드려왔다.

<1981년 6월 4일 목요일>
못텡이 揚水햇다.

<1981년 6월 5일 금요일>
못텡이 揚水햇다.

<1981년 6월 6일 토요일>
못텡이 揚水햇다.
成東이는 夕陽에 敎育을 修了하고 왔다.
南原메누리가 왔다.

<1981년 6월 7일 일요일>
揚水. 終日.

<1981년 6월 8일 월요일>
午前에는 成奎에 委任하고 南原 祭客[祭
閣]에 갓다. 族譜 八질을 모시고 오는데 大
端 復雜[複雜]햇다.

<1981년 6월 9일 화요일>
揚水. 못테이.
昌宇는 嚴俊峰 條 揚水機을 移動햇다기에
잘 되엿다고 본다.
夕陽부터 비가 多少 내리기 始作햇다.
終日 揚水을 햇다. 그리고 夕陽에 新沑로
移動햇다.

<1981년 6월 10일 수요일>
族譜 八卷을 모시고 成奎에 引게해주웟다.
任實 基宇에 卽接 주고 왔다.
夕陽에 갑작히 病이 생기엿다. 밤새도록 알
고[앓고] 지냇다.

<1981년 6월 11일 목요일>
藥을 大里에서 지여다 마시고 終日 취안하
고 있엇다. 비는 終{日} 조금식 내렷으나
滿足하지는 못햇다.
嚴俊峰이 印鑑證明을 내왓다.

成東이는 成奎 노타리 午後만 하고 왔다.
面에서 農漁村後繼資金 束[速]히 手續하
라 햇다.

<1981년 6월 12일 금요일>
揚水機을 成奎가 引受해 왔다(昌宇 條).
終日 舍郞 室內 整理을 햇다.
成奎을 시켜서 面에 가서 印鑑 一通만 내
고 내 것도 한 통 내고 農協에 들이여 신용
保證調書을 作成해주고 오라 햇다.
成東 말에 依하면 오늘 任實서 揚水機을
引受해 오면 昌宇부터 使用한{다}고. 其者
가 心장이 不良者가 分明하다고 본다. 加
級的[可及的]이면 近桜[近接]을 避하려
하는데 本人 自身이 人生치고 그런 行爲을
할 수 없는데 또 接近하려 하면는 世人이
조케 안 본다.

<1981년 6월 13일 토요일>
終日 機械除草을 햇든니 몸이 괴되드라[고
되더라].
成東이는 崔瑛斗 노라 鄭太燮 作業을 햇
다.
밤에 成曉가 왔다.

<1981년 6월 14일 일요일>
오늘도 終日 除草作業을 햇다.
成東이는 柳正進 鄭泰燮을 苗床을 터러
주웟다.
成曉는 十六日 郡農協에서 맛나기로 하고
갓다.

<1981년 6월 15일 월요일>
成東 便에 白米 一叺을 館村 市場에 보냇
든니 五五,○○○원 바닷다고.

효주 飯鐥 叺子을 사고 보니 얼마 남지 아
드라고[않더라고] 햇다.
鎭玉 宗燁 炯植 成東 나하고 五人이 보리
치取을 하는데 午後에는 裵永植 嚴仁基가
거드려 주니 計劃 外에 뽕나무까지 베게 되
엿다.
새 요구을 하는데 喆洙가 왔다. 嚴仁基하
고 是非을 하는데 말기엿다.
農協에서 督促이 온바 成東 條 後繼資金
手續切次[手續節次] 要함.

<1981년 6월 16일 화요일>
婦人 五名 男子 二名 해서 終日 除草을
햇다.
面에서 四名 課稅證明을 떼서 왔다.
路上에서 成曉을 맛나고 日後에 現地답사
후에 資金 放出해겟다고.
市場에서 牛舍用 角木을 삿다.
鄭太炯 氏에서 一金 參萬을 取햇다.
用金이 不足해서 답 〃 하다.

<1981년 6월 17일 수요일>
移秧會員을 召集하고 決算을 보왓다. 約
五二萬 程度을 据出[醵出]해야 햇다. 廉
所長도 왔다.
郡農協에서 貸付主任이 牛舍을 現地답사
하고 갓다. 保證人도 確認햇다.
婦人들 男子 除草을 햇다.
사진을 前後 付託하고 갓다.

<1981년 6월 18일 목요일>
終日 우리 집 麥 脫穀. 十五叺쯤 햇다. 人夫
金鎭玉 崔喆洙 家族 五名이 動員되엿다.
아갑지만 보리대는 불을 노와 버럿다.
牛舍 사진을 찍엇는데 五仟을 주엇다.

<1981년 6월 19일 금요일>
成東이는 노타리 우리 것을 하고 나는 農協
에서 復合[複合] 一○袋 尿素 一○袋을 外
上으로 出庫햇다. 代金은 九萬 원이엿다.
鄭太炯 氏 尿素 貳袋 嚴俊祥 氏 尿素 壹袋
복합 壹袋 모두 返還해 주웟다.

<1981년 6월 20일 토요일>
배답 移秧하는데 人夫는 七名만 어덧으나
多幸이도 靑年 二, 三名이 夕陽에 와서 協
力해 주워 무난히 끝내고 夕陽에 비가 따라
져 氣分 캐왈햇다.
夕陽에 春蠶 一枚을 賣上한바 겨우 十一
萬 五千 원.

<1981년 6월 21일 일요일>
딸기 苗木 正繕[精選]을 햇다.
成東이는 裡里 指導者 試驗 보려 갓다.
夕陽에 家族기리 移植하는데 丁基善 氏을
시켜서 장기질[쟁기질]을 햇다.

<1981년 6월 22일 월요일>
全州에서 成吉이도 단여갓다.
成東이는 水原 振興院에 一周 豫定을 敎
育을 바드려 떠낫다.
郡農協에서 農漁村後繼者 育成資金 契約
締結을 햇다. 成曉을 郡에서 오라 해서 書
類을 맛기엿다.
時間 餘有가 있어 五壽高等學校에 갓다.
擔任先生을 맛나고 成愼으 成績을 뭇고 授
業料 五二,五九○원을 庶務課에 提示햇다.
云派 李化在 所長을 맛나고 談話햇다. 相
範이와 同伴햇다.
驛前 鄭敬錫 移秧油類代 六七,四○○원을
會計 完了해 주웟다.

<1981년 6월 23일 화요일>
內外가 終日 못텡이에서 除草을 햇다. 中
食은 이웃집 모내기집에서 食事을 하고 집
에 오지도 못하며 休息할 間이 없이 繼續
햇든니 手足이 모두 日光에 데여 赤色으로
변햇다. 밤에 잠을 자는데 不安햇다.
메누리 便에 人夫싹 婦人 條하고 男子는
鎭玉하고 善眞만 주웟다.

<1981년 6월 24일 수요일>
昌宇는 耕耘機을 빌여 달아는데 使用者 本
人이 없는데 貸與할 수 없다고 햇다.
面에서 電話가 왓는데 昌宇가 付託한 軍人
移秧 于係[關係]는 勞力動員 期限이 經過
되여 動員할 수 없다고 햇다.
今日도 終日 除草한바 夕陽에는 大端 苦
되드라.

<1981년 6월 25일 목요일>
※「여신관리資金 引出 要請書 指導所長
    確認捺印 廉昌烈 印」
메누리 會計는 테레비 視聽料 전화로[전화
료] 小麥粉 담배갑 崔善眞 품싹 三二,一三
○원을 會計 完了해 주웟다.
비는 오는데 白康善 氏의 妻 雨傘을 빌이
여 新平農協에다 積金 二一,三九○원을
拂入하고 指導所長을 對面코자 所在地에
서 기드린데 廉昌烈 父親(도문 씨)을 路上
에서 뵈옵고 술 한 잔 드리고 있으니 大路
上에서 廉氏 家門에 생피[상피(相避)]가
나고 孫氏 집안에서는 朴정만이가 게 장모
을 부터 후처가 소문을 내시 알앗다고 말해
서 진심으로 한심해다.

<1981년 6월 26일 금요일>
畜牛資金 引出한는데 指導所長의 餘信關
理資金[與信管理資金] 引出 要請書 바다
왓다.
午前에는 畓에서 雜草을 지게로 옴기엿다.
午後에는 昌宇 移秧畓에 協助力해 주윗다.

<1981년 6월 27일 토요일>
指導所에서 依賴가 있어 牛舍 模樣을 尺수
로 재달아기에 側尺[測尺]해 보니 長이 十
三m 엽이 五.五m로 雲報[電報]해 주윗다.
上水道稅을 据出한데 不安햇다.
桑田에 포푸라 枝葉을 切取[截取]햇다.

<1981년 6월 28일 일요일>
任實서 成曉 家族 全員이 夕陽에 왔다.
白康善하고 午前 中만 牛舍에 飼料場 雙
門을 만드려 달앗다. 午後에는 除草햇다.

<1981년 6월 29일 월요일>
今日도 혼자 못텡이 除草을 하는데 몸이
고되드라.
메느리는 아들 데리고 午前에 任實로 떠낫
다. 終日 못텡이에서 除草햇다.
밤에 嚴俊峰에서 七萬 원 丁基善 氏에서
三三,四〇〇원 鄭宰澤에 상자代 一七,〇〇
〇원을 밧고 學順에서 二三,四一〇을 會計
햇다.

<1981년 6월 30일 화요일>
農協에 六月 末日 利子 淸算하는데 機械
利子 相子利子 二一七,二五九원을 整理햇
다. 每年 六月 末日면 利子만 주고 原金
[元金]은 年末에 一部식 주린다고 햇다.
못텡이 除草하다 비가 내려 드려왔다.

全州에서 成吉이가 단여갓다.
成東는 八日 만에 왔다. 서울 成康 집 成英
을 對面코 왔다고 햇다.

<1981년 7월 1일 수요일>
成東이는 어제 서을서 왔는데 오늘 大隊本
部에서 訓鍊이 있어 成樂도 갖이 {갔}다.
午前 中에는 폭雨가 내렷다. 終日 비는 끝
이지 안코 내렷다.
메누리 行動을 보니 不安햇다. 할 말이 있
으나 生兒도 못하는데 誤該[誤解]나 할가
바 말 못하고 잇다. 그러나 此後도 如前하
면 冷情할 것이다.
비는 繼續한데 방천이 위협해서 夕陽에 成
東이를 보낸다. 牛舍에서 餘暇 잇는 대로
손을 보왓다.

<1981년 7월 2일 목요일>
終日 빗만 내렷다.
成東이는 어제도 大隊에서 와가지고 午後
늦게까지 잠만 자든니 今日 비가 내리{는}
데 任實 農協에 貸出 바드려 가라 햇든니
말없이 두 內外가 잠만 자니 마음 괴로와
보기 시려 雨中에 낫을 가지고 後田에서
풀을 베여도 잠만 자고 갑작이 成東 內外
가 目前에 보기 시려웟다. 당장이라도 各据
[各居]했음은 하는 마음 간절하다. 못 배운
內外가 恒時 不安해 보이니 日時가 餘今
[如今]하다.
廉 所長이 단여갓다.
成東이는 貸出 받으려 갓다 控行[空行].

<1981년 7월 3일 금요일>
午前 中에는 비가 내려 꼼작 못햇다.
마참 午後에는 개인 듯싶어 成東이을 同伴

해서 桑田에 갓다. 포푸라 桑木을 除据, 雨
中에 집으로 옴기엿다. 連日 장마가 지니
심장이 괴로왓다.
午前에 成東이는 指導所長 印감을 받으로
간바 印章이 郡 支所에 잇다고 해서 六日
로 미루고 왓다.

<1981년 7월 4일 토요일>
家族기리 除草을 하는데 너머 雜草가 만
햇다.

<1981년 7월 5일 일요일>
今日도 家族기리 終日 못텡이에 除草作業
을 하는데 참으로 고되엇다.
夕陽에는 참으로 몸이 不安햇다.

<1981년 7월 6일 월요일>
아침 九時 뻐스로 新平을 가는 길에 車中에
서 洪德均[洪德杓] 副面長을 面對하고 所
得稅에 對하야 尹가하고 相議해보라 햇다.
廉昌烈 所長에서 印감證明을 맛타서 郡農
協에 提示 一〇〇萬 원을 貸出手續하고
通帳에 入金했다.
成曉을 맛나고 相範 집에서 中食하고 왓다.

<1981년 7월 7일 화요일>
崔南連 氏에서 拾萬 원 取貸햇다.
多幸이도 今日은 淸明햇다. 尹在浩을 事情
해서 一日 놉을 엇고 보리을 乾燥하고 못
텡이논 두럭을 벳다.
面 職員 노성근 氏가 왓다. 집앞 허간예다
十三年 만에 稅金을 二五,〇〇〇원을 付賀
[附課]했으니 유감이라고 하고 尹 氏하고
相議해보라 햇다.

<1981년 7월 8일 수요일>
里長에서 農藥 殺蟲濟[殺蟲劑] 五병 殺균
제 五병을 가저왓다.
沈參茂을 시켜서 農藥을 햇다.
終日 방아 찟는데 논에도 못 나가보고 애만
탯다.
夕陽에는 술이 좀 취해서 방아 찟다가 말없
이 잠자리에 드려버렷다.

<1981년 7월 9일 목요일>
終日 방아 찌엿다. 어제 못다 찌[찧은] 놈
오늘 끝냇다.
沈參茂 품싹 五仟을 주고 尹在浩도 四仟
원 주윗다.
오늘도 비는 내렷는데 農穀이 걱정이다.
밤에 嚴俊峰이가 왓다. 三日 前에 尹鎬錫
婦人이 북골밭에 가서 不陰[不穩] 삐라을
가저왓다. 支署에 報告는 햇지만 金正日
先生이라고 記在[記載]되엿드라.

<1981년 7월 10일 금요일>
今日도 終日 가랑비는 내렷다. 牛舍을 修
理하고 모가장[모기장]도 맷다. 牛舍 앞길
도 닥고 햇다.
李正浩 집에서 林玉相 沈參茂가 잇는데 正
浩 말이 鄭圭太는 山을 팔앗지만 元 山主
가 어덴가 잇다고 햇다. 어데서 들엇나 햇
든니 모 심으로 단이면서 여려 사람에서 들
엇다고 햇다.

<1981년 7월 11일 토요일>
牛舍에 布張을 맷다.
오늘도 終日 비만 내려 신경질 안니 날 수
가 없다. 計劃과 目的을 達成 못해 차으로
[참으로] 마음 괴롭다.

成東이 成樂이는 訓鍊을 맞이고 왔다.

<1981년 7월 12일 일요일>
成東이 成樂 人夫 三명이 除草作業한바
終日 비가 내렷다.
午後 成樂이는 南原으로 갓다.

<1981년 7월 13일 월요일>
九時 列車로 桂壽里에 가는데 大里메누리
사돈하고 同行이 되엿다.
桂壽里 崔宗宇을 訪問한{바} 全州에 出他
하고 南宇를 맛난바 書類 一切을 南原法院
앞 代書所에 맛겟다고 하면서 捺印하라기
에 一金 五仟을 주고 代書所에 간바 그려
書類을 接受한바 엇다고[없다고] 햇다.
帶江에 갓다. 正宇을 맛나고 族譜 二질을
주고 왔다.
※ 김치거리 束에 八百 원을 주고 보니 생
   각이 달튼라[달라지더라].

<1981년 7월 14일 화요일>
市基里 鐵工所에 갓다. 牛舍用 빠이푸를
製作해 왔다.
輕油가 한 드람 있으니 四八,〇〇〇원에
引受 받으라고 햇다.
牛舍에서 天幕 布長[布帳]을 첫다.
夕陽에는 任實農協에서 七月 六日 字 預
金햇든 一〇〇萬 원을 出金해왔다. 明 十
五日 五橋[獒樹] 市場에 가보려엿다.

<1981년 7월 15일 수요일>
成東이를 同伴해서 五樹[獒樹] 牛市場에 갓
다. 別로 牛는 몃 頭엿는데 昭介者[紹介者]
도 생소하고 해서 모두가 맞이 안해서 왔다.
午後에는 田畓 가이 除草도 햇다.

<1981년 7월 16일 목요일>
아침 七時쯤 出發해서 任實市場에 갓다.
全州에서 사돈이 왓드라. 암소 二頭을 買
受햇다. 돈이 모자라서 農協에 가서 貳百
萬 원을 出金하고 一〇〇萬 원 預金하고
七九萬 원은 成曉을 시켜서 마을금고에 預
置햇다.
四時 一九分 列車로 順天 趙東安 祭祀에
參拜햇다.
夕食을 하고 九時 特急으로 집에 온니 一
時쯤 되엿드라.

<1981년 7월 17일 금요일>
牛舍用 砂石[沙石]을 운반햇다.
中牛는 설사을 한바 驛前에서 藥을 갓가
[갖다] 멕인바 풀을 잘 먹드라.
成東을 시켜서 人夫 품삭을 나누워 주고
安正柱 具道植 會計는 내 卽接 해주웟다.

<1981년 7월 18일 토요일>
牟光浩을 시켜서 牛舍 修理 電氣도 新設
햇다. 任實서 成曉 食具 來往. 成植 內外가
간다고 밤에 왔드라.

<1981년 7월 19일 일요일>
具道植 氏 말에 依하면 婦人으로 하야 구
해[구애]을 만니 본다면서 白康俊이하고
自己 婦人하고 關係되엿다고 하고 道植이
는 丁壽福 婦人하고 相關이 되엿다고 손문
[소문]이 나다면서 白康俊 집에서 술자리
에서 말햇다.

<1981년 7월 20일 월요일>
九時 列車로 街橋里[桂壽里] 崔宗宇와 同
伴해서 南原 代書所에 갓다. 柳鉉泰 氏 代

書人을 맛나는데 十二時가 되여서엿다. 書
類을 주니 書類가 未備되엿다기에 宗宇 갖
이 登記所에서 臺帳 등본을 다시 해서 郡
廳에서 再發級[再發給]을 밧고 谷城에 내
려가서 手續을 끝마치고 다시 南原 代書所
에 와서 宗宇와 갖이 夕陽 五時 三十分에
야 完備하야 署名捺印해 주고. 八月 初에
나 오라고 하드라.

<1981년 7월 21일 화요일>
牛市場에 갓다. 崔南連 氏을 同伴하려다
마음이 맞이 안해서 소리를 안햇다.
多幸이도 全州에서 사돈 尹 氏도 不參햇다.
安承均 氏을 시켜서 소을 골앗다. 一頭는
八三萬 원 一頭는 八一萬 원을 주고 삿다.
牛代 總額은 三六五萬 원을 投資햇다.
雜支出도 一三萬 원 게[計] 今日 現在 三
七八萬 원이 投資햇다.

<1981년 7월 22일 수요일>
人夫을 시켜서 피사리도 하고 第二次 손질
除草도 햇다.
婦人 五名을 어더 고초밭을 매는데 不安햇다.
장마로 依하야 半 以上이 古死[枯死]을 햇다.
上水道가 古章[故障]을 일으켜 不通.
集配員 孫夏柱으 便에 積金 二一,三九○
稅金 一七,○○○ 電話料 一三,一○六 計
五二,一○六원을 보냇다.

<1981년 7월 23일 목요일>
보리를 乾燥시켯다.
田畓 全部에 農藥을 撒布햇다.
全州에서 成吉이가 왓다. 宗畓 特置法 移
轉는 谷城 南原 五筆{地}을 끝낸 印章을
返還해 주고 大同譜 條 旅費 移轉 條 旅비

(實費) 合해서 八仟四百 원을 주기{에} 바
닷다. 全部 二四,四○○이다.

<1981년 7월 24일 금요일>
보리 作石한바 一七叺을 精善[精選]햇다.
成允을 데리고 桑田에 農藥을 뿌렷다.

<1981년 7월 25일 토요일>
夏穀收納 一七叺 全部 一等이엿다. 三一
八,九二○원 바닷다.
金德基 便 六五,六二九원 利子만을 주웟
다.
二八萬 條 중장기金하고 養蠶 三○萬 원
條 利子.

<1981년 7월 26일 일요일>
바루문 農藥 八封을 外上으로 里長에서 갓
다 田畓에 撒布햇다.
尹鎬錫 外上代 一七,四六○원을 完拂해
주웟다.
鄭圭太 債務 一○九,○○○원을 返還해
주웟다.

<1981년 7월 27일 월요일>
養蠶 三枚을 申請햇다.
鄭太炯 氏 借用金 元利 合해서 三一,八○
○원 會計해 주웟다.
自轉車 五四,○○○원 牛舍用 리여커 四
三,○○○원 合해서 九萬 七仟 원을 주고
사왓다.
成東하고 全州 同行.
任實 登記所에 가서 登記 訂正印을 代書
士 柳 氏 捺印해주고 六仟 원을 주웟다. 成
曉 집에서 中食을 햇다.

<1981년 7월 28일 화요일>
上水道稅 八萬 七仟 원을 주고 不足金은
代納햇다.

<1981년 7월 29일 수요일>
農藥 撒布. 成愼 成允도 協力햇다.

<1981년 7월 30일 목요일>
任實驛前 晉領 氏가 來訪코 川邊에 가자
햇다. 家族기리 물노리하려 왓다고 햇다.
任實서 金鎭洙 氏도 來訪햇다.
客地놈들하고 이 마을 애들하고 시비가 나
서 支署에서 巡警 둘이 단여갓다.

<1981년 7월 31일 금요일>
稻熱豫防藥 메루약 粉製[粉劑]을 二〇封
里長에서 갓다 畓 全體에 撒布햇다.
財務係長이라는 사람 尹가가 왓다. 稅金을
달아기에 그러케 束히는 못 주겟다고 해서
보냇다. 里民들에 공개로 二五仟 원자라고
流布하고 주겟다고 햇다.

<1981년 8월 1일 토요일>
成奎 집에서 終日 對話를 하는데 成東 말
이 난바 서울 德順 말에 依하면 서울서 安
成模을 맛나고 成東 內外 生兒햇나고 무르
니 成東가 軍隊에 가서 술로 因해서 아기
는 못 난코[못 낳는다고] 말햇다.
兄수 生辰이라고 해서 갓다. 終日 對話하
면서 기냇다. 成吉 內外도 서울 德順 點順
딸들은 다 왓드라.
간옥 비가 내렷다.
<1981년 8월 2일 일요일>
終日 방아 찌엿다.
몸이 이제는 자조 달아진다.

丁振根이가 술을 바다 가지고 와서 崔喆洙 父
母에 충고을 해주시요 햇다. 생각해 보마 햇다.

<1981년 8월 3일 월요일>
비는 간옥 내렷다.
終日 새보들 노두력을 벳다.
夕陽에 支署次席 成奎 里長이 來訪햇다.
用務는 三日 前 村前에서 崔喆洙로 因한
他人 폭행사건으로 하야금 왓다고 햇다.
明日 加害者 父母 同伴해서 被害者을 對
面해달아 햇다. 잘못은 其者에 {있}지만 傷
처가 잇다면 謝過해라 햇다.

<1981년 8월 4일 화요일>
아침에 重宇 집에 萬 원 노타리 싹을 바드
려 보냇든니 내가 자는데 주웟다고 하니 별
수 업섯다.
논두력을 비는데 昌宇가 와서 폭행사건 取
下을 시켜주시라고 同伴하자기에 昌宇 承
黙 尹石을 同伴해서 新平支署에 간바 被
害者의 父 曺吉童 氏을 對面하고 館村 病
院에 가서 問病하고 治料비 一三萬 원을
주고 覺書을 밧고 退院햇다.

<1981년 8월 5일 수요일>
어제밤에 全州 成吉 집을 찻고 伯母 祭祀
을 慕待[慕侍]엿다. 아침 八時에 全州 發
五樹에 急行으로 갓다.
竹鷄里 金鍾浩 氏을 訪問. 係員 全員이 募
여 終日 만은 待接을 바닷다. 蔡奎鐸 金教
鎭 李建鎬 權이태 崔乃宇 參席햇고 李光
浩 氏만 不參햇다.

<1981년 8월 6일 목요일>
※ 朴公熙 先生 말에 依하면(驛前에서) 今

春 鉉一 母喪 時 學校 使換[使喚] 또는 住民이 貸借한 金이 只今까지 未會計라고 햇다.

九時 列車로 鴨錄을 가는데 車中에 禊員 老人들 對面케 되엿다. 三溪 노씨 한 분은 侄[姪]이 주윗다고 술 고기을 주워 待接을 바닷다.

終 길겁게[즐겁게] 對話한바 入禊을 못하고 되도라 간 분도 있엇는데 大端이 未安하드라. 館驛에서 朴公히 鄭鉉一을 面接한바 鉉一이는 九月頃에는 移勤.

<1981년 8월 7일 금요일>
面 淨化委員으로 選任되여 參席햇다.
約 三〇餘 名이 參席. 會議는 滿場一到[滿場一致]로 贊成코 中食은 面長이 내서 滿足햇다.
郭在燁 氏 廉東南 氏 金炯根하고 酒席이 되엿는데 稅金이 어굴하다며 말햇든니 在燁 氏는 堆肥場고 一〇餘 年이 經過되면 施效[時效]가 너무니 異議申請을 하라 하기에 洪 副面長을 對面하고 무르니 施訂[是正]해겠으니 기드려 주시요 햇다.

<1981년 8월 8일 토요일>
丁基善에서 五萬 원 借貸햇다.
里長에서 農藥 各 〃 一一,〇〇〇원 外上으로 引受햇다.
稻熱{病} 粉製[粉劑]을 撒布햇다.
昌宇는 분무기를 저나 쓰제 外人까지 빌여 주워서 그리 말아고 하고 차저왓다.

<1981년 8월 9일 일요일>
田畓을 고루 둘여보왓다. 數年間 于先는 처음 잘 된 것으로 안다.

※ 東國校 使換에 (이중기 씨)에 바로 편지을 냇다. 鉉一의 돈을 갚으라고.

<1981년 8월 10일 월요일>
무더운 날時에 午後에는 비가 내렷다.
村前 논두력을 깍앗다.
어전지[어쩐지] 밤 잠자리에 들면 고민이 만타.
他人의 債務關係 又는 成東의 內外關係 其他 將來을 生覺하면 고민이 만타. 人身上에 害로울 줄 알아도 여려 가지 生覺은 藉 〃 하고 술 한 잔 하면 其時는 사라진다. 客이 오면 事油[事由]부터 뭇는다.

<1981년 8월 11일 화요일>
婦人 三人과 田畓에 파사리[피사리] 그것도 근심이다.
加工組合員 新平面 分會가 大里 趙命基 宅에서 集會되엿다. 每月 出資金 壹仟 원식 내기로 한바 拾餘 次 空伯[空白]에다 利子을 兼한바 三萬 원쯤 된다고. 組合비는 六六,〇〇〇원 中 今日 現在로 四萬 원이 入金되고 二萬 六仟을 殘으로 햇다.
會議비 參仟식을 据出해서 황봉리로 물노리을 갓다 왓다. 六名인데 殘錢 잇서 館村에 와서 한잔식 노누고 作別햇다.

<1981년 8월 12일 수요일>
鄭敬錫 氏을 驛前에서 對面하고 조광상회 主人이 死亡햇는데 此後에 婦人이 게續해서 장사을 하겟나고 무르니 敬錫이는 말{하}기를 못한다 그리고 店捕[店鋪] 자리을 달아고 付託者가 만타. 어제 車主하고 合議도 없이 出喪햇고 今日쯤 門을 연다고 하고 其의 婦人하고 相議해야 可不[可否]

를 알겟다고 하고 全貰[傳貰]는 二百萬 원
이고 月 八萬 원식 家主에 내야 하고 담배
가 한 파수에 百萬 원이고 屋內에 物品을
引受해야 한니 多額이 所要된다고 햇다.
約 五, 六百萬 원이나 될가. 서울 成康이를
옴겨 볼가 해서 물어밧다.

<1981년 8월 13일 목요일>
논두력 베고 夕陽에는 경운기로 풀을 운반
해 왔다.
夕陽에는 祖父 祭祀에 參席햇다.
成吉이는 大學校 近方에다 新築한다고 下
宿이나 부처볼가 하고. 늦발에 할 일이 없
고 生活費도 모지래서엿다고. 서울로 떠난
{다}더니 또 변한 듯십다.

<1981년 8월 14일 금요일>
朝食 끝나면서 七時 半경에 바로 出發해서
舟川里 李垈根을 訪問하고 同窓會에 參席
햇다. 會員는 九名이고 明年 有司는 申東
周로 定하고 撤會[散會]햇다.
面長이 來訪 里會議에 參席. 풀을 좀 해달
아고 당부하드라.
里會議는 하나마나 모두 흐지부지하게 끝
지은 것 갓고 水道關係도 未決코 明 八·
一五行事에 白米 一斗을 주웟다.

<1981년 8월 15일 토요일>
郡에서 麥糠 五叺을 가저온바 鄭太炯 氏에
서 三萬 원을 두르고 糠代는 준바 一叺만
달이기에[달라기에] 주웟다.
南原메누리가 왔다. 바로 大{里}로 갓다.
新平에 가자고 崔南連 氏가 왔다. 돈이 업
다고 햇든니 自己에 五仟이 잇다고 해서
同行한바 뻐스가 滿員이여서 抛棄하고 韓

云錫 鄭太炯과 同行 四仙臺에 갓다. 新平
보다 낫다고 하고 잘 놀고 왔다.

<1981년 8월 16일 일요일>
家兒들을 데리고 畓에 農藥을 撒布하고 桑
田도 무 배채에도 뿌렷다.

<1981년 8월 17일 월요일>
午前에 북골에 소 메기를 베려 갓다.
午後에는 新平指導所 職員 郡 指導職員
二名이 牛舍을 살펴보려 왔다.
韓相俊을 相面하고 七月分 水道稅부터 收
金을 해달아고 付託햇다.

<1981년 8월 18일 화요일>
아침에 내린 비는 해갈비는 넉넉햇다.
成東이를 데리고 牛舍 間매기를 다시 修理
햇다.
夕陽 上水道 四個月分 決算을 成奎 里長
하고 書類을 代照[對照]한바 成奎 條 一一
八,八〇〇 里長 五三,一七〇원 計 一八萬
餘 돈을 잡포가 낫다. 于先 一〇萬 원만 주
고 殘{은} 工事 後에 주겟다고.

<1981년 8월 19일 수요일>
午前 中 工場 內部을 清掃하고 終日 방아
을 찌엿다.
數月 만에 成東 成愼하고 井戶을 품엇다.
牟潤植 氏 生日이라고 招待해서 參햇다.
金城里에서 午後 二時에 水稻作 平暇大會
[評價大會] 參席햇다.
丁基善 韓相俊 金泰圭도 參席햇다.
<1981년 8월 20일 목요일>
방아 찌엿다. 終日.
成東이는 소 깔 베기.

館村 炳基 堂叔에 가서 族譜代 二八,○○
○원을 받닷다.

<1981년 8월 21일 금요일>
오전 九時 十一分 列車로 南原에 消防署
에 갓다. 族譜 한 질代 二六,○○○원을 주
고 柳경수 氏에서 引受햇다.
成康 집을 訪問한바 月給 타려 간바 約 二
○萬 원을 탄다고 메누리가 말햇다.
牟潤植 氏에서 二萬 원을 取貸해서 成曉
母을 주고 先母 祭祠[祭祀] 장보기 하라
햇다.
面 노成根 産業係長에 麥 種子代 一六,六
○○을 주고.

<1981년 8월 22일 토요일>
館村에서 炳基 堂叔이 북골 벌초하려 왓다
고 드려왓다.
牟潤植에서 수박 四개 四仟 원에 산바 마
시 좃트라.
任實서 메누리 內外 孫子가 왓다.
趙命基 取貸金 參仟 원을 堂叔 便에 보냇다.

<1981년 8월 23일 일요일>
先孺[先儒] 祭祠日 이다.
全州에서 成吉이가 올 줄 안바 不參햇다.
靑云洞 崔六嚴 鄭圭太 氏을 {訪}問하고
今年 脫作을 付託햇다.

<1981년 8월 24일 월요일>
아침에 洞內 親友 몇 분을 募待고 朝食을
갖이 햇다.
農協에서 八○萬 원을 貸付 밧고 三○萬
원 條 償還하고 長期債 利子을 떼고 三九
萬 원을 갓고 왓다. 十三回分 積金도 二一,

三九○원을 通帳 없이 주윗다.
任實驛前 韓文錫 借用金 參拾萬 원 條 利
子만 五二,五○○원을 주고 다시 今日 字
로 借用한 것으로 햇다.
館驛 鄭경식 油代 二드람代 一一四,七○
○을 주고 한 드람代는 남겻다.

<1981년 8월 25일 화요일>
成東 便에 驛前 鄭경錫에서 經油 二드람
모비루 一초롱하고 外上으로 운반햇다. 前
條 石油 一드람도 잇드라.
丁基善 具道植 氏을 相面하고 今般에 新
形[新型] 脫穀機 一臺을 購入한바 同志
又는 親友들이 協助해 달아고 간곡히 愛願
[哀願]햇다. 協助해 주마 햇다.

<參考錄> 1981. 8. 25. 字**13**
8月 21日 白米 1叺 63,000
8月 24日 農協 貸付金 800,000
계 863,000 收入에 支出 內鐸[內譯]
一. 延滯 條 償還債　　　　　300,000
　　　　　　　　　　(䰂育資)
一. 農協 舊債 利子 先利子　110,000
一. 里 上水道 條　　　　　　111,000
一. 韓文錫 債務 利子　　　　 94,500
　　　　　　　　　　(50萬 원 條)
一. 脫穀機 契約金　　　　　　50,000
一. 驛前 油代 外上 條　　　　115,400
一. 積金 13 回分　　　　　　 21,390
麥 麥 種子代 1叺　　　　　　 16,700
一. 成愼 車費 신발代　　　　　 8,000

---

13 <참고록>은 별지에 정자로 쓰고 날인한 것으로,
　　일기 원본 입수 당시 일기장 사이에 끼어있었던
　　것을 별지에 기재된 날짜에 맞추어 8월 25일 자
　　일기 뒤에 덧붙여 입력하였다.

一. 先姑 祭祀비   40,000
一. 燒酒 1箱代   11,000
　計   877,890

以上과 如히 收入支出한 項目別로 보면 하나도 不正支出이 안니고 꼭 支出해야 한 바 深心으로 마음 괴롭다. (印)

<1981년 8월 26일 수요일>
任實驛前 韓文錫 氏을 訪問하고 二〇萬 원 條 債務을 確認하고 利子만 六個月分 四二,〇〇〇원을 주윗다.
大同工業社에 들이여 脫穀機 一臺을 三三〇,〇〇〇에 約定하고 于先 契約金으로 五萬 원 주고 現品 운반 時에 半額을 주기로 하고 殘金은 脫穀이 끝이 나면 完拂키로 言約하고 왔다.
成曉 집도 단여왔다.
夕陽에 郡 安 課長(財務)이 오시엿다. 堆肥을 좀 해주시라고 付託도 바닷다.

<1981년 8월 27일 목요일>
成奎에 上水道稅 잡포 條 一〇萬 원을 于先 一部나마 보태라고 주엇다.
방아 찟는데 바주윗다.
풀을 하라 하는데 딱하기만 하는데 알고도 못 하고 잇다.

<1981년 8월 28일 금요일>
今日부터 禁酒하기 始作햇다.
班別로 共同草刈을 하다는데 內宅을 보냇다. 成東 母가 代身해서 풀 베로 갓다.
몸 不平해서 終日 舍郎에 누윗섯다.
엇전지 마음이 초조하며 모든 事業資金이 不足해서 마음的으로 不安感이 든다.
二十八日 夕食부터 팔 애리는데 藥을 먹

{기} 시작.

<1981년 8월 29일 토요일>
終日 가랑비는 내렷다.
成東이는 共同{草刈}을 하고 成樂이는 訓鍊인데 不參해서 代身 풀을 해주윗다.
午後 피을 개린데 비와서 抛棄햇다.

<1981년 8월 30일 일요일>
田畓을 둘여보니 며루가 만트라.
日氣는 終日 비가 내렷다.
牛舍에서 소을 돌밧다.

<1981년 8월 31일 월요일>
히노산14 五병 쎄빈15 二봉 里長에서 引受해 왔다.
終日 집안 淸掃하고 풀매고 깨끝이 整理햇다.
面長이 단여갓다. 付託은 堆肥 曾産[增産]이엿다.

<1981년 9월 1일 화요일>
아침 늦케까지 마을 淸掃하고 牛舍 前面도 깨끝이 除草햇다.
十時에는 케리야蠶室에서 養蠶敎育이 이어써[있어서] 中食은 現地{에서} 햇다.
바로 집에 와서 논에 內外가 피사리을 햇다.

<1981년 9월 2일 수요일>
朝起해서 못텡이논에 가보니 多幸이도 쓰려지든 안햇다.

---

14 1968년에 개발된 살균제 농약 에디펜포스(edifenphos)의 상품명으로, 도열병 방제용으로 사용된다.
15 1956년에 개발된 카바메이트계 살충제인 카바릴(carbaryl)의 상품명으로, 과수류나 채소류의 해충 살충 효과가 있다.

바로 집에 와서 七時뉴스을 들으니 颱風은
對馬島에서 慶尙道을 지나갈 豫定이라고
하기에 반갑든니 午後부터 日氣가 변해지
면서 强風이 불기 始作하야 午後 三時 現
在 못텡이 豊作이든 우리 벼가 너머가기 始
作햇다. 할 수 없다. 억지로 살 수 업고 今
年까지 四年채 흉작을 만난 듯십다. 그러니
年 〃 히 債務만 느려가니 마음 괴롭다.

<1981년 9월 3일 목요일>
「長期的으로 禁酒해보기로 決心햇든니 벼
기[벼가] 쓰려저 과로와서[괴로워서] 六日
만에 다시 飮酒해 보왓다.」
左手 팔이 통증이 있고 애린데 館村 南中
藥局에서 藥을 써보니 效果[효과]이 있어
今日 第二次分 三日分을 處方해 왓다.
오날 아침에 成東이를 시켜서 못텡논에 가
보라 햇든니 큰 被害는 없다고 햇다.
오날도 쉴 사이 없이 牛舍도 손보고 工場
도 비가 새는데 모드[모두] 손보왓다.

<1981년 9월 4일 금요일>
宋泰玉이 財政保證을 시달아기에 일부로
面에 가서 印鑑證가지 내주웟다.
北倉에 趙龍求 回甲宴에 參禮햇다.
大里에서 下車하야 尹 係長 副面長 노 게
장[계장] 갖이 對面하고 稅金問題가 据論
[擧論]되엿다. 此後 再調定[再調整]햇겟
다고 햇다.

<1981년 9월 5일 토요일>
李正鎬는 子息 病院에 간다고 萬 원을 가
저갓다.
피사리 마을길 모래 칼기[깔기] 햇다.
館村 堂叔이 전화로 面會을 要하야 갓다.

柳允煥을 시켜서 나를 추천하겟다고 하기
에 질 生覺하시요 그러나 嚴俊峰이 適合하
지 안소 햇든니 下里에서는 俊峰을 不信者
지적한다데 하드라.

<1981년 9월 6일 일요일>
館村 堂叔을 對面한바 大里 總代 全員 元
泉 總代 全員 下流 總代까지 포섭햇고 崔
宗仁이도 재네 關係로 왓다고 햇다.
嚴俊峰이는 理事 뜻이 없고 成奎 추천하겟
다고 堂叔에 確言하고 大里 柳允煥이에도
確言한 者가 막상 下加 李相烈이가 嚴柱
{完}을 추천하고 元泉 孫一國이가 崔乃宇
을 추천한바 나는 경장할 수 없고 一村에서
그럴 수 없다며 사퇴햇든니 嚴俊峰이는 딴
꿈을 꾸고 제 자신이 추천 수락하고 成奎에
추천해서 양도한단 놈이 제가 理事이을 따
고 말앗다. 그려하니 炳基 堂{叔}은 嚴俊峰
에 돌이엿다면서[속았다면서] 嚴俊峰을 酒
席에서 맛나고 孫柱喆 金允圭 廉東根 여
려 사람이 잇는데 면박을 주며서 너는 저근
것은 차지고 끈[큰] 것은 노치엿다고 해다
고 鄭桓承에도 듯고 夕陽에 堂叔이 오시
{어} 말해주드라. 흥분하게 되엿으나 참으
시요 햇고 三{,} 四個月이면 또 選擧가 있
으니 그 時에 복수하자고 햇다.

<1981년 9월 8일 화요일>
鄭圭太 氏에서 一金 五萬 원 借用햇다.16
배채밭에 肥料을 넛다.
牛舍에 布帳을 後面에 첫다.

---

16 해당 날짜의 일기 본문 안에 기록되어 있는 내용
   을 일기 첫머리에 다시 한 번 기록한 것으로, 전
   에 차용한 3만 원에 당일 차용한 2만 원을 합하여
   총 5만 원을 차용했다는 뜻으로 적어둔 듯하다.

鄭圭太 貳萬 원을 가지고 왔는데 日前에 參萬 이번에 貳萬 원 計 五萬 원을 차용한 셈이다.
尹鎬錫 外上代 今日로 完納해 주윗다(八, 〇八〇원).

<1981년 9월 9일 수요일>
牛舍 布帳을 첫다.
蠶室을 修理햇다.
배채밭을 손보고 짐도 맷다.
夕陽에 鄭九福 氏에서 五萬 원을 借用햇다.

<1981년 9월 10일 목요일>
牛舍에서 일을 보왓다.
蠶室 淸掃하고 間子도 맷다.
成東이는 午{後} 四時가 너머도 오지 안해서 農園에 간바 술 먹고 잔다고 朴龍基가 말햇다.
夕陽에 牟潤植 氏에 간바 明日 돈을 주마 햇다.

<1981년 9월 11일 금요일>
牛舍 앞에서 牟潤植 氏을 對面하고 一金 八萬 원을 貸借햇다. 그려면 前條 二萬 원 해서 拾萬 원을 가저왓다. 授業料 주기 爲하야 準備햇다.
成樂 成傑 成曉 全員이 왓으나 女息 二名인데 한 사람도 오지 안코 成康이도 名節에 不參하니 大端히 不安햇다.
秋夕 祭物은 任實메누리가 다 해왓다.

<1981년 9월 12일 토요일>
秋夕 名節이다.
뉴예는 막잠을 자고 있엇다.
歲次事[歲茶祀] 잡수고 山所에 省墓을 드렸다.
大里 全州에서도 왓든라.

<1981년 9월 13일 일요일>
뉴예가 깻기 시작. 午後에는 뽕따기 준비 햇다.

<1981년 9월 14일 월요일>
牛舍을 손질햇다.
廉昌烈 所長이 왓다. 所長 말은 金哲浩 嚴俊峰 廉東根 三名은 明日에 組合長 選擧 確定的으로 出馬할 것이라고 말햇다. 自己는 다음 뜻을 票示[表示]하드라.

<1981년 9월 15일 화요일>
무 배채田에 물肥料을 주윗다.
뉴예 밥 주기 햇다.
成東을 시켜서 중날에서 落葉松 二柱[二株]을 베왓다.
大里學校長이 오시여 明日 體育會에 꼭 參禮해 달{라}고 햇다.

<1981년 9월 16일 수요일>
牛舍 布場[布帳]을 고치고 소깔도 주윗다.
나무껍줄도 베기고 酒場 配達 便에 풀씨을 面에서 보내왓다. 四四kg라고.
中食을 마치고 있으니 具道植 氏가 毒藥 마신 듯십다고 해서 가보니 藥은 먹지 안코 몸이 異常햇다. 梁奉俊에서 三萬 원 成奉母에서 二萬 원을 둘어서 택시로 任實 病院에 간니 自信이 없다고 大學病院으로 가라고 해서 全州 大學病院에다 入院하고 왔다.

<1981년 9월 17일 목요일>
새벽 四時쯤 싸이카로 基宇하고 會鎭이가

왔다. 天安서 밤車로 왔다고 햇다.
어제 經過程을 말해 주웟다. 入院費는 基
宇가 貸與해 주기로 하고 五時 半쯤 作別
햇다.
牛 飼用 이타리야 크라스 種子 四二k을 뿌
렷다.
뉴예 밥 주기 牛 밥 주기 每日 밥으다.
成東이는 尹在浩하고 草 베고 배채밭에 물
주기도 햇다.

<1981년 9월 18일 금요일>
뉴예 上簇用 蠶具을 整備. 불에 끄실고 每
日 새벽부터 밥 주기 牛舍에 소 밥 주기 每
日 日課는 만코 丁東根이는 舍郎에 支柱
을 고처주마 해서 마리[마루]를 뜨더낸다.
夕食을 맞고 白康善 氏를 찾고 꺽쇠 九個를
불에다 만들고 보니 밤 十一時쯤 되엇드라.

<1981년 9월 19일 토요일>
丁東根이하고 終日 舍郎 門間을 곳게 잡
앗다.
九月 十五日 登記書類(異議書)가 尹 氏에
서 返還이 되엿다. 理由는 방아실 付屬[附
屬] 建物이라고. 終日 분이 낫다.

<1981년 9월 20일 일요일>
蠶室 林漢朝에서 말하고 뽕 五袋을 따왓다.
梁海童을 시켜서 부로크 二四〇個을 찌
것다.
乾草을 묵거 왓다.

<1981년 9월 21일 월요일>
具道植 婦人에서 一金 三六,七〇〇원 밧
고 梁奉俊 氏 三萬 원을 갑앗다.
朝食 後에 成康 母 왓다. 지난 九月 十五日

館驛 고추市場에 昌宇는 金昌圭 고초 一
袋을 홈처갓다가 主人이 알고 차저갓다니
그런 망신이 업다고 햇다.
뉴예가 오를 것으로 본바 上簇이 안 되여 市
場에 갓다. 里民 멋 분을 만난바 昌宇 關係
가 生覺이 나고 面接하기가 꾸리″ 하드라.
家財 多少 사고 館村驛前에서 丁東根 對
面하고 工費 萬 원을 준바 梁海童이가 立
會햇다.

<1981년 9월 22일 화요일>
새벽에 얍게 뉴예 밥을 주고 朝食 後부터는
뉴예 上簇하기 始作하야 午後 二時까지 作
業햇다. 人力은 十二名이 動員되고 例年에
比하면 數量이 多量으로 본다.
崔瑛斗 氏가 집으로 가자하야 갓다. 今日
婦人을 同伴해서 眼課[眼科]에 간비[간
바] 눈은 버럿다고 하면서 예전에 네의 시
어{머}니가 故 嚴壽福 氏을 부튼 사실 잇다
고 햇다고.
具道植이는 夕陽에 退院한바 子息 會根이
는 禮義가 不足한 놈이라고 밧다.

<1981년 9월 23일 수요일>
아침까지 뉴예는 上簇을 끝내고 배채밭에
물肥料 주고 朝食 後에는 家族끼리 終日
피사리을 끝낸다.
夕食 後에는 家族을 보내서 대사리[다슬
기]을 잡으려 보낸바 上當[相當]이 가저왓
드라.

<1981년 9월 24일 목요일>
새벽 四時에 起床한니 비가 내리드라. 비설
거지을 하다 보니 六時가 좀 못 되엿드라.
終日 비 내렷다.

白康善 氏가 木工을 하는데 午前이면 끝낼 것이다 햇든니 終日 걸이엇다.
孫夏周 便에 積金 十四會分 二一,三九〇원 보내고 電話料金 一四,九〇〇원도 주웟다.
任實國校 體育會 無期延期.

<1981년 9월 25일 금요일>
가랑비는 간혹 내리고 해서 家事 內에 돌보고.
갈마리17서 吳 氏 外 一人이 왓다. 用務는 脫穀機 買受次엿다. 一〇萬 원을 달아고 해든니 三萬 원 주마 해서 生覺해 보니 묵커두면 머하게나 해서 주기로 하고 現金을 바닷다.
밤에는 班常會에 參席햇다. 郡에서 朴 係長 面에서 노 係長이 왓다.

<1981년 9월 26일 토요일>
面에다 成康 稅金 二五,二三七원 拂入햇다.
雲巖 崔東安 氏 回甲宴에 參禮.
新平面事務所에 갓다.
面長 財務係長과 三人 同席하고 取得稅에 對하야 理由을 걸어서 따진바 係長은 어물 〃하드라. 實地 現地도 살펴서 附加[附課]함이 올치 책상에 안저 事務執行 말아고 하고 聖壽面에서나 하야 이 面이 他面야 햇다.

<1981년 9월 27일 일요일>
嚴俊峰 同伴해서 裡里 金允圭 子 禮式場에 갓다. 下客[賀客]은 元泉里뿐이드라.
中食을 마치고 바로 와도 집에 오니 三時드라. 부라 뉴예고치 까기 시작한바 任實서

長子가 왓다 가고 서울 許俊晩 一家族이 단여갓다고.

<1981년 9월 28일 월요일>
梁海童 鄭玄相 갖이 벽돌을 쌋다.
成東이는 뉴예고추 賣上한바 約 三八九,仟원을 해왓다.
서울에서 成英 편지가 왔는데 一〇月 一日字 契金 三〇萬 원을 차는데[찾는데] 서울에 노으며[놓으면] 不安하니 아버지가 맛드라고 햇다.

<1981년 9월 29일 화요일>
梁海童 鄭鉉相 갖이 벽돌 싸기 二日채 作業.
成東이는 耕耘機만 가지고 일을 할가 말가 하고 잇다. 理由는 故章이라고. 熱이 복바치여 참아볼 수 업다. 바로 임實로 보내고 夕陽에 가보니 돌이 에진[엔진] 속에서 나왓다고 햇다. 代金 六萬 원이라고. 成東이는 함부로 부리고 남도 빌여주고 他人에 봉건지로 본다.
멉소 大里에서 交背[交配] 시켯다.
成愼 授業料 成苑 便에 주고 成允이는 驛前 橋梁에서 落傷.

<1981년 9월 30일 수요일>
附品代 六萬 원 中 三萬만[삼만] 원만 入金해주고 脫穀機는 一〇月 三日 引受키로.
鄭太炯 債務 三一,八〇〇원을 아침에 會計해 드렷다.
里長에 아침에 財産稅 九,一八二원 橋梁부담금 五,〇〇〇원 里長 班長 條18 三,八

---

17 임실군 임실읍 소재 갈마리(渴馬里)를 가리킨다.

18 이장과 반장에게 일 년 수고비조로 마을에서 걷어 주는 이장조(里長租)와 반장조(班長租)를 의미한다.

○○원 計 一七,九八二원을 完納해 주웟
다. 牟 生員도 立會.
丁振根 鄭鉉相과 갖이 再砂[再沙]햇다. 鄭
鉉相이는 先金 五仟 원을 가저갓다.
成允이는 病院에 갓다.

<1981년 10월 1일 목요일>
뉴예 올인 婦人 五名 품싹 七,○○○원을
보내주고 尹在浩 품싹 一六,○○○을 卽接
주웟다.
丁振根 再砂하고 海童이는 午前에는 부로
크 찟고 午後에는 再砂을 갖이 햇고 鄭鉉
相이는 뒤모도[데모도]19 햇고 成愼이가
와서 協助해 주웟다.

<1981년 10월 2일 금요일>
메누리는 三日 만에 왓다.
丁振根이는 되다고 今日 休日.
때를 利用해서 成東하고 終日 工場 修理.
鐵棒을 連結시키고 군데 〃 손을 댓다.

<1981년 10월 3일 토요일>
丁基善과 同伴해서 全州 李相云 長男 結
婚式에 參席햇다.
中食은 大里 自宅에서 하고 왓다.
丁振根 鄭玄相 再砂 終日 헷다.
서울 가는데 準備. 九時 列車로 出發햇다.

<1981년 10월 4일 일요일>
永登甫驛[永登浦驛]에 내리니 아침 五時
엿다. 成英 主人 社長에 電話해서 車가 왓
다. 成英이를 맛나고 成康 집에서 終日 休

息햇다.

<1981년 10월 5일 월요일>
朝食을 끗내고 八時頃에 出發해서 成康이
와 同伴해서 高束場에 왓다. 九時 뻐스로
全州에 당하니 十二時엿다.
午後에는 成東이와 同行 大同工業社에 가
서 脫穀機 三六萬에 前條 契約金 五萬 원
今日 十五萬 원 計 二○萬 원을 주고 殘 十
六萬을 남기고 왓다. 殘金은 十一月 初旬
에 拂入키로.

<1981년 10월 6일 화요일>
成東이는 서울에서 大統領을 모신 데 會議
에 參席 八時에 出發햇다.
牛肓 飼料을 운바코자[운반코자] 경운기
이을 몰고 任實에 갓다.
韓大연 會長 朴判基 常務을 對面햇다.
中食을 갖이 햇다. 夕陽에 飼料 三五 따을
鄭九福하고 上車하는데 愛勞[隘路]가 만
햇다.
日暮는 되엿는데 昌坪 村前에 오다 河川
에 빠젓다. 뛰여내렷으나 발이 닻엇다. 一
○時경에 澤俊가 권해서 택시로 병{원}에
갓다.

<1981년 10월 7일 수요일>
발은 통징이 생겨 매우 난처햇다.
그래도 舍郎 장판에 뻥기도 치리고 家事을
整理햇다. 그려나 매우 발은 不安햇다.
牟潤植 丁壽福 崔瑛斗 氏가 問病을 오시
엿다.
서울에서 成英이가 十五萬 원 手票을 보내
왓다.
任實 病院에 단여왓다. 治料비는 成曉가

---

19 てもと. 공사장 용어로, 기능공을 도와 함께 일을
　　하는 조공을 말한다.

全部 對納[代納]햇다.

<1981년 10월 8일 목요일>
오늘을 일즉 病院에 뻐스로 갓다. 발을 사진으로 찍고 보니 금이 갓다.
成曉가 왓다. 治料비는 四仟이낫 된다고 햇다.
朴 常務 싸이카로 組合 事務室로 갓다. 監査을 하고 十四日 定期總會 日割 決定햇다. 旅비 萬 원을 주드라. 中食도 하고 夕陽에 왓다.

<1981년 10월 9일 금요일>
오늘은 終日 비만 내렷다.
오늘까지 四日 次 病院에 治料하려 갓다. 어제보다는 조금 부드럽드라. 成曉는 어제 밤에 단이려 왓다.
李澤俊 婿는 十개월 만에 任實署로 다시 傳勤[轉勤] 왓다고 왓드라.
成允이하고 舍郞 壁을 되배햇다.
明日 成東이 成樂 訓鍊日. 南原에 전화. 成樂도 밤에 왓다.

<1981년 10월 10일 토요일>
病院을 단여서 月坪 尹奉鎬을 訪問하고 딸기苗을 부탁하고 館村으로 行하야 成英 送金 十五萬 원을 受領햇다.

<1981년 10월 11일 일요일>
病院을 단여서 오는 길에 自轉車로 斗流里 承宇 집을 訪問하고 金光石을 訪問한바 不在中.
人夫 七名 家族 三名 稻 刈取햇다.

<1981년 10월 12일 월요일>
耕耘機가 異常 햇다. 生覺하면 共同 풀作業 時 安正柱에 耕耘機을 任實까지 빌여준 以外는 異常이 生起 수 업다. 工場에서(大同社) 뜯고 보니 엔진 속에 돌이 들여 잇고 샤우도가 휘여서 후레가 있으니 으심을 안을 수 업다.
加工組合에 들이여 組合費 殘金 二六,六〇〇원을 金 孃에 주고 노라 一組을 外上으로 갓고 왓다. 代金은 壹萬貳仟 원. 집에 온니 相範이는 집에서 놀다 右手를 다치여 病院에 갓다고 햇다. 生覺한니 不運이다. 내의 다리를 다치여 故生[苦生] 中 成允이가 夜中에 負傷하고 相範이도 그려고 경운기도 修理한 데 六萬 원이 딴 돈이 드르니 生覺하면 大不運이다.
「이 모든 不運을 언제 除据[除去]하고.」

<1981년 10월 13일 화요일>
脫穀機을 鑑正[鑑定]하고 試運轉을 해보니 異常이 없엇다.
午後에 牟潤植 氏 脫穀을 한{바} 無事히 끝내고 十四叺을 脫穀햇다. 稅는 外上으로.
成曉 母 成康 母는 全州 成康 妻母 問病次 단여왓다.
李 巡警이 戶口調査하려 왓다.
面 財務係長이 왓다. 自己 잘못을 謝過하고 다음은 그려지 안켓다고 하면서 私情的[事情的]으로 주시라기에 生覺하다 주겟다고 다음은 그려 말아 햇다.
面長 副面長에 付託햇지만 안 되니가 그런 것 갓다(四個月 만이다).
(18年 後면 全世界 人口가 滅亡한다고 豫言 햇다.)

<1981년 10월 14일 수요일>
밤에 黃基滿 氏 婦人이 오시엇다. 다름이
안니고 今年에는 崔 生員 機械에다 脫作을
해드릿겟소 햇다. 黃 生員은 말하기를 딴
데 해것다는 것을 사람이 人事을 모르세 하
면 안 된다고 햇고 하고 其前에 우리 어먼
니와 집의 어머니하고 지내는 사이는 그려
케도 이웃에서 잘 지{내}는 前공을 생각해
도 괄세 못해겟소 햇다. 고맙소 햇다.
加工協會 定期總會 參席하고 一〇年 만에
檢査職을 그만 두고 新平面 運營委員에
추천되엿다. 八二{年度} 會費는 八五仟 원
을 承認햇다.
工場새마을운동하고 納税者協議會 組織
에 對하야 指示을 바덧다.

<1981년 10월 15일 목요일>
牟潤植 税 六斗인데 一叺 入.
黃基滿 税 四斗인데 一叺 入.
午前에는 黃 氏 脫穀하고 午後에는 任實
病院에 治療하려 갓다.
成曉 집에 갓다. 相範이는 健康하드라.
五樹市場에서 새가나발[새끼다발]을 사고
直行으로 錧村[館村]에 갓다. 農藥房 吳
氏을 시켜서 貨車을 貸切 아침 八時까지
昌坪里로 오라 햇다. 五仟에.

<1981년 10월 16일 금요일>
成東 李正浩하고 同伴 飼育牛 二頭 貸切
車에 上車하야 市場에 갓다. 우리 牛 二頭
는 一〇八萬 七三萬 원 겨[계] 一八一萬
원에 賣渡하고 成苑 條는 八〇五,〇〇〇원
에 中黃牛를 買入하야 李正浩에 飼育케
하고 此後 賣却 時는 元金을 除하고 利得
金만을 分割키로 하야 주웟음.

밤에 澤俊 內外가 왓다. 牛 飼育에 對하야
設明[說明]을 해주윗다.

<1981년 10월 17일 토요일>
午前 中은 방아 찌엿다.
눕 二名을 어더서 벼 結束햇다. 에제[어제]
오날 二日 만에 끝냇다.
成東이 完宇 脫穀 約 二〇餘 叺을 脫穀
햇다.

<1981년 10월 18일 일요일>
아침에 崔喆洙 품싹 四仟 원 주윗다.
방아을 손보고 終日 벼 방아 보리 방아을
搗精햇다.
夕陽에 郡支{部} 指導所長 外 一人이 牛
舍 및 飼育 狀況을 둘여보고 갓다.
具判洙 子는 永植 時計을 훔치엿다. 支署
에서 連行해 갓다.

<1981년 10월 19일 월요일>
9時 列車로 鴨錄에 당한니 十一時 一〇分.
南陽洞 金昌洙 집을 訪問코 麥 種子 四斗
(新品種) 萬 원을 주{고} 歸家한바 七時쯤
이 되엿다.
旅비가 二,二〇〇원이 든바 純 車비 그려
케 낫다.

<1981년 10월 20일 화요일>
成東이는 金宗出하고 새보들 土事을 하고
午後에는 벼단 손질을 되가리 첫다.
朝食을 하는데 배속이 不安. 食事한 것을
다 退하 버렷다.
새보들 포루라[포플러] 枝葉을 끊는데 손
을 다치엿다.
夕陽에 朴 常務가 精米機 光農式 一臺을

실고 왔다.
元金은 二六萬인데 今日 一部 三萬 원을
주고 明日 市場에서 一〇萬 원을 주기로
하고 殘는 末日에 달아고 햇다.

<1981년 10월 21일 수요일>
牛市場에서 黃{牛} 二頭에 一,六六二,〇〇
〇에 買入햇다.
加工組合 朴 常務에 精米代 一部 一〇萬
원을 주웟다. 梁奉俊 婦人에서 一〇萬 원
을 取貸해서 주웟다.
뿌레는 別途로 三〇인지 一六,六〇〇원이
라 햇다.

<1981년 10월 22일 목요일>
孫夏柱 配達 便에 南原 稅金 一,五〇〇 전
화料金 一六,二九〇 計 三一,二九〇원을
傳해 주웟다. 이제 남은 未拂金은 面 稅金
二七,〇〇〇 積金 二一,三九〇원이 밀이여
準備 中인데 復雜하다.

<1981년 10월 23일 금요일>
새벽부터 바가[비가] 내{리}던니 午前 中
에는 눈비가 混降으로 내렷다.
갈 데도 잇는데 돈이 업고 家內에서 할 일
이 만은데 벼집이 업서 새기도 못 꼬고 終
日 舍郞에서 日課을 보냇다. 각〃[갑갑]하
고 몸부림 치드라.

<1981년 10월 24일 토요일>
今日도 日氣 不順. 終日 가끔 비가 내려고
出入도 不便햇다.
에제[어제] 오늘 兩日 舍郞房에서 終日을
보내니 답〃햇다.

<1981년 10월 25일 일요일>
成苑 母는 招待卷[招待券]을 一枚 가지고
와서 전주 公設운동장에 求影하려 가라 햇
다. 뜻은 잇으나 돈도 업고 己事가 잇어 成
東이하고 全州에 간바 카터기 壹臺에 一
二,五〇〇원에 삿다. 그런데 운임은 昌坪里
까지 主人이 貧擔[負擔]햇다.

<1981년 10월 26일 월요일>
카터機을 試運轉햇다.
牛舍에 부억을 改造햇다. 불이 잘 들인다.
새보들 포푸라 枝葉을 깔이엿다.
夕陽에 月坪里 新村 李起◇ 氏가 來訪햇
다. 딸기苗을 가저가라 한바 白米로 七斗
을 달아고 햇다.
成英 生時을 저거주면서 宮合을 보와 달아
햇다.

<1981년 10월 27일 화요일>
具道植 六斗只 脫穀 二八叺쯤 햇다.
崔南連 氏는 二十九日 脫곡을 해주시라고
햇는데 侄婿[姪壻] 安正柱에 할 것이다 햇
는데 그도 不故[不拘]하고 付託해서 고마
게[고맙게] 生覺하고 承諾햇다.
明年 農事는 箱子을 줄 터이니 機械로 移
秧하라 햇다.

<1981년 10월 28일 수요일>
後野로 鄭圭太 脫穀하려 갓다. 外人들은
벌서 三, 四叺式 脫穀이 되엿드라. 우리는
느젓드라. 着手해서 一時間 作業. 約 一八
叺을 하고 난니 비가 내려서 脫穀은 끝낫지
만 운반은 不加能[不可能]햇다.
午後에는 作業이 中止되고 蠶室에서 쌔기
꼬기.

嚴俊峰이는 새기 約 四〇餘 玉을 付託햇다.

<1981년 10월 29일 목요일>
谷城 南陽서 보리種子 物票[物標]가 왔다.
金昌洙 보냄.
崔南連 氏에서 一金 參萬 원을 取貸해서
全州에 갓다. 工場 修理技士 鄭 氏가 修理
하려 왓기 때문에 網도 사고 노지루[노즐]
경운기 흑바지 못 其他을 購入해 왔다.
그리도 不足할가바 嚴俊祥 氏에서 一金 六
萬 원을 貸借햇다.
방아는 夕陽에 試運轉해 보니 모두가 不良
해서 夕食을 하고 鄭 氏는 全州로 보내서
網을 다시 購入해서 來日 아침에 早起[早
期]에 오라고 보냇다.

<1981년 10월 30일 금요일>
鄭 氏는 午前 中 作業을 햇다. 日工錢는
一.五日 三萬 원을 주웟다. 그래도 서운한
듯십드라.
午後에는 精米을 한바 뉘가 좀 나온 듯싶
드라.
李正鎬 脫穀햇다.

<1981년 10월 31일 토요일>
鄭宰澤에 一〇萬 원 貸借.
成東이는 南連 氏 脫穀하려 갓다.
나는 방아를 찟다 보니 中間 샤우드가 나갓
다. 終日 고치다 보니 夕陽이다.
任實서 成曉가 왔다.
正鎬는 방 고치는데 떠려저서 언잔타고
햇다.

<1981년 11월 1일 일요일>
午前에는 방아 찟고 成東이는 進映 집 脫

穀. 午後에는 村前 우리 집 稻 脫穀햇다.
新平에 꼭 가야 하는데 못 가고 보니 섭 〃
하다.
成允 便에 全州에서 麥 種 受領햇다.

<1981년 11월 2일 월요일>
新平農協에서 一五回 積金을 拂入하고 債
務確認捺印도 하고 麥 基肥 복합 三袋 鹽
加로 三袋 出庫票도 떼고 共販用 麻袋 八
〇枚을 外上으로 引受햇다.
面事務所에 들이여 四個月 만에 稅金 二
七,九〇〇餘 원을 주고 왔다.
館驛前에 下車해서 任實로 行하야 加工組
合에 들이고 韓 組合長을 相面하고 中食을
갓이 하고 成曉 집에 들이여 旅費 五仟 원
을 둘이여 全州에 갓다. 베루도 講入[購入]
하야 왔다. 夕陽이드라.

<1981년 11월 3일 화요일>
鄭경錫 今日 現在로 外上代 二七七,九〇
〇원을 殘高로 히놋코 왔다.
聖壽 李潰을 相面코 成英 婚姻 관{계}로
打合한바 宮合은 如一한다고 햇고 面談도
要求햇다.

<1981년 11월 4일 수요일>
아침에 방아 찟고 靑云洞 鄭泰爕 脫穀 25
叺을 脫作햇다.
村前 딸기밧 畓 耕耘作業햇다.

<1981년 11월 5일 목요일>
午前에는 방아 찟고 午後에는 麥 播種을
家族끼리 햇다.
딸기밭을 단도리도 햇다.
鄭鉉相 말에 依하면 支署에서 도박단속을

하는데 三日 밤에 信告[申告]한 것이 證居
[證據]을 대기 위해서 支署에 二日채 呼出
해가요 하고 實地 도박한 사람은 牟潤植
崔瑛斗 沈參茂 其外에도 몃 사람이 이는데
수십만 원 판이엿다고 햇다.

<1981년 11월 6일 금요일>
방아가 古章을 이럿다. 終日 고치도 못햇다.
牟潤植 脫穀 一〇叺하고 裴季漢을 午後에
시켜서 딸기苗 植穴作業을 시켯다.
邑內宅에서 中食을 잘 햇다.

<1981년 11월 7일 토요일>
아침부터 工場 內에서 修理한바 不加能해
서 鄭太炯 氏에서 二萬 五仟 원을 取貸하
고 市基 崔泰雄 氏에 구라인다을 빌이고
해서 全州에서 개부링을 사다 組立한바 夕
陽이 되는데 身輕質[神經質]이 낫다. 불
꺼지고 되도 업고 해서엇다.

<1981년 11월 8일 일요일>
斗流 鎭宇 結婚式場에 參席 햇다. 成曉도
왓드라. 成苑은 九日 字로 館村面으로 移
勤 發令을 바닷{다}고 하드라.
南原서 成樂이가 단여갓다.

<1981년 11월 9일 월요일>
終日 방아 찌엿다.
成東이는 白康俊 脫穀. 韓正石 집 것도
햇다.
丁基善이는 밤에 와서 明日 脫作을 하자
고. 日割 決定도 하지 안한 사람이 日前 하
지 안 햇나 하기 맞은 일도 업으니 딴 사람
안테 하라 햇다.

<1981년 11월 10일 화요일>
大田서 丁哲相이가 단여갓다.
아침에 방아실에 丁基善이가 왓다. 할 수
업시 十一月 十二日 脫作을 해달{라}고 해
서 그려라 햇다. 아마도 단여본니 짜이서
耕云機[耕耘機] 使用 難인 듯싣으라.
成東이 黃基滿 벼 脫作.
午前에는 家族하고 딸기밭에 집을 덥고 午
後에는 비는 小量으 오지만 黃 氏 脫作을
햇다.

<1981년 11월 11일 수요일>
任實市場에 간바 되박을 要求한바 五仟 원
이라고 햇다.
市基里에서 산소용접 햇다.
밤에 李澤俊이가 왓다. 成英 觀選 關係엿다.

<1981년 11월 12일 목요일>
아침에 嚴俊峰 새기 二二개을 주웟다. 合
計 三〇개이다.
방아 찟고 丁基善 脫作 三〇餘 叺.

<1981년 11월 13일 금요일>
아침 새벽에 全州 成吉에서 電話가 왓다.
墓祀도 不參하겟고 移事[移徙]도 無期 延
期햇다고 햇다.
終日 昌宇 脫곡.
四五叺을 밤에까지 운반햇다. 全州 李在水
도 參席.
成曉 母는 只沙 동생 祭祀에 參席 行次햇다.

<1981년 11월 14일 토요일>
終日 精米한바 全州 사람 것이 二一叺엿다.
밤 九時頃에 只沙에 着햇다. 成苑에서 一
金 貳萬 원을 貸借해서 갓다.

<1981년 11월 15일 일요일>
芳鷄里 崔榮鎬 問病코 왔다. 비가 내리는
데 自家 脫곡 三三叺엿다고 하고 二斗 只에
서 十四叺. 人夫는 金宗出 裵京完.

<1981년 11월 16일 월요일>
斗峴 堂叔 成奎 完宇 同伴해서 사제봉 墓
祀에 參席한바 全州에서는 美子을 보냇드
라. 重宇는 成奎 昌宇만 시키고 나는 소리
도 안햇다. 얄미워서 그랫다.
산직이에서 旅비 二萬 원 밧고 炳赫 氏 二仟
원 주고 車비로 成奎에 參仟 원 주고 美子
壹仟 원 주고 一四,〇〇〇원 가지고 왔다.

<1981년 11월 17일 화요일>
崔炳文 氏에서 婚事 淸託[請託]이 드려
왔다.
六代祖 墓祀日이다. 館村 炳基 氏 昌宇와
三人이 同伴해서 桂壽里에 갓다.
墓祀을 지내고 南原을 지내서 館驛에 당하
니 夕陽이 되엿다.
夕食을 하고 바로 방아실로 기서 協助헤
주윗다.
任實 全州 成傑 南原 成樂에 電話해서 二
十三日 訓鍊에 參席하라 햇다.

<1981년 11월 18일 수요일>
今日은 南陽 五代祖 墓祀日인데 昌宇 重
宇만 六仟 원 旅비하고 守護者 麥 種子代
五仟 원 傳해 달아고 주고 祝도 써주윗다.
午前에 방아 찟고 成東이는 自家 脫作하는
데 全州 林奉基가 방아 찟고 中食時 되여
데리고 정제을 드려가 보니 밥상을 보니 살
강에서 네라고 보니 딱지도 안코 고기 까시
가 그대로 부터 있으니 마음 괴롭고 소막을

가보니 소죽을 아침에 끄리여서 쉬여 빠진
것을 夕食까지 주게 되니 마음 괴롭고 一時
가 보기 시렷다. 소죽은 다 퍼주윗 벗렷다.
머 하려 다니는 사람아야고 고함을 첫다.
제바[제발] 各居했으면 십다.
밤늦게까지 脫穀하야 運搬하는데 七時가
너멋다.

<1981년 11월 19일 목요일>
白康善 脫作하다 古章이 낫다. 할 수 없이
中止햇다.

<1981년 11월 20일 금요일>
새벽 六時에 只{沙面} 芳鷄里에서 電話가
왓는데 永浩 死亡이라고 왔다.
成奎에 連洛[連絡]하고 全州에 갓다. 脫穀
機 附品 사가지고 왔다.
夕陽에 鄭太炯 氏에서 二萬 五仟을 貸借
한바 前番까지 計가 五萬이다.

<1981년 11월 21일 토요일>
只沙 芳鷄里 崔永浩 弔問햇다.
昌宇 가자고 해 간바 술이 잇드라.
成東이 안에서 各居을 付託한다고 해서 마
음的으로 갓잔한 사람이라고 하고 生産 못
한 것이 理由를 모르겟고 絶對로 應하지
못하겟다고 햇다.

<1981년 11월 22일 일요일>
방아 찟고 成東이는 鎭玉 脫作 昌宇 脫作
을 햇다.

<1981년 11월 23일 월요일>
成樂 成傑이 訓鍊次 왔다. 成樂이는 食糧
一叺을 가저갓다.

農事 時는 바주지도 안은 놈들이 食糧는 不面시럽게도 生覺이다.
嚴仁基 父 小祥에 弔問햇다.

<1981년 11월 24일 화요일>
成愼이는 大學 豫備考査을 보는데 旅비 萬 원을 要求. 嚴俊祥 五仟 원 丁俊峰 五仟 원을 빌이여 주웟다.
방아 찌엿다.

<1981년 11월 25일 수요일>
自家穀 二一叺을 正選[精選]해서 買上햇든니 生覺 外로 壹等 一五叺 貳等이 六叺엿다.
穀代을 會計하려 한바 難點이 있어 未算하고 왓다.
成東 便에 籾代 五五萬 원을 引受하고 參萬 원을 주고 昌宇 飼料代을 주고 다음 買上하면 네의 벼代에서 달아고 햇다.

<1981년 11월 26일 목요일>
夕陽에 靑云 鄭圭太 債務 五五,〇〇〇원을 會計하고 왓다.
成東 便에 人夫賃 五萬 仟 원을 주고 撒布해 주라 햇다.
食後에 丁基善 借用金 元利 五八,〇〇〇원을 淸算해 주웟다.
잠시 있으니 基善 母가 벼 공판 만이 햇지요 서울서 成康이는 안 오요 그리고 우리 쌀은 안 주시겟소 하기에 氣分이 不安햇다. 나는 모르니 成康에 달아고 하시오 햇다. 그런면 안 주겟소 하기에 알 수 었소 하고 괴로와서 방에서 나와 버럿다. 집 뜻는 데서 嚴俊祥 借用金 六萬 원는 利子을 안 바고[받고] 元金하고 路上에서 取한 돈 五仟

원만 밧드라. 尹 生員 店芳[店房]에서 外上代 五,四〇〇원을 끝내 주웟다.
鄭鉉一 딴임 보는데 俊峰 取貸金 五仟 원는 路上에서 婦人에 드럿다. 郡 財務課長 面長 職員 全部 四, 五名이 出張. 秋耕 督勵次 왓다.[20]

<1981년 11월 27일 금요일>
成東이는 昌宇 脫穀하려 보내고 農村後繼者 成東 代理로 郡에 會議에 參席 햇다.
會議에서는 八二年度 二月 末日 限 二五〇萬 원은 追加로 융자해 주마 햇다.
加工組合에서 고무노라 外上으로 新品種 一組 一六,{〇〇〇}원에 가저왓다.

<1981년 11월 28일 토요일>
돌모리댁을 마낫든니[만났더니] 今順에 對한 여려 가지 말을 하는데 南連 氏에 말하라 햇다.
아침 해장에 里長을 訪問하고 農藥代 비니루 三막기代 麻袋 食鹽 三叺代을 總計算하니 二九〇,四七五원인데 九〇,四七五원만 끝錢을 주고 二〇萬 원만 殘高로 하고 왓다. (印)
歲入帳簿에 記入되여 있다.
里長 집에서 온니 마당에 家資[家財]가 부어지고 허터젓는데 기분이 不安햇다. 成東이는 人夫 데리고 나무하려 갓는데 메누리가 不平한 듯싶으드라. 그려 메누리는 상식이 不足하고 禮義로 不足한데 生産도 못하고 그래서 自心이 不安할 터이지 하고만

---

20 일기장의 날짜 옆에 기록된 내용이나 문맥상으로 보아 본문의 내용을 적고 지면이 부족하여 윗부분에 이어 기록한 것으로 보인다.

잇다.

<1981년 11월 29일 일요일>
崔南連 氏에서 一〇月 二十九日에 參萬
원을 取한바 깜박 잇고 今日 本人이 달아
고 해서 준바 大端이 未安했다.
積金 十六回分을 孫夏周에 보냇다.
人夫 五名을 어더서 나무 햇다.
日曜日인데 成允이 授業料을 주윗다.
鄭鉉一 子 結婚式에 參席.
朴珍植 結婚式에도 參席하고 成吉 집을
訪問햇다. 墓祀 旅비 殘 四仟 원 殘이라 햇
드니 곡성을 다여오시요 햇다. 登記卷[登
記券]을 차자오시요 햇다.

<1981년 11월 30일 월요일>
終日 방아 찌엿다.
成東이는 집으[짚을] 시려다 裵永植 집에
주윗다.
이제 아프로 一個月이면 辛酉年도 다 가는
데 마음 괴롭다.
農協債務 個人 債務 契錢 할 것 없이 整理
해야 할 時期가 迫頭하야 眞心으로 不安
하다.
모든 物價는 올였으나 家政에서는 生産物
도 없고 하나 올나고[올라도] 不安 下落해
도 그도 不安하다.

<1981년 12월 1일 화요일>
아침 七時 十三分 列車로 成東를 裡里에 보
냇다. 一金 五萬 원을 주워서 附品을 사려.
새벽에 첫눈이 내렷다.
終日 舍郎에 讀書햇다.
丁基善이 母子가 왔다. 엇전지 基善의 母
을 맛나면 괴롭드라.

丁振根이는 술을 한 병 밧고 벼 운임 八仟
원을 가저서 바닷다.
成東이는 밤에 附品을 가지고 왔다.

<1981년 12월 2일 수요일>
終日 原動機 組立을 한바 잘 되지 안해서
手苦 만햇다.
裡里에 電話햇든니 出張을 하겟다고 햇다.
任實 土組에서 所長하고 職員이 訪問햇다.
湯減申請[蕩減申請] 對象地區라며 주선
해 보시요 햇다. 그러나 今年 것은 내주시
고 해보자기에 그려케는 못하겟다고 햇다.

<1981년 12월 3일 목요일>
아침에 裡里 朝陽機械社로 電話하고 早起
에 修理 出張을 再促햇드니 正午頃에 当
하게든 不參했다. 成東이을 同助해서 修理
着手한바 夕陽에야 試運轉이 可能햇다.
成傑이가 밤에 왔다. 末日 訓鍊에 對備次.
明日은 成東이도 訓鍊을 간다니 作業이 支
章[支障]이 만케다.

<1981년 12월 4일 금요일>
終日 방아는 잘 갓다. 그려다 夕陽에 기름
이 不通해서 구라구 메다루가 녹아버려다.
사람 잘못으로 그랫다. 돈도 업는데 이 노릇
을 엇제 하리. 답 〃 한 마음 금할 길이 업다.

<1981년 12월 5일 토요일>
原動機 메다루가 녹아서 成東이가 三萬 원
창기고 내가 六仟 원을 보태서 裡{里}에 가
一組을 지엿는데 三四,〇〇〇원.
李錫在 子 結婚式에 參席. 尹錫이와 同伴
햇다.

<1981년 12월 6일 일요일>
終日 방아 찟는데 애로가 만햇다. 메다루가
질이 나지 안해서 三次 뜻엇다. 夕陽에 모
비루 一초롱 一八,〇〇〇원에 가저왓다. 관
촌에서 成東이가.

<1981년 12월 7일 월요일>
白米 一叺을 黃 氏에 賣渡하고 五五,〇〇
〇 林仁基에 一斗 六,〇〇〇원 게 六一,〇
〇〇원인{데} 메다루갑 福喆 집에서 取貸
金 三萬 원 주고 모비루갑 一八,〇〇〇을
주고 왓다고 成東이는 말햇다.
오늘은 방아가 異常 없이 돌아갓다. 今年
드려 처음으로 多量을 搗精햇다. 宋成傑 婦
人이 招請해서 가보니 宋泰玉이 觀選하려
聖壽에서 朴 氏가 왓는데 姨宗[姨從] 間이
요 하고 對話도 나누며 中食을 갓이 하고
作別한바 朴 氏는 宋 氏보다 崔 生員을 보
와서 成婚을 하야겟소 하면서 作別햇다.

<1981년 12월 8일 화요일>
成東이 妻로 因하야 難點이 만타. 엇전지
보기가 실타. 그려나 各据[各居]을 시키고
십어도 미들 수가 없다. 나보고는 말 안코
시에미에만 구해을 주는 模樣인데 無識한
홀애비 딸로 커서 禮文도 못 배고 아조 山
中사람으로 禮義가 업드라. 父母가 생전
살 배 업는데 父母 죽으면 家屋도 제의들
것으로 보는데 良心 不良心을 갓고 于先
平安하게 단둘이 지내고 하는데 이제는 各
据도 相關치 안코 一時에 보기만 실타. 各
据을 해도 따린 것도 업고 信任할 수 없다.

<1981년 12월 9일 수요일>
오늘 終日 방아을 찟고 正午에 中食을 하

는데 成東 妻 行爲가 異常햇다. 食床에서
成曉 안치 노코 成東 妻에 말햇다. 네가 나
무[남의] 집에 왔으면 우리 家形에 依존해
야 하는데 제금을 내달아고 一家親척 그리
고 他人에까자도 付託코 햇다니 그게 禮義
이야 햇다.
昌宇 집에 갓다. 弟수 말에 依하면 成東이
보고 기게 그만 고치고 때려 부서버려라고
햇단니 그런 망신이 또 잇나 햇다.
任實驛 韓玟錫 氏가 단여갓다.

<1981년 12월 10일 목요일>
終日 방아 찌엿다.

<1981년 12월 11일 금요일>
終日 방{아} 찌엿다.
夕陽에 大宅에 갓다. 全州에서 柳文子가
왓드라. 네의 시누가 말이 만트라[많더라]
성질내는데 갓잔햇다. 큰소리을 할가하다
참앗다.
어전지 其의 一族을 보면 마음 괴롭드라.

<1981년 12월 12일 토요일>
成東이 農{村}後繼者 會議 參席.
任實 土組 出張所長이 訪問햇다. 오는 十
二月 十四日 任實에 全州 組合長하고 道
職員이 온다 하니 作人 몃 사람을 帶同 參
席 水稅에 對하야 對話을 나누워 주시요
햇다.

<1981년 12월 13일 일요일>
今日 工場 內에서 共販벼을 作石햇다. 내
의 것이 七五叺 農穀 全量이고 成東이 條
三五叺을 別途로 作{石}햇다. 昌宇는 서울
서 오지 안해서 成國이하고 昌宇 條 一二

叺을 作石햇다. 里長租 一斗을 주엇다.

<1981년 12월 14일 월요일>
共販日인데 車로 운반하고 種子用으로 三
叺을 除해 노왓다. 七二叺을 賣上한바 一
八七九,二四〇을 成東에서 받앗다.
成東 條로 三五叺을 賣上한바 九二九,九
五〇원을 받은 것으로 안다. 其中에서 畜舍
資金 二八三,七六七원 冷장庫代 二四一,
六六一 후게者 肥肉牛代 利子 七九,三一
四 耕云機 利子 六八,五五八 計 六七參,參
〇〇을 整理하라 햇든니 其대로 햇다.
成東이는 딴 計劃을 세윗든니 틀이엿다고 하
면서 밤늦게까지 內外間에 言聲이 놉드라.

<1981년 12월 15일 화요일>
成東 便에 鄭敬錫 油代 外上 條 四七五,〇
〇〇원 會計 完了하라고 하고 現金으로 경
유 一드람을 가저오라고 六萬 원을 別途로
주위 計 五三五,〇〇〇원을 주윗다.
午後 任實驛前 韓文錫 債務 五六四,二〇
〇원을 全額을 完拂해 즈윗다.
驛前에 나와 술 한 잔 하자고 해서 잠시 있
다가 任實로 갓다. 加工組合에 간니 常務
任은 德崎 江律面[江津面]에 分會 갓다고
不在中. 南宮 讓[孃]에게 外上代 一六二,
五〇〇원을 주고 帳簿을 削除하라고 하고
바로 大同商會에 갓다. 脫穀機 外上代 其
他을 合해서 二〇萬 四,五〇〇원 會計 完
了하고 全州로 예{수}病院에 着하야 成吉
問病을 햇다.
오는 길에 鄭겨석[정경석] 油代 外上 萬五
仟을 주고 崔用浩 麻袋代金 五〇枚代 一
七,五〇〇원을 路上에서 주고 왓다.

<1981년 12월 16일 수요일>
終日 방아을 찌엿다.
館村에서 炳基 堂叔이 오시엿다. 昌宇에서
쌀 會計 때문에 온 것 갓다. 十二月 二十
五, 六日頃에 쌀契會議는 합니다 햇다. 昌
宇에서 밧드라고 햇다.
어제 債務 및 外上代 준 것을 區分別로 整
理햇다. 帳簿整理을 한니 무슨 會社 社員
처럼 經理事務엿다.
昌宇를 오래다 노코 賣渡케 하라 햇다. 밤
에 丁壽福을 同伴하겟다고.
朝夕으로 메누리를 보면 一時도 보기가
실타.
成苑 母에서 取貸金 貳萬 원을 路上에서
주윗다. 밤늦게까지 丁壽福과 丁基善이가
契約하러 온다든니 오지을 안는데 아마도
基善이의 防害[妨害]인 듯싶다.

<1981년 12월 17일 목요일>
成曉 母 便에 메주콩갑 萬 원을 주엇다.
昌宇 말에 依하면 分明히 丁基善이가 招介
[紹介]을 防害햇다고 본다.
白米 七〇叺에 홍정은 丁壽福이와 締結이
되엿는데 엉둥하게 六五叺로 한 것은 基善
이의 요사이고 最初에 招介費을 一叺쯤 주
겟으니 基善이가 招介하라 했으면 될 번
햇다고 본다. 이 놈 두고 行爲을 좀 보겟다.
過居[過去]가 깻긋지 못한 놈.
終日 방아 찌엿다.
德基가 단여갓다. 利子라도 끈어주시요 햇다.
밤에 郡에서 副郡守가 전화햇다. 成奎에
전해 달아고.

<1981년 12월 18일 금요일>
昌宇가 왓다. 丁基善 丁壽福을 對面햇든니

七〇叺 中 一叺 五斗쯤 感[減]자고 하여 그려케 하라고 하고 丁基善 집에서 賣渡契約書을 作成햇다.

어제밤에는 成奎하고 非行을 말햇지만 丁基善이도 生覺할 時 崔乃宇을 無視할 수 업는 게다 하고 昌宇 便에 傳하야 이루워젓다. 期限은 一月 二〇日로 하고 一月 一〇 頃에 多少 주기로 하고 今日은 拾貳叺 契約金 條 받앗다. 그래도 不足하지만 그려케도 살 사람이 없는데 나는 多幸으로 안다.

十二叺을 崔南連 氏에 주고 四叺는 安承均 氏에 주고 三叺는 工場에로 운반햇다.

安承均 氏는 四叺인줄 안바 記載을 보니 三叺라고 失手햇다고 하기에 五斗만 내달아고 햇다.

<1981년 12월 19일 토요일>
屛巖里 崔善宇에서 전화가 왔다. 今日 十一時 三〇分에 住油所[注油所] 開業式을 擧行한다고 參席을 要햇다.

하동宅이 落傷햇다고 해서 택시로 任實 病院에 入院해 놋코 嚴俊祥 同乘하야 館驛에 내렷다.

善宇 注油所 開業한 데 參席햇든니 반가하드라. 館村서 炳基 堂叔이 오시엿다. 서울서 妹弟들도 內外 同伴 全員이 參席햇드라.

注油所 從業員는 善宇 姨母 子 姨從弟하고 鄭東洙 子가 從事키로 햇다고 하드라.

手巾 十二枚을 주위서 成東 나 崔南連 崔成奎 成奉 昌宇 重宇 完宇 이상운 嚴俊映 安정모 丁基善 計 十二枚을 成東 便에 보내주윗다.

<1981년 12월 20일 일요일>
全州 俊峰 女息 結婚式에 參席햇다.

밤에 成樂 成傑 明日 訓鍊次 왓다. 서울 成英이도 왓다.

<1981년 12월 21일 월요일>
崔南連 債務을 確認한 帳簿는 記載가 되여 잇이 안코 日氣帳[日記帳]하고 歲入帳簿을 閱覽햇든니 債務 事實이 七月 七日字로 確認이 되엿다.

아침 南連 氏가 舍郞에 昌宇도 同席 中인데 俊峰 집에서 中食이나 갖이 하자고 人便을 보내서 三人이 갖이 갓다.

小宅을 訪問 叔母 問病을 하고 完宇도 서울을 간다고 해드라. 에제는 完宇가 뻐스에서 大端 亡言[妄言]을 하야 大象[大衆]들에서 視觀을 받앗다고.

成英는 四時 二〇分頃에 서울로 떠낫다.

<1981년 12월 22일 화요일>
아침에 牟潤植 氏 債務 一〇萬 원 條 2萬 원 條 八萬 條 元利 合해서 二四五,〇〇〇 원을 全額 完了해주고 萬諾에 一月 一日 쌀게 時에 내가 不足한면 幾拾萬[幾十萬] 원을 빌여주면 丁壽福 畓 賣渡代가 드려오면 주겟다고 햇든니 感히 承諾함.

金德基가 왓다. 利子만니라도 달아고 햇다. 二四日頃에 오라고는 햇다.

午後에는 방아 찌엿다. 成東이는 妻 祖母 生日이라고 內外가 갓다. 나는 마음에 맞이을 안는다. 저나 가제 成東이까지 데라고 가는 것은 꼴보기 실트라.

面長이 依賴한바 白米 二斗을 要求해서 별수 업시 주윗다.

<1981년 12월 23일 수요일>
방아 찌엿다.

午後에는 新汰 會議가 있엇다.
南原 放送局에서 청취료 四,八〇〇원 주웟다. 八二年 六月까지.
大里 叔이 전화로 쌀 보내라고.
昌宇 집에 갓든니 一〇萬 원 가지고 午後에 나간 사랑[사람]이 오지 안는다고.

<1981년 12월 24일 목요일>
「牛舍에 잇으니 昌宇 文경 母가 왓다. 八. 四〇分쯤 게쌀 一〇叺만 昌宇에 미려 달아고 하기에 承諾햇다.」
移秧契 結算日[決算日]이다.
會員이 全員 募엿다. 結算을 마추는데 六九九,九〇〇餘 원이다. 新入會員에는 斗當 一,〇〇〇원식 四五,五〇〇원을 完徵햇다. 八二年 六日[六月] 三〇日까지 定期預金으로 約束햇다.
夕陽에 農協 參事가 왓다. 昌坪里民 農協 債務을 對話 中 五,五〇〇餘 萬 원이라고 햇다. 其中에 里長 裵明善 條가 五百萬 원이라고 하면서 個人 明細書을 作成 職員 集中 督勵하자고 했으나 應答이 업다고 햇다.
參事任에 依賴해서 八二. 六月 三〇{日} 限 定期預金해라고 四五,五〇〇원 주웟다.

<1981년 12월 25일 금요일>
南原에서 金教鎭 氏(三게[三溪]) 次子 結婚式曲[結婚式典]에 參席햇다. 鄉校원이 五, 六名도 參席햇드라.
館村에 市場에 갓다. 白米代는 五一,〇〇〇원 無價値이드라.
집에 온니 任實 메누리가 全민수에 五〇萬 원을 준바 家事[家産] 탕진으로 모[못] 밧게 되여 혼수상태다고 했다.
宋文玉 집에 갓다 왓다.

沈參茂에서 六四四,八〇〇원을 바닷다. 十二叺 四斗.
移秧相子代 機械代 五七,六三一원을 代納햇다.

※ 12. 25.[21]
오늘은 성탄절이다.
成이는 집에 단이려 왓다.
下宿米 1叺 全州에 永植을 시켜 託送햇다.
今日 現在 2叺을 보낸 셈.
食後에 完宇가 왓다. 兄任 具判嚴이 間夜 떠낫다고 왓다.
고지 11斗 3升 주웟는데 떼먹고 갓다.
間子 도치 밥솟 황아리 2개 其他 가저왓다.
季春 氏 집에서 結婚式한데 主禮를 보와 주시라고 와서 갓다. 主禮가 끝나고 玄模 집에서 招請햇다.

<1981년 12월 26일 토요일>
金德基 便에 鄭泰燮 條 二二,八〇〇원 주웟다.
柳正進 柳文京 쌀契 條로 利子 五叺을 本日 正進에 移樣[移讓]햇음.
農協 貸付金 金德基 便에 四二八,二〇〇을 주고 十二日[十二月] 十四日 六七三,〇〇〇원을 주고 보니 計 一,一〇一,〇〇〇원[바른 계산은 1,101,200원]을 于先 利子만을 會計한 편이다.
相子代 機械 利子 條로 七〇四,四〇〇원을 준바 三,一五〇원 不足햇다.

<1981년 12월 28일 월요일>

今日 現在로 丁壽福에서 十六叺을 收入하고 其中에서 元 條라고 崔南連 氏에 七叺 주고 昌宇에 崔今福 條로 一〇叺을 주웟다. 約局[結局]은 昌宇에 一〇叺을 준 셈이다.

柳正進에 二〇叺 條 債務 元利 二五叺인데 一〇叺는 今福 氏가 昌宇을 주라 해서 주고 一〇叺는 本子[本資]로 改正햇다. 五叺 利子는 未拂인데 아마도 成奎가 가저간다고 햇다.

成康 契米 六叺을 柳正進에 주웟든니 沈參茂 가저가드라. 今年으로 成康 二〇叺 契米는 끝이 낫다.

夕陽에 昌宇 成{浩} 炳基 氏 同伴해서 全州 成吉 집에 曾祖父 祭祀에 參席.

<별지 기재 내용>[22]

一九八一. 十二. 二八. 字 別記이다. 乃宇 書.

沈參茂는 契쌀이 끝이 낫으니 中食나 같이 하자고 해서 崔南連 氏하고 參茂 집에서 食事을 햇다. 南連 氏는 말하기를 조용하니 (參茂 집 아래방에서) 멋 말 하겟다고 햇다. 事由는 日前에 成吉이가 病院에서 人便으로 對面하자고 傳해 왓기에 간바 成吉 말은 우리 被次[彼此]가 아는 사이고 그려니 터노코 崔兄 딸하고 우리 範이하고 成婚함이 엇더야고 해서 조타고 햇는데 집에 와서 딸 今順이하고 相議햇든니 딸 말이 兄弟間에 友愛도 안니 하고 同姓인데 그려케도 할 수 잇소 햇다고 햇다. 내의 對答은 本貫이 틀이니 關係 업고 當本人[張本人]

────────────
22 이하는 일기장에 별지로 붙어 있는 지면에 기재된 내용이다.

들끼리 對話에 달엿다고 햇다.

그랫든니 他人에 그런 말은 傳하지 말아 달아고 하고 其間에 崔英姬을 通해서 嚴俊祥의 次子에 成婚 招介도 들어왓다고 하드라. 그러나 내의 生覺으로는 今順이와 柳浩永하고 近親間이라는 柳浩永 外祖母을 通해서 들엇는데 成吉도 그려한 뜻이 잇다면 나 또는 成奎에도 相議부터 하고 身分도 알아보고 南連에 要請함니 至當한데 그려한 重大之事을 本人 卽接 對話햇다는 것은 너무도 成急[性急]한 處事라고 안니 볼 수 업다. 住民들은 大付分[大部分] 알고 잇는 形便인데 이쯤 되면 中間에 나도 難事이다. 南連 氏하고 親友사이고 成吉인 親侄[親姪]인데 波婚[破婚]이면 萬諾 내가 말을 내면 成吉는 卽時 波婚은 勿論이지만 南連 氏는 내가 마해[방해]를 노와서 波婚 되엿다고 할 터이니 딱한 실정에 잇다.

<1981년 12월 29일 화요일>

丁基善에서 七叺을 取代[取貸]하고 林澤俊에서 二叺을 取하야 二〇叺을 마추엇다. 成吉 집에서 朝食을 맞이고 전화로 鄭壽明에 連洛하야 殿洞 복덕방에서 對面하고 二〇叺을 보낼 터이니 賣渡하라 햇다. 夕陽 車을 가지고 왓기에 二〇叺을 실여 보내고 내게는 叺當 五三,〇〇〇원식 도라 햇다. 운이[운임] 八,〇〇〇 人夫賃 二,〇〇〇원 주웟다.

柳正進이는 쌀契員에서 五三,〇〇〇식 밧고 外人에게는 五二,〇〇〇원식 주려 하는 非良心者라고 햇든니 成苑 쌀게돈을 발이해[반려해] 왓다고 햇 不良者로 본다.

成康 말을 드르니 成康 條 쌀게에 쌀 三叺을 너주워야 한다고.

<1981년 12월 30일 수요일>
崔南連 氏 宅에서 親睦契 募臨이 있엇다.
契穀 元子[元資]는 六叺을 다시 놋코 保管
米[保管米]는 慶弔用 米 貳叺을 鄭鉉一에
引게하야 計算을 맞엇다.
昌宇에서 館村 堂叔 契米 條 五叺을 받아
서 成苑 母에 너겨[넘겨] 주윗다.

<1981년 12월 31일 목요일>
방아 찌는데 돌보와 주엇다.
八一年度 마지막 다 간다고 生覺하니 반가
움도 길거움도 없으나 오히려 不安感思만
나드라. 原因는 公私債가 未整理되엿고 子
息도 未婚兒가 잇고 家和大平치 못해서인
듯십다.
不安하니가 술은 끈을 수도 업고 한 時라도
硏究만 해지고 잇다.

1982년

<내지1>

營農 메모 一覽誌

月	日	要旨
三月	三〇日	新品種 浸種
四月	五日	箱子 播種 其間 催芽 完了
	六日	고초 播種
	〃	桑田 肥培菅理[肥培管理]
	〃	麥 追肥 撒布
四月	二〇日	第二次 麥 追肥 菅理
	〃	二毛作 一般벼 種籾 浸種
	〃	飼育牛 飼料用 깡냉이 播種
五月	一〇日	機械移秧 着手
五月	十五日	除草濟[除草劑] 및 가래藥 撒布
	〃	딸기밭 菅理
六月	一〇日	알탈무[알타리무] 열무 가리
七月	一日	딸기밭 追肥
七月	二十五日	秋蠶 三枚 掃立
七月	二五日	夏穀 脱穀
八月	一日	깡냉이 播種
八月	十日	김치무 播種
九月	一日	台風[颱風] 豫報日
一〇月	二〇日	麥 播種
	〃	秋穀 脱穀

<내지2>

마음 安定의 해 새아침

家長 崔乃宇 願 (印)

寸수 가리기

祖父 父子之間 - 無寸

從 - 4 - 5寸

再從 - 6 - 7寸

三從 - 8 - 9寸

四從 - 10 - 11寸

五從은 없고

9代 - 10 - 11 - 12
13- 14代 順位으로
代수로 가려낸다.

家禮 日程表

正月 二十七日 花城 從祖母 祭祀 大里
三月 二十七日 外祖母 求禮 祭祀
六月 十日 從祖父 九耳 ″
七月 五日 伯母 全州 祭祀
七月 十四日 祖父 祭祀
七月 二十四日 母親 祭祀
十二月 一日 父親 ″
十二月 三日 曾祖父 ″ 全州
十二月 十五日 안골 祖母 斗流
寒食 連山 七代 墓祀

<내지3>

一九八二 任戊 年 所望 計劃

一. 肥肉牛 增畜 事業

二. 工場 原動機 모-터로 交替 事業

三. 子息 海外進出 事業

四. 其他 各種 事業

<내지4>

墓祀 日定表【日程表】

通禮公 每年 十月 初丁日 確定

文請公 十月 初五日 墓祀日 確定

大宗 求禮 墓祀 每年 十月 中丁日

花樹會 每年 陰 四月 初五日 確定

<1982년 1월 1일 금요일>
舍郞[舍廊]에서 八一年 收入支出을 計算
해 보왓다. 八〇年度 總支出 集計는 一一,
一三九,八九三원인데 八一年度에는 八,五
六四,三三五에 比하니 二,五七五,五五八
으로 減額으로 支出이 되엿드라.
八一年 收入은 一〇,二三一,九二〇원 收
入에 支出은 八,五六四,三三五원인바 約
一,六六七,五四五 黑子로 나타낫다.
그러나 아즉 債務 未整理이다. 農協債務만
利子 元金 一部 一,〇九七,五〇〇원을 拂
入햇다.
成苑 집에서 쌀게가리가 있엇다. 契員은 牟
潤植 氏 參茂 代{身} 母親이 參席해서 헤
먹들라. 收入은 全部 된바 父가 未拂하고
成曉가 全州에서 未着으로 不參뿐이다. 館
村 堂叔은 서울 가시고 契곡은 昌宇에서
五叺 밧고 四斗代 二〇八,〇〇〇원는 내가
代納햇다.
驛前 鄭敬錫 氏에 전화로 조광상회 매도을
付託햇다.

<1982년 1월 2일 토요일>
全州에서 왓다고 成曉가 왓다. 中食 床에
서(席) 말하기를 明年에는 全州에다 住宅
하나 準備해보겟다고. 積金도 約 二百萬
원 타고 契돈도 參百萬 원 타고 其他 收入
할 것이 이다면서[있다면서] 말햇다.
그려케 하라 햇다. 契돈 三七萬 원 내 가저
왓다.
(鄭九福은 土地 白米을 가저온바 不實해
서 退送햇다{}}.
全州에서 鄭壽明이가 왓다. 米價 下落해서
一五叺만 消費하고 四, 五叺가 殘高라 햇
다. 아마 五二千 원 以下로 될 것 갓다. 참

으로 農軍들은 二口同聲[異口同聲]으로
못 살겟고 쌀을 내서 債務 整理하려 한바
昨年 이때는 六萬 원 하든 것시 이쯤 五萬
원이 되니 못 살겟고 하드라.

<1982년 1월 3일 일요일>
爲親契 定期總會에 參席하야 歲入歲出 經
理 整理을 해주웟다.
金鎭玉 몜소[염소]을 南連 氏에 주고 五萬
원을 받앗다.
夕食 後에 택시로 李澤俊가 왓다. 成傑이
가 五樹[獒樹]에서 交通事故을 냇다기에
당왕햇다. 택시로 五樹 卽通해서 支署에
갇은니 署長도 澤俊하고 親友之間이고 妻
男빨이가 된 金 巡警이 서들고 해서 無事
히 解結[解決]된바 荷主도 왓드라.
밤 十二時頃에 釜山으로 가는데 旅비도 不
足한다기에 萬 원 주고 작별햇다.

<1982년 1월 4일 월요일>
鄭鉉一과 갖이 崔善眞 喪家 弔問햇다.
鄭九福에서 土地代 十壹叺을 引受 밧고
崔今福 條 債務 利子 五叺을 成奎에 引게
햇다. 그러면 昌宇 一〇叺 成奎 五叺을 주
고 一〇叺만 남겻다.
丁基善을 訪問하고 許善眞 死亡을 알이여
주웟다.
밤에 成苑 內外가 왓다.
成曉 條 쌀稧 九叺 四斗代 四八八,八〇〇
원을 주웟다.

<1982년 1월 5일 화요일>
崔善眞 喪家 出喪하는 데 參禮햇다.
昌宇가 왓다. 丁壽福 土地代에 對하야 말
이 만는데 不應햇다.

金長映 氏가 왔다. 白米 四叺代 二〇萬 八仟(五,二〇〇식)을 바닷다.
丁壽福 송아지 六一萬 원에 賣渡한바 白米代을 달아고 햇다.

<1982년 1월 6일 수요일>
金長映 氏에 白米 四叺을 出庫해 주윗다.
오늘은 束綿契[束錦契] 定期總會日이다. 大里 崔正浩 氏만 不參하고 全員이 參席햇다. 酒饌과 食事는 願滿[圓滿]하게 接待햇다. 館村에서 成曉 妻弟도 參席하고 飮食도 協助하드라.

<1982년 1월 7일 목요일>
丁基善과 同伴해서 館村 禮式場에 갓다. 中食을 마치고 집에 왓다.
大里에서 堂叔이 오신바 쌀 參拾餘 叺을 借用해달아 햇다. 利子도 빗사고 그려한 쌀을 가진 사람이 없다고 햇다.
夕陽에 面長 支署長이 同伴해 왓드라. 用務는 喜捨金을 要請하려 왓다고 햇다. 崔乃宇 外 九名 約 二一五,〇〇〇원이고 別途로 俊峰는 八萬 원 바닷다고 햇다.
丁壽福을 찻고 土地代 殘을 現金으로 달아 햇든니 五一,〇〇〇원식 말하기에 部落에서 現在 五二,〇〇〇원식 据來[去來]하고 잇는데 仟 원을 또 각자는 것이니 現品으로 가저오라 햇다. 氣分이 납부다고 햇다.
밤 十一時頃에 丁道根이가 왓다. 잔소리를 나누니 不安햇다.

<1982년 1월 8일 금요일>
아침에 梁奉俊 氏을 訪問햇다. 債務을 會計한바 一〇九,〇〇〇원을 드린바 그려케는 못 밧겟다면서 一〇五,〇〇〇만 받으라.

大端이 未安하드라. 딸도 病院에 入院 中인데 마음的으로 不安한 집으로 본다.
鄭宰澤 債務 元利 合計 一〇萬 七仟인데 移秧 相子[箱子]代 原動機 利子 合計 五七,六〇〇원을 除하고 四萬 九仟 원을 封入해서 보냇다.
丁壽福 婦人하고 是非가 있엇다. 自己 말만 하는데 氣分이 少햇다. 상것으로 본다. 못 배운 女子이고 近親人는 못 되며 相對를 遠쪽으로 하는 것이 올[옳을] 것 갇으라.
日本서 金商文 氏가 訪問해왔다. 夕食을 갖이 하고 取치[就寢]햇다.

<1982년 1월 9일 토요일>
同婿 金商文는 中食을 하고 成傑 成奉 就職 問題을 論議하고 日本에 歸鄕하야 打合하고 通報해겟으니 住民莎本[住民登錄抄本] 一通만 日本에 보내주시라고 하고 作別햇다. 招請은 하겟지만 多少 準備하라 햇다. 그려나 돈이 없어 뜻이 업드라.
崔今福 氏가 오시엇다. 契穀을 柳正進에서 받은바 丁壽福이가 쌀을 판다기에 價格을 말하니 四萬 九仟 원을 말하니 도적놈이라고 하드라. 아마도 내의 土地代을 주기 위해서인저인지는[위해서인지는] 모르나 너무 어굴하다 햇다.
農村 收支가 뺏나가니 못살겟다고 異口同聲이다.
同婿가 作別하면서 外國을 보내고 싶으면 順天 親弟 昌模을 對面하고 相議하면 或 可能이 있으리라 햇다. 陰曆 過歲 後에 成康 母을 同伴해서 가보겟다고 約束하고 作別햇다.
◎ 밤늦게 山西에서 丁柱永이가 왓다. 兄 振根이 편지을 햇는데 過居[過去] 兄弟

間에 격투로 싸운 일이 있섯는데 其之
事을 山西 支署長에 長水 警察{署}長
里長 班長에까지 편지로 不良者이니
버릇을 고처달{라}고 햇다며 그 펴지
[편지]을 보이드라.

<1982년 1월 10일 일요일>
大里 崔宗仁 女息 結婚式에 參席.
오는 길에 鄭壽明을 訪問하고 쌀에 對하야
打合한바 貳叺만 殘인데 自家用으로 하겟
고 今日 日曜日이은데 出金이 안된니 明日
내려가서 會計햇겟다고 햇다.
◎ 朴判基 組合 常務을 全州에 對面하고
  原動機 交替할 바는 電氣 ㅁ-타[모터]
  昇合機 附着用으로 하면 一五{萬}馬力
  은 二百壹拾萬 원이고 一〇萬 馬力이
  면 壹百五拾萬 원이라면 完工해준다고
  햇다.
路上에서 丁基善이를 對面하게 되엿다. 氣
分이 少하게 뜻박에 成康 住所을 무럿다.
住所를 모르겟다고 햇다. 무슨 일이야 햇
다. 때 되면 會社[會計]을 해야 하는데
묵 〃 잇다기에 나는 모른 일이라고 햇든니
언제라도 兄보고는 債務에 對하야 말 안켓
다고 햇다. 마음이 陰性的 人間으로 본다.

<1982년 1월 11일 월요일>
엇전지 不安하다. 終日 舍郞에 잇자한니
헛計算만 生覺해지드라.
맛참 全州에서 南連 氏 딴任[따님]이 오섯
다고 쌀 二〇叺代 五二,〇〇〇원 代로 가
저왓는데 約束과는 달치만 一,〇四〇,〇〇
〇원을 會計햇다. 其中에서 南連 氏 債務
條 一一八,〇〇〇원을 卽席에서 淸算해 주
웟다.

八一 秋蠶 四枚代 六,〇二〇×四=二四,〇
八〇원 面 職員에 주웟다.
夕陽에 龍陰峙 正男이가 來訪햇다. 斗谷
堤의 耕作人 不平事項인데 民正堂[民正
黨]에 異議하겟다고 해서 池野만니만 作人
및 耕作面積을 記載해서 보냇다.
成苑 契錢이 不足해서 成東이에서 三萬
원을 빌이엿다.
밤에 成苑 內外가 왓다. 契쌀갑 九九八,四
〇〇원을 주고 現品으로 一〇叺을 保菅
[保管]햇다.

<1982년 1월 12일 화요일>
(陰 十二月 十八日)
朱泉里[酒泉里](수레기) 郭二勳 妻가 오
늘 아침에 死亡햇다고 전통이 왓다.
全州 成吉이는 전화로 들밭을 南連 氏가
사겟다고 百五〇萬 원을 주마 햇으니 二,
三叺만 더 달아고 해서 契約을 締結하라기
에 南連 氏을 對面햇든니 形便이 買受할
수 없다고 据絶[拒絶]햇다.
營農資金 七拾萬 원을 주겟다고 해서 그래
라고 햇다.
大端이 괴롭다. 不動産을 賣渡햇서로 債務
가 未淸算이고 보니 眞心으로 마음 괴롭다.

<1982년 1월 13일 수요일>
成東이 藥을 하기 爲하야 具判洙 犬을 四
萬 원에 흥정하야 잡고 大里에서 十全大保
湯[十全大補湯] 一제에 一六仟 대추 시야
[시양]23 해서 約 六萬 원쯤 들엇다.
午後에는 成曉 母하고 同伴해서 屯南24 珠

____
23 '시양'은 생강을 가리키는 전라도 방언이다.
24 1992년 지방자치법에 따라 오수면으로 개칭되
   었다.

泉里[酒泉里] 郭二勳 喪家에 갓다. 一泊을 했다.

三溪面 二仁里(덕임)
崔錫宇
둔터 崔天宇

<1982년 1월 14일 목요일>
아침食事을 하고 金漢來 싸이카로 五樹驛에 왔다. 九時 三十分 列車로 書道에 着하야 桂壽里에 露儒濟[露儒齋]에 當했다. 代議員는 約 三○餘 名이 參席했다. 終日 討論 끝에 夕陽에야 附議 件이 對略[大略] 通過되엿다.
밤 十一時 三○分쯤에는 고직이가 닥죽을 끄려 내왔다.
서울 許俊晩에서 電話가 왔다. 成英 結婚談이엿다. 男子는 洋靴店 經營이라고 했다. 一六日 午後 五時에 相面키로 言約.

<1982년 1월 15일 금요일>
새벽 四時에 잠이 깨엿다. 老人들이 먼저 깨고 말이 가고오고 하는데 잠 오지 안햇다.
말인즉
一. 담박약으로 신경통에 大麻葉 피무녀 꼬감[곶감] 전복을 대려서 먹으면 大效라고.
二. 발새 무름병에는
    묵을 끄려서 三, 四次 싸매면 第一 大效라고 들엇다.
朝食을 마치고 桂壽里 崔南宇 兄을 訪問했다. 모사정 九代祖 爲先에 對하야 相議가 있엇다.
집에 오니 主人이 없는데 全州놈이 쌀을 실여 왔다고. 成曉 母는 숫대을 주고 창고

쇠가 업다 하니 돌조우까지 빼고 쌀을 내갓다니 참으로 분 막심했다. 아는 사이냐 햇든니 모른다고 해샀기에 더 분햇다. 그놈 따라가라고 햇다. 알아도 센찬한데 모른 사이에 문을 부수고 내줄 수 잇나 햇다.

<1982년 1월 16일 토요일>
어제 벼 共販해서 八叺 二○三,○四○원을 收入하고 경유 二드람 一一九,五○○원을 成東에서 받엇다.
처음으로 崔善宇 油店에서 輕油 二드람을 現金으로 買受해왔다.
白康善 氏가 白米 壹叺만 借用해 달아기에 諾햇든니 그려면 丁俊浩 빗을 갑기 원한데[위한 것인데] 丁俊浩는 丁壽福에 줄 쌀이오니 文書로만 白康善는 壹叺 내게서 借用한 것이고 丁壽福은 土地代 中 白康善 丁俊浩 條에서 내게 壹叺이 드려온 것이다.
아침에 上泉里 李仁石이가 嚴俊峰이를 전화로 對話케 해 다라든니 夕陽 八時에 또 전화가 왔는데 嚴俊峰이를 組合長으로 미려 달아고 하기에 氣分이 少햇다. 李仁石 말에 따를 내가 아닌데 제가 무슨 그려 소리 해야 하고 반박햇든니 未安하다고 전화를 끈엇다.
今日 面 會議室 준공식에 嚴俊峰도 參席 李仁石도 參席햇는데 할 말 못햇는지.

<1982년 1월 17일 일요일>
全州 崔宗植 子 結婚式에 參禮햇다. 大里 金哲浩는 몸 조치 안해서 代身 祝儀金 參仟 원을 代納햇다. 舟川里 李成根이도 同伴햇다.
昌宇는 又 昨年에 拾萬 {원} 四, 五年 前에

寶城宅 條 白米 參叺 現金 貳萬 원 보리도 一叺 가저가면 그만니고 昨年에 契쌀도 一〇叺을 태여 주워야 하는데 겨우 五叺 넘겨주고 말{고} 只今도 내 없는 틈에 나무[남의] 쌀 一叺을 全州人에 준다고 가저갓다 하니 其 마음이 不良者도 程度가 잇제 강도 같은 놈으로 보고 內外間이 비슷하다고 본다. 驛前에서 남무 고초 가마니을 들치기 하다 主人에 들키여 그려 봉변이 업으면 그만니지 날강도 행위조차[행위조차] 할 수 잇나.

<1982년 1월 18일 월요일>
暴雪 中에 全州 第一禮式場에 參席햇다. 婚主 李康熙을 對面하고 金敎鎭 斗福里 李建鎬 氏을 對面하고 갖이 中食을 햇다. 食場에서 作別하려 한니 各〃 旅費을 주드라.
바로 新平酒造場에 到着 自進申告 햇든니 稅金 壹五仟 원 告知書을 주드라.
밤이 되엿고 暴雪과 酷寒 中에 自轉車을 타다 끝다[끌다] 하야 보도시 집에 당햇다. 그려나 누구 하나 나와 보지도 안코 편안하게 집에는 家族들 禍[火]가 나서 그럴 수 잇느나야 하고 回路에 中路에서 숨저 屍體로 行人이 傳하면 내다볼 거야 햇다.
婦人이 子息을 시켜서 내다보라 할 {일}이지 그만큼 無識한 人生이다.

<1982년 1월 19일 화요일>
丁壽福이와 土地代을 完納 끝낫다. 殘米 五斗는 昌宇 招介費[紹介費]로 傳{해} 주라 햇다.
取貸쌀 林澤俊에 貳叺을 주고 丁基善 取貸쌀 七叺인데 昌宇 條 一叺을 除하고 六

叺을 在庫시켯다. 倉庫에는 一〇叺을 入庫한바 實은 成苑 게쌀이다. 現在는 食糧으로는 방아싹 五, 六斗뿐이다.
全州에 柳正進 女息 結婚式에 參席햇다.
夕食을 하고 舍郎에 오니 成曉 母는 不平한 소리로 是非을 거렷다. 自己의 잘못을 아는 게 人生인데 잘못해도 잘한 것으로 위기니[우기니] 그려한 못 배운 사람하고 其間에 內外間이라고 지내{온} 것 참으로 寒心之事다.

<1982년 1월 20일 수요일>
郭在燁 氏의 子 結婚式에 參席햇다. 其 舊親友들을 對햇다.
崔南連 氏와 同伴하는데 수선을 피우는데 내와는 不合利[不合理]하지만 道理가 없엇다. 南連 氏의 婿을 찻즌바 술을 待接 밧고 成吉이가 金錢을 借用해 달안다고 鄭壽明에 말햇든니 利는 四分라고. 成吉 집에 전햇든니 오색하다고[옹색하다고] 하는 사람이 利子가 四分면 빗사다면서 반갑게 알지 안트라. 生覺하고 전화햇겟다고 햇다.
今日 日本 東京에 편지 떼고 順天에 金昌模 氏에 外國 外出 편지을 띠웟다.
市場에 成東 便에 白米 八叺 四一二,〇〇〇원을 바더 왓드라.

<1982년 1월 21일 목요일>
아침에 鄭太炯 債務 元利金 五萬四,五〇〇원을 淸算해 주윗다.
바로 靑云洞 鄭圭太 氏을 訪問하고 弟의 鄭泰燮 債務을 淸算하는데 元金 二〇萬 원 利 一〇月分 七萬 計 二七萬 원인데 노타리 條 七,五〇〇 農協 利子 二二,八〇〇 새기[새끼]代 一,〇〇〇원 計 三一,三〇〇

원을 除하고 二三八,七〇〇원을 圭太에 淸
算해 주웟다.
金炯進하고 會計한바 五萬 원 借用 條하
고 取貸米 一五斗하고 相殺 치니 七,一五
〇원을 내가 밧게 되엿다. 人夫 日誌에 移
記載햇다.
農地改良契을 組織하라고 面 産業係長이
왔다.

<1982년 1월 22일 금요일>
成康에서 昌宇 條 白米 五斗代 二六,〇〇
〇원을 바닷다. 契쌀 條인데 明年에 成康
條로 參叺 내 條로 參叺 너주면 끝이 난다
고 햇다. 八二年에는 成康 畓 土稅 六叺 利
子 一五斗 計 七叺 五斗인데 參叺 條만 너
주면 四叺 半이 餘有[餘裕]가 잇는 것으로
안다.
金德基가 農協에서 왔다. 農協 運營失態
調査次 나왔다.
방{아}도 찟고 쌀떡방아도 찌엿다.
集配人 孫周桓25에 전화稅 二八,九九〇
南原 稅務{署} 稅金 一九,〇〇〇 工場 免
許稅 三,六〇〇 米麥 免許稅 一,八〇〇 計
五三,三六〇원을 보냇다.
鄭九福 債務가 未整理로 不安하고 잇다.

<1982년 1월 23일 토요일>
大里 金承浩 金鍾玉 氏가 왔다. 鄭鉉一 田
招介[紹介]次 왔는데 二斗只에 白米 拾六
叺에 締結되엿다.
順天에서 金商文 氏의 弟 昌模 氏에서 答
狀이 왔다. 外國을 갈아면 學院을 가서 數

個月 修了해야 된다고 햇다.
任實驛前 韓文錫 氏에 전화로 拾萬 원을
要求햇든니 오라 해서 成允이를 보냇든니
가저왔다. 實은 鄭九福 債務가 未整理되서
엿다.
옷[웆]이 올앗다. 몹시 不安하고 괴롭다.

<1982년 1월 24일 일요일>
任實 醫院 治料金[治療金] 壹仟 원 주웟
다. 견디다 못해 病院 갓다.
中央日報 五, 六 七 八月分 一〇,〇〇〇원
을 꼬마에 주웟다.
밤에 鄭九福 氏 債務 整理하는데 三分利
로 決定하고 元利 二三三,八〇〇원인데 二
〇三,八〇〇원 會計해 주고 不足金 參萬
원는 今日 借用한 것으로 하고 學習帳에
自筆로 記載해 주웟다.
他人의 債務는 据異[거의] 白米 現金을 淸
{算}했으나 家族 會計 未淸{算} 되엿다.
첫재 成東 條 四九萬 원이 殘高이고 成曉
條(보광당) 四〇萬 원이 殘高이고 서울 成
英이 參拾萬이 殘高이고 成傑이 條가 잇고
成苑 게쌀 一〇叺이 未淸이다. 괴롭다. 成
傑이는 一月 三日 字 五樹에서 交通事故
가 있어 解決하고 旅費 二萬 원을 주엇든
니 今日 주기에 바닷다.
成玉이는 아침에 오고 成樂이는 夕陽에 家
族이 다 왔다.

<1982년 1월 25일 월요일>
서울에서 메누리가 女息 二名을 데리고 아
침에 왔다.
次事[茶祀]을 드린 後에 成奎 집하고 喪家
新安宅 重宇 집 昌宇을 단여왔다.
任實 醫院에 간비[간바] 院長이 本家에 가

<hr>

서 오지 안햇다고 控湯[허탕]햇다.
全州 侄[姪] 內外가 왓다.
夕陽에 養老院에 갓다.

<1982년 1월 26일 화요일>
서울메누리가 가겟다고 왓다. 못텡이논을
팔면는 말이 하지요 하기에 내 논을 팔앗다
고 하고 代土을 二斗只 주웟다고 햇다.
서울서 店捕[店鋪]을 求하겟으니 約 七百
萬 원이 든다 햇다. 그러니 논을 팔게 해달
아고 하기에 今年는 안 된다고 하고 明年
에나 生覺해보겟다고 햇다. 實는 其의 뜻도
모르겟드라.
成玉이도 天安으로 떠낫다. 任實메누리도
떠낫다. 서울메누리도 떳다.
路上에서 林漢朝을 만나고 村後 桑田밭을
빌여 달{라}고 햇든니 承諾햇다. 鄭仁浩가
八萬 원에 稅을 주고 菅理[管理]한니 그것
도 말해보시요 햇다.

<1982년 1월 27일 수요일>
終日 舍郞에서 成允이하고 讀書만 햇다.
學校에 登校日이 곳 당하는데 路上에서 乳
兒들과 同遊하고 잇기에 그것을 防止하기
爲해서엿다.
成康 집을 단여서 成奎 집을 단여서 왓다.
飼料代가 二五,〇〇〇원이 밀이고 具判洙
의 狗 一首代 四萬 원이 되고 해서 急錢이
六五,〇〇〇이 要求되는데 엇지나 할가 딱
하다. 正初에 外人에서 求하고 십퍼도 또
償還을 하려면 그도 또 딱하다.

<1982년 1월 28일 목요일>
終日 舍郞에서 讀書만 햇다.
債務 整理次 土地을 賣渡햇지만 殘債가

만히 잇으니 어들고[어찌할꼬] 生覺이다.
新聞을 보다가도 債務 生覺이 나면 新聞으
나 內容이 머리에 들지 안코 잠만 깨도 이
즐 수 업다.

<1982년 1월 29일 금요일>
메누리는 親家에 간다고 하고 나는 農協
總代會議에 參席햇다.
學校에서 大里 柳允煥이을 相面햇든니 嚴
俊峰이가 이번에 組合長을 出馬하든가요
뭇기에 나는 이제까지 俊峰이와 그게 對한
相議해본 적이 업다고 햇다. 敎室에서 下
加 李賢雨을 對面햇든니 그 사람도 俊峰이
態度을 뭇드라. 모르겟다고 햇다.
今日은 新平農協 決算總會엿다. 總豫算
側模[規模]는 九億 五仟 赤字는 七百萬이
라고 햇다.
監査 臨期[任期]이 당해서 金炯根 李賢雨
氏을 再臨[再任]시켯다.
집에 오니 밤이엿다. 夕食을 맞이고 班常會
에 參席햇다.

<1982년 1월 30일 토요일>
七星契 有司가 昌宇라고 햇다. 경예 中食
하자고 왓기에 氣分이 少햇다. 內容이나 알
게 參席햇다. 中食을 하는데 술을 勤[勸]하
기 古意[故意]이로 못 먹겟다고 据絶햇다.
中食이 끝이 나고 契穀 會計을 하는데 쌀
契 條로 一〇叺 契곡으로 五叺 六斗 八升
利子 合하니 一五叺 六斗 八되인데 現品
은 없고 他人에서 借用하면 주겟다고 하니
매견하드라. 文書로만 會計하고 갈이엿다.
明年에 濟州島[濟州道] 또는 雪악산에 求
見히景하려[구경하려] 간다 햇지만 自信
이 업는 듯십다.

養老院에서 土亭秘結[土亭秘訣]을 보니 今年 運數는 大吉이드라. 數年間 不運인데 今年 처음으로 본다.

<1982년 1월 31일 일요일>
屯南面 屯基里 李康煦 契員 宅에서 有司기로 行次한바 五樹에서 金敎鎭 蔡奎鐸 李虔鎬 金鍾鎬 合乘택시로 屯基里에 갓다. 全員이 募엿다. 李甲儀 氏도 招請한바 갗이 中食을 하고 契穀 計算한바 白{米} 一叺八合을 李康煦에 倭任[委任]하고 明年 有司는 내가 指定되엿다. 今春期 有司는 權彝泰로 定하고 招請이 있으면 集合키로 햇다. 택{시}도 불여 주웟다.
生後 처음으로 雙栢堂 十代祖인데 처음으로 省墓를 드럿다. 文學敎授엿드라.

<메모>26
1982. 1. 30. 現在
農協債務 元金 利子 償還額 1,013,410
私債 高利 條 22名 條 償還金 4,276,910
工場 條 修理 및 資材代 支出金 950,000
耕耘機 燃料 附品[部品] 支出金 648,000
總支出金 6,863,320
家政用下 6,564,335
合計 13,466,670(印)27 13,427,655(印)
敎育費 554,000
累計 13,981,655

<1982년 2월 1일 월요일>
새벽 四時에 起床하야 家計 農事設計을 내보왓다.

---

26 1월 일기가 끝난 여분 지면에 적힌 내용이다.
27 틀린 금액임을 표시하기 위해 줄로 긋고 날인한 다음 옆에 바른 액수를 기입하고 다시 날인하였다.

簇譜[族譜] 甲乙編을 내놋고 先祖 始祖 直繼[直系] 系代[繼代]을 가려보왓든니 始祖 善甫을 一代로 따지고 보니 相範이 二十三代로 되드라.
成東 便에 서울 成英에 食糧 五斗을 보내고 畜牛 飼料 九袋을 운반햇다.
日前에 水道稅 二仟 원을 養老堂에서 崔瑛斗에서 代替한바 今日 養老院에서 瑛斗에 返濟해 주웟다.
夕陽에 畜舍에 갓다. 카터機로 切간을 하고 왓다.
面에서 電話로 衣食구조要員이 韓相俊인바 年令[年齡] 未達로 不澤[不擇]이라 햇다.
夕陽에 館村 炳基 氏에서 二五,○○○원 成允 便에 보내왔다. 쌀契 條이다.
鄭仁浩에 後桑田에서 五골만 飼料種 植코저 하니 貸與을 要求햇든니 應答햇다.

<1982년 2월 2일 화요일>
成東이는 南原 同婿가 電話가 왔는데 오라고. 마음이 不安햇다. 아마도 妻가 南原에 오라고 한 模樣인데 常識 不足한 禮儀 不式[不識]한 人生이다. 어데서 內母 早失한 女子는 不得已 그럴 수박에 없지만 介中에도 더업는 不側[不測] 女人으로 본다. 모든 行爲을 集計해 보면 내의 子婦 資格은 不實하다. 그러나 今日 成東이는 단여왔다.
館村에서 炳基 堂叔이 단여갓다.
終日 舍郞에 讀書햇다. 심심하기에 大同簇譜 甲乙編을 내노코 年代 系代 가려서 乙編 末毛[末尾]에 相範 代수로 體計書[體系書]을 記載햇다. 一世 善甫 相範이로는 二十三代엿다.

<1982년 2월 3일 수요일>
成曉 母는 새벽 四時에 起床해서 慶南 溫泉行 準備을 서들드라. 六時에 觀光車가 온다든니 七時가 되여도 不着이엿다.
牛舍을 修理하다 不足한 點 있어 市基里 鐵工場에 機具을 빌이려 가는 途中에 成傑이을 맛낫든니 助手가 없어 成愼이을 同伴하겟다고 하기에 求景하려 兼하야 내도 가겟다고 하야 三人이 同햇다. 釜山에 到着한니 밤 一〇時엿다. 여기서 (四時 三〇分에 出發) 下宿집에 들{어가} 잣다.

<1982년 2월 4일 목요일>
아침 새벽 五時에 起床해서 박게 나가니 눈이 만니 내렷다. 듯자하니 三〇年 만에 처음이라고. 成傑이는 가는 짐도 업고 通行 不便한니 今日은 休息을 한다기에 午後 三時쯤 기장면에 崔珠宇을 訪問햇다. 車는 成傑이 貨車엿다. 酒店으로 가 接待을 밧고 다시 부산에 왔다.
全州 車主에서 傳한바 明日 馬山에서 飼料 六〇〇袋을 실고 오란다고 했다.
二泊 三日 만에 집에 온데 내 돈은 一,五〇〇원 들고 旅비 宿泊料 食代는 成傑이가 댓다. 萬 원쯤 든 걸로 안다.

<1982년 2월 5일 금요일>
아침 六時 三〇分에 出發해서 馬山에 着햇다. 飼料을 실고 보니 於延[어느새] 十二時엿다. 中路에서 朝飯 兼해서 中食을 햇다.
車中에서 成傑이하고 對話한바 中古品이라도 車 一臺을 사야겟다고 했다. 約 八百 內至[乃至] 壹仟萬은 주워야 한다고 했다.
他人의 借用金으로 하면 償을 期日 內에 하겟는야 햇든니 하겟다고 했다. 約 五百은

信用할 수 있으니 研究해보라 햇다. 段定[斷定]해서 一日 平均 四萬 원은 無違 收入합니다 햇다.
320×40,000=1,280,000
一日 四萬 원 收入이면 全 經費을 除하고 實收入을 말한다고 햇다.
館驛에서 成傑하고 作別. 夕陽 五時 三〇分.
諸 經費는 → 高束道路비 車 倉庫비 中食代 保險 加入金 技士 月給 油類代임.

<1982년 2월 6일 토요일>
어제 釜山에서 집에 와보니 手帖이 없다.
五日 에제[어제] 六時 三十分에 出發하는데 下宿방에 빠드고[빠뜨리고] 온 것이 確實하야 成傑에 시켜서 다음에 꼭 차자오라 햇다.
밤늦게까지 牛舍을 修善[修繕]햇다.
市基里 鐵工所에서 구라인다을 代用해다 組立햇다.
成傑이가 全州에서 왔다 갓다.

<1982년 2월 7일 일요일>
牛舍을 아침부터 改修을 햇다.
元泉里에서 廉東根이가 왔다. 用務는 嚴俊峰을 보려 왔다고. 中食을 接待해서 보냇다.
全州에서 成吉이가 왔다. 崔南連을 보려 왔다고.
柳正進 付託. 全州 成吉에 十八日 契加理日이라고 전화하라는데 맛참 本人이 왔기에 卽接 傳햇다.

<1982년 2월 8일 월요일>
新程里 崔錫宇을 訪問코저 驛前에 간바 뻐스가 떠나고 해서 任實驛前에 韓文石을

訪問하고 비루토막을 婦人에서 가저왔다.
成吉가 왔다. 尹錫 丁振根 債務 받으로 온
것 갓드라.
哲浩에서 電話로 一○日 任實에서 基善하
고 同伴해서 面談을 要請햇다. 生覺해보마
햇다.
舍郎에서 讀書하다 궁금해서 支出帳을 펴
놋고 計算해 보니

農協債務	1,013,400 ㄱ	
私債	4,276,910	
工場	950,000	
耕耘機	648,000	13,981,655
敎育費	554,000	
家政用下	6,564,330 ㄴ	

그래도 成曉 條 成東 條 成英 條가 未淸算
이고 農協債務는 約 4百萬 원이 殘金이고
白米 10叺 現金이 13萬이 未決된 채 過歲
햇으니 今年에도 마음 괴롭게 되엿다. (印)

<1982년 2월 9일 화요일>
郡에서 成曉는 面 노成根 便에 成東 印章
을 가저갓다.
成東 말에 依하면 우리 동내 兒童들이 어
제밤에 野畓에 蒿(집)을 불질여 辨償시킨
다고 햇다. 主人는 韓相俊이라고. 아마도
成允도 加旦[加擔]한 듯십다. 어제밤에 새
로 一時가 너머서 왓드라. 무려보지는 안햇
지만 틀임없다고 본다.
牛飼日誌도 整理하고 飼育 牛 票札[標札]
도 付着시키고 明日 道에서 오시는 現況을
살피려 온다는데 對備햇다.

<1982년 2월 10일 수요일>
牟潤植 氏을 訪問햇다. 貳拾萬 원만 借用

케 해달아고 햇다. 昌宇 집을 訪問한바 昌
宇는 成吉이를 만난바 今般 農協長 選擧
에 嚴俊峰이는 出馬하나 乃宇 基善이 밋지
안트라는 傳言햇다고.
夕陽에 成奎을 訪問햇드니 女子 契가리라
고 婦人이 잇드라. 成奎는 新平에 갓다 왓
는데 嚴俊峰 行勢가 좇이 못하고 今般에
組合長 選擧에는 三人 中 第一 不利하고
本村에서도 丁基善 叔父任도 밋이 안코 잇
드라고 햇다. 이무 그럴 바에는 아에 同助
[同調] 못 하겟다고 햇다. 自己의 잘못이
뚜렷한 것 십다. 良心이 잇다면 堂연[當然]
이 밋지 안해야 올타.

<1982년 2월 11일 목요일>
廉東根 말에 依하면 路上에서 成奎을 對面
한바 嚴俊峰이도 今般에 農協長 選出에
立候補 할 것을 決定햇다고 들엇다. 그려
나 一村에서 나는 初聞이다. 아마 良心的
으로 生覺한다면 付託할 수 없을 것이다.
其 理由는 其前 桑田 關係 電話 關係 共同
所有位土 關係 特措法 移轉 證人 關係 自
由堂[自由黨] 政治 關係 脫穀 막舍 關係
里長 關係 等 〃으로 나에 對 全適[全的]으
로 減情[感情]이 多有 間이다.
一○時 뻐스 便으로 이인리에 着 崔錫宇을
對面하고 火木을 말한바 두 곳을 단여본바
木代을 相當이 生覺한 것으로 보는데 此後
에 完全 決定해서 편지로 傳하라 하고 왔다.
밤에 嚴俊峰이가 왔다. 組合長 選擧에 協
助와 票을 付託하드라. 選擧日 二月 二十
日로 압단기엿다고.

<1982년 2월 12일 금요일>
意識改革指導會長 懇談會議가 郡廳 會

議室에서 있엇다. 全郡에 二四七名이 募
엿다. 다음 會議는 三月 十五日 一泊 一
日[二日] 豫定로 金堤 白山에서 잇다고
햇다.
中食을 맞이고 成曉 집에 간바 不在中이여
回路햇다.
內務課長이 郡政報告에서 八一年度 總豫
算額은 五二億 八仟萬 원인데 此中 一六%
는 郡民의 稅金으로 充當햇다고 하고 八
四%가 政府 保助[補助]로써 執行햇다고
하고 今年에는 事業도 늘고 保助도 相當이
늘엇다고 報告하고 觀光事業 道路확장事
業 建築事業 해서 多事多難하{다}고 햇다.

<1982년 2월 13일 토요일>
終日 집에 있엇다.
午後에는 養老院에서 休息 中인데 高相浩
가 왓다. 老人들에 술을 내드라.

<1982년 2월 14일 일요일>
冬服代 一二,〇〇〇원인데 白米로 二斗을
工場에서 成東 便에 尹錫斗 氏 婦人에 되
여 주웟다.
終日 방아 찌엇다.
午前에 宗山을 둘여보니 外人들이 松木을
戌木[伐木]을 만이 해노왓드라.
任實서 成曉가 왓드라. 相範 公主을 데리
고 갓다.
劉貞子 外上代 二,〇〇〇원을 주웟다.
崔重宇 집에 갓다. 텃밭을 빌여 달아고 햇
다. 苗種을 부겟다고 햇든니 承諾햇다. 張
判同에서 비니루 一棟을 가저왓는데 約 七
仟 원쯤 간다고 햇다. 秋期에 葉煙草 販賣
時에 會計해 주기로 햇다.

<1982년 2월 15일 월요일>
搗精者會議가 있어 參席햇다. 要指[要旨]
는 工場 改修 및 斜色[塗色]의 件이다.
只沙 崔永浩을 맛나고 中食을 갖이 햇다.
會議을 맞이고 成曉 집을 訪問햇다. 昌宇
는 京禮가 왓다. 서울病院을 거처서 예수病
院에서 다리 手術을 한다고.
메누리는 洋靴을 마처드리겟다고 가시자고
해서 간{바} 二萬 원에 마추드라. 손이 異
常한 통징이 있서 病院에서 治療을 바닷다.

<1982년 2월 16일 화요일>
京禮가 手術하려 간다고 하기에 좀 늦게
예수病院에 간바 不在中이여 다시 大學病
院에 간바 不在中. 接受係에 무르니 接受
카트를 넘겨보왓으나 未接受엿다.
大學病院에서 公南의 男便 李厚來을 面談
햇다. 自己 兄수가 入院햇다고 햇다.
任實에 가 治療을 밧고 왓다. 中食도 못햇다.
牛舍에 또 손을 보왓다.
成東이에 당부 소도적이 만하느니 밤중에
巡行을 처야 한다고 햇다.

<1982년 2월 17일 수요일>
龍巖里 趙龍求와 同伴해서 館村 吳榮云
農藥商에 갓다. 園藝農業에 設明[說明]을
듯고 옥수수 4封 20,000 포트 2玉 2,000 신
농비 3,500 끈 2,000 計 29,500 中 20,500
을 주고 9,000원을 在錢으로 하고 왓다.
터널을 터밭에 成東하고 組立을 하고 驛前
鐵物商에서 鐵網하고 못 6,900원을 成東
便에 보내고 夕陽에 실여 왓다.

<1982년 2월 18일 목요일>
午後에 牟潤植 氏을 訪問햇다. 一金 拾萬

원 借用해 왔다.
成奎가 왔다. 館村中學校에 전화하려고 왔
는데 今般에 組合長 選擧에 嚴俊峰이는
여론이 엇저든야 햇다. 속은 모르나 것드로
는 護評[好評]이고 約 20名은 꼭 밋고 信
任한다면서 人當 10萬 원식을 건너주웟다
고 하드라.
今般에 約 300萬 원 豫算으로 當選이 되였
{어}도 1年間은 空職으로 삼을 것이라고
햇다.
午後 3時頃에 廉昌烈 所長이 參席하고 移
秧會員 營農敎育 및 移秧 日割을 各者[各
自]에 짜서 알여주웟다. 3月 25日에는 全
員이 種字 浸種키로 하고 撤會[散會]햇다.

<1982년 2월 19일 금요일>
9時 뻐스로 新平農協에 갓다. 第19回 積金
을 拂入하고 具判洙 肥料代 33,621원을 淸
算해 주웟다.
面에 會議에 參席햇다. 淨化委員는 만이
募엿드라.
中食을 마치고 바로 全州로 卽行 예수病院
에 갓다. 鄭圭太 弟妹(막래)을 맛낫다. 京
禮 入院 如不[與否]을 알아보니 今日도 不
入院햇드라.
大學病院에 金判童을 問病하려 갓다. 2층
에 202號室이드라. 一金 五仟 원 傳해 주
고 바로 왔다.
戌杉[伐採] 許可을 提出한바 時效가 너머
서 秋期에 再提出하라고.

<1982년 2월 20일 토요일>
成允을 同伴해서 市基 鐵工所에 갓다. 터
널用 門 2짝을 때우고 왔다.
善宇에 付託해서 石油 1드람만 보내라고

햇다.
終日 鷄舍 修理하고 터널을 손보왔다.

<1982년 2월 21일 일요일>
成東이는 방아 찟고 成允이하고 옥수수 苗
床을 設置햇다.
아침에는 白康善 氏 招請해서 朝食을 햇다.
夕陽에 崔善宇 注油所에서 外上으로 石油
1드람을 은빈[운반]햇다. 耕云機[耕耘機]
用으로 처음이다.
夕陽에 嚴俊祥이가 왔다. 嚴俊峰 關係을
付託한다고 햇다.
鄭柱相 집에 가자고 해서 不應하려 하다
마지못해서 同伴햇다. 丁基善을 오라고 하
는데 不在中이라고. 반갑지 안는 소리라고
마음이 들으드라.

<1982년 2월 22일 월요일>
三組式[三條式] 便所 改良敎育이을 받앗
다. 昌坪里에서 視範的[示範的]으로 改良
하는데 別地에다 獨立的으로 設計 대로 하
야 한다는 것이다.
바로 任實로 行行야 成曉을 맛나고 洋靴을
차저왔다.
◎ 夕陽에 멈소 새기 二頭을 出生햇다.

<1982년 2월 23일 화요일>
任實郡廳 會議室에서 養畜農家 草地造成
敎育이 있엇다. 約 二〇〇餘 名이 募엿드
라. 存細[仔細]히 알고 보니 草地는 造成
해야 하겠으라.
山林課에 들이여 宗山 {伐木} 許可申請을
하고 農産課에 들인바 成曉는 집主人이 방
을 비우라 한다고 햇다.
韓南連이가 밤에 왔다. 방을 하나 購해달아

고 햇다.

<1982년 2월 24일 수요일>
아침에 鄭圭太을 訪問하고 점방집을 貸與
해달고 햇든니 應答하드라.
成東이를 시켜서 韓南連 移事[移徙] 짐을
운반햇다.
家簇[家族]을 시켜서 옥수수 포드에 흑 너
라고 시키고 一時頃에 郡 淨化會議場에 參
席햇다. 고흔 말을 잘 드럿다.
때 아닌 비가 내럿다.

<1982년 2월 25일 목요일>
방아 찌엿다.
술이 좀 취햇다.
韓南連이는 술장수을 해보겟다고 해서 해
보라 햇다.
班常會에 參席햇다.
面에서 淨化委員會가 몃 번 잇엇고 郡에서
意識改革指導會長 懇{談}會가 잇서 其의
取指[趣旨] 우리가 꼭 지켜야 하는 點 等
을 간추려서 約 三〇分 말해 주웟다.
깡냉이 播種햇다.

<1982년 2월 26일 금요일>
방아 찌엿다.
田畓도 둘어보왓다.
兄수씨가 오시엿는데 今般 農協組合長에
嚴俊峰이가 되야겟다고 말을 하드라.
鄭圭太는 앞山에서 戌木하다 面職員에 들
키여 是認書을 받아서 郡 山林課 職員에
引繼해 주며 訓械[訓戒]하라 햇다고.

<1982년 2월 27일 토요일>
里民 全員이 動員되여 마을 안길 農路까지

改補修 作業을 하게 되엿다. 財務係長은
막걸 1斗 燒酒 二병을 밧고 내에게 倭任하
면서 休息 時에 對接[待接]하라 햇다.

<1982년 2월 28일 일요일>
몸이 不安햇다.
舍郞에 누웟다가 들에 갓다. 安承均 氏에서
尿素 四袋을 取하고 우리 것 一袋까{지} 五
袋을 麥畓에 畜牛 草地에 딸기밭에 撒布하
고 집도 除据[除去]해서 거두워냇다.
李澤俊이는 正浩 집 소을 市場에 賣渡케
하자고.

<메모>28
尊敬하는 參謀總長 閣下
閣下의 忠誠스려운 陸軍은 今 十六日 三
時을 期하여 海空軍 및 海兵隊와 더부려
이 國家의 危機를 克服하기 爲하여 蹶起하
엿읍니다.
閣下의 事前 承認을 엇지 안코 獨斷 擧事
한 게 되는 것을 罪悚하게 生覺합니다.
그러나 百尺筆頭[百尺竿頭]에 놓인 國家
民簇[民族]을 救하고 明日의 繁榮을 約束
할 수 잇는 唯一한 方途는 오직 이 길뿐 하
나밖에 없다고 {하}는 確固不動한 信念과
民簇的인 使命感에 一徵하여 決死敢行하
게 된 것임니다.
萬諾[萬若]에 우리들이 擇한 方法이 祖國
과 겨레에 反逆이 되는 結果[結果]가 된다
면 우리들은 國民 앞에 謝罪하고 全員 自
決하기를 盟誓합니다.
閣下께서는 저희들이 愛國至誠을 兌度하

시고 快이 承認하시고 同調하시와 나오오서
셔 이 歷史的인 民簇 果業[課業]을 遂行하
는 데 時期을 領導者로써 陳頭에서 指導해
주시기를 退切[懇切]히 바랍니다.
저희들은 總長 閣下을 中心으로 국건히 團
結하여 民簇史的 使命 完遂에 身命을 밫
일 것을 다시 한 번 盟誓합니다. 小官이 直
接 閣下을 차자뵈워야 하오나 部隊을 指揮
中임으로 不得已 團係[段階]들을 精派하
게 되엿아오니 謀解[諒解]하여 주시기 바
랍니다. 餘不備再拜 少將 朴正熙.

<1982년 3월 1일 월요일>
市場에 畜牛을 몰여 한바 새벽부터 비가
내려 抛棄햇다.
農繁期는 當到햇는데 農費가 準備 안 되고
借用하고 싶어도 償還 時에는 공것처렴 不
安해서 거정[걱정]이 만하야 밤이면 心思
가 두근〃하고 잇다.
비가 午前 中 내럿다. 市場도 못 갓다. 夕陽
에는 成曉가 任實서 오고 南原에서 成樂
內外가 왓다 夕陽에 갓다.
成苑의 契돈을 못 주윗든니 재촉이 심한 듯
십다.

<1982년 3월 2일 화요일>
日氣가 不順해서 舍郞에서 休息을 햇다.
靑云洞에서 鄭圭太가 왓다. 新平面 財務
擔當者인 者가 靑云洞에 와서 林産物 取
締을 하야 今日 郡에서 出頭하란다고 {하
여} 알아보기 爲여서 왓다고. 職員{은} 面
에 왓으나 其 件는 염여 말아고 햇다고. 그
려나 내가 接見해 보니 冷談[冷淡]한 要情
[要請]이며 不親感이 잇드라.
밤 八時 二〇分頃에 元泉里 白鳳燁 氏을

전화로 付託코 李龍鉉 氏와 對話로 約束
햇는데 來日 郡에 가서 課長任과 相議해서
二, 三日 內로 밤에 電話로 傳하고 今春에
伐木토록 해드리겟다고 햇다.

<1982년 3월 3일 수요일>
靑云洞에 土場을 둘여보왓다.
오는 길에 白康俊 氏을 訪問햇든니 待接을
받앗다.
午後에는 방아 찟고 成東이는 午前 後 땔
감을 햇다.
劉貞子 氏가 任實 전화하려 왓다. 말하기
를 鄭柱相이가 鄭鉉一 집에서 장사을 하는
데 담배 許可도 낸다고 하드라. 生覺하니
每상權[賣上權]을 줠아고 하는가 生覺이
들드라. 萬諾 그려타면 나도 店房을 채려볼
가 硏究을 해보왓다.
夕陽에 農協에서 오는 六日 農協長 選出
通報을 가저왓다.

<1982년 3월 4일 목요일>
새벽부터 내린 비는 一日 終日 내럿다.
嚴俊峰이가 아침 일직 왓다. 三人이 苦戰
中인 제가 强틈이라고 하는데 나에게 九人
취薦人[추천인(推薦人)]으로　하겟다기에
耳目이 難處하다고 햇다. 夕陽에 大里에서
金哲浩가 왓다. 九人 委員는 안 되지만 炳
基나 찍어라 햇드라. 그러나 俊峰이보다는
成奎 體面이 잇으니 할 수 없다고 햇다.
金炯進을 시켜서 五萬 원을 둘여왓다. 用
途는 成傑이가 要求하기에. 外國 出國 手
續切次[手續節次] 하기에.
새기 꼬기 햇다.

<1982년 3월 5일 금요일>
日氣가 不順해서 養老院에 갓다. 金正植이
가 全州에서 死亡햇다고 들엇다.
밤에 成奎가 왓다. 組合選擧을 무르니 잘
될 것이라 햇다. 明日 投票場에서 記票 方
法은 崔乃宇에 記票 成奎에 記票하면 된
다고 하고 推薦委員은 乃宇에 選定했으니
其 捺印해줄 사람은 十一名이라고 햇다.
略 加德里 文正植 外 〇〇〇名 下加 德巖
朴世東 〇〇〇名 大里 鄭桓익 郭宗燁이라
고 햇다.

<1982년 3월 6일 토요일>
아침에 嚴俊祥 氏가 왓다. 잘 付託하겠음
니다 하면서 朝食이나 갗이 하자고 하게 갓
다. 總代는 全員이 募이고 食事을 끝내고
基善을 訪問코 談話하다 보니 택시가 왓
다. 面에 到着하니 九時 一〇分이엿다.
타방에서 候補者 三名을 接見햇다. 正각
一〇時에 投票을 하바[한바] 내의 앞에는
二票뿐이엿다. 十一名이라고 하든니 二票
뿐이니 結果는 내가 내 한 票 成奎가 내게
한 票 記票한 것인데 基善이도 밎이 못하
고 九名이 離脫한 便인데 成奎 俊峰이는
下里 사람들에 完全이 돌이고 아마도 금전
깨나 든 模樣인데 크게 亡身을 當한 것으
로 본다.
喪家에 弔問햇다.

金哲浩 四票 廉東根 三票 嚴俊峰 二票. 否
決됨.

<1982년 3월 7일 일요일>
故 金正植 葬禮式에 參席 햇다. 上加 張權
一 氏와 同行하야 山에까지 갓다.

中食을 끝마치고 成奎가 付託해서 새기을
午後에는 꼬왓다.
夕陽 韓南連이가 왓다. 테레비 修繕한다
고. 二日 품싹을 달아기에 八仟 원을 주웟
다. 外上 술갑 三百 원도 주웟다.
林玉相을 맛낫다. 林仁圭가 家財道具 一
切을 破散하며 祖母에 害코자을 한니 엇저
면 좃는야 햇다. 끅[꼭] 삼척[삼청교육대]
對象이로되 其 따린 子息들 事後處理 生
計대문에 어절 道理가 없네 하고 機會 나
는 때로 訓械하겟다고 햇다.

<1982년 3월 8일 월요일>
이웃 개가 深히 짓드라. 잠을 깨고 보니 새
벽 一時 一〇分이다. 牛舍을 둘여보니 異
常은 없드라. 다시 잠자리에 들으니 또 개
가 짓기 시작. 다시 牛舍을 둘여보니 異常
이 업드라.
朝食을 八時頃에 끝내고 金炳進 外 三人
이 耕云機로 道峰에 갓다. 終日 松木을 伐
木한바 約 三〇餘 貧[負] 한 듯십다.
中食은 李奉根 氏을 맛나고 二仟 월[원]
주고 해다 먹엇다.

<1982년 3월 9일 화요일>
面長 離就任式에 參席햇다. 各 機菅長[機
關長]이 募엿드라. 會費는 參仟 원式 舉出
[醵出]햇다. 中食만 맞이고 바로 집에 왔다.
방아을 찟고 夕陽에 바로 道燁에 갓다.
나무를 실고 오다 路上에서 다시 上下車
하다 보니 밤 느것다.
成東이는 終日 四回을 運搬햇다고 햇다.
人夫는 金炳進 尹在浩엿다.

<1982년 3월 10일 수요일>
人夫 四名을 데리고 나무를 쟁이엿다.
郡에서 財務課長이 왔다. 새마을事業 用務
엿다.

<1982년 3월 11일 목요일>
암소 1頭을 車에 실코 任實市場에 갓다.
1,095,000에 팔고 황소 930,000에 삿다.
成曉 집을 단여서 바로 왔다.
日前에 金炯進 便에 崔吉부에서 取貸金
五萬 원을 金炯進 便에 다시 주고 利子 條
도 于先 2仟 원을 주윗다. 一但[一旦] 本人
하고 對話가 되엿으면 그려케 알제 炯進의
婦人 보고 其 돈을 둘여주시요 市場에을
못 가게 하요 그럴 수가 잇나 개심하게 생
각이다. 차산이가 없{는}[채신없는] 者이
고 6日쯤 되엿는데 1個月 利子을 주워보왓
다. 相從 못할 사람이라고 본다.

<1982년 3월 12일 금요일 음 2月 17日>
尹鎬錫 氏 會計 條 取貸金 五仟 원 具判洙
外上 條 五仟 원 私外上代를 會計해 주고
領{收}證도 바닷다.
大宅 兄任 祭祀엿다.
終日 舍郞에서 休養햇다.
全州에서 예수病院 景禮가 전화가 왔다.
아버지을 課長이 面談코자라고 햇다.

<1982년 3월 13일 토요일>
終日 牛舍 牛糞集處理盥을 設置햇다.
丁奉來하고 館村 居住者가 왔다. 牛舍 및
飼育牛을 보겟다고 하고 飼育하는 데 회蟲
藥을 먹여보라 햇다. 또 모른 사람이 하나
이 牛舍 位置을 보는 것도 갓드라.
◎ 李鉉載을 牛舍 옆에서 對面햇다. 사구

라 苗木을 移植한다면서 本田에 桑木
을 캐내고 間作을 하시는데 約 앞으로
5年間 利用하시는데 稅는 없고 다만 사
구라木만은 外人이 浸害[侵害]치 안케
管理해 주시요 햇다. 利用해 보겟다고
햇다.**29**

<1982년 3월 14일 일요일>
部落 共同 淸掃 作業.
成東이는 방아 찟고 나는 靑云洞을 도라보
고 移秧 上土을 감정코 午後에는 成東 시
켜서 五車輪을 운반햇다.
成允이를 시켜서 中古品 自轉車을 修理
햇다.

<1982년 3월 15일 월요일>
朝食을 沈參茂 집에서 맞이고 택시로 聖壽
面 陽地里 參茂 大宅에 갓다. 地官는 金三
浩 氏이고 人夫는 其 마을 사람 우리 마을
사람 四名 해서 十五名 程度인데 一時頃
에 位先[爲先]는 끝이 나려 하는데 미리 나
는 人事도 업시 下山하야 歸家햇다.
成東이는 正模와 갖이 新平農協 移秧箱子
을 運搬하려 갓다고 햇다. 밤 八時頃에야
到着햇다. 그러나 술이 滿醉가 되엿드라.
機械 부린 사람이 이쯤 醉하며 大危險之事
라 햇든니 上衣을 벗고 달아드면서 반거지
로 對口을 하니 大象[大衆]들은 募여들고
그런 恥事가 없엇다. 좀 때려주엇든지 耕耘
機를 큰 돌로 첫스나 多幸이 맞이는 안햇지
만 그런 不良者가 업섯다. 淨化委員長이라
는 者의 子息이 其쯤 行敗[行悖]을 부리니

---

29 붉은 색으로 '◎' 표시를 달아 내용을 적었으며,
작성 후에는 다시 붉은 색으로 내용의 마지막 줄
에 두 줄로 밑줄을 그어두었다.

眞心으로 情이 머려지고 一時에도 對面하기가 실려웟다. 洞內 사람들 보기도 실코 一家 內에서 아주 참을 수 업고 한두 번이 안니다.

成東이의 過居[過去]을 生覺하면 其者의 自身이 反省해야 하며 父의 괴롬음을 알아줄 때도 되엿다. 勿論 結婚 後 이제까지 生男 하나도 못하고 將來을 生覺하면 不平도 할 수 잇다. 하지만 그럴 수야 업지 안나. 軍 服務 時에 休家[休暇]次 왓는데 제의 또래 몇이 作堂[作黨]해서 蠶室에 밤에 浸入하야 女子들을 히롱하고 그려하니 主人이 申告하야 立件이 되엿다. 成樂이가 代身 其 罪을 안고 本署을 經由해서 刑務所에 入所가 되 滿 一年 만에 除所한바 裁判 中에 十年 前 百萬 원 以上이 들고 그놈이 겁이 나니 數心[愁心]이 가득한바 장질부사라고 해서 全州 林內課病院에 入院햇고 그도 돈이 機拾萬[幾十萬] 원이 들고 햇으나 父는 其 內容을 모루고 其後야 알앗다. 생{각}하면 내의 財産을 망친 者이다. 其中에도 몃 달 後에 休家을 왓는데 驛前 술집에서 滿醉가 되여 술집 家財을 다 때려 붓고 行패가 이루 말할 수 업섯다고 翌日 酒店 主人이 訪問햇다. 그제야 알고 家具 代價을 무려 倍償[賠償]해 주고 官에 申告나 말아달{라}고 햇다. 此의 件이 모두 急한대로 他人의 借用金으로 메웟다.

그려다보니 其外도 事件이 터저 그력저력 家産이 기울여지기 始作햇는데 其도 不足해서 只今조차도 其의 술을 참지 못하고 그려하니 人間는 不行人으로 본다. 農藥을 마시고 自殺하겟다고 威脅까지 自行한 놈이다.

自殺해도 父母는 別 道理 업고 보고만 잇을 뿐이지 死罪[謝罪]할 수 업고 望見할 뿐이다. 차라리 父母 안 보이는 데{서} 自殺이라도 해서 永遠이 안 보인 게 多幸일가 生覺하노라.

一九八二年 三月 十六日 새벽에 父 乃宇 書.

<1982년 3월 16일 화요일>
成允 1/4分期 授業料 三萬 원을 주워 보냇다. 意識改革指導會長 敎育日이다. 九時 三〇分에 豫定대로 觀光뻐스로 完州郡 農民會筥[農民會館](農民敎育院)에 當한니 十一時엿다.

中食을 맞이고 午後부터 敎育에 着手한바 밤 一〇時까지 스리이드[슬라이드]도 求景하고 食堂에 간니 郡守任과 各 面長이 參席코 繕物[膳物]도 밧고 茶果會도 마련햇고 郡守의 人事도 밧고 寢室로 드려갓다. 十一時가 너머서 잠이 드럿다.

<1982년 3월 17일 수요일>
十二時까지 敎育을 끝내고 修了式을 맞이고 中食을 햇다.

庶務室에서 前 郡 鑑査員에 잇든 金 氏을 相面한바 반가하드라. 茶를 待接 밧고 待機한 觀光뻐스에 乘車코 多佳橋에서 下車하야 金善權 氏와 同行이 되여 예수病院에 景禮 問病을 햇다. 앞으로 異常은 없을 것이라 햇다.

집에 온니 昌宇 成國이는 全州에 갓다고. 成東이는 旅費을 五仟 원을 주웟다고 햇다. 우리 子息들 軍隊 갈 {때}에 한 푼도 주워본 일 이는가.

<1982년 3월 18일 목요일>
아침에 嚴俊峰이가 왓다. 어제 驛前에서

드럿지만 못 드른 체하고 組合長 任命은
엇지 되엿는가 무럿다. 別 多情한 答辯 없
이 아즉 모르지요 그려면서 제의 親友가 道
支部長을 맛나서 당부한 듯십네요 그려면
서 發令은 밧고 바닷다고 하지 아즉은 잘
모른다고 하드라.
면에서 三槽式[三條式] 便所통을 실여 가
는 길에서 農協 組合에 積金을 拂入하려
간바 哲浩가 보자고 하기에 對面한바 成奎
가 郡 支部 道 支部에 金哲浩 廉東根에 對
여려 가지 條件을 記入하야 其 二人은 不
良者이고 資格 不足者이니 發令을 말고 오
즉 嚴俊峰뿐이라며 六枚의 兩面封紙에다
署名 捺印하야 投書을 햇다고 哲浩가 보이
는데 깜작 놀앗다. 生覺하니 俊峰이와 相
議해서 其 짓을 한 듯싶으나 其런 짓을 해
서 嚴俊峰이가 組合長을 하면 그것 溫當
[穩當]치 못하는 것으로 본다.
집에 오자마자 成奎 집을 訪問한바 不在
中. 家族보고 오면 오라고 付託코 왔으나
不良한 惡性者라고 生覺햇다.
밤 十一時쯤 되니 館村 堂叔에서 電話가
왔다. 成奎가 그럴 수 있을가 하드라. 아마
今日사 哲浩에 投書紙가 온 것 갓드라. 菅
[官]에서도 投書는 不當하게 아는데 成奎
도 不良者이고 바로 卽席에서 道 郡 支部
長을 對面코 哲浩도 東根이도 口頭로 對
話가 올체 投書行爲는 侄이 햇지만 아주
不良者로 본다.

<1982년 3월 19일 금요일>
오늘 任實에서 鄕校 主催로 倫理大講演會
가 있엇다. 講師는 서울 延世大 敎授인데
新舊式을 兼해서 講義를 하는데 잘 하드라.
夕陽에 館村 堂叔이 왔다. 成奎 投書을 하

는 게 事實이야 하는데 모르겟다고 햇다.
俊峰이나 成奎도 生覺하면 마음 괴로울 것
이다.
成曉 집을 들이여 成東의 件을 말해 주웟
다. 밤에 成東이는 잘못햇다고는 하드라. 그
려나 마음에 들지는 안하다. 죽어도 잊을 수
없다. 只今이라도 술만 끈의면 或 生覺해보
겟지만 술을 참지 안으면 容恕 못 하겟다.

<1982년 3월 20일 토요일>
成奎을 面談하고 네 成奎 東根 氏을 相對
로 投書한 일이 事實야 물엇다. 投書함은
事實이오나 內容은 俊峰이 基案[起案]하
야 農民의 한 사람으로 名儀[名義]만 빌닌
것이라고 하드라. 그려면 本人들이 事實無
根한 許違[虛僞]라 主張하면 엇데케 하겟
나 햇든니 證人이 있으니 하드라. 그려치만
投書야 할 수 잇나. 俊峰이로 依하야 個人
的 感情을 사며 面內 人心이 납으고 이려
케 하야 俊峰이 任命되면 그것도 不安하고
哲浩도 不安할 것이 안니야 햇다.
正午쯤 面長 支署長이 內臨햇다. 面長이 成
奎 問題을 말하기에 事實대로 말해 주웟다.
任實 成曉 家族이 왔다.

<1982년 3월 21일 일요일>
人夫 二名과 갖이 三槽式 便所 溝穴 作業
을 하다가 正刻 十二時에 全州 禮式場에
當햇다. 中食만 끝내고 卽行 집에 온니 二
時엿다. 다시 作業에 着手햇다.
館村 堂叔에서 電話가 왔다. 成奎을 對面
햇나 햇다. 對面한바 外人이 起案하고 내
의 名儀가 記載된 以上은 내 債任[責任]이
며 全的으로 是認하고 내는 잘 生覺해서
하되 서로 和解으 뜻을 票[表]하면서 大里

을 오늘 全州에서 오는 길에 들이겟다고 햇
든니 成奎는 그럴 것이 없다고 합디다 햇
다. 堂叔은 그려타면 우리도 關如[關與] 말
자고 하기에 道理가 없다고 電話을 끈엇다.
路上에서 基宇을 맛낫든니 成奎가 그려 짓
을 할 수 잇다요 하드라. 이제는 될 것도 안
되며 哲浩의 잘못이라면 어는 누구도 있을
수 잇다고 봄니다 햇다. 나도 成奎의 行爲
는 不良한 之事라고 햇다. 앞으로 面之事
에 對하야 人心이 不義 平價[評價]되리라
生覺된다.
서울 銀姬 母가 就職하겟다고 드기부등본
[등기부등본] 주민등록등본 재산保證書 印
鑑證明을 各 〃 一通式 作成해 보내라고 햇
는데 生覺해보니 生計가 어렵다보니 협작
인 듯해서 据絶햇다.

<1982년 3월 22일 월요일>
梁海童이는 보로크 三〇〇개을 찍엇다.
전화료금 二一,〇〇〇원 주웟다.
便所 改修을 〇.五日만 햇는데 打術者[技
術者]가 組立하려 온다든니 不參.
成東 契員이 全員이 왓다.
崔喆洙는 술이 취하야 路上에서 누웟드라.
里長 柳正進이가 싸움을 하는데 大戰이드라.
成傑 成樂이가 왓다.

<1982년 3월 23일 화요일>
便所 改良하는데 郡 衛生課에서 係長 및
係員 打士[技士]가 來臨햇다. 담음[다음]
二, 三日 後에 六個 郡에서 우리 집에 集募
인다고 햇다(見習하려).
打士는 組立은 끝내고 中食을 맛치고 加德
里로 갓다.
橋樑[橋梁] 꿍구리 하는데 求景해 보왓다.

<1982년 3월 24일 수요일>
加工協會議가 있어 參席햇다. 加工業者도
加工自律으로 된다며 分會長끼라뎌도 契
을 組織해서 親睦을 圖謀하라고 하드라.
郡에서 새마을課에서 왓는데 二十六日 六
個 郡에 約 一〇〇餘 名이 見學하려 온다
고 잘 組立해 달아고 햇다.
昌宇 正進을 시켜서 쎄멘事을 햇다.
서울 銀姬 母에서 전화가 왓는데 明日 上
京하시여 打合之事가 잇다고 하면서 成康
이가 行方을 감추고 잇다면서 꼭 오라고 햇
다. 아마도 아기를 막기고 作別할 것 갓고
成英이에 전화해서 무르니 꼭 오서야 解結
[解決]이 날 것 가다고 햇다.

<1982년 3월 25일 목요일>
郡에서 明日 六個 郡 見學人의 準備次 便
器을 가지고 왓다.
딸기밭에 第二次 복합肥料 二袋을 撒布햇
다. 牟潤植 氏에서 二袋 取해서.
午後에는 便所 後面을 激据[撤去]하고 모
두 掃地을 햇다.

<1982년 3월 26일 금요일>
황소 두 마리을 차에 실코 市場에 갓다. 저
근 소는 賣渡한바 七七萬 원에 팔고 보니
二萬 원 나문 편이나 實은 赤字다. 큰 黃牛
는 몰고 왓다. 임자는 만은데 싸게만 사려
고 하드라. 七七萬 원 밧고 세멘 十五袋 二,
四〇〇×一五=三六,〇〇〇원을 주고 삿다.
二時에 온다는 道에서 六개 郡에서 約 五
〇名이 왓서 便所을 보고 道 郡 게장 說明
을 듯고 三時頃에 갓다. 副郡守도 왓드라.
방아을 찌는데 成東이는 市場에서 왓지만
잠자고 있으니 不安햇다.

<1982년 3월 27일 토요일 陰 三月 三日>
南原 桂壽里 朔崔 宗垈에서 蔟稧[族契]
宗會가 있엇다. 館村 堂叔하고 同伴해서
參席햇다. 案件는 橫灘稧 出捐의 件이고
宗山 事件인데 무도[모두] 宗中에서 貧擔
[負擔]을 해야 {할} 之事엿다. 宗山의 件는
崔玄宇에 保償[補償]해야 하는 白米 五叺
이고 橫灘稧는 宗員 中에서 三八名 加入
한데 宗中代인데 七,〇〇〇×三八=二六八,
〇〇〇[266,000]원엿다.
成東에서 二萬 원을 둘엿고 오는 館村市場
에서 白米 一叺 出荷해서 保充[補充]하라
햇다.

<1982년 3월 28일 일요일>
午前에 방아 짓다가 成東에 막기고 十二時
頃에 五之里(수레기) 郭二勳 回甲宴에 參
禮햇다. 實谷서는 한 분도 오지 안코 白云
里에 裵서방만 왓드라.
四時頃에 任實에 着한바 嚴俊峰이를 相面
햇다. 林正珠 回甲宴에 가는 길야 햇든니
그럼 갓이 同伴하자기 갓이 江律[江津]에
갓다. 멋 분 잇다가 回路. 집에 온니 어두엇
다. 食少事분[食少事煩]이라든니 갈 곳이
만아서 家庭之事에 支章이 만타.

<1982년 3월 29일 월요일>
成東이는 六時에 裡里로 敎育次 떠낫다.
崔南連 氏에서 肥料을 溝入[購入]하기 위
해서 一金 壹拾萬 원을 借用햇다.
里民 共同으로 뽀푸라 植樹하는데 白康善
氏을 貧役[負役]으로 갓이 우리 밭에 植穴
을 約 一〇〇개을 作業햇다.
방아를 午後에 찌엿다.
竹角 七〇〇개 引受하고 外上으로 一七,五

〇〇원을 契約해 주웟다.

<1982년 3월 30일 화요일>
아침에 嚴俊峰이가 왓다. 任實로 電話 後
本面 農協長은 廉東根로 落着되엿다면서
에제 金哲浩는 驛前다방에서 俊峰을 面會
코 今日부터 退勤하고 서울에 가서 休養하
겟다고 하드라.
嚴俊映 兒가 警察署에 拘束되엿다고 支署
에서 電諜이 왓다. 새벽부터 終日 비가 내
럿다.
意識改革指導會長 敎育 所見書을 全北大
學校 庶務室로 보냇다.

<1982년 3월 31일 수요일>
崔正浩 氏는 束錦契 有司인데 今日 招請
햇다.
어제밤 꿈에 압 齒牙 빠젓다. 아침에 生覺
한니 氣分이 不安햇다.
大里 崔正浩 有司 집을 갓다. 契員는 全員
이 募엿다. 鄭鉉一이만 不參햇다. 今般 旅
行은 二十四日 여수로 六時 列車 가기로
햇다.
哲浩을 맛나서 成奎가 今般 投書한 것은
大端이 잘못된 之事이니 謝過하려 보내면
바다주고 터파하라 햇다. 哲浩 말은 四月
一日 字로 廉東根이가 決定되엿고 冊床이
나 치우기 爲해서 農協에 단여왓다고 하드
라. 預金도 全額 出金해버럿다고 하드라.

<1982년 4월 1일 목요일>
진난 三月 二十六日 市場에서 황소 七七
萬에 판 소을 오는[오늘] 살여 한니 不足해
서 白米 一叺을 市場에 내서 봇탯다. 그러
나 막상 암송아지 한 마리을 사고 보니 (六

一五,○○○원에) 約 一五五,○○○원 殘
金이 되엿다. 여유가 있서 當場에서 도야지
색기 二頭에 五五,○○○원울 주고 삿다.
그려면 一○餘萬 원이 殘高로 본다.
포푸라를 成愼이하고 植樹했다.
서울서 成康 妻가 왔다. 理由는 成康이가
家出한 지 月餘 된다고. 압들 논 五斗只이
를 파려가랴 햇든니 서자로 팔겟다고 했다.
昌宇에 付託해서 팔아 햇다.
郡에서 便所 資材가 왔다.
廉東根이 組合長 任命을 밧닷다고 人事次
왔다. 高校生이 하나 있으니 채용해라 햇다.

<1982년 4월 2일 금요일>
昌宇는 成康 畓 五斗只 화리로 白米 六叺
參斗에 招介하야 梁海童이가 사는데 六三
×五,五○○=三四六,五○○에 會計 햇다.
鄭太炯 氏에서 尿素 一袋 取햇는데 今日
成東 便에 牟潤植 氏에서 갓다 주윗다. 그
련면 牟潤植 氏에서 복합 四袋 尿素 一袋
게 五袋다.
人夫 裵京漢이하고 作業 中 비가 내려 未
決 첫다. 終日 오는데 過[火]**30**가 낫다.
銀姬 母에 白米 二斗을 주워 보낸다.
昌宇 집에 갓든니 景禮는 退院햇다고 햇
다. 가보지도 못하고.
里長에서 비니루 四通을 가저왔다.

<1982년 4월 3일 토요일>
靑云堤 負役을 하다 十一時頃에 宋成龍
婦人을 同伴해서 農協에 갓다. 外上으로
二○七,八二○원 中 五七,八二○원을 주고

一五萬 원을 外上으로 햇다. 袋수는 四三
袋엿닷다.
嚴俊祥 氏 鄭鉉一 間의 是非가 惡化된 듯
십다. 南連 氏와 安承均 氏의 말 依하야 들
엇다. 그러나 鄭鉉一이가 非人間이라고 본
다. 本人이 新平支署長에 誥所[告訴]해 놋
코 하지 안햇다고 据絶한다는 것은 非人間
으로 본다.
깡냉이를 심엇다. 人夫는 婦人 六名이엿다.
韓相俊 妻男이라고 二, 三日 作業을 해주
고 가라 햇다. 오늘 午後부터 作業을 햇다.

<1982년 4월 4일 일요일>
깡냉이 移植햇다.
딸기 비니루 씨웟다.

<1982년 4월 5일 월요일>
韓南連 韓相俊 妻男 成東하고 後桑田 桑
木을 캐냇다.
鄭鉉一 母 小祥이라고 弔問햇다. 金哲浩
도 왔는데 從前에다 比하여 만이 달아저서
서먹하게 對하고 십드라.
第二次 麥 追肥을 撒布햇다.
新德支署長 金漢植 只沙사람은 五弓里에
서 도박군을 바주다가 파면 즉 모가지가 나
갓다고 鉉一에서 들엇다. 복수는 안니지만
成樂 事件을 其者가 擴大시켯는 者다.

<1982년 4월 6일 화요일>
炳基 氏하고 同行하야 列車로 全州에 當
한니 成吉이 一行이 되엿다. 廣石에 到着
한바 十二時엿다.
山所에 가서 墓祀을 慕待고[慕侍고(모시
고)] 一時에 끝이 낫다.
뻐스로 館村까지 온니 六時 五○分이엿다.

____
30 본래 '화(火)가 나다'의 '화'를 한자 '禍'로 알고 표
기하려다 착오로 '過'를 쓴 것으로 보인다.

三人이 車費로만 約 萬餘 원이 消毛[消耗]된 듯십다.
五斗代 二八,五〇〇원을 守護者에서 받엇다.

<1982년 4월 7일 수요일>
아침 일즉부터 種粈 播種에 들어갓다. 崔末女도 갖이 播種햇다.
支署에서 전화로 嚴俊映 子息 今日 法院에서 適否심사를 단다고 連絡이 왓다.
夕陽에 俊映 子는 석방되여 왓기에 慰問하려 간바 崔南連는 自己의 말만 주장 또 딴 사람을 말을 못하게 한니 옆에서 牟潤植 氏가 말하기를 네가 무엇이냐면서 言設[言說]이 컷다. 모두 南連 氏가 잘못이라면서 갈여벼렷다.

<1982년 4월 8일 목요일>
成東에 아침 大里로 肥料 六三袋을 운반햇다.
오늘 相子 二三〇개을 苗板에 設置하라고 付託하고 昌宇하고 同伴해서 鎭安 사돈집 點禮 시가을 訪問햇다. 미리 주비[준비] 햇든지 盛大히 接待을 밧고 一時 四〇分에 뻐스로 全州로 行하야 點禮 下宿집을 단여 보광당으로 단여왓다.
途中에서 成傑 車로 왓다.

<1982년 4월 9일 금요일>
아침에 起床하야 보니 눈비가 내리드라. 作物에 被害나 없나 不安햇다.
三組式 便所 作業을 牟光浩와 갖이 한데 부로크는 全部 싸 올이엇다.
郡 財務課長게서 苗板 出張을 단여갓다.
깡냉이 비니루가 바람에 날이여 再修作業

을 햇다.
방아 찌면서 부로크 내주면서 多難햇다.
終日 氣溫은 零下卷[零下圈]으로 간 것 갓다.

<1982년 4월 10일 토요일>
방아 찌엿다.
成東이는 牟光浩 鄭柱相 裵榮植 苗床 노타리 作業.
午後에는 成東이하고 工場 槽 下水溝을 공구리트로 改修햇다.
깡냉苗는 泉害을 받은 것 십다. 餘地가 없는 것으로 본다.

<1982년 4월 11일 일요일>
皮嚴里 吳永台 氏 回甲에 參席. 여러 親友도 對面햇다. 林澤俊 回甲도 參席햇다.
金容植 氏을 對面햇다. 林澤俊 집에 갖이 參席하고 노래도 불으드라. 복도 처주윗다.

<1982년 4월 12일 월요일>
橋樑 木材 一〇餘 개을 빌여다 놋코 嚴俊祥 爲先하는 데 갓다. 成傑 成樂이도 왓다 (홀연차). 中食을 우리 집에서 해주윗다.
듯자한니 成傑이가 멋 놈하고 午前에 술을 마시고 총을 引受하는데 配置을 잘 못한다면서 총을 때려 붓고 里 事務室 유리문을 부수고 햇다니 기가 막컷다. 조금 있으니 支署 次席이 와서 成傑이는 支署로 連行하겟다기에 처분해서 하라고 햇다. 술 먹고 事故을 저지른 {일이} 임이 멋 번 있엇으니 사정도 하고 십지 안코 서들고 십지 안타.
집에 成東이도 술만 마섯다면 광징을 부린데 다음도 그러면 申告해서 삼척대[삼청교육대]로 볼낼 예정이다.

<1982년 4월 13일 화요일>
便所 上스라부을 한는데 韓南連을 시켯다.
牟潤植 氏에서 一金 拾萬 원을 借用햇다.
成傑 총사고로 메구기 爲해서엿다.
午後에 支署長을 訪問하고 今般 成傑 件
에 對하야 大端이 未安하다고 人事 드리고
面長을 對面하고 또 未安하다면서 人事하
고 中隊長도 驛前에서 對面하고 말햇다.
夕陽에 澤俊이도 對面하고 총代 一○萬 원
을 해 주마고 햇다.

<1982년 4월 14일 수요일>
昌宇가 아침 일직 왔다. 南連 氏에서 말하
야 五拾萬 원만 어더 달아고 하기에 据絶
하려 하다가 첫재 信用을 지키라고 하고 南
連 氏을 訪問햇든니 그려 하고 딸을 시켜
서 사위에서 五拾萬 원만 가저오라 하드라.
長水 山西面(가록이) 金翊鉉 母 死亡 訃告
가 왔다. 陰 三月 十九日 死亡. 明年 祭祀
는 三月 十八日로 안다.
金炯進 成東은 耕耘機로 新田里로 고초가
리을 보냇다. 約 三○坪 程度엿다고 햇다.

<1982년 4월 15일 목요일>
요즘 成傑 事件으로 마음이 不安해서 食
事 맛이 없고 每事가 不安해서 舍郞에 座
寢햇다.
成東이는 全州로 가서 附屬을 사고 四仙臺
注油所에서 輕油 一드람 外上으로 운바코
[운반코] 白康俊 방아를 찌여주윗다.
昌宇가 付託한 돈 崔南連 氏 女息이 夕陽
에 五拾萬 원을 가저왔다. 바로 其 돈을 가
지고 昌宇 집에 갓다. 家簇들이 食事 中인
데 주면서 日字을 잇지 말고 信用을 지키
라면서 주윗다.

<1982년 4월 16일 금요일>
終日 딸기밭에 물을 댓다.
夕陽에 安 課長 稅政係長 面長이 三組式
便所 改修 如否을 보려 왔다. 이다음에도
六個 郡 指導者가 募인다고 하고 來日부터
라도 修理을 끝내 달아고 햇다.
橋樑 木材을 운반해 갓다.
세멘 三袋 七,○○○원에 成東이가 삿다.

<1982년 4월 17일 토요일>
鄭太炯 氏에서 參萬 원을 取햇다. 昌宇 二
萬 원 結婚에 보태 쓰라고 줄기 위{해}서
엿다.
보리밭에 물을 대보왔다.
夕食을 昌宇 집에서 하고 一金 貳萬 원을
주는데 좀 不足한 듯십드라.
밤에 成英이가 왔다. 成康의 形便을 무르
니 內外間 大端 不合이 深하야 家出을 하
고 女가 男便을 한부로 하고 이혼을 要求
하려 하고 生活이 아주 難處하단다고 햇다.
한 二個月間 客生活하다 어그제야 入家햇
다고 하드라. 用金까지 成英이 萬 원을 해
주윗다고 햇다.

<1982년 4월 18일 일요일>
早起[早期]에 理髮을 맞이고 뻐스를 機待
하바 昌宇 禮式場에 參席하려 가는 분이
五, 六名이 募엿다. 뻐스는 오는데 車費는
내가 代納코 場所에 當하오니 一行이 募엿
으니 又 酒店에 慕侍고 酒을 接待햇다. 그
려다보니 一金 五仟 원이 들엇다.
禮儀[儀禮]와 中食을 맞이고 查돈기리 人
事코 只沙 崔鎭鎬가 酒席에서 말하기를 新
平 組合長 選擧에 成奎가 말이들 投書햇다
니 自感할 짓이 안니야고 말하드라. 此後

問題가 難處할 것이다 하고 回路에 뻐스 中에서 炳列 氏는 말하는데 今般에 成奎는 加德里 上水道 關係로 加德里長이 正式으로 工事 不振[不進]으로 訟發[告發]을 提起했다면서 全道的으로 上水道·不良地區을 監査에서 着手하면서 成奎는 不得已 處罰을 바드며 無古罰[誣告罪]로 社會에서 버림을 바닷으니 地方을 떠야 한다고 하드라.

<1982년 4월 19일 월요일>
成東이는 裵永植 結婚式에 가고 나는 耕云機로 집안 淸掃햇다.

<1982년 4월 20일 화요일>
靑云洞 高相鎬가 왔다. 어제 裵永植 結婚 집에 갓든니 酒席에서 丁基善이는 거만한 座勢[姿勢]로 人事말 한 마디도 안 하고 外處人도 잇는데 每遇 未亡[憫憫]해서 丁基善 네 거문 眼鏡 벗고 卽席에서 무릅을 꿀고 빌지 못하겟나 햇고 박게 나가서 좀 후려갈기겟다고 하고 갓다고 하드라.
夕陽에 七時 列車로 求禮 外家에 갓다. 外祖母 祭祀日다. 九時 三〇分에 到着햇다.

<1982년 4월 21일 수요일>
穀雨日다.
元基 弟妹가 藥物을 購入해 와서 午前 中 다 마시고 十二時에 出發. 집에 오니 三.五〇分이엿다.

<1982년 4월 22일 목요일>
牟光浩을 시켜서 부억을 改修햇다. 牛舍도 손보왓다.
豫備軍 鍊習日[練習日]이다.
指導所長이 出張 왔다.

<1982년 4월 23일 금요일>
人夫 五名을 引率해서 宗山에 가서 夏季 燃料用 約 六〇짐을 茂木[伐木]햇다.

<1982년 4월 24일 토요일>
束綿契員 一同이 男女 同伴해서 여수로 갓다. 六時 列車로 간바 一〇時 三十分이 되엿다.
郭宗燁이가 契穀 外遊米 保菅量이 一三九 升인데 ×五八〇=八〇,六二〇이고 鄭鉉一 條 八年인데 ×五入=四六,四〇〇 計 一二七,〇二〇인다. 그런데 郭宗燁은 一金 五萬 원 내고 殘金은 鄭鉉一이가 代納햇다.
林仁圭을 시켜서 便所 再砂[再沙]을 햇다.

<1982년 4월 25일 일요일>
新平에 新友會員이 會費 參仟 원식을 募와서 求禮 華嚴寺로 갓다. 約 〇一〇名[一〇名]이다. 願滿[圓滿]하게 놀고 집에 온니 七時엿다.
今日도 林仁圭을 시켜 再砂을 했으니 못다 햇다.

<1982년 4월 26일 월요일>
成東이 便에 몀소 二頭을 市場에 보내서 一金 九萬 원을 바다왔다. 그려나 二萬 원는 成東이가 利用하고 七萬 원 주드라.
林仁圭 二日 품싹 萬 원만 주웟다.
깡냉이밭에 비니루를 벽겻다.
집안 정리를 햇다.
成東 母 便에 韓南連 〇.五日 품싹 二仟 원을 밤에 보내고 移事 時에 경운기 二回 條로 控除하야 품싹을 끝을 냇다.

<1982년 4월 27일 화요일>
家事 政理[整理]햇다.
崔南連 氏 萬 원 婦人에 드리면서 崔 生員
에 드리라 햇다.
鄭太炯 氏 參萬 원도 드럿다.
깡냉이도 때우라 햇다.
밤에 내리는 비는 藥雨로 본다.
昌宇 집에서 中食을 햇다.

<1982년 4월 28일 수요일>
長矴[長矴]을 金炯進 成東이 갖이 午前 中
에 빠갯다.
밤에 七星楔에서 會議가 있다 하기에 參席
햇다. 丁俊浩 氏 집에 가보니 兩 楔員이 募
엿드라. 明 四月 二十九日 遊旅行 旅비 一,
七一六,〇〇〇원 豫算이드라.
會席에서 不安햇다. 丁基善이는 잔소리를
하니가 男女間에 不聞하니 本人 自身이 退
場하드라. 나도 듯기 실트라. 丁基善이 退
場 後에 婦人들보고 明日 旅行 支出者는
鄭宰澤 經理人은 崔成奎로 하자 하야겟다
고 하니 좃타고 햇다.

<1982년 4월 29일 목요일>
三泊 四日 豫定으로 旅行길에 들엇다.
아침 七時에 昌坪里을 出發 全州 大田을
잠시 川邊에서 中食을 하고 밤 八時頃에
雪嶽山中 旅館에서 一泊 햇다.
人員는 四一名이고 三泊 四日 旅費는 藥
一,七一四,〇〇〇원엿다.
出發 時에 契를 代表해서 一張[一場]으 注
意事項과 秩序 尊守[遵守]와 豫算金 내가
車中에서 演說을 하고 支出者는 鄭宰澤으
로 經理者는 崔成奎로 各 〃 指名해서 發
希[發布]햇다.

旅館에서 밤에 男女가 高聲芳歌[高聲放
歌]를 하고 他處 女子와 어{울}리다 보니
失手나 되지 안을가 하야 中止햇다.

<1982년 4월 30일 금요일>
아침 六時 三〇分 朝食 前에 雪嶽山中 龍
池湯을 求景하려 登山햇다. 暴布水[瀑布
水]인데 一次는 볼 만도 하드라.
朝食을 마치고 乘車하야 江陵을 지나 三척
에서 中華料理로 中食을 하고 인제라는 山
中으로 가 一泊을 햇다.
婦人들은 잘 노려 해도 어제밤에 첫 旅行
이고 終日 車에서 시달이고 해서 全員이
조용이 寢室에 드려버리드라. 나도 生覺해
보니 弟수가 둘이고 妹婦[妹夫] 內外가 잇
고 하야 活發[活潑]치 못햇다. 그래서 一切
言語까지도 注意햇다.

<1982년 5월 1일 토요일>
朝食을 끝내고 旅館에서 約 一k쯤 走步[徒
步]로 聖留屈[聖留窟]을 드려다 보왓다.
바로 乘車하야 運行 中 其고[그곳] 石屈庵
[石窟庵]으로 가는 山峙 中間에 車 事故가
낫다기에 下車해서 보니 방금 發生햇기에
溪谷에 내려가 보니 참마 눈을 뜨고는 못
보것드라. 死體가 四方에 散在이고 車體
內에 警察官 消防員이 死體를 빼내는{데}
마음 딱하드라. 다시 乘車하야 石屈庵을
보고 慶州 拂國寺[佛國寺]을 보고 宿泊은
慶州 黃成旅館이엿다.
밤에는 鄭宰澤이가 말하기를 제가 一二〇
萬 원 支出코 殘金은 成奎에 引繼하겟다기
에 그려라 햇다.

<1982년 5월 2일 일요일>
朝食을 맞이고 蔚山으로 行햇다.
崔景喆 案內로 造船所 工場 內部을 구경
하고 自動車 工場은 景喆으 職場이 달아서
路上에서만 行視햇다.
다시 乘車하야 釜山으로 가는 途中 通度寺
을 구경하고 中食은 釜山 前望臺[展望臺]
下에서 맞이고 海魚 水蔟館[水族館]을 구
경하고 釜山 몇 곳 觀光地을 보고 馬山 晉
州을 据處 南原으로 해서 집에 온니 밤 九
視 三〇分이엿다. 車中에서 乘客들에 異常
없이 秩序正列[秩序整然]하게 無事이 단
여옴을 감사하다고 人事을 通해 말해주고
技士 案內讓[案內孃]도 다 갖이 잘 慕待주
시니 感謝하다고 말하고 作別햇다.

<1982년 5월 3일 월요일>
玉수수 肥培管理 하는데 複合이 參袋가 들
고 鹽化加里 一袋가 들{었다}.
除草한데 婦人이 三名이 作業을 햇다.
蠶室 工場 桑田 桑 除据作業 耕云機로 試
驗 삼아서 해보니 人力보다는 종[좀] 有利
한 셈이다.

<1982년 5월 4일 화요일>
桑木을 屈取[掘取]하다 昌宇와 同伴해서
農協에 갓다. 營農資金 七〇萬 원이 配定
되었으나 八一年度 貸出이 多額이고 限度
가 너멋다기에 八〇萬 원 條 一件는 韓相
俊 名儀로 돌이고 내의 名儀로 八〇萬 今
般 配定된 七〇萬 원을 貸付키로 하야 署
名捺印만 해주고 (德基 便에) 다음 六日에
오겟다고 하고 왓다.
昌宇는 五五萬 원을 貸付 밧고 南連 氏 借
用金 條로 于先 四〇萬 원만 내게 保管 中

이다.
貸與穀 三叺(八〇k入)을 引受햇다.

<1982년 5월 5일 수요일>
崔龍宇 結婚式에 參席햇다. 中食을 맞이고
南連 氏 昌宇 同伴해서 德津公園에 갓다.
들여보니 大人波가 募엿드라. 一日은 놀만
하드라.
昌宇는 酒席에서 南連 氏에 말하기를 前番
에 兄任이 五〇萬 원 借用한 것은 實 京禮
結婚費가 不足해서 내 쓸아고 兄任을 시킨
것이라고 하는데 맛당치 안트라.

<1982년 5월 6일 목요일>
새벽부터 終日 비가 내럿다. 그려데도 解渴
은 充分햇다.
李澤俊는 今日 市場에 正鎬 飼育牛를 市
場 하라 햇다. 車는 왓는데 비도 오는데 正
鎬는 갓고 가자기에 不應햇다.
舍郞에 누워 있으니 考悶[苦悶]이 生起기
시작햇다.
밤에 韓相俊가 왓다. 全州 成吉에 電話하
고는 술 한 잔만 드시자고 해서 앞집에 간
바 밤 一〇時 半이 너멋다.

<1982년 5월 7일 금요일>
意識改革敎育이 있어서 參席햇다. 里別로
相當이 왓드라.
農協에 貸付次 간바 德基가 不在中이여
機待하다 왓다.
廉昌烈이가 苗板을 단여갓다.

<1982년 5월 8일 토요일>
新平農協에 갓다. 午後 늦게야 金德基 組
合長을 面會코 貸出 件에 相議하야 七〇

萬 원는 貸出키로 하고 月曜日에 맛나기로 하고 왓다.

밤에는 移秧機農家會議을 召集햇다. 全員이 參席햇다. 班常會 時는 不過 一〇餘 名이 參席하든니 各者 生計會議가 되고 보니 全員 二〇餘 名이 參席햇드라.

丁基善이는 發言을 주면 제의 말로만 會席을 갓고 놀아고 하니가 나는 据絶하고 言權을 막는다.

<1982년 5월 9일 일요일>

七七稧員 召集日이엿다. 九時 列車로 六角亭31에 參席하니 全員이 募여 一年 만에 安否도 듯고 햇다.

午後 二時쯤 崔天宇 崔錫宇 兄과 同伴해서 九龍暴布池에 가는 途中 路上에서 某婦人을 相面코 休息 中 婦人은 兒該[兒孩] 五名을 데리고 잇엇다. 內容을 무르니 年令은 三五歲인데 六男妹을 두고 近日 男便이 別世하야 財産도 업고 親戚도 없고 앞으로 사라나갈 길이 맥연하다며 願情[原情]하드라. 마음이 中空에 떠서 不知居處하고 바람을 쐬로 왓다고.

六角亭에 온니 成樂 內外가 기드리고 잇드라. 旅비도 주고 처 子婦도 旅費을 좀 주드라.

<1982년 5월 10일 월요일>

農協 貸付 받으려 간바 韓相俊을 同行하야 하는데 慈時[暫時] 잇고 갓다. 電話로 連絡한니 不在中. 다시 왓다.

崔南連 條 昌宇 關係 五〇萬 원을 南連 氏는 償還 要求햇다. 昌宇에 간바 期日 남앗는데 그새 再促이야 하기에 氣分이 不安햇다. 弟수는 揚水機을 말하기에 머리 아픈 소리 마시요 햇다. 成吉을 맛나고 形便을 말햇든니 揚水機로 一〇萬 원 준 것을 抛棄하고겟다고[포기하겠다고] 하고 現品은 成奎에서 引受하라 햇다.

<1982년 5월 11일 화요일>

成苑 飼育牛을 市場에 냇다. 一〇九萬 원을 밧고 운임 三,三〇〇 召介[紹介]비 三,〇〇〇원을 除하고 殘金을 成苑에 引게해 주엇다.

못테[못텡이논] 우리 移秧을 햇다.

崔基宇 油店에서 石油 一드람 가저왓다. 白米 一叺을 사서 주고 왓으나 그래도 二드람代가 殘高다.

<1982년 5월 12일 수요일>

韓相俊을 同伴해서 農協에 갓다. 參事하고 打合한바 七〇萬 원는 貸出하겟지만 償置措置[償還措置]도 하고 元金도 떼자는데 겨우 四一萬 원 貸出 밧고 보니 債務만 七〇萬 원이 느럿다. 韓相俊 名儀로 九〇萬 원을 안치고 本人 名儀로 九〇萬 원 또 營農資金 七〇萬 원 成東 名儀로 五〇萬 各 〃 今日 字로 契約 改新하고 왓다.

成苑 契곡을 못 주웟는데 不足해서 南連 氏을 全州로 보내고 二〇萬 원을 가저왓다. 昌宇 條 南連 債務는 今日 完決해 주웟다.

<1982년 5월 13일 목요일>

終日 몸이 不安해서 舍郎에서 누웟다.

南連 氏가 全州에 昌宇 條 債務 淸算하려 간다고 債務 確認을 해주시라기에 署名 捺

印해 주웟다. 二〇萬 원 付託햇든니 夕陽에 가저왓다(成苑 돈 주기 위해서).
上水道 잡포 條 殘金 韓상준에 八八,六〇九원을 會計 完納해 주웟다. 그것 맛다가[맡았다가] 복잡햇다.

<1982년 5월 14일 금요일>
成苑 會計 條 五九四,〇〇〇 中 五二〇,〇〇〇 支拂하고 七四,〇〇〇원 殘으로 햇다.
里 負役을 한바 驛前에서 村前까지 道路 整理햇다.
午後에는 機械移秧 狀況을 보려 靑云里에 갓다.
成苑 會計 條로 牟潤植 氏을 訪問코 五萬만 付託코 왓다.
財務課長이 왓다.
面長은 明日 三組式 便所도 郡守任이 보다고[본다고] 햇다.

<1982년 5월 15일 토요일>
橋樑 竣工式日다.
三組式 便所을 갑작히 斜色[塗色]하려 왓다.
十一時가 되여 郡守 面長 機關長이 參席햇다. 式은 盛行이 擧行햇고 中食도 接待해서 作別햇다.
一村에서 靑云洞 사람이 不參햇는데 무르니 招請 안 햇다고 햇다.
面 産業係長 盧成根 氏 草種代 二九,五〇〇원을 傳해 주웟다.

<1982년 5월 16일 일요일>
방아 찌고 韓南連는 牛 草刈하고 成允이를 데리고 경운기로 草를 운반하야 四方에다 너렷다.

<1982년 5월 17일 월요일>
배담논에 牛草을 베고 노타리를 하는데 成東 正模가 協力햇다.

<1982년 5월 18일 화요일>
牟潤植 氏에서 一金 五萬 원을 借用해 왔다.
北倉 趙龍求 氏을 訪門[訪問]하고 깡냉이 作況을 보왓다. 우리 것만은 못하드라.
밤에 丁振根이가 왓다. 林仁圭가 버릇이 不良하다며 支署에 通報함이 엇더야 하기에 두고 보라 햇다. 處罰을 시키면 其 子息들을 누가 거둘 것이야 햇다.

<1982년 5월 19일 수요일>
비가 내렷다.
우리 移秧을 하려다 明日로 미루웟다.
丁壽福 牛 참소를 엇고 金炯進을 시켜서 써레질을 시켓다.
깡냉이밭에 손을 보고 橫牙[橫芽]을 따주웟다.

<1982년 5월 20일 목요일>
배담 機械로 移秧을 끝냇다. 二〇개의 相子가 남아 鄭圭太에 주웟다.
깡냉이 엽순도 끄너주웟다.
딸{기}가 販路가 없어 걱정이다.

<1982년 5월 21일 금요일>
四方 田畓을 두려보고 午後에는 郡廳 會議에 參席햇다. 會議案는 郡守 住催[主催]로 意識改革指導會長 會議엿다.
시장해서 메누리은 들에 잇고 해서 정제을 보니 찬밥이 두 통이 잇는 것을 보니 화가 낫다. 메누리를 불어서 나무랫든니 황의하기에 熱이 낫다. 大端이 不安햇다.

<1982년 5월 22일 토요일>
二二回 積金 二一,三九〇원 集配員에 傳
達햇다. 電話料金도 二四,三九〇원을 傳해
주윗다.
高相鎬 氏가 왓다.
任實서 成曉 家族 全員이 왓다. 明日 新田
里 고초밭 매기 위하야 왓다.

<1982년 5월 23일 일요일>
婦人 놉 三人 家族 二人 해서 五名이 新田
里 고초밭 除草하려 일직 갓다.
허리가 앞아 終日 누윗다.
딸기 농사도 그리첫다. 무윗을 해야 되는지
도무지 못살겟다.

<1982년 5월 24일 월요일>
鄭九福 氏을 訪問하고 一金 五萬 원을 借
用해 왓다. 人夫賃도 못 주고 딱할 {일}
이다.
허리가 앞아서 終日 舍郞에 있으니 갑 〃
하다.
成允이는 異常한 病이다. 大里에서 藥을
지엿지만 듯지을 안는다.

<1982년 5월 25일 화요일>
成允이는 間밤에 熱이 深하고 頭통이 深하
고 갈증이 만코 헛소리까지 하기에 生覺타
못해서 집에서 整理 좀 하고는 五樹里 林
氏 漢藥芳[漢藥房]에 갓다. 林 氏하고 마
참 漁陰里[漁隱里] 崔康俊이를 맛나고 갖
이 相議한바 장질부사라고 하고 藥 五첩을
짓고 七,五〇〇원을 주윗다. 청국장을 너서
대리라기에 市場을 둘여보니 없다기에 全
州에 行하야 求햇다.

<1982년 5월 26일 수요일>
終日 舍郞에 갖이 있어 본니 次席[差度]가
조금 氏下[低下]된 것 갓드라. 學校로 連
絡는 햇지만 擔任先生게서 電話가 또 왓
다. 걱정 말고 속히 藥을 써서 보내주시라
햇다.
金進映 氏가 왓다. 要는 五{,} 六年 前 成
奎 里長職 當時 雜種金 一八,〇〇〇원을
못 주윗는데 이제까지 서먹하고 不安感이
들엇다며 大錢도 아닌데 이제라도 傳해 달
아며 現金을 주기에 받앗다. 理由는 里 몃
사람이 그런 돈는 줄 것 없다며 事實는 주
지 말아기에 그랫다고 하드라.
成吉이가 단여갓다고 햇다.

<1982년 5월 27일 목요일>
깡냉이 水道물을 뿌럿다.
成康 母을 帶同하고 李景範 X레{이} 病院
에 갓다. 사진을 六枚 찌고 보니 위 안에 혹
이 生起여 手術해야 한다고 햇다.

<1982년 5월 28일 금요일>
보리논에 잡보리를 끈너주윗다.
깡냉밭에 再次 물을 주윗다.
靑云堤 非常口을 막으려 간바 트지 안햇다
{기}에 왓다.
成允이를 任實病院에 入院한바 장질부사
라고 病名을 짓드라.

<1982년 5월 29일 토요일>
成允이를 退院시켯다.
郡廳에 갓다. 成曉을 對面하고 네의 어먼
니 병이 들어 手術해야 하오니 카-드 하나
手續해보라 햇다. 해볼 대로 하겟다 햇다.
成東이는 방아 찌엿다.

<1982년 5월 30일 일요일>
成曉가 왓드라. 付託한 카-드는 엇지 되여
는지 물엇다. 成苑 앞으로 手續 中이라고
햇다. 兒該들 데{리}고 갓다.

<1982년 5월 31일 월요일>
今日부터 成允이는 學校에 갓다.
午後부터 비가 내리기 시작햇다.
養老院에 갓다.

<1982년 6월 1일 화요일>
終日 비만 내렷다.
成東이는 金炯進 移秧하려 갓다. 終日 舍
郞에서 讀書만 햇다.
上加里에서 具奉德이 왓다. 日前에 子婦가
藥을 마시고 死亡햇다고 햇다. 死後處理를
엇더케 할 것인지 澤俊(사위)에 무려바 달
아고 햇다.
舍郞에서 債務을 都合해 보니 農協債務만
四百餘萬 원 된다.
밤에 韓南連이가 왓다. 夕陽에 金炯進 집
에서 食事를 하고 와든니 萬 원이 업써젓다
고 하면서 吳泰天을 異心[疑心]하드라.

<1982년 6월 2일 수요일>
各 田畓을 둘여 보왓다. 깡냉이밭은 橫葉
을 뜨더주윗다.
成奎 집에 갓다. 日前에 金進映 氏가 준 돈
萬 八仟 원을 주고 金進映의 形便을 말햇
든니 成奎는 日前 鄭鉉一 丁基善이를 同
席하는데 내가 죽을 줄 알앗지만 아즉 살고
이다[있다]. 나도 子息이 있으니 里民의 行
爲를 子息에 遺言하겟다고 햇다고 하고 앞
으로 두고두고 보겟다고 하며 八, 九年 前
에 八〇萬 원을 損害 當하야 白米로는 八

○叺라 햇다.

<1982년 6월 3일 목요일>
成苑은 今日 中으로 光陽에 단여오시라며
一金 參仟 원을 주드라. 제의 母 戶籍滕本
[戶籍謄本] 二通만 해달아기 위해서엿다.
아침 九時 列車로 順天에 着 十二時엿다.
光陽에 邑事務所에서 書類 作成코 順天에
當하니 一時 半이엿다. 바로 二時 特急列
車가 있어 休息할 사이도 없이 바로 乘車
햇다. 任實驛에 着하니 四時엿다. 바로 下
車하야 뻐스로 館村面事務所에 들이여 成
苑에 書類을 주윗다. 今日은 느졋으니 明
日로 미루고 오는 길에 成奎도 對面하고
館驛에서 林仁喆 婦人을 面對햇다. 不安
해도 집에 들어와서 家庭을 살피라 햇다.
그려들 못 하겟다고 하고 全州行 뻐스를 타
드라.
崔永贊 오수상회 신일도 있엇다.

<1982년 6월 4일 금요일>
昌宇 移秧하다고 아침부터 노타리하려 갓
다.
나는 집에서 새기를 꼬는데 正浩 母가 中
食을 하자기에 간바 잘 먹엇다.
午後에는 成東이가 왓다. 방아 찌라고 하고
筆洞 昌宇 논에 모 심는 것을 보려 갓다. 人
夫는 一〇餘 名이드라.
집에 인는 子婦라는 사람은 하[한] 번 不快
한니까 每事가 不安하게만 生覺이 든다.
그래서야 一家에서 長期 同居할 수 있을
가. 將來에 成東이만 苦生할가 한다.

<1982년 6월 5일 토요일>
어제 崔南連 방아 찐 것이 뉘가 만해서 갖

이 二叺 半을 개려주웟다.
成東이는 金炯進 모내기하려 갓다.
배속이 不安해 夕食을 하다 먹지 못햇다.

<1982년 6월 6일 일요일>
논 전답만 두려밧다.
깡냉이 엽순을 떼여주웟다.

<1982년 6월 7일 월요일>
驛前 崔永贊 氏가 死亡햇다고 訃音이 왓다.
夕陽에 嚴俊峰이가 相面을 要하기에 갓다.
日間 道知事가 우리 마을에 와서 民泊을 한
다면서 要望事項이라도 없는지 말햇다. 直
江工事 電話事業 뻐스 來往 等을 말햇다.

<1982년 6월 8일 화요일>
成康 母 成苑을 同伴해서 李外課病院[李
外科病院]에 갓다. 조금 있으니 澤俊이가
文炳烈 의사와 갖이 왓드라. 成康 母을 珍
察[診察]해 보든니 身體가 너무도 弱하니
手術은 自信 못 하겟으니 큰 病院에 問議
해보시요 햇다. 成苑 內外는 群山에 가고
우리 두리만 예수病院에 珍察 手續을 햇바
決果[結果]이 못 보고 明日 大便만 가지고
가기로 햇다.
밤에 鄭鉉一이와 同伴해서 驛前에 死 崔永
贊 弔問을 하고 왓다.

成苑이 二萬 원 주웟는데 全部 利用햇다.

<1982년 6월 9일 수요일>
成康 母하고 同伴해서 예수病院에 갓다.
十二時쯤 해서 呼出하기에 들엿다. 목에
호스를 너서 電氣장치한 機械로 위의 全園
을 본 든십드라. 決課[結果]는 六月 十一

日에 오면 된다 햇다.
驛前에 崔永贊 집을 들엇다. 서울에서 온
金永台 氏도 車中에서 相面햇다.
成奎 母가 서울서 一○餘 日 만에 왓다고
햇다.

<1982년 6월 10일 목요일>
韓南連과 갖이 새보들 보리를 終日 베엇다.
어제도 終日 食事을 못햇다. 엇전지 飮食
이 밧지을 안코 거괴역질[건구역질] 나고
술 밧{지} 안는다. 술약을 먹은 사람 갓다고
成康 母에 말햇든니 卽時 成康 母는 메누
리보고 或 국에다 藥 너서 네 아버지 준 일
이야 무른 模樣이다. 그려니 吳該[誤解]하
듯십다.
※ 日前에 全北新聞이 왓는데 退送을 햇든
  니 다시 왓다. 添附書을 意識改革指導
  會長에는 無料로 보내라 하기에 보내오
  니 讀見하시라 해서 밧기는 햇다.

<1982년 6월 11일 금요일>
成東이는 人夫 五名을 帶同하야 山에 燃
料 運搬하려 갓다.
一○時頃에 全州 예수病院에 간바 아즉도
組織檢査가 未決되여 午後 四時에야 決果
가 낫다. 암은 안니고 위에 혹이 생겻으니
手術을 보다도 藥으로 約 五日間만 利用해
보자기에 처방만 하고 왓다. 돈도 업지만 家
簇기로 相議도 하기 워서엿다[위해서였다].
오는 길 韓泰成 齒牙製作企業所라고 東門
四街里 엽폐 이는[있는] {곳에} 내의 치아
을 보이고 五개 하는 데 七萬 원에 作定하
야 치아 하나를 뺏다. 約 二○餘 日 後에 오
라 햇다.

<1982년 6월 12일 토요일>
早起에 成苑에서 拾萬 원을 밧고 예수病院
에 갓다. 投藥局에서 七,一八〇원을 주고
一〇日分을 揮帶[携帶]하고 시내뻐스를
大學校 入口 漢藥方[漢藥房]에 갓다. 漢
藥 한 제와 가루藥 丸藥 等을 짓고 藥代는
六萬 원을 주윗다. 바로 와서 成康 집에 주
고 白康俊 집에 移秧契 總會에 갓다. 全員
이 募엿다. 五二萬餘 원을 會計하고 비가
올 것 같다서 집에 왔다.
딸기 移植하는 데 갓다. 보리 운반하는데
成東이는 술이 취한 듯십드라.
소깔을 비고 집에 비설거지을 햇다.

成苑 집에 가서 殘金 三二,〇〇〇원을 返
還해 주윗다.

<1982년 6월 13일 일요일>
成奎가 왔다. 移秧 勞賃 農協債務과 게文
書을 가지고 왓 收入支出을 맞이고 갓다.
成奎는 제 낼 것하고 나보고 五萬 원만 주
며 一〇萬 원 채워서 成東에 주겟소 하드
라. 要 牛 飼料 購入하기 爲해서. 그래서
五萬 원 주윗다.
바로 桑田에 가서 딸기苗을 移植을 끝냇다.
午後에는 楊水機[揚水機]을 가지고 가서
딸기밭에 물을 댓다.
夕陽 소깔을 벳다. 成東도 뽕 따고 깔 베고
양수기 운반. 今日은 어느 때보다도 日課가
大端이 多事多難햇다.

<1982년 6월 14일 월요일>
崔喆洙 품싹 四,〇〇〇원 주윗다.
內外가 딸기밭에 가서 全部을 整理하고 一
部을 주윗다.

成東이는 任實에서 麥糠 二九叺 麥새분
一叺 合計 三〇叺을 運搬햇다. 代 配合飼
料 五叺 代金은 一〇萬 仟五百 원 주윗다
고 하드라.
飼料밭에 尿素 一袋을 撒布햇다.
午後에는 桑田에서 牛 飼料 칼[꼴]을 베
엿다.
요즘 大端히 괴롭다. 일이 해도 첩〃 싸여
몸도 고되다.

<1982년 6월 15일 화요일>
今日도 亦是 如前이 東奔西走햇다.
朝食이 끝나면서 成傑이하고 上簇 마부시
을 곤노불에 끄시리면 나는 組立햇다.
中食이 끝나자 上簇 채반을 準備 積載햇다.
午後 四時쯤 해서 任實郡農協에 갓다. 廉
圭台 氏 代理을 相面코 今般 一〇〇萬 원
융자 手續次切[手續節次]을 알고 不遠 오
겟다고 햇다.
洗濯所에 들이여 七仟 원 주고 衣服을 차
고 成曉을 단여서 加工組合에 들이{어} 原
動機 手續을 付託코 館村 南中藥局에서
成曉 母 藥을 지고 밥비 와서 소죽을 끄럿
다.
每日 이쯤 바부니 마음도 과롭고 成東이는
梁海童 장기질을 한바 술이 취한 것 갓는데
不安하다.

<1982년 6월 16일 수요일>
六月 十一日부터 술을 禁酒하기 始作 今
日까지 五日 채다.
四仙臺注油所에 갓다. 前條 外上代 石油
輕油 揮發油代 一切 134,200원 今日 字 完
拂해주고 또 今日 字로 石油 一드람 輕油
一드람을 別帳과 如히 外上으로 실여왔다.

人夫 二名하고 除草作業 햇다.

<1982년 6월 17일 목요일>
새보들 모을 一部 때웟다.
中食이 끝나자마자 뉴예는 上簇하기 시작.
婦{人} 五名이 動員되여 午後 五時頃에 全
部 上簇햇다. 例年에 比하야 比交的[比較
的] 護狀況[好狀況]으로 본다.
終日 餘有 없이 東奔西走 多忙햇다.

<1982년 6월 18일 금요일>
아침에 龍山狀에 七, 八名이 보매기 하려
갓다. 龍山坪 예적 六斗只을 보니 마음이
괴롭드라. 못텡을 가도 氣分이 좆이을 안는
다. 그전에 十七, 八斗{只}을 賣渡햇으니
生覺하면 寒心하다. 이게 모두 子息이 責
任저야 할 問題인데 于今 어느 子息이 父
에 對한 關心이 없고 父도 조용히 生覺하
면 末年에 苦生이 多大하는 것으니 社會的
으로 내 個人的으로 家庭的으로 모두 不美
스럽고 除面32하기 짝이 없다. 마음 괴로와
嚴俊祥 氏와 同行 川邊에 놀여갓다. 술을
권하는데 참앗는데 이제 마시다니 하고 据
絶햇다.
午後에 麥 脫穀. 四叺쯤 되겟드라.

<1982년 6월 19일 토요일>
農協에서 殺蟲濟[殺蟲劑] 殺菌濟[殺菌
劑] 農藥을 가저와서 臨時 販賣을 한데 但
外上은 販賣 禁止하고 現金만을 取扱해달
아고 햇다.
財務課長 安 氏 面長이 往臨[枉臨]햇다.

意識改革指導會長 兼 淨化委員長 連席會
議가 있엇다. 全員 參席하고 打論 끝에 敬
老人들이 老人에 테을 대고 元側[原則]을
無視하니 그도 意識的 改革하야 한다고 말
햇다.
農協에 들이여 二一三,六〇〇원을 陸苗相
子[育苗箱子] 利子 機械 利子을 拂入해
주웟다.
八一年席[八一年度] 拂入金에 對하야 利
子가 引下됨에 따라 一四,七〇〇원은 領收
햇다.

<1982년 6월 20일 일요일>
孫女 公主을 데리고 서울病院에 갓다. 治
料을 하고 全州에 갓다. 西鶴洞[棲鶴洞]에
韓泰成을 찻고 齒牙을 뽄지 떳다.
館村에 下車코 三年 만에 作業服 一着을
四仟 원 삿다.
午後에는 桑田 枝葉을 戌木햇다.
今日 禁酒 十一日 채다. 明日만 禁酒해볼
가. 첫재 밥맛이 좃트라. 食事 時가 되면 大
端히 早急하다. 그려다 其時가 經過되면
無心 深하다.

<1982년 6월 21일 월요일>
嚴俊峰 成奎 成東을 同伴해서 面에 갓다.
印鑑證 農協에서 信用調査書까지 가춰서
郡農協에 提出한바 父子之間의 確認을 爲
하야 住民登錄滕本[住民登錄謄本]을 要
求하기에 明日로 미루고 왔다.
俊峰 成奎가 未安해서 中食이나 갖이 할가
하고 共用뻐스場에서 기드리다 農協에 간
바 成奎만 對面하고 갖이 中食을 햇다.
비가 올 듯십다.

─────────
32 '상면하기 어렵다'는 뜻으로 사용되는 '죄면하다'
　　라는 방언 어휘를 한자로 표기한 것으로 보인다.

<1982년 6월 22일 화요일>
成奉을 시켜서 잠견을 乾綿 彩取[採取]하
라고 하고 成康 母 藥을 지로 全州 예수病
院에 갓다. 七仟二〇〇원에 진바 집에까지
오는데 五時間을 消모햇다. 館驛에서 成東
이를 맛나고 갖이 蠶견共販場에 갓다. 수등
을 바랏는데 一等을 주드라. 기분이 안 조
와서 生覺타가 이해하고 넘것다. 約 二七
三,〇〇〇원은 한바 풍삭[품삯]을 주고 肥
料 五叺 사고 농약 사고 一〇餘萬 원 殘이
드라.
館村 酒店에서 李在錫 氏을 맛나고 (警友
會 總務란 사람 立會下) 一金 貳萬 원을 주
고 日後에 領受證[領收證]을 보내라 햇다.

<1982년 6월 23일 수요일>
班長에 蠶種代 一〇,〇〇〇원 방위세 一,
〇〇〇을 주고 牟 生員 取貸金 四仟을 주
고 成東 便에 人夫賃 七八,〇〇〇원을 주
면서 뿌려주라고 햇다.
메누리에 萬 원 주면서 用下로 쓰라 햇다.
成允 授業料 三六,〇〇〇 積金 전화로[전
화료] 四三,〇〇〇원을 주고 新平에서 父
子 確認키 위하야 住民登錄謄本 一通을
해서 郡農協에 갓다. 書類을 주니 指導所
長 여신확인書을 해오라 한니 또 未備 되
엿다.
全州에 갓다. 鄭壽明을 맛나고 깡냉이 賣
渡을 相議햇든니 明 早起에 오라 햇다.

<1982년 6월 24일 목요일>
五時에 成東이를 早起해서 깡냉이을 실여
서 全州로 보내고 七時 뻐스로 全州에 간
니 鄭壽明이는 서울 갓다고 不在中이여서
옥수{수}를 약강으로 가저간바 二二접에

五五,八〇〇원을 밧고 보니 마을[마음] 괴
로와다. 事務室에 들이여 杭議[抗議]햇든
니 할 수 없다. 農村사람은 全部 죽엇다고
햇다.
中央日報 講讀料[購讀料] 領受證이 왓는
데 八二年 四月까지 完拂로 되엿다.
農協에서 왓는데 農藥 賣渡狀況 앞으로
[앞으로] 外上 据來[去來] 禁엿다.

<1982년 6월 25일 금요일>
任實 東中學校에서 反共大會式에 參席햇
다.
郡 山林課에 保護係長을 相面하고 伐木하
고 栗木 栽培에 關한 打合을 한바 山林組
合長에 전화을 해주면서 親히 案內해 주웟
다. 바로 山林組合에 常務을 對面한{바}
營林計劃 編成을 하면 手續費가 壹萬 貳
仟四百을 드니 月曜日 印章을 가지고 來臨
하라 햇다.
指導所長 여신과 引證書[認證書]을 맛닷
다. 館村 炳基 堂叔을 驛前에서 對面 大里
간간[강간] 事件으로 澤俊이를 對面케 해
달아기에 本署에 가바[간바] 出張 中이여서
回路 作別. 다시 밤에 館村서 堂叔이 오신
바 館村에 外勤하려 간바 明日 八時에 驛
前에서 맛나기로.

<1982년 6월 26일 토요일>
任實 牛市{場}에 갓다. 黃牛 一頭는 一,三
三五,〇〇〇원 賣渡하고 小牛 一頭는 八七
〇,〇〇〇에 買入하고 農協에서 一〇〇萬
원 引出해다 黃牛 一頭는 九五五,〇〇〇원
에 買入햇다.
全州에 가서 낫도[너트] 보도[볼트] 二七
개을 사다 牛舍을 밤에까지 修理을 끝낫다.

<1982년 6월 27일 일요일>
早 起床해서 田畓을 둘여보고 七時을 期해
서 婦人 六名을 耕耘機에 乘車하야 新田
里 고초밭에 갓다. 八時 二〇分이엿다.
成東를 機드리니 오지 안해서 사돈宅을 訪
問햇든니 不在中. 崔宗洙 집을 訪問하고
査돈宅에 訪問함을 傳해 달아고 付託코 뻐
스 便으로 집에 온니 成東이는 방아 찟고
있드라.
午後 四時 四十分쯤 成東이는 新田里에
耕耘機을 가질로 보내고 나는 메누리에서
五萬 원을 달애서 全州 韓泰成을 訪問하고
齒牙을 組立하고 七萬 원을 주마 햇지만
六萬 원만 가저왓다고 햇든니 其 額 六萬
원만 주시고 殘額은 그만 두시지요 햇다.

<1982년 6월 28일 월요일>
館村 二區 李 氏가 丁奉來하고 우리 집에
왔다. 소 한 마리 팔아기에 承諾한고 壹百
壹拾八萬에 賣渡키로 하고 拾萬 원을 바
덧다.
任實 山林組合에 갓다. 組合長하고 相議
中인데 馬靈 사는 朴鍾洙 氏 事務室에 왓
드라. 人事을 하고 朴東浩 朴東禮의 案否
[安否]을 무르니 잘 잇다고 햇다. 그러나
모른 체햇다. 내가 日帝 時에 約 四年間 당
신의 侄女[姪女]하고 同居햇다고 한니 그
제는 반가이 하드라. 自己도 事業上 왓다
고 햇다.
常務 鄭充奉 氏가 出張 갓다 왔다. 營林計
劃 編入 手續을 맞이고 手續비 一二,四五
〇원을 주고 六月 三〇日 안니면 七月 一
日 宗山 現地踏査 오겟다고 하고 約束하고
왔다.

<1982년 6월 29일 화요일>
鄭泰植의 耕耘機 附着用 噴霧機[噴霧器]
을 利用해서 水畓에 農藥을 撒布햇다.
耕耘機로 後田 耕耘을 햇다.
서울서 成奉가 단여왓는데 不遠 成康가 내
려온다고.
犬畜이 새기 四마리을 生産햇다고.
夕陽에 參茂 內子가 急히 왔다. 택시 一臺
을 불어달아고 母가 위급하다고 햇다. 택시
가 왔다. 갗이 乘車해서 가보니 人事不色
[人事不省]하드라. 택시로 全州 大學病院
으로 가라 햇다. 그라고 一金 拾萬 원 白康
善 氏 주고 바로 올아가라 햇다. 밤 一時가
되니 車中에서 死亡햇다고 參茂가 왔다.

<1982년 6월 30일 수요일>
山林組合에서 蘇俊植 氏가 왔다. 營林打
士[營林技士]인데 現地을 踏査코 部分的
으로 認可할 計劃인 듯십다. 數年된 立木
을 베는 데는 大端 어굴하겟드라.
中食을 마치고 조금 지나서 배가 트려올아
방을[방에서] 기대하다 약을 지여다 먹고
고옥[곤욕]을 치럿다.
갱아지 四마리을 곱게 낫다. 全部 養育할
가 한다.

<1982년 7월 1일 목요일>
白康善 氏 妻 出喪한데 參禮햇다. 沈參茂
는 喪衣軍[喪輿군]이 不足해서 個別 訪問
하고 私情[事情]해서 드려 세윗다고 햇다.
主民[住民]도 멋 사람뿐인데 未顏이드라.
成東이도 喪家에 가 일을 보와주라 햇다.
參茂는 電話料金 七,一八〇원 取貸金 壹
拾萬 원을 夕陽 全額 會{計}햇다.
喪家에서 手苦가 만타고 治下하고 무 배채

播種할 곳 조금 달아 햇든니 그리고 承諾했다.

郡 山林組合에 樹種改良(有實樹)을 해보겟다고 申請한바 其 所要經費가 約 三四○,○○○餘 원이 들 듯십드라. 밤 九時 半까지 豫算을 짜보왓다. 또 잠 안 올 일이 생겻다.

食少事奔[食少事煩]하다. 靑少{年} 時節부터 六○ 平生까지 이런 身壽[身數]일지 末年에 高峙을 오르니 何時에 幸福이 올가 其 機待[期待]는 언젤가.

<1982년 7월 2일 금요일>
農藥을 가저가라 里民에 放送하고 담배 사려 館村에 갓다. 動物病院에 들이여 藥 三첩을 지엿다. 오는 길에 農藥芳[農藥房]에 드려 牛舍에 파리藥을 二千 원에 사고 人夫 三人分 飯饌도 삿다.

李在錫 前 面長을 相面하고 다방으로 갓다. 揚水場에 가 보왓다. 終日 우리 五斗只만 揚水햇다.

昌宇가 왓다. 揚水機을 북골까지 耕云機로 옴겨주웟다. 輕油을 二초롱 주엇는데 氣分이 不安햇다. 버르시 납부드라.

못텡이 새보들 除草. 五名이 役事혔어도 未決이엿다.

成奎가 왓드라. 말을 낼가 말가 하다 말햇다. 王板 宗山 一部을 내가 茂木 許可을 내서 樹種改良을 하는데 栗木을 植樹해겟다고 햇다. 알아서 하시요 햇다. 그려{나} 밭이 업다고 成奎가 菅理한 밤나무 開간地는 포기하지 안을 뜻이드라.

日後에 네의 兄하고도 相議하겟고 三年 後에 收穫을 하면 小수라도 使用料 주겟고는 햇다. 그러나 내의 속셈은 그게 안니다.

自耕地로 無稅하고 菅理 使用할 計劃이다. 成奎도 宗中之事에 可否을 말 못 한다. 첫재는 大里 六百坪 田을 宗員 몰애 鄭겨錫[정경석]에 팔고 代價로 年 〃이 先子 白米 五斗式을 내기로 했으나 其도 無視하고 館村 炳基 氏도 宗穀을 자시고 수年 만에 本子[本資]만 내고 炳赫 氏도 宗穀에 손을 대고 全州 泰宇 수叺을 머고[먹고] 내지 안코 昌宇도 그려코 내는 淸白하다.

宗山을 利用해도 어는 누가 할 말 없으리라 한다. 萬諾[萬若] 異議가 잇다면 從前之事을 가지{고} 떠들 것이다. 覺悟한다. (印)

<1982년 7월 3일 토요일>
家事을 整理하고 田畓에을 둘어보왓다.

成東이는 牛草 베로 북골을 갓다. 夕陽에 白米 一叺을 館村市{場}에 보냇다고 六七,○○○원 바더 왓다.

밤에 成苑에 보태서 七四,○○○원을 契쌀로 이제 주니 未安 千萬이엿다.

<1982년 7월 4일 일요일>
館村驛에서 六時 十五分 列車로 求禮驛 八時 十五分 着 求禮邑에서 八時 四○分에 出發 化磤面[花開面]에 着 徒步로 約 一k 五○○m 쯤 가니 藥水場이 보인데 人波는 約 三○○餘 名이 男女老少가 募엿드라.

藥水는 菅理者[管理者]가 三, 四名이 菅理하는데 人當 五合 程度式 穴 안에서 퍼내 주드라. 마신 다음 다시 列을 서야 또 五合쯤 밧게 된다.

入場料는 人當 二○○원식인데 終日 列만 서서 마시면 理由는 없다. 中食이 準備가 못 되여 光陽婦人에서 殘飯을 어더 먹엇다. 三時에 現場에서 出發하야 連續 車便이 조와서 집에 온니 七時 二〇分이엿다.
五, 六名이 五仟 원식만 準備하면 一日은 단여올 만한 곳이드라.

<1982년 7월 5일 월요일>
全州에 옥수수 種子 二斗 買得하고 途中에서 金 農協 貸{付}係員을 만나고 갗이 왓다. 農藥 外上 配付 狀況을 살피고 今日 現在로 九萬 五仟七百으로 賣上高로 알고 記載해 갓다.
夕陽에 서울서 成康이 왓다. 四, 五年 만에 온 듯십다. 任實을 居處서 成曉 家族 全員하고 同伴해 왓드라.
와도 걱정 안 와도 걱정이다.

<1982년 7월 6일 화요일>
成奉이는 제의 母에서 一金 拾萬을 둘여 서울로 客地 生活해 보겟다고 떠낫다. 成傑이도 職場을 서울로 옴겻다고 들엇다.
成東이하고 任實 市牛場[牛市場]에 갓다. 황송아지 九五萬 원 買入하고 암소 七八〇,〇〇〇원에 買入해 왓다. 九耳 사돈이 오시여 갗이 소를 삿다. 그려면 今日 現在로 牛는 七頭이다. 館村 李存泰 氏에서 一金 拾六萬 원을 取貸해서 買入햇다.
成傑 成奉 中間訓練 令狀이 왓다. 七月 十九日 新德面에서.

<1982년 7월 7일 수요일>
조용히 成康이하고 서울서 오는 뜻을 무럿다. 外人이 알가부다며[알까보다며] 家情不和[家庭不和]로 妻와 이혼을 하겟다고 햇다. 內之事을 들으니 아주 不快하는데 是非가 되면 이놈 저놈 하는 소리는 普通

이고 餘次[如此]하면 입으로 물고 달여든니 엽방집 五집이 사는데 그 챙피가 어데 있으며 今年 春季에도 악을 쓰고 그래서 行方을 감추고 四〇餘 日을 消息을 끈은 적도 잇고 이번에도 家出한 지 一〇餘 日 된다면서 不得已 헤여저야 하며 本人도 헤여지자고 한니 할 수 업다면서 父母는 關係 마시요 햇다. 그리고 自己는 예수교에 밋처서 그곳에 精成[精誠]을 쏯고 銀姬도 月 八萬 원식을 드려 유아원에 보내니 每日 機萬[幾萬] 원식을 버려와도 不足하며 自己은 募臨에 늘 參席하며 새벽에도 내의 食事는 생각조차도 안코 말만 건내면 大聲으로 對口하며 밤에 늦게 드려와도 夕食을 엇젯나 무릇[물은] 적도 없이 잠만 자고 萬諾에 日當을 못 벌어오면 是非을 請하야 이놈 저놈 하며 이웃 사람에 망신을 시키니 엇지 同居할 수 잇겟소 하고 박에 갓다 집에을 올여면 아주 不安하나 豫備{軍} 訓練 때문에 할 수 업이 드려오나 이번에는 별수 없으니 合意이혼을 署名捺印 締結하겟고 成立이 되면 孫女 2名은 이곳 어머니가 기르되 食事費는 月 多少 보내겟다고 햇다.
財物도 金錢도 뜻이 업다며 一日 束[速]히 헤여지며 그 家屋에만 드려가지 안 햇슴은 햇다. 父母도 生覺하니 客地에 살면서 서로 〃 協力하고 和合하고 節約하고 돈도 모와가면서 生活하야 하는데 그쯤 不行者라면 이혼 問題가 時急하다고 보고 萬一의 經遇[境遇] 成康의 一身에 무슨 底害[沮害]을 입힐 수 잇지 안나 생각이다. 深中[愼重]이 生覺 檢投[檢討]해서 早束[早速]히 解結[解決]하라 햇다.
面長任 郡 財務課長 安 氏 用件 하야 對面 햇다. 用務는 農藥 撒布之件임.

<1982년 7월 8일 목요일>
指導所長이 왔다. 牛舍도 들어보고 햇다.
養老堂에 갓다. 丁基善 嚴俊祥 尹鎬錫 氏
가 잇는데 嚴俊祥은 私債 一○○萬 원 公
債 一○○萬원 手續 中이라 햇다.
牛舍에 尿을 貯장햇다.
※ 夕陽 工場 앞에서 夏穀 造製 中 테레비
聽取料을 받으려 왔는데 視聽料을 주워라
메누리에 말햇든니 무슨 돈이 잇나 하며 두
렁거리드라. 듯자하니 氣分이 不安햇다. 將
來 希望性도 없는 者가 行爲조차도 不行하
드라. 成康 食事나 한 끈이[끼니] 해주워
보내자며 개고기 一斤에 三,五○○원라 햇
든니 사오시요 해주게{라고 답했다}. 無識
이 찔 〃 하고 內母 없이 祖母 下에서 자란
남이 뚜려하드라.
指導所長도 農藥 關係로 단여 갓다.
農協에 農藥 確認해 갓다.

<1982년 7월 9일 금요일>
언제든지 보면 메누리는 不安해 보인다. 한
번 밋게[믿게] 보왓든니 每事에 不快心만
든다.
夏穀 共販日이다. 六叺 作石해서 四叺 買
上하고 一叺는 種子로 두고 一叺는 他人에
種子로 바꾸워 주웟다.
夕陽에 成東이는 共販場에서 第一 늦게 왓
는데 또 술을 만니 마시고 비글 〃 꼴 보기
실트라. 나무라면 妻가 不平할 것 같아 참
고 말고.
成東 母는 親家에 간다 갓다.
農藥을 하라 햇든니 잠만 자냐랏다.
梁海童에 노타리分 二五,○○○ 種子代 一
一,六○○하고 부로크 手工비하고 全部 相
利[相殺] 치고 會計 끝낫다.

<1982년 7월 10일 토요일>
加工協會 各面 會長會議에 參席햇다. 道
支會長 常務가 參席햇다. 案件는 융자 手
續切次 및 施設改善에 따른 指示엿다.
元來부터 原動機 交替만은 마음 먹었엇다.
今般에 융자 申請하는데 융자 限度額은
二,八七五,○○○ 中 實地 융자金 二,五五
五,○○○이고 約 三二萬 원은 自己負擔이
라고 햇다.
中食을 나누고 散會햇다.
집에 와서 生覺한니 政府융자金이 過剩이
라 三年 据置 五年 償還이라고 햇다.

<1982년 7월 11일 일요일>
任實市場에서 우리 소 一,三三○,○○○원
에 賣渡하고 小 황소 一○○萬 원에 삿다.
빗아드라. 利得는 九個月 만에 五拾萬 원
利得이라고 生覺이다.
午後에 李哲載 氏가 왔다. 三組式 便所 斜
色料라며 三萬 원을 내라 햇다. 못 주겟다
고 햇다. 便所工事 着工 時에 말이 없섯고
斜色한 五月 十五日 字 村前 橋樑 竣工式
日에 押作히 斜色하려 왔는데 이제 哲載
氏 斜色비을 내라 하니 그런 手着[酬酌]
말아 하고 잘 生覺해 보라 햇다. 이재 그런
전려[그런저런] 돈을 내기로 보면 三組式
便所는 하지 말 것을 이재 휘회[후회] 난다
고 햇다.

<1982년 7월 12일 월요일>
成東이는 麥糠 飼料 五叺을 任實로 운반
해 왔다.
집에 家庭에 雜事가 만해서 울안에 除草
나무 가리기 其他 整理햇다.
메누리는 엇전지 處勢[處世]을 볼 대 將來

꼭 한번 사라보겟다는 뜻은 없는 것으로만 보인다. 이웃집 崔福順 집을 (모실) 자조 드나들며 또는 路上에서 누구를 맛나면 안젓다 서다 하며 무슨 雜談을 하는지 보고 싶은 마음 조금 없다. 그려치 안으면 먼 山이나 보고. 이것저것 生覺다 作業 中 낫으로 손을 베고 말앗다.

<1982년 7월 13일 화요일>
朝起[早期]에 大里 道路邊에 고스모스 花苗을 植樹햇다.
朝食 後에 崔南連 氏을 訪問하고 拾萬 원 條 債務는 完全히 淸算해 주고 貳拾萬 원 條는 今日 字로 二個月 利子만 주고 本日 借用을 記載햇다.
牛舍 周邊에 雜草을 除居[除去]햇다.
中食을 맞이고 舍郞에 잇아 한니 上齒牙가 애럿다. 견디다 못해서 夕陽에는 진통제 藥 二알을 복용햇든니 約 三〇分 後가 되니 개이드라.
비는 終日 왓다.

<1982년 7월 14일 수요일>
午前 中에는 가랑비가 좀금 내럿다.
牛舍 周邊을 除草햇다.
午後에는 成東 成康을 시켜서 農藥을 撒布햇다. 成奎 噴霧機로 한바 共同 講入[購入]햇지만 油類는 내 것으로 利用햇다.
나는 午後에 방아 찌는데 玄米機 노라도 달코 精米機도 찌여지지를 안 햇서 애을 먹엇다.

<1982년 7월 15일 목요일>
집 도랑에 풀을 메는데 支署에서 電話가 왓다. 大里 川邊에서 익사事件이 잇는데

昌坪里 婦人이라 햇다. 住民에 말햇든니 모두 모르겟다고 해서 現場에 가보니 잘 모르겟드라. 그런데 大里 黃元錫이가 말하기를 黃基滿의 妻라고 햇다. 그러 듯도 십으드라. 部落에 와서 알고 보니 黃의 妻는 生存하고 잇드라.
聖壽人으로 판단햇다.

<1982년 7월 16일 금요일>
農協에 갓다. 耕耘機 中間 利子 六月 三〇日까지 五九,五〇〇원 拂入햇다. 積金 第二四回分 二一,三九〇원 拂入햇다.
移秧會員 條 定期預金 元金이 四五,〇〇〇원인데 本日 찻고 보니 五七,〇〇〇원을 차잣다. 다시 定期預金을 하려 한바 用金이 不足해서 于先 保菅하고 一部을 利用햇다.
粉製[粉劑] 農藥 五봉 三,五〇〇원에 삿다.
바로 任實郡農協 鄭 貸付主任을 相面하고 原動機 二五〇萬 원 貸付을 相議한바 本人의 旣債가 有無 間에 底當[抵當] 設定은 해야 한다고 해서 朴 常務에 미루고 왓다.
바로 全州로 行次하야 예수病院에 갓다.
成康 母 藥을 짓는데 十五日分 九仟 원이 드렷다.

<1982년 7월 17일 토요일>
堆肥舍에다 牛舍 堆肥 집에 堆肥 全部를 貯藏햇다.
韓南連이를 시킨바 午後에는 빼고 作業 中止을 하기에 不良者라고 하고 떠나라 햇다.
大里 李 氏 떼갓테 멸소 교미을 시켯다. 알고 보니 멸소는 一五四日 만에 生産한다고 알앗다.
서울서 成奉이가 왓다. 十九日 豫備軍 訓

練에 對備코저 왔다.
全州서 고무노라 一組을 買入했다.
※ 農藥 買上高는 今日 現在로 四九萬餘
　　원이 된다.

<1982년 7월 18일 일요일>
烏山서 鄭 서방이 休息하려 왔다고 內外가
왔다. 中食을 다 갗이 하고 午後에 떠낫다.
成傑이도 夕陽에 왔다. 明日 訓練에 對備
코자 成奉도 왔다.
집안 掃地을 햇다.

<1982년 7월 19일 월요일>
新平에서 加工組合 會員 月例分會에 參席
햇{다}. 趙命基 李相연만 不參하고 全員이
參席햇드라. 中食을 맞이고 會費는 八五,〇
〇〇원 中 四〇,〇〇〇원만 주고 領收證은
밪이 안 햇다. 그리고 稅金 二一,〇〇〇원
도 朴 常務가 밪고 領收證도 밪이 안 햇다.
原動機 융자 申請한바 旣債가 잇다고 農協
서 不應하기에 趙命基 名儀을 빌이자고 햇
든니 應答은 했으나 病中이고 財産도 없어
뜻이 업고 常務을 同伴햇서 五亭里 李廣연
을 面談하야 名儀을 빌이자고 햇드니 應答
이 없어 一切을 抛棄해 버렷다.

<1982년 7월 20일 화요일>
牛舍 周邊을 除草하고 掃除도 햇다.
韓南連이가 왔다. 잘못햇다고 하고 술을 바
더 왓기여 용서해 주윗다.

<1982년 7월 21일 수요일>
斗基里 고초밭에 除草 如不[與否]을 알기
위하야 自轉車로 行次햇다. 고초밭을 두려
보니 대충 作況이 좋으라.

回路에 사돈宅을 禮訪햇다. 中食을 하야
한다며 못 가게 해서 할 수 없이 中食을 햇
다. 飮食을 接待 밪고 왔다.
成東이는 成康하고 農藥 살포햇다.
鄭宰澤에서 一金 參萬 원을 借用햇다.

<1982년 7월 22일 목요일>
멱소가 再發해서 大里에 몰고 갓다. 三日
만에 다시 암이 낫다.
終日 後밭 두력을 깍가다. 많은 풀이 생겻다.
夕陽에 面에서 擔當職員이 와서 農藥 賣上
實積을 調査해 갓다.
指導所에서는 明日 育成會員들 成功謝禮
[成功事例] 發表準備를 해가지고 가라 햇다.
成功도 못 햇는데 하고 八二年 會員은 六
百萬 원을 주면서 先輩들은 四百 程度 준
것은 不平 안을 수 없다고 햇다.
成允 今日부터 放學이다. 開學은 八月 二
十八日.

<1982년 7월 23일 금요일>
天安 成玉에서 學校 成績表가 郵送되 왔
다. 成績은 中쯤 되드라. 勿論 晝耕夜讀格
으로 밤에는 工場에 勤務하고 晝間에는 勉
學의 職業으로 안다.
成允이는 成績이 七〇點인데 九點이 떠려
젓다. 八月 二十日 開學인데 其間에 不足
課目[科目]에 對하야 專工[專攻]해서 充
當하라 햇다.

<1982년 7월 24일 토요일>
韓云錫을 데려다 가마솟을 때운데 萬 원을
주고 보니 새로 산 것만 갗이 못하다. 二萬
원이면 산다는데.
듯자하니 成奎는 宗山에다 젓소을 키워서

放舍[放飼]한다고 들엇다.
내가 明年 春에 茂彩[伐採]해서 栗木으로
全部 樹種 改良할가 하고 營林計劃書을
山組에 내고 山林{組合}에서 現地踏査을
해갓는데 아마도 내에 對한 防害[妨害]을
놀 듯십다.

<1982년 7월 25일 일요일>
日氣는 終日 가랑비가 내렷다. 今日은 終
日 休息하고 마랏다.
李正鎬가 개고기하고 술이나 한잔 합시다
하기에 接待을 잘 바덧다.

<1982년 7월 26일 월요일>
國民精神敎育을 大里學校에서 받엇다.
田畓을 둘여본바 作況은 普通이고 病害蟲
도 만이 感[減] 되엿드라.
成東이 栗峙로 풀베기 促進大會에 參席
里民 一〇名 경운기을 휴대고 간바 午後
늦게야 왓는데 풀은 間少[簡素]하게 가저
온바 우리 경운기에 기름을 드리여 놀어갓
다 오[온] 것 갓다. 차라리 집{에서} 편이
소나 돌 볼 일이지 그게 무슨 짓이며 술도
만이 자시고 왓으며 夕陽에 소밥도 주지 안
해 열이 낫다.

<1982년 7월 27일 화요일>
婦人 六名이 新田里 고초밭에 除草하려 갓
다. 日氣는 좇이 못 하나 作業하는 데는 滿
足하드라.
舌 엽이 골마서 서울病院에서 治料 받앗다.
南原서 康姬 食口가 全部 왓다.

<1982년 7월 28일 수요일>
成樂 오토바이로 聖壽 陽地里 沈參茂 祖

母喪에 問喪 갓다. 約 一五分{이}면 當하
드라.
白康俊 방{아} 찟는데 二十七叺을 찌엿다.
成樂이가 一金 四仟 원을 주면서 用下로
쓰라 햇다.
서울서 成康 딸 둘을 妻母가 데리고 와서
아주 맛기고 갓다고 들엇다.

<1982년 7월 29일 목요일>
成康 집에 가보니 게집아이 四名이 한테
잇는데 딱하드라. 成康이 成傑 成奉 三名
이 무이도식者가 되여 집에 있으니 딱하며
成傑이는 全州 간다 한 놈이 다시 왓다.
銀姬 서希는 제 애비를 조금 떠려지지 안니
하니 그도 복잡하게 되며 成康 母도 日常
生活에 難點을 免{할} 길이 없드라. 가랄
수도 없고 있으랄 수도 없고 父母로써도 고
민이 만타. 人生이 엇저면 그럴가.

<1982년 7월 30일 금요일>
農藥을 撒布햇다.
夕陽에 相範이를 데리고 斗峴 堂叔 집을
訪問하고 宗祖 祭祠[祭祀]을 募섯다. 成康
이는 月餘 만에 서울로 떠낫다.

<1982년 7월 31일 토요일>
집에서 休息햇다.
成曉 內外 家簇이 왓다. 成傑을 對해 눗고
너 이제 全州 職場에 안 가나 하고 네 職業
이 운저者[운전자]인데 술이 과하고 高級
酒 麥酒만 먹는데 精神 못 차리겟냐고 나
무래 주웟다.
澤俊이가 왓는데 不安해 보이드라. 勿論
成康 女息이 둘이나 와 있으니 좋을 니는
없겟지만 네 亦是 不安햇다.

<1982년 8월 1일 일요일>
零上 三〇度가 넘엇다. 舍郞에 休息하고
家畜만 돌보왓다.
日氣가 淸明하니 農家에서는 農藥撒布가
深하고 나도 朝夕으로 藥 出庫가 밥부다.
暴雨가 내린 바람에 農사物이 破害[被害]
가 만타.

<1982년 8월 2일 월요일>
金城里 李증빈 氏가 來訪햇다. 牛舍도 求
景하고 飼育方法을 細詳이 設明하여 주시
기에 家畜日誌에 條目 〃別[目別]로 記載
햇다. 飼料도 比交的 市場價보다는 底價
[低價]로 購入해 주겟다고 햇다. 싸이로 造
製 時는 參席하고 現場에서 鑑督[監督]해
주시겟다고.
大里 金哲浩에서 電通이 왓는데 智長里
申東鎬가 有司 한다면서 八月 八日로 定
햇다고 햇다.

<1982년 8월 3일 화요일>
同窓會 日割이 五日박에 없어 午前 中 案
內通報 起案을 해서 二〇餘 狀을 몰펜[볼
펜]으로 갈겨 썻다. 郵票 二〇餘 枚을 사다
添付[添附]해서 郵送햇다.
3/4分期 育成資金 配定表가 왓다. 額수 五
〇萬 원엿다.

<1982년 8월 4일 수요일>
터밥[텃밭]을 除草햇다.
成東하고 炯進 成奎까지 와서 工場에 配水
菅[排水管]을 만드럿다.

<1982년 8월 5일 목요일>
成東이는 방아 찟고 나는 成康 母을 帶同

하고 예수病院에 投藥次 갓다.
十五日分 一一,一〇〇원을 주웟다.
成苑이 一五,〇〇〇원 또 드라고.
오는 길에 眼課[眼科]에 들이여 珍察을 해
보니 눈섭을 빼드라.

<1982년 8월 6일 금요일>
텁밧을 終日 끝냇다.
成樂 家簇 成曉 家簇이 全部 왓다.
밤에는 郡에서 反共영화가 촬영되엿다.
집에 오니 韓南連이가 金進映 門前에서 작
대기를 들{고} 進映 正浩을 패주기겟다고
해서 호통 첫드니 길에 누워버리드라.

<1982년 8월 7일 토요일>
家事 整理.

<1982년 8월 8일 일요일>
新德 智長里 申東鎬 집에서 同窓會을 召
集햇다. 一〇時 一〇分 뻐스로 參席한바
以外[意外]로 十五名이 募엿다. 中食을 맞
이고 四時頃에 出發한바 東周가 택시을 불
여 주드라.
元泉里에 當하야 孫周恒 母喪에 問喪하려
간바 弔爲金[弔意金]을 謝絶하드라.

<1982년 8월 9일 월요일>
人夫 五名하고 경운기을 起用해서 靑云 꼴
작으로 草刈하려 갓다. 午後에는 비가 내려
作業을 中止햇다.

<1982년 8월 10일 화요일>
崔南連 氏의 仲介로 韓南連에서 풀 十五 負
(六〇 다발)을 一〇,五〇〇원에 買入햇다.

<1982년 8월 11일 수요일>
終日 休息코 新聞만 讀書했다.
夕陽에 郡 指導所 沈 主事가 왔다. 牛舍을
둘여보고 사진을 촬영코 短期資金 五拾萬
이 곳 융자케 되니 單協에서 바드라 햇다.
今般에는 飼育牛을 늘일 수는 없고 딴 데
나 쓰겟다 햇다.
鄭太炯 氏에 取貸金 五仟 원을 金城宅에
傳해 주웟다.

<1982년 8월 12일 목요일>
무더운 날시이기에 집에서 休息하면서 讀
書만 했다.
成東이는 방아 찌엿다.
成曉 母는 新田里 고초밭에 갓다.

<1982년 8월 13일 금요일>
終日 비가 내렷다.
今日도 할 수 없이 舍郞에서 休息하면서
讀書만 즐기엿다.
成曉 母는 新田서 자고 今日 왓다. 고초는
잘 된 편이나 쓰려겻다고 하드라.

<1982년 8월 14일 토요일>
今日도 終日 비가 내려 마음 괴로왓다. 農
村에서 할 일이 山積 갓는데 이럴 {수} 있
으며 作物도 被害가 만타.
아무 할 일이 없다. 마치 舍郞 身勢뿐이다.
방아실에서 손을 좀 댓다. 修理하려 하니
約 二〇萬 원이 들 것 갓다.
밤에 서울서 成英이 왔다.
明 十五日 體育大會한다고 白米 一斗을
要求해서 里長에 주웟다.

<1982년 8월 15일 일요일>
新平中學校에서 體育大會을 하는데 元泉
昌坪하고 축구을 하는데 是非가 되엿다고
해서 네려가 보니 껨은 다시 始作되엿고 嚴
仁基 安善模는 病院에 갓고. 元泉에서는
廉勳章이 病院에 入院햇다고 드럿다.

<1982년 8월 16일 월요일>
休息했다. 舍郞에서 讀書했다.

<1982년 8월 17일 화요일>
崔南連 氏하고 同行이 되여 白康俊 氏을
訪問한바 四文 婦人는 우리가 人心을 일엇
지야고 뭇고 具道植이는 只今도 白康俊 氏
못 밋고 自己 婦人을 데려가라 햇다고 하
드라. 非人間이라 햇다.

<1982년 8월 18일 수요일>
북골에 가서 成東이하고 풀을 運搬해 왓다.
大端 暴署[暴暑]드라.
채소 가랏다.

<1982년 8월 19일 목요일>
丁基善과 同伴해서 金城里 衫種甫[採種
圃] 新品種 平價會議[評價會議]에 參席
햇다. 新品種인 一般벼인데 品質은 良護
[良好]하드라.
指導所 앞들을 살펴보니 作況은 良護하나
무슨 品種이 適合한지 알 수 업드라.

<1982년 8월 20일 금요일>
아침에 成奎 집에서 朝食을 하는데 澤俊
內外가 高聲을 높이여 言戰하는데 心中이
不安햇다. 一便으로 生覺하면 無識하고 常
識 不足한 者로 指摘햇다. 妻을 다루는데

罪人 다루는 式으로 行爲하는데 아주 不安
했다.

成苑을 對面하고 그러케도 不信을 받을 테
면 차라리 이별을 하든지 또는 公職에서 물
려나든지 그려치 못한다면 他處로 移居하
든지 兩澤[兩擇]하라 하고 罪人을 다루는
刑事라 하는 사람이 意識이 不足하고 淨化
對象者가 바로 장본인이라고 指摘했으니
基의 事實을 澤俊에 傳해라 햇다.

<1982년 8월 21일 토요일>
成奉이는 客地로 안 가고 집에서 農事짓겟
다고 햇다. 그러면 지게 바작 一切을 購入
해서 完全 農夫 行勢을 하야지 조금 不安
하면 못 하겟다고 할 터이면 미리 작파하라
햇다. 每日 勞力하야지 비가 온다고 休息
이나 하고 동무들끼리 장기바둑이나 뒤고
남 보기에 시른 일을 하면 안 된다고 햇다.
그리고 學生 時節에 공부는 하지 안코 父
母에 거짓 行爲만 하야 돈만 만니 損毛[消
耗]하고 이제는 每우 後梅[後悔]가 莫心
[莫甚]할 터이다. 不良한 놈이라며 過居
[過去]을 되푸리해 주윗고 只今이라도 客
地로 가라 햇다.

<1982년 8월 22일 일요일>
鄭鉉一의 카터機을 빌이여 草 切間을 햇다.
午後에는 人夫 三人을 起用햇서 人屢[人
糞]을 퍼다 混合해서 貯장을 햇다. 그런데
비가 내려 매우 不便햇다.
韓南連을 作業시키는데 金進映 內外을 바
주겟다며 여려 가지로 암을 주기에 그러면
안 된다고 햇다.

<1982년 8월 23일 월요일>
전화료금도 不足하고 全州 旅비도 업고 해
서 梁奉俊 氏에서 一金 貳萬 원을 貸借햇다.
밤새도록 비가 내려 今年 들어 처음 大洪
水가 것다.
伯母 祭祠인데 成曉 母는 午前에 全州로
갓다.
農藥代 賣上高額을 計算해 보니 九〇餘萬 원.
오지리 崔玉範이는 原動機가 新泰仁에 있
아오니 뜻이 있으면 相面하자고 햇다.
夕陽에 全州 伯母 祭祠에 參席햇다. 夕食
을 맞이고 成吉이에 말햇다. 王板 宗山을
茂木하고 有實樹을 심겟다고 햇다. 그러시
요 하고 宗財도 收入하자고 하는데 完全
收穫이면 多少 내지야고 햇다.

<1982년 8월 24일 화요일>
全州에서 왔다.
午後야 白채을 播種햇다.
成東이는 新平會議 兼 짜이로[사일로] 製
造하는 데 보냇다.
全州 가는데 旅費가 不足 崔南連 氏에서
五仟 원을 取貸하야 갓다.

<1982년 8월 25일 수요일>
終日 방아 찌엿다.
암록[압록]으로 七七稷日인데 日氣가 不
順해서 不參햇다.
金進映 婦人하고 是非을 햇다. 女子가 普
通 女子가 안니고 어뚱하게 本人의 責任을
他人에 專加[轉嫁]하려 하는데 不良者로
본다.

<1982년 8월 26일 목요일>
成曉 母는 新田里 고초밭에 除草하려 갓

다. 除草하면서 多少을 따 가지고 왔다. 그
려대로 되엇드라고 하드라.
田畓을 둘여보니 作況이 안 좃트라.
서울서 成英에서 편지가 왓다. 內容을 보
니 成康 妻는 다방 從業員으로 다니{는}
것이 確實하며 兩者 間에 이婚이 可能하
다고 햇다.
食糧 五斗만 보내달아고 햇다.

<1982년 8월 27일 금요일>
三溪面 五芝里[梧枝里] 崔玉範 집을 訪問
코 原動機 交替에 對 問議을 한바 金堤 竹
山面에 朝陽 三〇馬力이 있는데 九六萬
원에 價結[價決]하고 四〇萬 원을 契約金
條로 주고 왓다고 하드라. 그러나 南原사람
이 사기로 햇다고 하고 長水도 잇고 裡里
가 잇는{데} 一五〇萬 원을 달란다고 하나
밋지 못 하겟드라.
搗精工場이 방문 앞에 잇는데 아주 不安코
牛舍 옆에 잇는데 구질 〃 하야 보기에는 안
조트라.
九月 四, 五日頃에 對面키로 하고 作別햇다.

<1982년 8월 28일 토요일>
成東에 原動機 交替는 소 一頭 팔아서 交
替하자고 햇다.
서울 成英에 白米 三斗을 託送해 주고 成
康에 對한 身邊을 樑心[操心]하라고 편지
단단히 付託햇다.
成東이는 俊峰 草刈하려 갓다.
終日 舍郎에 休息햇다.
終日 비가 내려 作業上 支章[支障]도 잇드라.

<1982년 8월 29일 일요일>
억제로 成東이를 起動해서 五斗只 방천 풀

베기 햇다. 짐 수로는 約 六짐이 너멋다. 强
制로 시킬 必要도 잇드라. 午後에는 菜蔬
밭에 殺蟲濟을 뿌렷다.
사두[산두(밭벼)]밭에 가보니 쓰려저서 連
日 비가 내리니 부패가 되엇드라. 一部을
자바매고 來日은 꼭 農藥을 해야 한다고
成東이에 傳햇다.
몸이 不平하다.
서울서 崔鉉宇가 왓다고 들엇다. 다음에 들
이겟다고 메누리에서 들엇다.
◎ 成東이는 어데서 一金 五萬 원을 借用.
　　目的은 카터 附品 및 肥料 購入 小麥
　　四斗 買受엿다.

<1982년 8월 30일 월요일>
四仙臺注油所에서 石油 一드람 輕油 一드
람을 外上으로 引受한바 前番도 두 드람
拾萬 원 外上인데 今般에는 大端이 未安
햇다.
郡 指導所에서 沈 氏가 飼育 狀況을 보려
단여간바 九月 五日頃에 中央에서 審査하
려 온다고 하고 一般貸出도 五拾萬 원 九
月 中에 貸出한다고 햇다.
산두밭에는 農藥을 햇지만 못텡이는 가서
生覺한니 느즌 듯싶어 抛棄햇다.
午前에는 搗精도 햇다.

<1982년 8월 31일 화요일>
菜蔬에 石油을 옆을 파고 뿌려 試驗해 보
왓다.
靑云洞 崔六巖 氏 招請으로 南連 氏와 同
伴해서 參禮햇다. 酒果床[酒果床]을 차렷
는데 比交的으로 農村에서는 잘 햇드라.
鄭圭太에서 貳仟 원을 取貸해서 崔六巖에
傳해 賀禮햇다.

成東이에서 貳萬 貳仟 원을 받닷다.
桑田 一部에 胡麥 一斗을 播種해 보왓다.
李允在을 相面하고 듯자니 秋期에 桑木 樹
種改良 하느야 햇든니 올소 햇다. 그러면
나도 一部만 뜻이 있으니 갖이 하자 햇다.
苗木은 本人 負擔이 二〇원이라 햇다. 反
當 一,五〇〇株면 坪當 五株가 移植된다.

<1982년 9월 1일 수요일>
全州에서 祖父 祭祠였기에 夕陽에 參禮햇다.
成吉을 對面하면 엇전지 不安하다.
제의 말만 先唱하고 他의 말은 外面 外出
한다. 그래서 나는 할 말이 있어도 입 박에
내고 십지 안다.
崔南連 氏에서 五仟 원 旅비을 取해 갓다.

<1982년 9월 2일 목요일>
朝飯을 먹기가 밥게 일어섯다.
예수病院에 投藥하려 갓다. 十一時頃에야
投藥하야 왓다. 오자마자 大洞會라고 햇다.
參席해보니 里民는 不過 二〇餘 名이엿다.
雜種金 三〇餘萬 원을 計算해서 承認해주
면서 割當하라 햇다.
元泉里 廉勳章 是非事件 條로 三五萬이라
는데 住民들은 不安하게 生覺트라.

<1982년 9월 3일 금요일>
高相浩에서 五萬 원 借用. 세멘 사기 위해서.
엄나무 藥木으로 利用 위하야 靑云洞 林仁
喆 母을 맛나고 白米 一斗을 드리겠으니
비여가겠소 햇든니 그러라 햇다.
오는 길에 金泰圭 집에서 鄭圭太 高相浩
四, 五名이 募엿는데 圭太는 어제 會議 時
에 體育會 是非 條 三五萬 원에 對하야 募
金하기 어려울 것이라 하면서 募亭[茅亭]

에서 金進映도 過据[過去]에 丁도근이도
住民 代表로 草戰이 버려저 署에 留置되엿
을 때 큰돈이 들엇지만 住民들이 經비 한
푼 무려준 일이 잇는야고 말한다면서 今日
내게 傳하면서 무두들[모두들] 贊成치 안
트라 햇다.
夕陽에 白康善을 시켜서 약을 만드렷다.

<1982년 9월 4일 토요일>
李重彬 子 結婚式場에 參席 햇다.
술이 취햇다.

<1982년 9월 5일 일요일>
鄭太炯 同伴해서 順天까지 同行 햇다.
太炯 氏는 光陽으로 가고 나는 金昌模 先
生을 찻고 外國行 打合한바 마참 昌模 氏
妻男이 順天 妻에 왓다. 相議한바 잘 案內
해 주엇다.
特急으로 오수에 下車하야 只沙에 갓다.
漢碩 漢來을 對面하고 小麥 四斗을 一一,
〇〇〇에 買入해 왓다. 밤 九時 五〇分이
엿다.

<1982년 9월 6일 월요일>
振根 韓南連을 데리고 工場에서 바닥공사
을 햇다.

<1982년 9월 7일 화요일>
成樂가 南原서 왓다. 八日 訓鍊[訓練]이고
해서 今日은 工場에서 일을 햇다.
成東이는 今日이 訓鍊日라 大隊本部로 갓다.
工場 修理 中 세멘트가 不足해서 德喆 집
에서 五袋을 取貸해왓다. 成奉 세멘도 二
袋을 썻다. 그러면 今日 現在로 一四袋을
利用하야 바닥만 겨우 햇고 다음 再砂햇는데

約 四袋 以上이 들 것으로 본다.
다음 咸石만 사고 角木만 購入하면 된다.
朝食을 牟潤植 生日라고 招請해서 갓다.

<1982년 9월 8일 수요일>
成樂가 南原서 稅金 過不拂[過拂] 條로
二三,〇〇〇원이 支給通報가 와서 내가 利
用하겟다고 孫夏周에 倭託[委託]햇다.
成樂이는 午前 中만 任實 大隊에서 訓鍊
을 맞이고 와서 늦게 中食을 하고 南原으
로 떠낫다.
菜蔬에 물肥料을 주웟다.
成東이는 任實指導所에서 農漁村후게자
會議에 갓다.
夕陽에 새가[새끼] 밴 몀소을 鄭鉉一 氏
개가 물어 죽이엿다. 마음이 不安햇다. 그
려나 親友의 개인데 處分만 바랫다.

<1982년 9월 9일 목요일>
아침에 鄭鉉一 氏가 왓다. 어제 우리 개가
崔 兄의 몀소을 물여 죽이엿다니 大端히
未安하다면서 그놈만은 못하지만 日後에
한 마리 사드리겟다고 하기에 도려 내가 未
安하다고 햇다.
成東이는 金炯進이하고 再砂用 모래을 運
搬햇다.
午後 三時頃에 昌宇 弟가 왓다. 景禮 財政
保證을 서주시고 印章을 달아기에 本人이
안니면 印鑑을 내주지 않는다고 햇든니 本
人이 面에 가서 말해 보겟다기에 주웟다.
그려나 電話을 돌이여도 不通이기에 도장
만 주웟다.
이웃 鄭太炯 氏가 光陽 가신 五日 만에 相
逢햇다.
金炯進 成東 王板 宗山에서 連子木 十五

個 伐木해왓다.
昌宇는 夕陽에 印章을 利用 못 햇다고 가
저왓는데 本人이 오지 안하면 印鑑을 내주
지 안는다고 햇다.

<1982년 9월 10일 금요일>
오늘 丁振根 成東 나하고 終日 工場 바닥
공굴을 끝낸다.
夕陽에 餘有가 있어 토방을 고치고 牛舍도
修工햇다. 一時도 休時는 없다.
세멘는 우리 것이 一〇袋
崔德喆에서 一三袋 取
成奉 것 二袋 計 二五袋을 使用햇다.

<1982년 9월 11일 토요일>
母親任 祭祠日 이다.
任實市場을 据處고[거치고] 加工組合에
갓다. 朴 常務을 맛나고 玄米 分이機[분리
기] 石발機 융자에 對 打合을 햇다. 書類만
購備[具備]해 오라 햇다.
밤에는 全州에서 成吉이도 參席햇는데 不
遠 서울로 移居한다고 하드라. 아마 편하게
지내고 祭사도 못 모시겟다는 뜻도 들드라.

<1982년 9월 12일 일요일>
아침에 이웃과 洞內 親友 몃 분을 募시고
朝食을 갖이 햇다.
食後에 成曉 母 메누리는 新田里에 고초을
따려 갓다.
館驛에서 崔玉範이 저화[전화]로 面會 要
請. 對面한바 原動機 交替을 말하고 南原
에 一六〇萬 원자리가 잇다고. 마을[마음]
맞이 안트라.
午前에 방아 찟는데 崔南連 氏가 白米 二
斗을 日前 取해갓는데 代金으로 一二,〇〇

○을 밧고 全州 갈 대 五仟 원 取햇는데 그
돈을 除하고 七仟 원을 바덧다. 安承均 氏
가 立會햇다.

<1982년 9월 13일 월요일>
大里 趙命基 氏을 相面하고 石발機에 對
한 打合을 하고 同伴해서 印鑑證明을 맛고
同行하야 新德所在地 申信喆을 訪問한바
昨年에 別世햇다고. 子息을 맛나고 工場施
設을 求景햇다.
大里에서 下車하고 飼料 六袋을 실고 왓다.
下加 李相榮을 맛나고 十六日 市場에서
맛나고 갖치 융자 申請키로 햇다.

<1982년 9월 14일 화요일>
成東이는 융자 받으려 任實 – 新平에 갓다.
五○萬 원인데 參拾萬 원는 預置하고 二○
萬 원만 가지고 오라 햇다.
논에 물을 댓다.
飼料用 풀씨 뿌렷다.
崔八龍 氏가 禮訪햇다. 벌채하기 위해서.
서울新聞이 無料이니 보라 햇다. 아마도 淨
化委員長의 名儀인 듯십다.
一般資金 五○萬 원 貸付 밧닷다. 成東 名
儀로.

<1982년 9월 15일 수요일>
淨化委員長會議가 있어 參席햇다.
서울新聞 全北日報을 指導會長 名儀로 無
料로 보기로 햇다.

<1982년 9월 16일 목요일>
大里 趙命紀 氏 下加 李相榮 氏와 同伴해
서 加工組合에 갓다. 會比 殘 三五,○○○
원 拂入해주고 萬 원만 殘으로 햇다. 機械

二臺 自貧擔[自負擔] 운비 先利子 合計
一六五,○○○원을 常務에 주윗다. 秋夕
內에 鄭 技士가 修理해 주기로 하고 왓다.
崔南連 氏가 夕陽에 왓는데 술에 취햇드
라. 그러나 自己가 本人의 자랑만 하는데
不安햇다. 본판이 無識해서 別수는 없으나
子息들이 돈푼이{나} 주고 債務도 없고 一
身이 便하니 너무도 조잔하게 보이드라.

<1982년 9월 17일 금요일>
鄭太炯 氏 崔南連 韓相俊을 同伴해서 鴨
錄[鴨綠]에 대수{리}[다슬기]를 잡으로 갓
다. 例年에 比하니 귀하드라. 路上에 崔相
圭 氏을 面會햇다. 七時 四○分 列車로 온
바 밤 一○時에 집에 왓다.
車中에서 南連 氏는 너머도 떠드는데 不安
하고 某의 女子에 농을 하면서 아들 자랑 메
누리 자랑 妻의 자랑 아주 들을 수 없드라.
無識은 하지만 엽 사람이 贊反으 것도 모르
고 혼자만이 떠드니 大端이 不安하드라.

<1982년 9월 18일 토요일>
金長映 氏가 招請해서 갓다. 飮食이 그대
로 장만햇는데 알고 보니 全州메누리가 해
왓고 長映 氏의 生日라 햇다.
食床에서 崔南連이는 또 떠드는데 엽 사람
이 눈치가 안 좃코 鎬錫 氏 牟潤植이는 말
하기를 日前에 元泉里에 노래하는데 원간
떠들고 잘난 체하니 後에서 저것 지버치여
라고 고함 비발치듯 햇다고 햇다. 그래도
自己는 잘못이 없{다}고 하드라. 人間 不足
者라고.
終日 뉘예을 上簇햇다. 人夫는 五名.
成傑이가 왓다.
秋蠶 三枚을 上簇햇다.

<1982년 9월 19일 일요일>
工場에 세멘 再砂을 햇다.
全州에서 鄭 技士가 왓다. 工場 內部을 둘여보고 修理하는데 資料을 빼주고 갓다.

<1982년 9월 20일 월요일>
成東이는 宗燁하고 싸이로 製造場 作業을 하고 나는 家事을 돌보며 夕陽에는 錫宇가 서울서 왓는데 놀고 잇다고 하드라. 豫備軍 訓練日이라고.
沈參茂에서 一金 貳萬 원을 두려서 鄕校에 갓다. 李垟根 崔東煥을 맛낫다. 갖이 合宿을 鄕校에서 햇다.

<1982년 9월 21일 화요일>
午前 一〇時頃에 大成殿에서 大祭을 올이게 되엿다.
郡守 署長 敎育長이 參禮. 나는 祭酒官이 責任이 되엿다.
十二時에 中食을 맞이고 相範이 집을 둘여서 全州에 갓다.
싸이로용 비니루을 購入하려 간{바} 尺수에 맞는 物品이 업서 購하지 못햇다.

<1982년 9월 22일 수요일>
金城里에서 李重彬 氏가 오시엿다. 싸이로 製造하는데 經驗이 업서 指導을 해달아고 햇든니 오신바 사로[사료] 一袋을 가지고 오시여 繕謝[膳賜]한다고 햇다.
방아를 찟는데 밥앗다.
任實에 加工組合에서 電話가 왓다. 朴 常務인데 原動機 交替 關係인데 打合을 要請해서 갓다. 郡農協에서 鄭 貸付係長 廉圭台 氏을 맛나고 相議한바 二八〇萬 원을 貸付하겠으니 書類을 作成코 오시라 햇다.

밤에 丁基善을 訪問코 財政保證을 要求한바 親이 承諾햇다.

<1982년 9월 23일 목요일>
아침에 鄭鉉一을 對面하고 印鑑證과 保證을 서달아 햇드니 親이 受諾해 주고 丁基善을 帶洞하고 面에 갓다. 마참 鉉一이도 面에 와서 三人分을 갖이 書類 맡앗다.
成東이는 人夫 四名하고 북골로 飼料을 찌取하럿 갓다.
午後 뉴예고추을 따고 脫綿을 햇다.

<1982년 9월 24일 금요일>
秋蠶 三枚을 脫綿해서 館村共販場에 갓다. 뉴예고초는 品質이 不況햇다. 檢査員에 回付[回附]햇드니 接受 夕儀[名義]는 崔成曉 앞으로 햇든니 檢査員이 成曉하고 엇던 사이냐고 뭇기에 子息이 된다고 햇든니 親友사이라고 햇다. 等級은 수등 一等으로 三二萬 원을 받앗다.
任實農協에 갓다. 書類이 未備라고 해서 新平農協에 간바 貸付係長이 不在中이여 不安코 왓다.
오는 途中에 大里 金次坤 喪家에 弔問햇다.
成東이는 牛草을 俊映 正模 便을 利用햇서 복골[붓골(筆洞)]서 運搬햇다.
밤에는 班常會에 參席 햇다.

<1982년 9월 25일 토요일>
鄭鉉一에서 멈소 {1}頭가 返濟해 왔다.
崔南連 債務 二一二,〇〇〇원 元利 合해서 償還햇고 鄭太炯 氏 五仟 원도 우리 집에 주윗다.
成東 便에 人夫賃 七五,五〇〇원을 傳해 주윗다.

成東 成傑 炯進 나하고 싸이로을 完造햇다.
夕陽에 成東 金炯進을 新田里로 보내서
고초 五袋을 운반해 왔다.

<1982년 9월 26일 일요일>
每日 從事을 해도 多忙하다. 오늘도 采蔬
[菜蔬]밭에 물肥料 주고 바로 殺蟲濟 藥을
散布햇다.
食事가 끝치 나기가 밥으게 舍郎 방문을
발앗다. 또 고초 乾燥場 연탄 火료[화로]을
엇고 해서 불을 피엇다. 또 牛 飼{料}用 싸
이로 上樑을 만든데 一時도 餘有가 없다.
作業하려 하는데 外人이 와서 餘論을 하면
마음 딱하다.
夕陽 끝내자마자 비가 내리기 始作. 고초 하
면{서} 싸이로 닫기이에[덥기에] 분주햇다.
成奎 집에서 비니루 덕서[덕석] 二枚을 빌
이여 더벗다[덮었다].
鄭圭太에서 取貸金 二仟 원 今日 주윗다.

<1982년 9월 27일 월요일>
新平農協에서 預金 參拾萬 원 찻고 積金
二一,三九〇원 拂入하고 信用保證書을 맛
다서 郡農協에 提示하야 參百四拾萬 원을
三年 据置 五年 年賦償還 條로 契約을 締
結하고 自負{擔}金 및 운임 先利子 五四萬
원을 不遠 주기로 하고 왔다.
成東이 起用해서 工場用 咸石 木材 쎄멘
못 해서 一七九,〇〇〇원을 주고 운반햇다.

<1982년 9월 28일 화요일>
아침에 鄭鉉一 丁基善 氏 對面하고 印章
돌여주고 感謝으 뜻으로 麥酒 一 한 잔을
드렷다.
◎ 어제 三百四拾萬 원 原動機 條 契約이

無效라고 전통이 왔다. 그래서 前 八二
萬 條만 다시 보냇다.33
韓云錫이하고 終日 工場 지붕을 햇다.

<1982년 9월 29일 수요일>
崔南連 氏에서 壹拾萬 원을 借用햇다.
班長에 里長租 班長租 合하야 四仟 원 財
産稅 七,四〇〇원도 傳해 주윗다.
成東이는 終日 방아 찟고 나는 韓云錫 氏
하고 終日 咸石으로 工場 지붕을 이엿다.
面 産業係 所菅[所管]이라며 工場 外形만
을 寫直[寫眞]을 影영[촬영(撮影)]해 갓다.

<1982년 9월 30일 목요일>
가랑비는 내리는데 韓云錫 氏가 왔다. 于
先 飼料 貯장실부터 古咸石으로 이엿다.
午後에는 방아실을 이고 夕陽에 비가 내려
일즉 中止하고 三日 日工 三萬 원을 주고
陰 八月 十七日에 와서 마무리 지라고 했다.
客地에 잇는 子息 內外 孫子 全員이 募엿다.
成曉는 郡農協에 들이여 아버지가 {하신}
융자申請에 對하야 융자 取消함은 있을 수
없으며 당초 못한다고 하지 數次 來往케
햇냐고 말햇드니 아마도 道 農協에 上信
[上申]한 것으로 안다고 했다.

<1982년 10월 1일 금요일>
今日은 秋夕이다. 秋夕 次祠[茶祀]부터 成
奎가 慕侍단고[모신다고] 해서 갓다. 全州
에서 成吉도 왓드라.
生覺한니 成吉는 宗孫의 價値도 업고 資格
이 없어 보이드라.
山所에 단여온바 堂叔 兄弟 子妹[姉妹] 全

---

33 본 내용 앞의 '◎' 표시는 붉은색으로 그려 넣었다.

州 泰宇 內外도 왓드라.
中食을 새로 시켜서 待接하고 成吉와 炳基
氏 間에 是非가 벌어젓는데 成吉이는 大門
內 山所을 慕祠[墓祀]로 지내라 하니 反對
하고 宗土을 내노라 하다 必遇에는 借地料
을 二叺 주기로 하고 祭祠는 成吉이가 慕
侍기로 햇으나 結局은 祭祠 費用을 밧고
진낸 셈이다. 二叺 中 一叺는 제사 비용 一
叺는 宗財로 남긴다는 셈이다.

<1982년 10월 2일 토요일>
成曉 母 投藥次 예수病院에 간바 休日이
라고 해서 왓다.
鄭圭太가 단여갓다.
서울서 李英彩가 왓다. 서울 가등호텔 앞에
산다고 햇다.
前母 山所을 破墓해서 火葬을 한다고 햇다.
成苑 內外가 왓는데 參拾萬 원만 購해 달
아고 付託햇다.

<1982년 10월 3일 일요일>
終日 休息할 틈도 없이 工場 內部 및 집안
일을 햇다.
午後 三時 三〇分頃인데 어데서 큰 소리가
낫다. 工場에만 있으니 잘 몰앗다.
皮嚴宅이 왓다. 무루니 우리 집으로 가기에
異常하게 生覺햇다. 집에을 들어스니 任實
에누리는 시어먼니를 말기는데 선득 成東
의 妻의 所行으로 알앗다. 말없이 工場에
서 일만 햇다. 成英이는 不安해 하면서 간
다고 工場에 왓다. 잘 갈아 햇다.
崔乃宇 내의 것 내가 子息들 주는데 무슨
權利가 잇는야 햇다. 父母가 子息 주는데
異議가 무엇이냐 배우지 못{한} 人間. 그러
나 아즉 成曉 母의 말을 안 들엇다.

<1982년 10월 4일 월요일>
成康 母 藥 처방하려 예수病院에 二日채
갓다. 藥代는 바덧지만 旅비는 내 돈도 드
렷다.
午後에 三時 三〇分에야 投藥을 햇다.
집에 온니 成東 妻는 南原서 電話가 왓는
데 祖母가 病勢가 危急해서엿다고 햇다.
잠시라도 시원햇다.
雨氣는 잇지만 工場 우를 뜨더벼렷다.
韓云錫이가 修工으로 오면 時間이 걸이가
[걸릴까] 봐서엿다.
夕陽에 큰메누리는 兒該[兒孩]들 데리고
任實에 갓다. 明日 新田里 고초 따기 위해
서엿다.

<1982년 10월 5일 화요일>
成東이는 母子하고 任實메누리하고 新田
里로 고초 따려 갓다. 約 二袋 半 程度을
따왓다. 그려면 一〇餘 叺는 生草로 딴 편
이다.
韓云錫 氏가 咸石일 하려 왓다. 日照量이
절류워서[짧아서] 통 몃 時間 못 하고 또
갖이 일을 하면 時間 빨이 지나간 것 갓다.
中食은 成康 母가 와서 作食해 주윗다.

<1982년 10월 6일 수요일>
今日도 韓云錫 氏하고 午前 中 工場 修繕
을 끝맞이엿다. 日當 一五,〇〇〇원을 주워
보냇다.
불이機[분리기] 石拔機가 入荷되엿다. 原
動機도 不遠 入荷된다며 郡農協에 가보라
햇다.
메누리는 親家에서 왓다.
沈參茂에서 二萬 원 取貸金 成東이가 고
초 代로 주윗다.34

<1982년 10월 7일 목요일>
采蔬에 追肥을 물로 주웟다.
脫穀機을 집에서 修繕한바 附品이 不足해
서 任實에 갓다.
가는 길에 郡農協에 들엿다. 貸付係長을
相面한바 信用調査 一通만 追加로 新平
單協에서 맡아달아기에 바로 新平農協에
가서 書類을 맛다다가 다시 郡農協에 提出
코 왓다. 이제야 書類는 끝이 난 듯십다.
明日이 내의 生日이라고 메누리들이 모두
왓다.
客地에 잇는 成愼이도 오늘 왓다.

<1982년 10월 8일 금요일>
午前 中 脫穀機 修理을 맞이고 館村中學校
體育大會에 參席햇다. 約 三〇分間 觀覽하
고 成允을 對面하고 바로 全州로 卽行하야
工場에 必要한 附品 一部을 사고 왓다.
夕陽에 具道植이 담배 사려 왓다. 脫穀은
언제 하겟느냐 무르니 모르겟다며 안에서
알아 할 것이며 모두 귀찬하게 한다고 하는
模樣이 아마도 他人에 依賴할 듯십드라.
具 氏는 언제고 非人間的인 行爲을 하는
사람이며 內婦에 매여서 말하자면 嚴妻待
下[嚴妻待下]에 同居人으로 본다.

<1982년 10월 9일 토요일>
아침부터 방아 찌면서 修理도 하면서 終日
을 보냇다.
成東이는 처음으로 脫穀하려 成奎 것을 終
日햇다. 成康이도 갖이 햇다. 約 五〇餘 叺
햇다고.

成曉 內外 成東 妻 成康이도 갖이 夕食床
에서 내는 말햇다. 工場이 利得은 없지만
今般 융자 케스가 多幸이도 내게 該當되여
書類는 完備햇어도 五四萬 원 自負擔이 要
하기에 成東하고 相議햇지만 소을 개비해
서 나추고 五〇餘萬 원을 챙기기로 햇다고
말햇다. 全部 家族[家族]이 無言하드라.
裵長玉 母가 工場으로 訪問햇다. 許吉童
母의 身勢[身世]가 不安하다고.

<1982년 10월 10일 일요일>
아침에 방아를 찟고 一〇時 뻐스로 驛前에
서 金哲浩와 同伴해서 智長里 申東鎬 喪
家에 弔問을 햇다.
全州로 直行하야 咸石 七枚을 購入햇다.
崔南連에서 一金 拾參萬 원을 借用해서
咸石도 구입햇다.
昌宇가 왓다. 방아를 파라버리시요 햇다. 살
사람 있소 햇다. 그려면 壹仟萬 원만 밧게
하라 햇다. 그려면 日間 帶同하겟소 햇다.
※ 賣買만 이루어지면 꼭 팔 生覺이다. 作
   者가 有할 時는 價格은 高下間에 讓渡
   하고 십다.[35]

<1982년 10월 11일 월요일>
아침에 李相勳을 찾앗다. 자네 벼을 타관으
로 실여(황봉석 집) 찌여다 주웟다면서 자
네도 영업하면서 기분이 엇젓든가 햇다.
똑 한 번 林玉相네야 二叺을 찌여다 주웟
는데 崔 生員 體面을 보드래도 그려하겟음
니가 安心하시요 하드라.
못테[못텡이] 二斗只 벼 脫作 一二叺 낫다

고 하드라.

유제 사는 鄭太炯이가 嚴俊映에 脫穀하는 것을 보니 大端이 不安하드라. 눈치을 보려 방아실로 왓드라. 눈에 보이게 기분 납으게 보이게 햇다. 일절 인사 안니하고 본도만동[본체만체] 해버렷다.

終日 工場에서 修繕을 햇다.

<1982년 10월 12일 화요일>
終日 工場 修善[修繕]을 햇다.
메누리는 帶江 親家에 간다고 갓다. 白康善 氏와 同行해서. 꼴도 보기 십지만[싫지만] 할 수 업다.
白康善 氏는 밤 九時頃에 왓다. 듯자한니 自己의 家和 不安인 듯십는데 南原 사위가 이력적 간섭하고 뜻이 안 조와 이혼에 近接하드라고 하드라. 우리 메누리도 속 업는 人間으로 보다.
夕食을 주윗든니 잘 먹고 大端이 창피을 보고 왓다고 햇다.

<1982년 10월 13일 수요일>
아침부터 방아 찌엿다.
成奉 畓 二斗只 배메기로 방아를 찐바 六叺가 낫다. 各〃 三叺식 分配햇고 裵明善 便에 十五日 郡民의 날 喜捨金 萬 원을 주윗다.
새기를 꼬기 始作. 休時가 없다.
農協에 農藥 殘高을 실어갓다. 別紙와 如함.
十四日 指導所 主催로 行事가 잇다고 왓다. 据絶햇다. 밥은데 이게 무슨 일이야 햇다.
三組式 便所 檢査하려 왓다.
每日갗이 조금도 餘有 없는 身勢이다.

<1982년 10월 14일 목요일>
오늘도 分忙[奔忙]햇다. 例年에 比하면 어전지 多事多難한 것 갓다.
內食口는 놉 어더 벼 묵기 햇다.
農協에서 債務 確認하려 온바 元金이 三二四萬 원 利子가 約 五〇萬이라 햇다.
新洑坪(새보들)에 갓다. 成奎를 對面햇다.
今日 任實에 간바 成曉을 만낫다고 햇다.
工場 原動機 융자에 對하야 自負擔金이 업다고 아버지가 据絶한신데 저는 郡農協에 가서 降議[講義]도 한 적이 잇는데 제의 爲信[威信]에 關한 體面으로 볼 대 抛棄할 수 없기에 自負擔金 五〇萬 원을 제가 낼 터이니 아버지에게 傳하시고 始終一貫 推進해 주시라고 말햇다.
任實 替信局[遞信局]에서 단여갓다. 嚴氏가.

<1982년 10월 15일 금요일>
終日 방아 찌엿다.
오늘 郡民의 날인데 求景하려 갈가 하야 마음 먹어는데 雨天으로 抛棄햇다.
尹鎬錫 氏 宅을 訪問하고 도라오는 身數을 보왓다. 每事가 如一하고 事業도 잘 되것다고 되여 잇드라.
오늘부터 蠶室에서 새기 꼬기를 始作햇다.

<1982년 10월 16일 토요일>
內外間에 新田里 고초 따로 갓다. 終日 따는데 時間 急迫햇다. 中食도 못하고 三袋을 뻐스에 실어 館村에 下車햇다.
夕陽에 朴 常務가 分利機[分離機]을 交替해 갓다. 알고 보니 左測[左側]用 잇고 右測[右側]用이 잇다고. 우리 것은 左測用이다.

<1982년 10월 17일 일요일>
成東이는 崔末女 脫穀을 하는데 成奉이하고 갖이 햇다. 나는 갖이 가서 하고 싶어도 年令이 놉다 보니 社會的으로 창피한 마음이 들엇다. 完全이 抛棄할 生覺이다.
終日 새기만 꼬는데 八玉을 꼬왓다.
이웃에 金興源이라{는} 者 나로서는 每우 大適[大敵]이다. 歲月 가는대로 이 者을 꼭 바주워야겟다.

<1982년 10월 18일 월요일>
나는 終日 방아 지엇다.
成東이는 牟 生員 脫穀하는데 북골서 운바하다[운반하다] 보니 作業率이 不足하다.
牟 生員 宅 脫穀場에 갓다. 마침 李起榮 氏가 잇드라. 李起榮 氏는 내게 말하기를 脫穀을 해주소 햇다. 안켓소. 어제밤에 李相勳 婦人이 와서 한 말이 있으니 못 하겟소 햇다. 李起榮 氏는 내 마음대로 하니까 關係 없네 햇다.
崔基宇에 전화로 油類 二드람만 보내라 햇다. 그전 外上도 있이만 할 수 업다고 해다.

<1982년 10월 19일 화요일>
牛舍 옆에다 乾燥場을 設備해보왓다. 畜牛 飼料 貯장용으로 利用해볼가엿다.
午後에는 비가 相當히 내렷다. 成東이는 牟 生員 脫穀하려 가 中止하고 왓다.
방아가 밀여 어둡드락 방아를 찌엇다.
昌宇가 왓다.
李起榮 脫穀에 對하야 昌宇가 卽接 起榮 婦人 宋成龍 婦人에 말하기를 萬諾 우리 兄任이 脫穀하지 안으면 前에 債務 白米 一叺에 對 利子에 또 利子을 해서 받을 것이라고 햇다 하드라. 그래서 나는 그런 어

리석은 말을 왜 햇나 안 주면 그만두겟다고 햇다.
成國이가 休家次 온바 방아실에서 내게 人事하는데 据手[擧手]制로 軍隊式 인사하는데 不快햇다.

<1982년 10월 20일 수요일>
鶴巖里 金鍾熙 氏가 來訪햇다. 林野 賣渡 關係 打合次엿다. 一〇月 二十四日 日曜日에 서울서 踏査하려 온다 햇는데 萬諾 延長이면 他人에 讓渡해도 異議 없다고 햇다.
終日 牛舍 飼料場 乾燥場을 設備해 보왓다.
崔基宇 四仙臺注油所에서 輕油 一드람 石油 一드람 外上으로 가저온바 今日 現在로 石油 三드람 輕油 三드람 計 六드람 代金도 三五萬 원쯤 된다고.
收入도 없이 淸託[請託]만 낫다.
任實 朴 常務에 電話로 高聲 높이 말햇든니 二十三日 鄭 技士을 꼭 보내겟다고 햇다.

<1982년 10월 21일 목요일>
成曉가 要求한 고초 二〇斤을 가지고 任實에 간바 家族들이 不在中엿고 市場을 据處서 朴 工場에 가서 角木 그리고 合板 等을 사서 成東 便에 運搬을 햇다.
밤에는 서울서 成康이가 왓다고 해서 가밧다. 이혼은 하기로 合議하고 왓는데 金錢을 要求한다고 해서 不遠間에 갖이 가보겟다고 햇다.

<1982년 10월 22일 금요일>
完宇 집에서 朝食을 햇다.
工場 修理次 鄭 技士 外 二名이 와서 作業을 着手햇다.
附品을 사려 全州에 갓다 왓다.

夕食을 맞이고 鄭 技士 外 一名은 靑雄 南山里 試運轉한다 밤에 떠낫다.
成康이는 이혼手續切次을 밥기 위하야 新平을 거처 伊西까지 간다고 떠낫다.

<1982년 10월 23일 토요일>
終日 職工 李汶喆하고 工場에서 從事햇다. 苦役이엿다.
夕陽에 夕食하고 李汶喆은 全州에 갓다. 明日 早期에 온다고 햇다.
新德에 감을 사겟다고 햇든니 崔昌宇 六仟 원 崔南連 六仟 원 嚴俊祥 三萬 원 昌宇는 肥料代 萬 원을 各 〃 주워 밧고 來日 崔東安에 갈가 한다.
南原에서 成樂이가 왓다. 今日 訓鍊日인데 新平面에 바로 갓다 온다고 하면서 麻袋 二〇枚을 가저왓는데 六仟 원을 주웟다.

<1982년 10월 24일 일요일>
崔南連 氏에서 一金 七萬 원을 借用햇다.
아침 七時 三〇分에 全州에서 電話가 왓다. 알고 보니 林野 賣渡의 件이다. 晉 氏인데 어제 서울서 왓다고 햇다. 九時 三〇分까지 驛前에서 맛나기로 電約햇다.
崔六巖 氏와 同伴해서 驛前에서 賣渡者와 同乘하야 確巖里[鶴巖里] 갓다. 山主는 八〇〇원 말한는데 買受者는 一切 無言하고 다음{으}로 미루엇는데 車中에서는 뜻도 잇는 듯싶으나 다음에 말하자면서 作別햇다.
驛前에서 作別하고 五弓里로 行하야 崔東煥 氏을 相面코 감을 말햇든니 全部 出荷햇다며서 智長里 申東周에 連絡코 七仟에 말해서 明日 돈을 보내기로 햇다.
바로 집에 온니 附品이 없어 또 全州로 行하야 밤늦게 왓다.

<1982년 10월 25일 월요일>
成東이는 午前 中 新平에서 訓鍊하고 午後에는 梁海童이 五斗只 脫穀햇다.
孫夏周 便에 稅金 一八,四〇〇을 보내고 나는 終日 工場에서 갖이 作業햇다. 成奎가 와서 協力해 주웟다.
技士 外 二名은 오는 三〇日頃에 오겟다고 道具을 창기여 떠낫다.
朴 常務가 왓는데 鄭 技士는 一日 二萬 李는 一七,〇〇〇 下는 萬 원으로 決定하고 中食을 갖이 하고 갓다.

<1982년 10월 26일 화요일>
아침에 鄭鉉一 便에 감代 七萬 원을 一〇叺代을 보낸다. 申東周에 傳해 달아고.
任實市場에 갓다. 마늘 麻袋 飼料을 買入햇다.
午後는 工場에서 丁振根을 데리고 再砂을 햇다. 金炯進이가 와서 協力해주웟다.
伊西 尹 氏 사돈을 맛나고 술 한 잔만 하자고 권하기에 同行은 했으나 마음 괴롭드라.

<1982년 10월 27일 수요일>
終日 工場에서 修繕을 한바 못다 햇다.
成東이는 人夫 2名을 데리고 自家用 脫穀을 햇다.
新德 申東周에서 감 代金이 退送해 왓는데 다시 보내면서 現地에에 叺當 七仟 원 운임은 自負擔으로 하야 傳햇다.
鄭鉉一은 싸이카 負傷으로 保險惠澤을 보기 위하야 인후證人[임의증인]으로 해 印鑑證明 二通을 要求하기에 나도 本人에서 要求한바 잇는데 据絶하기가 難處해서 明日 해주마 햇다.
高相鎬 氏에서 감代 七,五〇〇원 入.

<1982년 10월 28일 목요일>
서울 林成基에서 전화가 왔는데 成英의 結婚之事인데 今日 中으로 打合코자 한다고 上京하라 햇다. 一〇時 四〇分 特急列車로 서울에 당하니 三時 三〇分. 許玄子 집으로 갓다. 夕食을 맞이고 玄子 눈님 同伴해서 許俊晩 집으로 갓다. 밤에 婿 될 사람이 왓다. 對面해 보니 普通人物인데 金海金氏고 故鄕은 群山이고 年令은 三〇歲라고 햇다.
許俊晩 집에서 一泊을 햇다.
不遠이면 成康 母가 四星을 가지고 오면 渭日[涓吉]은 이곳에서 定日하야 보내기로 햇다.

<1982년 10월 29일 금요일>
朝食을 맞이고 作別하는데 許俊晩이가 車비 五仟 원을 주고 우리 成康이가 大邱까지 車票를 사주웟다.
大邱에 着하니 一時 三〇分 朝陽代理店에서 原動機을 무르니 現在는 現品 없고 約 一五日이 經過되면 運搬할 수 잇다고 햇다.
三{時} 二〇分 高速으로 大田을 거처 全州에 오니 七時. 바로 집에 온니 밤 八時 半이드라.
金炳進 韓南連 麥 播種햇다.

<1982년 10월 30일 토요일>
終日 工場 修理한바 各 木 메다루에 注油을 하고 各 베루도도 손을 댓다.
잔일이 만타. 一〇餘 日을 休業하고 보니 外地로 나가는 것 갓다.
할 수 없다. 任實로 連絡햇든니 明日 早期에 試運轉하려 온다고 朴 常務에서 전화로 連絡이 왓다.

成東이는 李起榮 脫穀 七八叺을 하고 明日 半日을 또 하야 한다고 햇다.
任實서 成曉가 왔다. 公主는 밤{에} 갖이 갓다.

<1982년 10월 31일 일요일>
새벽에 早起하야 새기를 꼬는데 驛前에서 養豚을 사려 왔다. 二頭에 一五五,〇〇〇원에 賣渡햇다. 多幸이도 今日 木手가 오는데 日工에 보탤가 햇든니 메누{리} 된 사람이 自己가 키웟다는 뜻으로 五萬 원만 쓰시고 一〇萬 원은 다시 乳豚[幼豚]을 사겟다고 햇다. 氣分이 小하지만 되새겻다.
그래서 五萬 원만 밧고 丁基善에서 一〇萬 원을 借用하야 準備햇다.
工場 木手 二名이 八時頃에 왔다. 主人과 갖이 終日 休息할 時間도 없이 熱力을 다하야 夕陽 늦게사 試運轉을 햇다. 住民들이 왔다. 구경을 하드라.
듯자한니 一〇餘 日間 休業햇드니 驛前으로 만이 나갓다고 하는데 諾間[若干] 不安햇다. 崔南連 氏가 말하는데 自己는 生覺하고 傳하지만 內部는 그도 안닌 것으로 나는 生覺한다.
木手와 夕食을 마치고 計算한바 工程이 一九六,〇〇〇원이 되엿다. 約 五萬 원이 不足한데 다음에 주면 엇더야 햇든니 不應해서 成東을 불여서 메누리에서 다시 五萬 원을 봇태서 全額 會計해 주웟다.
成東이는 李起榮 脫穀을 午前 中까지 끝내주고 稅는 三叺을 바더 왓드라(雨中에).
實는 李起榮 脫穀은 뜻도 먹지 안햇는데 그도 多幸으로 안다.
明日 訓練에 對備코저 南原서 成樂이가 밤늦게 當到햇다.

엇전지 밤잠이 잘 안 든다.
成英 結婚 問題 工場 修理의 計算 家事整
理 債務整理 問題로 단잠이 올이 없다(밤
중에).

<1982년 11월 1일 월요일>
成東 成樂이는 任實로 訓練을 갓다. 내가
방아를 찌는데 新設한 機械라 매사가 어려
웟다. 이것저것 할 것 없이 고장이 낫다. 마
음 괴로왓다.
밤 一〇時까지 作業햇다. 몸이 고되엿다.

<1982년 11월 2일 화요일>
成康 집을 간바 孫女들을 보면 마음 괴로
왓다. 成苑 애와도 區別이 잇고 父母 없는
고아 身勢을 生覺하면 안시럽다. 成康 母
도 身病이 덥치고 도저히 안 보는 게 좋아
고 生覺해도 또 날이 가면 엇던가 生覺이
달아진다.
成苑 母에서 一金 拾萬 원을 둘어서 新平
에 갓다. 積金도 넛다. 肥料도 삿다.
工場 베루도 全州에서 三七尺 톱도 各 〃
삿다.
鄭鉉一 先生은 내의 印鑑 二통을 要求해
서 面에 가서 떼여서 泰錫에 주고. 用途는
이누證人[임의증인]이라 햇다.
斗流里 堂叔 집을 訪問하고 印章을 주면서
土地 정당을 말소하라 햇다.

<1982년 11월 3일 수요일>
今日도 終日 방아 찌엿다.
青云洞 金泰圭 便에 술 一斗을 보내면서
공장도 이제 新設했으니 딴 곳에 가지 말고
내의 工場에 協助해달아 햇다.
夕陽에 大里에서 肥料를 가지고 오는데 工

場 앞 桑田에서 鄭太炯 氏가 桑木을 실자
고 하기에 밥으요[바쁘시오] 햇든니 그럴
수 잇나 가는 길인데 {하기에} 그러시요 하
고 밭에서 卽接 내가 운반하고 자기도 갖이
운반하야 本人는 짐 우워[위에] 타고 나는
가는데 自己 집 門前에서 落下햇다. 엽구
리가 압으다고 하니 未安하나 萬諾 病勢가
惡化되면 엇저{나} 마음 괴롭다.
韓國農村經濟硏究院에서 處女 三人이 來
訪 農村實情을 細密이 調査햇다.

<1982년 11월 4일 목요일>
오늘도 혼자 終日 방아 찌엿다.
成東이는 늦게 온니 心情이 괴로왓다.
기름 없다가 또 파이프가 터저 내방처벼
렷다.
밤에 里長이 왔다. 今年 收買量이 全量 못
밧는다고. 그려나 五〇叺는 收買케 해주마
고 約束햇다.
崔六巖 便에 酒 一斗 안주代로 參仟 원을
주면서 앞으로 協助해달아 햇다.

<1982년 11월 5일 금요일>
原動機가 不安. 終日 勞苦만 느겻다. 마음
이 괴로왓다.

<1982년 11월 6일 토요일>
오늘도 終日 工場에서 從事햇다.
崔瑛斗 鄭圭太는 人生이 非人間으로 본
다. 오늘 두 兩人는 各 〃 個別的으로 面會
하자기에 쌀이 뽕인다[36] 住民들 말한다기
에 主人는 알고 잇다면서 바로 改修하겟다

---

[36] 1982년 11월 24일 자 일기에서 "切米가 生起여"
라고 쓴 점으로 보아 도정 중 쌀알이 쪼개진다는
의미인 듯하다.

고·한바 夕陽에 또 工場에 왔다. 또 {그}련
말으 내노니 의지잔한 者이며 鄭圭太도 夕
陽에 다시 青云에서 너머와 또 그런 말을
하는데 아마 술 생각이 있서 그{런} 줄 알
지만 갓잔한 者로 치고 冷情이 하면서 잘
알고 있으{니} 그만 두랫다.
午後에 任實 組合으로 전화해 노라를 交替
햇든니 正常이드라. 그런데 애를 먹{고} 그
놈들에서 비위를 바닷다.

<1982년 11월 7일 일요일>
午前 中만 방아 찟고 午後에는 成允을 데리
고 工場 內部 不實한 곳을 全部 손보왔다.
成曉가 왔다. 原動機 交替에 自負擔金 五
拾萬 원을 拂入하라고 햇다.
成東이는 成樂 쌀 一叺을 驛前까지 실이다
주웠다. 이제사 訓練을 맞이고 午後에야 昌
宇 脫穀해 주웠다.
今年 共販은 全量 하기가 어렵게 된 듯십다.
新品種은 바다주고 一般種은 不應한다고.
그려면 신품종 二〇叺 配定 밧게 되엿다.

<1982년 11월 8일 월요일>
工場에서 終日 作業햇다.

<1982년 11월 9일 화요일>
今日도 終日 工場에서 作業햇{다}.
任實서 메누리가 왔다. 11日 서울서 成英
觀選하려 간다고 햇다.
嚴俊祥에서 一〇萬 원 借用. 油類 購入
하려.37

―――――――――
37 이 내용은 붉은색으로 기록하였다.

<1982년 11월 10일 수요일>
成傑 代身 成奉가 訓鍊에 參席하고 왔다.
終日 방아 찌엿는데 夕陽에 보니 稅가 不
足. 成東이가 으심스럽드라.
카터機로 여물 썬다고 베루도에 소[손]을 傷
處 當해서 病院에 갓다. 氣分이 不快햇다.
秋收는 끝이 낫는데 支出이 만해서 마음
괴롭고 成康이도 이혼은 分明한데 將來가
말이 안니고 成英이도 結婚 問題로 每遇
不安하다.
青云洞 高相鎬 白米 一叺을 주고 次後[此後]
에 會計하겟다고 했다. 一金 五萬 원 條임.

<1982년 11월 11일 목요일>
終日 새벽부터 내린 비가 午後까지 내렷다.
牟潤植 氏가 대수리를 가지와서 즉판 살마
서 갖이 瑛斗도 오시여 논와 먹엇다.
牟潤植 氏는 말하기를 昌宇에 債務가 잇는
데 昌宇 形便이 어더야고 뭇기에 形便이
없다고 햇다. 本人도 그이에 債務가 잇는데
마음 괴로왔다.

<1982년 11월 12일 금요일>
아침에 감을 가저가신 분들에서 감 박스를
集合햇다. 鄭鉉一 氏와 同伴해서 智長里
申東鎬을 訪問한바 不在中. 맞암 申東周
을 對面하고 박스를 引게하고 萬 仟 원을
보내달아고 하고 왔다.
집에 온니 成東이는 손이 닷첫지만 방아는
찟고 잇드라.
夕陽에 桑田에 갓다. 掘取하는 도자[불도
저] 技士에 付託코 내의 桑木을 掘取를 付
託햇다. 本當 五〇원을 要求하드라. 日工
萬 원 差引 殘 二,二一〇원을 會計 完了햇
다. 道峰으로 갓다고 들엇다.

<1982년 11월 13일 토요일>
집에 牛舍을 修理하고 桑田에 갓다. 桑木
을 掘取해 달아고 햇든니 午後에 相議하자
하야 왓다.
夕陽에 社長任이 來訪햇다. 約 二仟 株 豫
定으로 七萬 원에에 結締하고 夜間作業부
터 햇다.
成奉 桑田 桑木은 裵明善하고 立證해서
세여 보니 成奉 條 八八〇本 우리 것이 一,
一〇〇本이엿다. 手工은 七萬 원 明日 주
기로 하고 成奎는 정게듬 林野을 客土로
五〇萬 원에 팔기로 했으나 山所가 잇는데
말성이 잇는 듯십드라.
하동宅 祭祀라고 드렷다.

<1982년 11월 14일 일요일>
朝食을 重宇 집에서 햇다. 서울서 正禮도
오고 文淑도 왓는데 對面하면 엇전지 不安
感이 들고 面談하고 십지 안타. 其의 人生
들은 對人關係에 괴만한[교만한] 點이 만
해서다.
콤바이 社長(主人)이 왓다. 成奎는 外出하
고 없다며 一金 拾萬 원 契約金을 주고(成
奎 母에) 成奎을 맛나기로 하야 大里까지
同行해 주웟다.
任實 尹奉浩 女息 結婚式場에 參席했다.
바로 回路하야 中食을 하고 桑田에 갓다. 午
後 重役을 밤에까지 한바 彼곤[疲困]햇다.
夕陽에 任實서 메누리가 왓다. 食糧이 없
서 온 듯십다.
桑木 掘取代가 不足해서 南連 氏에서 一
金 二萬 원 取햇다.

<1982년 11월 15일 월요일>
벼 一三叺을 作石햇다.

面長任이 오시엿다. 客土事業 推進하려 왓다.
朝食은 柳文京 집에서 母의 生日이라고.
가기는 갓지만 마음이 엇전지 不安햇다. 그
려지만 냇기 없이 맞이고 나왓다.

<1982년 11월 16일 화요일>
共販日이다. 모두 一等을 마첫다고.
精米機을 뜨더서 任實로 갓다. 四仟을 주
고 修理햇다.
加工組合에 들이여 옌도 一벌을 갓고 왓다.
수프링도 一切을 가저왓는데 約 五二,〇〇
〇원이다. 夕陽에 試運轉은 했으나 밤이라
如何을 모르겟다.

<1982년 11월 17일 수요일>
桑木을 運搬 中 조크라치가 떠려저 任實로
館村에 갓다 오니 半日이 지낫다.
家畜 犬 한 마리가 죽으려 해서 他人에 주
웟다.
工場 改修하는 데 巨額이 드렷다. 그런데
메누리가 工場에 드나들면서 간섭하는 것
을 보면 어덴가 異常心이 든다. 日前에도
듯자하면 侍母[媤母]에 對하야 돈 업다고
말고 쌀이라도 폭 퍼서 市場에 내다 쓰지 안
코 몬난게[못나게] 지낸다며 나 가트면 그
려지 안는다고 여려시 잇는 곳에서 공 〃 년
히 말햇다 하니 어지[어찌] 밋겟는가 한다.
成傑이가 단여갓다. 主人이 바퀸 듯십다.
※ 桑木 移植에 쓰기 위해서 鄭泰植에서
    尿素 參袋을 取한바 壹袋는 우리 것이
    고 貳袋는 牟 生員에 보내달아 햇다.

<1982년 11월 18일 목요일>
桑田을 人{夫} 三名이 고르고 堆肥을 운바
[운반]. 나는 桑木을 집으로 운반햇다.

午後에는 방{아} 찟고 桑田에 갓다 왓다.
大端 多事햇다.
밤에는 勞苦한데 鄭 校長이 왓다. 酒店에
가서 술 한 잔만 하자고 권하기에 갓다. 놀
다 보니 밤 十一時엿다.

<1982년 11월 19일 금요일>
午前 中 비가 내렷다. 作業 中止을 햇다.
나는 終日 방아 찌엿다.

<1982년 11월 20일 토요일>
人夫 하나 어더서 家簇끼리 桑田에 堆肥을
너코 운반하고 終日 時間 간 줄 모르고 作業
을 햇다. 日暮는 五時가 되니 너머가드라.
守護者들에 墓祠[墓祀] 日定[日程]을 보
냇다.

<1982년 11월 21일 일요일>
五名으 婦人을 同伴햇서 桑木을 正植햇다.
嚴俊峰 桑木 二,〇〇〇株을 引受해서 完
植栽하고 보니 二三〇株가 餘有가 生것다.
路上에서 俊峰을 對面한바 殘 數量은 會
社에 返納해 주시요 하드라. 今日 桑木 關
係로 會議 있엇는데 會社에서 大量이 不足
한다고 하드라. 夕陽에 林漢朝 氏을 訪問
하고 一六〇株(八束) 殘이 있으니 引受하
라 햇든니 주워도 조코 안 주워도 조흐니
崔 生員게서 利用하 테면 하시요 햇다. 그
래서 바로 鄭 校長을 訪問코 一六〇株가
있으니 使用겟는냐 무르니 좃타고 해서 口
頭로 引게햇다.
二,〇〇〇株 中 實地 植木 株 수는 一,七七
〇株고 明春에 保植[補植]用 七〇株하고
校長에 一六〇株 引게함.

<1982년 11월 22일 월요일>
成東이는 今日까지 豫定으로 農漁村後繼
者 育成大會 있엇는데 夜中에 왓드라. 繕
物로는 大形[大型] 후라시 二個을 가저왓
드라.
오늘 비는 終日 내렷다.
工場 內 손볼 것이 만햇다. 이것저것 修工한
바 成東이는 방에서 잠자고 終日 나오지 안
햇다. 마음은 괴로왓다. 內外間에 똑갓드라.
金長映 氏가 招請해서 갓다. 어제 結婚 時
는 成曉가 단여왓다고 햇다.
生覺하면 一日 一時 餘有가 없으니 老年
에 무슨 변인지 내 自身이 모르겟다. 앞아
서 누워벼렸으면 하나 그도 안니고 마음 괴
롭다.

<1982년 11월 23일 화요일>
벼 販賣 代錢을 차즈려 農協에 갓다. 成東
名儀로 通帳에 入金되엿다고 成東 印章을
가저오라는데 氣分 少햇다. 指導所에 印章
잇다기에 가본바 任實支所에 있다기에 任
實에 가서 차아[찾아] 다시 新平農協에 갓
다. 全額이 二八五,一〇〇원인데 一〇五,
一〇〇만 찻고 一八〇,〇〇〇원는 通帳에
殘高로 햇다(農協 利子라도 주기 위해서).
郵替局[郵遞局]에 들이여 電話料金 二四,
五〇〇원을 拂入해 주웟다.
新平市場에서 申東鎬을 對面한바 只今까
지 감갑을 東周에서 못 바닷다고 하야 大端
이 未安햇엇다.
二八回 積金도 二一,三〇〇원 拂入햇다.

<1982년 11월 24일 수요일>
成東이는 任實 兄에 白米 一叺 고초 감자
食料品을 耕耘機로 보냇는데 食口가 全員

不在中. 門前에 놋코 왓다고 햇다.
방아 찌다 새기 꼬다 햇다.
今日도 精米하는데 切米가 生起여 괴로왓
다. 成東이는 加工組合을 단여온바 常務
말은 어덴가 組立이 不順한 것으로 안다며
存細히 알여왓다고. 卽時 뜨더보니 確實이
不組立이 分明햇다. 다음에 搗精해 보면
알겟지만 自信이 든다.
十一月 二十七日 總會을 맞이고 常務하고
同伴해서 大邱 本社을 訪問하자고 햇다.

<1982년 11월 25일 목요일>
成曉 母 便에 女子 품싹 一四,〇〇〇원을
보내 주엇다. 皮巖宅 外 六人分.
牛舍을 越冬하기 위하야 비니루 및 其他
손질을 햇다.
嚴俊祥 감갑 二〇,五〇〇원을 주웠다. 그
리고 메누리 便에 成奎도 감갑 七,五〇〇
원을 주라고 傳햇다.
任實 山林組合長 朴珍植 氏에 전화를 거
러 今年度 事業으로 무궁화 산모[삽목]을
해 보겟다고 햇든니 꼿 自體가 一〇餘 種
이나 되고 보니 債任을 짓들 못하나 明春
에 相議하자고 햇다.
서울에서 金永台 氏가 來訪햇다.
邑內宅에서 招請해서 갓다 왓다.
방아는 再組立햇든니 完全히 正常이여서
호평을 밧닷다.

<1982년 11월 26일 금요일>
人夫 三人 父子 해서 五名이 終日 桑木을
팬바 못다 햇다.
丁俊峰에서 一金 六萬 원을 取한바 油類
가 없어서 準備코 取햇다.
任{實} 土組에서 通報가 왓다. 水稅을 내

라고 하는데 生覺하면 분개하다. 그려나 航
議[抗議]는 해 보겟다.

<1982년 11월 27일 토요일>
加工組合 會員總會에 參席햇다. 會議을
맞이고 發動機 융자을 打合한바 十二月 中
에나 機待하자고 햇다. 可能이 없는 것으로
알앗다.
回路에 서울病院에 들이여 炳列 堂叔 入院
한데 問病햇다.
館村驛前에서 李相榮이를 맛나고 原動機
手工을 보와 달아고 햇다. 明日 全州에 契
日인데 단여오는 길에 우리 집을 들이여 손
을 보와 주겟다기에 一金 萬 원을 주면서
附屬을 사서 오서 보와 달아고 햇다. 明日
夕陽에 꼭 오겟다고 햇다.
成東이는 任實에 成苑 배추을 실로 간바
主人이 不在中. 空行햇고 경유만 一드람
六二,〇〇〇원에 실고 왓다.

<1982년 11월 28일 일요일>
朴公히 子 結婚式에 參席햇다.
斗峴 堂叔을 맛나서 陰 十月 十五日 墓祠
라고 傳햇다.
工場 附屬品을 購入하야 炳基 氏와 同伴
해서 왓다.
成東이는 喆洙하고 桑木을 全部 팻다.
成吉이 단여갓다고 햇다.
夕陽에는 비가 래럿다.
成傑 訓練이 無期延期되엿다고 햇다.

<1982년 11월 29일 월요일>
새벽부터 내리는 비는 終日 끝질 줄 모르고
내럿다.
생각도 못 햇는데 雨中에 屛巖里 韓云錫

氏가 왔다. 어제 約束한 工場 修理엿다. 조
금 있으니 下加 李相榮이가 왔다. 그도 어
제 約束한 일인데 비가 내리는데 올 줄은
몰앗다. 韓云錫 氏는 中食을 맞이고 一金
參仟 원을 주워서 보내고 李相榮이는 夕陽
까지 手苦가 만햇는데 夕食도 마다하고 旅
비도 주워도 마다하고 술만 한 잔 들고 갓
다. 택시나 불여 보내려 햇든니 전화가 불
통이여 그도 뜻대로 못 햇다. 大端이 未安
하게 되엿다.
夕陽에 成吉이도 왓드라. 明日 墓祠 가려
온 듯하다.

<1982년 11월 30일 화요일>
아침 九時 一〇分 뻐스로 大栗里 八代祖
墓祠에 參席햇다. 宗員 本人 成吉 成奎 昌
宇 完宇 炳赫 重宇 七名이 參席했다.
祭物은 例年과 비슷했다. 旅비는 萬 원 받
은바 今年에 한割[旱害]로 水稅가 들엇다
기에 咸[減]햇다.
明年부터는 墓祠을 日定[一定]하게 못 박
고 사제봉 墓祠는 〇月 十二口 구슬 一
〇月 十四日 谷城은 一〇月 十六日 문동
굴은 一〇月 十九日로 完定햇다.
成東이는 임실서 배채[배추] 실어다 成康
母 집에 주윗다.
夕陽에 成東 便에 白米 十一斗을 驛前에
보내 六萬 원을 받아 丁俊浩 取貸을 보냇
다.**38**

<1982년 12월 1일 수요일>
桂壽里 六代祖 墓祠에 成吉 炳基 堂叔 本
人 三人만 參禮키로 햇다. 斗峴에서 炳赫

---

38 이 문장은 붉은색으로 기록되어 있다.

氏도 왓드라.
桂壽里 工場을 들려보니 今般에 융자 케스
로 原動機을 가저왓다고. 模形[模型]은 立
型인데 잘 製作된 것으로 보이드라. 그려데
우리 工場 位置와 比슷하는데 물이 좃트라.
그러나 우리 工場은 물이 不利하드라.
墓祠는 지내고 中食 後 바로 出發해서 南原
을 据處서 炳基 堂叔하고 同行해서 歸家하
고 成吉 炳赫 重宇는 谷城으로 行햇다.
館村驛에 當한니 炳基 氏는 成曉 契쌀을
미려 달아고 하니 뜰[뜻]을 모르겟드라. 昨
年에도 成苑 契米을 달아기 据絶햇는데.

<1982년 12월 2일 목요일>
새벽 押作히 뱃속 不安했다. 午前 中까지
便所에 約 一〇次레나 단니다 보니 몸이
아주 弱해것다. 原氣[元氣]가 뚝 떠려저 아
주 몸주체를 못햇다.
成東이는 終日 방아 찐바 原動機가 아주
힘이 不足해서 마음 괴로왓다. 能率이 올으
지 안코 딱햇다. 終 七八k 收入.

<1982년 12월 3일 금요일>
今日은 부食이 끝이 나자마자 비자리[빗자
루]를 메는데 靑云洞에서 벼을 실어오라
하야 成東이를 보내고 本人은 成東 母을
시켜서 二萬 원을 德喆 婦人에서 가저와
任實에 가서 모비루를 二萬 원에 가저왓다.
終日 방아을 찌는데 異常 없이 護戰[好轉]
이엿다. 多幸으로 본다.

<1982년 12월 4일 토요일>
오늘은 土曜日인데 成曉 內外가 올 줄 앗
앗다[알았다]. 전화해 보니 成曉도 病院에
서 手術햇다고 하고 메누리도 몸이 不安하

다면서 못 오겟다고 햇다.
今日은 墓祠이고 김장도 해야 하는데 나도
不安햇다.
방아는 찌야 하는데 成東이는 나무[남의]
집[짚]을 실로 갓으니 그도 不安햇다.
늦게 墓祠에 간바 炳赫 兄弟도 왓드라. 中
食을 하는데 新安宅도 왓드라. 成吉하고
炳基 氏하고 말을 하는데 墓祠야 방안祭祠
냐 하야 炳基 氏가 位土을 利用하니 祭祠
로 모시라 햇다. 王板 宗山은 乃宇가 菅理
해라 해서 委任을 밧고 明春부터 着手하기
로 햇다.
炳赫 炳基 氏 운복[음복]을 싸주라 햇드니
不應햇다(昌宇가). 明日 白南基 外祖母父
墓祠이지 햇드니 人象[印象]을 불키드라.
成吉이도 良心을 버린 사람이드라. 人間
非人間으로 보고.

<1982년 12월 5일 일요일>
崔德喆 婦人에서 一金 五萬 원을 一個月
豫定으로 借用코 崔南連 氏 取貸金 二萬
원(桑木 屈取金[掘取金] 쥐기 위{해}서 감
갑 殘 六仟五百을 아침에 會計해 주고 崔
喆洙 품싹 四仟을 二萬 원은 모비루代를
주웟다.
日氣는 今年 들어 第一 취이[추위]엿다. 零
下 五度. 그래도 방에 座視[坐視]하고 잇
기가 시려서 박에 나가 이것저것 만을[많
은] 日課을 햇다.
間夜도 잠간 자다 깨니 債務가 걱정이 되
心思가 不安햇다. 成曉가 오면 打合해서
今年度 契穀이나 내게 미려 달아고 {하고}
싶으나 오지도 안코 心中 과롭다. 今年에
미려주면 此後 내 契穀을 갚을 生覺인데
其도 드려줄지가 疑心하다.

<1982년 12월 6일 월요일>
벼을 사래로 치서 멍석에 널고 방아을 돌여
주고 보니 正午가 되엿다.
成奉이는 몸이 좃이 안해서 택시로 病院에
갓다. 中食이 밥으게 바로 中央病院에 갓
다. 院長任을 맛나고 對話햇드니 오래 가
면 폐렴이 걸인다고 햇다.
成奉 入院室을 단여서 成曉 집에 갓다. 메
누리만 보고 加工組合에서 郡에 전화햇다.
그러나 成奉가 入院햇다고는 말 안 햇다.
一〇日 서울서 成英이가 오니 오라고 하고
相議할 일이 만으니 꼭 오라 햇고 메누리에
도 付託코 꼭 오라 햇다.
成東이는 午後에야 방아 찌엇다.
밤에 또 病院에 갓다. 成曉 內外가 죽을 끄
려 가지고 왓드라. 成奉나 成曉는 집으로
가시요 햇다. 오히려 덜 이무럽고[임의롭
고] 제의 親友나 같으면 多幸이지만 오히
려 不安感이 든다고 햇다. 바로 왓다.

<1982년 12월 7일 화요일>
十二月 十六日 벼 共販日이라고 햇다. 어
제부터 오늘까지 太陽을 쐬얏다.
里長 者이 工場 앞에 왓드라. 하는 말이 今
次는 一〇叺 하고 一〇叺는 明年 一月에
하라고. 熱이 낫다. 고까지로 핼 수가 잇는
야 햇다. 共販 해서 債務 한 자리라도 갚아
야 하는데 三번트락 하면 푼도[푼돈]에 불
가하니 政府 政策도 不良하다고 햇다.
늦게 始作해서 늦게까지 방아 찌엇다.
夕食 後 崔南連 氏하고 돌머리 아주먼니하
고 舍郞에 왓다. 兩人이 不快하는데 南連
氏와 딸 今順 ─ 柳浩永의 前에 연애 關係
로 成婚하자고 시암宅에 招介한 것이 亦非
[是非]가 되여 大聲으로 言爭이 버려젓다.

本人 나도 시認햇다.

<1982년 12월 8일 수요일>
오날은 每事을 除하고 人夫 重宇 正鎬 二人을 엇고 成東이 나하고 四人이 靑云谷에서 가리나무을 한바 耕云機로 三回을 운반햇다. 他人의 體面은 不彦[不顔][39]이지만 越冬用 쏘시개가 없여다.
夕食을 하는데 돌머리宅이 왔다. 어제밤에 未安하게 되엿다고 하면서 南連 氏만은 不良者라고 하드라.

<1982년 12월 9일 목요일>
어제 夕陽부터 氣分이 少햇다. 成奉가 病院에서 몸살을 하고 잇는데라고 전화가 왔다. 몸도 고되고 갈 수도 입고 마음만 괴로왔다.
아침에 李澤俊에 전화로 退院하라 햇든니 不應햇다. 工場에 作業事는 만하는데 心思과뢰왔다.
澤俊이가 왔다. 전화햇든니 온 것으로 본다. 욕은 밧서도 待遇을 못 보나 本人도 不安한 줄 알다[안다].
任實에 갓다. 南連 氏에서 萬 원을 取해서 院長을 맛나고 成奉도 맛나고 五樹 漢藥局에서 相議하고 셋 첩을 지여다 주고 明日 대리라 햇다.

<1982년 12월 10일 금요일>
成奉 藥을 대려서 죽하고 갖이 任實 病院

에 보내주라고 큰메누리에 주웟든니 제가 밥은데요 하는데 氣分이 不安햇다. 무엇시 바부냐 햇다. 아이를 데리고 全州 病院에 간다고 하드라. 다음 車로 가라면서 組合 事務室로 가버럿다.
終日 生覺해도 父母가 시키는데 反應을 하니 하고 안니 조햇다.
常務만 맛나고 바로 新平農協에 갓다. 麻袋 30枚을 사가지고 왔다.
成東이는 북골 稻藁을 운반햇다.

<1982년 12월 11일 토요일>
어제밤부터 내린 비는 오늘도 게속 내렷다.
具道植 집에서 親睦稧日인데 參席햇다. 契穀은 九斗 程度인데 二叺二斗은 非常用으로 保管히고 七叺은 借米로 노왔다.
成奉 집을 갓든니 成苑은 成奉에 나무래드라. 밤에 病院서 도망햇다고. 나무래지 말아고 하고 다시 再入院하려 택시로 보[40] 어마[엄마]를 딸여 보냇다. 氣分이 不安하고 成苑 內外가 不滿이 만타. 成苑도 職場을 그만두고 家婦 行勢하고 他地로 各居했으면 한다.

<1982년 12월 12일 일요일>
任實 中央病院에 들엿든니 間밤에는 成奉이가 異常 없이 잘 자드라고 하드라. 院長任을 相面코자 햇든니 日曜日이라 집에서 休息한다고 해서 바로 全州로 {향}햇다.
路上에서 成曉을 맛낫든니 全州 간다고 하고 오늘 밤에 宿直이라 못 가보겟다고 하드라. 그려나 夕陽에 집에 좀 오라며 相議之

---

[39] 일기 전체에 걸쳐 간혹 등장하는 표현으로, '낯을 들기는 민망스럽지만' 정도의 뜻으로 저자가 만들어 사용하는 표현인 듯하다. '彦'은 '顔'을 쓰려다 잘못 쓴 것으로 보아 본래 쓰고자 한 말이라 생각되는 한자를 [ ] 안에 병기하였다.

[40] 원문의 글 쓴 흔적으로 볼 때 '보냇다'를 쓰려다 말고 "어마[엄마]를 딸여 보냇다"라고 고쳐 쓴 것으로 보인다.

事가 잇다 햇든니 오지 안는다. 아마도 무
슨 눈치을 챗는 듯싶다.
鄭泰燮 女息 禮式場에서 參席하고 中食을
하고 바로 왓다.
밤에 서울서 成英이가 아조 왓다.

<1982년 12월 13일 월요일>
새벽에 成苑이 왓다. 제의 母가 病이 낫는
데 아마도 장지부스[장질부사(장티푸스)]
病인 듯싶다고 햇다. 바로 가서 問議햇든니
其의 병인 듯하드라. 바로 五樹로 갓다. 漢
의에서 藥 五첩을 지엿다. 집에 왓든니 病
院으로 入院하기 위하야 準備 中에서 任實
로 택시 편에 보낸다. 成曉 母을 딸여서 보
낸다. 마음은 괴로왓다.
中食은 金進映 氏가 招請해서 햇고 夕陽
에 昌宇가 大田 갓다 왓다고 자랑하는데
藥도 지여주고 衣服도 주고 旅費도 八萬
원 주고 햇다고 자랑을 느려논데 마음이 不
安햇다.
成奎 집에 許俊晩 母가 왓다기에 갓다 왓다.
債務가 만해서 成曉에 書面으로 契穀을 代
替하야 今般에 네 목을 내가 利用하겟다고
햇다.

<1982년 12월 14일 화요일>
任實 中央病院에서 오라고 崔末女 婦人
便에 連絡이 왓다.
新平面에서 淨化委員會가 있어 參席코 中
食을 맞이고 바로 任實에 갓다.
入院室에 간바 成康 母子가 多幸이도 차도
느저 〃 正常이드라. 院長任을 相面하고 未
安하다 햇다.
◎ 鄭太炯 氏에서 一金 萬 원을 取貸하야
　利用햇다.

집에 오니 成東이는 방아 찌는데 油類가 없
다고 해서 夕陽에 鄭鉉一 氏에서 一金 六
萬 원을 取貸하야 成東이에 주면서 괴롭지
만 밤에 注油所에서 一드람 운반하라 햇다.

<1982년 12월 15일 수요일>
成允이는 來日 十二月 十六日 全州에서
聯合{考查}을 치루기 위하야 宿泊料 六仟
을 갓고 全州로 떠낫다. 約 二：一 程度라
고 햇다.
오늘은 工場에서 벼을 改風햇다. 自家穀은
二五叺을 作成햇다. 外人 것도 六〇餘 叺
을 개풍을 해주고 叺當 二〇〇식을 받을 計
劃이다.
夕陽에 成奉 母子하고 成曉 母 三食口가
全員이 中央病院에서 退院햇다. 退院費가
엇더케 되엿는지 궁금하다.
成曉는 每日 病院에 단여는 갓다는데 日前
片紙의 內容이 或 잊이나 안흔지 아무런
後聞이 없다.

<1982년 12월 16일 목요일>
終日 방아 찌엿다.
成東이는 相議도 없이 女子하고만 相論하
고 쌀契을 무덧다고 햇다. 女子 속임수로만
成東이는 따라간다. 生産도 못 한 其 女子
는 나는 밋이을 안는다.
成允이는 오늘 聯合考查을 보고 夕陽에 왓
는데 시장해서 욕보왓다고.
成東 內外는 근심이 업고 내게만 債任을 짓
고 저들은 太平生活하고 잇다. 담배장사을
내논다고 20萬 원 주면 내논다고 햇다. 그
돈이 내 돈인데 제의 돈이라고 알 수 없다.

<1982년 12월 17일 금요일>
四仙臺 崔基宇가 보낸 請求書는 其 額面
이 正確하드라. 三七五,〇〇〇.
工場에 水道 빠이프을 修理하고 昌宇 방아
찌엇다. 成俊이는 軍에서 除隊햇다고 왓드라.
昌宇는 이번에 大田 點禮 집을 단여왓는데
三男妹가 債務을 整理해 주겟다고 햇다는
데 多幸이라고 햇다.

<1982년 12월 18일 토요일>
今年도 몇일 남지 안햇다.
첫재는 他人의 債務가 未整理되여 아주 고
민이다. 任實 成曉에 편지을 햇서도 回答
조차도 업고 來往도 끈고 있으니 아마도 뜻
이 업는 模樣인 듯십다.
終日 방아 찌엇다.
방아가 異常햇다. 精米機에서 切米가 生起
엿다. 附屬이 不足 不失[不實]해서인지 마
음 답 〃 햇다.
夕陽에 成玉이 天安서 왔다.
※ 崔今福 契穀 10叺의 利子만 2叺 5斗을
柳正進에 傳해 주웟다.

<1982년 12월 19일 일요일>
裵迎春 嚴俊映 兩家 結婚式場에 參席한바
祝儀金이 없어 不安하다가 成英에서 參仟
원 둘으고 보니 老年期에 이려케 金錢으로
因하야 苦難을 當할 테면 죽는 목슴과 다
를 게 잇나 햇다. 館村에서 中食을 하고 新
平分會에 卽行 參席한바 會員는 半數박에
募이지 안하야 流會햇다.
驛前에서 鄭鉉一 氏하고 同行이 되엿다.
鉉一 氏는 말을 꺼내는데 今日 裵京良의
結婚式에 主禮을 서기로 한바 嚴俊映 婦人
이 스지 못 하게 防害을 노와 退을 당하고

館村까지 內外가 갓스나 式場에 不參햇다
고 하면서 또 嚴俊祥이가 太平한 줄 알아
도 俊祥의 次男이 新田里 사는 姨從妹하
고 서울에서 情을 通하야 同居 中이고 從
妹의 男便는 外國에 가서 돈만 벌려 보낸
다면{서} 內용인즉 헛돈 버려 보낸다고 꼬
집드라. 他人에 發說을 삼가해달아고 당부
하드라.
夕陽에 館村에서 炳基 氏가 來訪하고 任
實서 큰아 成曉도 윗다[왔다].
夕陽[夕食]을 나누고 炳基하고 作別햇다.
舍郎에서 成曉하고 昌宇 成東 家簇이 參
席한 席上에서 내의 債務에 對한 論難이
되엿다.
實은 約 五百萬 원이면 請算[淸算]이 되는
데 今般 쌀契穀을 내가 代替하고 85年度
에 成曉 네가 타라 햇다.
내가 債務가 多額이 되는 것은 네의 子息
들로 依하야 債務가 젓고 學生時節부터 社
會에 나와서까지 不良한 事故로 原因은 되
엿고 잘 사라보겟다고 날뛰고 잇는 것은 내
가 死後에까{지} 財物을 가저가려 한 것은
안니{니} 殘財는 무도[모두] 너의 것이 아
니야 햇다.
昌宇에 따르면 오늘 成東이하고 義論[議
論]한바 成東이도 飼育牛 一頭라도 賣却
해서 아버지에 붙애 드리고 成樂 成傑에도
相面하야 負擔을 시키겟다고 햇는데 父는
모두 子息으로서는 堂然之事[當然之事]
라고 햇고 成曉는 말하기를 今般 契穀을
利用하시고 債務 1部라도 整理하시{고}
85年 게곡도 그대에 形便다로 하시요 햇다.
成曉 말에 依하면 今年 末에 積金 또는 契
穀 其他 募集金이 約 8百餘萬 원쯤 되야
全州에서 家屋 1棟이나 準備코자 計劃이

였으나 모두 어긋낫다고 하고 成東이는 그
려케 債務가 잇는지는 모르고 말삼을 하시
지 안니 햇{냐}고 햇다.
農事나 副業으로는 道底[到底]히 債務 整
理는 못 하고 不動産 1部라도 賣渡하야 하
는데 그것도 가벼운 之事는 안다.
成玉이는 어제밤에 왓는데 83年度도分 日
記氣帳[日記帳]을 1卷 繕物로 가저왓고
白米 멋 말 달아고 하고 約 2百萬 원 以上
積金이 되엿는데 아버지가 債務가 만타면
明春에 百萬 원 程度 보내 주겟다고 하고
오늘 天安으로 떠낫다고 들엇다. 外出하야
떠날 때 못 보왓다.

<1982년 12월 20일 월요일>
崔六巖 氏에 機械移秧契 有司을 격그라고
햇다(22日).
裵迎春 집에서 招請해서 갓다.
밤에 成康이가 왓다. 여려 가지로 付託코
强心으로 돈을 벌여고 햇다.
成苑 집에 갓다. 貸與穀 10叺을 買上하겟
다고 約束햇다.
李澤俊이는 各据[各居]하겟{다}고 하드
라. 알아서 하라 햇지만 사람은 배움이 없
드라.

<1982년 12월 21일 화요일>
벼 共販日이다. 벼 25叺을 出荷햇다. 全部
1等이엿다.
買上 15叺 426,370인데 農藥代 51,567+젓
갑 8,000=59,567원을 除하{고} 106,800원
을 찻고 26萬 원는 通帳에 預置햇다. 今日
現在로 前條 18萬+26萬=44萬 원을 預置
한다.

二. 貸穀 8叺는 成苑 名儀로 뗏고
　〃　 2叺는 成奉 名儀로 뗏다.
담배돈 16,000 南連 10,000 정 생원 10,000
돌머리댁 5,000 41,000 成東 便에 撒布햇다.
重宇 外 5名 28,000 支拂햇다.
白康善 4,000 支出.

<1982년 12월 22일 수요일>
靑云洞에서 崔六巖 氏 집에서 移秧會 定
期總會가 開催되엿다. 21名 中 嚴俊峰이
만 不參 全員이 參席햇다.
鄭圭太는 今年에 상자 80개을 貸借해 갓는
데 60개는 2萬 원에 양도햇고 殘 20개는 圭
太에 保管 中이다.
本畓 700坪을 賣渡하야 내의 상자는 260
개로만 施行키로 햇다.
裵明善 상자 75개 貸與함.

<1982년 12월 23일 목요일>
自家穀 精米한바 四叺 程度 되엿다.
農協職員 金仁澈에 韓相俊 名儀 機械代을
償還하고 崔乃宇 名儀 條 金昌圭 名儀 三
人分 相子 및 機械代을 完拂해 주윗다.
皮巖宅이 왓다. 成英 仲身하겟다고 햇다.
서울 姨從姪 卽 福禮의 子인데 二十七歲
라고 햇다. 잘 해보시요 햇다. 職業이 도쟈
운전수라고 햇다.
夕陽에 具判洙 婦人이 왓다. 德杲面[德果
面]에 自己 동네 男子인데 二五歲라며 그
도 職業이 도자 운전수라고 하고 二五歲라
햇다. 서울서 仲介한 사람은 二個 곳에서
구스장사[구두장수]만 생기드니 이번에는
운전수만 쌍입 섯다.
丁基善이는 相子 70介代 二八,〇〇〇원을
가저왓다.

<1982년 12월 24일 금요일>
終日 방아 찌면서 工場 內部을 改修도 햇다.
明 25日 成曉 쌀契日인데 任實서 消息이
없다. 아마도 不和 中인 든십다.

<1982년 12월 25일 토요일>
오늘은 成曉 稧穀 計理日이다. 前字에 父
가 代替해서 利用하겟다고 햇든니 一切 來
往이 업고 消息조차도 斷切[斷絶]되니 아
마도 家政[家庭]에 不和가 된 것 갓다. 可
否을 뭇고 싶어서 成東이을 朝食 後 바로
任實로 보낸다. 讓保[讓步] 못 해겟으면 그
만이지 그럴 수 있을가. 他人의 子息 行爲
는 못 본 놈들이다.
成東이는 任實에 갓든니 寢具에 누웟드라
면서 갈 것도 없다고 한드라고 햇다. 生覺
하니 마음 괴로왓다. 如何間에 內外 中에
서 하나라도 단여감이 道理인데 그것도 不
安感이 들며 準備도 느저 中食을 午後에
하고 보니 客 또 契員에 對한 未安感이 만
햇다. 아주 창피한 마음 禁할 길이 없엇다.

<1982년 12월 26일 일요일>
눈이 약간 내렷다.
任實서 成曉가 왔다. 마음이 不安하지만
에미라도 보내지 안코 그려는야 햇다. 契穀
으로 무슨 계옥[계획]이 잇지만 于先 債務
부터 整理해야 한다 햇다. 萬諾에 異心이
나면 들밫이라도 네 목으로 하라 햇다. 그
리고 萬諾에 明年에 契穀 9叺을 네가 너주
지 안코 내게 미루면 나는 빗만 泰山 되는
게 안이야 햇다. 아버지 그려케 따지지 마
시요 남이 알드래도 있을 수 없는 일이오니
제게 대한 타진는 마세요 하면서 빛이 얼마
야 하기에 꼭 500萬 원이면 된다고 햇다.

그려면 돈이 收金되는 대로 束히 1部를 整
理해 주시요 햇다.
成東이는 成樂 成傑이도 맛나겟다고 하면서
誠意것 要求하겟다기에 알아서 하라 햇다.
※ 成玉에 쌀 5斗을 託送햇다.
輕油 1드람을 실로 보낸다.
成曉이가 와서 誤該[誤解]을 사과하기에
용기을 밧고 1部 債務을 整理하라 하기에
좃아 하고 午後 늦게 收入 90萬 원인데 于
先 鄭九福 氏 債務부터 100,400인데 10萬
원만 받으라 {하고} 牟成員[41]을 禮訪햇든
니 任實 당숙이 死亡해서 弔問 가시여 不
在中이라 햇다.
嚴俊祥 氏 宅을 禮訪하고 10萬 원 借用金
利子 4,500을 주니 利子는 除外하고 元金
만 반는데 未安햇다. (밤 10時 40分경) 丁
基善 집을 訪問햇든니 母親만 게시드라.
債務 元利 106,000원과 票示表와 갗이 母
에 드리면서 한철에 주시요 하고 어데 갓소
햇든니 여수 간 것으로 안다고 햇다. 子婦
는 모실갓다고 햇다.
成曉 母 便에 崔德喆 婦人 會計 條을 밤에
51,500원 주면서 明日 정산해라 햇고 帳簿
는 削除햇다.[42]

<1982년 12월 27일 월요일>
아침에 鄭哲相 店鋪에 鄭鉉一 取貸 6萬 원
柱相 外上代 33,000 鄭宰澤 白康俊 梁奉
俊 劉貞子 債務 및 外上을 全部 完納해 주
웟다.
今般 淸算 總額은 1,826,007원이엿다.[43]

---

41 '牟 生員'을 쓰려다 잘못 쓴 것으로 보인다.
42 채무 청산에 관한 내용을 담고 있는 이 문장은 지
   면 하단에 붉은색으로 기록해 두었다.
43 이 문장 역시 붉은색으로 기록하였다.

成東이는 任實로 敎育하려 里長하고 同伴해 갓다.

나는 工場에서 방아 찟는데 승강기 줄이 떠러저 애가 만햇다.

날시는 푸근해서 봄 날시와 다름이 없다.

<1982년 12월 28일 화요일>

成東이는 自家穀 방아 찌는데 八叺 五斗이 收穫이면 相當히 多收穫으로 안다.

成曉 母하고 同伴해서 大學病院에 嚴云英 問病을 갓다.

오는 길에 約 一年 만에 모욕탕에 들이여 까끝이 때을 벗기엿다. 三個月 만에 理髮도 해보왓다.

中央日報 補給所에 들이여 新聞 十二月 末日까지 二萬 원을 떼 주고 八三. 一月 一日부터는 補給 中止해 달아고 付託하고 왓다.

오는도 任實驛前 韓文錫 氏의 債務 元利 합합해서[합해서] 一三八,五〇〇원을 完拂해 주웟다.

今日 現在로 私債는 全部 끟이 난 듯싶으나 約 一二〇餘萬 원이 支出이 되엿다. (印)

私債을 償還해준 者는 다음과 갓다.

債務額은 略하고

崔南連 氏 崔德喆 鄭九福 牟潤植 鄭宰澤 鄭鉉一 鄭柱相(外上代) 梁奉俊 丁基善 嚴俊祥 白康俊 柳貞子 外上代 韓文錫 李在錫(新聞代) 其外에 人夫賃 五名을 合해서 總 十九名을 相對가 되엿으니 엇지 마음이 和平할 수 잇겟느냐.

生覺하면 父母의 財元[財源] 助人도 없이 一九四五年 一〇月부터 只今까지 三十七年間을 他人의 債務로 生活化햇다.

이제부터는 農協債務가 約 四百萬. 熱心이 淸算하고 有債 없이 後孫에 引繼할 計劃

이다.

<1982년 12월 29일 수요일>

終日 工場에서 지냇다.

방아 찌면서 修理하면서 終日 일햇다.

柯亭里에서 몀소을 교미 시켯다. 새기를 生産한 지 不過 一〇餘 日뿐인데 發情이 낫다.

어제도 오늘도 農協에서 債務을 받으려 왓으나 마견하다.

<1982년 12월 30일 목요일>

牟潤植 氏에 參拾萬 원을 要求햇든니 소산다고 해서 할 수 잇나 햇다. 그려나 헛말을 하고 보니 後梅가 낫다.

崔南連 氏에 參拾萬 원을 要求햇든니 바로 주드라. 約 一個月만 使用해겟다고 햇든니 八三. 一月 一日로 計算하라 햇다. 農協債務 整理次 使用햇다. 參茂 成苑 契곡이 收入이 안 되여 그렷다.

成東이 便에 白米 六叺을 보낸다(舘村市{場}). 五萬 五仟식은 받으나 除金하고 三二八,〇〇〇을 가저왓드라.

中食을 맞이고 成東을 舘村面事務所로 보내서 成苑에서 貸與곡 條 八叺代 二二八,〇〇〇원을 바다왓다.

夕陽에 金仁喆 貸付係員 參事가 同伴해서 訪問햇다. 元金은 整理을 못 하고 利子만 計算한바 十二月 二十一日 字 買上分 一五叺 中 二六萬 원 農協 預置金하고 十一月 中 買上 條 預置金 一八萬 원하고 本日 現金 五〇萬 원 計 九四萬 원 拂入한 편이다.

移秧상자 條로 二五萬 원을 주고 五〇萬 條 合해 七五萬 원의 保菅證[保管證]을 밧고 不遠이면 淸算證을 가저오겟다고 約束햇고 路上에서 昌宇을 對面하고 昌宇 條

三〇萬 원을 金仁喆에 주드라.
밤 十二時에 起床해서 二時 三〇分까지 收
入支出을 整理해 보왔다.

<1982년 12월 31일 금요일>
午前 九時 列車로 谷城에 갓다. 特別法으
로 位土 登記을 谷城 邑內 代書{所}에 八
一年 七月에 倭任한바 이제 가보니 書士가
死亡햇다고 据否[拒否]하드라. 不親切하
고 切次을 발부[밟을] 수 잇는데도 고의로
不應하고 꼭 地番을 알아오라 햇다. 바로
郡廳 地積課에 갓다. 私情을 말햇든니 親
切히 차자주시는데 感謝햇다.
郡에서 臺帳 滕本[謄本] 및 登記所에서 登
記 滕本을 各 〃 떼여서 오는데 旅비가 相
當히 드럿다.
土地 所在地는 谷城郡 竹谷面 南陽里 山
一四一番地 五一六六九이고 畓은 同所로
二五六番地 二〇一〇이드라.
廉昌烈 氏을 路上에서 相面하고 一月 七
日 會員 臨時總會 開催을 確定햇다.
南原에서 姜姬 母女가 왓다.
今夜에 분무기會員 總會가 있어서 鄭柱相
店捕[店鋪]에서 淸算會議 中인데 崔喆洙
가 왓다. 술이 取[醉]해서 허성구성 하면서
主人도 없는 사이에 콜아[콜라] 麥酒을 까
고 우리에 권햇다. 그리고는 鄭鉉一을 걸어
서 말하고 嚴俊峰을 걸어서 말하고 養老人
을 걸어서 말하고 이 방에서 화토노리를 하
는데 일후에는 전화로 고발하겟다고 하는
中에 主人이 와서 데려다주는 順間[瞬間]
10分 後에 불이 낫다고 해서 가보니 丁奉
來 집이드라. 불이 完結 後 집에 온 지 10分
쯤 되니 또 불이야 高聲이 나서 보니 第二
次 불이 낫다. 住民들은 崔喆洙 짓이라고

는 못 하고 近之間으 말하드라. 1週日 前에
도 이갗이 또 불이 낫다. 그런데 崔喆洙는
今夜에 술이 취하야 더 으심을 삿다.

1983년

<내지1>
八三年 癸亥 새해 營農設計 및 집안 가구기 事業 要案
一. 債務 整理 完結案
一. 農協 債務 三,五〇〇,〇〇〇
一. 私債 白米 一〇叺
一. 營農設計 準備案
 1. 營農資金 準備
 2. 種籾 品種 選澤[選擇]
 3. 肥料 準備 桑田用 一〇袋
        水稻用 二〇袋
        깡냉이 基肥 追肥 一〇袋
        其他 作物 一〇袋 麥 追肥
        計 五〇袋
一. 農機具[農器具] 修理 一切
一. 蠶室 修理 및 塗色 案
    壁內 再砂[再沙] 및 되비 문 달기
一. 工場 修理의 案
 1. 原動機 導入 朝陽機械
 2. 原動機室 改修 高 九尺 높이기
 3. 連木 角木 咸石 釘 等을 準備
 4. 부로크 二〇杖[張]
 一. 畜舍 改修
    後庭 便所 一間을 閉塞[閉鎖]하고 牛舍로 改修
 1. 부로크 一〇〇杖
 2. 세멘 五袋 準備
一. 農場에 畜舍 橫便
 1. 守直室[宿直室] 新設
 2. 부로크 一〇〇개

一. 宗山 營林 計劃 및 栗木 選澤 및 伐木 및 地上物 除据[除去]
　　肥料 堆肥 운반 準備
一. 三月 二十日頃 回甲 豫算 및 事前 協議案

<내지2>
전주 2-7822 朴東喆

一九八三年 癸亥 一月 一日
癸亥生 崔乃宇 書 (印)

<내지3>**44**
例書示
金 大兄

今日 貴社 事務室로 貴兄을 往訪하였으나 偏行히도 不在中임으로 拜者**45**는 機會를 得하지 못하였음니다. 李〇〇 兄으로부터 用件 內容은 周知하실 줄 思料하오니 時日 切迫하여 弟는 今日 一旦 下野하겠아오니 此 書信을 拜傳하는 〇〇〇 中領을 接見하시고 相議하야 協力해 주시기 仰望 하나이다.
金 中領은 弟나 李兄과 똑갖이 生覺하시고 무슨 일이라도 相議하시여도 無防[無妨]합니다.
또 다시 拜訪하기로 하고 攔筆[亂筆]합니다.
弟 崔乃宇 拜

<내지4>
崔乃宇　實名
崔亨宇　舊名
一. 西紀　一九二三年　六月　二十二日　生
　　陰曆　　　　　　　八月　二十二日　生
　　日帝時代 大正　　十二月[十二年] 六月　二十二日　生
二.　　　　一九三三年　四月　一日　舘村普通學校　入學
　　日帝時代 昭和　八年　四月　一日　入學
　　　　　　一九四一年　三月　二十五日　右校**46** 卒 (當時　小學校)
三.　　　　一九四一年　四月　二〇日　井邑　驛前　自動車株式會社　職務
四.　　　　一九四二年　十二月　大東亞戰爭　慕發[爆發]

---

44 <내지3>은 빈 종이에 써서 내지에 붙여놓은 내용이다.
45 편지를 쓰는 자신을 낮추어 한자로 이와 같이 표현하고 있다.

　一九四二年　十二月　結婚　當時　十八歲
五.　　一九四五年　八月　十五日　解放　光復　日帝　三十六年
六.　　一九四七年　二月　六日　共産黨　地方　慕動[暴動]　發生
七.　　一九四八年　一〇月　麗水　順天　發亂[叛亂]　事件
八.　　一九五〇年　六月　二十五日　六.二五事變
　　　　一九五三年　十一月　休戰　宣言
　　　　一九六二年　五月　十六日　軍事革命
　　　　一九八〇年　十月　第五共和國　出凡

<내지5>
先考　祭祀(1월 14일)[47]
曾祖考　祭祀　館村　炳基宅(1월 16일)

<내지6>
私宗財目錄
不動産의　表示
任實郡　新平面　大里 1024　畓 678坪
同所　昌坪里 492　畓 1242坪
同所　大里 646　田 50坪
同所　昌坪里 623　山 4町2反2畝
以上

<내지7>
先伯母　祭祀　서울　成吉　집(8월 13일)

<내지8>
先妣　忌日(9월 1일)

<내지9>
모사정　八代祖　墓祀(11월 17일)

---

46 원문에서 본 내용은 오른쪽에서부터 세로쓰기로 기록되어 있다. 따라서 여기서 말하는 '右校'란 앞선 행에 기록되어 있는 '館村普通學校'을 가리킨다.
47 일기장의 월 일정표에 기입된 내용으로, 괄호 안에 기입된 날짜는 입력자가 기입한 것이다. 이하 1983년 1월 1일 자 일기 전까지 기록된 내지 내용의 괄호 안 날짜 역시 입력자가 기입한 것임을 밝힌다.

桂壽里 墓祀 六代祖(11월 18일)
谷城 五代祖 墓祀(11월 20일)
王板 高祖 墓祀(11월 23일)

<1983년 1월 1일 토요일>
83年度 새해가 오고 舊年는 갓는데 새해도 多事多難하는 핸가 십다.
第一 첫 번에 債務 整理가 압스고 資金이 不足하야 事業計劃에 엇갈인 之事가 만타. 農協債務도 利子만 整理했으니 그도 不安하다.
移秧契員 條 10萬 원을 安承均 氏에 年 2 부로 12月 25日을 期限으로 하야 貸付해 주웟다.
去 12月 中에 積金을 오늘에야 孫夏周 氏便에 農協으로 보내 주웟다.
어제밤 防火事件으로 支署에 連行햇든 崔喆洙가 不認[否認]함으로 풀여나왓다.
崔瑛斗 氏을 對面하고 밤에 父子間에 오라 햇다. 崔喆洙의 行爲을 設하고 間밤에 火災의 件은 네의 犯罪가 事實이오나 다음에도 또다시 犯法行爲가 發生하면 餘地없이 措置하겟다고 다짐 밧고 覺書을 밧고 父子가 同意 捺印햇다.
嚴俊祥 宴會에 參席햇다.

<1983년 1월 2일 일요일>
金昌圭 招待로 東洋禮式場에 갓다. 잠시 자리에 있다가 食堂에 갓다. 中食을 맞이고 바로 왓다. 오는 길에 路上에 點禮 夫婦을 相面햇다. 鄭鉉一의 招淸[招請]을 訪問햇든니 陽曆 過歲햇다고. 養老員만 招待햇드라.
수레기에서 郭二勳 氏 次女가 왓다. 用務는 結婚之事로 處女을 求하려엿다.

成東이는 방아 찌엿다.

<1983년 1월 3일 월요일>
崔瑛斗 氏가 招請해서 갓다.
結婚 問題가 나와서 對話 中 張判童 女息이 二十四歲인데 仲買[中媒]을 要한다기에 昌宇 집을 갓다. 張判同의 딸을 무르니 人物이 박색이라 햇다. 차라리 宋成龍의 次女가 適合하다기에 成龍 집을 차앗고 딸을 맛나고 말하고 母親이 不在中이라 確答을 못 보고 왓다.
洋酒을 내노와 夕陽에 취해서 苦難을 격엇다.
今年 初 事業計劃은 첫재로 工場에 原動機室을 擴大해야 改築하야 하고 便所 一間을 閉하야 牛舍로 改造하고 엽 牛舍도 改修하려 한다.
飼料用 싸이로을 改修하고 부록크로 改造할 計劃이다.
農事用 肥料 準備하고 茂彩[伐採] 準備코 苗木 選澤[選擇]하{는} 것 等 〃이다.
例年에 比하면 今年이 最高의 多事의 해로 본다.
回甲도 치려야 하고 家財家具도 修理해야 하고 稊色[塗色]도 해야 할 豫定이다.

<1983년 1월 4일 화요일>
羊牛가 새기 난 지 一週日 만에 죽엇다. 바로 發情이 나서 柯亭里에서 꼬미[교미]를 시켯다.

畜舍을 둘여보고 建造場[乾燥場]도 손보
왔다.
中食을 끝내고 바로 宗山에 成東이와 耕耘
機까지 動員해 갓다.
連木 멋 개을 실고 가리나무도 햇는데 日暮
가 되고 길이 不良해서 途中에서 짐을 下
車하고 一部만 실고 왔다.

<1983년 1월 5일 수요일>
새벽부터 내린 비는 午前 中까지 눈까지 蒹
[蒹]해서 내려 路上이 험햇다. 방송은 하지
만 잘 들이지 안는다.
오늘 새마을事業 起工式을 한다기예 參席
햇든니 面長 大里校長도 同一 參席햇드라.
式사에서 里長은 計劃成[計劃性] 없는 말
을 하는데 不足 資格이 表示되드라. 任期
는 거반 찬 것으로 보나 당장 그만 두라 하
기는 難色이다.
住民 一部는 裵明善은 이제라도 내논 것이
本人으로서는 多幸으로 알아야 한다 햇다.
※ 日氣는 不順하기에 舍郎[舍廊]에서 硏
　究한바 癸亥生의 回甲 아라 하겟다. 子
　息들이 推進한다면 日割는 三月 下旬
　頃이 얼얼가 햇다(三月 二十日 春分의
　季節).
債務도 未定理햇는데 子息들의 道理로는
只今부터 究想[構想]한 듯십다.

<1983년 1월 6일 목요일>
鄭圭太 氏가 왔다.
移秧 箱子 六〇個代 二萬 원을 주고 받웃
다. 상자 二〇개는 日後 방아 찌로 오는 길
에 가저오겟다고 햇다.
成東이는 成奎에서 共販벼 改風비 一八,〇
〇〇원을 밧고 五千은 제가 使用햇다고.

鄭鉉一 氏가 왔다. 맞암 食酒가 있어 갖이
한 잔식 하면서 嚴俊祥 次男의 有夫女 姦
間[强姦] 事件이 百日[白日]下에 公開되
고 回甲日 女子의 媤家에서 訟所[訟訴]을
提起하야 連行하려 온바 本人는 避身햇다
고 하드라.
姨從男妹 間이라는데 男便는 外國으로 돈
버리 갓다는데 生覺하면 有妻者는 外國을
갈 이리 안나라고 본다.
一月 八日로 豫定햇든 指導所 〃菅[所管]
營農敎育이 今日로 短축되엿다. 會員을 募
이고 보니 겨{우} 三, 四名이엿다. 그대로
멋 말 하고 갓다.

<1983년 1월 7일 금요일>
鄭鉉一 氏와 갖이 同伴해서 택시로 館村禮
式場에 갓다. 五柳里에서 成順이도 왔드라.
十二時에 禮式을 맞이고 鉉一 氏와 同行
大里 郭宗燁 契員 집에 당햇다. 全員이 參
席햇드라.
禮式場에서 丁基善을 同席하고 嚴俊祥 子
息의 말이 낫다. 證卷[證券] 投資로 不渡
가 나서 아마도 事件이 擴大된 듯십다고
하드라. 그러나 鄭鉉一 말에 依하면 姦通
事件이라면 千萬 원이 必要하다고 햇다.
其間에 多福多幸으로 잘 지냇지만 每事가
如意치 못한 것으로 보며 父母로써 不安感
多難하겟다.
宋成龍 婦人이 왔다. 女息으 結婚을 打合
코저 오시엿다. 오는 一月 九日 日曜日에
全州에서 맛나기로 햇다.
周川里로 電話햇든니 不通이엿다.

<1983년 1월 8일 토요일>
成英과 母를 同伴해서 三人이 五樹里[縈

樹里] 新婚禮式場에 參席햇다. 賀客이 相當이 募엿드라. 具익조도 맛낫다. 周川里[酒泉里]에서 郭二勳 父女도 갖이 參席햇드라.

中食을 맞이고 二勳이와 同伴해서 우리 집으로 왓다. 宋成龍 씨을 訪問하야 處女을 觀選햇다.

兩家에서 父母들끼리는 第一次 合議[合意]은 成立되고 다음은 男女 間에 日字을 澤[擇]하야 場所을 定해서 對面 對話뿐이다.

夕陽에 成龍 氏으 夫婦을 面談햇는데 何時 間에 面談키로 햇다.

<1983년 1월 9일 일요일>
成東이는 終日 방아 찌엿다.

新爲親契 定期總會가 있엇다. 全員 參席햇다. 收入支出 計算書을 作成해 주엇다.

宋成龍 婦人이 왓다. 束[速]히 觀選케 하야 今年 末 안에 成婚토록 해달{라}고 햇다.

夕陽에 몀소[염소]을 몰고 柯亭里에 가서 교미을 시켯다.

丁基善 便에 種籾 申請을 三袋 햇다.

<1983년 1월 10일 월요일>
屯南[48] 周川里 郭二勳 氏에 電話으로 觀選을 促購[促求]햇든니 一月 十六日 日曜日 午前 十二時 우리 私宅에서 觀選키로 言約햇다.

방아 찌엿다.

<1983년 1월 11일 화요일>
메누리는 市場에 보내고 成東이하고 방아

---

[48] 둔남면(屯南面)은 1992년 지방자치법에 의해 개칭되기 전까지의 지명으로, 현 지명은 오수면(獒樹面)이다.

찌엿다.

中食이 끝도 나자마자 耕耘機을 動員해서 先山에 갓다. 땔감도 하고 방천 말[말뚝]도 해서 늦게 실코 왓다.

몀소가 第四次 發情이 生기여 午前에 柯亭里에 가서 교미을 시켯다.

郡 담부차가 가서 마을 進入路用 砂理[砂利]을 운반햇다.

<1983년 1월 12일 수요일>
新任 郡守 初道巡視[初度巡視] 招請으로 參席햇다. 新任郡守에게 要望과 애로事項을 말햇다. 案件은 杜谷堤에 對한 昌坪里 住民의 農家가 不安하다고 하고 必要 없는 貯水池을 막고 負擔을 하라 하오니 明心[銘心]하시여 不安을 더러 주시요 햇다.

成東이는 任實 指導所 敎育에 參席햇다.

館村 共販인데 昌坪里도 館村으로 共販 籾을 만이 실고 가드라. 마음的으로 不安하드라. 安承均 金進映 崔成奎로 본다. 具道植이도 가드라.

三組式[三條式] 便所 塗色料 一七,〇〇〇원 하고 印章을 總務係長에 주웟다.

<1983년 1월 13일 목요일>
成英 四柱
丁酉
癸丑 十二月 十八日 生 酉時 宮合 中은 된다.
甲子 十二月
癸酉

林澤俊 婦人는 成英이와 姪과 結婚을 하자는{데} 成英이는 不應하드라. 理由는 長男이고 年令[年齡]도 年少하고 營業을 하니가 苦役이라며 理由을 말하드라. 그려면

一〇餘 條件이 갖어진 家庭이 어데 있겟는
가 햇다.
白康善 金三浩 宋成龍 집을 巡訪햇다.
高相鎬가 왓다. 수週 前에 取한 貳仟 원을
오늘사 還拂해 주윗다.

<1983년 1월 14일 금요일>
아침에 沈參茂에서 一金 拾萬 원이 契錢으
로 드려왓다. 殘金은 二十日 주겟다고 햇다.
終日 방아 찌엿다.
先祖 忌日인데 成吉이도 參席햇드라.

<1983년 1월 15일 토요일>
朝食을 하는데 大小間만 連絡해서 갖이 하
고 外人은 接待을 除外햇다.
鄭宰澤 丁基善 同伴해서 農協에 갓다. 桑
苗木 九萬 원을 二年 据置 三年 償還의 條
件으로 連帶契約을 締結햇다.
집에 온니 外人들이 只今까지 募여 있으면
서 모두 中食까지 한 模樣이드라. 사람들이
염치도 만트라.
嚴俊祥에서 새기代 三萬 원을 받은바 四萬
원을 豫想햇든니 三萬을 주는데 좀 서운하
드라.
驛前에 燒酒代 八,〇〇〇원을 이제 주니
未安하드라.
桑 苗木 一本當 四六二〇錢式인데 二,〇
〇〇本×四六二〇錢=九二,四〇〇원인데
九三,〇〇〇원 契約이면 六〇〇원을 받아
야 함. 鄭 校長 桑木代 一六〇本代 七,三九
〇원을 받으야 함.

<1983년 1월 16일 일요일>
成曉 同窓生會議가 우리 집에 舍郞에서 募
臨을 가젓다.

成成龍[宋成龍] 氏의 女息하고 郭在寬의
觀選日이다. 成龍 집을 訪問하고 今日 十
二時 館{村}驛前 다방에서 集會키로 하고
집에 왓다.
衣服을 가라입은바 電話가 왓는데 在寬이
가 서울에서 오지 안햇다면서 三〇日頃에
나 觀選 하자고 해서 不良者{라}고 하고 結
婚 關係는 말할 것도 업고 其의 之事로는
우리 집에 올 것도 없다며 떠려버럿다.
十二時頃에 郭二勳이가 왓다. 中食이나 하
고 가라면{서} 조혼 婚處을 버럿네 하고 一
切의 發設[發說]도 못하게 据絶[拒絶]해
버럿다. 其者의 人間性을 多少 其 地方 사
람들에서 들엇지만 崔乃宇 나를 利用物로
하려 한 點은 不良者로 認定코 据絶하고
어서 떠나라고 햇다.
宋成龍 氏 婦人은 性急하시지 마시고 機會
을 보자고 하는데 나는 生覺하기는 成婚이
된다 해도 무슨 行爲을 할는지 豫側[豫測]
키 어려워서 當初부터 据絶해 버럿다.

<1983년 1월 17일 월요일>
館村 炳基 堂叔이 電話로 對話之事가 잇
다고 건너오랏 햇다. 바로 건너갓든니 成吉
炳赫 昌宇가 잇드라. 結極[結局]은 昌宇
揚水機에 對한 件이엿다. 元利 해서 一六
萬 원이라고 햇다. 明年에 宗員들에서 收
集해서 주기로 하고 散會햇다.
뻐스로 全州 齒科에 갓다. 治料[治療]을 하
고 신경을 죽이고 二, 三日 만에 다시 오라
햇다. 東洋齒科엿다. 一,五〇〇원 받으라.
途中에 昌宇 말을 드르니 서울에서 成吉이
가 다시 曾祖考 祭祀을 募侍기로 햇다고.
成吉이는 宗孫의 갖이가 없고 其의 良心을
改成해야 한다고 본다.

宗財가 收入支出을 結算[決算]하고 보니
宗員當 二仟 원 擔當이라고 해서 卽席에서
주웟다.
※ 밤에 舍郞에서 昌宇 말에 依하면 大宗
穀(今日 現在) 四叺 六斗(一.五利)을 炳
基 氏에 保菅[保管]하고 炳基 氏에서
七斗(利子로)을 받아 成吉에 保菅되고
成奎 條 二叺(宗穀 一部)는 成吉에 保
菅된 것으로 안다.

<1983년 1월 18일 화요일>
全州 齒科에 갈여고 하는데 成吉이가 왓
다. 할 수 없이 舍郞에서 終日 同席하고 中
食까지 맞이고 夕陽에야 저 건너 집으로 떠
낫다. 宗中之事을 말하는데 不可한 點도
만트라만 듯고 잇는데 不安햇다.
鄭鉉一는 印鑑證을 일부로 해다 주니 大端
이 未安하드라.
서울 許俊晩 母에서 전화가 왓는데 成英
結婚을 成立하자고 하드라.
昌宇 말에 依하면 斗流 堂叔이(炳列) 簇潛
[族譜] 冊代을 내에 주웟다고 햇다는데 冊
代을 받은 事實이 업고 單錢도 再促한바
大里 叔母에 傳해 주웠으니 大里에 가서
바드라 햇고 簇潛는 斗峴 堂叔만 申請햇는
데 館村 堂叔도 冊을 申請하시요 햇든니
세 집에서 한 집만 募侍면 된다 햇다. 其後
분질 後에야 炳基 堂叔은 別途로 받든 것
이다. 炳列 氏는 誤生覺이다.

<1983년 1월 19일 수요일>
私債는 白米 一〇叺 現金 參拾萬뿐인데
農協債務가 元額 三五〇萬 원인데 償還할
能力이 現在로는 全然이 不可能하다. 事後
處理가 莫然[漠然]하니 寒心하다.

家庭에서 生産品 및 穀物로는 償還하기 어
렵고 겨우 食生活도 不足 狀況이다.
成東이에서 牛 一頭을 借貸하고 成玉이 一
〇〇萬 원만 주고 今秋에 積金 一〇〇萬
원 찻즈면 九〇%는 自信感이 든데 現在로
는 莫延[漠然]하다. 其中에 成英이 結婚도
迫頭한니 그도 又 不安 中이다.
原動機 융자用 印鑑 鄭鉉一 丁基善 崔乃
宇 三人分을 郡農協 貸付係에 提出햇다.
崔南連 氏에서 一金 貳萬 원을 取貸하야
齒科을 단여 工場 乘降機[昇降機] 緬쓰구
三萬 원에 四三尺을 購入해 왔다.

<1983년 1월 20일 목요일>
附價稅[附加稅] 申告日이다. 場所는 新平
酒造場이다. 附價稅는 二一,〇〇〇원으로
調定[調整]되엿다.
몀소가 發情이 나서 午後에 道峰里로 갓
다. 李奉根 氏을 찻고 同伴해서 梁 生員 宅
에서 교미을 시켯다.
韓南連이도 對面햇다. 工場에서 精米部 乘
降機 緬쓰구을 交替하기 위하야 뜻고 舍郞
에서 組立햇다.

<1983년 1월 21일 금요일>
終日 乘降機 緬쓰구 組立햇다.
成東이는 郡會議에 參席.
夕陽에 農協에서 왓는데 里 總代 選出한다
는 案인데 工場에서 作業 中인데 參席하여
주시라고 里長이 왓다. 參席해 보니 主關
[主管]는 崔成奎가 하드라. 總代 改編한는
데 나는 투표도 안 하고 事前에 退場햇다.
其後 들으니 崔乃宇 丁基善 韓相俊을 脫
落시키고 外人을 選任햇다고 들엇다.
듯자하니 里長{은} 所事[小使]에 不過하

고 里長은 成奎가 하드라 했다. 第三 里長은 嚴俊峰이라고.

<1983년 1월 22일 토요일>
朴泰珍 子 結婚式日이다. 病院 禮式場 鐵工所을 据處야 하기에 鄭太炯 氏에서 貳萬원을 取햇다. 全州 結婚式에 간바 金哲浩 李垟根 朴順龍 本人 同窓生은 四名이 參席햇드라.
鐵工所 齒科을 단여 工場 附屬品을 購入해서 오는데 뻐스터미날에서 郭二勳을 맛나고 其 結婚을 다시 結合시켜 달아고 要求하기에 알아보되 通報 없으면 抛棄한 줄로 알아 햇다.
밤에 昌宇 집에서 成龍 婦人을 面談하고 오는 陰 十二日[十二月] 十六日 男子가 오니 觀選하겟느야 햇든니 快히 許諾햇다. 이번에 실수할가 念餘[念慮]가 만타.

<1983년 1월 23일 일요일>
昌宇는 子息 둘이 客地에서 生居하면서 多幸하게 도와준다고 말하드라. 卽 子息들 자랑이라고 할가. 今年度만 해도 點禮가 出家한 지 수개월도 못된데 七, 八○餘萬 원을 닷고 成禮가 또 機拾萬[幾十萬] 원 보내주고 一月 二十二日에는 서울서 成植이가 貳百萬 원을 가지고 왔다고 하드라. 그려나 나는 조케 生覺지 안는다. 돈이 조치만 出家한 딸에서까지 돈을 준다고 자랑하는 {것}은 時期尚早[時機尚早]다.
千里길에서 내 집 앞 工場 앞으로 태시[택시]로 來往하면서 過門不入한 者 成植는 不安하게 生覺한다. 돈도 좋이만 첫재는 禮儀 압서야 道理 倫儀[倫理]에 原側[原則]인데 돈이 압시고 禮儀 倫儀을 無視한 成

植이만은 두고 보며 나도 成植 만은[만한] 子息도 있으니 두고두고 보겠으나 昌宇도 敎訓이 不足한지 내에게 무슨 유감이 內在된 것인지 不知하나 아마도 理由는 있으리라 한다.
成苑에서 契쌀代 六二七,○○○ 入金햇고 崔基宇 油代 成東 便에 三七六,七○○원 보내고 今日 現在 完了햇다.

<1983년 1월 24일 월요일>
郵替局[郵遞局] 孫夏周 便에 電話料金 二六,五○○ 南原 稅金 二一,六○○ 免許稅 四,八○○원을 보냇다.
집에서 連子을 베기는데 電話가 왔다. 밧고 보니 大里 崔正浩 氏인데 館村驛前에서 面談을 要求하야 갓다. 알고 보니 崔正浩 子 館村 兒 黃斗里 兒 任實 兒 四名이 昌坪里 林玉相 長女 今年 高校 入學 兒을 四名이 交代로 욕을 보이엿는데 被害쪽에서 任萬 원을 要請하니 仲介을 해주시요 하고 全額 一二○萬 원이 收集되엿으니 和解을 해주시요 하기에 夜中에 가서 勤[勸]해 보겟다고 하고 왔다. 生覺하니 恥事한 之事다.
林玉相 大小家 親家가 알고 嚴俊映 婦人이 알고 大里敎會 목사 內外가 알고 其他 外는 모르니 一言無言하야 成事해 주시요 햇다.
夕食을 맞이고 林玉相을 訪問하고 意見을 듯고 問答한바 保償金[補償金]은 받는데 地方 學校는 不應하고 서울 地方으로 轉學할 바는 任餘萬 원이 들으니 其 保償을 要購[要求]햇다. 다음에 또 한 번 對面키로 하고 왔다.

<1983년 1월 25일 화요일>
아침에 鄭太炯 氏 二萬 원 주웟다.
成龍 氏 婦人을 路上에서 對面한바 婚事
을 破하자고 햇다. 自己의 女息이 其 집에
가서 모든 것을 擔當[勘當]하기 어렵다고
만 햇다.
昌宇 집에 갓다. 아침 食事을 갖이 하면서
內容을 무른 卽 鳳山宅이 어데서 잘 알아
본바 仔細히 말하는데 첫재는 서울에 잇는
집도 移婚女[離婚女]와 갖이 雙방으로 삿
고 둘채 병신 동생이 잇고 셋재 母도 오래
병으로 잇다 죽윗는데 유전성 잇는 病이고
넷채 신누[시누이]들이 억세서 우리의 딸
은 그 집으로 가서는 擔當하기 어렵다고 하
드라고 專해 드럿다. 아마도 鄭奉順인 듯십
다. 二勳이가 旅費까지 주워서 보냇다는데
그쯤 咎을 부처서 말해줄가 生覺해 보왓다.
舘村에서 炳基 氏가 왓는데 昌宇하고 取貸
金 言約이듯 하는{데} 昌宇가 不在中이라
每事을 失事케 햇다고.
아침에 林玉東을 訪問하고 保償金 二百萬
원을 말햇든니 弟 玉相이와 相議하겟다고
한바 其後 東基가 와서 우리는 事件을 任
實 李炯로하고 驛前 韓玟錫 氏에 依賴햇
으니 其분을 對面해주시요 하기에 그러케
는 못 하겟네 하고 말앗다. 그러나 成事가
못 되면 此後에 願望[怨望]이 藉〃할 것이
다고 말햇다.

<1983년 1월 26일 수요일>
任實 牛市場에 갓다. 黃牛를 市場에 내노
왓든니 一五五萬 원을 호가하는데 팔지 못
햇다.
加工組合에 들이엿든니 原動機가 貸付되
겟으니 手續을 促求한바 丁基善이의 印章

이 업서 午後 四時 特急으로 서울에 갓다.
基善이를 面談코 印章을 바닷다.
林成基 집에 電話햇든니 母女가 왓드라.
同行해서 成基 집에 가서 一泊햇다.

<1983년 1월 27일 목요일>
아침 七時에 出發해서 任實 卽行[直行]코
郡農協에 가서 書類을 가춰주고 바로 新平
面에 갓다. 印鑑을 내고 面長하고 同伴해
서 大里 鄭坦익[鄭桓漢] 死亡아바[死亡인
바] 弔問햇다.

<1983년 1월 28일 금요일>
郡農協에 갓다. 趙命基 李相榮 保證을 서
주웟다.
相範 집을 차즌바 家簇[家族]이 不在中이
여서 加工組合에 드리여 常務하고 相議하
야 一月 二十一日 大邱에 갖이 가보자고
約束하고 왓다.
夕陽에 養老院에 간바 도박이 盛況 되엿드
라. 내가 있어도 繼續하기에 못 하게 햇든
니 人象[印象]이 不安해 하드라.

<1983년 1월 29일 토요일>
아침에 崔南連 氏 債務 元利 合해서 參十
萬 九仟 원 婦人에 還拂[換拂]해 주웟다.
食後에 南連 氏을 面談코 한바 利子는 못
밧겟다고 끝〃이 返還해 주드라.
大里에서 崔正浩 氏 任驛 韓玟錫 氏의 長
男이 왓는데 林玉相 女息 事件을 和解키
위하야 왓다. 結論은 二百萬 원에 結定[決
定]하고 舘村驛前에 가서 現金을 購[求]
해 가지고 온바 其間에 全州에서 某人이
왓서 防害[妨害]을 놋코 千萬 원을 要求한
다 하야 破害[破해] 버럿다.

任實에서 相範 食口가 왔다. 오면서 黑板을 繕物[膳物]로 가저왓드라.

<1983년 1월 30일 일요일>
昌宇하고 同伴해서 全州 崔泰宇 女息 結婚式에 參席햇다. 式場에서 二〇餘 年 만에 相逢한 金漢直을 맛낫다.
相範 食口는 夕陽에 全部 本家로 갓다.
來日 大邱에 가려 旅費가 不足해서 鄭太炯 氏에서 四萬 원을 取貸햇다.

<1983년 1월 31일 월요일>
새벽 五時 三〇分頃에 全州 朴判基 氏에 전화햇든니 明日 大邱에 가자 햇다.
大里 金哲浩에서 전화가 왓는데 今日 總代 總會에서 理事가 뜻이 잇다고 햇다. 協助해 주마 햇다.

<1983년 2월 1일 화요일>
朴判基 常務하고 全州에서 八. 四五分 뻐쓰로 大邱 着. 一時頃이엿다.
朝陽鐵工所에 들이{어} 打合코 二月 四日 原動機를 運搬키로 約束햇다. 自負擔金 二六〇,〇〇〇 운비 六〇,〇〇〇원으로 안다. 成曉가 拂入額 五六〇,〇〇〇원으로 알고 잇다.
大邱에서 집에 到着하니 一〇時엿다.
成東이는 任實 牛市場 소 一頭을 賣渡한바 一六九萬 원을 收入햇다고 햇다.

<1983년 2월 2일 수요일>
成曉 母 成英 三人이 同伴해서 全州 예수病院에 갓다. 珍察[診察]하고 사진만 찍고 明日 다시 오라 햇다.
成東 便에 農協債務 五〇萬 원 條 韓相俊 條 八五萬 條 九〇萬 條에서는 一〇萬 원을 줄여서 一,五〇二,〇〇〇원을 整理하고 왓기에 帳簿도 整理햇다.
農協에 肥料代 外上 九萬 원 條가 未整理되엿다고 하는데 金德基가 八二年에 擔當햇기에 本人이 辯償[辨償]하겟다고 햇다고 들엇다.

<1983년 2월 3일 목요일>
終日 成東 炯進이는 午後에 갖이 工場에서 原動室을 改修햇다. 咸石도도 不足해서 成奉 집에서 二枚까지 取해다 끝을 냇다.
오늘 大里 柳允煥 長男 結婚日인데 不參코 祝儀金만 鄭鉉一 便에 傳햇다.
成英 母女는 예수病院에 보내고 一週分 藥만 投藥해 왓다.
成允이는 오늘부터 開學햇다.

<1983년 2월 4일 금요일>
오늘은 工場 原動機가 드려오는 日이다.
工場에서 熱心이 準備 中이엿다. 十一時쯤 된니 大邱에서 到着햇다. 里民들은 求影하려 約 五〇餘 名이 參席햇드라. 그려나 우리 집안 簇人[族人]들은 一人도 오지 안햇다.
任實서 成曉 家簇이 全部 왓다.
방아는 正常台에[正常態에] 오려놋코[올려놓고] 里民들에 술을 주고 고사를 지내고 中食 술을 待接햇다.
舊 原動機는 六萬 원에 本社에다 팔고 權 技士는 試動[始動]을 하는데 밤 一〇時까지 試動햇다.
鄭太炯에서 參萬 원을 둘어서 附屬代를 주윗다.

<1983년 2월 5일 토요일>
靑云洞 사람 精米을 햇다.
原動機는 異常이 없다.
權 技士에서 說明을 잘 드렷다.
中食을 맞이고 權 技士 鄕家[歸家] 하는데
南連 氏에서 一金 壹萬 원을 取해서 주고
作別햇다.
工場에서 大小間에 손볼 것이 만타.

<1983년 2월 6일 일요일>
工場 內部를 손보왓다.
成東이는 南原에 成樂이를 보려 갓다고 햇
다. 用務는 내의 債務가 未算되엿음으로
아마 돈을 좀 購하려 간 듯십다.
道峰에서 멱소를 交配해 왓다.
崔南連 氏를 工場에서 對面한바 今順로
依하야 마음이 괴롭다면서 前後之事를 말
하드라. 結局은 盛婚[成婚]을 시켜주겟다
고 하드라. 그려나 盛大히는 못 하겟다고
하드라.
成允이는 상산高等學校로 推薦되엿다고 하
고(孝子洞 近方) 通學은 不便하리라 햇다.

<1983년 2월 7일 월요일>
工場에서 終日 作業. 이것저것을 組立햇다.
成東이는 南原서 왓는데 成課[成果]는 못
이루고 온 듯십다.
석양에 韓玟錫의 子 崔正浩 館村 宋 氏 三
人이 來問햇다. 用件는 姦間[強姦]事件의
取下金으로 參百萬 원을 準備햇다며 本件
을 成立시켜 주시라 하야 約束하고 前番에
도 參百萬 원을 要求했어다고 하드라. 其
者을 보내고 夕食 後에 李相勳이을 同伴해
서 林玉相을 차잣다. 本人는 말하는데 속
에는 金錢을 多額으로 生覺 中인 듯싶으나

이번에도 參年 高校 卒業만 시켜주시라고
하고 또는 其놈들 全部를 데려오면 사과를
밧고 取下하겟다고 그래서 歸家햇든니 約
三○分 後에 李相勳을 보내서 六百萬 원
要한다기에 其代로[그대로] 大里 崔正浩
氏에 전햇다.

<1983년 2월 8일 화요일>
밤새에 눈이 많이 내렷다.
終日 舍郎에서 讀書만 햇다.
林玉相 事件으로 加害者 三人과 館村中學
校 先生 二人이 갖이 同伴해서 내 집으로
왓다.
오늘은 可否를 判定키 爲하야 왓으나 林玉
相 相對者가 不在中이라 하야 面談 不應
하다고 햇다.
中食 時가 너멋다. 生覺다 못해서 늦게사
中食을 해주웟다.
夕陽에 人便으로 加害者들 崔正浩 外에
二名을 玉相 집으로 同行해 갓다.
韓完洙는 玉相 집에서 왓다. 被害者 칙에
서 四百萬 원 要求하는데 可不[可否]을 未
決햇다고 하면서 白米 七叺을 借用해 달아
기에 保菅證[保管證]으로 해 주엇든니 단
여 와서는 三七○萬 원에 合議[合意]을 보
고 왓는데 白米 十二叺만 債任해 주시요
하기에 保菅證으로 해주고 나도 韓完洙 外
二名에서 保菅證을 받앗다.

<1983년 2월 9일 수요일>
終日 눈이 내렷다. 아마도 陰曆으로는 第
一 降雪量이 된 것 십다.
朝食하고부터 終日 舍郎에서 書藝工夫만
하고 書 黑函[黑板]을 開始하야 使用햇다.
任實에서 전화가 왓는데 오늘사 林玉相 事

件이 締結되느가 보다. 加被害者 兩家에서
集合하고 林英姬만 機待[待機] 中이여서
連絡해 주엇다.

<1983년 2월 10일 목요일>
終日 工場에서 原動機室을 만드럿다.
牟潤植에 一金 一五萬 원을 말햇든니 本人
이 卽接 가저왓드라. 成允 入學金을 못 챙
기여서 多幸이 잘 되엿다.

<1983년 2월 11일 금요일>
搗精作業을 終日 햇다. 原動機는 제 힘을
發揮하야 終日 願滿[圓滿]히 作業을 햇다.
夕陽에 成允 入學金을 全州 國民銀行에다
拂入햇다.
오늘 成允 中學校 卒業式日이다. 多忙 中
이서 成英이를 보냇다.
메누리는 任實市場에 갓다. 돈이 업서 取
貸해서 갓다. 二萬 원 쓰라고 당부햇다.
全州에서 朴泰珍을 面談하고 酒饌을 待接
밧고 왓다.

<1983년 2월 12일 토요일>
一家집을 두루 돌아단엿다. 客地에서 子息
들 全部가 歸家햇다.
밤새에 개가 색기를 五마리을 낫다.
養老院에 갓다. 崔南連 氏에서 二萬 원 取
貸 條 또 二月 四日 壹萬 條 合하야 參萬
원을 주윗다. 立會人는 林太엽 李道植. 韓
相俊도 화토노리 하드라.

<1983년 2월 13일 일요일>
祭祀을 慕待는데 몸이 正常이 안햇다. 한
기가 深하고 食事는 뜻이 업다. 大小家을
둘어 歲拜하고 舍郎에 休息햇으나 大端이

不安햇다. 中食 夕食까지도 全폐햇다. 아
마도 어제 술이 週飮[過飮]한 탓인 듯십다.
조요히 成玉을 불여서 말햇다. 아버지는 債
務가 相當하니 네 뜻이 엇더야 햇다. 利子
없이 元金으로만 줄 터이니 一五○萬 원만
보내라 햇든니 二月 二十六日頃에 送金하
겟다고 햇다.
成植이 內外가 歲拜하려 왓다. 말하기는
좀 쑥시럽지만 故 할면니[할머니] 石物을
不遠 할 터이니 二○萬 원만 보내라 햇다.

<1983년 2월 14일 월요일>
成樂 內外 成玉이도 午後에 職場으로 떠
낫다. 갈 때 成玉이에 똥[또] 당부햇다.
終日 舍郎에 書藝공부도 하다 讀書도 하다
終日 日課을 맞엇다.

<1983년 2월 15일 화요일>
終日 工場에서 成東와 作業햇다.
夕陽에 養老院에서 노랏다.
鄭鉉一 氏 집을 鄭圭太 氏와 禮訪햇다.
오늘은 成奉의 生日이라 햇다. 가보니 婦
人들이 募엿드라. 아마 中食을 갖이 한 模
樣이드라.
成東이에 付託해서 氏利[低利]로 융자을
받아보아라 햇다.

<1983년 2월 16일 수요일>
成東 內外는 妻家에 갓다.
工場에서 곳곳을 손을 본바 아즉도 볼 데가
만타.
大里에서 堂叔이 오시엿는데 寶城宅 畓을
판다고 하는데 安吉豊이가 살 뜰[뜻]을 갓
고 잇다고 하면서 坪 一斗 三升식이라고.
生覺해보니 아마 成奎가 招介[紹介]한 것

십드라.

夕陽에 林玉相의 妻 姨叔이라{는} 者가 왓
다. 알고 보니 斗流里 사랏든 金 氏인데 成
康의 同期同窓이드라. 其前에도 내의 집을
만니 왓다 가고 親切한 사람이드라. 그런데
今般 玉相의 事件을 本人이 關係햇다고
하면서 白米 十二叺 保管量 내달아고 햇
다. 二三日로 미루고 보냇다.

事實은 被害者들이 주워야 하는데 아즉 收
入도 안 되엿는데. 그려나 內部 形便은 말
못 햇다.

<1983년 2월 17일 목요일>

工場에 電氣를 改造햇다. 原動機室 天上
[天障]을 保修[補修]햇다.

全州에서 成傑이가 왓다. 屯南 只沙을 단
여서 왓다고. 昌宇에서 白米 一叺을 실코
서울로 成植에 준다고 햇다.

午後에 李允在 氏가 왓다. 土曜日 日曜日
을 擇해서 오수에서 왕겨를 가저 가라고 일
부려 왓다. 一輪에 耕耘機로 一金 萬 원이
라 햇다.

大里 崔正浩 氏에 傳하야 林玉相 事件 損
害 培償金[賠償金] 約束대로 二月 二十二
日 相違 없이 償還하라고 傳햇다.

崔德喆 婦人은 崔玄宇 畓을 招介하라기에
成奎하고 打合하시요 햇다. 理由는 相對
못 할 者라고 하고 据絶햇다.

成東이는 夕陽에 妻家에서 왓다.

<1983년 2월 18일 금요일>

새벽부터 래린 눈은 大雪注意 豫報로 代替
하야 終日 래렷다. 學校까지 休學을 하고
卒業式도 延期햇다고.

終日 舍郎에서 硏究만 하고 讀書만 하다

보니 마음은 더 교로왓다.

今年 中 農業準備 生覺 蠶業 畜産 工場運
營之事 等 〃 回甲宴까지 兼하야 마음의 休
息이 없다.

<1983년 2월 19일 토요일>

今日도 終日 降雪量은 繼續햇다. 舍郎에
서 讀書만 하고 日課을 맞이다 보니 마음
不安햇다. 日氣 淸明하면 東奔西走하고 登
山도 하며 日課을 맞어야 食事 맛도 나고
人身도 健康하며 雜念도 사라저 壽命도 延
長되는데 大端히 沓 〃 햇다. 그것도 一日
程度는 理解되는데 連日 그러니 마음 괴로
왓다.

뜸해서 成奎 집에 갓다.

寧川里에서 전화가 왓는데 契日 定해서 回
報하라 햇다. 쌀이 準備가 못 되엿다고 하
드라.

客地서 온 成康 成愼이가 이제까지 職務場
에 못 가고 있으니 그도 不安하다. 하루 束
[速]히 歸鄕해서 職業에 忠實해야 하는데
아마도 職業이 一定치 못한 듯십다.

<1983년 2월 20일 일요일>

어제밤에 外出한 成允이가 食後에 들어오
니 마음 괴로왓다. 누구의 집에서 一泊 햇
으며 父母의 許諾 없이 外泊할 수 있으며
갖이 同席 同寢할 수 잇는 사람이 누구이
며 母는 除外하드래도 父는 嚴父인데 네가
이제 無視하다니 너는 非人間이면 只今 九
年을 修學햇는데 行爲가 이것이야 햇다.

工場에서 방아 찟고 午後에는 舍郎에서 讀
書만 햇다. 成允이로 因해서 공부에 支章
[支障]이 있을가봐 테레비도 보지 안코 말
앗다.

<1983년 2월 21일 월요일>
成東이는 市場에서 畜牛 飼料 參拾袋을
購入해 왔다.
館村에서 燒酒 三相子[箱子]을 外上으로
가저왔다. 바로 夕陽에 投藥에 合酒을 配
合햇다.
日氣는 淸明햇다. 박게서 休息햇다.
夕食 後에 舍郞에서 新聞을 讀見하다 잠이
들엇다. 異常한 音聲이 나기에 잠이 깻다.
時計는 밤 十一時 二十五分이엿다. 成允
이 공부방에서 동무들끼리 화토노리가 분
명햇다. 혼베락을 하려 하는 中 生覺한니
어제도 外泊햇다고 나무랏는데 또 나무라
면 藉 〃하야 父母에 不安感이 들가바 참다
다 못해 그만들 까라[가라] 햇다. 모두들 가
버렷다. 그러나 成允으 將來問題가 異心
[疑心]스럽기 짝이 없다.

<1983년 2월 22일 화요일>
面事{務}所에서 軍 協議會가 있서 參席햇
다. 少年體曲[少年體典]비 防衛費 約 一
〇餘萬 원.
오늘[오는] 길에 大里 崔正浩 氏를 訪問코
同行하야 館村 薛 氏을 찻고 事件 解決을
再促햇다. 來日 또 맛나자고 正浩 氏하고
任實驛前에 韓玟錫 氏을 訪問하고 對話
끝에 一〇萬 원을 더 負擔하겠으니 殘金
五萬 원 其外 여분에 부담하라 하고 택시
를 부러 보내 주드라.
집에 온니 十一時엿다.

<1983년 2월 23일 수요일>
成東하고 炯進이를 五樹에 보내고 後에 古
依를 싸서 들고 五樹로 出發하니 全州 金
氏 林玉相 事件의 主務者가 왔다. 約束대

로 오늘 왔소 하기에 來日 하[한] 번 더 오
시라 햇다. 生覺하기에 분개햇다.
五樹에 가서 왕겨를 답는데 폭설이 왔서 作
業이 支章이 만햇다.
崔德喆에서 一金 參萬을 둘여서 利用햇다.

<1983년 2월 24일 목요일>
驛前에서 薛東汶 氏 崔正浩을 同伴해서
任實驛前 韓完洙을 對面하고 本 事件을
打合한바 館村 薛東汶 氏는 完洙에서 一
〇萬 원을 借用하야 七〇萬 원을 募金햇
다. 現金은 崔正浩에 保菅하고 明日 食後
에 이곳으로 來臨하라고 하고 作別햇다.
崔正浩 氏는 韓完洙가 주드라며 萬원을 내
노키에 안 밧들여다 바덧다. 전화료금 其他
接待비엿다.
鄭柱相 갑을 完拂해 주윗다.

<1983년 2월 25일 금요일>
薛東汶 崔正浩 全州에서 金 氏가 合席. 事
件費 七二萬 원을 拂入해야 하는데 七〇萬
원만 가저오고 七〇萬 원 中에서도 三萬
원을 빼고 館村 東汶 氏는 一〇萬원 外는
全然이 못 주겟다고 反杭[反抗]하야 結義
[決議]가 못 되고 散會햇다. 全州 金 氏는
再事件을 有發[誘發]하겟다고 하고 갓다.
밤에는 大里校長이 班常會 參席키 위하야
來臨햇다. 會席에 參席해 보니 指導者라는
者가 單獨執行하는데 不安하드라. 里長은
無心用人이라고 본다.
指導者는 全部를 自己가 自己의 爲身[威
信]만 세우고 全事을 單獨 自意을 發表하
는데 住民들은 一部만 護應[呼應]하되 一
部는 反顔 況狀[狀況]이드라. 本人도 發言
之事가 만하는데 心意가 나들 안트라. 他

里는 里長이 主權 行事한다고 들엇는데.
成允는 聯合考查을 치르로 갓다. 全校 綜
合試驗인 듯 십드라.

<1983년 2월 26일 토요일>
成東이는 오수로 왕겨 運搬하려 갓다. 一
金 壹萬 貳仟 원을 주워 보낸다.
昨年度 비니루代 張判童에 七,八○○원을
婦人에 드렷다.
五樹 李允在에서 麻袋 二十一枚을 取貸
햇다.
夕陽에 丁基善 왕겨 二袋을 嚴俊峰 二袋 崔
瑛斗 一袋 等 各 取貸分을 返還해 주엇다.
夕陽에 長子가 왔다. 完山[宗山]에 樹種은
추자로 選定하시지요 햇다. 町當 三○○株
가 所要되는데 二町만 植樹토록 하시요 햇
다. 任實郡에 五町步가 配定되엿는데 二町
만 內定햇다고 햇다.

<1983년 2월 27일 일요일>
全州에서 林玉相 事件으로 金 氏가 왔다.
任實驛前 韓完洙을 相面한바 薛東文에서
꼭 一五萬 원을 바드라고 하드라며 말하기
에 나는 金 氏에 말하기를 五萬원만 減해
주고 一日 束히 結論을 지라 햇고 그려야
만 恥拾心[恥事心]을 사라지라고 본다. 날
이 갈수록 玉相 父女間의 恥사 뉴치운[유
치한] 之事가 만{히} 添付[添附]될 것이다
햇다.

<1983년 2월 28일 월요일>
牟 生員을 訪問햇다. 안방을 오시라며 酒
肴床을 가저왓드라. 듯자하니 林宗烈 氏가
만이 살덜 못하고 家屋도 눈비가 새서 生活
이 難하고 子息들도 正初에 하나도 오지도

안고 老年期에 苦生期로 드렷드라고 햇다.
養老堂에 갓다. 어데서 豊物[風物]소리
(굿)가 낫다. 무슨 굿소리나 햇다. 崔南連
安承均 崔瑛斗 崔成奎 張泰燁 여려 분이
이는데 굿노리는 무슨 目的이 잇이 안나 햇
다. 目的이 없다고 하드라.
林宗烈 氏 形便이 苦生이 募深[莫甚]하니
차라리 約 二○名을 動員 負役을 해서 家
屋나 修理 좀 해주는 것이 엇더야 햇든니
全員이 贊成하드라.
溫室로 드르니 굿소리는 나는데 모두 非反
[誹謗]的으로 말하면서 듯기 실타고 하드라.

<1983년 3월 1일 화요일>
成曉 母는 親家에 단여 午正에 왔다.
終日 비가 내리는데 降雨量은 小量이엿다.
門前을 가지 안코 終日 舍郞에서 讀書만
햇다.
당장에 用錢이 計算해 보니
成允 學用品代 一二,○○○
왕겨代 取貸金 三○,○○○
成允이 洋服代 一○,○○○
電氣稅 八,○○○
水道稅 四,○○○
明日 全州 高校 入學式 旅費 五,○○○
計 六九○○○ 必要임.
酒肴床
諭示 官에서 國民에 알이는 것
諮問委 上官에서 下官에 뭇는 것
誇示 과시 자랑삼아 하는 것
顧問 相談役 討論
顧客 당골손님
意識改革
三大 否定心理 追放
一. 否定心理

二. 秩序心理
三. 儀禮心理
全州 金 氏 林玉相 事件으로 來臨햇다. 來
日로 미루고 떠낫다.

<1983년 3월 2일 수요일>
金炯進는 白米 一叺을 取貸하려 왔는데 昌
宇 白米 一叺을 成東 便에 代用해 주웟다.
成允이 入學式에 參席햇다. 新設學校인
{데} 施設은 잘 되엿드라. 擔任先生 池 氏을
相面하고 잘 付託햇다. 下宿을 하라 햇다.
林玉相 事件는 今日 夜中에 締結햇다. 韓
完洙 四二萬 崔正浩 一五萬 薛東文 一三
萬 원 게 七〇萬 원에 落札하고 二萬 원을
減햇다. 各 〃 保管證은 全部 汚物化 시키
고 作別햇다.
崔德喆에서 二三日 字 參萬 원 取貸金 參
萬을 夕陽에 보냇다.
밤에 大里 金承浩에 電話로 下宿을 問議
햇든니 自己는 象山高 엽 國校 先生 집에
다 下宿햇다고 하고 二名을 月 十三萬 원
식 준다고 갗이 하자고 하드라. 主人는 國
民學校 先生 집이라고 하고 主人이 身分
保章[保障]이 確實해야 한다고.

<1983년 3월 3일 목요일>
오늘부터 正式으로 成允는 開學에 드려갓
다. 이제까지는 平安하게 中學을 맞이고 其
間 잠도 休日의 經遇[境遇]는 九時까지 잠
만 자고 하다가 이제 全州로 가게 되니 六
時에 起床하야 하고 館驛까지 道步[徒步]
해야 하고 全州 着하야 南門게서 乘車하야
象山校 엽 着 約 五〇〇m을 道步로 行進하
야 한다. 첫날이라 그런지 人象[印象]이 不
安케 보이엿다. 館驛 米穀商에서 米 一叺

代 五萬을 냇서 大里 金承浩 집을 禮訪하
고 打合한바 來日 驛前에서 九時 맛나고 갗
이 同行해서 下宿집 主人과 對面키로 햇다.
全州에 갓다. 鄭壽明 복덕방을 訪問햇든니
象山學校가 道內에서는 第一 가는 學校라
햇다. 그리고 休息할 時間이 없이 공부를
시킨다고 햇다.

<1983년 3월 4일 금요일>
大里 金承浩 婦人하고 同行하야 象山高校
에 갓다. 擔任先生任을 面會하고 成允이를
불엇다. 承浩 아들하고 面談을 시키고 日
曜日 正式으로 下宿하기로 學校에서 打合
햇다. 下宿집 主人을 訪問하고 여려 가지
로 付託하고 中食까지 待接을 바닷다. 市
內로 와서 冊床 의자 책꼬지 二三,〇〇〇
에 사서 下宿집에 드려주고 日曜日에 오겟
소 햇다.
路上에서 成曉을 對面한바 山林係員인 듯
한데 멋 年에 郡廳에서 만히 接見한 사람
이드라. 用務는 宗山 地上物 除据[除去]의
踏査이드라.
驛前에서 金昌圭을 對面하고 尹鎬錫 立會
下에 農協에 간다 하기에 積金 二一,三九
〇원을 주고 領{收}證을 바더오라 햇다.

<1983년 3월 5일 토요일>
午前에는 방아 찌엿다.
成東이는 里 共同作業하는데 公路을 耕耘
機로 닥갓다.
驛前 쌀집에 新品種 白米 一叺을 보냇다.
四仙臺注油所에서 輕油 一드람 石油 一드
람을 各 〃 外上으로 가저왔다.
夕陽에 成曉 食口가 全部 왔다. 밤늦도록
家簇기로 내의 回甲에 對하야 相議한바 잘

알아서 해라 하고. 天安서 成玉에서 百萬
원이 왓는데 꼭 債務 還拂하는데 成東 오
바가 整理하라고 햇다면서 任實로 보내왓
다고 햇다.
韓正烈에서 成允이 衣服 上下 一五,○○
○원에 가저왓다.

<1983년 3월 6일 일요일>
成允 下宿 諸 物品이 다 가추어젓다. 寢具
敎課書[敎科書] 衣服 區陶 洗面道具 其他
신발이엿다.
午後에 大里 金東우하고 同伴해서 正式으
로 下宿집에 入住햇다.
金哲浩 趙治鎬 同伴해서 舟川里 李垟根
回甲宴에 參禮햇다. 實은 宴席에서는 坐席
도 不足해서 庭園에서 잠시 잇다 바로 왓
는데 一行이 어울이여 驛前에서 高聲放歌
하며 約 一時間즘 잘 노랏다.
밤에 相範 食口는 任實로 갓다.

<1983년 3월 7일 월요일>
天安 成玉이 보내온 一○○萬원는 成東이
便에 農協債 八一五,一八九원 淸算하고
(別紙와 如함) 畜牛 飼料代 一三○,○○○
모비 八,○○○ 咸石 七,○○○ 肥料 出資
金 八,○○○ 肥料代 一部 二,三○○ 成東
用金 一○,○○○ 計 九七○,四八九**49** 원
을 支出하고 殘金 一九,五一一원는 許俊
晩 子 結婚 旅費로 除해 노왓다.
肥料 五○袋을 外上契約하는데 元金을 二
七○,○○○ 원로 締結햇다. 高校生 入學
資金으로 六萬 원을 貸付해 왓다.
家政道具 및 家屋 工場 等을 改修햇다.

---

49 정확한 전체 합계액은 980,489원이다.

<1983년 3월 8일 화요일>
工場에 잔손을 대여 修繕을 하고 麥畓에
進肥[堆肥]을 散布한바 尿素가 五袋가 들
엇다. 草地에도 뿌리고 胡麥에도 뿌렷다.
成東이는 尿素 一五袋 복합 三五袋을 運
搬햇다.
鄭太炯 氏에서 尿素 一袋 取貸한바 成東
이 便에 보내주고 昨年에 鄭宰澤에서 복합
二袋 取貸한바 今日 安正柱에 引渡해 주
엇다.

<1983년 3월 9일 수요일>
崔南連 氏에서 一金 拾萬원을 取貸햇다.
回甲日을 압두고 用金이 업서 할 수 업시
貸借햇다.
成東이는 草地에 肥料을 散布햇고 再沙用
砂理[砂利]을 운반햇다.
耕耘機室을 修理하고 庭園을 整理코 掃地
도 햇다.
丁振根이가 왓다. 今夜에 서울을 간은데
一週間 敎育 밧고 外國으로 就業하려 간다
고 햇다.

<1983년 3월 10일 목요일>
終日 방아 찌엿다.
成東 便에 金炯進 日工 一四,○○○원을
보냇다.

<1983년 3월 11일 금요일>
成東이 便에 四萬 원을 주면서 세멘 窓門
되비지 장판 其他 生活 儒有物[需要物]을
사오라 햇다.
三個月 만에 理髮을 하고 全州 成允 下宿
집을 訪問한바 主人이 不在中이여 엽방 婦
人을 相面하고 下宿費 六萬 五仟 원을 傳

해 주고 成允에 傳해 달아고 편지도 드렷다.
直行뻐스로 任實에 着. 午後 二時에 郡廳
會議에 參席했다.
成曉 母하고 薛藥芳[薛藥房]에서 漢藥 二
〇첩을 짓고 나는 中央病院에 가서 입 엽
을 쩻다.
밤에는 夕食 後 館村 堂叔 宅을 訪問했다.
斗峴 斗流에서 모두 왔드라. 金城(화성{})
할머니 祭祀엿다.

<1983년 3월 12일 토요일>
終日 桑田에서 苗木을 손질했다.
夕食을 맞이고 成奎하고 同行해서 一〇時
列車로 서울行을 乘車했다. 許俊晚 長男
結婚式에 參席하기 爲해엿다.

<1983년 3월 13일 일요일>
延着 되여 아참 六時에 到着했다. 뻐스로
成康 집 着했다. 十一時 三〇分에 家族과
合乘하야 禮式場에 갓다. 成吉 內外 德順
內外 成赫도 參席햇드라.
中食을 맞이고 바로 택시로 德順 집으로
直行했다. 夕陽이 되니 成赫 成奎 崔永植
도 왔다. 갖이 夕食을 하고 作別했다.
德順 말에 依하면 成吉이도 南禮 母 집을
단니는데 菊花의 말이 德順의 女息보고 말
하기를 예전에는 불고하든니 이제 우리가
밥이라도 먹고 사니 자조 단닌다면서 非行
的으로 말하드라 하드라.

<1983년 3월 14일 월요일>
아침에 成奎을 시켜서 富川에 李정우에 電
話을 거렷다. 今般에 昌坪里 복골에 農路
을 新設하는데 正雨의 田畓이 約 拾餘 坪
이 所要된다고 其의 用地를 承諾해 달아

햇든니 順 〃 이 許諾해 주고 집에 가시면 母
親에 단여 가시라고 하고 安否을 傳해 달
아 햇다.
德順이는 旅費가지 주며 厚이 前送[餞送]
해 주드라.
高束[高速]으로 온바 집에 온니 四時엿다.
成奎는 道步로 오면서 말하기를 只今도 成
赫이가 兄 成吉이와 人事交流가 없으니 마
음 괴롭다고 햇다.

<1983년 3월 15일 화요일>
桑 苗木을 植栽하고 金肥 穴을 파고 햇다.
夕陽에 老人들이 豊物을 치고 오왓다. 할
수 없이 술 한 잔 주고 白米 一斗을 주워 보
냇다. 不安해도 利解[理解]햇다.
成東이는 蠶室을 修理햇다.

<1983년 3월 16일 수요일>
成東이 成奉 갖이 桑田 肥培 菅理[管理]햇
다. 肥料는 八袋가 들렷다. 만이 한 듯십다.
大里에서 衣服을 마추엇다. 大里學校長을
訪問코 李正鎬 就職을 付託햇다.

<1983년 3월 17일 목요일>
時期가 안닌 嚴冬이 닥치엿다. 만은 눈이
내렷다. 終日 舍郞에서 讀書만 하고 一日
을 보내는데 不安햇다.
成愼의 住所를 알려 해도 알 길이 없다. 崔
日涉을 맛나고 무르니 全州에 잇다고 햇다.

<1983년 3월 18일 금요일>
丁振根을 오래서 蠶室을 再沙햇다.
終日 방아 찟고 後事을 보와 주엇다.
밤에 成傑 成愼이가 客地에서 왔다. 成樂
食口도 왔다. 來日 訓練에 對備코저 왔다.

<1983년 3월 19일 토요일>
任實에 갓다. 洋服店에서 두루마기 一着을
잿다. 바로 新平에 갓다. 業者들 分會엿다.
過半수 未着으로 流會가 되엿다. 다음은 鶴
巖 또는 下加里로 一定키로 하고 散會햇다.
成樂 內外가 春秋服 一着을 맞이자고 해서
館村에 갓다. 成曉 食口도 夕陽에 왓다.
밤에 皮巖宅이 왓다. 成英 觀選을 要求하
기에 三月 二十五日 서울서 對面키로 햇다.
請諜狀[請牒狀] 三〇〇餘 枚을 成曉이는
인새해 왓다.

<1983년 3월 20일 일요일>
回甲年의 記念으로 觀橡樹[觀賞樹] 十五
株을 庭園에 植樹햇다.
成曉 昌宇 成東가 動員이 되고 振根을 갖
이 蠶室 및 부억에 造理臺[調理臺]을 設置
햇다.

<1983년 3월 21일 월요일>
아침에 成曉 食口는 택시 便으로 任實에
갓다. 食糧 五斗을 주워 보낸다.
成東이는 館村契會議에 가고 나는 嚴俊峰
벼을 시려다 방아을 찌엿다.
全州에서 왓다고 某人이 來方[來訪]. 알고
보니 事業을 相議하려 왓다. 黑羊을 또 오
리을 多目的으로 養育하겟다고. 잘 알여주
웟다.
里長租 班長租을 丁宗燁 便에 보낸다.

<1983년 3월 22일 화요일>
崔瑛斗 氏에서 一金 拾萬 원을 取貸햇다.
回甲日은 迫頭햇는데 用金이 없어 할 수
없이 빌엿다.
終日 방아 찌엿다.

溫突門 蠶室門 全部 窓戶紙로 발엿다.

<1983년 3월 23일 수요일>
成英이하고 終日 舍郎에서 되비을 햇다.
丁振根이가 作業햇는데 조리대 修理 뒤벽
가마 정제 工場 內部을 再沙햇다. 約 2.5日
쯤 햇는데 日工을 말햇든니 白米로 3斗만
주시라 햇다.
夕陽에 成東이는 館村에서 兄수가 오라 하
야 갓다 왓는데 食料品 1切을 운반해 왓다.
終日 가랑비는 꼬박 내렷다.
慶南 大邱 朝陽鐵工所에서 片紙가 왓다.
實은 回答인데 不遠이면 地方에 出張갈 일
있으니 其時까지 機待하라 햇다.

<1983년 3월 24일 목요일>
終日 가랑비는 내리는데 成英하고 終日 蠶
室 되비을 끝냇다. 昌宇 成奎가 되비는 해
준{다고} 햇으나 말뿐이지 自己네 일만 하
고 昌宇도 大里 갓다고 하드라.
水稻種籾 太白벼 二叺 東津벼 一叺을 가
저오고 비니루도 一마기 가저왓다. 昨年 것
도 未淸算햇는데 또 가저왓다.
成玉에서 전화가 왓는데 四月 中에 五〇萬
원을 해 주마 하고 回甲 때 오겟다고.

<1983년 3월 25일 금요일>
他道 本郡 他郡(新平面만 除外하고) 請諜
狀 六十一枚을 發送햇다.
父子하고 人夫 二名하고 王板 宗山 地上
物 除据(발미)을 一部 햇다. 加級的[可及
的]이면 宗員들기리 할가 햇으나 昌宇는
서울 가고 成奎는 人夫가 업다고 하고 重
宇 農協 營農資金 융자 받으려 가고 해서
日字는 迫頭햇는데 할 수 없이 우리부터

始作햇다.

夕陽에 館村 全州洋服店에 가서 暇服[假縫]을 해 보왓다.

오는 길에 基宇 注油所에 들이여 回甲 日字를 알여 주엇다.

<1983년 3월 26일 토요일>

第二次로 三十四枚 請諜狀을(大里만 除外하고) 地方에 發送햇다.

人夫 五名을 데리고 王板 발미하려 갓다.

終日 갖이 作業을 하고 夕陽에 全州 보광당 金銀방에 갓다. 손만 재고 바로 왓다. 成苑이 금반지나 마차 주겟다고 해서 갓다.

只沙 李東日가 電話한바 二十九日頃에 耕耘機 附着하려 오라고 왓다.

<1983년 3월 27일 일요일>

午前 中 植桑 切枝[折枝]을 하고 午前에 館村 圓佛敎堂 趙命紀 子 結婚式場에 갓다.

바로 元泉里 崔基山 回甲宴에 參席햇다.

집에 온니 成曉가 왓다.

請諜狀은 今日로 第三次에 걸처서 乃宇 名儀[名義]로 一五四枚을 發送햇다.

全州 朴順龍에 同窓會員 名單을 發送햇다.

林澤俊 氏 婦人을 맛나고 成英의 觀選을 打合한바 明日 十二時 內에서 館村 용다방에서 兩家에서 對面키로 約束햇다.

<1983년 3월 28일 월요일>

皮嚴里宅하고 同伴해서 館村 용다방에 갓다. 우리 一行은 成苑 任實 메누리 成英 그라고 나 四名이고 新郎側에서는 內外하고 皮嚴宅 딸 叔父 計 五名이 參席햇다.

新郎은 體身이 적드라. 그러나 兩者가 對話는 하지만 完結은 못 짓고 此後로 미루

엇다.

成英이는 몸 不安하야 漢{醫}師에 珍察을 햇든니 장이 납부다고 하야 漢藥 一〇첩에 貳萬 원을 달아 하야 萬 五仟 원을 주고 五仟 원을 殘高로 남겻다.

집에 와서 午後에는 桑木을 植樹햇다.

夕陽에 昌宇는 와서 宗山 伐木을 成奎가 上木 長木은 全部 벳다고 하드라. 生覺한니 내가 하든 대목까지도 長木을 伐採햇다니 相當한 不良者로 보왓다.

昌宇도 不平을 마니 한데 此後에는 成奎는 一切 宗山에 對하야 손이 完全 떠려진 것으로 본다.

成東이는 只沙 李東仁에서 耕耘機 데우[겨우] 附着한바 二十三萬원에 外上으로 해 왓다.

<1983년 3월 29일 화요일>

成曉 內外는 物品을 車에 실고 밤에 왓다.

終日 방아를 찌엿다.

移秧箱子 때문에 裵明善하고 鄭圭太하고 是非이가 生起엿는데 멕사리를 잡이고 하는데 鄭圭太는 봉변을 당하드라.

오늘 成康 母를 맛나고 農事를 꼭 成奉가 진다느냐고 뭇고 農事 準備을 서들라 햇든니 못 짓겟다고 하고 成康이가 오면 相議해서 변경하겟다고 하드라.

<1983년 3월 30일 수요일>

成東이는 訓練을 하려 가는데 耕耘機을 갓고 갓다. 오는 길에 豚을 갓고 왓다. 꼭 二〇〇斤인데 十八萬원을 주윗다고 햇다.

나는 人夫을 데리고 宗山 伐木을 하고 夕陽에 왓다. 成東이도 夕陽에 왓는데 工場에 崔善眞 白米 마토리(七, 八斗 程度) 어제

終日 工場에서 싹 받아 노은 七〇k을 밤새 가저갓다고 했다. 禍[火]가 낫다. 崔善眞을 오라 해서 뭇고 協助하야 수사를 해보자고 당부햇다. 昌宇는 崔喆洙를 의심하드라. 그리고 나도 몰애 支署에 申告을 햇다고.
다가오는 慶事日도 迫頭하는데 難點이 만다.

<1983년 3월 31일 목요일>
完宇 烔進이가 왓다. 崔南連 氏도 왓다. 도야지를 잡는데 모두 오시여 協助해 주는데 昌宇 成奎은 無心하드라.
大里에서 韓服을 가저왓는데 色이 내에게는 알맞이 안트라. 하지만은 할 수 없이 잇고[입고] 잇다.

<1983년 4월 1일 금요일>
아침에 工場 간니 第二次로 三日 만에 또 쌀을 가저갓다. 一叺 中 二斗 程度을 퍼내 노코 갓다. 어제 崔喆洙를 支署에서 오서[와서] 相對코 家宅을 수색한 감정으로 再犯하지 안나 生覺이 들엇다. 支署에 申告한바 終日 수사 中이였으나 아즉 단서을 못 잡고 갓다.
一家親戚 一部가 왓다.

<1983년 4월 2일 토요일>
아침에 가랑비가 래럇다.
마음이 조급해것다. 잠時 있으니 淸明해지면서 强風이 부럿다. 顯壽[壽宴]床 앞에 子息들이 느려섯다. 禮儀도 끝이 안 낫는데 賀客들이 募이{기} 始作 十二時부{터} 三時까지는 大端이 分주햇다. 日慕[日暮]가 되자 賀客이 뜸햇다. 住民을 慕侍엿다.
아마도 大門 前에 가보니 택시가 만이 集合햇는데 어느 주차장 갓드라.

多幸이 事故 없이 無事이 넘겨 萬幸으로 생각햇다.
外家집에서도 全員 오시고 妻家에서도 만이 오고 新田里 사돈宅에서 택시로 三臺 왓다. 반가운 일이엿다.

<1983년 4월 3일 일요일>
아침에 成曉에서 듯자니 賀客이 約 三〇〇 名 程度가 왓드라고 햇다. 祝儀金만도 (二,一〇〇,〇〇〇) 貳百拾萬 원 加量[假量]이고 支出은 百五拾萬쯤 된다고 結果을 말해 주드라.
食後가 되니 비가 내리기 始作하야 終日 왓다.
中食 時을 틈타고 婦人들 男子들 招待하야 飮酒 中食을 待接햇다.

<1983년 4월 4일 월요일>
成吉이는 발을 뒤것다고 해서 가보왓다.
丁壽福이가 招待해서 갓다.
丁振根이가 왓다.
丁壽福 結婚 집에서 오라고 人便으로 왓는데 工場에서 失物 白米는 아즉 못 차아지요 하고 뭇고 으심 간 데는 업는지요 하고 秘이지만 李龍在도 잘 살이시요[살피시오] 햇다. 그리고 白晝에 나무 멱소 가저가고 또 나무 소도 모라다 판 전과者{라고} 햇다.

<1983년 4월 5일 화요일>
成康 成東 나하고 宗山에 갓다. 伐木을 하고 終日 왓다. 집에 온니 任實 메누리는 全部 物品을 창겨서 택시로 가드라. 大里 메누리도 갓고. 現金 貳拾萬 원을 주고 갓다고 햇다.

<1983년 4월 6일 수요일>
成東에 桑田 비니루 치고 小麥을 벼여내라
고 시키고 重宇하고 炳基 堂叔하고 連山
墓祀에 參禮햇다. 堂叔 提案인즉 宗財가
없으니 今般부터 自費로(各者[各自] 宗
員) 每年 參禮하자고 햇다. 사제봉 맞안가
지로 그려케 實行키로 하고 當日 旅비가
萬원이 드럿는데 堂叔하고 나하고 둘이 負
擔하고 重宇는 말도 안코 말앗다. 土稅는
守護者에서 五斗代 三萬 參仟五百을 밧앗
다. 成吉에 保管키로 햇다.

<1983년 4월 7일 목요일>
成東 昌宇 重宇는 宗山 耕耘機 行路을 開
設했다.
오늘 鄭宰澤 爲先한 데 갓다. 終日 丁基善
鄭東洙 氏와 對話하면서 終日 보내다 보니
술이 취햇다.
回路에 朴香善 婦人을 對面하고 (하주) 시
모를 對面하고 苦生하다면서 香善의 婦人
에 付託하면서 잘 待接하라 햇다.
다음 工場에서 쌀事件을 말하면서 도적놈
은 昌坪里 居住者라 햇다. 사람은 李龍在
로 指名하고 日字 未詳인데 近間에 本人
의 집을 뒤진 사실이 잇고 한상준가 말해
주고 밤 十一時 三〇分에 龍在의 婦人 子
母子 가치 왓서 父 龍在 氏가 여기에 오지
안햇소 하고 昨年 秋期에 元泉 洑下에서
某人의 벼를 夜中에 훌터서 갓는데 방아는
大里 工場에서 찐 事實 (鄭桓烈)에 무르면
알고 오방굴 山中 民家에서 他의 몀소을
모라오다 主人에 들키는 일과 八〇年度 秋
期에 工場에서 (白晝에) 白米 一叭을 今방
없서젓는데 白米의 主人 安正柱에 말해서
파악해보라고 하야 本人을 보냇든니 쌀 主

人의 쌀이고 叭子가 틀임없는데 自己의 妻
男의 叭子라기에 (張泰燁)에 무르니 내 것
이라고 해서 抛棄한 사실이 있으니 今般에
工場의 쌀도 의심을 안 할 수 업다. 理由는
回甲을 압두고 行事하는 事實과 工場 內에
서 하는 行爲 모두가 近思[近似]하다.
「崔南連 氏 一〇萬 원 鄭太炯 氏 七萬 六
仟 원을 償還햇다.」

<1983년 4월 8일 금요일>
加工協會員 全北大會에 參席햇다. 要指
[要旨]는 一〇分搗 以下 단속이엿다.
예수病院 金宗熙 問病한바 婦人게서 大聲
통곡을 하는데 딱해서 나왓다.
오는 途中에 韓正玉 喪家 弔問햇다.

<1983년 4월 9일 토요일>
昌宇 喆洙 宗燁 成東하고 五名이 王板 宗
山에 原木 集合하고 耕耘機로 집에 三車
한다가 四時쯤 되니 비가 내려서 中止하고
왓다.
夕陽에 任實 成曉家 食口가 全部 왓다. 成
曉의 不平은 兄弟間이 만해도 相議 한 마
디 할 사람 업고 內外에 욕밧다고 한 弟기
[弟가] 없다고 햇다.

<1983년 4월 10일 일요일>
全州 봉래원禮式場에 갓다. 마참 正門에서
金翊鉉 氏을 面會햇다. 祝賀金만 接受所
에 주고 바로 新婚禮式場에 들엿다.
朴順龍을 面接하고 式이 끝나자 바로 食堂
으로 가는데 金哲浩 李垟根 金點龍 李炳
駿 申東鎬 崔宗植 갖이 中食을 햇다.
夕陽에 成曉 食口는 全部 갓다.
驛前 吳 氏 便에 成允 用金 八仟 원 冊하

고 成績表을 보내 주웟다.

<1983년 4월 11일 월요일>
終日 방아 찌엿다.

<1983년 4월 12일 화요일>
韓相俊 氏을 對面했다. 李龍在의 身分을
물엇다. 韓相俊이는 確實이 龍在을 不信햇
다. 今年度 一〇月頃에 大里에 방아실에서
부터 嚴萬映 祭祠[祭祀] 때 도박부터 몀소
부터 其間 里에서 고초사건부터 收入이 업
는데 支出이 만타는 點 여려 가지로 폭로햇
다. 朴香善 家宅을 수색한 것도 갈 데 없다
는 등 〃 자세이 들엇다.

<1983년 4월 13일 수요일>
人夫 六名을 帶同하고 王板 宗山에 栗木
植穴을 作業을 하고 午後에는 造林을 햇다.
成東이는 任實 兄이 오라고 해서 밤에 갓
다. 간바 打合之事는 畜牛 一頭을 사줄 터
이니 배메기50로 하고 오는 十六日 市場에
買受토록 하고 고초 園예 資金 無利子로 七
〇萬 원이 面에 配定되였으니 受領하라고.

<1983년 4월 14일 목요일>
終日 비는 내리는데 工場에서 家族기리 移
秧相子[移秧箱子]에 볍씨을 播種햇다. 昌宇
것도 갗이 入植해서 工場에 內에 積載햇다.

---

50 '배매기' 또는 '베메기'는 본래 생산수단의 소유
 주와 이를 임차하여 이용하는 사람이 생산물을
 나누는 관행으로, 병작(並作)과 같은 말이며 이
 익을 반분(半分)할 경우에는 '반타작'이라 한다.
 대개 논밭의 소작과 관련하여 많이 쓰이는 말이
 지만 소 임자가 소를 빌려주어 키우게 하고 이를
 팔아 남은 이익을 키운 이와 나누는 관행을 지칭
 하는 데도 사용된다.

<1983년 4월 15일 금요일>
零下로 來려가는데 人夫 九名을 動員해서
宗山에 造林을 끝냇다.

<1983년 4월 16일 토요일>
任實 牛{市}場에서 小牛 九七〇,〇〇〇원
買受하야 엽에 매고 市場에 가다 온 수간
[순간] 約 三〇分이 經過햇는데 없어서 경
찰서에 申告하야 全州까지 갓다 오니 소는
집에 잇드라. 成曉의 牛인데 배메기로 成東
이에 사준 것이엿다.
午後 못자리을 햇다.

<1983년 4월 17일 일요일>
大里 柳銃煥 집에서 春季 募臨이 있엇다.
今年에는 利 白米 一叺을 가지고 진안 束
綿山으로 小風[消風]을 하기로 하고 散會
햇다.

<1983년 4월 18일 월요일>
大小家 一〇餘 名이 一行이 되서 뻐스 便
으로 斗峴面 石九里 堂叔 回甲宴에 參席
햇다. 壽宴床禮가 끝이 나고 外來客들이
왓는데 注[主]로 大里 親友들이 만트라.
任實을 据處서 夕陽에 歸家햇다.
稅金이 二萬.
전화稅 二萬 七仟.

<1983년 4월 19일 화요일>
午前 中 日氣가 不順해서 舍郎에 있으니
成吉이가 왔다. 宗中之事을 打合한바 잘
成結이 못 되엿다. 連山 墓祀 收稅도 自負
擔으로 하자 햇고 曾祖 祭祀도 成吉이가
慕侍{라} 햇다. 曾祖 祭을 慕侍 터이니 그
려면 大里 宗土稅을 白米 二叺로 決定하

고 收稅토록 하시요 햇다. 堂叔하고 打合
키로 햇다. 그려면 잘 되면 宗孫 盛義[誠
意]것 慕侍라 햇고 우리는 서울까지 갈 것
도 없고 宗孫만 밋겟다고 햇다.
午後에 苗板을 둘여 보왓든니 不實하드라.

<1983년 4월 20일 수요일>
成東 成康이하고 終日 桑田에 고초가리
를 끝냇다. 例年에 比하면 第一 多植한
것 갓다.
二毛作 太白벼 種籾을 浸種햇다.
尹鎬錫 鄭九福 兩家 結婚式場에 갓다. 賀
客은 相當이 왓다.
中食 食堂에서 賀客들이 不平不滿이 만햇
다. 理由는 한 방에서 밥만 먹은 사람 一部
밥이 오지 안해 안저 있는 사람 一部 술이
왓으니[왔으나] 잔이 업서 먹지도 못하고
잇는 사람 해서 나도 炳基 氏하고 中食만
겨우 하고 박으로 나와서 酒店에서 한 잔
하고 作別햇다.

<1983년 4월 21일 목요일>
成東 成康 昌宇 나하고 動員이 되여 王板
地上物 燃料을 운반햇다. 잘 하면 집에 六
번은 단이것드라. 夕陽에 기름이 없어 비는
오는데 山에다 그대로 두고 왓다.

<1983년 4월 22일 금요일>
1般 苗板 設置作業을 하고 午後에는 成東
이하고 宗山에 가서 地上物 除据作業을
햇다.
밤에 全州에서 전화가 왓는데 明日 舊驛前
에서 午後 5時에 銀河水다방에서 相面하
자고 崔玉辰에서 急電이 왓다.

<1983년 4월 23일 토요일>
成東 成康하고 終日 木材을 운반하고 夕陽
에 全州에 갓다.
銀河水다방에 간니 不在中. 回路에 齒科에
갓다. 治料을 밧고 朴東喆 집을 訪問햇다.
韓泰成을 맛나고 相議한바 八萬원을 要求
코 齒科에서는 十二萬을 要하드라.

<1983년 4월 24일 일요일>
아침에 崔南連 氏에서 一金 拾萬 원을 取
貸햇다. 人夫賃 其他 大端이 옹색햇다.
終日 방아 찟다가 精米機 網이 터저 夕陽
에 中止햇다.
成康 成東 宗燁이는 王板에서 燃料을 全
部 운반 完了햇다.

<1983년 4월 25일 월요일>
어제 崔南連 氏에서 一金 拾萬 원을 取貸
人夫賃을 주기로 한바 工場에 기름이 品切
되여 七萬 원을 주면서 石油 經由 各 〃 一
드람식 가저오라고 成東을 보냇다.
終日 방아 찌엿다.
金炯進 崔喆洙를 왓기에 成東 成康까지
動員하야 枝葉을 積載햇다. 大端이 手苦가
만햇다.

<1983년 4월 26일 화요일>
任實驛前에서 白基永 氏 人夫을 보내 주
시여 우리 人夫하고 合同作業을 햇다. 人
夫는 金炯進 裵永植. 終日 切동한 木材는
約 三七〇介엿다고 成康이가 말햇다. 裵永
植 金炯進은 先金으로 作業을 햇다.
成曉가 왓다. 回甲 時 賀客에서 드려온 祝
賀金 殘錢이라고 拾萬 원을 가저왓기에 받
앗다.

人夫賃 其他 雜支出金이 多額인데 多幸이
엿다.

多幸이도 夕陽에 비가 개서 作業은 잘 끝
냇다.

<1983년 4월 27일 수요일>
館驛前 朴泰平 氏에서 포푸라代 先金 拾
萬원을 받앗다.

人夫 四名하고 나하고 終日 木材을 빠갯
다. 夕陽에 끝이 낫다. 그리고 積載도 햇다.
多幸이 鄭太炯 氏 崔瑛斗 氏가 協力해 주
시여 끝이 낫다.

瑛斗 氏는 방천 말 三〇介을 주윗든니 協
力햇고 鄭太炯 氏는 宗山에서 燃料 一〇
짐을 하라 햇든니 협력햇다.

崔南連 氏는 술 주고 中食도 드렷든니 枝
葉을 一〇짐만 달아고 해서 못 주겟다고 햇
든니 서운한 듯하드라. 鄭柱相 酒店에서
또 枝葉을 달아고 하드라. 또 据絶햇다. 夕
陽에 作業場에 와서 또 成東이에 枝葉을
달아고 하니 非人間 行爲을 하드라. 맞이
안해서 鄭太炯 氏 집으로 가버렷다.

無利子로 一〇萬원 取貸한 것뿐이다. 그리
고 五月 一日 딸 結婚에 꼭 오라고 三, 四
次 보는 대로 말하니 참으로 人生답지 안트
라. 길 가는 行人들도 눈잣이[눈짓이] 안
조케 보이드라. 多令者[多齡者]가 되여 가
지고 하는 行動이 不實하드라. 鄭太炯 牟
潤植 氏는 말하기를 崔喆洙 崔瑛斗 崔南
連 三人이 똑갓다고 보면 至當하다고 平價
[評價]하드라.

夕食이 끝이 난바 崔喆洙는 酒정을 부리는
데 成康이가 害을 하려 하기에 말기고 當
日 품삭 四仟 원을 주워 보냇다.

<1983년 4월 28일 목요일>
四月 六日 字 連山 墓祠 時 守護者에서 善
子[先利子] 白米 五斗代 三萬 三仟五百
원 받은바 成吉이가 不在中 意思을 듯지
못해서 保菅 中 今日 字로 正式으로 郵便
局에다 年 八%의 利子로 預金햇다.
6,700×5=33,500.

終日 舍郞에서 同窓會員에 案內狀 召集通
報을 自筆로 썻다.

夕陽에 新平職員이 왓다. 用務는 桑田에
폼푸라를 벳다고 告發하겟다고 하드라. 業
者는 關係가 없고 農家가 當해야 하다고
햇다.

<1983년 4월 29일 금요일>
新平面에 갓다. 畜業係長을 맛나고 포푸라
伐채 申告을 하고 郵체局에 들이여 預金
三三,五〇〇을 拂入하고 案內狀 十九枚
郵送하고 面 兵事係에 들이여 成愼에 對한
義務警察 合格申告을 햇다. 오는 길에 農
協에 들이여 積金 四月分을 拂入해주고 왓
다.

任實에서 夕陽에 成曉에서 전화가 왓다.
大里學校 엽 宋 氏가 郡 山林課에 와서 말
하기를 昌坪里 崔 某人는 리기다 松 별채
許可을 내주고 自己는 내주지 안는 理由는
멋 대문이야고 따지는데 難處햇다고 不遠
山林係에서 現地를 踏査하려 가니 잘 말슴
하라고 햇다.

大里 宋가라는 者가 大端이 갯심한 놈으로
본다.

<1983년 4월 30일 토요일>
成東 成康 成愼 鎭玉 四名이 二毛作 苗板
을 設置. 兩家 집을 다 햇다.

나는 경운기로 負役을 午前 中만 햇다.
孫夏周 便에 種籾 三袋 비니루 一통 代金
을 農協에 주라고 傳햇다.
成康 苗板을 午後에 하고 夕食은 成康 집
에서 햇다.
成康 鎭玉 成東하고 約 一時間 程度을 木
材 一部를 非장[秘藏]햇다. 他人의 耳目도
잇고 不遠에는 賣渡가 어려워서엿다.
밤에 成東이 便에 人夫賃 五萬 八仟 원을
주면서 散布해 주라고 하고 其中 八,○○○
원은 五月 二日頃에 人夫 둘만 사라 햇다.

<1983년 5월 1일 일요일>
아침에 任實 白基永 氏에서 전화가 왓다.
오늘 林森物[林産物] 잠박을 찌그려 오겟
다고 햇다.
아침부터 술이 취해서 몸이 고달푸다.
苗床 비니루을 터노왓다.
崔南連 氏의 女息 結婚式 只沙 金甲順 結
婚式에 參席햇다.

<1983년 5월 2일 월요일>
終日 기드려도 郡廳에서 檢印을 찍으려 오
지 안햇다.
工場에서 방아 찌엇다.

<1983년 5월 3일 화요일>
郡 山林課에서 왓다. 檢印을 못 찟겟다고
햇다. 理由는 地方에서 某人이 不平을 하
니 못 찟겟다고 햇다. 大里 宋가로 본다. 사
정的으로 하다가 포기햇다.
夕陽에 完宇을 오라 햇다.

<1983년 5월 4일 수요일>
夕陽에 完宇가 왓다. 우리의 林産物 關係

로 大里 宋가하고 한 말 잇나고 무럿다. 잇
다고 하드라. 熱이 좀 나드라.
宋가는 우리 집에 왓서 林産物을 보고 又
는 崔喆洙를 압세워서 宗山까지 가서 답사
하고 바로 郡廳에 가서 理由을 거럿다고
하드라. 不良한 놈이라며 찌저 주기겟다고
햇다. 大端 섭 〃 하게 햇다.

<1983년 5월 5일 목요일>
館驛前에서 完宇하고 大里 宋가를 面談햇
다. 宋가는 잘못이 없다고만 하고 郡廳에서
成曉 앞에 잇는데 係長하고 許可 件에 對
한 對話을 햇다고 子弟에 무려도 알 것이
라며 발뺌을 하드라만은 完宇나 宋이 똑갓
이 좇이 못하 놈으로 본다.
全州 朴順龍 집을 찿고 보니 會員는 八名
主人 가지 九名이 募여서 一日을 보냇다.
오는 길에 任驛 白基永 氏을 맛{나}려다
朴公熙이를 對面하고 酒席이 말련되여 本
日 同窓會之事을 말해 주윗다.

<1983년 5월 6일 금요일>
비는 아침부터 내려 終日 뿌럿다.
서울 建設局에서 왓다고. 用務는 地方土價
을 三等級別로 民間人과 卽接 對話하려
왓{다}고 하고 田畓 林野別 市價을 問議하
기에 現 市價을 存細[仔細]히 말해 주윗든
니 感謝하다고 하고 떠낫다.
崔南連 氏 來訪. 午前 中은 舍郞에서 효주
一병을 갓다 接待햇다.
잠시 여가가 있어 同窓會員에 案內狀 十七
枚을 自筆로 記載햇다.

<1983년 5월 7일 토요일>
昌宇는 成俊이가 五級 公務員 試驗에 合

格햇다고 하는데 아마도 장랑[자랑]이 深한 것 갓다. 日前에 萬 원을 貸取하든니 오늘 가저왓다.

桑田에다 粉製[粉劑] 殺蟲濟[殺蟲劑]을 散布햇다.

成東이는 長斫을 패다 草田 耕耘도 하고 牛 草刈도 하고 日 雜事가 大端이 밥우다[바쁘다].

<1983년 5월 8일 일요일>
內外하고 成曉 成英 四人이 屯南 五樹 郭二勳 長子 結婚式에 參席햇다.

오는 길에 보니 포푸라를 실트라. 桑田 條만 가저가고 村前 치는 明日로 未流엇다.

고초 一,〇〇〇株을 成曉에 付託햇다.

林産物은 當分間 出荷 中止되엿다.

成東이는 終日 마을 안길 포장道路 役事을 햇다.

夕陽에 몇이 靑云 鄭圭太 回甲에 단여왓다.

<1983년 5월 9일 월요일>
새벽부터 家畜 암소가 발정이 낫다. 夕陽에 교미를 시키라고 하고 旅行햇다.

全州를 通行하야 鎭安 馬耳山에 갓다.

中食 마치고 三時쯤에 出發해서 四仙臺에 당햇다. 바로 任實 病院에 郭宗燁 問病하고 오다가 말없이 任實驛에 내{리}고 바로 列車로 求禮 外家宅에 당하니 밤 九時엿다.

<1983년 5월 10일 화요일>
成東이는 農協에 갓다. 特用作物資金 七〇萬 원 營農資金 六〇萬 원 一般資金 參〇萬 원을 융자 밧고 舊債을 全部 떼고 參拾萬 원을 가저왓다. 二〇萬 원는 郡農{協}에 機械代 利子을 拂入하라고 하고 一

〇萬 원는 내가 收入햇다.

丁俊峰 便에 梁奉俊 품싹을 專[傳]해 주웟다.

<1983년 5월 11일 수요일>
安承均 氏가 왓다. 移秧契金 利子 原子 合해서 一〇八,〇〇〇을 가저왓다.

今日 五萬 원을 成東이에 주고 機械을 修理하라 햇다. 그리고 油類도 注入해 오라 햇다.

成允 服代 一五,〇〇〇원 메누리 便에 市場으로 보냇다.

朴泰平 氏가 왓다. 포푸라를 재고 上車 中인데 人夫가 八名이 드럿는데 七萬 원을 要求하기에 不應햇다. 結論은 參萬 원 減해 주웟다.

市場에서 도야지 二頭을 買入해 왓다.

成東이는 경운기 修理하고 移秧機 修理햇다.

<1983년 5월 12일 목요일>
방아 찟다가 時間 없어서 바로 驛前에 간바 二分 만{에} 車를 탓다. 靑雄에 當한니 一行이 募엿드라. 終日 接待을 밧고 契穀 計算한바 一叺 二斗인데 竹鷄里[竹溪里] 金宗紅 氏에 委任햇다.

人夫 四名이 終日 牛草을 벳으나 밤에 구름이 찌여 괴로왓다.

<1983년 5월 13일 금요일>
長斫도 패고 元木도 쟁이고 成東이는 昌宇 燃料 運搬해 주웟다. 日當 二萬 원 豫定.

成康 犬가 죽윗다고 한 다리 가저왓다. 南連 氏을 오라고 햇든니 昌宇도 參席햇다. 술을 한 병 밧고 개고기하고 주고 나는 長

硏을 팻다.
昌宇는 갓는데 南連 氏는 말하기를 兄弟間
이지만 昌宇는 不良者라 햇다. 理由는 큰
방에 드려가든니 벽장을 열고 살작 담배를
五, 六甲을 고비에 넛드라고 햇다. 그려기
에 工場의 쌀도 남을 으심하지 말아고 人生
이 버릇이 납부다고 햇다.

<1983년 5월 14일 토요일>
炳基 堂叔 子 錫宇 結婚式場에 參席햇다.
回路에 成允 下宿집을 訪問하고 五月分
下宿費 六五,〇〇〇원을 主人에 주웟다.
成東이는 嚴俊祥 移秧을 始作햇다.

<1983년 5월 15일 일요일>
同窓會員들에 通文을 發送햇다.
十一時쯤 四仙臺 基宇 집을 찻고 約婚式
에 參席햇다.
館村서 炳基 堂叔이 왔다.
成東이는 李正浩 丁俊浩 북골 移秧하려
갓다.
오는 길 모비루 揮發油 各 〃 一통식 가지
고 왔다.

<1983년 5월 16일 월요일>
苗板에 竹角 및 비니루를 除据햇다.
春蠶 一枚가 掃立햇다.
廉昌烈 所長이 移秧 狀況을 보려 왔다.
成東이는 今日도 移秧을 해고 附屬을 購入
하엿 왓다.
밤에는 成奎가 왔다.

<1983년 5월 17일 화요일>
面 淨化委員會議에 參席햇다. 昌坪里 街
路등을 다는데 鄭太炯 氏 집에 다는데 못

달게 햇다. 理由는 工場 앞에다 다는 것이
原側[原則]라고 反對햇다.
成東 말을 드르니 機械移秧 技士 日工을
斗落에 一,〇〇〇원式 이라기에 우리 볼 일
보는 게 올타고 햇다.
正模보고는 一日 二〇餘 斗式을 못 심겟느
야 햇다.
成東이는 來日부터 家事을 整理하라 햇다.

<1983년 5월 18일 수요일>
全州 봉래{원}禮式場에 갓다. 孫周喆 氏
次男 結婚이다.
面長을 面談하고 中食을 맞인고 바로 崔宗
仁 氏 面長 同行해서 全北뻐스會社 業務
課을 찻고 大里 崔順日 崔宗順 課長을 面
會하고 昌坪里 뻐스運行을 打合하고 企劃
課長을 禮訪한바 親切이 面接을 해면서 힘
것 計劃을 짜보겟다고 햇다. 企劃課長은
徐赫 氏라고 햇다.

<1983년 5월 19일 목요일>
尹鎬錫 氏하고 同伴해서 新平養老會에 參席
햇다. 會員는 約 五〇餘 名이 募이고 各 機官
長[機關長]이 募엿다. 郡 支部에서 支部長
李相鎬 氏가 參席하고 격려사를 하드라.
中食을 맞이고 會비는 二千 원 주고 바로
下加 李相榮 氏을 訪問햇다. 分會員는 全
部 四名이 募엿다. 今日 現在로 分會 自治
會費 全額이 五〇萬 三,〇〇〇원. 明春에
나 二泊 三日 豫定으로 外遊키로 햇다.
芳水里을 据處서 全州까지 단여왔다. 附屬
品 사려.
成東이는 午前만 移秧하고 午後에는 비가
와서 中止햇다고.
成樂 退居을 햇고 財政保證도 해서 보냇다.

<1983년 5월 20일 금요일>
成曉가 전화로 少年體典 求景 가시요 하고
入場券이 館村 妻男집에 잇다고 해서 內外
間에 간{바} 流失햇다고 차는[찾는] 中이
고 뻐스는 商店 앞에서 再促이 深하고 해
서 마음 괴로왓다. 뻐스보고 未安하다고 보
냇다.
生覺해 보니 不安한 마음이 드럿다. 子息
으 道理도 行爲을 할 테면 入場券을 翌日
보내주든가 그려치 안으면 當日이라도 일
즉 本家로 보내줌이 至當하데 中間에 館村
에다 맥기는 것은 不誠實로 보다.
바로 와서 家事에 從事햇다.
午後에는 全州로 移秧機 附品[部品]을 사
려 간바 一一,〇〇〇이 들엇다.
崔南連 氏에서 白米 一叺을 借用해다 朴
香善에 주웟다. 工場에 도란당한 條엿다.

<1983년 5월 21일 토요일>
어제 移秧機 附品을 사다 組立햇으나 如前
햇다. 作人들은 負擔額이 만한니까 移秧을
꺼린다고 햇다.
全州 崔宗彦 回甲에 參席햇다. 會員는 十
二名이 募엿는데 基金을 募金한바 八萬 원
이 集金되여 于先 臨時 保菅 中이다.
任實驛前 朴公熙는 人便으로 同窓會 基金
萬 원을 보내왓다.
成曉가 고초苗 二仟 株을 보내서 移植햇
다. 代價는 五萬 원인데 보내라고.

츠驛前에서 裡里 金判龍을 相面햇다.

<1983년 5월 23일 월요일>
午前 中 방아 찌엿다.
午後에는 館村 堂叔 집에서 고초苗 七〇〇

株을 一七,〇〇〇원에 사다 심엇는데 多幸
이도 夕陽에 비가 내려 마음 기부드라.
崔善眞 쌀 八斗을 주웟다. 四月 一日 밤工
場에서 도란당한 條이다.

<1983년 5월 24일 화요일>
陸苗[育苗] 相子을 떼여냇다. 苗에 農藥을
撒布햇다.
面長하고 郡 安 課長이 단여갓다. 移秧을
서들라고 당부하드라.
成曉가 단여갓다.

<1983년 5월 25일 수요일>
靑云洞 崔六巖 氏을 시켜서 못텡이 써레질
을 하고 成康하고 논을 골앗다.
成康이 보고 네가 할 {일}이 무엇이냐 햇
다. 할 {일}이 없다기에 不安햇다.
安承均 氏에서 살균제 300mg 一병을 빌엿
왓다.

<1983년 5월 26일 목요일>
機械로 移秧을 햇다. 昨年에 比하니 六日
이 느젓다.
除草濟[除草劑] 八封을 갓다 못텡이에 四
封을 撒布햇다.
安承均 氏에서 尿素 二袋을 빌이여 왓다.
고초에 해볼{까} 해서.

<1983년 5월 27일 금요일>
終日 舍郞에서 讀書만 햇다.
아침부터 비가 내려 終日 내렷다.

<1983년 5월 28일 토요일>
成東 單獨으로 북골로 機械移秧하려 갓다.
成康이하고 蠶室을 整備햇다.

午後에는 苗板에 肥料도 撒布하고 農藥도 뿌리고 피사리까지 햇다.
夕陽에 康 校長 孫三鎭 郭在燁 氏가 來訪. 特別措置 林野을 付託하기에 受諾햇다.
全州에서 成允이가 三週 만에 집에 왓다. 綜合試驗 때문에 그랫다고.

<1983년 5월 29일 일요일>
成東이를 同伴해서 耕耘機에 肥料을 실코 王板 宗山 고초밭에 갓다. 肥料를 散布하면서 비로 떠럿다.
오는 길에 고초 枝柱[支柱]을 해가지고 집에 오니 成康이는 마루에 椅子에 안자 테레비만 보고 있으니 熱이 낫다.
生覺하면 農民 내의 形便을 살펴보왓다. 每日 休息 없이 勞動은 햇다. 그려나 당장 受入[收入]이 없다. 支出만 生起이니 살 수 없다. 他人의 人夫賃 家用 其他 支出이 多額이다. 眞實로 못 살겟다. 學費도 累積되엿다. 政府에서 알고 잇는지 本給[俸給]을 밧는 사람은 또 달라 眞心으로 못 살겟다.

<1983년 5월 30일 월요일>
每日 할 일은 泰山 갓고 收入은 없고 몸은 피곤하야 大端이 괴롭다. 못 살겟다. 收入은 없는데 支出할 金額만 累積되어 갈 바를 못 찻겟다.
財産稅을 面에서 받으려 왓는데 他人에 取하고 싶은 마음이 없어 成東이보고 둘여주라고 하고 나는 桑田에 가서 除草만 하고 夕陽에 왓다.
午前에는 成康이 하고 고초밭에 枝柱木[支柱木]을 깍아 바갓다.
아침에는 大里 康元植 氏가 來訪코 해서 바로 成奎 順龍을 만나고 特置法 保證人

捺印을 해다 주니 繕物[膳物]로 담배 一〇 甲을 주고 가드라.

<1983년 5월 31일 화요일>
家用 支出이 過多하다. 成東이를 시켜서 白米 一叺을 驛前 賣渡한바 六二,〇〇〇. 各 稅金 積金 用下 人夫賃 例年에 比하야 据額[巨額]이 支出되고 보니 못 살겟다. 스스로 입에서 헛소리처럼 나온다.
終日 집에서 쉴 사이 업시 家事을 從事햇다. 收入은 없고 支出만 부려나니 多樣으로 복잡하고나.

<1983년 6월 1일 수요일>
孫夏柱 便에 積金 二一,三九〇 面에 取得稅 六,九三九 合해서 二八,三二九을 보내드렷다.
成康하고 午前 中 後面에 몀소막을 施設햇다.
하루도 餘暇가는 없다. 生覺하면 別世日도 近間인데 寒心한 마음 禁할 길 없다.

<1983년 6월 2일 목요일>
안에서는 고초밭 매고 終日 밭두력 까고 포푸라 전지 桑木 순을 짚어 주엇다.
每日 休息日은 없고 日課를 實行하는데 때로는 不安感도 잇다.
成允이 成績表가 왓다. 五九點으로 不良하다. 每月 六萬 五仟을 下宿비을 드리고 授業料도 八九,〇〇〇이 나왓다.

<1983년 6월 3일 금요일>
終日 방아 찌엿다.
成東이는 보리 베기. 成康이도 終日 보리을 베여 주엇다.

恒時해도 作業할 것은 撤在[散在]하고 밤이면 明日 무읫을 할가 設計하다 보면 꿈이 異常하다.

<1983년 6월 4일 토요일>
아침부터 방아 찟고 成東이는 보리 베로 갓{다}.
任實서 成曉 食口가 全員이 왓다. 오래 만에 왔다.
氣分이 不安햇다. 食事 中인데 飯찬이 少햇다.
成英이는 洗濯대야에다 언제든니 구정물을 받아 牛가 소죽을 먹지 안는다. 不良女息이라 햇다.

<1983년 6월 5일 일요일>
방아 찟코 脫麥機 修繕햇다.
午後에는 住民 멋 분하고 同行햇서 元泉里 金永七 氏 回甲宴에 參席 햇다.
成允 學費 授業料 下宿費 때문에 別수 없이 任實驛前에 韓文錫 氏에서 一金 貳拾萬 원을 三分利로 가저왔다.
白基永 氏을 驛前에서 맛나고 材木을 不遠이면 處分해 주마 햇다.

<1983년 6월 6일 월요일>
새보들 五斗只 脫麥한바 一六叺을 脫作햇다.
成允이가 二日間 休息하고 下宿집으로 갓다. 授業料 下宿비 休育服代[體育服代] 用金 合計 一五萬 四仟九百四拾 원을 주면서 操心[操心]이 拂入해 주라고 당부햇다.

<별지>
任實驛前에서 白基永 外 一人이 왔다. 林

森物 出荷 打合次 왔다. 明 六月 八日 용은치 李氏 집으로 내주시요 햇다.

<1983년 6월 7일 화요일>
成東이는 논가리 하고 우리 內外는 苗板 피사리을 하는데 복잡햇다. 餘有[餘裕] 없이 오늘도 뛰엿다.
成康이는 할 일 없이 잠만 자고 잇드라. 熱이 生起지만 참앗다. 苗板에 農藥을 하라 햇든니 분무기가 없다고. 父母는 동분서주하면서 갈 바를 모르는{데} 農繁期인데도 成康이는 한가{하}게 있으니 마음 과롭다. 차라리 그럴 바에는 大韓國民의 資格이 없으니 自殺하고 世上을 뜬는 것도 國家的으로 家政的으로도 타당하다고 본다.

<八三. 六. 七. 字>51
終日 役事하고 夕食을 하는데 밥이 異常햇다. 알고 보니 아침에 해노은 밥을 夕食까지도 주는 것이다. 입에 맞이 안햇다. 退床하고 시장하지만 不安햇다. 메누리보고 이따우로 아무케나 밥을 줄 수 잇나 햇다. 中食은 寒食으로 代할 수 잊이만 夕食까지도 그럴 수 잇나 햇다. 한 번이 안니고 자조 그려며 前日에도 좋은 말로 당부햇지만 時日 가면 맞안가지다. 제의 말은 밥으다고 하지만 外出은 藉 〃 하면서 行爲가 안 좋아[좋다]. 제게 別로 必要치 안한 之事도 간섭하려 한다. 異常하게 生覺이 든다. 父子間에 夫婦間에 말만 하면 정제서 속히 드려온다. 氣分이 不安하고 말하다 中止한다. 無識하고 常識이 全然 없다. 努力한는 것도 안 조

---

51 본 내용은 별지에 기록하여 6월 7일 자 지면 위에 붙여 놓은 것이다.

타. 보고 십지 안타.

<1983년 6월 8일 수요일>
今日은 大端이 分주햇다. 午前 中은 방아 찟고 成東 安正柱는 材木을 용운치로 운반 햇다. 總量 大中小로 合해서 四三九個인데 夕陽에 용운치을 간반[간바] 郡에서 와서 全部 잠박을 찍엇드라. 운반 당시에 崔完宇 을 路上에서 보니 마음 괴롭드라. 이 者가 또 무슨 행위을 할가 不安햇다.
成東이는 他人의 脫穀 正模는 우리의 條로 보리를 梁海童 安承均 氏 짐을 운반해 주 엇다.

<1983년 6월 9일 목요일>
人夫 八名을 利用 배답 五斗只 移秧을 일 즉 끝냇다.

<1983년 6월 10일 금요일>
오늘은 比交的[比較的] 多事햇다. 成東이 는 成康네 논갈리 하고 나는 고초밭에 물 주고 깔 베고 대사리 좀 잡고 工場 後門 修 理하고 脫穀機 修繕하고 소죽 쑤고 餘有는 없엇다. 終日해도 못다 하고 그래도 할 일 이 만타. 老年에 무슨 일이 만한지 참으로 괴롭다. 不安하기 짝이 없다.

<1983년 6월 11일 토요일>
成康 畓 移秧日이다. 논에 가보니 물바다 가 되엿드라. 人夫 一○名을 대서 겨우 移 秧은 끝냇다.
成東이는 成康 논 노타리 해주고 龍山坪 裵永植 보리 脫穀을 햇다. 一○叺.
나는 뽕 처다 주고 깔 베는 데 日課를 맞엇다.
午後에 成曉가 왓다 갓다.

<1983년 6월 12일 일요일>
가랑비가 조금 내려지만 해갈은 못 된다.
成東이는 白康善의 노타리질 하고 나는 第 二次로 桑木 순을 끈너 주웟다.

<1983년 6월 13일 월요일>
成東이는 白康善 氏 모 심으로 가고 成東 母는 王板 고초밭을 매는데 中食을 갓고 갓다.
나는 배답 五斗只 除草濟 撒布하고 고초밭 에 成愼이하고 줄을 맷다.
午後에는 뒤밭에 것보리를 베고 두력에 뽀 푸라 枝葉을 切枝햇다.
終日 休息할 餘有는 全然이 없다.
夕陽에는 고초밭 一部를 물을 주웟다.

<1983년 6월 14일 화요일>
成東이는 耕耘機가 不實해서 修理하고 마 침 南原서 成樂이가 왔다. 갖이 修繕햇는 데 成樂이는 不遠{이}면 解産하게 된니 제 의 母을 오라 하는 것 갓다.
나는 午前 中에는 고초에 물주고 午後에 二 時쯤 멈소 二마리를 들에서 낫기에 집으로 옴기고 깔 비고 싸리로[사일로] 뜻고 햇다.
老年에 多事한지 寒心하다.

<1983년 6월 15일 수요일>
今日도 日課는 多事햇다. 고초밭에 물주기.
싸이로사를 全部 뜨더서 집으로 옴것다.
깡냉이을 播種햇다.
서울서 오룡눈님이 오시엿다.

<1983년 6월 16일 목요일>
群山 金相洙가(鉉玉 男便) 生産係長으로 昇進되엿다고 成康이 就職을 電話로 付託

하고 不遠 禮訪하겟다고.
柳或奎 支署長 停年退任하는 送別宴에 鄭鉉一하고 參席햇다.
金炯根을 맛나고 昌坪里 鄭鉉一이를 新友會員 加込[加入]토록 付託코 今日 鉉一이를 參席토록 하야 對面시컷다.

<1983년 6월 17일 금요일>
先烈들의 넉을 追慕하는 뜻에서 雲巖面을 禮訪햇다. 各面 機關長 各郡에서 天道敎 信者 遺家族[遺家族]들이 募人 中에 除幕式이 擧行되엿다.
新平面長을 相面하고 六日[月] 二十五日 頃에 全州 同行하야 全北뺏스會社를 訪問키로 햇다.

<1983년 6월 18일 토요일>
人夫 二名하고 舊 桑木 茂木[伐木]을 햇다.
고초밭에 追肥을 撒布햇다.

<1983년 6월 19일 일요일>
移秧會 定期總{會}日이다. 有司 金進映 氏 집으로 全員이 募이게 햇다.
嚴俊峰이는 말하는데 會員이 부려서 三八名이고 그러니 移秧會員들은 脫穀 또는 논 가리 기타 모든 之事를 우리 會員이 미려 주고 콤바이까지도 우리 會員이 갗이 묵거 드려가야 한다고 하기에 나는 그려지 못하 겟다고 하고 내의 耕耘機도 잇고 脫穀機도 잇는데 나는 不應햇다.
成奎는 年中 利子만 一〇〇萬 원을 拂入해야 한다면서 他地方을 가는 수박에 없다고 하드라. 아마도 移秧會員을 갗이 債任 [責任]을 씨울여고 하는 눈치드라.

<1983년 6월 20일 월요일>
새벽부터 내린 비는 終日 내렷다.
午後에는 成東이가 四仙臺注油所에서 石油 一드람 經由 一드람을 外上으로 가저왓다.
舍郞에서 讀書햇다.

<1983년 6월 21일 화요일>
五日 만에 뉴예고초 땃다.
任實共販場에 간바 還生이 안 되여 半는 수등 半는 一等으로 조금 損害을 보왓다.
代金은 九四仟 원.
成愼이하고 갗이 自轉車로 갓다. 農協에 農村後系者[農村後繼者] 育成金 利子을 鄭 係長에 드리고(九萬 五仟) 領{收}證은 六時가 되여 마감되엿다고 明 二十二日 字로 하야 成曉에 보내기로 햇다. 蠶室 種子代 비니루代도 控除햇다.
新平農協 移秧機 利子 相子[箱子] 利子 總合 一〇四,八三二원을 拂入해 주고 積金 二一,三九〇 경운기 利 三五,〇〇〇원도 取하야 拂入해 주고 왓다.

<1983년 6월 22일 수요일>
오늘 大端 分走[奔走]햇다. 고초밭에 줄 매고 골 너코 成愼하고 桑田 肥料 五袋을 넛다.
古木[枯木]을 경운기로 운반. 王板 고초밭 에 肥料 넛고 깔 베여다 소죽을 끄리고 보니 七時드라.
崔南連 氏에서 二〇萬 원을 取貸햇다. 用途는 崔瑛斗 氏 一〇萬 원 條 借用金 갑기 위하고 人夫賃 모내{기} 품싹 주기 위해서 엿다.

<1983년 6월 23일 목요일>
白康善 條 뉴예 一枚을 六日 만에 販賣햇
다. 代價는 一〇五,〇八〇원인데 蠶種代
五,{〇〇〇}원을 控除하고 雜비 二,〇〇〇
원 除하고 全額을 成東이 주면서 移秧 人
夫賃 四萬 원만은 꼭 주라 햇다. 成愼이도
用金 좀 주라 햇다.
崔瑛斗 氏 借用金 拾萬 九仟 원 償還해 주
윗다.

<1983년 6월 24일 금요일>
李道植 鄭宗燁 作業. 堆肥 置舍倉하고 몀
소幕 지엇다.
全州에서 왓다고 村前 포푸라를 팔아고 하
드라. 그래서 契約 一〇萬 원을 밧고 二十
六日 벼여가라 햇다.
夕陽에 南原 成樂이에서 電話가 왓다. 道
立病院인데 手術해야 出産하겠다기에 着
手하라고 하고 內外가 通學車{로} 간바 孫
女드라. 不安햇다. 바로 나는 오고 母는 産
母 接待하라 햇다.

<1983년 6월 25일 토요일>
面長하고 同伴햇서 全州 全北旅客會社 計
劃課長을 禮訪하고 뻐스配車에 對하야 相
論한바 조금 더 기들여 달아고 햇다.
群山 許玄玉 집을 訪問햇다. 俊晩 母드 게
시드라. 夕食을 하고 成奉이나 成康 就職
을 付託코 왓다.
玄玉이가 旅費 參仟 원을 주드라.

<1983년 6월 26일 일요일>
嚴順相이를 對面햇다. 村前 포푸라가 順相
의 所有라는 根据[根據]을 對{라} 햇다. 河
川 占令[占領][52] 許可가 잇다기에 내노

와 보고 八年이 되엿으면 稅金證을 提示해
라 햇다. 있다고만 하고 어물거럿다. 親척
이 되는 처지인데 심이 따지지 안코 포푸라
一株을 주기에 一切의 對話을 끝엇다.
任實驛前 白基永 氏가 왓다. 松木代 一九
三仟 원을 주는데 約 三〇萬 원을 바라밧
든니 허사엿다.
鄭柱相 外上代 二萬 원 支拂햇다.

<1983년 6월 27일 월요일>
大里 金東元 母 死亡의 부고가 왓는데 禮
問할 뜻이 엇어 단절햇다.
鄭太炯 氏 借用金 元利 六三,六〇〇원을
自宅에서 주고 安承均 氏 牛 二日 품싹 萬
원을 드럿다.
養老員이 招請해서 中食만 하고 왓다.
嚴順相 포푸라를 실로 왓다. 全部 재고 보
니 約 三仟 새라고. 成康 條 一柱[株]는 三
五〇새로 約 六萬 원 차잣다. 너의 母도 조
[좀] 주고 쓰라 햇다.
夕陽에 嚴俊峰 成奎하고 三人이 同伴햇서
全州 李允丘 母 喪에 參禮햇다.
成樂 母가 南原서 왓는데 氣分이 좃이 아
트라. 알고 보니 成樂 장모 앞에서 창피를
당햇다고.

<1983년 6월 28일 화요일>
人夫賃 五一,〇〇〇 安正柱 운비 二〇,〇
〇〇원 成東이에 주고 散布해 주라 햇다.
몸이 不安햇다. 兩 手足이 쥐가 나서 몸살
을 햇다.

---

[52] 이 경우 상황에 더 적합한 표현을 쓰자면 '占領'
보다는 '占有'가 더 적합할 것이나, 일단 원문의
오기된 표현에 대한 바른 한자를 병기한다는 의
미에서 이와 같이 수정하였다.

成英이를 南原으로 보내면서 食糧 五斗 一
金 萬 원을 주워 보냇다.
사돈이라는 者가 남의 之事을 關섭[干涉]
단는 것은 越權行爲로 본다. 내의 食口 家
族 내가 債賃이 잇이 自己가 무슨 關係가
십다.

<1983년 6월 29일 수요일>
午前에는 崔南連 氏 嚴俊祥 氏 牟潤植가
놀여 왓다. 工場에서 잘 놀고 갓다.
李起榮 氏을 相面한바 全州 李珍雨 벼호
사[변호사]를 面談 要請해서 갓다. 李成洙
는 午前에 三年 刑을 받앗다 햇다. 李珍雨
변호사 事務室을 訪問햇든니 群山 出張이
서 不在中에서 다음 오겟다고 하고 왔다.

<1983년 6월 30일 목요일>
午前 中 방아 찌엿다.
아침에 第二 몀소가 새기를 生産햇는데 슘
놉을 낫다.
成東이는 訓練이라고.
成曉 母는 夕陽에 親家에서 왔다.

<1983년 7월 1일 금요일>
成愼이보고 놀지 말고 每日 成東하고 作業
을 하라 햇다.
그래서 今日부터 始作햇다.
自宅 牛舍를 網絲을 대고 後面 還通門도
내고 해서 終日 걸여서 完全成[完全性] 잇
게 修理햇다.
後田 고초밭에 殺蟲濟 肥王을 混合하야 撒
布하고 試驗 삼아서 尿素도 물에 타서 뿌
리에 주어보왓다.

<1983년 7월 2일 토요일>
終日비가 래렷다.
그래도 할 일은 泰山 같앗다.
成東이는 개 잡고 게가리하려 가서 終日
비처 보지 안햇다.
雨中인데 門前에다 꼿苗種을 해 보앗다.
깔 베고 소죽 끄리고 牛舍에 왕겨을 쇠똥에
덥고 하다 보니 日課는 언듯 맞엇다.
夕陽에 二週 만에 成允이가 全州에서 왔다.

<1983년 7월 3일 일요일>
負役을 하다기에 作業場에 가보니 約 二〇
餘 名 좀 너물가 하드라.
어리애[어린애] 婦人 老人들이드라. 里長
은 驛前에서 술만 마시고 現場은 오지도
안트라.
그리고 住民 中에도 經由[境遇]도 알고 人
力이 忠分[充分]한 中農 大農 公職者만
不參햇드라.
조금 不安했으니 묵忍[黙認]햇다. 一部는
不平도 잇드라. 바로 왔다.
午後에는 몀소막을 改修햇다.
고초밭에 줄을 맷다.
成東이는 成愼이하고 쇠깔 베기.
正午에 成曉가 왔다.
成允이는 三週 만에 단여갓다.

<1983년 7월 4일 월요일>
成曉 고초 苗木代 五萬 원을 주워야 하는
데 못 주고 秋季에 고초로나 좀 줄가 한다.
成愼하고 終日 고초 줄 매주윗다.
成東이는 農協에서 外上으로 尿素 一〇袋
複合 一〇袋 게 2〇袋 貸付金 十一萬원을
밧고 殘金 現金으로 냇다.
夕陽에 王板 宗山을 둘여밧다.

<1983년 7월 5일 화요일>
中食을 싸고 成東 成愼 그리고 婦人 五名
이 王板에 갓다.
婦人들은 고초밭을 매고 우리 男子들은 栗
木 除草 追肥 살포 殺蟲濟 뿌리고 해고 終
日 늦게까지 日課을 맞이엿다.
南原에 전화해 보앗드니 그저게 退院햇다고.

<1983년 7월 6일 수요일>
移秧機械代 具道植 一四,八四〇 金學順
三〇,七二四 李正鎬 二五,〇〇〇원 右計
七〇,五六〇원을 村前에 成奎에 넘겨주고
利子 領收證을 주면서 臺帳에 添付[添附]
하라 햇다.

<1983년 7월 7일 목요일>
大里에서 太民 兄弟하고 裵明善이가 왓다.
工場앞에 圭太 店浦[店鋪]을 사겟다고. 술
營業해 보겟다고 하는데 나는 不安트라.
圭太를 맛나고 許諾한 것으로 안다.

<1983년 7월 8일 금요일>
몸이 조치 못해서 終日 舍郞에서 누윗다.
어제 술이 過飮인 듯십다. 몸 全身이 떨이
고 손도 떨이드라. 只今부터 술을 뗄 覺悟
이다.
밤에 成東 內外는 新平 川邊으로 대사리
잡으럿 갓다.

<1983년 7월 9일 토요일>
成允 成東 成愼 三人이 動員해서 水稻畓
고초밭에까지 終日 農藥을 뿌렷다.
機械는 鄭泰植 것을 빌이엿다.
氣力 조금 回複[回復]되엿다.
이것저것을 살피고 곤햇다.

<1983년 7월 10일 일요일>
鄭太炯 氏에서 參萬 원을 取貸햇다. 成允
下宿費가 不足해서엿다.
成東이는 昌宇 揚水機 修理하려 任實로
간바 終日 걸이고 오는 길에 農藥 散布用
噴霧機 一臺을 二七萬에 二年 去置[据置]
三年 償還 條件로 引受해 왓드라.
支署長이 就任 後 來訪햇다.
고초가 異常이 生起여 尿素 鹽化加里[鹽
化加理(염화칼륨)]을 물에 주워 보왓다.

<1983년 7월 11일 월요일>
成康하고 同行하야 예수病院에 갓다.
十五日分 母 藥을 投藥해 왓다.
代金은 一四,〇〇〇원인데 中食 往復 旅비
하면 約 一九,〇〇〇원쯤 들엇다.
安 氏 집 成允 下宿집을 訪問하고 七月分
六五,〇〇〇원을 주웟다.
집에 와서 고초밭에 물을 주고 작두로 집을
썰다 손을 벳다.
손을 베고 보니 不具가 되여 잠시 편하다.

<1983년 7월 12일 화요일>
농용 신수화제하고 피렉스 유제하고 混合
하야 고초 무름병에 뿌려 보왓다.
成東이는 工場 모래를 午前 中 運搬해 주
엇다.
工場의 밭에다 飼育牛 飼料도 심고 其他
페도 끼끗기에 해 주웟다.
自宅 畜舍 암소하고 後 畜舍 암소하고 交
代하야 入舍햇다. 本舍 암소가 너무도 어
리고 營養失操[營養失調]로 成長이 늦기
에 바구워서 入居해 보왓다.

<1983년 7월 13일 수요일>
손을 다쳐서 筆載[筆體]가 흐리다.
終日 工場에서 방아를 찌엿다. 今日 現在
로 五,一○○k을 너멌으니 例年에 比하여
最高所得 稅入으로 본다.
成吉이가 서울서 母을 同伴하야 왔다고 來
訪했다.
稻熱이 深하야 粉制을 撒布했다.
成東 內外는 中食 後 것보리 脫作하다 外
出하든니 午後 五時쯤 된니 왔드라.
마음이 不安했다.
메누리가 아무리 잘 해도 내의 마음에는 들
지 안고 將來을 不信한다.
방아실 倉庫 쇳다[쇳대]도 引受햇다. 마겨
보왓든이 메누리가 左右之事을 行하니 마
음 괴롭다.

<1983년 7월 14일 목요일>
成東이는 二日間 豫定으로 任實로 訓練을
갓다.
終日 집안 풀매{기} 作業하는데 庭園이 널
유워[넓어] 쉽지를 못했다.
午後 늦게부터는 비가 {내}리기 始作햇다.
兄수가 서울서 二十餘 日 만{에} 왔다기에
雨中이여서 訪問햇다.

<1983년 7월 15일 금요일>
牛舍가 아주 험해서 網絲을 全部 씨우는데
終日 걸엇다.
집안에 오물을 경운기로 치웟다.
成吉이가 심 〃 하니가 내 집에 놀여온 模樣
인데 내가 多事한데 一席에서 對話도 못
나누게 되니 未安하나 할 수 없엇다.

<1983년 7월 16일 토요일>
成東이는 어제 訓練을 맞이고 밤늦게야 왔
다고 아침에 이려나지도 안코 食後가 되어
도 起床치 안는다.
成吉이가 아마도 무슨 할 말이 이는[있는]
듯싶은데 아침에 왔드라. 朝食을 같이 하자
해도 못 하겟다며 成奎 妻가 不安하야 不
遠 上京하겟다고.
成東이 고초밭 農藥을 散布하랴 햇든니 잇
나지를을 안하야 藥桶을 메고 半日(午前
中) 散布하니 마음이 不安했다.
午後에는 비가 내려서 할 일은 만한데 抛棄
하고 말앗다.

<1983년 7월 17일 일요일>
七星稧會議日이다.
丁俊浩가 有司인데 昌宇 집에서 稧{加}理
는 치럿다.
靑云洞 崔六巖 氏가 왔다. 全州에 전하러
왔는데 嚴俊祥의 말이 낫다.
日前에 丁基善 말에 依하면 嚴俊祥이가 不
安 中에 괴롭다면서 束히 번 돈이 속히 나
간다고 하드라면서 말하드라고.
成吉이가 夕陽에 왔다. 明日이나 서울에
간다고 햇다.

<1983년 7월 18일 월요일>
後野 고초밭에 유산돈[유산동] 생석회 混
合해서 撒布해 보왓다.
배답에 이삭肥料도 주엇다.
밤에 成吉이가 全州서 오는 길이라고 왔다.
饌은 없는데 夕食을 차려주엇다.
夕陽에 王板 고초밭 栗木 等을 살펴보고
生覺한 나머지 호도나무밭에 間作으로 이
타리야 나이나스 草種을 심었으면 適地가

되것드라.
作業之事는 만해도 交通이 조트라.

<1983년 7월 19일 화요일>
七月 一〇日 字 農藥 散布用 噴霧機을 任
實 大同工業社에서 外上으로 買入한 바
七月 十八日 어제 처음으로 試驗해 본 決
果[結果] 機械 自體가 如意치 못해서 任實
本社에 反還[返還]해 주웟다.
다음에 一臺는 買入키로 하고.
午後부터 내리기 始作한 비는 終日 내려
별 할 일 없어 舍郞에 누웟엇다.
午後에 外出할 用務는 道峰 問喪도 가야하
고 新平 業者分會도 參席 해야 하고 農協을
둘여서 全州 斗峴 堂叔 宗祖父 祭祀에도
參席 해야 하는데 全部를 抛棄해 벼럿다.
實는 日氣도 不順할 뿐더려 旅費 및 用金
이 없서서도 뜻이 업다.

<1983년 7월 20일 수요일>
驛前 金 氏에서 白米 一叺代 六二,〇〇〇
원인데 三仟 원는 成東이가 使用하고 六萬
원 中 四萬 원 찻고 殘 二萬 원 中 飼料 二
袋代 九仟 원 除하고 殘金 壹萬 壹{仟} 원
은 日後에 주마 햇다.
新平서 納稅申告하고 裡里 朝陽機械商會
에 갓다.
附屬을 사고 오는 길에 金點童을 訪問한바
페를 끼첫다.
五時 四八分 列車로 오는데 屯基里 李甲
儀 氏를 車中에서 뵙고 同乘햇다.

<1983년 7월 21일 목요일>
任實서 成曉가 전화햇다.
館驛 金家 糧穀商人에 白米 一叺을 낸바

郡廳 糧政係 職員이 적발케 된바 金家란
자가 昌坪里 방앗간에서 싹 바든 쌀이라고
꼭 못을 박아 答변한데 분이 낫다.
午後에 成東 成愼 三人이 同伴해서 王板
고초밭에 農藥하려 갓다.
잠시 하다 보니 비가 내려 歸家햇다. 비는
밤에가지 繼續햇다.
任實서 孫子들이 放學햇다고 全部 왓다.

<1983년 7월 22 금요일>
終日 끝이 없이 비가 내렷다.
舍郞에서 讀書만 하고 日課를 보냇다.
夕陽에 川邊에 가보니 大洪水로 변햇다.
多幸이 被害는 업다.
驛前 쌀갑 殘 萬 원을 成愼 便에 바닷다.

<1983년 7월 23일 토요일>
오늘도 終日 비만 내렷다.
舍郞에서 讀書만 햇다.
夕陽에 任實서 成曉 食口가 다 왓다.
成允이도 夏季放學期로 夕陽에 歸家햇다.
成允 말에 依하면 八月 四日부터 학교에
개강한다고 햇다.
約 十〇餘 日間 집에서 休息할 豫定이다.
그려면 休息週間에 外遊나 해볼가 한다.

<1983년 7월 24일 일요일>
종일 새보들 논두력 밭드력 草刈를 햇다.
今日은 아주 重勞動이엿다.

<1983년 7월 25일 월요일>
뽕밭 路邊에 풀베기를 하고 새보들 나문 풀
도 午後에 全部 베여 한쪽에다 積載햇다.
막걸리 一斗을 造製[調製]햇다.
成允 進學金 마련하기 위하야 保險에 加込

[加入]하고 夕儀[名儀]는 母 成東[成東母]의 夕儀로 한 五〇萬 원 條로 三年間 拂入키로 햇다.
月 壹萬 參仟 원식 拂入한다.

<1983년 7월 26일 화요일>
成東이는 噴霧機을 交替해왓다. 호수는 十三미리 50m 一〇미리 一〇〇m로 混線해 왓다.
어제부터 오늘까지 보리 乾操[乾燥]햇다.
今年 中 오늘이 最高 더위로 본다.
安 生員에서 세멘 一袋을 取하야 工場 쥐구멍을 막고 井戶도 품엇다.
任實에서 개를 가저왓다. 合해서 五마리다.

<1983년 7월 27일 수요일>
二日次 夏穀 乾操을 햇다.
農藥을 뿌리기로 準備한바 中央에서 後繼者 畜牛 飼育現況을 調查 온바 十一時頃에야 着手햇다.
後고초밭에 유산도[유산동] 農藥하려 한바 生石회가 不實한다기에 菅理 잘못이라 햇든니 現品을 내던지면서 性質을 내는데 大端이 不安햇다.
始作을 하느야 抛棄를 하느야 生覺 中에 藥 撒布는 하지 말아고 하고 왓으나 마음만은 괴롭다.

<1983년 7월 28일 목요일>
夏穀(보리) 二十二叺을 改風하야 作石햇다.
郡 車로 人糞을 一一,〇〇〇원에 퍼갓다.
午前에는 成東 成愼이가 牛草을 벳다.
鄭太炯 氏는 방아가 빠신다고 客地로 任實로 나간다고. 간물로 본다.

成東이 말을 들으니 金學順이가 任實서 찐바 쌀이 더 납부다고 하고 林漢朝가 파랏는데 저 싸래기 뉘가 만햇다고.
뒤로 두고 〃 볼만한 物見[物件]들이다.

<1983년 7월 29일 금요일>
大里 夏穀 共販場에 갓다.
一等 五叺하고 一四叺는 二等이드라.
右代金 三九九,〇〇〇.
堂叔 집을 訪問하고 왓다.
밤에는 成東이하고 보리代 會計을 하는데
鄭太炯　　　　　　 三五,〇〇〇원
崔德喆　　　　　　 二〇,〇〇〇
메누리 取貸金　　　二〇,〇〇〇
　　　　　以上 會計해 주라 햇다.
그리고 基宇 油類代 二五萬 원 주라 햇다.

<1983년 7월 30일 토요일>
成東이는 市基里 注油所에 油代 淸算하려 간바 石油 三드람 經油가 三드람 合計 六드람인데 全部 會計한바 七萬 원이 不足하야 殘高로 起載[記載]코 왓다.
成東 母는 자연농원에 놀여갓다. 約 一八,〇〇〇원 드렷다.
午後에 村前에서 仟 원식 거두워서 철엽[천렵(川獵)]을 햇다.

<1983년 7월 31일·일요일>
里長에 줄 雜種金은 二五萬 원이다.
積金은 九月 初에 차즈라 햇다.
成東이는 金城里 李重淋 氏 飼料 切斷하려 갓다.
新平 單位農協組合에 三六回 積金을 拂入하려 갓다.
오는 길에 農藥 밧사 수화제 300% 五병 빈

수화제 八封을 成奎 名儀로 가지고 왔다.
日曜日이지만 組合長이 出勤햇드라.
昌坪里長은 農協債務가 九百六拾萬 원인
데 整理를 안코 있어 職員을 五次나 보내
도 반응이 없고 面長에 依賴 協助를 要請
해도 別 所用이 없드라고 햇다.

<1983년 8월 1일 월요일>
畜舍 前後面에 草刈을 햇다.
中食이 끝이 나고 조금 지나서 쏘낙비가 내
렷다.
할 수 없이 午後 作業은 抛棄햇다.
今年 고초農事는 過잉生産으로 價置[價値]
가 없을 것 갓다.
農村 生活狀態가 말이 안니다.
무엇을 해서 債務整理을 하야 할지가 幕延
[漠然]하다.

<1983년 8월 2일 화요일>
連日 酷署[酷暑]가 繼續되여 作業上 支章
을 招來햇다.
零上 三三度 以上.
서울서 金鴻翼 氏 內外가 왓다고 해서 昌
宇하고 同伴 禮訪햇다.
南原서 成樂이 왓다.
內外가 온 模樣인데 妻는 大里도 갓다고.
夕陽에 任實 兒가 왓다. 相範 母는 全州에
잇다고.

<1983년 8월 3일 수요일>
成允이는 오늘부터 學校에 登校햇다.
讀書室(校內)에 단닌다고.
正禮 內外을 招待코 中食 待接햇다.

<1983년 8월 4일 목요일>
崔正禮의 招請으로 大里洑 下 川{獵}에 參
席햇다.
大小家蔟끼리라고 하든니 막상 가보니 外
人도 女子도 이 五, 六名이 參席햇드라.
分圍氣[雰圍氣]는 上下 區分되엿드라.
正午에 동역굴 崔成五 氏 云嚴 崔東安 氏
을 川邊에서 相逢햇다.
午後 四時쯤 해서 人事 없이 歸家햇다.
엇전지 마음이 滿足치를 안코 前에 崔今福
事件만이 生覺키드라.

<1983년 8월 5일 금요일>
新平國校에 診察을 하려 갓다.
마참 가니 面內 各 機關長들이 慰勞 兼하
야 診察하려 왓드라.
갗이 同席해서 血壓을 재보고 鼻을 보엿든
바 別 效果를 못 보고 바로 任實로 中央病
院에서 治療을 밧고 왔다.
夕陽에 擔當職員 張德鎭이가 來訪햇다.
고초밭을 調査次 왓고 付託 件은 募亭[茅
亭]에서 靑年들이 花鬪노리를 하는데 除止
[制止]해달아고.
今年 夏季 草刈作業에 協助을 付託하드라.

<1983년 8월 6일 토요일>
食後에 이웃 金學順이가 嚴俊映 耕云機에
벼를 실코 任實로 가는데 마음이 괴로왓다.
此後에 其女도 或 괴로울 時期만을 苦待하
며 萬諾 엇더란 惡의 之事가 學順에 到達
하면 그 件는 용서을 免치 못할 것이다.
終日 不安하고 해서 박을 내다보지도 안코
舍郎에서 生覺 中이엿다.

〈1983년 8월 7일 일요일〉
오늘도 零上 三五度.
아침에 일즉 作業을 해야지. 한 正午가 되
면 견딜 수 없다.
꼭작 못하고 舍郞에서 讀書만 하니 그도
딱하드라.
午前 中 방아 좀 찟는데 아주 더웟다.

〈1983년 8월 8일 월요일〉
工場에 精米機가 異常이 있어 아주 苦玟
[苦悶]이엿다.
任實 常務에 電通으로 相議한바 較換[交
換]하는 方法으로 本社로 連{絡}하겟다고
햇다.
午後 四時頃에 光州 本社에서 精米機 一
臺을 실고 왓다.
工場에 古精米機을 내려보니 뿌레가 그버서
싸이스가 맞이 안코 베야링을 反對方向으로
組立하야 쌀은 自然이 마시게 되엿드라.
新製品 一臺에 二八萬 원으로 決定코 半
額 一四萬에 決定하야 于先 四萬 원만 주
고 一〇萬 원은 新穀이 나면 주기로 하야
古品은 가저갓다.

〈1983년 8월 9일 화요일〉
終日 工場에서 精米機을 組立햇다.
서울서 成吉이가 왓다. 母親 生辰日이라고.
全州에서 相範 母가 왓드라. 彦形[顔形]이
쪽 빠젓드라.

〈1983년 8월 10일 수요일〉
成奎 집에서 招侍[招待]. 朝食을 햇다.
金 婿方[書房]도 內外 왓드라.
아침부터 비가 내려 農藥을 하려다 破이를
햇다.

尹鎬錫 種子麥 一叺代
安承均 〃 一叺
合 四二,六六〇원 收入햇다.
듯자하니 丁振根는 外國으로 떠낫다고 들
엇다.
복합肥料 一袋을 取貸해 간바 말엽시 갓다
고 들엇다.

〈1983년 8월 11일 목요일〉
農藥을 十五日 만에 第二次로 撒布햇다.
崔正禮는 明日 서울로 歸家한다고 왓다.
旅費을 조금 드려야 하는데 못 드리고 보니
未彦[未顔]이드라.
◎ 成東이는 세멘 사고 푸라티 빠이프를 사
   기 위하야 鄭太炯 氏에서 一金 五萬 원
   借用햇다고.

〈1983년 8월 12일 금요일〉
相範 母 藥을 지려 五樹에 갓다.
成東이는 부로크 세멘 푸라티 빠이푸를 운
반해 왓다.

〈1983년 8월 13일 토요일〉
酷署로 因하야 모든 作業이 不可能햇다.
成東이는 噴霧機 契約次 印鑑 내려 갓다.
밤에 天安서 成玉이가 歸家햇다. 休暇次
엿다.
午後에 成東이는 昌宇 畓에 農藥햇다.
成俊이는 舘村面으로 發令이 낫다고. 오는
8. 16. 郡廳에 登廳하야 郡守의 指示를 받
아야 한다고 햇다.

〈1983년 8월 14일 일요일〉
成愼이하고 成東이는 飼料 싸이로 穴作業
을 햇다.

나는 방아 좀 찌엿다.
成曉는 館村 간다고 相範하고 同行햇다.
竹谷面 南陽里 金昌洙 氏에서 答狀이 왓다. 대사리는 잡을 수 잇다고 언제라도 오지 햇다. 明日 가볼가 한다.
新品 精米機를 처음 試運轉햇는데 良護[良好]햇다.

<1983년 8월 15일 월요일>
九時 列車로 鴨錄江邊[鴨綠江邊]에 갓다.
新加入 會員까지 約 100명이 募엿다고 勢行部[執行部]에서 말햇다.
案件은 副契長을 두고 有司 交替 創契 時에 鴨錄江에서 햇으니 序文 製文과 契員 名儀 住所
를 銘記하야 碑石을 建立하자고 議決하고 人當 約 白米 1斗式 据出키로 하야 明春에는 鴨錄江邊에 立碑키로 햇다.
守護者 金昌洙를 訪問하고 1泊 햇다.

<1983년 8월 16일 화요일>
家簇들이 대사리을 조금 자바주시여 未安하지만 갓고 왓다.
館驛에 着한 바 12時쯤이엿다.
夕陽에 任實驛前 崔泰鳳 氏에서 세멘 가다[かた(型)] 四三枚을 가저왓다.

<1983년 8월 17일 수요일>
싸이로 가다을 操立[組立]햇다.
人夫는 梁海童 丁宗煥 成東 成奉 成康이가 動員되엿다.

<1983년 8월18일 목요일>
畜産業者 敎育이 있어 任實邑內에 갓다.
技術指導 事項은 別表와 如함.

飼料用 싸이로(엔스레이) 作業이 오늘 끝냇다.
오늘은 梁海童 丁宗燁 成康 成東가 動員되엿다.

<1983년 8월 19일 금요일>
午前 中 방아을 찟고 正刻 十二時 三〇分에 新平에 갓다.
會員은 五名이 募엿다.
中食을 갖이 하고 常務는 電話을 光州로 하야 精米機 社長을 出張시켯다.
四時쯤 되어 光州에서 社長이 卽接 왓다.
昌坪里까지 모시다 주마 하기에 좃타고 하야 鄭鉉一 杲樹園[果樹園] 가부[커브]을 도는데 鄭泰植 싸이카하고 正面으로 接觸햇다.
下車하야 보니 多幸이도 泰植 무릅만 경상을 입엇다.
제와 母 乳兒도 健全햇다. 車로 任實 서울 病院에 珍察을 해보니 異常이 없다고 하고 治料한바 二, 三日 治料해라 햇다. 車主는 于先 一金 五萬 원을 내게 주면서 治料해 보라 햇다.
一金 五萬 원을 밧고 本日 治料費 一四,〇〇〇원 주고 택시비 三,〇〇〇원 주고 殘 三三,〇〇〇원 本人 泰植에 傳하고 왓다.
兩人에 處에 다같이 未安하기 짝이 없엇다.

<1983년 8월 20일 토요일>
방아 찟고.
싸이로 가다 四三枚을 杜谷里 崔泰鳳 氏에 보내고 使用料 九仟 원을 보냇다.

<1983년 8월 21일 일요일>
成允이는 明日 開學하기 위하야 今日 下宿

집으로 떠낫다.
鄭宰澤을 通해서 아침에 丁柱完에서 契錢 三十六萬 원을 月 二分 利子로 借用해 왔다.
其中에서 昌宇가 쌀을 판다고 六萬 원 가 저갓다.
崔南連 借用金 二一二,〇〇〇 淸算해 주엇다.
夕陽 八時頃 鄭太炯 氏 宅에서 招請하야 參席한바 金鎭玉이도 같이 夕食을 한바 崔 喆洙의 말이 나왓는데 太炯 氏는 喆洙의 件에 對하야 하는 짓 안 하는 짓까지 강제로 靑年들을 시켜 고백을 받는 것은 大端 섭〃한 之事라고 말을 들엇다고 햇고 그런 것 간섭 말아고 햇다.
夕食 後에 崔瑛斗가 왔다.
喆洙가 오늘도 술을 마시고 內外間에 病院에 갓다 왓서 집에서 폭역行爲을 하니 삼척 교육대[삼청교육대]로 보내 주시요 햇다.
듯고 生覺하니 瑛斗 氏도 心理이가 不良한 者로 단정햇다.
十九日 밤 自己의 子息이 靑年들에 당햇다고 內的으로 不安케 한 者가 속없이 또 와서 흥설수설하는데 冷情[冷靜]하게 反對코 本人이 處理해래 햇다.

<1983년 8월 22일 월요일>
舍宅 牛舍을 成東이하고 改修햇다.
夕食 後 九時쯤 崔瑛斗 氏가 왔다. 全州 電話하려 왔다고.
喆洙의 件에 대하야 冷情하게 말하고 二口을 가젓서도 本人은 말할 수 엇다고 말햇다. 잘못햇다며 갓다.

<1983년 8월 23일 화요일>
陰 七月 十五日(백중)이다.

어제밤에는 祖父 祭祠日인데 成吉이가 慕侍는데 서울까지 못 가고 보니 모두 祠慕친다[사무친다].
終日 비가 내리는 데 里長 집을 鄭鉉一 집에서 接待을 받았다.

<1983년 8월 24일 수요일>
동래 老少[老小]들에 죽과 술을 提供햇다.
婦人들이 募여들어 工場 內에서 풍물을 치면서 終日을 보냇다.
서울 俊晩 母에서 전화가 왔다.
用件은 成英 婚談이엿다.
前에 말햇든 男子가 다시 面會 要請햇다고.

<1983년 8월 25일 목요일>
仁範가 休暇를 맞이고 今日 떠나는데 旅費를 三仟 원 주웟다.
舘村에서 成苑 便에 煙炭[煉炭] 一五〇개 ×一六〇=二四,〇〇〇원 運搬햇다.
成英에 서울서 婚談 關係로 電話을 要求하드라고 말햇든니 絶對로 反對 据絶하드라.

<1983년 8월 26일 금요일>
고초 乾操室[乾燥室] 設備하야 오늘부터 말이기 始作햇다.
成東이는 訓鍊[訓練]을 終日 햇다.

<1983년 8월 27일 토요일>
安承均 氏의 벼 作況이 異常 하다기에 現地를 가보니 存細히 보니 벼 목가지가 빈탕이 들라. 藥害가 않인가 십드라.
午後 四時頃에 農協 金仁喆 氏가 來訪코 印章을 要求하는데 주고 生覺하니 用途도 묻지 안코 仁喆 氏도 말없이 捺印해 가드라.

<1983년 8월 28일 일요일>
家簇끼리 桑田에 고초를 땄다. 終日 4袋는 딴 셈이다.
아침에는 牟潤植 氏가 招請해서 가보니 生日이라고 했다.
午後에는 工場 桑田에서 쑤시을 베여 왔다.
夕陽에 農藥을 뿌리려 完全 準備한바 비가 내려 抛棄햇다.
서울서 成吉이가 왔다. 밥아서 같이 한자리도 못 하고 未安하나 別道理는 없다.
밤에는 몸 고되니 그도 對話을 못 한다.

<1983년 8월 29일 월요일>
어제밤에 山西 崔完浩 父親 死亡. 成奎에 傳達하고 一金 萬 원을 封入해 주면서 傳하라 햇다.
◎ 鄭太炯 氏에서 貳萬 원을 取햇다.
전기稅 水道稅 德順(山西) 시부 死亡 弔儀金[弔意金]을 주기 爲해서엿다.
人夫 一〇名이 起動해서 宗山 栗田 草刈作業을 시키고 內外는 고초를 땄다. 三袋쯤.
몸 大端이 不安 어지렵고 氣力이 없다.

<1983년 8월 30일 화요일>
◎ 祭祀 장보기하려 鄭太炯 氏에서 成曉母 便에 貳萬 원을 가저왔다.
山西 完鎬 집에 弔問하고 왔다고 왔드라.
成東이는 새보들 못텡이 農藥 撒布햇는데 나비가 만트라.
어제 몸이 異常한바 오늘도 終日 언잔하고 코피를 만니 흘엿다.

<1983년 8월 31일 수요일>
二日間 몸이 不平햇는데 今日부터 作業을 始作으로 아침에 彩소[菜蔬]밭에 除草 또

속아내기 食後에는 農藥 散布 牛舍 路邊에 復土[覆土] 깔기 中食 後는 소깔 베기 夕陽에는 방아 찌고 밤에는 마당에 고초 담기까지 하는데 休息時間이 업섯다.
밤에 成東 便에 소주 一상자 館村에서 外上으로 가저왔다.
鄭太炯 氏에서 三〇日 字 取한 돈 메누리가 갑아 주윗다고.[53]

<1983년 9월 1일 목요일>
大端이 切錢이여서 生覺다 못해 尹鎬錫 氏을 訪問하고 一金 五萬 원을 取貸햇다.
成東 便에 鄭太炯 氏 取貸金 貳萬을 주윗다. 그려면 太炯 氏 會計는 成東 條 五萬 원 내의 條 貳萬는 게 七萬 원이 된다.
尹 生員에서 五萬 원 取金은 鄭太炯 氏 二萬 원 주고 祭祀 物品代 不足金도 주기 위해서엿다.
오늘 밤에 玆堂[慈堂]任 祭祀인데 成吉 成奎 兄弟는 祭祀床 前에 參拜을 못 하게 햇다. 喪家에 단여왓기에.

<1983년 9월 2일 금요일>
아침에 老人 中老 約 二五名 程度을 招待해서 朝食을 待接햇다.
成吉이는 말없이 人事말 없이 서울로 떠낫다고 햇는데 아마도 理由는 있는 듯십다.
四, 五{年} 前에 全州에서 成吉이가 慕侍[모신] 祖父 祭祀에 參席햇든바 成吉의 人象[印象]이 不安해 보이고 兒該[兒孩]들에 不順 不平하는 것이 아마도 우리에 충격을 주지 안는가 하야 새벽에 말없이 내려

____

53 위 내용을 일기장 지면상에 두 줄에 걸쳐 적은 후 사선을 그어 문장 전체 내용을 지웠다.

온 일이 생각난다.
基宇에서 모비루 一초룡 外上으로 갓고 와
서 原動機에 投入햇다.

<1983년 9월 3일 토요일>
終日 방아 찌엿다.
夕陽이 되니 異常하게 몸이 不安햇다. 수
족이 쑤시고 머리가 痛증이 深하고 해서 할
수 없이 溫突房에 누웟다.
成允 成績表가 왓다. 開封해 보니 갈수록
成績이 底下[低下]되니 그도 不安햇다. 土
曜日이라 오기는 왓지만 따저보지는 안햇
다. 밤 十二時가 너머서야 집에 온니 아마
도 고부[공부]는 글럿다고 生覺이 든다.

<1983년 9월 4일 일요일>
丁基善이가 招待해서 朝食을 햇다.
成允이가 全州에 간다고 準備하면서도 테
레비전만 보는데 熱이 낫다. 네 이놈 月 一
〇餘萬 원식을 드려서 下宿까지 부처 工夫
하라 햇든니 겨우 平均 四五點이고 全校生
席次 五二五次이며 退步가 二七點이니 이
려케 良心上으로 生覺하나 父母의 一〇分
의 一이라도 報答한다면 이려케 더려웃게
공부할 수 잇느야 햇다. 理由가 잇는 듯싶
으니 下宿집을 옴겨라 햇다. 갈 때는 말없
이 갓다.

<1983년 9월 5일 월요일>
終日 방아 찌엿다.
安承均 氏는 벼農事가 不實해서 指導所에
異議한바 廉昌烈이는 郡 生産係長을 引率
하야 왓다. 둘려보고는 收得稅나 免稅해
주마 하고 갓다.
텃밭에 白采[白菜] 속고 除해 주웟다.

<1983년 9월 6일 화요일>
아침에 具道植 氏 집에서 朝食을 햇다. 鄭九
福을 시켜서 가마솟 한 채 맛다 보라 햇다.
天安 成玉에 편지로 工場 原動機 노즐 찜
뿌 아루 各 〃 一組식을 사서 보내라고 햇다.
崔南連 氏 딸 今順이보고 사정하야 오늘
고초 一日 땄다. 고맙드라.
방아도 찟고 채소밭에 除草 雜事가 만햇다.

<1983년 9월 7일 수요일>
丁俊浩 집에서 招待하야 朝食을 햇다.
采蔬[菜蔬]밭에 짐을 매고 속가 주웟다.
누예는 잠이 들어 多幸이 餘有이 있다.
고초 따고 깨 베고 日課가 大端 밥앗다.

<1983년 9월 8일 목요일>
金長映 氏에서 招待하기에 여려 분과 朝食
을 갖이 햇다.
燃料 눌을 改造햇다.
食後에 새보들 피사리을 終日 햇든니 정말
로 고되드라.
夕陽에 嚴俊峰을 맛나고 뽕을 付託햇든니
確答은 안 하돼[하되] 몇일 기드리고 于先
메기고 있으라 햇다. 아마도 뽕금을 올이고
또는 k當 調定價을 生覺하려 그런 듯십다.

<1983년 9월 9일 금요일>
뽕을 치로 桑田에 갓다. 뽕밭을 둘려보니
大端이 不足하것드라.
午後 三時쯤 해서 新平에 갓다. 面長 自轉
車을 빌여 德巖里 崔完錫을 訪問코 뽕을
付託하야 오는 길에 몃 가지를 鑑定코자
가지고 왓다.
오늘 길에 面廳에 들이여 草種 一袋을 가
저왓다(外上으로).

<1983년 9월 10일 토요일>
館驛前에서 고초 一六〇斤쯤 斤當 一,〇〇
〇식 一六一,〇〇〇원을 收入햇다.
新平農協에 갓다.
積金해 노은 三年 만에 一〇〇萬 원을 引
出햇다. 五〇萬 원은 私債 整理하기 위하
야 引出하고 五〇萬 원은 十二月 十日 限
으로 定期預金을 한바 利子을 加算해서 六
拾參萬 원을 通帳을 해주드라.
所在地에서 朴判基을 對面하고 確巖里[鶴
巖里]까지 同行햇다.
金鍾會 집을 訪問하고 慰安을 하고 왓다.
집에 왓서 夕陽에 전화로 崔完石에게 明
十一日 뽕을 따려 간다고 豫告햇다.

<1983년 9월 11일 일요일>
新平 德巖里에 뽕을 따로 가는데 成允의
授業料 下宿비 用途金 合해 一金 拾五萬
參仟 원을 주웟다.
人夫 六名이 動員해서 耕云機[耕耘機]까
지 德巖里에 뽕을 따로 갓다. 多幸 完錫이
가 召介[紹介]해 주고 뽕갑도 一一,〇〇〇
원쯤 주고 왓다.

<1983년 9월 12일 월요일>
采蔬에 尿素을 물에 混合해서 뿌렷다.
工場에서 四令[四齡]된 뉴예 一枚을 가저
왓다. 그러나 家族들은 不平을 많이 하드
라. 그러나 아즉 秋事도 못 하고 놀면 무웟
하느야 햇다.

<1983년 9월 13일 화요일>
오늘도 德巖里로 뽕 따려 갓다. 人夫는 七
名이 同行햇다.
皮巖里에서 金善權 氏의 婦人을 맛낫다.

金千壽 氏의 뽕을 사달아고 햇든니 말을
못한 벙어리들라. 一金 貳仟 원을 주고 뽕
을 딴바 他人의 것이드라.
夕食을 일직 하고 잔바 괴되드라.

<1983년 9월 14일 수요일>
指導所長에서 전화가 왓다. 後繼者育成金
五百萬 원 융자 對象者로 選定하고 年
10% 利子로 畜牛를 擴張해 보라 햇다. 뜻
이 있으면 今日 中으로 郡 支所에 가서 書
面 捺印하라 햇다.
終日 뉴예 올이기 準備가 밥앗다.
成東이는 任實 갓다 오더니 술이 만쟁이가
되 밤 도라오드락 잠만 자드라. 보기 실기
가 限이 업다.

<1983년 9월 15일 목요일>
任實에서 東中學校에서 地域區 淨化委員
會 敎育이 있어 參席햇다.
午後에는 婦人 五, 六名이 起動햇서 뉴예
三枚을 上簇 完了햇다.

<1983년 9월 16일 금요일>
金城里 李重彬 弔問을 햇다.
집에 온니 成東이는 오늘도 술을 만이 마시
고 낫잠만 終日 자니 日時[一時] 보기 스
려운 만금[마음] 禁할 길이 없다.

<1983년 9월 17일 토요일>
上簇해 노은 뉴예가 成東이 잘못으로 만이
상햇다.
成英이보고 뉴예섭을 빼라고 햇든니 夕陽
에 와서 보니 그대로 있서 性至[性質]이
낫다.

<1983년 9월 18일 일요일>
皮巖里 金善權 氏을 訪問하고 뽕을 부탁한
바 自己 것을 따라 햇다. 終日 따다 보니 三
袋엿다. 夕陽에 뻐스에다 下車하려 한바
車掌놈이 듯이를 안햇다. 善權 氏에 連絡
해서 全州 연탄車에 실고 왓다.
못텡이 農藥 撒布.
뽕갑은 밧이를 안해서 거저 따왓다.

<1983년 9월 19일 월요일>
뽕을 따려 갈가 말가 하다 抛棄을 하고 배
답논에을 一〇餘 日 만에 가보니 메루[멸
구] 만니 상화[상해] 버럿다. 熱이 낫다.
草種 一袋代 二一,二五〇원을 面職員에
주웟다.
面長이 軍部隊 慰問 간다고 職員 便에 白
米 一斗을 要具[要求]해서 주웟다.
夕陽에 面長이 보냇다고 설탕 一封을 보내
왓다. 나는 繕物도 못 보냇{는}데 大端히
未安햇다.
成傑이가 왓다.

<1983년 9월 20일 화요일>
終日 뉴예고초 따기 한바 만이 상햇다. 택
시를 불여 六時 正刻에 任實共販에 당햇
다. 개릴 것 없이 最終으로 機械檢定에 回
付[回附]햇다. 三枚 七〇k엿다.
秋夕이라고 午後에야 任實메누리가 오고
夕陽에 南原메누리 天安서 成玉이도 왓다.

<1983년 9월 21일 수요일>
오늘은 秋夕이다.
次祀[茶祀]을 잡수시고 省墓하려 家兒들
에 당부햇든니 비가 내려 못 가고 말앗다.
물든 고치 館村에 가서 二二,〇〇〇원 해

왓다.
任實驛에 가서 天安行 列車票을 삿다.
成玉하고 具會진에 당부하고 機械 附品을
꼭 사서 보내고 現金 貳拾萬 원만 보내달
아 햇다.

<1983년 9월 22일 목요일>
尹鎬錫 氏 五一,〇〇〇원 鄭太炯 氏 二一,
〇〇〇원 劉貞子 日工 및 外上代 五,三〇
〇원 모두 會計해 주웟다.
丁基善 嚴俊祥之間에 是非가 잇는데 밤
한 톨로 依해서가 안니고 前在에 遺憾이
現有인 듯십다.

<1983년 9월 23일 금요일>
아침에 鄭柱相 外上代 28,350을 完拂해 주
웟다.
成東이 便에 人夫賃을 주라고 12萬 원을
주웟다.
終日 休息햇다.
아침에 개가 죽엇드라. 任實 개인데 不安
햇다.

<1983년 9월 24일 토요일>
成允이가 왓다. 10月 1日 字로 택시를 보내
주마 햇다. 잘 生覺해서 結定할 {일}이니
此後之事을 잘 아아서 해라 햇다.

<1983년 9월 25일 일요일>
成允이를 데리고 江律面[江津面]에 갓다.
허리가 앞으다기에 침을 노왓다.
오는 길에 崔福洙 氏을 訪問햇든니 中食까
지 接待을 밧고 보니 未安하드라.
成英 中介[仲介]해서 結婚토록 해보라고
당부햇다.

<1983년 9월 26일 월요일>
工場에서 뉴예 一枚라고 하는 것이 오늘 買上햇든니 〇.五枚 폭이며 買上代는 七萬 원이엿다.
館村 農藥房에 들이여 前條 藥代 在庫 三, 二〇〇원 淸算해 주고 왓다.
成東을 불여서 今年 債務整理을 硏究해 보라고 하고 飼育牛을 낫추라고 햇다.

<1983년 9월 27일 화요일>
陰曆 八月 二十一日
任實郡廳 山林課에 갓다. 呼出狀을 提示햇다. 取扱者는 高敞서 왓다고 李氏인데 成曉 아버지야고 뭇고 成植이는 누구야고 뭇기에 侄[姪]이라고 햇든니 마참 昌宇도 參席햇기에 바로 이분이 아버지라고 햇다. 私를 떠나서 公職務 執行 外 一{切} 할 수 없다고 하드라. 그러나 昌宇의 良心으로 보와서는 그러케 原側的[原則的] 法으로 해야 한다고 生覺햇다.
그려면 이번에 墾間地[開墾地]에 浸害[侵害]치 안코 포기해 줄 것인가 念慮가 만타.
調書을 꾸며주고 署名 捺印해 주고 母印[拇印]도 찍어 주웟다.

<1983년 9월 28일 수요일>
今日은 生日이라고 任實에서 메누리가 오고 南原서 成樂 食口가 다 왓다.
방아 씻는데 나는 좀 실수가 잇는 듯십다. 그것이 精神 不足이다.
成愼이는 軍에 入隊하려 갓다. 二十九日이 入營日데 미리 갓다. 旅비는 萬 원 주웟지만 各 兄돌이 주고 누나가 주고 해서 約 七, 八萬 원을 揮帶[携帶]한 듯십다.

<1983년 9월 29일 목요일>
鄭太炯 氏에서 一金 貳萬 원 取햇다.
싸이로用 비니루 사기 또 叺子 麥種子代 주기 위하야 于先 路上에서 里長에 萬 원을 주고 다음 會計하자 햇다.
午後에 全州에 갓다. 싸이로用 비니루 一棟을 九仟에 삿다.
成東이는 방아 찟고 午後에는 正浩하고 牛草치을 햇다.

<1983년 9월 30일 금요일>
人夫 五名이 動員해서 飼料用 싸이로에 깡냉이 雜草를 절단해서 싸이로통에 발바 貯藏햇다.
夕陽에 館村 堂叔이 오시엿다. 用件는 借金 關係엿다. 生覺해 보니 두룰 수는 잇지만 此後에 부히 償還이 못 되면 뜻이 안 조흘가 念慮되드라.
오늘은 比較的 多事햇다. 收入도 現在는 없는데 勞力만 만하고 資本이 不足해서 生覺하면 어굴한 點이 많드라.

<1983년 10월 1일 토요일>
新平 金光洙 택시을 貸切하야 全州 成允 下宿집에 갓다. 主人에 人事하고 成允이가 通學을 願하오니 所持品을 운반하겠다고 햇든니 不安케 生覺하드라. 할 수 없이 乘車하고 作別햇다. 約 七個月 만에 歸家햇다.

<1983년 10월 2일 일요일>
成東이는 飼料用 草種을 播種햇다.
고초밭에 말木을 除据[除去]햇다.
고초 收入金은 現在 六萬 원인데
支出은 苗木代　　六七,〇〇〇원
비니루　　　　　一七,〇〇〇

비루 三袋　　　　　　一五,〇〇〇
人件비 一〇餘 名　四〇,〇〇〇
藥代　　　　　　　　六,〇〇〇
其他　　　　　　　　五,〇〇〇
게　　　　　　　一一四,〇〇〇 投入.
差引 赤字 五四,〇〇〇원의 損害을 보왓다.

<1983년 10월 3일 월요일>
李相云 次子 結婚式에 參席햇다. 昌坪里
에서는 昌宇만 同行햇다.
脫穀{機} 附品을 講入[購入]해서 午後에
는 組立을 끝냇다.
成東이는 人夫 五名을 起用해서 벼 刈取
을 햇다.
任實 成曉가 왓다. 兒該들을 델로 왓다.
一〇月 末日頃에 長期債 百六拾萬 원을
융자해 줄 터이니 短期債을 償還할 수 있
는 方法을 取해 보시요 햇다.

<1983년 10월 4일 화요일>
成允이는 今日부터 집에서 通學을 한다.
館驛에서 全州 一八〇원 全州에서 象山高
等學校까지 一,〇〇원 往復 五六〇원 月別
로　計算하면　一六,八〇〇원-五日(日曜
日)×{560원}　二,八〇〇=一四,〇〇〇원이
든다.
月　　　　　日曜日
16,800-5×560=2,800=14,000
終日 工場에서 作業햇다.
面 防衛軍이 工場에 왓다. 用務는 崔乃宇
氏요 뭇기에 그럿다 햇든니 明 五日 訓鍊
에 參席하라고. 六〇歲 以上도 하느야 햇
든니 그려타기에 孫子가 곳 訓鍊을 가는데
한바 關係 없다면서 끅[꼭] 가야 {한다고}
하기에 무식한 놈이라고 하고 잘 배워서 戰

爭軍이 되라 햇다.

<1983년 10월 5일 수요일>
成東이 便에 鄭太炯에서 萬 원 取햇다. 裡
里에 노즐 사고 脫穀機 부이 베루도 사기
爲하야.
防衛協議會員이 參席한 중에 訓鍊이 進行되
엿다. 十二時쯤 參觀하는데 全州로 行햇다.
天安서 노즐 其他 附屬品이 送達되엿는데
價格은 八,一〇〇이드라. 裡里를 가려 햇
{는}데 포기햇다.

<1983년 10월 6일 목요일>
崔南連 氏에서 參萬 원을 取하야 成東 便
에 가마솟 한 채 사려 햇든니 四萬 五仟을
주웟다고.
멈소 새기 一首을 親友 飼料代로 一〇萬
원을 控除햇다고.
工場에 元動機[原動機] 노즐 較替[交替]
하고 掃除을 햇다.
솟도 걸고 벼 매기도 틀엇다.

<1983년 10월 7일 금요일>
成康 成東이는 李道植 脫穀하려 간바 午
後 三時쯤 끝이 나고 우리 벼를 묵엇다.
婦人이 五名이 動員되여 벼 묵엇다.
今日 처음으로 脫穀을 한바 잘 되드라고.
元動機 附品을 較替해도 機械力은 맞안가
지기에 朴 常務에 連絡햇든니 大邱에 내려
가서 較替해줄 것을 要請하라 햇다. 一〇
月 一〇日쯤 大邱 本社에 갈 것을 計劃햇
다. 書面도 가지고 갈 豫定이다.

<1983년 10월 8일 토요일>
終日 비가 내려 할 일이 업다. 낮잠을 자고

보니 그도 잘 만했다.
家簇도 全員이 別 볼 일이 없는 듯십드라.
몀소 새기 한 마리가 죽엇다.

<1983년 10월 9일 일요일>
아침에 起床하면 되야지는 벌서 高聲을 지
른다. 메누리는 食事보다는 起床하기가 밥
으게 되야지 밥부터 준다. 되야지 밥통을
보면 眞心으로 人間치고는 못 볼 形便이
다. 어제 夕食 먹다 나문 밥이 다 나왔다.
政府에서는 食糧節約運動을 페고 보리混
食을 권장하고 麥類 增産을 독勵하는 판세
에 참으로 熱이 아[안] 날 수 없다.
大學病院 重患者室 사돈 問病을 하고 河
聲喆 次女 結婚式에 參席햇다.

<1983년 10월 10일 월요일>
任實에 七時 直行으로 南原에 着 大邱行
八時 五分 直行으로 乘車하야 大邱에 十
一時 三○分에 到着햇다. 朝陽鐵工所에
들이여 打合한바 二, 三日 後에 技士를 出
張시키겟다고 햇다.
午後 一時 四十七分에 出發하야 南原에
五時 二○分에 着하야 成樂 집에 잠시 들
이여 六時에 出發하야 집에 왔다.
成東이는 成康 脫穀하고 밤에 四仙臺 基
宇 집에 油類을 가질로 간바 前條도 잇는
데 未安하지만 이번에는 石油 一드람 輕油
二드람 合 三드람을 가저왔다.

<1983년 10월 11일 화요일>
大邱에서 權 扗士[技士]가 오시엿다. 夕陽
에 잠시 機體를 鑑正[鑑定]해 보고 異常이
없다고 하고 試運轉해 보왓다.

<1983년 10월 12일 수요일>
權 技士는 아침 일즉 起床하야 成東이하고
元動機 보데(부란자 뽐부{})를 組立 見習
시켯다.
食後에 旅비 貳萬 원을 주워 보냇다.
各面 加工協會 運營委員會議가 있엇다.
會議가 끝이 나고 八三年分 會費 殘金 四
萬을 完拂해 주고 領收證은 밭이 못햇다.
밤 七時경 李泰洙란 者가 왔다. 전화한단 놈
이 모쓸 구습을 놀이고(別紙와 如함) 行動
處事가 아조 不칙하드라. 술이 취하야 발음
도 제대로 못한 者가 보기에 개심하드라.
加工協會에서 外上으로 고무노라 一組 금
망 一組 해서 代金 一九,五○○원이라 햇다.

<1983년 10월 13일 목요일>
舍郎에서 殉職한 使節團 葬禮式[54] 테레비
만 午後 二時까지 求景햇다.
비가 조금식 내렷다.
夕陽에 白康善 氏 집을 訪問한바 술이 나
오고 鄭九福 氏가 집으로 가자 하야 夕食
을 그 집에서 햇다.

<1983년 10월 14일 금요일>
加工組合 定期總會에 參席햇다. 각가 말가
하다 十一時 三○分에 參席햇다.
任員 改編이 있어는데 檢查만 改編되고 從
前과 如함.
云巖 黃義善 氏 脫穀 金宗出이 脫穀을 햇다.

<1983년 10월 15일 토요일>
午前 中에는 工場 修理를 맞이고 午後에는

---

54 1983년 10월 9일, 미얀마(당시 명칭 버마) 수도 양
곤의 아웅산 묘소 폭발사건으로 사망한 한국 외
교사절단의 장례식을 가리키는 것으로 추정된다.

새보들 볏집 묵{기}를 했다.
面에 職員이 오시여 麥 播種을 권장하드
라. 約 一,五〇〇坪은 播種하겟다고 했다.
成東이는 金宗出 牟光浩 脫穀했다.

<1983년 10월 16일 일요일>
朝夕으로 새기 꼬기 始作햇다. 今年에는 一
玉當 一,三〇〇원 程度나 받을 豫算이다.
방아 찟다 벼집 말이다 논에 건불 묵다 안
에서는 고초 따기 이것저것 할 것 업이 每
우 분주하고 밥으다.
成苑에서 들으니 成曉는 郡 蠶業係로 職場
을 옴겻다고 했다.

<1983년 10월 17일 월요일>
男子 二名을 놉으로 엇고 婦人 一人을 엇
고 其 外는 家族이 抛合[包含]해서 約 六
名이 起動하야 배답 五斗只 脫穀을 햇다.
收穫은 二五叺쯤이엿다.
終日 갖이 協助햇다.

<1983년 10월 18일 화요일>
家內에서 집안일을 하고 방아도 혼자 찌니
不安했다.
새기은 집[짚]을 全部 널고 午後에는 靑云
洞 脫穀하는 데 갓다.
夕陽에 嚴俊峰을 相面하고 새기 五〇태래
를 注文 맡앗다. 十一月 五日 까지라고 했다.
※ 밤 七時 四〇分쯤 全州 成傑 主人 三-
二二五一벤[번]에 전하야 一〇月 三十
一日부터 十一月 五日까지 훈련이라고
전햇다.

<1983년 10월 19일 수요일>
아침에 鄭太炯 萬 원 一〇月 五日 字로 取

해온 것을 주웟다.
金進映 脫穀하는데 終日 協力햇다. 몸이
몹시 고되다.
成康이는 釜山{에서} 왔다. 不遠 또 간다
고. 그리고 今日 住民登錄 傳籍[轉籍]한다
고 서울을 갓다고.

<1983년 10월 20일 목요일>
崔末女 具正愛 脫穀을 했다.
夕陽에 鄭太炯이 工場 앞에 왔서 벼집을
묵는데 술 잔이나 자시고 허성구성하는데
마음이 맞지 안햇다. 여보 오늘 終日 나무
[남의] 집 脫作하고 왔는데 괴롭소 햇든니
말업시 가드라.
이곳으로 移事[移徙] 온 者가 十年이 넘도
록 벼 脫作 한 번을 해주지 안하야 눈구진
놈을 조케 보지 안는다.

<1983년 10월 21일 금요일>
成東이는 白康善 氏 벼 운반. 나는 집에서
집안일을 살피고 午後에는 白康善 氏 벼
脫穀 一七叺을 作業.
蠶室 모-터가 故章이 나서 鄭仁植을 데려
다 댓든니 잘 손보와 주드라.
昌宇는 一〇餘 日을 來往이 끈컷다. 알고
보니 日前에 烏山서 成禮가 왔는데 참깨
五되만 내라 하기에 말로 냇가 되로는 못
내겟다 햇든니 서운하게 생학[생각]한 듯
십다고 했다. (非良心的인 人生이로 본다.)

<1983년 10월 22일 토요일>
전화료금 保險料 南原 稅金 六四,〇二〇
원 孫夏周에 주엇다.
오늘도 如前이 동분서주햇다.[55]
새벽 三時 三十分에 起床하야 蠶室에서 새

기 四테를 꼬아도 날이 새지 안햇다.
방아 찌로 와서 공장에서 原動機를 돌여주
고 벼 말일 것을 準備햇다. 一分 一沙[一
秒]도 餘有는 업다.
脫穀機 修理을 하는데 氣分이 不安햇다.
妻보고 眼鏡을 가저오라 햇든니 큰소리을
치면서 가지왓는데 眼鏡은 땅에 떠러젓다.
熱이 낫다. 中食을 除페하고 잇는데 成曉
이가 왓다. 분이 막심하는데 아주 말할 수
엇어다. 四〇餘 年을 同居해 온 나 自身이
지금 새삼 후회가 막삼하다[막심하다] 하
나 子息들로 하야 難便之事가 만타.

<1983년 10월 23일 일요일>
白康俊 氏 벼 脫穀하는데 어제는 成東이가
終日 運搬한 벼이다. 終日 脫穀햇든니 一
般베로 四〇叺 程度인데 싹는 二袋을 가저
왓다.
元泉里 崔基山 結婚式에는 成曉보고 단여
오라 햇다.

<1983년 10월 24일 월요일>
成東이는 李正鎬 벼 실로 갓는데 나는 방아
를 찟는데 고장이 藉〃햇다. 벼루도가 늘엇
고 뿌레가 것놀고 햇다. 終日 作業을 햇다.

<1983년 10월 25일 월요일>
메누리를 脫穀하는 데 보냇다. 그리고 나는
방아 찟고 精米機가 異常하야 修理햇다.
郡廳 財務課長 新平面長이 出張 왓다. 보
리 播種을 서둘어 해달아고 당부햇다.
점방 外上代 四仟을 完拂코.

<1983년 10월 26일 화요일>
參茂 집에서 朝食을 햇다.
終日 방아 찌엿다.

<1983년 10월 27일 수요일>
午前 中 방아 찟고 午後에 餘有가 있서 嚴俊
祥 氏하고 북골로 미꼬리를 잡으로 갓다. 一
〇餘 마리를 잡다가 朴香善아가 잡은 미꼬
리를 俊祥 氏 달아고 해서 보태가지고 왓다.

<1983년 10월 28일 목요일>
벼 널기 하고 成東 成康이는 鄭柱相 脫穀
한바 三七叺을 햇는데 겨우 싹은 一叺을
바더 왓다고 햇다.
嚴俊祥 氏을 招待하야 夕食을 갖이 햇다
(미꼬리국하고).
張判童에 一金 貳拾萬 원을 要求햇다.
鄭鉉一하고 同行하야 白康善의 田畓을 白
米 拾貳叺에 賣買 契約코 誠語을 먹엇다.

<1983년 10월 29일 금요일>
郡農協에서 國民投資金 및 農漁村後게者
資金 利를 償還하라고 엽서가 왓다. 期日
은 一〇月 三〇日로 되엿는데 新平 葉煙草
共販場에 갓다. 張判童에서 貳拾萬원을 둘
여서 任實農協에 간바 十一月 一日에 오시
라고 햇다.
成樂이가 南原서 왓다. 食糧 一叺을 주마
고 하고 明日 가저가라 햇다.
밤에 白康善 氏 脫穀을 하고 벼 一叺을 가
저왓는데 빗싸다고.

<1983년 10월 30일 토요일>
成東 便에 舘村市場으로 고초을 보내서 一
七萬 원을 收入햇다. 그리고 四仙臺注油所

에서 經油[輕油] 一드람 石油 一드람을 또
外上으로 가저왔다.
成曉 母하고 全州 德律聖堂[德津聖堂] 禮
式場에 參席햇다.
崔南連 氏에서 二〇萬 원
市場 共販 고추代 一六萬 五仟
　　　　　게 三六萬 五仟 원

支出內譯表
八三年 加工協會비 殘金　　四〇,〇〇〇
大邱 權 技士 旅비　　　　二〇,〇〇〇
九月 一〇月分 稅金　　　二二,八〇〇
麥 種子하고 叺子代　　　一七,七〇〇
太炯에서 成東 取한 條
成允 車費　　　　　　　一五,〇〇〇
全州 結婚 只沙 북창　　　一五,〇〇〇
郡農協 拂入金　　　　　一六八,〇〇〇
　　計 二九八,五二六원 殘 六六,五〇〇[56]

<1983년 10월 31일 월요일>
배답 麥 播種을 하고 午後에는 郡農協에
갓다.
國民投資金 原動機 利子 十二月 三十一
日까지 후게자 成東 條 十二月 三十一日
까지 合算하야 一六萬 八仟 二六원을 拂
入햇다.
八四年 一月 二十五日頃에 또 拂入 豫告
狀을 보내겟다고 햇다.
鄭太炯 五四,五〇〇[57] 八月 十一日 條
計 七五,一〇〇 取消[58]
同上 合計 三七三,六二六원
　　　　　八,六二六원이 不足

---

56 금액 총계와 잔금 내역은 붉은색으로 기록하였다.
57 붉은색으로 기록하였다.
58 붉은색으로 기록하였다.

※ 一二,〇二六원이 殘高 整.[59]

<1983년 11월 1일 화요일>
鄭太炯 氏에서 成東 便에 五萬 원 借用한
바 本日 元利 五四,五〇〇원을 完拂해 주
고 完全 會計가 없다.
婦人 二名 男子 一名을 데리고 뒤밭에 보
리 小麥을 播種햇다.
鄭宰澤 便에 春蠶 機檢 追加金 一金 五六,
四一〇원 밧고 成康 便에 율무 一三五k×
六五〇원식 해서 八七,七五〇원을 收入햇
다. 그런데 嚴俊祥은 自己을 주지 안코 他
人을 주웟다고 不平하드라.
牟潤植 長子 結婚式場에 參席한바 同村
結婚이 되고 보니 立場이 難하고 祝賀金도
二重으로 들엇다.

<1983년 11월 2일 수요일>
방아실 앞에서 崔南連 氏을 相面코(驛前에
서 파 사가지고 온다고) 숫 사는 데 參萬 원
借用金을 드렷든니 利子 壹仟 원 밧이 안
트라.
成東 成康이는 못텡이들 벼를 운반햇다.
午後에는 북골 金鎭玉 벼 脫穀햇다.
나는 新平農協에서 麻袋 五枚을 買入해
왓다.
成曉도 맛낫다.
밤에는 叔父 祭祀에 參席햇다.

<1983년 11월 3일 목요일>
自家農穀 벼 脫穀햇다. 約 三〇餘 叺.
심참무 內外가 왔다. 白康善 田畓 關係 賣
買에 對한 항의를 하럇 왔다. 鄭鉉一 白康

---

59 붉은색으로 기록하였다.

俊 白康善 심참무를 한 자리에 募여놋코
따젓다. 잘못은 白康俊 白康善 兄弟가 잘
못으로 判定햇다.

<1983년 11월 4일 금요일>
日氣는 不順햇다.
終日 방아 찌엿다.
柳貞子 外上代 四仟六百 원 全部 會計 完
拂햇다.

<1983년 11월 5일 토요일>
※「桂壽里 南宇는 木川公의 宗垈을 지겟
다는데 約 一五○○萬 원 程度라면서 協助
를 要한바 協助하겟다고 햇다.」60
館村 炳基 堂叔하고 同行하야 처음으로 桂
壽里 大宗 墓祀에 參禮햇다.
終日 通禮公 祖父부터 十二代祖 十一代祖
兄弟分들 墓祀을 지내는데 日慕[日暮]가
되엿다. 그러나 見學하는데 많이 배웟다.
基宇 婚事가 안니면 三게 가록이 通禮公의
子제 來日 參禮하는데 못 하고 돌아왓다.
오[올] 때는 全州 炳龍 氏 車로 왓다.
屯德里 崔成五 便에 七七稧 立石費 萬 원
을 露儒濟[露儒齋]에서 崔相宇(相圭) 立
會下에 專[傳]해 주웟다.

<1983년 11월 6일 일요일>
崔基宇 三從 三女 結婚式에 參席햇다.
斗峴 炳赫 氏도 相面햇다.
三鷄[三溪] 가록이 墓祀日 通禮公의 子.

<1983년 11월 7일 월요일>
아들[앞들]에다 호맥 六斗을 播種햇다.

成允 住民登錄證 館村에서 사진을 차자
왓다.

<1983년 11월 8일 화요일>
屯德里 雙栢堂 十代祖 墓祀日이다.
아침 八時 뻐스로 五樹에서 下車한바 百雲
里[白雲里] 具익조를 路上에서 相面한바
不遠 自己의 回甲이라고.
李光厚을 相面햇든니 李允載을 相面 韓
氏을 또 相面햇다.
둔터[둔덕리]까지는 約 四k엿다.
十代祖 墓祀는 잘 慕侍엿다.
路上에서 嚴俊峰을 相面햇다. 우리 마을
뻐스 運行에 對해야 말하기에 協助할 터이
니 서드려 달아 햇다.

<1983년 11월 9일 수요일>
成東이는 崔喆洙를 데리고 堆肥 貯藏을
햇다.
사제봉 佐郎公 九代祖 墓祀에 參席햇다.
宗員은 約 三○餘 名이 募엿다. 飮福하고
七時 一○分에 뻐스에 乘車하야 집에 온니
七時 四十五分이엿다.

<1983년 11월 10일 목요일>
終日 방아를 찌엿다.
夕陽에 뿌레가 떠려저 危險을 免햇다. 바
로 成東을 시키고 全州에서 購入해다 밤에
組立을 끝냇다.

<1983년 11월 11일 금요일>
成東보고 방아 찌라고 하고 夫婦同伴해서
山西 白云里[白雲里] 具翼朝 回甲에 參席
햇다.

---

60 꺽쇠기호와 ※ 기호는 붉은색으로 표시하였다.

<1983년 11월 12일 토요일>
農村指導{所}에 勤務햇든 權 氏가 왓다.
더덕을 栽培하시요 하고 勤勵[勸勵]햇다.
게約栽培라고 하기에 承諾햇든니 壹萬 원
을 내라고 하야 주고 다음에 契約書을 보니
何等의 生産者로써 販路 債任[責任]이 없
기에 포기 상태이다.
大里 金次坤에 전화로 말햇든니 自己도 二
○○坪을 申請햇지만 播種 時에 再契約키
로 햇다고 햇다.
農協에서 債務 確認하려 왓다.
土地 契約金으로 沈參戌에서 받은 돈 六
四,○○○원을 오늘 참무 母에 傳해 주윗다.

<1983년 11월 13일 일요일>
새벽에 六時頃 전화가 왓다. 全州 赤十字
社 病院이엿다. 裵迎春이가 死亡이라고 햇
다. 本人의 집에 알이준바 信任을 하지 안
트라. 七時頃에 赤十字社 運柩車로 왓다.
고초대를 除据햇다.
더덕을 播種해볼가 햇든니 成曉가 와서 絶
對로 하지 말아 햇다.

<1983년 11월 14일 월요일>
喪家에서 休息을 取햇다.
嚴俊峰이가 付託한 새기가 不足해서 午前
中에 는 保患[補充]해 주윗다. 五○玉.

<1983년 11월 15일 화요일>
오늘은 新友會員 全員이 大屯山[大芚山]
旅行日이다. 全州에 當하니 二十三名이 募
엿다. 約 四時間쯤 山을 돌아 求影햇다.
집에 온니 七時 三十分이엿다.

<1983년 11월 16일 수요일>
終日 눈비가 내럿다. 눈은 今年에 첫눈이엿다.
工場에서는 終日 방아 찌엿다.
崔南連의 生日이라고 招待햇다.
夕陽에 成吉 金永台(서울) 來訪햇다. 서울
金永台 氏은 前妻의 移葬次이고 成吉이는
明日 八代祖 墓祠 參禮次이다.
밤 十一時까지 三人이 노는데 曾祖父 移葬
을 成吉이는 말하고 王板 宗山에 購山하신
다면서 말하고 經비는 次後[此後]에 協助
하고 于先 叔父가 서들어 달아고 햇다. 生
覺 中이라 햇다.

<1983년 11월 17일 목요일>
모사정 八代祖 墓祠日이다.
成吉 完宇 重宇 炳基 乃宇 道峰 崔重宇 斗
峴 炳赫 氏 해서 七名이 한 車에 乘車햇다.
守護者 집에 간니 桂樹里에서 崔南宇 成
宇 兄이 參席햇다.
山直이에서 土稅 四斗代 二萬 원을 찾는데
炳赫 堂叔 말삼이 宗財 菅理이는 宗孫 成
吉이는 外他宗員에 移讓하고 짐을 더려라
햇다. 成吉이는 말을 하지 안코 잇는데 나
는 堂叔보고 다음 昌宇 집에서 墓祀에 말
하자고 햇다. 其後 보니 눈치가 좇이 못하
게 보이드라.
밤에 成吉이하고 갖이 내 집에서 자는데 꼭
宗財 및 書類을 넘기라 햇다.

<1983년 11월 18일 금요일>
九時 列車로 桂樹里 六代祖 墓祀에 參席.
宗員은 成吉 炳基 炳赫 重宇 完宇 乃宇 六
名이고 南宇 氏도 參禮햇다. 今日은 日氣
도 請明[淸明]하고 宗員도 만이 募인 듯십
드라.

成吉이는 發言하는 것을 보면 듯고 십지를
안트라. 모두가 自己만 안는 것처럼 말하는
데다 酒店에서 炳基 氏하고 對話을 해보니
炳基 氏도 同感이드라.
듯자하니 宗山에다 曾祖父 移葬을 서든다
니 잘한 지시요 費用은 갖이 貪擔[負擔]하
드래도 잘 注選[周旋]해 보시요 햇다. 成吉
이의 말이다. 無言으로 答辯을 하지 안햇다.

<1983년 11월 19일 토요일>
成吉 炳赫 氏하고 同伴해서 九時 列車로
鴨錄[鴨綠]을 据處 南陽里에 着햇다.
밤늦게까지 對話하다 잣다.

<1983년 11월 20일 일요일>
朝食 後에 墓所에 갓다. 山直이는 祭物 中
국이 업고 매[메] 饌에 김치도 업고 墓前에
자리도 準備가 안 되엿드라.
林野 一部에 昊實樹木[果實樹木]을 심으
라 햇다.
成樂 집을 成吉이하고 찾아갓다. 술도 받아
오고 旅비도 주드라.
집에 온니 天安서 成玉이가 왓다. 제 짐하
고 피아노를 사서 貸切車에 실고 왓드라.
내의 마음은 피아노가 맞이 안드라.
俊峰이는 새기 四四玉을 出庫해 갓다.

<1983년 11월 21일 월요일>
新平國校에서 意識改革 社會淨化委員會
議에 參席햇다.
成東이는 朴相培하고 牛舍 堆肥 貯장햇다.
成奉이는 明日 全州로 간다면서 成東이에
白米 四斗을 가저 갓다.

<1983년 11월 22일 화요일>
全州에서 金暻浩 氏가 訪問햇다.
館村 堂叔이 今日이 王板 墓祀日로 알고
오셧다.
午後에는 桑田에 桑 植穴을 팟다. 約 三○
○餘 柱[株]가 들겟드라.

<1983년 11월 23일 수요일>
王板 高祖父 墓祀日이다.
炳赫 炳基 그리고 本村 大小家가 募엿다. 雨
天候으로 山所는 못 가고 집에서 慕侍엿다.
私宗中 財産 菅理에 對하야 成吉이는 完
全이 손을 떼고 八四年度부터 一年間 炳赫
堂叔이 菅理키로 햇다. 그리고 宗家 戶當
白米 一斗식을 据出하야 宗財을 늘이기로
햇다.
成奎 條 宗田畓 六○○坪 팔아먹은 것은
成吉이가 同生 하나 살여 달아면서 黑殺
[黙殺]하자고 한바 나는 말 못 하고 無語한
바 炳基 氏가 그려케 하자는데 同意는 햇
지만 成吉 兄弟는 앞으로 不良宗員으로 捺
印[烙印]되엿다.
成奉이는 새벽에 水原으로 出發햇다. 우리
工場에서 나온 古物을 주워 실고 갓다. 비
는 오는데 苦生도 만겟다.

<1983년 11월 24일 목요일>
아침에 成吉이가 왓다. 柳文京 母에 말을
잘못햇다면서 母는 울고불고 不安 中라 햇
다. 말은 一○질 되는 물속은 알아도 사람
속은 모른다면서 그러나 文京의 母 당신 속
은 잘 안다고 햇든니 其의 本人으로서는 서
방 어든 것을 恥사條[恥事調]{로} 들엇다.
昌宇 집에서 李氏 墓祀인데 老人들 몃 사
람만 募여 술 한 잔식 주드라.

벼 作石 十六叺을 햇다.
밤에 成吉이가 왔다. 心理가 맞이를 안는데
이 집 저 집 단이면서 이간을 부친 것 갓고
人生이 간사한 편이드라.

<1983년 11월 25일 금요일>
秋穀 {收}買量(割當量) 二十六叺이라고
햇다. 그것도 十一月 中에 十六叺 買上하
고 一○叺는 十二月에 하라고 햇다.
産業係 金春基 氏을 相面하고 十一叺을
追{加}로 要購[要求]햇다. 割當量 中에서
좆다고 햇다.
押作이 午前 中 乾操[乾燥]하야 十一叺을
作石햇다. 無事이 通過하야 一等으로 十一
叺 二等으로 十九叺 計 三○叺을 買上햇다.
任實서 成曉가 왔다. 장인게서 위독하야 메
누리는 全州로 가고 食事 때문에 成玉이를
데려갓다.
成東이 便에 밤에 牟潤植 債務 元利 合計
二二七,○○○원을 보내면서 會計 完了하
라 햇다.

<1983년 11월 26일 토요일>
日氣가 大端이 추웟다. 舍郎에서 終日 지
냇다.
成東이 便에 任實 加工組合 精米機 殘金
壹拾萬 원 보내주고 四仙臺注油所 油代
外上金 四四九,四五○원 中 二五○,○○
○원 拂入코 一九九,四五○원을 今日 字
로 殘高로 計算하고 왔다.

<1983년 11월 27일 일요일>
新安里 韓準錫 氏 回甲宴에 參席햇다.
아는 사람으로는 韓洋敎 氏 李相洙 申羅喆
을 相面햇다.

夕食을 하는데 밥을 먹다 보니 시금[식은]
밥을 되재저61 왔다. 熱이 낫다. 或 中食은
시근 밥을 먹지만 夕食까지도 아침에 해노
은 밥을 먹을 수 있을가 되지 못한 行爲이
고 媤母가 잘못이라고 햇다.

<1983년 11월 28일 월요일>
舟川里 郭次勳 女息 結婚이 서울서 擧行
된다는데 꼭 가보려 한바 전기稅을 받으려
와서 七仟 원을 내라는데 주고 보니 서울
旅費이 不足하야 抛棄해 벼렷다.
牛舍에 비니루를 처주고 午後에는 成東이
와 同行하야 桑木 植穴을 판바 約 四○○
本이 要求되고 잇다.
안食口는 김장을 햇다.

<1983년 11월 29일 화요일>
終日 방아 찌엿다.
나는 桑田에 가서 桑木 一部를 캐냇다.
指導所에서 種籾代 八仟貳百 원을 返還해
왔다. 叺子 五四k用이 안니고 紙袋로 變更
되엿다고.
金學順에 四,一○○원을 내주윗다.

<1983년 11월 30일 수요일>
終日 日氣가 不順 눈비가 내려 作業에는
支章이 만앗다.
終日 舍郎에서 讀書만 {하}니 답〃햇다.

<1983년 12월 1일 목요일>
八三 今年 봄에 貸與穀 二叺代 四四,○○
○원을 里長에 會計햇다.

---

61 '재지다'는 밥이 끓고 난 후 약한 불로 뜸 들이는
것을 의미하는 말로, 여기서는 식은 밥을 다시 데
워 왔다는 뜻으로 사용하였다.

驛前 林 氏에서 麻袋 大[62]로 二二枚을 外
上으로 가저온바 代金은 萬 원이라고.
아침에는 鄭九福 生辰이라고 朝食을 그의
집에서 맞이고 中食은 金進映 氏 生日이라
고 그 집에서 맞이고.
桑田에 堆肥를 植穴에 投入햇다.
驛前 中央日報社 李相燮 氏의 長子를 맛
나고 十二月 一日 卽 今日부터 너달아고
햇다.
桑田 保植[補植]하는 데 張判童 苗木 三
〇〇株을 利用햇다.
中故[中古] 自轉車 修繕 一五,〇〇〇원
막겻다.

<1983년 12월 2일 금요일>
昌宇하고 同伴해서 新田里 査돈宅을 禮訪
코 重病席에 게신 相洙을 問病코 慰勞햇다.
還家 中 崔宗洙 집을 訪問코 보니 老母가
八三歲이라고 햇다.
館村 驛前에서 中食을 하고 바로 五樹로
行햇다.
成東이 正浩는 왕겨 一車을 積載코 機待
하드라. 一車에 五仟 원 주웟다고.

<1983년 12월 3일 토요일>
아침에 家犬이 死햇다.
오수에 왕겨 파려 갓다.
白康善 氏가 서울로 가는데 工具하고 尺度
을 三仟 원에 삿다.
成英이가 서울서 왓다.

<1983년 12월 4일 일요일>
新德 崔秉煥 六男 結婚式에 參席햇다. 主

禮者는 簇孫[族孫] 崔勝範 全北大 敎授이
엿다. 對面하고 初面人事를 햇다.
白康善 氏가 서울로 移据[移居]하면서 내
집에 들이엿드라.
成東이는 지난 十一月 二十六日 字로 四
仙臺注油所 外上代 一九九,四五〇원을 殘
高로 해노코 今日 다 經油 一{드}람을 운
반해 왓다.
全州市 崔今禮에 전화로 서울서 成英이가
왓다고 햇든니 婚事는 定햇다고 하드라.

<1983년 12월 5일 월요일>
午前 中에는 방아를 찌엿다.
午後에는 宗山에 호도나무를 越冬하기 위
하야 保土[補土]을 해 주웟다.
成東이는 正浩 왕겨 파서 運搬해 주엇다.
結局은 푸마시엿다.

<1983년 12월 6일 화요일>
終日 방아 찌엿다.
南原 宗中에서 宗稧日이 十二月 十日로
通報가 왓는데 同窓會 召集일이라 不參하
겟다고 回報햇다.

<1983년 12월 7일 수요일>
오늘 同窓會員들에 召集通報을 냇다. 全員
十七名이엿다.
靑云寺 보살이 왓다. 成英이 結婚 仲介하
겟다고 해서 生年月日을 저거 주웟다.
終日 방아를 찌엿다.
圭太 契米을 실고 大里를 간바 李宗南 씨
를 訪問햇다.
南原서 康姬가 와 잇드라.

---

62 '大' 주위로 원을 둘러 그렸다(Ⓐ 모양).

<1983년 12월 8일 목요일>
새벽 五時 三〇分경에 光州에서 전화가 왔
다. 듯자하니 成宇 母親이 어제 七日 字로
別世했다는 전화엿다. 그려면 祭祀(小祥)
는 六日로 안다. 陰曆으로는 十一月 四日
死亡이고 小祥은 十一月 三日이다.
成奎하고 同伴해서 光州에 갓다. 午後 一
時 三〇分있다.
光州에 사는 崔炳龍 氏을 初面人事을 햇다.
南原서 大小家이 오고 外척뿐인데 아주 고
단하게 치루엇다.
鄭太炯 氏에서 日前 메누리 便에 萬 원하고
今日 四萬 원 해서 合計 五萬 원을 가저왓
다. 光州 賻儀 旅비 해 使用코자 가저왓다.

<1983년 12월 9일 금요일>
一〇時쯤 發喪하얏는데 喪祭祀는 모두 내
가 執行햇다.
南原 帶江에 當하니 十一時 三分 埋葬이
끝이 나니 二時엿다. 바로 喪主하고 作別
하고 왓다.
밤에 里會議場에 參席한바 里長 會計 條
가 (農協 條) 約 九百五拾萬 원인데 里民
의 負擔 條가 約 五百萬 里長의 純負擔金
이 三百萬 원이라고 햇다. 次後 締理[處
理]가 難關이다.

<1983년 12월 10일 토요일>
同窓會 基本金 九萬 條 今般 參萬 條 게
120,000 保管임.
全州 崔宗植 會員 宅에서 第十五回 同窓
會에 參席햇다. 約 十一名 募臨이다.
成東이는 市場에 白米 五叺을 出荷 二八
萬 원을 밧고 成允 授業料 주라며 一〇萬
을 밧{았}다.

成玉 觀選 全州에서 있엇다. 可不[可否]을
모르고 于今 成玉이는 오지 안코 斗峴 堂
叔을 따라갓다고. 成康이가 參席.

<1983년 12월 11일 일요일>
裵明善 里長을 訪問하고 外上 資材 및 農
藥 物品代을 計算한바 農協職員도 參席.
裡[里]에 元金이 三〇餘萬 원이고 其의 利
子 二一萬餘 원 計 五一萬이라고 햇다.
終日 눈만 내렷다.
鄭太炯 氏가 왓다. 裵明善 잡포 關係를 뭇
기에 養老堂에서는 엇던 여론이 있소 햇다.
割當이 問題가 안니고 收金이 問題라고.

<1983년 12월 12일 월요일>
4/4分期 成允 授業料 七九,四七〇원 傳送
金햇다. 八四年 二月 까지 주고 今年은 끝
이 낫다.
嚴俊祥 韓相俊 成東을 帶同하고 農協에
갓다. 農協債務가 一〇件인데 一,六三三,
〇〇〇원을 貸付 밧고 五件을 整理하고 五
件이 殘高인바 約 八四年에 償還해야 할
돈이 一五〇萬 원 되드라. 大端이 難點이
만타.
面 金春基 氏를 맛나고 共販벼 一〇叺을
付託햇다.
農協에서 오는데 韓相俊 成奎가 同行하는
데 驛前에서 中食을 갖{이} 햇다.
基宇 注油所에 들이여 모비루 一초롱 二
一,〇〇〇에 外上으로 가저왓다.

<1983년 12월 13일 화요일>
嚴挨榮[嚴俊祥] 氏을 面談햇다. 前番 條
未安하다 하며 治賀[致賀]을 말햇다.
任實 加工組合에 가는 길에 桂壽里 崔炳

萬 氏 屯德里 崔昌泣 氏을 路上에서 對面
코 任實로 갓다. 山林課에 들이여 手續切
次[手續節次]을 알여 주웟다.
加工組合은 八四年分 協會비 七五,〇〇〇
中 三五,〇〇〇원을 주고 四萬을 殘高로
차고 許可證 更新手續을 끝내고 手術料
[手數料] 五,〇〇〇을 주고 왓다.
밤에는 鄭鉉一 來臨하야 對話을 나누엇다.

<1983년 12월 14일 수요일>
成東이는 終日 방아 찌엿다.
丁基善 집에서 招待하기에 養老堂員과 同
行하야 中食을 갗이 햇다. 祝賀金도 못 주
고 未安하드라.
任實에 相範 집에 들이여 成玉 藥을 주웟다.

<1983년 12월 15일 목요일>
아침에 成禮 母게서 왓다. 어제밤에 新田
里 사돈이 別世햇다고 傳하드라. 出喪은
十六日이라고 햇다.
오늘 昌宇하고 成康 成傑하고 택시로 斗基
里 問喪을 갓다. 十七日 出喪 四日喪으로
慕侍단고 햇다.

<1983년 12월 16일 금요일>
家用錢이 너머 多額이 든다.
成東을 시켜서 白米 一叺을 市場化햇다.
(五六,〇〇〇원)
終日 舍郞에서 讀書만 햇다.
正午에 靑云 金二柱가 왓다. 어제 侄 結婚
인데 養老院 老人들 接待한다고 해서 갓다.

<1983년 12월 17일 토요일>
成奎가 왓다.
今般 裵明善이는 本 里長을 辭退한다는데

다음 里長은 何人이 里責을 任할지 모르되
里民總會議 時에 提議하야 電話用으로 스
피카를 내 집으로 옴겨라 住民들은 진즉부
터도 옴겨아 하다는데 嚴俊峰이가 反對햇
다고(不良者 같은 놈).
成奎와 同伴해서 李賢雨 子 結婚式에 參
席코 바로 斗峴 堂叔을 禮訪햇든니 不在하
야 回路햇다.

<1983년 12월 18일 일요일>
五柳里 姜東錫 結婚. 五樹에 갓다. 成康 仁
範 母가 參席햇고 東錫 妹氏들뿐이고 他客
은 업드라.
五柳里에서 中食을 하고 成康이하고 全州
로 卽行하야 씨름大會에 參席하고 視見햇
다. 밤 七時에 끝이 낫는데 집에 온니 九時
였다.
孫子들은 今日부터 放學이라고 全員이 任
實서 왓다.

<1983년 12월 19일 월요일>
아침에 成豚이 高聲이 높기에 가보니 주웟
다[죽었다]. 人便에 계피하야 賣渡하라 하
고 斤當 七〇〇원식 하라 햇다.
今日 養老院에서 招請하기에 會員의로 加
入하고 會 基金의로 一金 一六,八〇〇을
崔南連 便에 보냇다. 林澤俊이 有司인데
終日 稧 書類을 書役으로 整理 算出해 주
웟다. 稧穀은 二十一叺이엿다.

<1983년 12월 20일 화요일>
大里에서 벼 共販을 햇다. 벼 一一叺代 三
〇七,七五〇을 밧앗다.
오는 길에 炳基 堂叔 宅을 禮訪햇다. 맞암
崔宗仁 氏가 왓드라. 갗이 술 몃 잔을 든바

大端이 取[醉]했다.
嚴俊峰이가 왔다. 冬季 就勞作業用으로 七
百萬 원을 밧앗다고 龍陰峙 고개로 車道를
내자고 하드라. 오늘밤에 住民총회을 開催
한다는{데} 못 가고 말앗다.

<1983년 12월 21일 수요일>
鄭太炯 氏을 訪問하고 十二月 五日頃 메
누리 便에 萬 원 其後 내가 十二月 八日 字
四萬 원하고 成曉 便에 參萬 원 해서 八萬
원하고 利 一,〇〇〇원 드려 會計 淸算해
주엇다.
몸이 괴롭다.
年末은 迫頭해 가는데 債務는 整理 못 하
고 新年을 맛게 되니 괴롭기 限이 업다.
夕陽에 店方[店房]에서 鄭鉉一 崔瑛斗 崔
南連 氏을 相面하고 酒席에서 裵明善이가
私債도 五百萬 원이 넘는다고 하드라.

<1983년 12월 22일 목요일>
오늘은 冬至日이다.
어제 술이 過酒가 되여 오늘은 몸 不平햇
다.
孫夏柱 便에 전화料金 敎育保險을 會[合]
六萬 원을 주웟다.
成允는 今日부터 放學이 始作되엿다.
　　　十二月　　　九日
84　　一月　三十日　⎱
　　　二月二十八日　⎰　六七日間
84　　三月 一日 開學 豫定日.

<1983년 12월 23일 금요일>
班常會에 參席했다. 지난 裵明善 關係를
是正하라고 促購[促求]햇다. 二八〇萬 원
中 一二〇萬 원만 割當키로 하고 成奎에

당부했다.
里長租 班長租도 正當히 据出해서 里長에
주라고 하야 모두를 改新한바 嚴俊峰은 行
爲가 非人間的이 處事로 간주햇다. 전화용
스피카도 其者가 反對 단 것으로 나타낫다.
一人 獨權의 處事로 본다. 里長도 새마을
者가 生前 職位을 가질 테야 햇다. 모두를
다 트려 버렷다.

<1983년 12월 24일 토요일>
終日 눈이 내렷다.
鄭鉉一가 왔다. 술 한 잔만 하자 하야 酒店
에 갓다.
途中 養老院에 들이엿다.
崔瑛斗 氏 女息 結婚式에 成東이를 보냇다.
終日 舍郎에서 書役 讀書만 햇다.
崔南連 債務 二〇萬 원 利子 合해서 (二個
月) 二一二,〇〇〇원을 會計해 주웟다.

<1983년 12월 25일 일요일>
牟潤植 有司인데 契員는 全員 募이고 沈參
茂만 不參햇다. 쌀代도 參茂가 全額을 못
내고 外出하야 有司는 不安하여 보이드라.
舘村 炳基 氏는 牟潤植에 白米 四〇叺을
借用케 하자 하니 不應하드라. 于先 二〇
叺을 要求한바 두고 보자면서 妻하고 相議
해서 주마 햇지만 信任을 못 하고 우리 집
에 와서 拾萬 원을 取貸해 주면 牟潤植에
서 주면 내가 주마 하야 拾萬 원을 주웟다.
白米 二〇叺만 購해 달아고 하나 据絶햇
다. 成苑에 付託해 보라는데 그것도 据絶
하고 보니 未安는 하나 아조 처음부터 떼야
지 用貸해 주고 보면 必遇에 義異가 生起
다고 보고 生覺햇다.

<1983년 12월 26일 월요일>
移秧機械 稧員 總會인바 具道植 氏가 有
司이다.
移秧相子[移秧箱子]代　機械　年武[年賦]
拂入金 合算 七〇,七〇〇원이 負擔이라고.
成東이는 妻家에 간바 이제것 오지 안는다.
夕陽에 成苑 便에 館村에서 成曉가 稧金
五〇萬 원이 傳해 왔다.
夕陽에 全州에서 鄭泰燮이가 쌀을 가지려
온바 金泰圭는 自己의 쌀 四叺을 保管햇는
데 없다고 하야 잘 알지 못햇다고 햇으나
大端 不安햇다. 成東이가 오야만니 解結
[解決]되지 안나 햇다.

<1983년 12월 27일 화요일>
大里로 束錦稧會에 參席 햇다. 稧穀은 元
利 合해서 六叺인데 鉉一 一叺 宗燁 一叺
그리고 各 稧員 六名에 分配해서 借用케
햇다.
成東 內外가 三日 만에 밤에 왔다. 不安하
지만 할 수 없엇다.
收入 없이 支出만 만하야 못살겟다.

전기稅　　　　　　　一〇,四〇〇원
수도稅　　　　　　　四,〇〇〇
里 추름돈[추렴돈]　二六,〇〇〇
상자 機械代　　　　七〇,七〇〇
祭祠 장보기　　　　二〇,〇〇〇
서울 旅費　　　　　二〇,〇〇〇
마袋代　　　　　　　一〇,〇〇〇
게　　　　　　　　　十六萬 六,一〇〇

<1983년 12월 28일 수요일>
館村 堂叔 宅을 訪問햇다.
牟潤植에서 債務 要求는 取消하고 大里
某人에서 白米 五〇叺을 借用했으니 立會

人으로 立證하야 明年 稧穀을 타면 주마
하기에 母印[拇印]을 찟어[찍어] 주엇다.
成東이를 舍郞으로 오라 하야 十二月 末日
에 用金이 約 十六萬 必要하다고 말햇다.
終日 방아 찌엿다.

<1983년 12월 29일 목요일>
農協 金仁喆 氏가 왔다. 肥料代만은 年末
內에 淸算해 달아고 里長 條는 現金이 안
되면 契約書라도 成立해 달아고 햇다.
成東이는 經油 一드람을 外上으로 가저왔다.
牟潤植 氏 稧穀 一七叺을 引繼해 주윗다.
不足해서 昌宇 保管米 五叺을 代用햇다.

<1983년 12월 30일 금요일>
아침에 牟潤植 宅을 訪問하고 쌀게 代金을
淸算해 드렷다.
現物로(白米) 十八叺을 주고 (참무 一叺 條
合) 주고 二斗 殘量은 一一,二〇〇원을 찻
고 現物代로 白米 三八叺 六斗 二一四,六
〇〇원 合計 三,一〇二,四〇〇원을 끝내주
고 朝食을 其 宅에서 햇다.
沈參茂에서 煙炭[煉炭] 九〇介 成東 便에
取하고 明春에 返濟해 주마 햇다.63
終日 방아 찌엿다.
成東 農穀 白米로 八叺 八斗 精米햇다.

<1983년 12월 31일 토요일>
舊送 八三年 癸亥도 오늘이 磨勘日이다.
迎新을 마지해도 希望이 生覺치를 안타.
舊年에 할 일을 못다 하고 未結[未決]이다.
癸亥年는 豊年이라고는 햇지만 첫재 債務
整理가 못 되엿다. 어제하야[어찌해야] 어

느 때 債務 없이 살아볼가 莫然[漠然]하다.
收入은 九,六六七,九八四원64인데 支出은
一三,二八七,一〇七원을 削減하고 보니 三,
七五九,一二三원65이 赤字이오니 人力과
勞力만 햇지 眞心으로 莫〃하기 限이 없다.
一. 成東 契穀에서 四九五,四三七원 받아
　서 外上肥料代 移秧상자 機械代 里長
　추름 祭祠 장보기 서울 旅비 등을 整理
　햇다. 里 四街里에서 安正柱에 二六,
　〇〇〇원을 주윗다.

---

64 수입 · 지출금액, 결산액은 붉은색으로 기록하였다.
65 바른 계산은 3,619,123원이다.

<내지1>
一九八四年 甲子
謹賀新年
士氣祈願 元初[原初]
崔乃宇 謹書 (印)

<내지2>
1월 3일　顯考 祭祠[祭祀] 孝子 乃宇 陰 十二月 初一日
1월 5일　顯曾祖考 祭祠 서울 成吉 陰 十二月 初三日
1월 8일　私宗中會議(定期總會)
　　　　陰曆 十二月 初三日 陽曆은 (一月 三日頃)
　　　　서울 崔成吉 方
1월 17일　안골 祖母 斗流里 炳列
1월 25일　長孫 相範 一九七六年 丁巳 十日月 初一日 生
2월 10일　孫女 羅연 一九七五年 乙卯 正月 初九日 生
2월 25일　大宗會議 定期總會 全州 基宇 方
2월 28일　花城 從祖母 祭祠 館村 炳基 宅
3월 16일　長子 成曉 生日 一九四八年 戊子 二月 十四日 生
3월 19일　伯兄 祭祠 成奎 陰 二月 十七日
3월 27일　六男 成奉 一九六〇年 庚子 陰 二月 二十五日 生
3월 30일　九月 三〇日 入隊
　　　　入隊한 成愼 訓鍊[訓練] 修了日 六個月 만에
4월 5일　寒食 連山 七代祖 墓祀日
4월 15일　妻 李淑子 生日 一九二五年 乙丑生
4월 27일　外祖母 祭祠 求禮 外宗侄[外從姪] 金成玉
　　　　陰 三月 二十七日
5월 11일　七男 成愼 一九六二年 壬寅 陰 四月 十一日 生
6월 29일　九月 末日 入隊
　　　　入隊한 成愼 訓鍊 修了日 六個月 만에

7월 8일   從祖父 祭祠 陰 六月 十日 斗峴 炳赫

8월 1일   伯母 祭祠 서울 成吉

8월 10일   祖考兩位 陰 七月 十四日 祭祠 서울 成吉

8월 14일   參女 成玉 一九六〇年 庚子 陰 七月 十八日 生

8월 20일   顯妣(母親) 祭祠 陰 七月 二十四日 孝子 乃宇

9월 3일   金順禮 妻 生日 陰 八月 八日 生 一九二五年 乙丑

9월 6일   四子 成樂 一九五五年 乙未 陰 八月 六日 生

9월 17일   家長 父 生日 陰 八月 一九二三年 二十二日 癸亥生

9월 23일   孫女 銀姬 一九七六年 丙辰 月 日 生

9월 24일   瑞希 一九七八年 戊午 月 日

9월 28일   孫女 康姬 一九八〇年 庚申 月 日

10월 4일   八男 成允 一九六七年 陰 丁未 九月 十日 生

桂壽里

一. 通禮公 十五代祖 墓祠[墓祀] 陰 十月 中 初丁日이다.

二. 三溪面 가록리 通禮公의 子 三계公 初丁三日 만에

三. 求禮 東網派 大宅 墓祠 陰 十月中 中丁日이다.

四. 서울 文請公 十七代祖 墓祠 十月 五日 定日

五. 花樹會는 四月 五日로 定日

六. 자랑公 九代祖 墓祠

七. 雙白堂 一〇代祖

八. 八代祖 花亭里 刑氏

九. 連山 七代祖 寒食日 定日

　　　六代　高祖

　　　五代　曾祖　　墓祠

11월 12일次子 成康 生日 一九四八年 戊子 十月 二十日 生

11월 18일孫女 公主 一九七八年 戊午 十月 二十六日 生

11월 28일叔父 祭祠 陰 十月 日

12월 8일   三子 成東 陰 十一月 十八日 生 壬辰

　　　　　　一九五二年 生

12월 16일次女 成英 一九五七年 丁酉 十二月 二十八日 生

12월 22일陰 十一月 一日

<1984년 1월 1일 일요일> {陰曆} 11. 29.
惡夢의 癸亥 一九八三年 送舊迎新 甲子生
을 마잣다.
新正 休公日[公休日]이라 任實 成曉 家族
[家族] 全員이 왓다. 客地에서 成傑 成奉
이도 왓다.
不安 家長으로서는 農協債務가 年賦債[年
負債]을 除外하고 相違없이 償還해야 할
一〇〇萬 원이 未淸算햇고 丁俊浩 七星稧
金 三〇萬 원이 未算이다.
今般에 債務가 多額이기에 成東이하고 打
合햇든니 四九萬 원을 제의 稧穀에서 주엇
는데 八三年分 外上 肥料代 三四七,八七
三원 移秧箱子 年賦金 機械 年賦金 里 戶
錢 二六,〇〇〇 祭祠 장보기 二〇,〇〇〇
서울 旅費 一五,〇〇〇을 貪但[負擔]햇는
데 未安함 點이 만다.
惡夢 같은 癸亥 八三年 收入支出은 年中
歲入 9,667,984 - 支出 13,782,544 =
4,114,560 赤字[66]
添伸
農協債務 急錢는 一〇〇萬 원만 償還하면
八四年는 無事히 迎新 甲子年을 보내겟다.
老年期가 當하야 末老가 不安하다. 靑春이
면 自信이 있다.

<1984년 1월 2일 월요일>
밤에 서울서 成吉이가 왓다. 五日 字가 曾
祖父 祭祠인데 宗員들이 서울로 가려 햇는
데 祭物을 가지고 成奎 집에서 慕侍라고
하기에 難點도 잇드라.
里 裏後 車道工{事}場에 갓다.
田畓이 浸害가 되니 承諾을 바다 오시라기

에 張判童 집을 찻고 基善에 請햇든니 應
하드라.
安承均 氏가 工事場에 왔다. 한참 作業現
況을 보드니 事後에 엇지 할여고 이런가 모
르겟다고 햇다. 人象[印象]이 좋이 못해 보
엿다.
嚴俊峰이는 말햇다. 明日 安承均 氏 對面
해 주시고 正 不應하시면 多少 代價를 주
마 하야 承諾을 바다 주시요 햇다.
金仁喆 農協職員에 定期預金 證書을 주면
서 七月 二日까지 再 證書 發給을 바다오
라 햇다 印章도 주웟다.

<1984년 1월 3일 화요일>
先考 祭祠엿다.
祝 紙方[紙榜]을 쓰려 하자 成吉이는 祝을
서울서 써왓다고 햇다. 氣分 좋이를 못 해
서 엇저면 서울서까지 써왓나고 不安케 말
햇다. 밤 十二時가 넘머서 祭祠 參祠하는
데 成奎에 讀祝하라 햇든니 잘 쓰지를 못
햇기에 忠告한바 무렴하게 여기드라. 明年
에는 써오지 안켓다고 하드라.
日前에 約 一週 前에 成奎 便에 편지해서
八四年度 大宗會는 二月 二十五日 字로
光州 震宇 집에서 有司 基宇에 約束했으
니 그대로 편지하라 햇다. 그랫는데 오늘밤
에 一月 八日로 大宗會을 하겟다고 各 宗
員에 通報햇다기에 不安햇다. 成奎의 펴지
[편지]로 알면서 모른다고 初聞이라고. 그
려나 曾祖 祭祠가 一月 五日 親睦稧日이
六日 七日이 館村에서 契日이고 쌀계도 잇
고 해서 故意로 自己의 뜻대로 執行하려
함은 좋이 못한 人間으로 여겻다. (大宗會
는 除하야 오른데 二月 二十五日 字로)

<1984년 1월 4일 수요일>
아침에는 大小家 全員을 慕侍고 朝食을 갖이 햇다. 中食까지도 待接햇다. 成曉는 始務式이라 早起에 出勤.
終日 舍郎[舍廊]에서 成吉이하고 對話한 바 그다지 多情心이 없다.
金仁喆 農協職員 便에 定期預金 證書을 밧고 보니 六四萬 六千 원 七月 四日까지 8%로. 大端이 薄利드라.
成吉이는 학바우沓 四斗只을 판다고 햇지만 밋지를 안코 잇다.

<1984년 1월 5일 목요일>
午前에 成吉이는 말하기를 八日로 大宗會을 召集했으니 꼭 가시자고 하나 뜻이 全然 而 없다. 理由는 宗員이 宗穀을 떼먹고 宗財 없는 宗會議 하면 무슨 效力이 있나 한다.
夕陽에 炳赫 氏 炳基 氏 來臨햇다. 갖이 夕食을 노누고 成奎 집에 갓다. 宗會議를 하는데 炳基 氏에서 宗土稅 十五斗 宗員 一人當 白米 一斗 計 二十九斗 收入 中 宗土 揚水 施設비 五斗을 除한 二十四斗을 八四年度 有司 炳赫 氏에 引斷[引繼]해 주웟다.
成奎가 大宗穀 잡포 條 舊正日 額을 보니 六叺 五斗인데 二叺만 창기여 帶江 宗員하고 打合해 보마 햇다. 그려면 昨年에 二叺하야 四叺로 끝을 내볼가 햇다.

<1984년 1월 6일 금요일>
崔德喆 婦人이 전화를 하려 왔다. 市內전화이기는 하지만 外人이 박게서 기드리고 잇는데도 約 一〇餘 分을 하면서 是非條[是非調]로 오래 하기에 차라리 郎接[直接] 本人을 對面하고 말하라 햇다. 人生이

갓잔하드라.
成吉이는 親睦稧 有司인데 成奎 집에서 치르는데 契員은 三分의 一 程度 募엿다. 稧員의 立場은 生覺지 안코 自己으 立場대로 執行한다는 것은 越權의 行爲가 안일 수 없다. 稧員들이 生覺하면 不平할 것은 事實이다.

<1984년 1월 7일 토요일>
鄭鉉一을 訪問하고 어제 親睦稧 收入支出 決算을 해주엇다. 殘高額 現金 一〇〇,一〇〇원 會計햇다. 稧穀 元穀은 白米 五叺이다.
洞內 스피카를 成東이를 시켜서 내 집으로 옴것다.
工事場에 간바 安承均이가 不平을 하면서 以上 못 냇겟다고 햇다. 우리 집으로 대려다 달갯지만 應答을 하지 안는다.
밤 一〇時頃에 斗峴 堂叔에서 電話가로 明 八日 全州에서 成玉 觀選을 하자 햇다. 成英이도 明日 觀選하기로 몇일 前부터 約束한바 雙立이 섯다.

<1984년 1월 8일 일요일>
南原 任實 大宗會日인데 觀選이 二次나 되여 宗會 參席 如不[與否]가 未結[未決]이다.
炳基 氏하고 同伴해서 列車로 基宇 집을 訪問햇다. 宗員 全部 一〇餘 名 宗中之事 討論에 들엇다. 宗穀 成奎 條가 成吉 兄弟는 白米 貳叺을 가지고 決末[結末]을 보려한바 모두 元穀만은 내야한다 햇다. 未決하고 貳叺도 未決.
成英 觀選을 보는데 市廳 앞 茶方[茶房]이엿다. 男子 便으 父母 本人을 對話해 보니

事禮는 안 것으로 본다. 어더면[어쩌면] 成
事가 될 듯도 하드라.
成玉 關係는 男子 側에서 뜻이 없는 것으
로 안다.
오늘 旅費는 成東에서 貳萬 원을 둘여서
갓다.

<1984년 1월 9일 월요일>
大里에 갓다. 安吉豊 氏을 訪問하고 軍部
隊에 就職處을 付託햇다. 힘껏 알아보겟다
고 햇다.
昌宇 집을 간바 어제 男妹稧 會議을 햇다
고 食酒을 내왓드라.

<1984년 1월 10일 화요일>
新平서 面長 外 職員 參名이 왓다. 靑云洞
道路 擴場[擴張] 工事場에 同伴해서 갓다.
路上에서 듯자하니 總工事비는 壹仟萬 원
이 넘는다고 某人에서 들엇다. 두고 보는
게다.

<1984년 1월 11일 수요일>
任實市場에 갓다. 大宗穀 代金 一四八,一
一〇원 9% 利子로 신용금고에 預置하고
小牛 一頭 八萬에 암소을 買受햇다.
正午인데 完宇 俊浩가 來臨햇다. 崔善眞
母親 祭祠인데 中食을 養老堂에서 드린다
고 放送햇다. 參席햇다. 爲親稧穀 壹叺代
現金으로 宋成龍에 드리고 安承均 氏 林
澤俊 尹相浩 氏 梁奉俊 氏 外 一〇餘 名이
보는데 주웟고 利子 二斗 五升는 工場에서
가저가라 햇다. (牟潤植이가 가저갓다.)
夕陽에 鄭太炯이는 面會을 要求하기에 同
伴하야 집에 왓든니 八月 十一日 字로 債
務을 밧이 안 햇다 하기에 支出張[支出帳]

을 보니 償還이 分明하기에 不良者이고 도
적놈이라고 高聲으로 햇든니 잘 모르고 그
런데 그쯤 할 수 잇나고 하기에 늘근 놈이
조심하라 햇다.

<1984년 1월 12일 목요일>
終日 방{아} 찌엿다.
成東이는 耕耘機로 運搬하고 靑云洞 벼를
精米햇다.

<1984년 1월 13일 금요일>
終日 방아를 精米햇다. 日募[日暮] 時間이
워낙 짤바서 作業 時間이 없다.
듯자하니 鄭太炯은 十一日 字로 不順하게
暴言을 通해 盜賊놈이라고 햇든니 于今것
出入을 禁하고 잇다고 들엇다. 行爲는 無
識하고 常識 不足者다. 鐵道工事나 드나들
고 客地生活만 하기에 배움은 없다고 본다.

<1984년 1월 14일 토요일>
食後에 尹鎬錫 氏를 訪問하야 金判植 집
으로 갓다. 養老院 喜捨金 및 現物 收入帳
을 보고 引受해 왔다.
李相勳 집을 宋成龍 尹鎬錫 氏와 同伴해서
갓다. 債務가 만타 해서 養老會 利穀 20斗
(貳叺)을 받으려 갓다. 債務額을 調査해 보
니 現金이 1,880,000 白米 54叺 崔南連 條
德喆 條 約 70萬 원을 빼고 그러는데 150萬
원을 가지 따지려 한니 難點이 만트라.
支署에서 新任 金瑛稷[67]하라면서 里 動態
을 살피려 왔다.
鄭圭太 집 店方[店房]을 13萬 원에 買受
하고 餘金 參萬은 2月 末日에 주기로 하야

---

67 稷 자 위에 한글로 '피'라고 기록되어 있다.

契約 締結햇다.

<1984년 1월 15일 일요일>
丁柱完 집에서 七星契 會議가 있어 參席햇다. 白米 一〇叺을 借用하야 濟州道로 觀光하려 가기로 決議하고 契錢 參拾六萬 원을 借用한바 一月 二十日 字로 五個月이 된바 利子는 二分로 元利 合해서 三九六,〇〇〇인데 白米 四斗 二升 代金 二三,五二〇을 契中에 드려주고 殘金 三七二,五七〇원은 無利子로 二月 二十日頃까지 내게 保菅[保管]키로 하고 其中 昌宇 條 六萬 六仟 원을 控除하면 三〇六,五七〇원만 주면 된다.
昌宇 條 元金 六萬 원은 金三浩 白米 一叺 代를 주기 위하야 가저갓다.68
靑云洞 鄭圭太가 왓다. 店方집 代金을 金泰圭 立會下에 一金 拾萬 원을 주고 登記卷[登記券]도 保菅햇다.
夕陽에 梁奉俊 집을 訪問 金東元 大里 몃 년 만에 對面하고 農路 改修하는 데 贊助金을 내라 햇다. 다음 宗會 時에 打合하기로 햇다.

<1984년 1월 16일 월요일>
大里 金哲浩하고 同伴하야 莫洞 朴泰珍 父 死 弔問하려 갓다. 태시[택시]로 館村에 온니 朴公熙를 相面햇다.
任實市場에 가니 成東이는 소를 買入하야 歸家햇다고.
夕陽에 成東 말을 드르니 黃牛 1頭는 1,550,000에 賣渡하고 암소는 958,000원에 삿다고 햇다. 殘額 餘有[餘裕] 金額은

____
68 이 문장은 붉은색으로 기록되어 있다.

565,000은 在高額[在庫額]이다.
다음 市場에 買入할 計劃이다.

<1984년 1월 17일 화요일>
終日 精米햇다.
安承均 氏하고 婦人을 工場 앞에서 相面코 店方집을 삿다고 햇든니 安承均 氏는 말 못하고 잇고 婦人은 明春 三月까지 기드리면 비여주겟다고 햇다.
店方 劉貞子 집에 夕陽에 간니 婦人이 왓다. 돈을 챙기엿으니 自己을 돌이여 달아고 애원하기에 現金 一三萬을 밧고 讓渡햇다. 집에 와서 契約書하고 移轉卷[移轉券]도 내주고 移轉을 하라 햇든니 必要없다며 死後에는 崔 生員이 차지하세요 하기에 그것은 될 수 없다고 햇다.

<1984년 1월 18일 수요일>
成東이는 飼料 二四袋을 任實서 購入해 왓다. 집갑 一〇萬 원을 돌여주윗다. 參萬 원는 내가 쓰고.
終日 養老堂 書類을 作成 完了하고 備置햇다.

<1984년 1월 19일 목요일>
終日 自宅 內 牛舍을 改修햇다. 집에서 飼育牛 암소을 本畜舍로 옴기고 임신 암소를 自宅舍로 옴기엿다. 二月 十九日頃 生고가 든다기에 미리 옴기엿다.
新平指導所에서 出張왓다. 職員이 一名 增員되엿다고 햇다.

<1984년 1월 20일 금요일>
嚴俊祥 氏 招請을 밧고 갓다. 오늘이 本人의 生日로 알고 잇다.

午後에는 車道工事場을 둘여 보왓다. 땅이 얼어서 作業上 支章[支障]이 만트라.
完宇는 道路工事 協力한는데 誠意가 大端하드라. 成奎 完宇가 그쯤 하는 데는 좃지만 他人의 見解는 利得을 目的으로 하지 안나 生覺할 것이다.
夕陽에 靑云洞 鄭圭太 氏을 訪問하고 家屋 買賣[賣買]에 對하야 老人에 讓渡햇다고 하고 崔六嚴 立會下 13萬 원의 領受證[領收證]을 밧고 왓다.

<1984년 1월 21일 토요일>
任實 牛市場에 갓다. 사로리 소를 賣渡한 바 成東이가 金宗台에 豫賣코 一,四四〇,〇〇〇을 밧기로 햇다고.
송아지 황소 一頭는 一〇〇萬 원 주고 또 一頭는 七六萬 원을 주고 삿다.
南原 桂壽里에서 南宇 氏 昌範 同伴해서 來臨햇다. 宗垈(祭閣)는 旣히 建立키로 하고 宗家 戶當 白米 一叺代 程度는 据出[醵出]키로 決議햇다고 傳하고 夕陽에 出發햇다.
任實서 메누리가 왓다.
成東에서 一金 七萬 원을 받앗다. 稅金 주고 전기세 수도稅 其他用을 쓰기 爲하야.

<1984년 1월 22일 일요일>
水原서 成奉이가 왓다. 舊正에 오려 햇지만 營業上 父母兄弟와 打合코자 왓다고 햇다. 古物商 許可을 得하야 鐵道敷地(驛前近方) 二十坪을 貸借하고도 부근을 利用해서 營業을 하겟다고 하고 約 五百萬 원을 投資하겟다고. 兄 成傑에서는 打合하야 參百은 주겟다고 하고 다음 아버지는 말하기를 百萬 원는 購入해 보마 햇다. 子息들

中 比較的 勤勉한 便이고 어더케 하야 社會生活에 成功해볼가 하는 마음 고마케 生覺한다.
李成根 康治根 子息들 結婚式場에 갓다. 還迎[歡迎]한 사람은 同窓들이드라. 朴順龍 崔宗彦의 페를 끼첫다.

<1984년 1월 23일 월요일>
上水道가 異常이 있어 이웃 住民을 動員하야 夕陽에야 復舊되여 流水가 通햇다.
成東이는 工場에서 精米 中 뿌례가 異常이 있어 一時間 程度 中止햇다.
成允이 공부방에 外學生이 오는데 아주 不安햇다. 오면 雜談으로 時間을 보내 딱햇다. 안니 왓으면 한다.

<1984년 1월 24일 화요일>
任實에 왕겨를 파로[팔러][69] 간바 袋當 1,000원식을 받으니 大端이 봉을 잘엿다. 왕겨가 品切이 되게 되니 막 밧는 것으로 안다.
집에 오니 소가 탈이 낫다. 館村 崔家畜{病}院長을 불여댓다. 주사 멋 번 놀으니 폐렴이라고 하고 2萬 원을 要求햇다.
1日中 約 5萬 원이 支出되니 딱하기 恨이 없다.

<1984년 1월 25일 수요일>
鄭九福 豚 一頭代 七九,〇〇〇원을 주기 위하야 成東이를 시켜서 白米 一四斗을 賣渡햇다. 七星契 豚代이다. 그럼면 八萬 원

---

[69] 여기서 '팔다'라는 말은 표현과는 반대로 '샀다'는 의미이다. 이처럼 의미상 반대되는 표현으로서 '팔다'라는 말은 일상적으로 자주 쓰이는 방언형이다.

을 除하면 二二六,四八〇원인데 一月 二十
三日 字로 昌宇 집에서 臨時總會 時 麥酒
代가 五仟 원이 들엇다고 해서 今日 現金
으로 支出코 보니 客地 借用金이 二二一,
四八〇원으로 整이 된다.
夕陽에 成愼가 警察官 訓鍊 및 仁川에서
敎育을 맞이고 왓다. 勤務地는 全州大學校
內라 햇다.

간인[70] 八四年 一月 二十五日 整理함[71]
八四年 一月 二十三日 昌宇 집에서 七星
契員 會議 決課[結果]는 今年 二月中(陰
曆 正月 二〇日頃) 濟州道 旅行을 抛棄하
고 八五年에 가기로 하야 契金 三九六,〇
〇〇원은 二月 一日 字로 借用하는 것으로
確定코 其中 昌宇 條 六六,{〇〇〇}을 除
하고 十五日 契加理 時 白米 四斗 二升代
二三,五二〇원을 除하고 또 一月 二十五
日 字 豚 一頭代 八萬 원을 除하니 殘 二五
萬 원이 二月 一日 字로 借用함을 確認함.
84
1月 30日 字 元利 合算 元宗條/昌宇 條
元金　　　396,000 --- 66,000 = 33,000
〃　　　　330,000 --- 白米 42升代 23,530
　　　　　　　　　　　　　　= 306,470
〃　　　　306,470 --- 豚 1頭代 80,000
　　　　　　　　　　　　　　226,470
乃宇 條 84. 2. 1.부터 借用金이 確認함 (印)

<1984년 1월 26일 목요일>
王板 宗山 六二番地 一部 施業 命令書가
왓다. 地上物 除去는 二月 末日 限이다.

成愼는 오늘 全州大學로 勤務하려 갓다.
旅비 五仟 원을 주워 보냇다.
終日 舍郎에서 讀書만 하고 하루를 보냇다.
安承均 氏가 訪問햇다.
侄[姪] 三兄弟가 相論해서 土地 二斗只을
賣渡케 해달아고 햇든니 南連이에서 들엇
다고 하고 七〇叺만 바더 주겟다고 하고 今
日 任實에 가서 알아보겟다고 하고 갓다.

<1984년 1월 27일 금요일>[72]
普通 새벽 五時면 잠이 깨인다. 家畜牛 소
죽을 끄려주면 六時 三〇分이 된다. 곳 七
時 뉴스가 나온다. 成允 成英 家族들을 早
起床하기 위하야 音聲을 높인다. 八時가
되여도 寢具 속에 起床치 안는다. 成允이
는 高校 二年生인데도 功夫[工夫]에 熱이
없어 보인다. 放學 同安[동안] 꾸준이 살펴
보아도 熱意는 업고 테레비만은 熱心이 보
고 있어도 深히 말하지 안 햇다가 오늘 아
침에는 熱이 낫다. 당장에 공부를 그만두고
只今부터 他處로 外出해 버려라 햇다. 보
기 실코 父母의 立場도 이제는 더 以上 後
援 못 하겟다고 햇다. 그리고 行動을 보면
不良한 놈으로 본다. 무엇이 不安하며 여건
이 맞지 안느야 햇다. 다음에는 공부에 不
誠實하면 모든 책과 학용품을 一切 없어
버리겟다고 하고 萬諾[萬若] 父가 其 行動
을 하지 안니 한다면 마당의 개왓 갓다고
短言[斷言]을 햇다. 꼭 실행하겟다.[73]
裵明善 氏을 對面하고 新品 蒿집을 使用
要求한바 二輪만 가저 가시요 햇다. 裵明
善 畓에 耕耘機을 몰고 가보니 벼집이 얼

어붓터 떼들 못 하야 空탕으로 왔다. 바로
成東이하고 붓골 金二周 집을 실로 갓다.
길이 소삽하고 미그려서 大端 愛勞[隘路]
가 만햇다.
새기 소가 異常이 낫다. 二次로 館村에서
藥 가저다 다시 注射을 노왓다.

<1984년 1월 28일 토요일>
成英이를 帶洞[帶同]하고 江津面 朴 氏를
訪問한바 出他하고 不在中. 回路햇다.
外出하면 終日이 걸인다.
成東이는 營農敎育을 받으려 갓다.

<1984년 1월 29일 일요일>
成東이는 親友 結婚式에 가고 全州 室內
體育官[室內體育館]에 놀보전을 求影[구
경]하려 갈아고 準備인데 押作히 방아를
찟라고 하니 不應할 수 없는 營業이엇다.
할 수 없이 終日 工場에서 作業햇다.
夕陽에 柳正進 집에 臨時 七星契 會議에
參席햇다. 收入支出을 結算[決算]하고 今
秋나 明春에는 濟州島[濟州道]에 觀光을
꼭 하기로 햇다.
契錢는 三〇萬 원을 確保하야 하는데 契員
當 二,五〇〇식을 支出하야 參拾{萬} 원
確保햇다. 二月 一日 字로 乃宇가 月 二
〇%로 二三四,〇〇〇원 借用코 昌宇가 六
六,〇〇〇원 借用하야 總額 三〇萬이다.

<1984년 1월 30일 월요일>
成英이를 데리고 江津 朴 氏에 針[鍼]을
마즈려 갓다. 금침을 놋는데 二〇個을 넛다
고 二萬 원을 달아고 햇다. 壹萬 원만 주고.
바로 全州로 갓다. 가락사 낫도 보도를 購
入해 왓다.

<1984년 1월 31일 화요일>
집에서 집안일을 보살피였다.
明日 成英이는 針을 맞으로 간다는데 돈
없다. 할 수 없이 養老院에 가서 崔南連 氏
을 對面하고 一金 參萬 원을 要求햇다. 바
로 自己집에서 가저왓다 말하는데 兄 畓도
賣渡가 可能하다고 햇다.
農協債 70萬 원 件이 整理가 못 되여 最高
狀[催告狀]이 날아 왓다. 不安 속에 癸亥
가 日暮 내렷다.

<1984년 2월 1일 수요일>
成英는 江津으로 針을 마즈로 갓다 왓다.
桑田을 두려보니 苗木을 一列 追植해도 多
當하드라. 約 一,七〇〇 株 加量[假量]이
들것드라.
南原서 成樂 內外가 왔다.
이웃 金三浩가 來訪햇는데 成吉이가 편지
하기를 一〇八叺에 畓 四斗只을 賣渡케 해
달아고. 또 崔南連에도 便紙가 오고 完宇
에도 왔고 내게도 왔고 그계 무슨 짓인지
모르겟다.
各地(客地)에 잇는 子息이 다 왔다.

<1984년 2월 2일 목요일>
成吉이는 新正에 先塋 祭祀을 慕侍엿다고
들엇다. 그 사람은 每事을 自己 마음대로
하고 祭祀도 自己의 뜻대로 慕侍는데 그래
도 福을 밧고 있으니 寒心之事.
成奎 母을 禮訪하고 重宇 집을 단여 新安
宅을 人事次 들이고 養老院을 단여 집에
왔다.
大里 校長게서 豚肉 一斤 燒酒 一병이 繕
物[膳物]로 드려왓고 白康俊 子가 燒酒 一
병 果 一封을 養老院에 드려노왓다고 햇다.

夕陽에 任實메누리가 가는데 病名을 무르니 디스크병(뒤 척주가 異常) 그리고 심장병 消化不良으로 兼하야 難治病으로 判定되엿다고 햇다. 알아보겟다.

<1984년 2월 3일 금요일>
養老院에 歲酒 및 담배가 繕物로 들여왔다고 해서 放送 通話로 傳하고 參席햇다. 全員이 募엿다.
夕陽에 安 生員 嚴俊祥하고 同伴해서 보리논에 물을 대보려 쌔보를 막고 中洑을 막고 왔다.
밤에 成奉이가 왔다. 모텡논을 팔아서 成奉의 營業 後事을 대줄가 햇든니 成傑이가 五百까지는 後援해 준다고 하기에 논는 팔지 안키로 햇다. 住民에 창피는 안 보게 되엿다. 萬諾 契約이 되엿음면 難處하게 되엿다. 多幸으로 生覺한다.

<1984년 2월 4일 토요일>
成傑 成奉이는 職場 따라서 떠낫다.
培畓 보리논에 물을 대보왔는데 失害나 안 볼는지 금심이다.
任實서 成曉가 왔다. 不遠 基肥 一五袋을 보내드리겟으니 利用하시요 햇다.
夕陽에 서울서 許俊晚이가 自家用을 손수 몰코 왔다. 省墓次 왔다고 햇다.
成英이는 몸이 不平하야 大里에서 藥 一○첩을 지여왔다.

<1984년 2월 5일 일요일>
成東이는 南原 同婚契에 參席하려 갓다.
驛前에서 燃炭[煉炭] 五○개을 리여카로 운반햇다.
日常生活 職業은 소 세 마리 朝夕으로 소

죽 쑤워 주는 게 只今의 할 일인가 보다.
井戶에 물조차 不足하야 難點이 多樣하다.
보리논을 살펴보니 어려보터 冬害[凍害]나 보지 안나 십다.

<1984년 2월 6일 월요일>
養老院에서 金進映 氏가 招請하야 參席해 보니 中食까지 兼하야 차려왔다. 張判童 農牛가 病死햇다고 들엇다.
終日 極寒이 深하야 麥穀에 害가 되지 안을가 念餘[念慮]된다.

<1984년 2월 7일 화요일>
今日도 大端이 寒波가 深하야 出入을 抛棄하고 舍郞에서 讀書만 햇다.
夕陽에 養老堂에 간바 담배 煙氣 때문에 안질 수도 업드라.

<1984년 2월 8일 수요일>
日氣不順으로 終日 舍郞에서 讀書만 하고 歲日을 보냇다.
成東이는 家畜 飼育 講議[講義]를 들여 任實에 갓다.
夕陽에 新平農協에서 金仁喆 氏가 訪問햇다.
裵明善 里長 外上去來 條가 八一年分 八二年分 合算하야 元利 計算으로 五貳萬인데 今日 契約書을 作成 捺印해 주엇다. 그려면 裵明善하고는 一切의 去來가 끝이 낫다. 別紙帳簿에 目錄이 記載되엿음.

<1984년 2월 9일 목요일>
面事務所에서 昌坪里 田畓 全部으 土價을 調査하려 왔다. 上은 三,七○○원 平當[坪當] - 下는 三○○원으로 매{겨} 주엇다.
郡殖桑課에서 金世鉉 氏 成曉하고(갖이

잇다고 햇다) 왓다. 우리 家庭의 總收入支
出의 殘을 計定하려 왓다.
숨김없이 收入支出을 따지고 帳簿까지도
내보엿든이 놀애드라. 黑字로 믿고 왓든니
赤字가 三六〇萬 원 八三年分이 生起고
보니 놀엘 수박게 업다고 햇다.

<1984년 2월 10일 금요일>
成奎에서 20cm 로강 2,50cm 五弧을 運搬
해 왓다.
昌宇을 맛낫든니 乾燥[乾燥]을 自記[自
己] 使用치 안코 成龍에 주웟다고. 熱이 낫
다. 嚴俊映이를 불여서 당장 가저오라 햇다.
午後 三時에 出發해야 本 郡守게서 初道
巡視[初度巡視] 招請을 밧고 登廳햇다.
오래 만에 親友 上下을 相面햇다.
郡守에게 말삼드럿다. 今般 우리 마을 宿
願事業의 間線道路[幹線道路]가 完工 中
인데 모두가 슈監의 德澤이고 一部 不足한
것은 더 좀 協助해 주고 本 工程이 끝이 나
면 一, 二臺의 뻐스가 우리 마을을 通過케
해주시면 感謝해겟다고 人事햇든니 모두
를 힘것 해보겟다고 햇다.

<1984년 2월 11일 토요일>
牛舍 및 家事을 돌밧다.
面에다 桑木 1,500株를 申請햇다.
南原 二白面에서 전화가 왓다. 外叔母가
95歲인데 어제 10{日} 字로 別世햇다고 傳
해 왓다.
메누리는 親家에 갓다. 先母祭祀라고 햇다.
成奎을 맛나고 明日 外家 問喪을 가자고
하고 아침 7時에 出發하자 햇다.
※ 밤에 成東이를 시켜서 貳萬 원을 둘여
  왓다. 明日 問喪 가려고 取햇다.

<1984년 2월 12일 일요일>
아침에 七時 三十分에 成奎하고 同伴하야
二白面 계산里(당메) 金東基 喪家에 到着
햇다. 十一時頃에 出喪하는데 中途에서 歸
家햇다.

<1984년 2월 13일 월요일>
自宅舍 畜牛가 病이 나서 館村 崔 院長을
出張시켜서 治料[治療]햇다. 代價는 四萬
원이라고.
炳赫 堂叔 莫同 孟宇 結婚式에 參席햇든
니 桂壽里 崔炳洙 氏가 參席햇드라. 宗垈
建立 募金次인데 말할 機會가 없어 相論을
못햇다.
成康이를 불어서 里長을 해볼 뜻이 없나고
물의니 뜻이 없다고 햇다. 月 貳拾萬 원 뻬
스로 計劃 物色 中이라고 햇다.

<1984년 2월 14일 화요일>
畜牛가 病이 生起는 日字는 二月 十一日
이엿다. 온늘 새벽까지 四日채엿다. 或 牛
가 아구를 내는지 일즉 五時에 起床코 牛
舍 門을 여러 보니 어제와 같앗다. 소죽은
形式的으로 끄렷으나 퍼주고 싶은 마음은
없다. 아물이 生覺해도 失敗할 듯십다. 市
價는 約 二白萬 원자린데 화도 낫다.
午前 中에 成東이를 시켜서 館村에서 다시
藥을 갓다 먹든니 十一時 三分쯤에 아구를
내기 始作하야 只今 正常으로 보는데 多幸
이엿다.

<1984년 2월 15일 수요일>
牟潤植 氏는 黃牛 交配費 壹萬 원을 가저
왓다.
養老院에 갓다.

恒時 격거 보면 安承均 黃基滿 者을 보면
우멍하며 二重心保를 가치고 行爲하드라.
오늘부터서는 암소가 正常을 찻고 草食을
잘 하드라.

<1984년 2월 16일 목요일>
嚴俊映이는 八二年度에 乾燥場[乾燥場]
을 貸與해 간바 其間에 昌宇 成龍 牟光浩
까지 使햇다니 主人 없는 物見[物件]이 되
엿다. 不良한 놈들이라고 햇다. 乾燥場 組
立을 하다 말앗다.

<1984년 2월 17일 금요일>
庭園에다 乾燥場을 設置하다 中止햇다.
암소는 새기를 날 時期가 당햇는데 아무런
感客[感覺]이 보이지를 안는다.
終日.
五樹里[鰲樹里]로 왕겨을 燃料로 파로[팔
러] 보냇다.
八三年 秋期에는 一車에 五仟인데 이번에
는 萬 五仟 원이라고 햇다. 그만 가고십다.

<1984년 2월 18일 토요일>
今日 正式 牛 새기 날 날이다. 病으로 몇일
욕은 밪이만 감각이 없다.
成奉이는 營業을 하려 한데 成傑이가 作業
貸金을 貸與해 준다든니 于今 行方을 감추
윗다고.
崔南連 氏에 간바 돈이 없다면서 利息도
三分 四分을 주워야 한다고 하드라. 不良
者로 澤하고 無言햇다.
牟潤植 氏를 訪問하고 約 五〇萬을 要求
한바 업다고.
金宗出에 간바 돈은 있어도 서울로 간다고.
成奎을 불엇다. 무슨 돈이든 五〇萬 원을

要求한바 休錢이 있으니 드리마 햇다.
驛前 韓文錫 氏에 電話하야 百萬 원을 要한
바 十九日 明{日} 六時에 알여 주면 햇다.

<1984년 2월 19일 일요일>
九時 列車로 求禮邑에 到着하니 十一時
三〇分이드라. 任正三 內外 外家집 食口
光義 元複도 두루 맛낫다.
禮式이 끝나고 바로 中食만 끝낸 後 바로
特急列車 二時 五〇分 列車로 直行햇다.
夕陽에 婦人들이 豊物[風物]을 치고 왓는
데 할 수 없이 白米 二斗을 주고 술 一병 주
윗다. 食糧도 不足단게 들엇다.

<1984년 2월 20일 월요일>
任實 成曉가 닭똥 一五袋을 보내왓다.
養老堂에 갓다.
崔南連 氏에서 一金 五拾萬 원 借用하고
成奎에서 五〇萬 원 鄭圭太에서 三〇萬
원을 購入햇다. (計 一三〇萬 원)
成奎는 工事場 人夫賃인데 엇저면 無利子
든 십다. 그래서 二〇萬 원만 追加해 달아
햇든니 明日 二十一日 주겟다고 햇다.
成東이는 四仙臺注油所에 石油 一드람 經
油[輕油] 一드람 外上으로 운반햇다.

<1984년 2월 21일 화요일>
감기가 들어와서 아주 곤욕을 알앗다.
李道植 氏 三〇萬 원을 가저왓다.
밤에 成奎 二〇萬 원 가저왓다.
그래서 總 百八拾{萬} 원을 確保햇다.

<1984년 2월 22일 수요일>
任實驛에서 八時 三〇分 特急으로 水原에
着하니 꼭 十二時 三十分에 下車햇다.

成奉이가 驛에로 나왓드라. 同行하야 제의 집이라고 가보니 볼꼴이 안니드라.
도부군 一○餘 名이 募엿다.
十八○萬 원을 傳해 준바 곳 銀行으로 가드라. 明日부터 營業 開始한다고 하지만 不安點은 無許可 住宅으로 是非는 잇다고 들엇다.
午後 四. 三六分 列車로 發車 꼭 四時間이 걸이여 집 오니 一○時쯤 되엿다.
午前 中 郡廳 糧政係 職員 二人이 오시여 工場 內部 施設를 監政[鑑定]하고 갓다고 드럿다. 不實工場은 許可 取削[取消]한다고.

<1984년 2월 23일 목요일>
成傑이 全州서 왓다. 成奉 條 百萬 원만 協助해 달아고 햇다. 約 二個{月} 後나 해보겟다고 햇다. 成傑이가 成苑에 保菅시켜 논 돈이 三百萬이라고 햇다. 二百萬 원을 가저가고 또 殘額이 있다고 햇다.
終日 舍郞에서 新聞만 郞讀[朗讀]하고 하루를 지냇다.
成康 집으로 成奎으로 田畓을 둘여 보왓다.
成康 母에 付託하고 成苑에서 一金 百萬 원을 念出[捻出]해 주라 햇다.

[간인 별지첨부]
84. 2. 23. 成東이 內外는 出兒 生産 如不[與否]을 確認하려 鎭安 白雲面으로 漢醫에 診察하려 갓다. 但 七八年 四月頃에 全州에서(成樂 婦人 腹部 手術 時) 醫師에 依賴해서 診察한바 成東이가 不産者로 指適[指摘]된바 禁酒 禁煙만 하면 或 모르겟다고 當付한 일 있었으나 其後 如前이 好酒客이고 愛煙者엿다. 保藥[補藥] 其他 多藥은 複用[服用]햇지만 藥效는 全無햇다.

然而나 今日은 正式으로 母의 勸有[勸誘]로 白雲面가 漢醫의 診察 結果[結果] 女子는 生男할 수 잇고 男子 成東이는 可望이 없으니 藥도 腹用[服用]할 必要가 없다며 或 異心症[疑心症]이 잇다면 全州 某 病院에 가서 診察을 해 보고 可能 잇다면 藥을 造製[調劑]해 주마 하야 卽時 全州로 內外가 病院을 찾고 珍察[診察]을 依賴한바 結果는 成東이가 不産者로 確認 端正[斷定]하고 음식{이}나 잘 먹고 侄[姪]들이 있으면 養子나 入籍하고 그려치 못하면 他者 兒라도 養育하는 것이 올 것이라고 最後 結果을 醫師는 말햇다고 들엇다. 집에서 內外 말하기를 그력저력 生活하면서 財産이{나} 募이고 살자고 女子는 말햇다고.
그러나 父母는 立場이 不安하다. 眞心으로 子息 없다 恨歎없이 산다면 그 點도는 信任하겠지만 女子라 하는 心情은 日時를 다투어 변심이 生起인다. 父母로서는 信任할 수 없다. 그려면 成東이는 술 잔 마시면(飮酒) 幕語를 할 것이며 家庭不和는 多樣할 것이다. 이제는 社會에서 成東이가 못 난다고 落認[烙印]이 되고 보니 他人의 耳目이 耻謝[恥事]하게 되엿다. 女子가 不産이면 할 말도 만코 打合도 하야 方法을 개리겟지만 男子가 不産者가 되고 보니 是正할 方法이 없다.
韓國은 自故[自古]로 儒敎思想이 濃厚하기 때문에 無子者는 一種의 病身으로 取扱하고 女子가 不産 時는 七居之惡者[七去之惡者]로 端正[斷定]하고 이婚까지도 不謝[不辭]한다.
此後로 家和는 不和로 변하기가 쉽고 不平이 多樣하며 女子에 對한 人象도 不視感

이 든다.
　　　　一九八四年 甲子 二月 二十三日
　　　　夜中에 舍郞에서 父 書

<1984년 2월 24일 금요일>
새벽 五時頃에 소죽을 끄리려 牛舍 門을
연바 旣히 소아지[송아지]는 出産해 잇드
라. 種別은 암소엿다.
加工組合員總會 參席햇다. 指示는 工場새
마을事業 注原因[主原因]이고 其他은 許
可證更新申請의 件이다.
任實 相範 집에 들이니 메누리는 누워 잇
드라. 딱한 事情이다.
마을 路上에서 安承均 氏을 相面햇든니 부
락에 賭박이 藉″하야 崔南連 氏는 三〇餘
萬 원을 損害보고 今日도 어데로 조용이
잘리을 잡는 듯십다고 햇다.

<1984년 2월 25일 토요일>
까터機(飼料切斷機) 附品[部品]을 便紙로
附屬品 故物하고 現金 五仟 원을 封入하
야 孫夏周 便에 郵送햇다.
全州 南高山[南固山] 近方에다 月稅[月
貰]로 月 參萬식 주고 전기稅 水道稅 오물
稅는 主人이 入金하고 退居[退去] 時는 元
金만 밧기로 햇다. 三月 一日부터 入家 住
키로 햇다고 成玉이가 傳햇다.

<1984년 2월 26일 일요일>
成玉에 明日 退居하는데 모든 物品을 창기
고 寢具 衣服 洗面道具까지 一切을 準備
하라고 당부햇다.
入住保證金 拾萬 원 車 運賃 煙炭代[煉炭
代] 十一萬 八仟 원도 아울여 準備하라 해
다. 그리고 月稅 參萬 원은 三月 末日에 入

納하겟다고 햇다. 運搬車는 明 八時 三〇
分까지는 이곳에 到着키로 햇다.
成允이는 新製品 自轉車을 購入해 주지
않은다고 不平한 듯.

<1984년 2월 27일 월요일>
成允 成玉 自取[自炊]방을 賃借코 오늘 退
居햇다.
貸切을 해서 成東 成康하고 나도 갖이 成
玉 成英이까지 動員되엿다. 棲鶴洞 新 派
出所 건너 川邊 없집[옆집]으드라.
成允이는 午後에야 全州로 떠난데 공부 잘
하라고 당부는 햇지만.
牛舍을 손보고 工場도 손보고 비자루감도
개려서 備置.
終日 全州로 집안에서 餘有는 全然 없다.

<1984년 2월 28일 화요일>
朝食床에서 成東 內外가 있는데 明日 二
十九日 서울 許俊晩 子 結婚式場에 參席
코자 하오니 旅費 貳萬 원만 準備하라 햇
다. 돈이 되면 서울 가고 못 데면 안 가겟다
고 햇는데(뜻을 보려 그랫든니) 메누리 되
는 사람은 돈이 없는 쪽으로 말하면서 取貸
할 데가 없다 하는 품이 안 갓으면 하드라.
내가 둘여도 하지만 고의的으로 今般 旅行
을 抛棄해보겟다. 常識 不足하고 教訓이
없는 山中 女子로 더욱이 안 母가 先死하
야 祖母에서 컸으니 무슨 배움이 있겟는야
生覺이다.
里民總會 參席햇다.
無記名 投票로 里長 選出한바 成奎 三十
一票 한상준 四票 完宇 一〇票로 成奎가
多票인데 謝讓[辭讓]한바 完宇로 選出햇
다. 多票야 하는데 小票로 된니.

<1984년 2월 29일 수요일>
或時[或是] 成東 內外는 서울 旅費을 참겨
줄 테지 하고 朝食까지도 機待[期待]햇는
데 아무런 消息이 없다. 메누리 된 사람은
井邑에서 언니가 왓다고 갓는데 마음 괴롭
고 成東이도 제 맛대로[맘대로] 못하는
{것} 가튼데 熱이 낫다.
日前에 病院에서 生男이 不可能으로 판단
을 밧고는 아주 동태가 달아젓다. 오는 夕
食床에서 成東에 말하기를 네의 마음대로
해야지 萬諾[萬若] 네의 안내 마음대로 하
면 나는 못 보겟다고 일엇다. 成東이는 요
즈음 마음 괴로와하고 잇드라. 絕對로 이제
는 밋지 못한 人間으로 단정하는데 成東이
만 불상하게 되엿다.
밤에 成康이가 旅비 3萬 원을 둘여 왓다.
못 간다고 하다가 11時 40分 列車을 탓다.

<1984년 3월 1일 목요일>
서울에 아침 五時에 到着햇다. 許鉉子에
전햇든니 路上으로 나왓드라. 朝食을 맞이
고 林成基하고 許俊晩 집에 잣다.
只沙에서 崔萬鎬을 맛나고 禮式場으로 갓
다. 成奎 基善 成撤도 式場에서 맛낫다. 祝
儀金은 萬 원을 주웟든니 旅비는 세여보니
一五仟 원 드렷드라. 未安하게는 되엿는데
車中에서 生覺하니 成允 冊代라도 보태기
위하야 棲鶴洞에 드리니 成允가 不在中.
氣分이 不安햇다.

<1984년 3월 2일 금요일>
日氣가 不順햇다.
桂壽里에서 崔炳文 氏가 왓다. 宗垈 建立
金 募金次라고. 마참 서울서 成吉이가 왓
다. 먼저 成吉에 喜捨을 要求한바 拾萬 원

을 記入햇다.

<1984년 3월 3일 토요일>
朝食 後에 大里 炳基 六萬 원 炳列 五萬
乃宇 五萬 昌宇 壹萬 원을 記入하야 보내
고 成奎는 抛棄하라 햇다.
全州 泰宇 炳基에 同伴하자 하기에 不應
하고 炳文 氏만 보낫다.
新沇坪 耕作人總會 參席햇다.
밤에 崔善眞 妻가 왓다. 成英 結婚 仲介하
겟다고. 道峰 사는 사람인데 郡廳에 勤務
한 孫氏고 年令[年齡] 三〇歲라고 햇다.
宮合을 對照해 보겟다고 햇다.

<1984년 3월 4일 일요일>
成英 便에 全州 成允에 一金 一五仟을 보
내주웟다.
崔善眞 婦人이 왓다. 成英 結婚 仲介 道峰
里 孫 氏이라고 햇다.
成英 母에 무르니 아마도 全州人하고 뜻이
이루워진 듯십다고 햇다.

<1984년 3월 5일 월요일>
朝食을 밥이 맞이고 成東하고 同伴하야 尿
素 四袋을 取貸해서 麥畓에 뿌렷다. 昨年
에 比하면 三日 압단것지만 日氣不順으로
于今까지 解氷이 되지를 안 햇다.
飼料切斷機 附品이 大邱에서 왓다.
終日 舍郞에서 讀書만 하고 日暮을 보냇다.

<1984년 3월 6일 화요일>
飼料切斷機를 組立햇다.
어제밤에 뜻박에 눈이 만니 내려 作業 支章
[支障]을 招來해야 計劃대로 잘 되지를 안
햇다.

成吉이가 자조 우리 집에 오는데 갖이 놀지도 못하고 未安하기는 하나 내의 볼일 있의니 할 수 없다.

全州 成傑이가 水原에 잇는 成奉을 찻고 보니 事業이 잘 되드라고. 그리고 事業資金이 不足하야 難點이라고 傳해 드럿다.

<1984년 3월 7일 수요일>
鄭泰植에서 蒿木 二輪을 운반햇다.
午後에는 切斷機로 切間햇다.
明日 南原 成樂이가 移事[移徙]한다고 傳해왓다. 移居하는 데 參席코자 한바 메누리는 人象이 不面하게 보이드라. 異常하게만 生覺이고 面象을 보면 不安하기만 하다.

<1984년 3월 8일 목요일>
아침 七時 三〇分頃 光州 崔成宇에서 急電이 왓다. 十一日 午前 一〇時 正刻에 任實 約束다방에 面會하자고. 아마도 不動産 賣買之事인 든십다.
成樂 移居日이다.
成東 妻하고 同伴해서 白米 三斗 메주 其他 가지고 南原에 갓다. 成允 {成}樂 同職員이 五, 六名이 內外 同伴하야 協助해 주는데 大端이 感謝하드라. 主人도 婦人이 親切히 돌바 주드라.

<1984년 3월 9일 금요일>
방아 찌는데 가모가 異常이 生起여 成東을 裡里로 보냇든니 組立하다 보니 가모 케스가 망가젓드라. 下加里 李相榮이를 불려댄바 그도 如意 못 해서 보냇다.
밤에는 完宇 里長(新任) 집에서 推進委員會議가 있어 參席햇다. 今般 割當金은 二一萬 원이라고 햇다.

<1984년 3월 10일 토요일>
아침 첫車로 成東을 裡里에 附品 사려 보냇다.
日氣는 不順하고 〇下卷[零下圈]에 들엇다. 春季節에 모든 作業이 之延[遲延]되고 마음도 不安하다.
午後에서 겨우 原動機가 發動햇다.
밤에 大里에서 고기잡이가 고기를 만니 가저왓다. 大端이 未安하드라.
全州에서 成玉이가 왓다.

<1984년 3월 11일 일요일>
任實邑에서 正刻 一〇時에 光州 成宇을 對面햇다. 案件는 昌坪里 畓 三斗只이를 鉉宇에서 讓渡을 밧고 兩 父母를 慕侍기로 決議햇다고 하고 只今이라도 賣渡을 할 터이니 招介[紹介]를 要求햇다. 다음 맛나기로 하고 作別햇다.
工場 原動機 異常이 있어 손을 보왓다.

<1984년 3월 12일 월요일>
乾燥場 組立을 햇다.
夕陽에 金長映 씨에 附託코 鉉宇 畓을 賣渡케 하라고 햇다.
光州 成宇의 付託이라고 햇다.

<1984년 3월 13일 화요일>
成允의 授業料를 庶務課에 拂入하고 擔任 先生 金榮根 氏을 面談햇다. 成允의 成績이 不良하야 大端이 不安햇다.
오는 길에 成玉 自取집을 찻고 成玉 便에 편지 一狀을 써서 成允에 주라고 햇다.
成傑이가 明日 訓鍊次 왓다.
成奉 事業資金 一〇〇萬 원을 準備해 왓다.

<1984년 3월 14일 수요일>
終日 乾燥場 組立을 끝냈다. 左右手足이
不安했다.
豫備軍 訓鍊日이라고. 成東이는 里 小隊
長 責任者라고 飮酒을 相當이 하고 집에서
잠만 자니 그것도 豫備軍人인가 십다. 現
役軍人이 와서 추궁을 한 것 갓다. 精神나
간 것 갓다.
하루도 餘有가 없다. 年中 365日 中 休息
日이 없는 것으로 안다. 老年에 故生[苦
生]길로 차자든 것 갓다.

<1984년 3월 15일 목요일>
成奎에서 一金 七拾萬 取貸金을 約 一個
月 償還 延長하자고 햇든니 제의 돈이 안
니라며 不遠 工事場 쎄멘을 산다기에 五〇
萬 원 주고 二〇萬 원을 延長키로 햇다.
成康 便에 五〇萬 원을 주면서 成奉 事業
資金에 보태 利用하라고 水原으로 부낸다.
今日 農水産部에서 後繼者 畜牛 飼育狀況
鑑査次 온다고 郡에서 面에서 指導所에서
農協에서 連續 電話가 왔다.
農水産部 職員 後繼者 畜牛 飼育 狀況을
視察 온다고 미리 面長 産業係長 指導所
長이 來臨햇으나 明日로 미루고 갓다.

<1984년 3월 16일 금요일>
農水産部에서 오늘도 온다든니 于今 夕陽
이 되여도 不參. 作業之事는 相多히 밀이
여 무웟부터 하야 할지 難事이다.
只沙에서 振鎬 女息 結婚을 서울서 擧行
한다고.
알고 보니 旅費 마련하기가 莫然[漠然]하
다. 收入은 없고 支出處만 生起니 難事다.
終日 舍郎에서 待機한바 農林部 職員들은

館村面만 단여 歸家햇다고.

<1984년 3월 17일 토요일>
終日 共同負役햇다.
靑云洞 道路工事엿다.
成東이는 三日채 連日 訓鍊만 햇다.

<1984년 3월 18일 일요일>
館{村}驛前에서 炳基 氏 垟根 氏 申東鎬
申東周 本人 等 五人이 同行해야 裡里 金
判童 氏 有司 宅에 參席. 會員는 全部 十
一名이 募엿드라.
今 夏節에 구청동[구천동]을 旅行하기로
結議하고 請約金 萬 원式을 밧고 殘金은
當日 收金키로 햇고 回路에 金炯洙 回甲
宴에 參席하고 왔다.

<1984년 3월 19일 월요일>
廉昌烈 指導所長이 參席한 中에 機械移秧
會員總會가 開催코 營農敎育을 밧고 今年
移秧日割을 選定햇다.

<1984년 3월 20일 화요일>
耕耘機가 異常이 있어 終日 修理햇다. 八
仟이 드렷다고.
아침을 成奎 집에서 햇다. 어제밤 兄의 祭
祠엿다. 陰曆으로 二月 十七日
때안닌 눈이 내렷다.
上水道을 修理 復舊햇다.

<1984년 3월 21일 수요일>
任實 牛市場에 갓다.
昨年에 九〇萬을 주고 買入한 牛가 오는
[오늘] 市價 一〇〇萬을 받으니 不安햇다.
農民들은 못 살겟고 債務만 늘어가게 되엿

드라.
信用金庫에다 同窓會 旅行基金 八萬 원을 三개月 預置햇다.

<1984년 3월 22일 목요일>
九時 列車로 館村 堂叔하고 同伴하야 桂壽里 大宗垈 建立하는 데 갓다. 列車에서 全州 撤宇도 同行이 되엿다. 宗約長에 南宇 氏 말에 依하면 本 宗垈가 歷史的인 뜻은 좋으나 資金이 不足하야 難關에 잇다고 햇다.
中食을 하고 狀況만을 살피고 歸家햇다.
車中에서 泰宇하고 館村 堂叔하고 四月 六日 連山墓祠에 參席키로 約束하고 作別.

<1984년 3월 23일 금요일>
午後 四時 三十分 特急列車로 水原에 着하니 밤 八時 三十分이엿다. 成奉 집을 당하니 成康이도 午後에 집에 갓다고 햇다. 첫재 돈이 없어엿다고. 成奉 집은 下邊으로 옴겻드라. 하루밤을 板子집에서 잠을 자는데 冷방이라 苦生을 햇다.

<1984년 3월 24일 토요일>
차침[아침] 九時 三〇分에 電鐵을 타고 서울에 着햇다. 振鎬 女息 結婚式에 參席햇다. 中食을 맞이고 바로 노랑진에 當하야 南宇 氏 炳日 氏을 對面하고 三人이 同伴하야 富川市 鉉宇 집을 訪問햇다. 夕食을 끝내니 늦게 鉉宇는 왔다.

<1984년 3월 25일 일요일>
아침 朝食을 맞이고 宗垈 建立基金을 要求햇드니 此後로 미루고 旅費 條로 貳萬 원을 주드라. 鉉宇를 作別하고 바로 崔成津

氏를 찾는데 終日 왔다 갓다 하다가 抛棄하고 밤 九時頃에 成五 氏 집을 訪問하고 夕食을 햇다. 大端이 未安하드라. 그려나 두 분은 未安하게 生覺지을 안트라.

<1984년 3월 26일 월요일>
崔成千 氏를 呼出햇다. 四人이 同伴하야 崔成宇 집을 찻고 喜捨金을 要求한바 此後로 미루드라. 아파트에 사는 崔우範 氏을 訪問햇다. 此人은 生活 程度가 上流級이드라. 四月 十九日로 미루드라.

<1984년 3월 27일 화요일>
崔正宇를 同伴하야 崔昌宇 집을 찻고 보니 現金 五萬 원을 주드라. 乙支路 崔成澤 氏을 放問[訪問]햇드니 萬 원을 주면서 旅費나 하라 하드라.
中部市場에 崔在宇 建宇을 訪問한바 다방에 가서 차를 待接하드니 夕陽에 相面하자드니 兄弟가 모두 피해버렷다. 一泊을 旅館에서 一泊한바 在宇 婦人이 貪擔하드라.

<1984년 3월 28일 수요일>
서울驛에서 南宇 成奉하고 作別햇다. 十一時 四五分 列車로 任實驛에 着햇다. 約 四時間 三〇分이 걸엿다.
韓文錫 氏을 訪問햇드니 不在中이엿다.
成東이는 度量衡를 檢査하고 왓드라. 와서 보니 成康이는 只今까지 水原에 안 가고 잇드라. 成康이는 農事를 成東이에 抛棄하고 種籾을 浸種햇다.
밤에 十〇時쯤 되니 南原서 전화가 왔다. 成樂이가 交通事故을 냇다고 햇다. 바로 成康을 데리고 南原에 갓다.

<1984년 3월 29일 목요일>

不幸 中 多幸으로 輕상이엿다. 相對方은 金氏인데 病院院長이라고 하고 本人이 全的으로 잘못을 是認햇다고. 南原서 一泊을 하고 원만니 治料[治療]를 하라고 하고 왓다.

任實驛前 韓文錫을 相面하고 百萬 원을 要求한바 三月 末日頃에 五, 六拾萬 원을 주겟다고 햇다.

成奎을 對面하고 營農資金 五拾萬 원을 要한바 完宇하고 相議하겟다고.

成東이는 桑田 耕耘햇다.

알고 보니 成康 條 割當金 二〇萬 원 乃宇 條 三〇萬 원 計 五〇萬이라고 햇다. 成樂 治料비라고 햇지만 事實은 成奉 事業資金을 마련하기 위햇다.

人夫 四名 主人 二名이 終日 宗山에서 伐木햇다. 포푸리 심기 워하야[위하여].

<1984년 3월 30일 금요일>

成東이는 農協에서 春期 肥料 尿素 二〇袋 복합 四〇袋 게 六〇袋을 外上으로 貸付을 밧고 出資 萬 원을 주고 끝錢 - 二九, 〇〇〇원 주고 契約額은 三〇萬 원으로 締結햇다고.

成康이는 아버지 내의 名儀[名義]로 五〇萬 원 貸付 받앗고 他人에서 二〇萬 원을 代與[貸與](빗)하야 七〇萬 원을 주워서 밤 十一時 四〇分 列車로 水原 成奉에 보내고 農事는 成東에 移讓햇다.

終日 間線道路 作業場에서 作業을 햇다.

全州에서 成玉이가 왓다. 三月分 방稅도 成玉이가 주고 成允 用金도 주윗는데 約 五萬 원 程度인데 피아노 收入한 듯십다.

<1984년 3월 31일 토요일>

三人 外內間[內外間]에 南原 成樂 問病을 갓다. 病勢는 많이 조화되엿으라.

오는 길에 任實 成曉 집을 訪問햇다.

雨中인데 成東이는 移秧 上土 운반코 宗山 材木을 운반하려 갓다.

任實驛前 韓文錫 氏에서 一金 五拾萬 원이 成東 便에 왓다.

金二周가 왓다. 資金이 얼마나 必要하나 하기에 五〇萬 원을 要求햇다.

<1984년 4월 1일 일요일>

部落 間線道路 復舊作業(貧役[負役])을 終日 햇다.

成東이는 宗山에서 燃料을 운반햇다.

全州 成傑이가 단여갓다.

夕陽에 멈소 새기 암컷을 낫다.

<1984년 4월 2일 월요일>

人夫 三人하고 成東하고 내가 終日 五人이 發動하야 宗山 포투라[포플러] 植樹을 햇다.

大端이 고되다.

牟潤植 氏에서 三〇號 種籾代 〇.五叺 一六,〇〇〇원을 받앗다. 成康 條이다. 또 成康 條 種籾도 〇.五叺가 집에 잇다.

金二柱에서 一金 五〇萬 원이 入金되엿다. 日前에 付託햇든니 月利 二.五%로 하기로 하야 받앗다.

<1984년 4월 3일 화요일>

家政書類가 未整理되여 終日 書類 整理햇다. 三月分 通話料金 集計表 作成하고 同窓會 書類整理을 햇다.

桂壽里에서 炳文 氏가 夕陽에 왓다. 祭閣

木川公 宗員 戸納金을 받으려 왔다. 일은
밥은데 不安햇다. 할 수 없이 午後에는 갗
이 對話만 하고 밤을 새웟다.
大里 炳基 氏에 전화햇든니 不應하드라.

<1984년 4월 4일 수요일>
아침에 重宇 집에 간바 不良한 行爲을 하드
라. 戸納을 못 준다는데 가랠 수 없어 왔다.
昌宇 집에 갓다. 昌宇 맞안가지로 戸納을
안 주드라.
朝食 後에 五萬 원을 둘여다 주면서 다음
에 또 오시라고 하고 旅비는 二仟 원을 드
렷다.
洞 負役을 하고 成東이는 苗板 논 고루기
를 햇다.
下加里에서 産業{係}長 立會下에 桑木
一,五〇〇株을 引渡해 왔다.
李云相 氏을 訪問하고 問病햇다.
밤이 되엿는데 面 所在地에서 尹在成을 相
面하고 택시를 불여주워 왔다. 大端이 未安
하드라.

<1984년 4월 5일 목요일>
昌宇 生日라 朝食을 하고 連山 墓祀에 간
바 炳基 全州 泰宇와 同伴해서 갓다. 成吉
이는 翌日[전날]에 왔다고 와 잇드라.
山所 守護者는 明年부터서는 守護 行勢를
못 하겟다고 햇다. 他人을 選定하면 帶同
하야 오겟다고. 旅費 條로 (선자)白米 五斗
代 三一,〇〇〇원 받앗다. 내게 保管 中.
往復 旅費는 各者[各自] 擔當{으}로 햇는
데 三仟五白[三仟五百] 원 程度가 支出되
엿드라. 明年에도 이런 式으로 하야 단이자
고 햇다.

<1984년 4월 6일 금요일>
成東이하고 父子이 終日 桑田에다 堆肥을
投入 散布햇다. 老年期에 重勞動을 하고
生覺하니 누가 내의 形便을 알고 잇는지.
夕食을 하고 卽席에서 잠이 오니 每우 고
달파앗다.

<1984년 4월 7일 토요일>
成東이는 午前 中 방아 찟고 나는 人夫 四
名을 同伴하야 桑田에 堆肥을 投入하고 肥
料을 八袋를 散布햇다.
午後에는 桑木 保植[補植]을 하고 苗木은
乾燥되여 刀름햇다.
夕陽에는 宗山에 포푸라 심으로 보냇다.
오늘도 終日 重勞動을 햇다.

<1984년 4월 8일 일요일>
午前 中만 방아 찟고 午後에는 宗山에 原
木을 運搬 完了햇다.
任實에서 成曉가 단여갓다. 당부하기를 新
田里 近方에 墓所를 講[購]해 보라고 付託
햇다.

<1984년 4월 9일 월요일>
桑菓이 不實하야 成東 便에 下加里長에
보냇다. 越冬 暇植[假植]이 不實한 것으로
보고 苗根이 乾燥되여 不苗엿다. 三〇〇株
을 보냇다. 그러나 一,二〇〇株 移植苗도
自信을 못 하겟다. 晚春에 發牙[發芽]葉이
되면 契約하고 십다.
館{村}驛前에서 崔東煥 李相云을 相面햇
든니 約 三時間이 酒席에서 經過햇다.
南原 成樂 入院 病院에 갓다. 成樂이는 保
險會社에 갓다고 不在中. 메누리에 付託코
바로 왔다.

<1984년 4월 10일 화요일>
金鎭玉 成東하고 三人이 終日 長斫을 팻다.
밤에는 꽁 〃 알고 大端이 되엿다.

<1984년 4월 11일 수요일>
市場에 黃소 一頭 賣渡 一,三〇〇,〇〇〇
을 밧고 大里 사람 黃 송아지 八〇萬 원에
산바 賣却證을 안 뗏다고 주지 안코 牛代
八〇萬 원을 婦人 便에 返還해 왓는데 不
應하고 다시 보낸다.
任實에 東津機械社에서 耕耘機 交替하라
고 왓다.

<1984년 4월 12일 목요일>
館村 洗濯所에다 冬服을 맛기고 바로 大里
에 갓다. 柳允煥이를 相面하고 康成根 氏
訪問햇다.
송아지는 一六日 市場에서 賣却證을 뗀 다
음 引受키로 햇다.
耕耘機를 디델[디젤]로 交替햇다.
고초가리햇다.
소 판 돈 五〇萬 원 中 私用金으로 一五萬
원을 成東에서 받앗다. 加工組合 附品代
組合비 宗垈 建立비 崔南連 借用 條로 바
닷다.

<1984년 4월 13일 금요일>
種籾을 相子[箱子]에 入種시켯다. 家族끼
리 하다 他 婦人 一人을 起用햇다.
大里 康成根 氏 婦人이 黃 송아지를 손수
몰고 왓다. 어제는 賣却證을 떼고 모라가라
하든니 今日 몰고 왓다.
崔南連 氏 借用金 參萬 원 利子없이 償還
해 드렷다. 元側[原則]은 二,七〇〇원을 드
려야 하는데 不應하기에 할 수 없고 未安

하드라.

<1984년 4월 14일 토요일>
몀소막 소막을 처내는데 終日이 걸엿다. 몀
소막은 約 一年 만에 파낸 듯십다. 소도 二
頭을 멕이는데 복잡하야 生覺다 못해서 한
마리는 上舍로 옴겻다. 每우 수월하드라.

<1984년 4월 15일 일요일>
桑田에 除草濟[除草劑]을 뿌럿다. 집안 庭
園에 種子하기 위하야 다라이 花根을 分植
햇다.
고초가리 하다 日暮가 되여 中止햇다.
몸이 고되고 입마시이 엹서[없어] 夕食을
그만두고 잣다.
大里 金在豊 喪家에 갓다.

<1984년 4월 16일 월요일>
任實 牛市場에서 金斗喆 氏 相面하고 賣
買却證을 뗏다.
大里 康成根 氏에 本證을 傳하고 堂叔 집
을 禮訪하고 왓다.
苗床에다 相子을 移動햇다.
加工組合에 들이여 組合費 殘金 四萬 원
附屬代 二一,五〇〇 計 六一,五〇〇원을
完拂햇다.

<1984년 4월 17일 화요일>
李正鎬 移葬하는데 가서 노랏다.
家族들은 깡냉이 播種하고 午後에 成東이
는 面에 가 食糧을 운반한바 草種하고 깡
냉이 種子를 실코 왓는데 代金은 六萬 원
이라고. 申請한 事實조차 없는데 申請햇다
보냈으니 不安햇다.
밤에 成東이 便에 다시 보낸다. 준다고 가

저온 사람 成東도 不足한 사람이다. 오늘
방금 깡냉이를 播種한 사람이 엇다가 播種
하려 가저온 其者 是시 大端이 不足者다.

<1984년 4월 18일 수요일>
大里 崔正浩 氏 回甲 請接[請牒]은 받았
으나 終日 쉴 사이 없이 비만 내려다. 가 보
지도 못 하고 未安한 感만 든다.
서울서 成康이 來訪햇다. 成奉 事業은 如
前하다고.

<1984년 4월 19일 목요일>
成奎에서 貸借金 七〇萬 원인데 今日까지
全額을 會計 完了해 주윗다. 前番에 五〇
萬 원 今日 二〇萬 원 整.
成康이하고 成奉 事業資金 投資額을 收支
決算을 해보니 他人의 債務額 － 四,七〇
〇,〇〇〇 水原 成奉에 支出金 － 四,七〇
〇,〇〇〇이다. 四七〇萬 원이 整理가 되
엿다. 그러면 實地 成奉이가 責任金은 三,
六八五,〇〇〇이 正額이다.
苗床을 둘여보니 上土가 올아오{기} 不實
하드라. 여로에 몰을 주니 不平햇다. 물을
滿水가 되겟다.

<1984년 4월 20일 금요일>
牛舍 앞에 路降[로강]을 뭇고 草田 周邊을
成東이하고 配水口[排水口] 路를 치는데
苦力[苦役]이엿다.
桑田에 除草濟을 뿌리다 不足해서 館村에
가 一封 갓다 다시 끝냇다.
柳貞子 外上代 四仟 원을 路上에서 拂入
해 주윗다.
任實 東洋機工社에서 데우를 付着시켯다.

<1984년 4월 21일 토요일>
成允 自取집을 찾아 갓다. 成玉만 잇고 成
允이는 學校에 오지 안 햇다. 存詳[仔詳]
이 便紙을 써놋코 工夫을 더 해보라고 당
부햇다.
鄭桓承 子 結婚式場에서 崔正浩을 相面하
고 日前에 回甲宴에 不參하고 보니 未安하
다 햇다.
聖壽面에서 柳 氏가 慕先하려 왓는데 丁基
善 氏 집에서 招請햇다.
柳 氏 老人은 里長에 治下[致賀]한다면서
此後에 술 한 잔 接待하라고 一金 萬 원을
주워서 바닷다.

<1984년 4월 22일 일요일>
어제밤에 成允이가 왓다. 아침에 舍郞에서
단〃히 나무래주고 工夫한 것을 보고 成允
의 成績이 不良하고 네의 마음 自體도 不
良하니 意識을 改革해 보라고 햇다.
방아 찌엿다.
成東이는 三南會社 桑田에 깡냉이를 播種
하고 桑木 四列에 尿素肥 一袋을 投入 散
布햇다.
金鎭玉이가 貸借 桑田인데 年稅는 白米
三年 주기로 햇다고 햇다.
白米 一叺 驛前에 賣渡햇다. 附加稅 밋 保
險料 주기로 하고 其他 電氣稅 주기로 하
야 賣渡햇다.

<1984년 4월 23일 월요일>
住民 一部가 南道 紅島로 旅行을 떠나는
데 몇 분이 와서 갓이 同行을 要求하는데
据絶[拒絶]햇다. 旅行者들을 알고 보니 分
違氣[雰圍氣]가 不安햇고 特히 柳 某人이
더 보기 시려서엿다.

成東이는 南原 同婿 집에 가고 耕耘機로
율무대를 운반. 마음이 不安도 햇다.
柳正進 便에 郵替局[郵遞局]을 전화稅金
保菅 一金 六萬 五二〇원을 보냇다.
昌宇에서 昨年에 가저 간 尿素 一袋 引受
햇다.

<1984년 4월 24일 화요일>
오늘도 大端이 奔走햇다. 栗田 堆肥 운반
하는데 崔喆洙를 시키고 苗板에 가서 前後
을 열여 노왓다. 멈소 드리매고 소도 드리
매고 오는[오늘]부터는 생풀 잘엇다.
尹 生員게서 손을 처며 오라 햇다. 明日 婦
人의 回甲이라고 여려 분들이 장만하드라.

<1984년 4월 25일 수요일>
成東이는 新平으로 소석회 운반하려 갓고
나는 具道植 氏 母 移葬하는데 購景[求
景] 사마 갓다.
中食을 其 宅에서 하고 昌宇가 招請해서
갓다. 개를 잡앗다고.
午後에는 牛舍 修理한바 大端이 苦役이
엿다.
任實서 成曉가 단여갓다.
成東 母는 밤에 三日 만에 無事히 왓다.

<1984년 4월 26일 목요일>
成東이는 耕耘機 契約하려 成奎 俊映 日
成 同行하야 農協에 간바 金額이 융자가
안 되고 40萬 원을 自貪擔[自負擔]인데 年
18%利로 하야 1般資金으로 代拂햇다고.
80萬 원 융자 自負擔하면 120萬 원이 된
便이다.
牛舍 修理하다 午後에는 崔喆洙하고 牛舍
에서 本 置舍로 운반하는데 不安點이 만햇

다. 사람이 心理가 異常하고 머리가 도라갓
드라.

<1984년 4월 27일 금요일>
新安宅 祖考 沙草[莎草]次 九時 列車로
桂壽里에 當到하니 一〇時 半. 露濡濟을
단여서 桂壽里 南宇 宅을 訪問하고 炳文
氏도 禮訪햇다.
沙草 早束[早速]히 끝을 내고 新築 宗垈을
둘여 보왓다. 桂壽里에서 成樂을 對面햇다.
視聽料[視聽料]를 收金次 왓다. 말하는 것
이 職場이 完全치 못하는 것으로 말하드라.

<1984년 4월 28일 토요일>
貯水池 作人 全員이 動員되여 現場에서
作業한바 如意 못하고 午後예는 비 내려
중지햇다.
成東이는 방아 찟고 經油[輕油]를 또 外上
으로 가지로 보낸바 비가 내려 明日로 미루
고 왓다.

<1984년 4월 29일 일요일>
午前 中에는 쉬지 안코 비가 내렷다.
鄭鉉一 內外하고 同伴해서 大里 金哲浩
契員 집을 갓다. 全員이 募엿다.
今年 春季에는 德津으로 가서 하루를 놀기
로. 五月 十三日인데 아마도 웃다고 본다.
밤에는 養老堂에서 會議을 召集하고 五月
三日 麗水에 가서 一日 놀자고 햇다.

<1984년 4월 30일 월요일>
重宇에서 宗垈代 參萬 원 入金햇다.
新平面 防衛協議會議가 있어 參席햇다.
會員는 全員 參席햇고 會費는 從前과는
달이 一人當 萬 원식을 負擔케 햇다. 不

遠 旅行을 가자고 打合한바 實行시킬 決
議햇다.
成東이는 農協에서 六拾萬 원을 貸付밧고
七〇萬 條 債務 利子만 떼고 三〇萬 條 利
子만 떼고 殘金 五二萬은 내가 가지고 郡
農協 原動機 利子 三一萬一,五〇〇원을
拂入해주고 四仙臺注油所 油代 一部 三〇
萬 원을 拂入하고 왔다.

<1984년 5월 1일 화요일>
成奉 條 崔南連 債務 50萬 驛前 韓文錫 債
務 50萬 원을 返還 整理하기 위하야 嚴仁
子에서 成康 母을 시켜서 100萬 원을 2.5%
利로 借用해 왔다.
全州에 崔今禮 氏 집을 訪問하고 債務額
元利 合해서 1個月分 利 512,500원을 주웟
든니 5仟 원을 주면서 中食이라도 하시라
하드라. 바로 任實 韓文錫 氏을 訪問하고
元利 合해서 1個月分 利 512,500원을 주고
끝냇다.
市場을 더터서 中央病院에 들이여 코를 文
의사에 비치니 注射도 놋코 약을 주드라.
任實邑長 朴鍾喆 氏을 邑長 宅에서 相面
하고 成樂 就職場을 메리야스工場에 付託
햇든니 힘껏 勞力해 보겟다고 하고 단〃히
約束하고 왔다.

<1984년 5월 2일 수요일>
아침 五時 三〇分 列車로 二四名이 麗水에
到着. 九時 三〇分이엿다. 오동도를 돌고
船便으로 周圍를 도는데 一時間이 되엿다.
中食을 麗水 中央市場에서 하고 故 文炯
泰 婦人을 맛나 보왔다. 丁基善이하고는
손뗀 것으{로} 안다.
밤 九時 三〇分에 館村驛前 着하고 承宇

집에서 夕食을 들고 왔다.

<1984년 5월 3일 목요일>
苗板에 藥을 뿌럿다. 들에서 丁基善을 對
面하고 麗水 婦人을 相面햇다고 햇든니 별
말 업드야고 하기에 자네하고는 손을 뗀 것
처럼 말하드라 햇다. 그러나 한 번는 여려
가지로 對面하겟다고 하드라.

<1984년 5월 4일 금요일>
人夫를 購하려 해도 全然히 없다. 할 수 없
이 成東이하고 宗山에서 燃料를 耕耘機로
運搬하는데 終日 苦되엿다. 코아피[코피]
까지 낫다.

<1984년 5월 5일 토요일>
桂壽 露濡濟에서 花樹會議 參席햇다. 例
年에 比하면 半數도 못 되드라.
어제는 四月 四日 횡탄게일[횡탄계일(橫灘
契日)]이라고.
夜中에 자다 病이 낫다. 아마도 장질부사로
안다.

<1984년 5월 6일 일요일>
大里에서 藥을 지엿고 五樹[鰲樹]에 가서
藥을 지여왔다.
終日 不食하고 全身에서 통증이 왔다.
밤새도록 알앗다.

<1984년 5월 7일 월요일>
몸이 大端이 不便하다. 手足이 쥐가 나서
괴롭다. 終日 舍郞에서 잊아 하니 답〃하다.
任實 朴鍾澈 氏에서 전화가 왔다. 成樂 關
係를 付託햇든니 不遠 會長이 東南亞 視
察을 갓는데 今月 十六日 게 온다고 햇다.

<1984년 5월 8일 화요일>
五月 十一日 防衛協議會이 貸切하야 서울 大公園으로 求景을 간다고 햇든니 任實 成曉가 萬 원을 주워서 가게 되엿다.
成曉는 大里 桑田하고 後田 三南會社 桑田하고 交換 條件으로 賣買하자고 하기예 나는 加算金 貳百萬 원을 달{라}고 하라 햇다. 萬諾 如意치 못하면 百萬 원이라도 해보라 햇다.
夕陽에 成曉 食口는 夕食을 하고 食糧이 없다기에 五斗 驛에까지 운반해 주윗다.

<1984년 5월 9일 수요일>
後田 三南會社 桑田을 살펴서 둘여 보왓다. 相當한 面積인데 잘 生覺해 보니 兩側이 交替해도 別 利害 無得으로 生覺햇다.
元泉里 金炯順 氏을 禮訪하고 祝賀햇다.
面長을 路上에서 相面하고 防衛協會 旅行 負擔金 一六,○○○원을 拂入햇다.
今般 里長 崔完宇도 前 裵明善과 갖이 嚴俊峰에 말여 드려 가드라. 三日 前부터 朝夕으로 一日 二次식 放送을 通하야 五月 九日 五月 十日 兩日間은 里 間線道路 露面 整理 공굴 作業한다고 하고는 九日 하루 作業을 하든니 九日 夕陽에 放送하기를 明 十日은 嚴俊峰 일군 一○名이 俊峰과 갖이 麗水에 구경 간다고 하야 共同之事를 일개인에 말여드려 里長이 里長이라는 里 代表가 職權行事를 못 하니 個人에 屬한 附居里長으로 본다.
完宇보고 말하기를 그려케 里長을 하면 住民에서 非難을 드를 수 잇다고 햇든니 放送을 하는데 言語을 구상틀 못{하}고 한참 동안 잇다가 겨우 말하기를 來日는 老人들이 공굴 作業 못 하오니 一日 물이여야 한

다고 햇다. 放送言語의 條件없이 말하니 私的 里長이 明確트라. 操心[操心] 하소 햇다.

<1984년 5월 10일 목요일>
王板 宗山 호도木(秋子[楸子])에 鷄糞하고 尿素를 混合해서 주윗다.
午後에 韓相俊 바아[방아] 찌는데 發火가 不發. 修理하다 보니 夕陽에 겨우 찌엿다.
大里 校長 鄭桓承이 단여갓다.
밤에는 移秧者 會議에 參席햇다.

<1984년 5월 11일 금요일>
新平面 淨化委員 防衛協議會 新友會 共同主催로 果川[果川] 서울大公園에 求見하려 出發햇다.
밤에 꿈에 어머니가 물에 빠젓는데 나는 옷을 입은 채 뛰여 드러가 겨우 救해 냇다. 물에 들으니 고기가 만코 대사리가 만해서 조금 잡앗다. 異常이 生覺하고 出發햇다. (아침 五時 三○分)
十二時頃에 公園에 着햇다. 一部 順回[巡廻]한바 別 求景거리는 업드라. 四時에 出發하야 館村에 當한바 九時엿다. 大公園 內다 手帖 住民登錄證 眼鏡까지 웃고비[윗주머니]에{서} 빠{져} 失物코 왓다.

<1984년 5월 12일 토요일>
成東이는 배답 堆肥 깔고 終日 장기질했으나 못다 했다.
나도 논 귀영을 파고 任實에 가서 移秧機 附品을 산바 잘못 삿드라. 四仙臺{注}油所에서 基宇에 夕陽 당부하고 日後 油類을 外上으로 보내 달아고 付託코 왓다.
夕陽에 서울 許俊晩이가 왓다. 가면서 用

金 쓰라고 五仟 원을 주고 가드라. 올 때마다 大端이 未安하드라.
밤늦게까지 牛草를 덥고 소죽을 주고 보니 九時엿다.

<1984년 5월 13일 일요일>
오늘 束綿稧員[束錦稧員]이 全州 德津公園으로 外遊키로 한바 終日 비가 내려 抛棄코 다음으로 未結햇다.
아침부터 移秧機 附品을 사려 任實로 갓다. 貳品으로 購入하야 付着[附着]햇다.
耕作人이 會議 召集하야 日割을 짯다.
成東이는 장기질.
※ 兄수가 오시엿다. 메누리가 信者이고 서울 메누리도 信者인데 成奎 內子는 生前에는 잘 할고 慕侍지만 死後에는 모르겟소 한다고 大端이 마음 不安케 생각하시면서 成吉이도 내게 오지만 돈 십 원도 주지 안는다고 不安케 함.

<1984년 5월 14일 월요일>
새벽에 왓다고 水原서 成奉이가 왓다. 他人의 債務 利子라도 拂入해 주시라고 하면서 李道植 條 利子 一八,〇〇〇원 父 條 一〇〇,〇〇〇[10,000] 金二周 二五,〇〇〇원 計 五三,〇〇〇원을 주고 아버지 用金으로 一七,〇〇〇원을 주면서 使用하시라고 햇다. 바로 各者에 [뿌려] 주었다.
그러나 四月 十九日 二周에서 借用金 五〇萬 원을 成康 便에 水原 成奉에 주라고 보낸바 이번에 成奉 말은 異心을 갓고 올 {아} 가든 골로 兄에 알아보겟다고 햇다.
(不安햇다)

<1984년 5월 15일 화요일>
못텡이 堆肥 까라주웟다.
새보들 鄭泰植을 시켜서 노타리 作業.

<1984년 5월 16일 수요일>
崔重宇 丁宗燁을 데리고 모 떼고 논 고르기 햇다.

<1984년 5월 17일 목요일>
아침에 새보들을 가보니 배畓은 방죽이고 三斗只은 말앗드라.
배답하고 村前 一〇斗只을 移秧햇다.

<1984년 5월 18일 금요일>
기사들 새보들로 배치햇다.

<1984년 5월 19일 토요일>
東洋機械가 고장이 낫다. 바로 全州營業所 行하야 附品을 사다 주웟다.

<1984년 5월 20일 일요일>
九時頃에 下加 李相榮 父 弔問을 햇다.
全州로 直行 宗彦 女息 結婚式에 參席햇다.
鄭東洙는 韓正石에 祝儀金만 보내주웟다.
압집 老人 女子에서 一金 貳萬을 取貸햇다. 用途는 崔宗彦 女息 結婚 鄭東洙 子 結婚 下加里 李相榮 父 弔問 三家을 禮訪하기 위해엿다. 압집 老人 女人에서 一金 貳萬 원을 取하야 利用햇다.

<1984년 5월 21일 월요일>
東洋機械가 고장이 낫다. 바로 全州代理店에서 購해다 주웟다.
午後에는 大同이 고장이 낫다.

來日은 下部에서 심어 올이자고 한 牟圭煥
이가 제야[자기 것] 심겟다고. 듯지 안 햇다.

<1984년 5월 22일 화요일>
못텡이 上下 五斗只을 整理하는데 苦役이
엿다.
夕陽에는 코아피가 내렷다.
丁壽福에서 相子 十○개 取햇다.
成東 母는 成允 旅行 參萬 원을 정잔댁에
서 取해 오고 午後에 成英 便에 全州로 보
냇다.

<1984년 5월 23일 수요일>
移秧하는데 指揮햇다.
夕陽에는 술 취하야 經過을 잘 모루고 夕
食도 못 하고 잣다.

<1984년 5월 24일 목요일>
오늘도 機械 移秧하는 데 들어 보왓다.
또 술이 취하야 바로 잣다.

<1984년 5월 25일 금요일>
오늘은 耕耘機에 移秧機械을 各 〃 실코 鄭
柱相 畓에 가고 鄭敬錫 논으로 各 〃 떠낫다.
驛前에서 成東이를 시켜서 白米 一叺代 七
萬 원을 取해 왓다.

<1984년 5월 26일 토요일>
엽집 老女에서 取貸金 貳萬 원을 人便에
보내 주웟다.
內外 同伴하야 木浦에 當한니 一時엿다.
禮式을 맞이고 四時에 出發하야 遊達山
[儒達山]을 한 바귀 돌아서 집에 오니 九時
쯤 되엿드라.

<1984년 5월 27일 일요일>
成英이는 相範하고 라연을 同伴하야 任實
로 가고 成允이도 갖이 全州로 떠나면서
三○日 旅行을 떠난다고 햇다. 二泊 三日
로 豫定코.
成東이는 崔六巖 移秧한바 今年度는 今日
이 끝이다.

<1984년 5월 28일 월요일>
終日 몸이 不平해서 舍郎에서 修養을 햇다.
終日 택각질[딸꾹질]만 햇다.
밤에 다시 繼續되엿다.

<1984년 5월 29일 화요일>
午前 中 비가 조금 래렷다.
전화料金을 書類로 集計를 作成햇다.
完宇 里長을 代理로 하야 農協에서 成康
條 營農資金 參拾萬 원을 貸付해 왓다. 그
려나 確實成[確實性]이 잇게 用途가 없다.
마늘 栽培나 해볼가 햇다.

<1984년 5월 30일 수요일>
장구먹 昌宇 논에 물을 품고 揚水機를 안
골로 옴겨 주웟다.
成東이는 鄭太炯 氏 노타리를 해줌과 附品
이 망가저 任實로 가서 購入해다고 주고.
다시 任實 指導所長任을 禮訪하고 今秋
播種할 麥種子 松鶴種 新品種을 購入해
달{아}고 단 〃 히 付託드리고 왓다. 그리고
앞에 展視甫[展示圃]도 살펴보왓는데 其
中에 松鶴種이 第一品이드라.

<1984년 5월 31일 목요일>
昌宇 안골 移種하는데 봐 주웟다.
宗山에 가서 호도나무 밑에 除草를 해주웟다.

鄭泰植이는 館村 興農藥商에 外上갑 拂入키 위하야 參拾萬 원을 빌여 갓다.

<1984년 6월 1일 금요일>
全州 金正基 氏 女息 結婚式場에 參席햇다. 中食을 맞이고 直行으로 五樹로 行次했다.
마참 成曉을 對面하고 澤俊 金漢來와 갖이 다방에서 漢來 妹 範植 절도에 對하야 相論한바 別道理없이 送致된다면서 約 一〇餘 日이면 석방된다고 햇다. 바로 郡廳 車로 館村 驛前까지 乘車해 주웟다.
成東 內外는 장인이 病院에 入院햇고 妻 祖母는 八九歲인데 病中에 있고 南原에 내려갓다.

<1984년 6월 2일 토요일>
蠶室도 손을 보고 間子도 맷다.
南原 放送局에서 왓다고 視聽料[視聽料]를 달아기에 四,八〇〇원을 주웟다. 그런데 八五年부터는 成樂이가 같은 職員인데 視聽料를 無料로 해드리겟다고 햇다. 擔當者가 박귀엿다면서 今般에는 崔 氏라고 햇다.
成允이는 三泊 四日 만에 修學旅行을 맞이고 밤에 왓드라.

<1984년 6월 3일 일요일>
成曉가 任實서 단여갓다.
成奎 母新親[母親]이 二, 三日 前에 落傷을 當햇다기에 가 보왓다.
成東이는 終日 방아 찌엿다.
오는 六月 一〇日 移秧契員 總會을 日을 決定코 選布[宣布]햇다.

<1984년 6월 4일 월요일>
終日 논두럭 메고 모도 때웟다.
뉴예가 異常해서 살펴보니 除草을 햇든 것이 原認[原因]이엿고 會社에서 約 一枚 程度을 가저왓다. 油類도 一드람 가저왓다.
大里 前 里長 李炳基 金德基가 왓다 昨年 소석회 二車을 是認하고 갓다.

<1984년 6월 5일 화요일>
뉴예가 異常이 있엇다. 알고 보니 除草濟 農藥을 햇든 것이 元認[原因]으로 안다.
成東이는 바로 工場에 가서 約 一枚分 程度을 가저왓다.
支署에서 電話로 成曉 身元調査을 햇다. 進級을 하려한지 轉勤을 하려 한지는 모르겟드라.

<1984년 6월 6일 수요일>
成傑이는 釜山에서 오는 길이라고 왓다.

<1984년 6월 7일 목요일>
祖國(할아버지 나라)
새벽 三時경에 朴京洙 妻가 死亡햇다고 朴日成이가 왓다.
아침 六時가 되니 전화가 걸여 왓는데 成傑이드라.
山亭里에서 車 事故가 낫다고 햇다. 澤俊을 同伴해서 가보니 큰 事故는 안니드라.
飼料가 約 四〇餘 袋가 破害[被害]되엿다.
成東을 시켜서 多少 쓰려 왓다.
安正柱을 불여서 朴京洙 喪家에 쌀을 집 〃 단여 据出해다가 주라고 햇다. 約 四斗쯤 거덧다고 햇다.

<1984년 6월 8일 금요일>
大宅에 갓다.
서울서 德順이도 왓고 只沙에서 鎭浩 內外
도 왓드라. 中食을 갖이 하고 夕陽에야 作
別햇다.

<1984년 6월 9일 토요일>
喪家에 參席햇다.
午後에는 昌宇 모내기 하는데 가 보왓다.
夕陽에 林仁圭 母가 別世햇다고.

<1984년 6월 10일 일요일>
機械移秧 收入支出 決算을 보왓다.
斗當 二,九五〇원식
우리 負擔金 五〇,七〇〇원 一五斗只
成東 作業비　　　一三〇,〇〇〇
내 治下金　　　　二〇,〇〇〇
代納金　　　　　　一八,一三〇
計　　　　　　　一六八,一三〇
一六八,一三〇 - 五〇,七 〇〇
　　　　　　　= 一一七,四三〇

<1984년 6월 11일 월요일>
林仁圭 祖母 出喪하는데 役軍이 없어 出
喪을 못할 形便인데 放送을 通하야 私情的
[事情的]으로 住民에 護소[呼訴]를 햇다.
겨우 一〇餘 名 參禮햇드라.
只沙에서 金漢來가 內外 왓다. 꼭 全州에
갖이 가서 法條係[法曹界]에 問議해 주시
라고 하기에 떼들 못하고 갓다. 教導所[矯
導所]에 가서 範植을 面會하고 무르니 調
査는 어제 끝이 낫다기에 바로 李珍雨 辯
護士에 갓다. 五拾萬 원 要求하는데 四拾
萬 원으로 끈코 契約金으로 貳拾萬을 주고
왓다.

<1984년 6월 12일 화요일>
배답 五斗只 終日 苗을 때왓다. 안에를 드
려가 보니 空間이 만코 苗 표기의 낫개를
세여 보니 普通 四〇餘 된 포기가 만트라.

<1984년 6월 13일 수요일>
오는[오늘]도 終日 배답 모 때웟다.
아침이면 뉴예 밥 주고 깔을 벤다. 朝食 後에
는 논으로 간다. 夕陽에 또 깔을 베야 한다.
南原서 成樂 家族이 夕陽에 왓다. 술 대사
리도 사 가지고 왓다. 고맙게 生覺한다.
任實 兄놈은 술 一병 사오지 안는다.
工場에서 輕油 二三 드람을 五萬 원식 決
定코 운반햇다.

<1984년 6월 14일 목요일>
오늘도 村前 三斗只 모를 때웟다. 손도 앞
으고 팔이 不手햇다.
밤이 오면 마음으로 깁푸다[기쁘다]. 잠을
자고 싶어엿다.

<1984년 6월 15일 금요일>
成奎에서 油類代　一三二,八〇〇원
　　　　부품代　　三三,一三〇
　　　　治下비　　二〇,〇〇〇
　　　　게　　　　一八五,九三〇
本日 引受햇다.

<1984년 6월 16일 토요일>
第一次 로 春蠶 一枚 程度를 上簇햇다.
只沙에서 金漢來가 전화로 全州에 同伴하
자고 해서 館驛에서 갖이 갓다. 土曜日
{이}라 辯護士는 外出하고 不在라 空行을
햇다.

<1984년 6월 17일 일요일>
오늘까지 滿 五日채 모 때움을 끝냇다.
水原서 成康이가 왓다. 古物商 事業은 如
前이 잘 되고 資金도 回轉이 잘 된다고 햇
다. 約 五百萬 원자리 積金을 加入하야 他
人의 債務을 整理하겟다고. 그리고 現在 千
萬 원자리 積金을 넛코 잇는데 五年 後면
千萬 원을 찻는다고 햇다. 밤차로 떠낫다.

<1984년 6월 18일 월요일>
金漢來하고 同伴해서 李珍雨 辯護士 事務
室을 訪問하고 殘金 貳拾萬 원을 直接 주
웟다. 오늘 擔當 檢查[檢事]을 맛나고 對
質하고 夕陽에나 早朝에 이곳으로 電話하
겟다고 約束하고 왓다.
뉴예는 全部 上簇햇드라.
住民登錄證을 再申請햇다.

<1984년 6월 19일 화요일>
午前 七時 二〇分 뻐스로 南原을 据處서
방동 洞內에 간니 一〇時엿다. 사돈은 問
病햇지만 子婦 內外가 不在中 中食이 느
젓다. 바로 오려고 햇지만 九三歲 老人이
中食을 하고 가야지 萬諾 그대로 가시면
不安하다고 말기드라. 하[할] 수 없이 그
드리다 보니 三時경에 中食을 한니 맛은
잇드라. 成樂 집을 둘여서 바로 왓다. 七時
드라.
成東이는 農協에다 長期 資金 利子 拂入
햇다고 햇다.

<1984년 6월 20일 수요일>
成東이하고 새보들 全部 노두력을 베고 가
래74약 밧사리드[밧사미드]75를 뿌리고 비
료를 뿌리고 機械 除草機[除草器] 二臺

을 빌여다 作業을 햇다. 夕陽에는 몸을 굴
신을 못햇다.

<1984년 6월 21일 목요일>
成東이는 工場에서 非公式으로 春蠶 一枚
程度을 갓다 飼育한바 多幸이 成績이 優受
[優秀]해서 一三萬 五仟을 밧고 後繼者育
成資金 利子 一〇餘萬 원을 拂入햇다.
宗山에 가서 포푸라 호도나무 作況을 살펴
보왓다.
春蠶 共販은 機檢으로 收納햇다.

<1984년 6월 22일 금요일>
成奎에서 멈소 새기 一頭 三萬 원에 주웟다.
春蠶 따기 햇다.
靑云洞에 養蜂者가 約 二〇〇餘 통을 散
發 養育한바 本里 嚴俊祥 氏는 栗田에 農
藥을 散布한바 養蜂이 全殺햇다고 主人는
署에 告發하야 오라 가라 한다고.

<1984년 6월 23일 토요일>
成東 갖이 春蠶 共販하려 갓다. 一,五枚에
二三一,五〇〇원 收入햇다.
驛前에 멍석代 六,〇〇〇 舘村 贊基 外上
代 二三,〇〇〇을 會計햇다.
近年 中 最高額을 養蠶으로 收入을 올엿다.
午後에는 成東이하고 栗田에 가서 호도나
무예 根死美藥을 뿌려 보왓다.
殘藥은 집뒤 工場들에도 뿌려 보왓다.

---

74 '가래'는 가랫과의 여러해살이풀로 논이나 늪에
서 자라는데 곡식의 성장에 해를 끼친다.
75 '밧사미드'는 흙 속의 각종 병원균을 살균하는 살
균제이며 제초효과도 있다. 보통 입제(粒劑)로 출
시된다.

<1984년 6월 24일 일요일>
五月 二十四日 成允 旅行 三萬 원을 成曉 母
가 取貸한바 今日 꼭 一個月인{데} 元利 合
해서 三一,〇〇〇원을 成曉 母 便에 보냇다.
桑木 伐木을 햇다.
小麥 刈取 作業.
任實서 成曉가 왔다. 궁술會員에 加入햇다
고. 會長은 朴世勳 氏 副會長은 裵永文 總
務는 朴勝天 氏라고. 外交할야면 좃타고
햇다.

<1984년 6월 25일 월요일>
金漢來하고 同行 李珍雨 法律事務所에 갓
다. 辯護士하고 相議한바 保석申請하고 保
석비 約 三〇萬 원을 準備하라고.
象山校에 갓다. 授業料를 庶務課에 拂入
하고 擔任先生任을 對面햇다.
五山에 金在浩 氏 訪問하고 麥種子 一叺
을 付託하고 地境에 晉斗喆을 訪問햇든니
不在中이여서 回路햇다.

<1984년 6월 26일 화요일>
脫穀機 修理해 왔다. 市基里에서 桑田에서
成東 作業中인데 協助해 주웟다.
任實에 갓다.
除草濟 四封을 사고 분문기도 修理햇다.
德巖里 朴世東 氏을 市場에서 相面햇다.
成曉가 내게 많이 協助해 주시여 大端이
感謝하다고 말햇다.

<1984년 6월 27일 수요일>
집안을 淸掃햇다.
밭두력도 깍앗다.
안食口는 콩을 심고 받도 맷다.
成東이는 노두력도 깍앗다.

요즘은 每日갓지 多忙하고 밥으다. 몸도 고
되다.

<1984년 6월 28일 목요일>
人夫 四名하고 成東 五名이 새보들 못텡이
除草作業을 그대로 끝을 낸다.
안食口는 婦人 三名을을 데리고 桑田을 除
草하고 나는 除草를 드려냇다.

<1984년 6월 29일 금요일>
오늘도 終日 多事햇다.
고초밭에 追肥도 햇고 아가시야 베고 폐유
을 뿌럿다.
成康 고초밭에 포푸라 엽가지를 베는데 애
로가 만햇다.
夕陽에야 喪家에 가보왔다.
집에 암소를 교미시켯다. 明年 三月에 出
産한다.

<1984년 6월 30일 토요일>
成康 고초밭에 포푸라 엽가지를 처서 운반
햇다.
成東이는 全州에 가서 깡냉이種子 五斗을
購入해 왔다.

<1984년 7월 1일 일요일>
裵明善 慈堂 出喪하는데 協助햇다.

<1984년 7월 2일 월요일>
德巖里 崔完錫 出喪하는데 成奎 完宇 俊
峰하고 同行 단여왔다.

<1984년 7월 3일 화요일>
斗基里 崔宗守 母親 死亡 訃告가 왔다.
午後에는 成東이를 同伴햇서 어거지로 宗

山에 가서 牛草을 한 耕云機 해 왔다.

<1984년 7월 4일 수요일>
金三浩 張泰燁 崔善眞하고 同伴하야 斗基
崔宗洙의 喪家에 갓다. 비는 많이 내리는
데 喪家로서는 구질구질하야 難事드라. 안
사돈을 喪家에서 相逢햇다. 뻐스 時間이
어그저서 不得 이 中食을 接待 밧고 바로
왔다.
驛前에서 成奉이를 對面한바 日氣가 不順
으로 방금 왔다고 해서 갖이 왔다.
成東이는 小隊長 會議에 갓다 왔다고.

<1984년 7월 5일 목요일>
成傑이도 訓鍊하려 아침에 왔다.
成奉에 말에 依하면 現在 水原 商業은 도
부군이 一人名하고 內事役이 一人하고 兄
弟하고 二十一名이 每日 動員되고 아침 七
時부터 出發하면 밤 九時 役軍이 오는데
物品을 整理하고 나면 밤 十一時 되기가
普通이라고 하고 每日 支出額도 四, 五십
萬 원이 支出이 되고 物品도 普通 三日 만
이면 一車 程度가 賣出된다고 햇다. 月 食
事費가 兄弟 分 外人하고 三〇餘萬 원이
支出된다고. 그려타면 成奉의 事業이 相當
한 企業으로 資本金도 月 千萬 원을 回轉
해야 한다 봣다.
終日 비는 래리는데 舍郞에서 讀書하고 書
役하면서 무든[모든] 帳簿 整理햇다.
只沙에서 金漢來가 電話한바 어제밤에 侄
範植이가 刑務所에서 出監햇다고 傳햇다.

<1984년 7월 6일 금요일>
牛舍 周邊을 除草햇다.
成傑 成奉이는 訓鍊을 맞이고 갓다.

支署에서 전화가 왔다. 嚴俊祥 총기 再許
可 申請이라고. 放送을 해도 오지 안 햇다.

<1984년 7월 7일 토요일>
鄭柱相 店芳[店房]에서 嚴俊祥을 對面햇
다. 本署에서 총기 再許可하라 하니 못 드
렷다고는 말아라 分明이 專[傳]햇다. 立會
者들은 鄭鉉一 崔六巖 鄭圭太가 立會하는
데 전햇다.76

靑云堤을 安承均을 데리고 갓다. 別 異常
이 없드라.
밤부터 내린 비는 오늘 終日 내렷다. 川邊
을 바라보니 橋樑[橋梁]이 넘엇다. 온 들에
는 물바다로 변하야 田畓은 水害가 만햇다.
우리 田畓도 방천이 낫다. 成東이를 차즈니
없어 熱이 낫다. 메누리보고 차자보라 햇든
니 그 삼람[사람]도 亦是 行方을 不明이다.
더울[더욱] 熱이 낫다.
호자[혼자]라도 해보려 간바 金鎭玉 裵永
植하고 驛前에 가서 술을 자시고 온 것 갓
으라.
夕陽에야 겨우 막고 來日로 미루엇다.

<1984년 7월 8일 일요일>
배답 堤防을 끝냇다.
終日 논몰을 빼기 위하야 楊水機[揚水機]
로 품엇다.
每日 餘有는 없다.

<1984년 7월 9일 월요일>
쑤시[수수] 苗를 試驗 사마서 뒤 밭에 옴기

---

76 이 부분은 지면 상단에 일기와 별도로 붉은색으
로 써두었다.

고 肥料도 주웟다.
牛舍에 잇는 소 三頭을 코를 뚜렷다.
午後에는 혼자 宗山에 耕耘機를 가지고 牛
飼用 草씨을 해 왓다.
夕陽에 南原서 成樂 全 食口가 왓다.

<1984년 7월 10일 화요일>
終日 비가 래려 作業上 支章이 만앗다. 비
가 만이 오지도 아[안] 하면서 作業만 못
하게 햇다.
成東이는 昌宇 四斗只 農藥 散布햇다.

<1984년 7월 11일 수요일>
家族기리 小麥(밀) 脫穀을 햇다. 비는 내릴
듯한데 밥이[바삐] 서드려 하고 보니 約 三
叺 程度는 收穫햇다.

<1984년 7월 12일 목요일>
오늘도 終日 비는 내렷다. 乾燥場 造立[組
立]을 비로 因하야 中止햇다.

<1984년 7월 13일 금요일>
手足이 異常이 생겻다. 할 수 없이 作業은
如前이 햇다. 밤이면 팔목 애린다.
오늘도 乾燥場을 修理햇다. 午後에는 못텡
이 第一次로 農藥을 散布햇다.
夕陽에는 논두력을 벳다. 그리고 成愼이하
고 어둔은데 밭에서 강낭콩을 運搬햇다.
엇전지 놀고 싶은 生覺은 一切 없다. 作業
을 하면 心[77] 고민이 가신다.
時間 빠르게 간다. 잠간이면 一週가 지나고
一個月도 밥이 지난다.

<1984년 7월 14일 토요일>
農藥 散布햇다. 鄭圭太 崔末女 우리 집 二
○餘 斗只落[斗落只]을 撒布햇다.

<1984년 7월 15일 일요일>
昌宇 畓 農藥해 주고 桑田에 農藥 마렉스
분제 二봉을 뿌렷다.
金鎭玉 裵明善 脫穀을 햇다.
夕陽에 白米 一叺을 市場에 賣渡하야 六
八,○○○원 收入. 萬 원은 내의 用下하고
五八,○○○은 大里 李鎭珠 소석회代 拂入
해 주라고 햇다.
成東보고 明 一六日 任實 네의 兄하고 相
議해서 栗田 下役 作業費을 負擔하라고
햇다.

<1984년 7월 16일 월요일>
宗山에서 牛草을 해 왔다. 午後에 成東이
를 시켜서 任實 兄에서 一○萬 원만 貸借
하야 栗田 下役 作{業}을 하라 햇든니 공
행햇다. 不安햇다.

<1984년 7월 17일 화요일>
소깔 비기.
每日 고정的인 日常生活 作業이다.
소깔을 비다 生覺하면 마음이 고롭다.
市場價가 底下[低下]된다고 들으니 士氣
가 떠려진다.

<1984년 7월 18일 수요일>
終日 工場內部를 掃除햇다.

<1984년 7월 19일 목요일>
新平分會에 參席햇다.
許可狀도 밧고 中食만 끝내고 散會햇다.

參席者는 韓大연 朴判基.

<1984년 7월 20일 금요일>
中央日報代 六仟 원을 相燮 氏 婦人에 드
렷다.
金漢來 侄의 範植 法院 公判일{이}다. 辯
護士 珍雨 氏를 相面하고 辯論을 잘 해달
아고 당부햇다. 檢査 求刑은 二年을 내리고
다음 公判은 八月 十日 定하고 作別햇다.
任實鄕校로 卽行하야 倫道會長[儒道會
長] 曲校[典校] 前 親友들 相面햇다.
李光俊 沈根萬 朴相洙 氏가 曲校 代決한
바 李光俊 氏로 確定햇다.

<1984년 7월 21일 토요일>
終日 工場에서 방아 찌엿다.

<1984년 7월 22일 일요일>
이삭 비료를 뿌렷다. 방아도 찌엿다. 논두
력도 깍앗다.
成曉가 相範하고 왓다. 栗田 下役 作業비
一〇萬 원만 보내달아고 햇다.
成允이도 왓다.
夕陽에 가는데 萬 千 원을 주워 보냇다.

<1984년 7월 23일 월요일>
成傑이가 事故을 일으켜 重傷을 당햇다고
들엇다. 아마도 몇일 된다고 햇다. 大端 不
安햇다.
午前 中 田畓에서 作業하고 집에서 中食을
하려한니 成東이가 말햇다. 牟潤植 氏에서
一金五萬 원을 借用햇다. 用途는 南原 税金
二四,〇〇〇 保險料 一三,三〇〇 成允 補
充授業料 一〇,〇〇〇원 주기 爲하야엿다.
成傑 母 말을 드르니 明日 退院한다고 햇다.

<1984년 7월 24일 화요일>
오늘도 雨中인데 앞들 논두력을 벳다.

<1984년 7월 25일 수요일>
成東이하고 同伴해서 宗山에서 牛草刈을
경운기로 해왓다.
엇전지 놀고 싶은 마음은 全然히 없다. 놀
면는 마음이 괴롭고 고민그리[고민거리]
不明증[불면증(不眠症)]이 생긴다.
夕陽에 南原에 崔炳文 氏가 오시엿다. 술
이 취하야 허성구성 하는데 不安햇다. 宗垈
戶納을 받으려 왓다.

<1984년 7월 26일 목요일>
任實 成曉에서 一金 拾萬 원이 人便으로
왓다.
成東에 傳해 주고 人夫 十三名만 購하라
햇다.
炳文 氏 자고 떠낫다.

<1984년 7월 27일 금요일>
成東이하고 屛巖里 崔 氏 밭에서 깔을 베
왓다.
午後에는 폭서로 作業上 支章이 있어 每事
을 除外코 川邊에서 대사리을 잡고 햇다.

<1984년 7월 28일 토요일>
새벽 四時경인데 丁壽福 婦人이 왓다. 具
道植 氏가 피를 토하고 위급하니 택시로 운
{반}햇다. 환자를 同乘하고 任實을 거처 全
州 예수病院 應急室에 依賴햇다. 手續을
밥고 外上으로 珍察을 햇다. 바로 十一時
경에 子息에 付託하고 왓다.
午後에 宗山 栗田 除草 作業場에 갓다. 人夫
一五名이 作業하는데 大端이 未安하드라.

<1984년 7월 29일 일요일>
아침에 支署에서 전화로 傳해 왔는데 本署
수사게에서 呼出이라고. 理由는 八三年 四
月에 도란당한 白米 강도을 잡앗다고 햇다.
못 가겟다고 햇든니 支署 次席이 와서 聽取
하는데 親友 子息인데 必要없이 묵과하라
햇든니 딴 事件 때문에 할 수 없다고 햇다.
靑云洞 鄭圭太 집을 訪問햇든니 不在中.
金昌圭에 付託하고 왔다.
具道植 집을 問病次갓다. 長子 會準이가
天安서 왓드라. 제의 父의 形便과 子息의
處勢[處世]을 잘 말해 주윗다.

<1984년 7월 30일 월요일>
牟潤植 氏 말에 依하면(嚴俊祥 氏 집에서)
韓相俊 氏에서 들엇다고 작대기로 때려 모
라내면서 노두럭[논두럭]을 베라고 하기에
할 수 없이 路上에 나와 잇다 그리고 이번
에도 만이 마잣다고 丁壽福 內外가 말햇다.
共和堂[共和黨] 協議會 參席햇다. 薛 氏
任實 淳昌 地區 連絡所長이 來臨하고 各
里 活動長들이면 全員이 靑年들이드라.
慶南에서 春姬의 母을 面에서 相面햇다.
내의 女息을 出生届을 햇는데 이제 모가
二〇餘 年 만에 나타나서 承諾해 주고 戶
籍謄本 二通을 떼주윗다.
夕陽에 成曉 內外 全員이 休暇次 왔다.

<1984년 7월 31일 화요일>
아침에 靑云洞 崔六巖 氏가 왔다. 鄭圭太
는 本署로 鄭宗和 事件으로 드려가고 其의
婦人하고 용은치 金 某 女子하고 와서 말하
기를 午後에 白米 一叺代를 줄 터이니 本署
에 와서 和解書의 捺印해 달안다고 햇다.
澤俊(婿)가 왔다. 第一次 범행은 參加햇고

第二次 범행은 不參하야 金의 단독범이라
고 햇다.

<1984년 8월 1일 수요일>
鄭圭太하고 高相厚하고 왔다. 白米 一叺代
을 被害 保償[補償] 받앗다는 確認書와 陳
情書에 書名 捺印을 要求햇다. 捺印은 해
주마 그러나 네의 今般 處事는 잘못함니 만
트라 햇다. 지난 일을 全部 말해{주}윗다.

<1984년 8월 2일 목요일>
終日 洞內 共同負役햇다.
耕耘機도 動員되엿다.

<1984년 8월 3일 금요일>
陰曆 七月 七日 夕日[七夕日]이다.
部落에서는 住民總會라고 햇다.
七七稧 定期總會日다. 아침 九時 列車로
鴨錄江[鴨綠江] 川邊에 갓다. 七七稧碑
立石式이 擧行되엿다. 中食을 맞이고 六時
列車로 歸家햇다. 旅비는 成曉가 萬 원을
주드라.
成曉 內外는 水原 成奉 事業 狀況을 살펴
보기 위하야 떠낫다. 成英이도 南原으로 觀
光次 出發햇다.

<1984년 8월 4일 토요일>
아침에 崔六巖 氏는 龍陰峙 金 氏을 데리
고 왔다. 用務는 金 氏의 子가 警察署에 수
감 中인데 被害 作物代 白米 1叺 6斗을 변
상해 줄 터이니 변상 確認을 해 달라기에
崔六巖 氏가 責任키로 하고 署名捺印해
주윗다.
못텡이 새보들 農藥을 散布햇다.
못텡이서 安正柱 말을 드르니 어제 洞會席

上에서 成奎가 말하기를 間線道路 工事에서 約 80餘萬 원이 赤字를 밧다고 햇다. 住民들은 의아심을 품고 잇드라 햇다.
成曉 內外는 水原에 成奉 成康이를 對面하고 夕陽에 왓다.

<1984년 8월 5일 일요일>
오늘도 酷暑는 繼續되엿다. 約 35度엿다.
家事 整理하고 田畓 둘려보고 休息햇다.
듯자하니 成奎는 取勞事業[就勞事業]하는데 80餘萬 원이 赤字라고 들엇다. 住民들이 認證할는지 異問[疑問]이다. 住民에 配定도 못하고 人役 負擔도 못 한다. 政束事業場[政策事業場]에 비겨낸다고. 그도 어려울 것이다.
成允 母子는 全州로 갓다.
成東이는 白米 5斗을 賣渡하야 成允이 방稅을 주윗다.

<1984년 8월 6일 월요일>
李垺根 鄭鉉一 同伴하야 屛巖里 趙浩浩[78] 母堂[慈堂] 弔問햇다. 同窓會을 代表하야 10,000을 賻儀하고 왓다.
任實 信用組合에서 8萬 원을 引出햇다. 會費엿다.
成曉 10,000 成苑 10,000 成東 20,000 게 4萬 원이 들어왔다. 明 旅行비에 보태쓰라고. 子息이지만 未安한 生覺이 多分햇다.
成東이는 내의 旅비 주고 農協 利子 拂入하기 위하야 驛前 黃化榮에서 5萬 원을 取해 왓다고.

---

78 조내호(趙內浩, 趙乃浩, 趙來鎬 등으로 표기)의
　　오기인 것으로 보인다.

<1984년 8월 7일 화요일>
同窓會 野遊 召集을 햇든니 七名이 集合햇다.
十一時 二〇分 뻐스로 雲日巖에 當햇다.
豫算金은 一四萬 원 豫定으로 支出햇다.

<1984년 8월 8일 수요일>
朝食을 하고 鎭安 馬耳山에 갓다. 十二時엿다.
두루 살피고 中食을 馬耳山에 하고 바로 全州로 행하야 決算해 보니 小額[少額]이 不足했으나 車費만은 全員 떼주윗다.

<1984년 8월 9일 목요일>
新平 敬老잔치에 參席 햇다. 大里만 不參코 全員 約 六〇餘 名이 募엿다.
一. 서울大學校 敎授의 말
壬辰왜란은 只今부터 五〇〇餘 年 前인데 日本 朝鮮朝 間의 感情은 이즐 수 업고 그려나 戰後 七年 만에 國交가 正常的으로 이루어젓는데 요즘 過居[過去] 日帝 三十六年間의 惡박감[壓迫感]에 二〇餘 年의 歲月에도 正常化 되지 못 하고 잇다.
二. 三〇〇餘 年 前 世宗大王 時代에 黃義[黃喜] 黃 정승이 國政에 忠政心[忠情心]으로 잘 百姓을 다스련바 어느 날 民情 視察길예 나슨바 람루한 衣服에다 어느 酒幕에서 投宿을 하게 되는데 夕陽에 主人의 寶物 구슬을 집에서 기른 게우[거위]가 먹는 것을 보왓는데 主人은 보물 없어지자 거지와 같은 黃 정승을 異心하야 官家에 끌여가서 刑罰을 바고 翌日에 主人에게 당신 집에서 기른 계우가 보물 구실을 생키는 것을 보왓으니 분료를 가려 보라 햇다. 그대로 가려보니 보물은 나왓다. 그려면 當時에

말을 하면 그 계우는 殺害했을 것이 안니냐 하고 그도 動物의 生命이지만 내가 고초를 좀 당하고 其의 生命을 구해주는 것이 오른 일로 안다고 햇다.

三. 日本의 어느 冊을 讀書한바 武(사무라이)의 子息이 이웃집 떡장사에 놀여간바 떡이 한 접시가 업서젓다며[없어졌다며] 兒該[兒孩]의(사무라이) 父母에게 가서 떡갑을 요구한바 父 사무라이는 그럴 이가 없다고 是非 끝에 子息의 배를 갈어서 떡의 有無 가리고 求明[糾明]햇다고.

<1984년 8월 10일 금요일>
田畓에 물을 댓다. 零上 三五度 大端이 酷暑다.

<1984년 8월 11일 토요일>
새보들 보매기를 햇다.
오늘도 어제나 다름없다.

<1984년 8월 12일 일요일>
早起하야 成東하고 宗山으로 耕耘機을 몰{고} 가서 牛草 一輪을 草刈해 왓다.
朝食 後에는 桑田에 農藥을 하려 가자 成東에 말햇든니 不可하게 여겨서 場置만 하주면 내가 뿌리겟다고 하야 終日 혼자서 藥을 뿌린 다음 桑木 下部 물을 후북이 뿌럿다.
일을 너무 조화한다지만 時期을 늦이면 안 되고 또 今夏에는 酷暑가 深하야 모든 作物이 흉작을 免치 못하고 잇다.

<1984년 8월 13일 월요일>
昌宇가 왓다. 農藥 散布 噴霧機[噴霧器]을 合資하자고 햇지만 不平한 點이 많으니 昌宇는 抛棄하라고 하고 八三年 農藥 뿌린

것하고 今年에 뿌린 것을 合해서 三萬 원만 내라 햇다.
水原서 成奉이가 왓다. 他人의 債務金 利子를 갓고 왓는데 李道植 三〇萬 원 條 父 條 二〇萬 원 條 文京 母 條(成康 母)(一〇萬 원는 元利 合算) 一一五,〇〇〇원 計一四五,〇〇〇원을 받앗다.

<1984년 8월 14일 화요일>
午前 九時 列車로 崔南連 嚴俊祥 張泰燁 四人이 同伴하야 鴨綠 邊川[川邊]으로 南陽里 金昌洙(守護者) 집을 訪問햇다.
夕陽을 맞이고 밤 八時을 期하야 대사리를 잡앗다. 十二時까지 잡고 보니 三升쯤 잡앗다.

<1984년 8월 15일 수요일>
새벽에 비가 내리는데 起床햇다. 主人을 깨우고 해장을 하고 出發 五時 三〇分 車로 집에 왓다. 嚴俊祥 氏는 술이 過酒가 되엿다.
집에 온니 대사리 잡으로 갓다고 所聞이 나고 丁基善 한실宅은 求見하려 왓다.
어제 成傑이는 月餘 間 집에 잇다가 처음으로 運轉을 하려 간바 中道에서 助手에 운전을 막긴바 水原 近方에 전복되여 生命은 保尊[保存]되엿으나 成傑의 良心은 올치 못하다고 본다.

<1984년 8월 16일 목요일>
成東이하고 牛舍을 月餘 만에 除据[除去]하고 外舍도 月餘 만에 耕耘機로 除据하는데 終日이 걸엿다.
夕陽에 店芳에서 몃 분의 老人을 맛나고 明日 嚴俊祥 氏의 栗田 除草을 한다니 우리 모두 參席코 誠意굿[성의껏] 作業을 해

주고 其의 代價로 1日 野遊나 해보자 햇든
니 全員이 贊成햇다. 約 20餘 名이나 되엿
다. 방송을 通해서 全員에 알엇다.

<1984년 8월 17일 금요일>
養老會員 一〇餘 名이 作業하려 간바 異
常하게 嚴俊祥가 변하고 作業을 못 하게
하드라. 어제는 드릇[들을] 듯햇는데 아마
도 嚴俊峰의 所行으로 生覺이 든다. 理由
는 누구보다도 崔乃宇가 서드르니까 崔乃
宇를 主催한 것으{로} 보와 防害[妨害]한
듯십다.
배채[배추] 무 받을 단도리햇다.79

<1984년 8월 18일 토요일>
무 배채를 播種햇다.
終日이 걸엿다.

<1984년 8월 19일 일요일>
새벽에 여류을 가지고 채소밭에 갓다. 물을
주는데 某 婦人이 길을 건네드라. 氣分이
少햇다.
朝食을 끝내고 宗山으로 除草을 거두려 갓
다. 操心을 하고 또 햇다. 끝을 내고 집에
와서 正門에서 自轉車에서 下車하려다 大
貪傷[大負傷]을 당햇다. 病院으로 옴겨 入
院햇다. 重傷이엿다. 院長은 三週 入院을
말하드라. 成曉에 連絡하야 家簇[家族]이
왓다.

<1984년 8월 20일 월요일>
入院 中인데 昌宇 成奎가 問病하려 왓다.
丁基善 嚴俊祥 元泉里 洪性烈가 問病次

왓다.
成曉도 非常勤務라고 햇다.
오늘은 母親任 祭祠日이다. 내는 不參하고
成曉는 十一時頃에 보낸다.
成奎 昌宇에 付託코 來日 朝食을 老人들
慕侍고 接待하라고 당부햇다.

<1984년 8월 21일 화요일>
尹鎬錫 氏 李道植 金進映 崔南連 崔瑛斗
氏 問病次 왓다. 다음 白康俊 鄭太炯 氏도
왓다. 모두들 말하기를 아침에 主人도 不在
中인데 朝食을 잘 햇다고 햇다.
成曉가 왓다. 어제밤에 祭祠을 엇데케 慕
侍엿나고 물엇다. 祭主는 자근아버지의 名
儀로 지내는데 말을 못 햇다고 햇다.
昌宇나 成奎가 意識[儀式]을 아는지 모르
는지 分席[分析]하기 難햇다.

<1984년 8월 22일 수요일>
問病客이 杜絶되니 讀書만으로 時間을 보
내는데 그것도 괴롭드라.
鄭鉉一 氏가 問病 왓다.
郡 職員 一同이 問病하려 왓다.
成東이가 夕陽에 왓다.
來日 電話料金과 水道稅 전기세 모두를
淸算하라고 당부햇다.

<1984년 8월 23일 목요일>
집에 메누리가 왓다. 韓服을 갓고 왓다.
崔今福 安銀順 氏가 來臨햇다. 大端이 感
謝하드라.

<1984년 8월 24일 금요일>
今日도 終日 讀書만 하고 잇는데 마참 朴
公히 先生이 왓다.

---

79 마지막 문장은 파란색으로 기록되어 있다.

全州에서 成玉 大領[손녀 나연의 아명] 相範이가 갖이 왔다.
夕陽에 丁基善이는 돌머리宅을 慕侍고 入院次 왔다.
大田서 딸도 왔다. 오는밤[오늘밤]은 벗이 되어 時間도 빨이 가고 해서 多幸이드라.

<1984년 8월 25일 토요일>
李光燁 祖母가 問病次 왔다.
大里 사돈 內外分이 來訪햇다.
南原에 成樂이는 時間 餘有가 없고 收入 面에서도 前과는 달이 高所得이라고 말하드라.
崔南連 氏 內外가 돌머리宅 問病次 오는 길에 내게 왔다.
大田서 사위도 왔다.
이 날은 基善하고 내 방에서 一泊햇다.

<1984년 8월 26일 일요일>
大田 丁正禮 男便이 基善하고 同伴해서 問病하려 왔다. 其의 一待行[一行]은 全員이 大田으로 간다고 떠낫다.
林澤俊 丁壽福 丁俊浩 裵明善 林韓朝 高相厚가 단여갓다.
張榮九도 夕陽에 단여갓다.

<1984년 8월 27일 월요일>
完宇 母子이 단여갓다.
晝間에는 問病客이 간혹 오시니 多幸이지만 夜間에는 고독감이 들엇다.
十二時가 지나면 잠이 들고 새벽 四時면 起床이다.
金 先生 贊基가 단여갓다.

<1984년 8월 28일 화요일>
其間 入院 治療 받은 中 入{院}室에서는 小大便은 보지 안코 꼭 박 便所를 利用햇다.
退院만 하고 십고 누원서 計劃만 짰다.
八月 三十一日에는 갑작히 하야지 해도 院長은 不應햇다.
成苑 成俊이가 단여갓다.
蠶業係 職員 一同이 단여갓다.
宋泰玉가 단여갓다.

<1984년 8월 29일 수요일>
아침에 便所에 간바 走步[徒步]하는데 달아젓다.
本里 鄭宰澤가 왔다. 別일 없지 햇다. 무슨 件이 잇다고는 하는데 미리 알고 딴 話題로 될엿다[돌렸다].
相範이가 學校에서 집으로 가는 길에 왔다. 오늘 試驗을 본바 100點을 마잣다고 햇다.
治致賀[致賀]을 마니 해 주웟다.

<1984년 8월 30일 목요일>
오늘도 하루가 지낫다. 마음的으로 9月 1日에는 꼭 退院하야지 하고 마음 먹엇다. 其 날이 當하고 보면 다리는 또 不平한 點이 잇다. 生覺하면 本人이 잘못이지만 多大이 不吉이엿다.
成英이도 朝夕으로 괴롭고 메누리도 未安한 마음 禁할 수 없다.
新平 廉東根 組合長이 問病次 단여갓다.

<1984년 8월 31일 금요일>
院長任이 卽接 治療하려 왔다. 앞으로 一週는 經過해도 完治는 못 된다고 햇다. 退院의 計劃도 流效가 되엿다. 오늘도 一三日 채인데 不安햇다.

鄉校 秋季大祭日이다. 參事는 못 햇지만
李㟽根 崔東煥이가 알고 왔다.
同窓會議는 回甲을 兼하야 陰 九月 九日
十月 三日로 定햇다고 東煥이는 말햇다.

<1984년 9월 1일 토요일>
오늘은 任實 市場日이다. 兼事해서 住民들
이 많이 왔다. 牟潤植 張泰燁 金三浩 韓相
俊 丁基善 黃基滿 安正柱 裵季漢 鄭柱相
金鎭玉 昌宇 成奎도 단여갓다.
成曉을 鎭鎬 집 弔問하려 보낸다. 小祥은
八五年 陰 八月 四日로 본다.
成奎에 말햇다. 어머니가 서울 갓다고 햇든
니 가기는 갓지만 반가히 마질 사람이 업다
고 햇다. 時期的이나 老勢로서는 外出 不
可能하다고 햇다.

<1984년 9월 2일 일요일>
서울 成吉이가 단여갓다. 只沙 崔鎭鎬 喪
家에 弔問次 兼해서 단여갓다.
長子 結婚을 今秋에 成婚한다고 햇다.
九月 十一日 全州 張仁錫(婿 될 사람)을
招請하겟다고.
九月 十七日 十六日을 澤하야 成曉 職場
稧議을 定한다고 햇다.

<1984년 9월 3일 월요일>
오늘은 꼭 退院하겟다고 햇든니 大洪{水}
가 되엿고 비는 繼續하니 오늘도 退院는
抛棄햇다.
成東이가 왔다. 비가 만니 와서 벼가 모드
쓰려젓다고 햇다.
夕陽에 成曉가 郡에서 왔다.
明日은 꼭 退院할 터이니 院長에 가서 手
續하고 計算해 보라 햇다.

<1984년 9월 4일 화요일>
오늘은 決定的으로 退院을 覺悟햇다. 院長
이 卽接 治療하려 왔다. 몇일 延期를 要하
기에 不應햇다.
成曉는 出張 가고 職員만 보낸다.
메누리에 부탁코 計算한바 五六,○○○이
라고. 外上으로 하고 退院햇다. 집에 오니
마음 활발햇다. 其間 未決書類 및 家計 整
理를 햇다.

<1984년 9월 5일 수요일>
食後에는 田畓을 둘여 보왓다. 作況은 優
수햇다. 不遠이면 秋事에 作수[着手]하것
드라.
舍郞에서 大宗中 書類을 再檢討하야 施正
[是正]햇다.
終日 書役을 햇다.

<1984년 9월 6일 목요일>
大宗中 書類을 整備햇다. 會議錄도 再作
成햇다.
午後에는 中央病院에 治療次 갓다. 院長
은 早起[早期] 退院하고 어제도 治療하려
오지 안 해는가 하고 人象이 不安해 보이
드라.
내 병 내 아라서 하는데 그럴 것 없이[없
지] 아는가.
택시비하고 一日 一,五○○원식 드리는데
成曉도 골치거리라고 햇다.

<1984년 9월 7일 금요일>
成東이는 終日 방아 찌엿다. 約 80k 收入
햇다고.
나는 任實에 가 精米機用 엔도 노라 金網
1組 고무노라 1組을 外上으로 가저온바 代

金 二九,五〇〇원이라고 햇다. 놀 수는 없고 蠶室을 改修하고 自宅 牛舍 改造햇다.
메누리는 料理講習 바드려 任實에 갓다 왓다.
象山高等學校에서 成允이 成績表가 왓다. 開封해 보니 國語 六八點 英語 四八 數學 不良. 이리 되엿으니 眞心으로 不安햇다. 엇저면 이럴가. 차라리 實業高만 못하지 안나 햇다.

<1984년 9월 8일 토요일>
오늘 病院에 治療하려 갓다.
病院에 단여와서 終日 牛舍을 修理햇다.
成東이 每日 소 깔 베는 데 從事햇다.
술을 참고 보니 食事 時가 오면 시장해서 고역이다.
몸이 不快하다. 코피가 가혹[간혹] 흐른다.

<1984년 9월 9일 일요일>
오늘도 二日채 牛舍 修理하는데 終日 걸엿다.
시장기는 드려도 누구가 샛오구 좀 해보라는 니 없고 마음이 不安햇다. 그려는데 夕食도 너젓다[늦었다].
客地에 잇는 子息들이 왓는데 成樂이하고 成奉만 不參햇다.

<1984년 9월 10일 월요일>
次祀[茶祀]을 慕侍는데 子孫들이 다 募엿다. 成奎 父子도 參席햇다.
서울서 完宇가 왓다는데 아마 一〇餘 日이 經過토록 大小間 訪問은 그만두고라도 路上에도 出入을 禁하고 잇다고 傳해 드렷다.
斗峴 堂叔 炳基 全州 泰宇 家族 全員이 省墓길에 왓다. 車로 왓기에 同行하야 大里 曾祖父 省墓을 햇다.
夕陽에 서울 完宇가 왓다.
日暮 後에 基善이하고 돌모리宅 집에서 堂上祭을 지냇다. 夕食을 하고 왓다.
成允이가 夕陽에 갓다.

<1984년 9월 11일 화요일>
成東이를 시켜서 며소[염소] 大牛 교미를 大里에서 시켯다.
全州에 갓다. 住宅銀行에서 福卷[福券] 二枚를 購入햇다. 九月 九日 밤에 大夢을 꾸고 깨니 시원하드라. 九月 十日 秋夕日인데 福卷을 購入하려 간바 休日라 購入하지 못하고 왓다. 그래서 오늘 또 다시 大夢만 念頭에 生覺켜 큰 뜻을 이루고저 全州에 간 것이다. 多幸이 億代 원 추천만 되기 祈願하는 바이다. 生前에 처음으로 大夢의 꿈이엿다.
成英의 男便 될 사람 張仁錫이가 왓다. 成曉 澤俊 成奎가 同席하야 對話햇다. 술이 취하야 잠에 드렷다.

<1984년 9월 12일 수요일>
采蔬[菜蔬]에 尿素 무肥料[물비료] 주웟다.
每日 뽕 처다 밥 주고 소 메기는데 普通 日課다.
川邊에서 砂理[砂利]을 運搬햇다. 庭園을 공구리트로 改修코저 햇든니 家族들이 不安케 여기여 抛棄햇다. 工場에 冷水湯이나 修理하고 방장이나 찍어서 溫突이나 改修코저 하고 牛舍나 손대겟다.
外上으로 세메[세멘] 十五袋를 운반해 왓다.

<1984년 9월 13일 목요일>
溫突裝을 세멘트 四袋로 六〇餘 裝을 찍엇다.

夕陽에는 田畓을 두루 둘여 보왓다.
김치에 물肥料를 주웟다.

<1984년 9월 14일 금요일>
오늘도 餘有가 없이 밥앗다. 아침부터 무
采蔬에 물 주고 朝食 後에는 燃料가 썩어
서 뭇고 널고 햇다. 그래도 또 일은 만타.
上簇할 回轉簇을 곤로에 끄실엇다. 그려다
보니 日暮가 되여 소죽이 느젓다.
술을 禁하고 보니 三時 食事時間을 기드
{릴}라면 만은 괴롬이 잇다.

<1984년 9월 15일 토요일>
오늘도 如前히 複雜多難햇다. 秋蠶 上簇
準備하고 壁담도 허려내고 소죽을 끄리다
보니 어둠이 되엿다.
食事는 如一하게 護食[好食]을 하고 一日
三食는 高定的[固定的]으로 하는데 間食
도 하지 안는다. 蠶種은 明日이나 上簇이
加能[可能]하다.

<1984년 9월 16일 일요일>
秋蠶 一部 上簇하고 一部는 明日 上簇키
로. 家簇기리 作業을 햇다.
南原에 成樂 食口가 募이고 任實 큰아 食
口도 全員이 募엿다. 來日 내의 生日을 맞
기 위해서.
福卷을 추첨하는데 無效가 되엿다. 相當히
機待[期待]는 갓고 잇엇다. 大夢을 꾸엿기에.

<1984년 9월 17일 월요일>
내의 生日이다. 집안 大小間만 募여 朝食
을 갖이 햇다.
몸 異常이 生起엿다. 밥맛이 氏下되고 全
身이 오寒氣기가 있어 舍郞에 누웠으니 不

安햇다.

<1984년 9월 18일 화요일>
殖産課 職員 課長 外 八, 九名이 參席코
中 酒食을 하고 夕陽에 떠낫다.
成東이하고 工場 冷水湯을 改修 作業을
始作햇다.
飲食이 餘有가 있어 夕陽에 멋 분을 招待
하야 接待햇다. 서울서 온 完宇을 오라 햇
든니 不參햇다.
알고 보니 서울서 온 지가 二〇餘 日이 된
바 生活形便이 如意치 못 하야 上京치 안
코 重宇에 田畓을 代借[貸借]해 주면 저당
設定하야 貨車輪을 買賣하야 事業을 해 보
겟다고. 그러나 重宇가 不應한다고. 嚴俊
峰이는 一金 貳拾萬 원을 주겟{다}고 하나
本人은 不應한다고.

<1984년 9월 19일 수요일>
第二日채 工場 冷水湯 作業을 햇다. 그려
나 夕陽쯤 못 되여 비가 내려 作業이 如意
치 못 햇다.
日前에 丁基善을 招待한 일이 있엇는데 오
늘사 와서 무슨 일이야 햇다.
經過햇으면 그만이지 이제 온 것은 心意가
食欲性이 만은 空物을 操和者[80]로 본다.
牟光浩는 二十三日頃에나 溫突을 改修해
주겟다고 햇다.
오늘 任實 家簇이 다 떠낫다.

---

80 일기 전체에 걸쳐 '操' 또는 '燥'를 써야 하는 곳
에 '橾'를 쓰고 있는 예가 종종 발견된다. 따라서
여기서 보이는 '橾和者'는 본래 '燥和者' 또는 '操
和者'라고 쓰려고 했던 것으로 보이는데, 뜻풀이
를 하자면 '좋아하는 사람' 정도가 될 것이다. 이
문장의 내용으로 보자면 '공것을 좋아하는 사람'
정도가 되겠다.

<1984년 9월 20일 목요일>
오늘도 三日채 工場 修理 作業을 햇다.
餘有 없이 作業한바 時間 가는 줄 모루고
잠간 日募[日暮]가 된다.
비가 내렷다. 午後에 崔松吉의를 利用하려
다 작파햇다.
벼 刈을 할 計劃을 햇든바 天雨가 不順하
야 延期가 된다. 二十二日 豫定햇든니 順
調롭지 못하다.

<1984년 9월 21일 금요일>
오늘도 成東이하고 崔松吉 本人 三人이 終
日 工場 內 冷水湯 修理 作業을 三日채 햇
다. 세멘트가 九袋가 들엇다.
完宇 母親 生日이라고 招待하야 朝食을
햇다.
傷處에 반찬고를 오늘부터 떼 버렷다. 約
一個月 二日 만에 完治된 듯십다. 飮酒을
一個月 동안 禁햇든데 다시 飮酒을 해볼가
永遠이 禁酒을 해벌가 深中[愼重]이 生覺
中이다.

<1984년 9월 22일 토요일>
밤에 安正柱 林澤俊 氏가 來訪햇다. 安正
柱는 말하기를 崔南連 氏 대추를 따는데
人夫 資格으로 갓는데 南連 氏가 大端이
失手를 햇다고 햇다.
대추는 皮巖里 林正澤에 南連 氏는 賣渡
했고 正澤이는 全州人에 利得을 남기고 넘
겻는데 오늘 原主人 全州人이 수학하려 와
人夫가 約 50餘 名이 動員되여 作業 中인
데(婦人이 40餘 名) 대추를 木下에 埋장해
노은 것을 主人에 發見됨이 하두[한두] 번
이 안니고 空床袋 4枚까지 벼논에 숨겻다
가 主人에 들키고 수학量이 大不足하야 南

連 氏을 만니 異心的 여기는 中 法的으로
따지겟다면서 現物 23袋을 路上에 방치한
채 全州人는 가 버렷다고 하고 成奎 條는
28萬 원에 買受한바 10袋가 수학을 하고
南連 氏 條는 125萬 원인데 20袋가 수학이
니 土地 主人을 陰益者[隱匿者]로 認定하
고 가 버렷다고 햇다.
또 南連 氏는 不正이 없다면서 原買者 全
州人 婦人 멱사리을 잡고 흔들면 皮巖里
婦人 젓통을 만젓다고 하고 노래도 부르다
허성구성하면서 이만저만 失手가 안니엿다
고 햇다.
老期에 忙身[亡身]이라고 햇다.

<1984년 9월 23일 일요일>
崔松吉하고 工場 修理 및 井戶 修理 牛舍
改造까지 오늘 三日 만에 作業을 끝내고
夕陽 一金 參萬 원을 주워 보냇다.
成允 學費 3/4分期 授業料 九萬 원을 成玉
便에 보냇다.
秋蠶代는 買上金 二六一,六〇〇 원을 메누
리에 맛긴바 全州 방세 三萬 원을 보내라
햇든니 不平을 하는데 갓안하게 보왓다. 金
錢 取扱을 내가 權案者[權限者]인데 제가
무슨 權利가 잇느야엿다.

<1984년 9월 24일 월요일>
經濟的으로 困難는 大端하다. 그러나 家事
政理[整理]는 알[안] 할 수 없다. 내의 形
便으로는 今年度가 苦備[고비]인 든십다.
于先 成允이가 明年이면 高卒이고 債務도
整理 中이다. 多事을 生覺하면 每事을 못
하겟지만 壁 담章[담牆]도 쌋고 牛舍도 改
造하고 工場 冷水湯도 修理하고 井戶도
修理하고 其他도 手術햇든니 美觀上으로

每于 줏타. 約 一五八,八五〇원이 消耗가
됨 셈이다.
嚴俊祥 밤代 八仟 원 鄭柱相 外上代 四五,
〇〇〇원을 주웠다고 햇다.

별지첨부
工場 修繕 井戸 牛舍 벽담 期他[其他]
84.9.23.

세멘트	23×2,300	=52,900
主人 日비	6×5,000	=30,000
崔송김	3日×8,000	=24,000
경운기	3日 운임	20,000
부로코	183×150	=27,450
굴둑		3,500
	合計	158,850

<1984년 9월 25일 화요일>
오늘도 工場에서 終日을 보냇다. 水冷 호
수 製置[裝置]을 하고 門도 달고 道具 箱
子도 設置하는 {데} 終日이 걸엿다.
夕陽에 面長 支署長 組合長이 來訪햇다.
郡民 體育大會 喜捨金을 募金하려 왓다
고. 萬 원이다[萬 원이나] 주마 햇다.
每日 고되여 몸이 괴롭다.

<1984년 9월 26일 수요일>
메누리는 親父 生日이라고 出發햇다.
오늘도 工場에서 終日 修理 作業으로 日募
[日暮]을 보냇다.
完宇를 對面하고 光浩하고 親男妹間이기
에 말하겟다고 하고 방을 고치겟다고 四次
나 光浩 집을 訪問햇고 本人도 꼭 노와주
겟다는 사람이 아마도 某人의 防害[妨害]
로 못 오겟다고 하고 마음이 있으면 一日
程度을 餘有롬 못 타겟는야 햇다.

<1984년 9월 27일 목요일>
終日 工場에서 從事햇다. 乘降機[昇降機]
修理 기름 주기 其他 雜事엿다.
全州 成允 방세 및 燃炭[煉炭]代 주기 위
하야 崔南連 氏에서 一金 六萬 원을 借用
햇다.
成東이는 안방을 고치기로 澤定[擇定]코
방돌을 全部 뜨더냇다. 그리고 보니 보이라
도 改造하고 부로크도 不足하고 세멘도 해
서 夕陽에(五袋) 外上으로 운반한데 全額
四五,〇〇〇원이라고.
牟光浩을 시키지 않 하고 松吉을 오라 햇
든니 生覺다 못햇든가 다시 光浩가 온다고
해서 바다주고 松吉이를 抛棄시켯다.

<1984년 9월 28일 금요일>
成東이는 牟光浩하고 방 고치엿다.
工場 原動機 修理을 하고 이실[임실]에 가
서 박킹用 장판 몃 尺을 사려 鄭大燮 氏을
訪問햇다. 大燮 氏는 不在中인데 婦人을
相面한바 人象이 좋은 便는 못 되드라. 장
판 二尺만 떼라 햇든니 떼주면서 代金은
밪이 안으면서 받앗다가 主人에 혼난다고
햇다. 다시는 이 집에 物品을 사려오고 십
지를 알으라[않더라].
폐油를 綜合해서 燃炭에 끄럿다.

<1984년 9월 29일 토요일>
終日 방아실에서 精米도 하고 午後에는 玄
米機 修理도 하고 방 고치는데 보와 주웟다.
成英 便에 成允 방稅 三萬 원 燃炭代 一〇
〇價[個] 一六,〇〇〇 用下 四仟 원 計 五
萬 원을 보냇다.
牟光浩는 午後에 방 논는데 왓다.
日前에 里長에서 面長 條 五仟 원을 取貸

한바 오늘 崔松吉 金泰圭 立會下에 桑木 申請(융자次) 하려 온데 五仟을 갚앗다.

<1984년 9월 30일 일요일>
工場에서 군데〃 손을 보왓다.
正午에 高相厚가 왓다. 柳正進 招請이 잇어 同伴하야 갓다.
成曉 父子가 왓다. 고기 잡으려 왓다고. 밤이 되여도 오지 안 하야 任實 관촌에 전화한바 없다 하야 全州로 햇든니 보광당에 잇드라.

<1984년 10월 1일 화요일>
晩秋蠶 ○.五枚을 出荷한바 五萬 參仟 원을 햇다고.
벼 베는 人夫貸 三萬 원 牟光浩 日工 주면 맛겟다고.
成允이는 朝食하고 나간 사람이 밤 八時경에 왓다. 不安해서 不良한 놈이라고 하고 그런 여유가 잇으면 冊字[冊子]나 보지 햇다.

<1984년 10월 2일 수요일>
右手가 不安한 지 수 개월이 되엿다. 약을 먹으면 其 時뿐이다. 成樂에 말햇든니 南原에 英[靈]한 針士이 잇다고 하야 어제로 約束햇다.
가려햇지만 出發하려 하니 旅비가 없다. 成東이 內外도 안다. 못 가고 말앗다. 或 來日쯤 가면 오늘 뉴예고치를 파아서[팔아서] 多少 旅費을 줄 테이지 햇지만 그도 許事[虛事]엿다.
밤에 南原메누리가 전화햇다. 꼭 오실 줄 밋고 기드린바 무슨 일이 잇어 못 오시요 햇다. 돈이 없다는 말도 못 하고 다음에 가마 햇다. 生覺하니 老期에 不幸이 만을 것

으로 보고 살고 십지 안은 마음 禁할 길이 없다.

<1984년 10월 3일 목요일>
舍郎에서 讀書하고 테레비도 볼 만하드라.
任實서 相範 母子가 왓다. 食糧이 떠려저서 온 것 갓다.
成東이하고 工場에서 二層에서 木메다루를 調節 낫도를 조이고 기름도 처주웟다.
全州에서 成英이가 왓다. 成玉이는 一○月 一日 字로 論山으로 갓고 只今 成允가 單獨 自取 食을 하고 잇다고 햇다.
팔이 애리고 통증이 深하다.

<1984년 10월 4일 금요일>
宗山에 二個月 만에 가 보왓다. 栗木도 많이 成長햇드라. 살펴보니 其前에 植樹햇든 栗木이 松木 間에 잇으나 가구들[가꾸지를] 못 햇으나 明春에는 松木을 茂木[伐木]해야 成長에 支章이 없겟드라.
牛舍을 修繕한바 다시 하야겟다.
左右 手足이 통증이 심하야 苦통 中인데 엇드케 하면 조흘지 답〃하다.

<1984년 10월 5일 토요일>
家庭에서 이곳저곳 不安定點을 찻고 손을 보왓다.
牛舍도 井戸도 工場에도 田畓도 둘려 보왓다.
成東 內外는 배답 벼 베기를 始作햇다.

<1984년 10월 6일 일요일>
田畓을 두루 돌아 보왓다. 벼는 全部 베야 겟드라. 來日 七日 人夫 五名을 어덧다.
成東이는 白米 一叺을 市場에 賣上코 六

五,〇〇〇 入햇고 兄에서 一〇萬 원을 둘여서 飼料 二〇袋을 購入해 오고 麻袋도 七〇枚을 買入해 왔다.
鄭柱相을 相面 對코 後野 脫穀하면 藁과 乾불[검불]을 달아고 付託코 二五,〇〇〇 원에 買入키로 햇다.
指導所長게서 麥 種子 二升쯤 보내왔다. 新品種이엿다.

<1984년 10월 7일 월요일>
成東이는 家事 擔當을 해보니 苦役이라며 못하겟다고 하고 收入金에 對하야는 收入한 대로 아버지에 들이겟으니 맏으시요 햇다. 今年까지만 收入支出을 擔當하고 明年부터 내가 되맏으마 햇다. 속을 알아야 한다면서 父母 死後에도 如前이 이끌 수 잇겟금 하기 위하야 成東이에 移讓해 본 것이다.
人夫 男子 三名 成東 合 七名이 稻刈한바 못텡이 二斗只이 半쯤 남겻다.
尹鎬錫 氏에서 一金 九萬 六仟 원을 貸借하야 燃炭 六百個을 購入키로 하고 崔南連 氏에서 四萬 八仟 원 三百개代 合해서 九百個代를 李澤俊에 주고 不遠 운반케 하라 햇다.

<1984년 10월 8일 화요일>
加工組合 運營委員會議가 있엇다. 겨우 五, 六名이 募여 過半수는 못 되지만 執行햇다. 八五年度 收入支出 豫算 承認이엿다.
精米機 網틀 一個을 外上으로 가저왔다.

<1984년 10월 9일 수요일>
이실[임실]에 가서 脫穀機 附品을 사다가 組立을 끝냇다.

夕陽에 宗山 율무 脫作 中인 家族들에 가서 協助해 주읫다.

<1984년 10월 10일 목요일>
9時 列車로 南原 到着햇다. 康姬 母하고 同伴하야 周川面[朱川面]에 針術者 朱 氏을 訪問한바 不在中. 앞들 논으로 갓다. 患者가 들로 募엿는데 10餘 名이엿다. 針을 맛고 午後 3時쯤 집에 왔다. 針갑은 메누리가 주고 택시비도 냇다. 客地에 잇는 子息인데 未安한 마음 禁치 못햇다.

<1984년 10월 11일 금요일>
에제밤[어젯밤]을 지내는데 右手 針 맞은 곳이 多少 從前보다는 부드럽고 效果[效果]가 잇는 것은 틀임없다. 잠을 자는데 別로 苦通[苦痛]을 늣기지 안햇다. 다음은 成東 母를 데리고 갈가 한다.
水原서 成康이가 단여갓다. 越冬用 衣服을 가질로 왔다고 햇다. 于先는 多事 中이라 食事를 사먹지만 겨울에는 김장을 해놋코 손수 해 먹으라고 하고 耕耘機 購入은 八五年度 初春에나 購入하라 햇고 成英 結婚 時에 오라 햇고 他人의 債務 一部라도 整理하라 햇고 古物 天募[天幕] 一組 보내라고 햇고 客地인간[客地이니까] 金錢을 節約하라고 당부햇다.
家蔟기리 벼 묵기 二日 채다.
本人는 어제부터 休息을 取하는데 매우 괴롭다. 술도 참무라 했으니 고독하기 짝이 없다.

<1984년 10월 12일 금요일>
家蔟들은 三日 채 벼 묵는데 끝이 낫다.
夕陽부터 구름이 찌기 始作하야 곳 비가

내릴가 십다.
오늘 午前에 三溪面 後川 工場 主人 盧 氏를 訪問하고 工場 內部를 둘여 보왓다. 施設도 잘 되고 原動機에 電氣모토로 試動機 [始動機]가 附着되엿는데 아주 便利하고 電力과 갓드라. 除糠設置는 間擔[簡單]케 되엿드라. 相子를 떼면 되겻드라.
手足이 不便하야 아주 不安하다. 來日이나 會議를 맞이고 南原에 또 가 볼가 한다.

<1984년 10월 13일 토요일>
加工組合員 總會가 있엇다. 參席해 보니 겨우 成員 되엿다. 會費는 八五,〇〇〇원인데 萬 원이 增額인데 理由를 달여다 生覺해 보니 新平面 運營委員인데 참앗다.
昌宇에서 尿素 二k을 取햇다. 初가을에 尿素 一袋을 取여 갓는데 주지 안해서 간바 없다 하야 二k만 가저왓다.
南原에 가서 針을 또 맞앗다. 往復 旅비 針代 五,三〇〇원 더 드렷는데 집 오니 二,三〇원 드렷드라.

<1984년 10월 14일 일요일>
昌宇 成東 成愼 成允 안食口 二名 合해서 七名이 動員되여 自家用 脫穀을 햇는데 배답 條는 三八袋 成康 條는 三二袋인데 現品이 不實햇다.
鄭鉉一이하고 同伴해서 郭宗燁 回甲에 參禮햇다.

<1984년 10월 15일 월요일>
못텡이 成東 條 三斗只에서 二四叺 成康 條가 二斗只 一六叺 게 四〇叺가 生産되엿다. 人夫는 정잔덱 斗流宅 成東 外 二人 게 五名이 終日 動員하야 作業햇다.

休手하다 오늘 脫穀하면서 手足을 活力햇든니 每우 언잔하다.

<1984년 10월 16일 화요일>
任實市場에 갓다. 새기를 고치고 티바지 [쓰레받기] 하나 製作하고 筆記道具만 사 가지고 바로 왓다.
成東 便에 白米 二叺 賣渡代
             一二八,〇〇〇원 收入코
尿素 二袋   一二,四六〇
복합 五袋   二〇,五〇〇
보리 種子代 六〇k 二四,三三〇
南原 稅金   二四,〇〇〇
  計   八一,二九〇을 支出하고
胡麥 五〇k는 面에서 無償으로 보내왓다.
成允 第二國民{役} 申告를 完宇에 書類을 보냇다.

<1984년 10월 17일 수요일>
새기를 꼬는 試驗을 햇다. 附品이 不實하야 市基에 가서 再修하야 組立햇다.
成東이 麥 播種 堆肥을 운반햇다.
養老堂 燃炭 및 外人 條 一,一〇〇개 中 個수 파학햇든니 二〇개가 不足햇다. 다시 임실로 전화하야 來日 또 一,五〇〇개를 운반해 주고 不足分 二〇개도 가저오라 햇다. 一,五〇〇개 燃炭代 二四萬 원을 成康에 주면서 澤俊에 주고 現品을 來日 보내도록 햇다. (受金[收金]은 金三浩 氏가.)

<1984년 10월 18일 목요일>
새기 꼬기 햇다. 每日 새기 꼬는데 取味[趣味]를 부치야겟다. 雜일을 하고 餘假[餘暇]가 없어야 雜念이 없다. 한유하고 편하면 나는 他人에 比하야 苦心이 多分하다.

理由는 家事를 整理 못 하고 高令[高齡]에
다 財云[財運]는 따리고 해서 마음이 괴롭
기에 일을 하는 것이다. 그러케 歲月을 보
내다 보니 잠시 舊正이 오고 잠시 해가 박
기여 年末이 온다. 生의 限度가 잇는데 어
느 時에나 고민도 가시고 몸도 健康하며 出
入도 觀光도 질기다[즐기다] 곱게 別世하
겟을가. 모든 債務 整理 時候[時效]는 당
햇고 子女息의 盛婚[成婚]도 臨迫햇는데
이 巨事를 헤처가기 힘계우겟다.

<1984년 10월 19일 금요일>
배답논에 堆肥 散布 種子 散布 務安보리
五斗을 播種햇다.
午後에는 精米햇다.
밤늦게까지 새기를 꽂왓다.
잠자는데 大端이 몸이 고되엿다.
四仙臺注油所로 전화하야 經油 二드람 모
비루 一통을 運搬해 왓다.

<1984년 10월 20일 토요일>
成東이 李正浩 담배 실고 新平에 갓다. 工
場에서 作業이 끝이 나고 原動機 엥진 오
히루를 交替해 주웟다.
中食 牛 솟을 열어보니 아침에 조금 주고
多量 잇기에 熱을 냇다.
成曉을 전화로 오라 햇다.
成英 約婚之事을 打合한바 約 二百萬 원
은 내겟다고.
三年 前에 成英이가 保管햇든 百萬 원 條
元利인 듯십다. 復利[複利]로 計算하면 相
當하지만 成東에는 打合 未結[未決].

<1984년 10월 21일 일요일>
午前 中 李起榮 精米하는데 一七叺을 뺏다.

除糠設置가 不實해서 嚴俊祥 氏를 訪問코
一金 參萬 원을 貸借하야 牛舍 越冬用 비
니루 쫄대 工場 除糠用 廣木 七尺代 約 七,
三〇〇원 支出하고 成苑 燃炭代 一〇〇개
一六,〇〇〇을 支拂 計 二三,〇〇〇이 되
고 七仟 원쯤 殘高이다.
午後에 成東이는 昌宇 脫穀한바 約 三五
叺을 收入.

<1984년 10월 22일 월요일>
工場에서 除糠桶을 改造한바 매우 잘 製作
되엿드라.
成東이는 昌宇 脫穀 午後에는 丁宗燁 脫
穀햇다.
叔父 祭祀日인데 고되여 參席들 못 햇다.
陰 九月 二十八日.

<1984년 10월 23일 화요일>
방아 찟고 工場도 修繕햇다.
午後에 成東이하고 장배미를 鄭柱相 畓에
서 벼집을 운반한바 밤에 꽁 〃 알앗다.

<1984년 10월 24일 수요일>
田畓에 벼집을 운반 入庫시켯다.

<1984년 10월 25일 목요일>
앞들 三斗只에 胡麥을 播種햇다.
采蔬에 물肥料를 주고 正午를 期하야 大里
李택준을 訪問한바 不在中이고 堂叔 宅을
禮訪코 大宗墓祀에 參席하자고 打合햇다.
집까리[짚가리]도 햇다.

<1984년 10월 26일 금요일>
鄭泰植에서 參萬 원을 둘여서 成允 母을
주면서 一〇月分 방세를 주라 햇다.

任實에서 成曉가 食糧이 없다고 해서 一叺을 실고 간바 全 家簇이 不在中. 방에다 너노코 왔다.
市場에서 牟 生員 宅에서 五仟 원을 둘어서 朴 常務와 갖이 中食을 하고 왔다.
成東이는 脫곡하고 나는 방아 찌엿다.

<1984년 10월 27일 토요일>
방아 짓고 成東이는 李正鎬 벼 운반했다.
成英보고 結婚之事을 당부하고 不遠이면 成婚토록 했다.
밤늦게 一〇時경 成允이가 왔다.
압집 女 婦人에 計量器을 工場으로 옴겨주면 내가 利用하고 당신으 전기稅는 내가 내마 했다. 大端이 좋아고[좋다고] 하고 이제것 石油불만 썻다면서 제발 가저가시요 했다.

<1984년 10월 28일 일요일>
大里 李基珠을 데려다 卽時 設置했다. 미루면 雜音이 만을가 바 오늘 바로 着手했다. 手工비로 一金 參萬 원을 주윗다.

<1984년 10월 29일 월요일> 陰 10月 6日이다.
방아 찌고 終日 새기를 꼬왔다.
夕陽에 完宇하고 屏巖里 李光德 氏을 訪問하고 本里 間線道路 件을 打合 田畓을 讓保[讓步] 밧고 六時 五〇分 列車로 明日 大宗墓祀에 參席次 桂壽里 祭閣에 當하니 各 地方에서 祭軍들 募엿다.

<1984년 10월 30일 화요일> 陰 一〇月 七日
大宗墓祀을 慕侍엿다. 밤에는 飮福床 分질 有司가 選出되여 十二時 三〇分까지 分配하고 夜食을 하고 보니 二時엿다.
보절면 崔一宇을 對面하고 成傑의 婚處을

付託한바 購해 보겟다고 했다.

<1984년 10월 31일 수요일>
朝食을 맞이고 私宗坔을 둘여보고 道步[徒步]로 書道驛에 갓다. 一〇時 五分 列車로.
뻐스로 三溪 渴鹿 墓祀에 參席했다. 밤에는 또 늦게까지 飮福床을 分질하고 一泊했다.

<1984년 11월 1일 목요일>
집에 온니 十一時엿다. 成東이는 其間 大事을 치럿드라.
午後에는 休息을 했다.
崔南連 氏에서 一金 七拾萬 원을 借用했다.
靑云洞 金二周에서 五拾萬 원을 借用하야 成奉에 준바 其間 利子는 주윗지만 子息 結婚이 不遠이라기에 代替코자 借用햇다.

<1984년 11월 2일 금요일>
列車로 五樹里에 四名이 同伴하야 屯德里에 當햇다.
宗員들은 昨年에 比하야 滿員이엿다.
墓祀가 끝이 나자 崔日宇하고 出發햇서 寶節面 黃茂里[黃筏里]에 갓다. 成傑하고 處女 二名을 三人의 宮合을 對照한바 다 좇아고 햇다.
任實을 들이여 집에 온니 九時엿다.

<1984년 11월 3일 토요일> 陰 一〇月 十一日
모사정(砂亭) 九代祖 墓祀에 參席햇다. 九代祖게서는 朴氏 柳氏 兩位 祖母인데 本祖母는 權氏 朴氏 祖母는 게母인데 우리 孫이 朴氏 繼母의 孫으로 안다. 柳氏으 祖母 孫은 咸멸[함열] 近方에 산다고 하드라.
飮福床을 밧고 南原 成樂 집을 찾어 갓다.

엇더게 살고 잇는지 알고 십고 궁금해서엿
다. 飮福을 주고 夕食을 끝내고 八時 三〇
分 列車로 집에 오니 一〇時쯤 되엿다.
成東이는 終日 搗精햇다고. 八〇k 收入.

<1984년 11월 4일 일요일>
例대로 새벽에 소죽을 쑤워주고 방아 찌는
데 살펴 주웟다.
崔南連 氏 生辰日이라고 招請이 왓다.
朝食을 잘 하고 방아 찌는데 보아주고 새기
도 꼬왓다.
夕陽에 서울서 成吉이가 왓다. 소죽을 끄리
는데 왓는데 어제 왓다고 햇다. 밥아서 갖이
同伴도 못 하고 未安하지만 할 수 없엇다.
어제밤에 신경통 약을 먹고 자다보니 例에
比하니 護體 平安한 듯십드라. 終日 作業
을 해도 그려케 괴로운 점이 없는 듯십다.
夕陽에 成吉이가 왓다.

<1984년 11월 5일 월요일>
아침에 館村 炳基 堂叔이 오셧다. 오늘 墓
祀도 가고 一金 拾萬 원을 要求하기에 두
려주고 다음 契穀에서 除外키로 햇다.
八代祖 墓祀에 간바 成吉 昌宇 炳基 全州
泰宇 乃宇 五名이 參禮햇다. 墓祀가 끝나
고 中食 끝이 난데 刑斗榮[邢斗榮] 守護者
는 明年부터 山直을 그만하겟다고 햇다. 後
任을 購[求]해 달아고 햇다.
土稅 四斗式을 一年 收入햇는데 今般에
位土 水路 設置 作業하는데 五日을 햇다
고 土稅을 一部 못 주겟다고 하고 萬 五千
원을 주기에 反對하다 바닷다.

<1984년 11월 6일 화요일>
成吉 炳基하고 三人이 同行하야 桂壽里

六代祖 墓祀에 參禮햇다. 炳基 氏 山直에
게 明年에 도 今日 十四日이 墓祀日로 定
햇으니 잊지 마시요 하고 당부햇다.
밤에 八時 半쯤 放送을 通하야 靑云洞 金
二周 債務 五〇萬 원 成奉 條 元利 合하야
五六二,五〇〇원을 會計해 주웟다.
崔南連 氏에서 成英 結婚 條인데 代替햇다.
桂壽里 崔炳文 氏 宅에서 中食을 하는데
炳基 氏는 日間 同伴해서 宗中之事을 하
는데 宗錢 收金하는데 新安宅 炳玉 氏는
收金 中 拾萬 원을 宗中에 내지 안하야 재
촉한바 속만 아시다가 必後에 내노면서 宗
員들게서 非難을 삿다고 말하드라.

<1984년 11월 7일 수요일>
전氣 計量器 移轉 條 一金 參萬 원 成允이
방갑(鄭太植 條) 參萬 원 計 六萬 원을 成
東에서 받앗다.
成吉하고 九時 列車로 南陽에 갓다. 十二
時에 着하고 中食을 햇다. 一泊햇다.

<1984년 11월 8일 목요일>
午前 中에 墓祀을 끝내고 中食을 맞이고
成吉이는 任實로 가고 나는 求禮邑內 郡農
協을 訪問하고 任正三이를 찾고 支部長 崔
淳宇 一家를 面談하고 任正三이를 잘 보와
달아고 하고 中食을 侍接[待接] 받앗다.
外家집을 訪問하고 元基 집도 찾아 보왓다.
夕陽에 宗家집 宗垈을 찾고보니 宗員이 滿
員이엿다. 一泊햇다.

<1984년 11월 9일 금요일>
朝食을 맞이고 墓祀을 慕侍엿다. 五位을
慕侍는데 아헌[아헌(亞獻)]을 주드라.
다시 祭閣에서 一泊을 하고 飮福床을 받

앗다.

<1984년 11월 10일 토요일>
早起해서 朝食을 맞이고 八時 五○分 列車
로 上車하야 館村驛에 오니 十一時엿다.
全州에서 崔基宇 崔福範 崔康烈이가 一行
이 되엿다.
全州市 校洞 一街 二八 - 一二
         전화 六 - 二八九四 崔基宇
西棲鶴洞
         전화 二 - 五○二二 崔康烈
송천동 崔福範
成東이하고 七日 字 갖이 떠난바 다 갖이
四日 만에 歸家했다.
成東이는 水原 成奉이에서 一泊 하고 밤늦
게사 왓다.

<1984년 11월 11일 일요일>
成東 母 便에 泰植이에서 取貸金을 갑으라
고 一金 參萬 원을 주고 李道植 氏 子 結婚
인데 봉투을 주원[주위] 傳해 달아고 햇다.
오늘은 高祖母 兩位 墓祀日이다. 館村 炳
基 斗峴 炳赫 重宇 成吉이가 參席하고 墓
祀을 慕侍엿다.
昌宇 집에서 斗峴 堂叔에서 私宗財 一五
萬 원을 引繼 밧고 八五年度까지 一年間
宗財 菅理 有司을 맡앗다.
成吉이하고 私席에서 相議하고 炳赫 堂叔
이 서울서 위手術을 하고 月餘가 되여도
問病 一次도 못 했으니 大端이 未彦[未
安]81千萬이오니 慰勞金으로 二萬 원을 주
자고 相議하고 卽席에서 傳해 주웟다.

------
81 본래는 아마도 '체면이 말이 아니다'라는 뜻으로
   '未顔'을 쓰려 했던 것으로 보인다.

<1984년 11월 12일 월요일>
安承均 氏 丁基善 崔完宇 同行하야 新洑
坪 工事場 修理場에 갓다. 잘 해 달아고 付
託하고 黃在文 氏 慰先[爲先]한 데 갓다.
昌宇는 李相駿 墓祀인 데 갓다. 老人들 몃
분 왓드라.
成吉이는 靑云洞 벼 시려다 찟고 黃在文
慰先한 데 途中에서 鄭圭太 子 宗和을 맛
낫다. 其 間 욕밧다고 하고 다시는 그려[그
런] 짓을 말아고 당부했다. 그려나 宗和의
父는 내의 物品을 변상하겟다고 말이 없다.
崔六巖도 찾으니 없다.

<1984년 11월 13일 화요일>
任實에 갓다 왓다. 改風할 홈을 製作햇다.
成東이는 방아 찌엿다.

<1984년 11월 14일 수요일>
工場에서 共販벼 四七袋을 改風하고 他人
의 것도 改風해 주웟다.
夕陽에 基宇 注油所에 가 輕油 滿깡으로
二드람을 運搬해 왓다. 外上으로. 外上代
가 五○萬 원이라고 햇다.
朴性洙 白米 一叺 六萬 원에 주웟다.

<1984년 11월 15일 목요일>
終日 비가 내렷다.
朱成龍 氏을 招待하고 바자루[빗자루] 十
六개를 맷다.
尹鎬錫 金長映 白康俊이가 왓다. 午前 中
놀다보니 故 金正植의 回甲이라고 招請이
있어 同行하야 中食을 하고 왓다.

<1984년 11월 16일 금요일>
84年産 秋穀共販 總 四七叺을 買上하고

其中 四叺는 交換穀으로 販賣코 四三叺代 一,二六二,九一〇원 受領하고 七拾萬 원을 單協[單位農協]에 保管하고 五六二,九一〇원 中 殘金 桑苗代 一五九,三〇〇을 宋太玉에 주웟다.

八三年 二,〇〇〇本 八三年 十二月에 張判同 條 三〇〇本 下加里에서 一,二〇〇本代엿다.

食鹽代 二袋를 工場에서 一一,〇〇〇 里長에 주고.

<1984년 11월 17일 토요일>
崔南連 氏 債務 六萬 원을 주웟다. 利子는 絶對로 밧이 안트라.
住民 鄭圭太 外 五, 六名이 同行하야 崔東煥 回甲에 參席햇다. 通行이 不便햇다.
同窓會員은 金哲浩 崔炳基 金判同 李垾根 崔宗植 金炯守 崔乃宇가 參席햇드라.
徒步로 元泉里에서야 뻐스 乘降햇다.
南原 寶節面에서 崔日宇가 왓다. 成傑 結婚 仲介次 왓다. 오는 十一月 二十四日 午前 十二時 뻐스터미널에서 面會키로 約束하고 作別햇다.
밤늦게 成傑이가 釜山서 오는 길에 드려왓다. 十一月 二十四日 全州서 觀選하기로 約束햇다.

<1984년 11월 18일 일요일>
嚴俊峰에 새기 三〇玉을 보냇다.
水原서 成奉가 왓다.
嚴仁基 母에서 百萬 원 借用한바 合해서 1,167,500 淸算한바 三萬 원이 不足으로 하고 갓다.
牟 生員 婦人에서 任實서 取한 돈을 오늘 밤에 子婦 便에 주웟다.

成奉이는 논 二斗只을 賣渡해서 貨物車를 一臺 사서 成康이를 주고 나무[남의] 車 利用하는 것보다 兄 車를 利用하겟다고 햇다. 뜻은 좃이만 논은 팔 수 없다고 据絶햇다. 自力으로 初志一貫 모은 것이 좃이 土地까지 投資해서는 잘못 生覺이{라}고 하고 土地 멋 품어치도 못 나가는데 그럴 수 없다고 하고 例年에는 土地가 五拾斗只 程度인데 다 팔고 보니 只今 분 막심하다. 너이들이 全部 財産을 破損한 섬이다.

<1984년 11월 19일 월요일>
成東이는 방{아} 찌고 나는 金進映가 招請햇고 鄭九福가이가 招請햇다. 할 수 없이 가가운 進映 氏 집으로 갓다.
正午에 鄭九福 氏 집을 訪問햇다. 晉斗喆이도 왓드라.
成東이는 每日 일은 하지만 子息이 없다고 非觀的[悲觀的]으{로} 말한다고 들엇다. 어린 兒을 고아院에서 데려 주느냐 人工授정[人工受精]을 하는야 이것도 저것도 抛棄하느야 父母로써도 마음 괴롭다.

<1984년 11월 20일 화요일>
晉斗喆 氏와 同伴해서 白區面[白鷗面]에 針을 마즈려 갓다.
現地에 가보니 約 四〇餘 名이 募엿는데 全員 婦人들이드라. 五仟 원을 주고 注射을 마잣다.
晉斗喆 氏하고 裡里에서 作別하고 任實 李光연 氏를 訪問햇다. 乘降機 一臺을 要求하고 工場을 구경한바 生覺이 달아젓다. 乘降機를 달 必要가 없드라.
夕陽에 人便으로 連絡이 왓다. 成東이가 新田里에서 벼집을 실코 오다 楊水場 近方

에서 脫線햇다고. 急히 가보니 俊峰 人夫
가 七, 八名이 參加하고 끄려내고 잇드라.
成東이는 負傷을 當했으{리}라 하고 가보
니 술이 滿醉가 되여 말을 잘 못하고 섯으
니 熱은 나도 참고 갖이 上車하고 未安해
서 一金 貳仟 원을 正柱에 주며 술이나 한
잔식 주라 햇드니 据絶하드라.

<1984년 11월 21일 수요일>
畜牛 一頭 市場에 賣渡한바 一二四萬 원
을 밧고 元動機 利子 畜牛 貸付 元金 및 利
償還額 一〇四五,三〇〇원을 支拂入하고
飼料代 一〇萬 원 주고 왔다고 햇다. 殘額
은 約 一〇萬 원 程度로 안다.
牛舍를 修理햇다. 越冬으로.

<1984년 11월 22일 목요일>
新平國民學校에서 社會淨化委員會 敎育
을 받으려 갓다. 講師는 郡廳 宋 內務課長
申東喆 氏엿다.
郵替局을 訪問하고 電話料金 三三,七〇〇
원을 주고 保險料 一三,三〇〇원을 주고
八代祖 位土稅 一五,〇〇〇을 一年間 限
度로 預託햇다.
面 民願室 李 孃에 付託하고 案內狀 二〇
枚 契約用紙 三〇枚을 謄寫해 왔다.
어제 作業코 未決친 牛舍를 오는 끝이 낫다.

<1984년 11월 23일 금요일>
南原서 成樂 家族이 밤에 왔다.
堆肥 切斷을 햇다.
八五學年度 大學 豫備考査 實施[82]
任實 加工組合에서 緊急電話가 왔다. 밧고

보니 朴判基 常務가 辭任하고 新任 常務
을 選任하는데 四, 五名이 希望을 햇고 推
천狀이 接受되여 其를 各面 分會長들의 認
準[認准]을 밧기 위하여엇다.
希望者는 館村 德谷里 洪基德 館村 龍山
康基煥 聖壽面 五柳里 姜信淬 李相燮 氏
인데 其中 李相燮 姜信淬 二名을 認準 內
申햇다. 그려나 五柳里 姜信淬 氏가 有望
者{로} 안다.

<1984년 11월 24일 토요일>
成傑 오늘 觀選 豫定인데 來日로 延期하
자고 日宇에서 전토[전통]이 왔다.
成樂는 白米 一叺를 要求햇다고 職場이
아마도 테릉한 듯십다고. 다음에 주마 햇다.
金煥玉 丁宗燁 人夫을 어더 堆肥를 配合
貯장햇다.

<1984년 11월 25일 일요일>
成苑 內外{하}고 成奎 任實 相範 母하고
南原에서 日宇하고 貴수[규수(閨秀)] 母女
가 갖이 한 자리에 人事가 交換되고 成傑
이하고 처여하고 말을 시켯다.
兩家에서 뜻은 두고 있으나 此後에 다시
上面키로 하고 最後 決定키로 하고 作別햇
다. 中食을 노누엇다.
驛前 路上에서 基宇를 맛나고 宗錢 六,五
〇〇원을 受領햇다.

<1984년 11월 26일 월요일>
重宇 父親 移葬하는데 參禮햇다. 午前 中
에 끝이 나고 바로 玄谷里 崔南連 慕先하
는 데 參席햇다. 人役은 事畢되엿드라.
夕陽에 車便으로 大里를 거처서 집에 온니
밤 八時가 지낫다.

서울서 왔다. 完宇가 왔다. 내 집에 잘 오지
안는 者가 이번에 大心으로 왔다.

<1984년 11월 27일 화요일>
嚴俊映이하고 同行하야 白區面으로 針을
마즈려 갓다. 大野서 晉斗喆이도 왓드라.
오늘 二次 맞은바 다음 火曜日에 또 오라
햇다.
집에 와서 中食을 맞이고 任實 李康延 工
場에 갓다. 乘降機 一臺들 가저온데 七仟
원을 주고 왔다.
成東이는 午前에 貪役[負役]하고 午後에
는 무윗을 햇는지.
全州 崔宗植 回甲 日定[日程]이 延期되여
再通報를 냇다. 未安하게 되엇다.

<1984년 11월 28일 수요일>
加工組合 新平會議에 參席 햇다. 韓大연
會長이 參席 햇다. 面 分會 親睦會財는 全
額 收金하면 五拾萬 원 쯤 되는데 全額 据
出하기로 햇다.
全州로 가서 乘降機 附品을 購入해 왔다.

<1984년 11월 29일 목요일>
오늘은 집안을 보살폇다. 米糠 除据用 乘
降機 組立을 하고 驛前에 가서 쭐대 못을
購入해다 牛舍에 越冬用 비니루를 처주고
梅實樹立을 植樹햇다.
成東이는 어제도 今日도 成康 집 修理하는
데 協力해 주윗다.

<1984년 11월 30일 금요일>
崔完宇에서 一金 參萬 원을 貸借하야 全
州 成允 下宿집을 갓다. 論山에서 成玉이
가 왓드라. 成英이도 갖이 잇드라. 방稅 參

萬 원을 주고 왔다.
오는 길에 湖南商會에 들이여 前條 外上代
一二,〇〇〇 內用車 二,〇〇〇원 計 一四,
〇〇〇원을 全部 會計 完了햇다.
오는 길에 韓云錫 집을 찻고 乘降機 入口
出口 製作을 해왔다.
집에 오니 몀소 새기 二頭을 生産햇드라.

<1984년 12월 1일 토요일>
食後에 비가 좀 내렷다. 氣溫 平溫 찻고 作
業하기는 알맞앗다.
終日 乘降機를 組立햇으나 아즉도 未完成.
成曉는 四週 敎育을 맞이고 鄕家햇다.
金長映 氏를 對面하고 鉉宇 논은 내가 買
受할 터이니 同金이면 내게로 仲介를 하라
한바 成奎를 주면 契約 成立을 後로 미루
면 難處하지 안나 하기에 내가 責任하고
卽接 當日 契約을 成立하겟고 代價는 金
宗出이가 주만다는[준다고 하는] 代格 百
參拾呎을 주마 햇다. 鉉宇가 오면 내게 알
여달아 햇다. 快히 應하고 作別햇다.

<1984년 12월 2일 일요일>
成東 牟光浩는 정제 솟 건는 데 수바라지
햇다.
工場 乘降機을 組立하는데 終日이 걸엇다.
밤에 金長映 氏는 富川 崔鉉宇에 전화를
건는데 내가 代行햇다. 土地 代價는 一〇
三呎로 하고 時價는 呎當 六萬 원인데 一
時拂로 하고 移轉登記는 特別措置法으로
한다면 何時든지 成約할 수 잇다고 햇다.
그리고 내려가는 못하고 金長映가 卽接
上京하라 햇다.
夕陽에 成曉 食口는 任實로 가는데 白菜
[배추]도 白米도 가지고 갓다.

밤에 전화하는데 嚴俊峰이가 듯고 土地에 對하야 무려싸는데 아마도 으심이 갓다. 金長映 氏는 바로 보내고 來日로 미룻다.

<1984년 12월 3일 월요일>
爲親契 會議日다. 午前 中에 끝이 낫다. 書類을 記載해 주엇다. 契畓 特措置法으로 登記畢을 해달고 九,六〇〇원을 밧고 맛앗다.
昌宇에서 農藥 散布代 一八,〇〇〇 入金하고 나무 내렷다고 五,〇〇〇원을 받앗다.
成奎 金長映하고 同席하고 鉉宇 畓 買賣에 對하야 金宗出이는 除据하고 내가 買受하겟다고 하고 成奎도 讓渡(小作人)을 하라 햇다.
任實로 電話해서 成曉에 말햇다. 明日 十二月 四日 서울 鉉宇을 對面하야 買賣 契約을 하겟으니 契約金 百萬 원을 보내라 햇든니 旅費까지 百〇參萬 五仟 원을 보내왓다.

<1984년 12월 4일 화요일>
아침 八時 三〇分 列車로 富川에 到着한니 一時쯤 되엇다(金長映 氏하고 同伴).
中食을 하고 農協으로 갓다. 다방에서 鉉宇을 잠시 對面하고 土地買賣에 對하야 意論[議論]한바 夕陽 六時에 맛나기로 햇다.
鉉宇 집으로 왓다. 아는대로 契約書 二通을 作成하고 各〃 一通式 保存키로 하고 土地代는 一〇三叺로 定하고 期日 一月 五日로 하고 契約金 百萬 원을 拂入하고 다음 殘金은 白米 叺當 六萬 원식으로 못을 박고 捺印햇다.
밤에 딴 방으로 招請하야 간바 炫宇의 말에 따르면 金長映 氏하고 言約 時에 仲介

費로 白米 三叺에 結定[決定]하고 着手한 것 갓드라. 長映 氏도 서울 갈 때에 仲介料는 鉉宇에 말을 말아 달아고 햇고 炫宇는 七百萬 원만 되면 끝어리는 주마 햇다고 하드라. 그러면 炫宇에 長映이가 돌인[속은] 것으로 안다.

<1984년 12월 5일 수요일>
아침 八時 三〇分 電鐵車로 永登浦를 거처서 오는 途中에 大田에서 下車하야 李範秀 母을 차즈니 行方不明이드라. 알고 보{니} 母 判禮는 무당질을 하드라고 들엇다.
範秀 職場 마을금고에 무르니 보령군 대천면 전화 二八〇七으로 떠낫다고 하드라.
炫宇 집에서 떠날 時 旅비 萬 원을 밧고 往復 旅비는 約 一五,〇〇〇원쯤 드렷드라.
成東이는 農協에 가서 債務 七〇萬 원을 拂入 整理하고 왓다.

<1984년 12월 6일 목요일>
成康 母 말에 依하면 새보들 방천밭을 도자로 드려낼가 햇든니 成奎 말이 柳正進 便에 어름도 없는 말이라면서 내의 밧이라고 하드라고 햇다. 그러면 제의 밧이면 이제까지 말이 없다가 이제 제 땅이라고 햇다기에 말이 안 된 말이라고 햇다.
今日 市場에 가는 길에 郡廳에 가서 地積圖[地籍圖]을 떼보니 드러간 데가 없드라. 제가 아수면 側量[測量]해서 가저갈 테지 우리는 아무 부담 없다고 生覺햇다.
벌서 炫宇 土地를 내가 買受하고 보니 成奎 自身이 生覺이 달아젓다고 본다.
爲親契畓을 特措法으로 登記등본을 떼고 보니 韓正石 鄭柱相 名儀로 되여 잇드라.
成曉 條도 完決해 왓다.

<1984년 12월 7일 금요일>
養老會議에 參席한바 總務로 指名을 받앗
다. 收入支出을 決算해 주고 會議錄도 郎
讀해 주고 會側[會則]도 郎讀해 주웟다.
政府에서 一般벼 買上을 권장하고 里民들
에 强要하드라. 工場에서는 마음 괴롭다.
行爲로 보와서 不便을 않을 수 없다. 絶對
反對하고 십다.

<1984년 12월 8일 토요일>
間線道路 整理作業 貪役을 햇다.
龍云峙까지 作業을 하려 간바 梁某 氏을
對面하고 一〇餘 年 前에 고지로 白米 二
斗을 가저간바 이제까지 말 한 마디 없다가
이번에 말을 처음으로 해보왓드니 白米로
一叺을 주마 하기에 좃타고 햇다.
一般벼을 二車 程度을 시려 가드라. 柳文
京 母 鄭泰植 崔成奎인데 두고 본다.

<1984년 12월 9일 일요일>
金二周 子의 結婚式에 參席햇다.
館村에서 들으니 쌀갑이 올앗다. 80k 叺當
六二,〇〇〇이엿다고 햇다.
成東이는 終日 방아 찌엿다.
館村 炳基 氏를 相面하고 二二日 쌀契
{會}議을 하자고 햇다. 우리 집에서 가리를
치루자고 햇다.

<1984년 12월 10일 월요일>
成曉 特措法 移轉登記 手續하려 面을 經
由하야 任實郡廳 民願宅[民願室]에 接受
하고 왓다.
二月 二日頃에 一次 登廳하라 햇다.

<1984년 12월 11일 화요일>
벼 四一叺을 作石햇다.

<1984년 12월 12일 수요일>
秋穀 買上 四十一叺을 回付햇다.
總量 八八叺을 買上한바 代價는 二五八萬
원 程度가 收入되엿다. 一般벼만 하는데
成苑 名儀로 一〇叺을 해 주웟다.
밤에 十一時頃에 전화가 왓다. 水原 成康
에서 왓는데 電話가 施設된바 32-3八95번
이라고 햇다.

<1984년 12월 13일 목요일>
夕陽에 成曉하고 五樹 李允載 氏을 對面
키로 하고 간바 外出하고 不在中.
只沙面으로 가서 一泊을 햇다.
金漢來 집에서 一泊하면서 全州 李珍雨
辯護士에 전화로 保석金 參拾萬 원 返還
한다든니 于今것 消息이 없나 햇든니 그것
은 謝禮金 條로 消耗가 되엿다고 햇다.
面하고 郡하고 合同으로 養老院 留持[維
持] 現況을 살피려 왓드라.

<1984년 12월 14일 금요일>
오는 길에 三南製絲 工場에 들이니 李윤재
를 맛나고 不動産 賣却에 對하야 訪問{問}
議햇든니 坪當 壹仟 원을 달고 하고 所
有地는 國有財産이드라. 旣得權만을 買得
한 셈이다.
田畓을 둘여 보왓다.

<1984년 12월 15일 토요일>
成奎을 오래다가 五樹里 李允載에 가 보라
햇다. 國有地를 坪當 500원에 價格을 잘아
오라 햇다.

里長에 전화로 養老堂 運營之事를 相議
해 보왓다.
成英 便에 住民登錄證하고 補充비 五,八
○○원 연탄대 七,二○○원 計 壹萬 參仟
원을 주워 보낸다.
柳文京 母 契米 利子 五斗代 一五萬 六仟
二五○원을 拂入했다.
嚴俊祥 借用金 元利 參萬 貳仟 원을 拂入
해 드럿다.

<1984년 12월 16일 일요일>
아침부터 비가 래렷다.
崔南連 氏하고 同伴하야 館村에 李龍在
女息 結婚式에 參席햇다. 任實 朴老成 氏
子의 自家用을 빌여 타고 갓다.
中食은 四仙臺 宋泰玉 營業집에서 하고
基宇 事務室을 드리여 油代를 十二月 末
日은 經過치 않켓다고 햇다.
斗流 崔承宇하고 뜻이 좇치 못하고 갈이드
시 基宇 婦人는 말하드라.
成曉가 단여갓다.
三南株式會{社} 條 不動産은 坪當 壹仟
원에는 사지 말아 햇다. 國有田이라 移轉
는 못한다고 햇다.
成曉는 月當 參拾萬 원式이 積金으로 支
出된다면서 生活을 꾸며가는데 苦戰하고
잇다고 말햇다.[83]

<1984년 12월 17일 월요일>
道廳 會計課를 찾앗다. 마침 入院 中이라
고 들엇는데 金炳斗 氏를 10餘 年 만에 相
面케 되엿다. 炳斗 課長에게 國有地의 五
樹里 三南會社 關係를 말햇든니 菅財係長

[官財係長](但當[擔當]係長)을 불여다 갖
이 對面코 보니 바로 者엿다(擔當係長).
國有地 財産는 近年에 各 郡守에게 權利
移讓을 햇다고 하고 昌坪里 國有地는 登記
가 없으니 郡 地積[地籍]과에 가서 相議하
야 登記付[登記簿]와 同一하게 整理를 하
면 移轉이 可能하다고 햇다. 그리고 道에
서 三南會社하고 契約은 햇지만 印章이 必
要하면 捺印해 주마 햇다. 炳斗 氏는 裁判
件이라고 햇다.
象山校에 가서 4/4 分期 授業料 82,250 拂
入코 擔任先生을 相面하고 回路에 成允
自取[自炊]집을 찾고 방세 30,000 台卷道
[跆拳道]비 25,000원을 주고 왓다.
中央日報代 6,000원 拂入[84]

<1984년 12월 18일 화요일>
加工組合員들 郡 主催로 總會가 잇어다.
會議를 맞이고 菅財係를 訪問하고 鄭 係長
任을 相面햇든니 三南會{社}와 道知事하
고 契約締結書를 가저오라 햇다.
登記所에 가서 地番을 記入하야 登記열람
申請을 햇드니 所長게서 안으로 오시라 하
기에 간바 本 地番는 無記이고 오늘 郡에
서 열람을 해 갓으니 不遠이면 알 도리가
잇다고 햇다.
夕陽에 黃化榮 氏에서 契約紙을 찾아고 明
日 돌여 주마 햇다.
爲親契畓 特措 移轉登記 手續切次[手續
節次]를 끝낸다. 登記手續 名儀者는 崔乃
宇 金興源 丁柱完 鄭宰澤 牟潤植 以上 五
名으로 햇다.

<1984년 12월 19일 수요일>
加工協會 面 分會에 參席햇다. 商務가 처음 왓기에 參席햇다. 募인 사람은 三名뿐이다.
成東 장인을 新平서 對面햇다.
午後에는 成奎하고 黃化榮하고 五樹里 李玄哉에 土地 契約次 갓다.
다방에서 面談햇든니 來日 嚴炳圭 代書所에서 맛나기로 햇으나 代金을 더 달아고 하드라. 成奎는 오수에서 떠러젓는데 意常[異常]한 生覺이 들드라.

<1984년 12월 20일 목요일>
成奎을 同伴해서 五樹里 三南會社에 갓다. 國有地를 耕作權만을 一,六五六坪에 一二〇萬 원에 買受 契約을 햇다. 契約金으로 貳拾萬 원을 주고 殘金은 十二月 末日 햇다. 빗아기는[비싸기는] 하지만 他人이 浸범할가봐 締結햇다.

<1984년 12월 21일 금요일>
쌀계가리를 우리 집에서 치루엇다. 館村 崔炳基 氏가 有司인데 白米 五七叭 四斗代 三,五五八,八〇〇원을 收入해 갓다. 내계로 會計해야할 돈이 拾萬 원 私宗穀 一五斗 大宗穀 六叭을 會計하리라 햇든니 그양 가버렷다. 此後日에 오터이지 햇다.
五樹 三南會社 代表 李允載 氏 女子 會長이 來訪햇다. 用務는 會社 밧이 移轉으 길이 열엇다면서 土地代價를 培로 引上해 줄 것을 要求햇다. 反對하면서 契約 自體를 解明해 주고 日後에 長子하고 相議하여 多少 生覺해 볼 容意[用意]이는 잇다고 하고 보냇다.

<1984년 12월 22일 토요일>
全州 泰宇 女息 結婚式場에 갓다.
回路에 金鍾哲(舊 炯洙)을 相面하고 今年 末 有司을 치루라고 햇다. 理由는 崔東安 次席인데 不應한다고 햇다. 家族끼리 相議하겟다고 햇다.
炳基 氏 取貸金 拾萬 원 오늘 예식장에서 받앗다.

<1984년 12월 23일 일요일>
成允 放學으로 歸家햇다.[85]
成允가 오면 마음이 不安하다.
親睦稧日이다. 金三浩가 有司이다. 金三浩는 釜山에 外出하야 三日채 不在中이다. 받은 日字이기에 有司는 치루는데 上加里 사위 딸이 와서 協助하드라. 不參人은 鄭鉉一 具道植 裵永植이엿다. 決算는 보지 못 하고 作別햇다. 그러나 成吉이는 酒席에서 議案을 題案[提案]햇다. 契員 一人當 基金 條로 參萬 원식을 据出하고 貧當間에 喜捨을 받아서 親睦契의 記念碑石을 建立해 보자고 햇다. 一部는 贊意한 것 갓지만 나도 뜻이 없다.
夕陽에 崔南連 氏가 오시엿다(自宅으로).
南連 氏는 말하기를 成吉이의 뜻은 좋으나 나는 反對한다고 햇다. 첫재 내의 子息 永植이 大學時節에 債務가 參萬 원에 젓는데 수 三년 利子는 永植이가 주웠으나 父母는 몰앗다. 其後 成吉이가 내 집에 왔서 永植의 債務를 말하면서 元金이 三萬 원이라고 하기에 利害間에 五萬 원 주마 햇든니 돈을 가저갈 때는 白米 三叭쯤 되니가 萬 원을 加算해서 會計하라고 하기에 婦人하고

相議한바 주워 버리라고 해서 萬 원을 보태서 주니까 그제는 받드라고. 親友 間이면 그토록 하며 近字[近者]에 와서 成哲이도 딸 今禮 돈 五〇萬 원을 他人에서 貸借해 준바 成哲이가 주지 안키에 할 수 없이 今禮가 무려 주웟다고 하고 成奎도 數年 前에 農協에서 내의 印章을 갓다 貸付金 貳拾萬 원을 利用햇다기에 할 수 없이 내가 貸納해 주엇지만 只今까지 말 한 마디 없드라면서 生覺하면 成吉이가 親友라고 볼 수 없다 햇다.

夕食 後에 서울로 전화하려 成吉이가 왓다. 오늘 契가리에서 내가 提議한 碑石 件을 엇지 生覺하시요 하기에 推進을 말아 햇다. 親儀 안니다. 南連 氏에서 말을 드르니 右記[86]와 갖이 말해 주웟다. 成吉이는 내의 돈이 안니고 李南得 돈인데 내가 물어줄 수 잇나 하면서 열을 낸 듯십드라. 그러나 成奎 成哲 關係는 모르겟다고 하드라.

<1984년 12월 24일 월요일>
成吉이와 同行 高束[高速]으로 光州 成宇 집에 갓다. 南原서 哲宇 正宇가 왓다. 小祥인데 손님이 만트라.

<1984년 12월 25일 화요일>
세벽에 祭祀를 慕侍는데 내가 祝官이 되엿다.
朝食 中에 宗員들을 募여 食事 中에 말햇다. 八五年 一月 中에 내가 宗會 有司이니 全員 參席하라고 햇다. 成宇는 反對하는데 說得하야 參席키로 햇다. 理由는 完宇 父

子에 對한 不滿이드라. 結論는 一月 二十七日로 定하야 全員 參席키로 合議햇다. 旅費는 成東이가 萬 원을 주워서 단여왓다.

<1984년 12월 26일 수요일>
畜牛 二頭을 不動産 賣却키 위하야 市場와[市場化][87] 햇다. 黃牛 八一萬 원 암소는 七〇萬 원 計 一五一萬 원을 바닷느데[받앗는데] 多額이 損害가 낫다. 五〇萬 원는 成曉에 取貸해 주고 一〇〇萬 원을 가지고 五樹 三南會社 田代을 完拂해 주고 別紙와 如히 領收證을 받아왓다.
組合長은 現金을 受領하고 殘金 六〇萬 원이 나맛다고 하기에 그게 무슨 말이야 하고 내가 밭을 삿지 子息이 삿나 하고 왓다.
移轉登記 手續 中이니 住民登錄證 二通을 要求하드라.

<1984년 12월 27일 목요일>
鄭圭太 집에서 移秧會員 會議가 있어 參席햇다. 機械代 상자代 利子 해서 9萬餘 원이라고 햇다. 그려면 昨年 保有金 今年分 殘金(餘有金) 新入會員 條 合해서 45萬餘 원이 本會 有財라고 햇다.
崔六巖 氏하고 龍陰峙 李 氏을 訪問햇다. 婦人이 오든니 멋칠만 機드려 주시면 淸算해 주겟다고 하고 大端이 未安하다면서 人事을 하드라.
梁壽福 弟을 갖이 찻고 債務를 말햇든니 不遠 禮訪코 會計하겟다고 햇다.
언제든지 丁基善이를 相對하면 人色人[吝嗇人] 條 者로 본다. 本人의 利益 條만 먼저 生覺한다.

---

86 오른쪽에서부터 세로쓰기로 내용을 적고 있으므로 앞서 기록되어 있는 내용, 즉 최남연이 방문하여 말한 내용이 '右記'의 내용이 된다.

87 시장에 내어 상품화했다는 뜻이다.

<1984년 12월 28일 금요일>
8時 30分 特急列車 便으로 成康 母와 同
伴해서 水原에 出發햇다. 水原에는 12時
30分 着햇다. 成康이를 對面하고 밤에는
旅館으로 가서 1泊햇다.

<1984년 12월 29일 토요일>
아침 9時 列車로 出發하야 成康 母는 任實
서 下車하고 나는 求禮로 卽行햇다.
구만里 崔成萬 氏을 禮訪하는데 終日 不食
햇든니 몸이 不安햇다. 할 수 없이 1泊햇다.
집으로 전화하야 明日 2萬 원만 둘려서 求
禮에로 오라 햇다. 成英에.

<1984년 12월 30일 일요일>
아침 9時에 出發하야 求禮驛에서 成英을
同伴해서 구만里에 갓다. 의사의 珍察을
밧고 治料햇다. 手術비는 2萬이엿다.
中食을 맞이고 6時 列車로 집에 온니 9時
쯤이엿다.
成奉 成愼이도 단여갓다고 들엇다.

<1984년 12월 31일 월요일>
積金 685,000원을 成東 便에 出金하야 各
資金 利子 및 元金 1部을 今日 字로 完全
整理햇다. 整理 金額은 688,295원인데
685,000원을 引出하니 3,295원이 不足햇
드라.
前 里長 裵明善 條도 52萬 원 中 元金 7萬
원을 償還하고 45萬 원을 元金으로 別紙에
記入햇다. 斗基里 사돈宅 弔問하고 三溪面
金敎振 宅을 방문한바 契員은 蔡圭鐸 金鍾
洐 李光珣 崔乃宇 金敎振 5人이 募엿고 他
人은 曲校 李光烈 權喜甲 氏가 參席햇다.
85年度 有司는 내게 指名되엿다. 契穀은

元利 合計 15斗 2升 6合으로 契冊에 記入
하고 契冊을 가지고 오다 流失해 버렷다.
三南會社을 訪問코 成東 印章 住民登錄謄
本[住民登錄謄本] 2통을 組合長 金今順
氏에 移轉 手續하라고 드리고 왓다.
夕陽에 里長 完宇가 왓다. 오늘 邑內 民政
堂[民政黨] 事務長 薛東佰 氏을 訪問하고
事業資金 300萬 원을 85年 1月 27日 까지
補償해 주고 200萬 원은 選擧 後에 政束資
金[政策資金]으로 保助[補助]해 주겟다고
단〃히 言約하고 왓다고 하드라. 잘 햇다고
햇다.
그려면 現金이 引出되면 바로 作業을 始作
하라고 햇다.

1984年 甲子年
總 收入 9,716,417 1,0718,417
總 支出 9,889,760
歲入 歲出 差引 殘 1733 828,657 黑字

<1985년 1월 1일 화요일>
嚴俊祥 氏 招請으로 中食을 햇다.
舍郞에서 12月分 전화通話 集計을 作成
햇다.
成曉 母 成康 母는 五柳 姜江錫 母 回甲에
갓다. 寧川에서 鎭鎬도 왓드라고 햇다.
成允이는 2月 부터 下宿을 하겟다고 햇다.

<1985년 1월 2일 수요일>
新洑坪 稧日이다.
終日 安承均 氏 집에서 計算해 주엇다.

<1985년 1월 3일 목요일>
只沙 寧川里 崔鎭鎬 喪主을 弔問次 出發
했다. 山西行을 乘車하야 寶節面 校陽里
에 갓다. 崔日宇을 訪問햇든니 外出하여기
에 弟 亨宇을 對面하{고} 從弟 栢宇 집을
찿고 中食을 햇다.
바로 南原에 成樂 집을 訪問햇든니 大里
갓다고.
바로 卽行으로 五樹에 왓다. 다방에 들이여
振鎬 집에 전화햇든니 不在中이라 조금 있
으니 振鎬가 왓다. 엇된 일가 햇든니 車中
에서 某人이 말하기를 집으로 전화드라기
에 내렷다고 햇다. 1行이 芳계 漢직이하고
왓드라. 첫인사가 야 이 작식아[자식아] 하
기에 氣分이 不快햇다. 개상놈이라고 햇다.
酒店에 갓다. 酒席에서 言語가 자조 不安
해계 나왓다. 개子息이라고 하고 죽은 逸鉉
氏가 그레케 갈치드야 햇다. 人事 말업이
乘車햇다.
밤에는 只沙에서 전화가 왓는데 萬浩 伯母
가 도라 가섯다고 햇다.

<1985년 1월 4일 금요일>
只沙 芳계里 崔振鎬 母喪에 參席햇다.
오는 길에 館村 炳基 氏를 訪問한바 斗峴
堂叔이 爲急[危急]하다고 햇다.

<내지1>
一九八五年 乙丑 一月 一日
崔乃宇 書

<내지2>
一九八五年 乙丑 一月 元日

<1985년 1월 1일 화요일>
嚴俊祥 氏 招請으로 中食을 했다.
成曉 成康 母는 五柳里[五柳里] 姜江錫
母 回甲宴에 참석했다.
84년 12月分 전화 集計를 作成했다.
成允이는 2月부터 下宿을 해겼다고 했다.
月 7萬식이라고.

<1985년 1월 2일 수요일>
新沃坪 耕作人 總會日이였다.
文書를 작성하고 收入支出을 가려주웠다.
安承均 氏는 85年부터서는 所在[所任]을
못하겠다괴 하기{에} 권햇다.

<1985년 1월 3일 목요일>
寶節面 敎陽里[槐陽里] 崔日宇을 對面코
자 갓든니 崔容安 車로 外遊하려 갓다고
不在中이드라.
弟 亨宇을 相面하고 中食을 하고 오는 길
에 南原 成樂 집을 찾으니 妻家에 갓다고.
五樹에서 다방에서 振宇을 相面하고 이러

케 맛나니 未安하네 햇다.

<1985년 1월 4일 금요일>
只沙 芳溪[芳磎] 崔萬浩 佰母[伯母]가 別
世햇다고 하기에 午前 中에 단여왔다.
오는 길에 館村 炳基 氏를 찾고 1月 27日
大宗會 하오니 宗穀을 準備하라 햇다.
李相云 宅을 찾고 1月 12日 鄭鉉一 有司
집에서 束綿稧[束錦稧]을 하니 全員 데리
고 오라 햇다.

<1985년 1월 5일 토요일>
早朝 後에 斗峴面 石九里 炳赫 堂叔을 禮
訪햇든니 不遠 死忙[死亡]케 되엿드라.
人事不知하고 全身이 보탓드라.
良宇에 말하고 모든 準備를 하라 햇다.
寒心하게 되엿드라. 今年 63세 나와 同甲
인데 딱하기 限이 업드라.

<1985년 1월 7일 월요일>
靑云洞 高相厚가 왔다. 靑云洞 전화 設置

하는데 내가 뜻이 있{다}고 하자 便利하니
노와바라 햇다.
面에 전화를 건바 鄭圭太에다 눗키로 햇다
하니가 相厚는 不安하게 生覺하드라.
鄭柱相 店方[店房]에 간니 맞암 面에서 온
다면서 二周 兄弟가 드려왓다. 相厚는 말
하기를 누가 面長에 말하아 전화를 圭太
집에 눗키로 햇나 하면서 是非가 버려젓다.
그런 中에도 鄭圭太가 第一 밉살스럽드라.

<1985년 1월 8일 화요일>
아침에 일즉 高相厚가 왓다. 青云洞 電話
設置을 틀겟다고 하기예 그러면 人生이 못
쓴다고 해서 보냇다. 任實 加工協會에서
各面 運營委員會議가 召集되엿다. 參席해
보니 年初 支部長의 新年人事겸 繕物[膳
物]도 받고 中食도 같이 하고 運營委員들
끼리 金錢楔를 뭇자고 하야 約 月 七萬 원
식 入金키로햇다.

<1985년 1월 9일 수요일>
밤 八時 四十五分 郵替局[郵遞局] 交換員
이 某人인지 알고 십다.
大端 不親切햇다. 局長을 對달아 事務室을
對라 支署을 對라 하니가 對주지 안트라.
따질아고 햇든니 未安하다고 해서 참앗다.
全州로 해서 斗峴 堂叔 病勢을 보고 여려
가지로 당부하고 왓다.

<1985년 1월 10일 목요일>
桂壽里서 大宗會 있어 參席햇다.
各地에서 例에 比하면 最滿員[超滿員]이다.
宗會을 맞이고 一泊햇다.
案은 大宗財 收入支出 結算[決算] 및 有
司 選任의 件이다.

定期總會는 每年 陰曆 十一月 二十日로
定햇다.

<1985년 1월 11일 금요일>
木川公孫 私宗會議다. 宗畓 二五斗只.
桂洞을 宗垈에 私中會議가 開催되엿다. 案
件는 宗垈 建立 經過報告 및 宗財 收入支
出의 有司 報告하고 此後으 宗垈 建立에 對
{한} 宗員 負擔金 追加의 件이 上程되엿다.
崔重宇 債務 기 二七叺 清算의 件이 討議
햇다. 宗畓은 十二斗只.

<1985년 1월 12일 토요일>
九代祖 以下 私宗會가 되엿다.
中食만 끝내고 바로 歸家햇다. 館村驛에서
南原 成樂이를 맛나고 보니 斗峴 堂叔이
別世햇다고 햇다.
大里에서 葬移[葬儀] 中이라고 하야 驛前
에서 機侍코[待機코] 葬儀車에 合乘하야
斗峴으로 갓다. 靈前에 哭拜하고 夕食을
맞이고 討議 끗테 一〇〇日 脫福[脫服]키
로 하고 叔母는 良宇가 慕侍기로 하야 作
別햇다.

<1985년 1월 14일 월요일>
李允甲 郡守 初道巡視[初度巡視]日이다.
館村 堂叔 三慕祭[三虞祭]에 參禮하고 面
會議室에 들엿다.
面長은 84年度 面政報告을 들여주윗다.

<1985년 1월 15일 화요일>
舍郎[舍廊]에서 住民들과 對話햇다.
鄭鉉一 招請으로 對 待接을 받앗다.
營農資金을 申請밧는데 내의 名儀[名義]로
100萬 成東 名儀로 100萬 원을 申込햇다.

<1985년 1월 16일 수요일>
移轉登記 手續하라고 通報가 왓다.
방아 찌엿다.

<1985년 1월 17일 목요일>
農地賣買證明을 面에서 맛고 尹在成하고
同行하야 郡廳 財務課에 갓다.
듯자하니 道知事가 國有土地 移轉해주라
고 郡守에 通첩을 보냇다고 햇다.
一但[一旦] 手續切次[手續節次]는 福祉
係에 倭任[委任]하고 成曉에 미루고 밤에
왓다.

<1985년 1월 18일 금요일>
全州에 갓다.
來週 日曜日分 福券 二枚을 一仟 원에 삿다.
孝子洞에 사는 吳正煥을 對面코 下宿을
要求햇다.
成允이하고 相議하겟다고 햇다.

<1985년 1월 19일 토요일>
新平分分會[新平分會]에 參席햇다.
組合비 五萬 원을 주윗다.
오는 길에 屛巖里 黃奉五 母喪에 參禮햇다.
館村 炳基 氏하고 同行햇다.
新平郵替局 宗錢 一三萬 원을 預託햇다.

<1985년 1월 21일 월요일>
이침 七時경 館村 堂叔하고 同伴하야 斗峴
故 堂叔 첫 喪望에 參禮햇다.
酒川里[酒泉里] 郭二勳이 死亡 電話가 왓다.
先考 祀祭日[祭祀日]이다.
成奎 昌宇 重宇 任實서 成曉 家簇[家族]
이 參禮 했다.

<1985년 1월 22일 화요일>
靑云 崔六巖 氏에서 도적 쌀갑 一六斗代
九六,〇〇〇원을 引受햇다.
郵替局 孫夏周 便에 一月分 전화료 五三,
四九〇 保險料 一三,三〇〇 計 六六,七八
〇원을 拂入햇다. 明日 서울 曾祖父 祭祀
에 參席키로 햇다. 孫夏周 便에 拾參萬 원
條 一年間 預託통장을 갓고 三三,五〇〇원
一五,〇〇〇원 條를 모두 정리해 가지고 오
라 햇다.

<1985년 1월 23일 수요일> 陰 十二月 初三日
昌宇 炳基하고 三人이 서울 出發 曾祖考
祭祀에 參席한다.
쌀갑 九六,〇〇〇원에서 내의 旅비 서울행
行 六三,〇〇〇 崔六巖 治下金[致賀金]
三,〇〇〇 成東 三〇,〇〇〇원을 支出햇다.
成曉는 五年 据置 四年 償還 條件으로 一
〇〇萬 원을 융자해드리겟으니 受領하야
農協債務을 一部 整理하라 햇다.
九時에 出發하야 午後 四時경에 成吉 집
에 당햇다.
高束[高速]터미널에서 九〇번을 타고 세
종회관까지 가고 다시 五八八——버스를
타고 신길동에 갓다.

<1985년 1월 24일 목요일>
서울서 出發하야 大田으로 行하는 中 成植
집을 訪問할 豫定. 成植이는 宿直이라고
해서 一泊햇다.
반찬 술을 차린데 페가 되드라.

<1985년 1월 25일 금요일>
大田 點禮 집에서 歸家할 豫定이다.
十二時쯤에야 成植이가 왓다. 집으로 출발

하려 하니가 왔다.
午後에는 南山을 택시로 三人이 갓다.
求影[求景, 즉 구경]할 만하드라. 사진도
찟고[찍고] 왔다.
할 수 없이 또 一泊을 햇다.

<1985년 1월 26일 토요일>
朝食을 맞이고 八時 三〇分쯤 出發햇다.
旅비를 주는데 二萬 원을 주드라. 未安한
點 多分하드라.
大田 點禮 집에 갓다. 中食만 하고 出發한
데 旅비 一三,〇〇〇원을 주드라.
昌宇는 大田서 作別햇다.
밤 六時에 당한바 成宇가 왔다.

<1985년 1월 27일 일요일>
南原 任實 全州 宗員大宗會 宗親會日이다.
南原서 正宇 全州 基宇 成吉 斗流 炳列 基
宇 成奎 重宇 完宇 光州 震宇 桂壽 成五
氏도 參席 하야 一〇餘 名이다.

<1985년 1월 28일 월요일>
信用協{同}組合에서 宗錢 元利 合하야 一
六一,一〇〇원 引出해왓다.
加工組合會議에 參席 햇다. 案件은 親睦稧
組識織[組織]88인데 다음 다시 募이기로
하고 散會햇다.

<1985년 1월 29일 화요일>
光州에서 成宇 전화를 成奎에 傳햇다.
金長映 條 不動産 仲介費 參萬 원이 任實
서 傳해왓다(成曉에서).

<1985년 1월 30일 수요일>
光州에서 震宇가 또 전화가 왔다.
成奎을 대라 하야 댈 엇이[것이] 없다고 햇다.
不遠間 震宇가 서울 가는 길에 드려오겟다고.
終日 舍郎에서 大宗稧 書類을 整理햇다.
稧財을 計算해보니 預置할 宗財金이 約
四〇萬 원쯤 되드라.

<1985년 1월 31일 목요일>
大宗中契錢 四〇萬 원을 가지고 崔基宇
油代 三八二,八九〇원 中 三〇二,八九〇
원을 分給해 주고 八萬 원을 殘高로 햇다.
數個月 만에 주니 未安하드라.
孝子洞 成允 下宿집 吳正煥 氏을 訪問하
고 二月 一日부터 第一次分 下宿비 七萬
원을 주고 잘 당부햇다.
宗契錢는 年 一二.五% 利子이기 때문에
利用햇다.
里長이 敬老偶待證[敬老優待證]을 發給
해왓다.89 年令[年齡]이 未達인데 面長이
生覺햇다(六三歲인데 六六歲로).

<1985년 2월 1일 금요일>
任實 代書所에서 三南會社 條 登記을 알
아보고 東中學校에서 合同政見發表場에
參席햇다.
一번에 李炯培 氏가 演設[演說]하고 二번
채 林大浩 氏가 하고 三번채 崔容安 氏가
연설하는데 박수가 過多햇다. 四번채 梁永
植 氏인데 三分의 二가 退場햇다. 未安感
이 들지만 나도 退場햇다. 相範 母가 구두
한 컬에 맞아주드라. 二萬 원에.

---

88 먼저 '識'을 썼다가 잘못 쓴 것을 알아차리고 바
른 한자인 '織'을 써넣은 것으로 보인다.

89 본 내용을 포함하여 이하 문장은 붉은색으로 기
록하였다.

<1985년 2월 2일 토요일>
四仙臺注油所에서 經油[輕油] 二{드}람
外上으로 운반햇다. 龍云峙 梁奉玉 氏가
白米 五斗代을 가저왔다.
牟潤植 債務 五九,〇〇〇 償還햇다.

<1985년 2월 3일 일요일>
水原 成康에 전화로 農協資金이라도 보내
달라고 햇다.
전화료금 集計表을 作成. 郡廳에서 靑云
전화 假設[架設]하려 왔다.

<1985년 2월 4일 월요일>
養老堂에서 選擧 {이}야기만 하고 노랏다.
※ 四仙臺{注}油所 外上代가 多額 되여서
大宗錢 三二八,〇〇〇원 私宗錢 八萬 원
약 四〇萬 원이 되는데 油代로는 三二〇,
〇〇〇원이 支出. 用錢으로 成允 下宿費로
支出되엇다.90

<1985년 2월 5일 화요일>
館村 演設會場[演說會場]에 갓다.
崔容安 氏가 任實에서는 大端이 有利하드라.
成東이는 後계자會議에 갓다.

<1985년 2월 6일 수요일>
成東이는 任實 兄네 집에 食糧을 보내 주
웟다. 日氣는 매우 春季日 갓다.

<1985년 2월 7일 목요일>
成康 母가 用錢으로 參萬 원 주드라.
成康 집에서 七星稧會議가 있엇다.
稧穀 一五叺을 分割 分給키로 하야 叺當

六五,〇〇〇원식 해서 六人이 一六二,五〇
〇원식 갈앗다.
現金은 二分利로 貸借키로 하고 乃宇 二
八五,四八〇 昌宇가 八〇,五二〇원식 借
用한 걸로 整理햇다.
柳文京 母 白米 一〇叺 條을 萬映 婦人에
서 貸借해서 주웟다.

<1985년 2월 8일 금요일>
任實서 成曉가 단여갓다.
里 小隊長도 月給 四萬 五仟 원 준다고.
選擧는 候補者만 熱意가 잇제 有權者들은
平凡하드라.
終日 舍郎에서 新聞만 讀書햇다.
테레비를 본니 (독활)91 藥草 栽培가 收穫
이 좃타고 해서 成曉에 種根을 付託햇다.

<1985년 2월 9일 토요일>
成曉가 任實서 왓다. 選擧까지는 집에 있
겟다고 햇다.
養老堂에서 終日을 {보}냇다.

<1985년 2월 11일 월요일>
大里國民學校에서 選擧委員 募臨이 있엇다.
來日 實施한[實施할] 投票場 設置엿다.
七時부터 {午}後 六時까지인데 印章 그리
고 住民登錄證을 가지고 가야 핸다.

<1985년 2월 12일 화요일>
十二代 國會議員 總選인데 第[諸] 投票區
에서 八五%의 投票率을 냇다.

---

90 붉은색으로 기록하였다.

91 獨活. 두릅나뭇과의 여러해살이풀로, 어린잎은
식용하고 뿌리줄기는 겉껍질을 벗겨 말려서 편
두통 치료에 쓴다. 땃두릅나물, 땅두릅나물, 멧
두릅 등으로도 불린다.

南原에 梁昶植 任實 崔容安 氏가 當選된바
任實은 八年 만에 國會議員이 生起엿다.

<1985년 2월 13일 수요일>
今日은 밧갓出入을 止하고 舍郞에서 讀書
만 햇다. 單協에서 出張왓다고.
總代 選出해서 不遠 組合長을 選出하는데
利用하려 왓다드라.

<1985년 2월 14일 목요일>
방아 찟고. 어제밤에 몀소[염소]가 죽엇다.
金鎭玉을 시켜 계피를 하야 成曉 母 藥을
하라 햇다.
養老院에서 밤에까지 休息을 햇다.

<1985년 2월 15일 금요일>
養老院員들은 今般 國會議員 當選者는 必히
部落마다 當選謝禮하는 게 올타고 하드라.
崔容安 氏에 通報할가 生覺 中이다.

<1985년 2월 16일 토요일>
成東이 便에 몀소 三頭을 市場에 보내고
一二萬 원을 收入햇다.
설 장보기 三萬 원 내의 요돈[용돈] 一萬
원. 殘金은 農協利子 償還措置한다고 햇다.

<1985년 2월 17일 일요일>
몸이 不平햇다. 요새 술을 過飮한 듯십다.
終日 食事을 못햇다.

<1985년 2월 18일 월요일>
成東이 便에 農事 肥料 五七〇,九〇〇원을
二〇袋 外上으로 貸付해 오라고 보냇다.
農協 結算總會[決算總會]일라고 햇다.

<1985년 2월 19일 화요일>
나는 里에서 貧役[負役]하고 成東이는 農
協에 가서 償還措置하려 보냇다.
二, 三日 後에 通報하겟다고 햇다.
成傑 成康 成玉 成樂 外內가 全部 왓다.

<1985년 2월 20일 수요일>
正月 初一日 冥節[名節]이다. 地方에 客
地에서 子息들 全員이 왓다.
成奉만 오지 못햇다. 事業上 할 수 없다.
次祠[茶祀]을 慕侍고 成奎 집 完宇 집 重
宇 집만 단여서 舍郞에서 休息햇다.
成曉 食口는 밤에 邑內로 갓다.

<1985년 2월 21일 목요일>
自家에서 休息한{바} 各地에서 電話가 많
이 걸여왓다. 交換女하고 是非도 햇다. 電
話請託 一時 三〇分이 經過해도 대주지
안하기에 取消하고 가면서 告發하겟다고
햇다.

<1985년 2월 22일 금요일>
鄭宰澤 氏에서 一金 壹百萬 원을 借用하
야 成康에 傳해 주웟다. 用途는 垈地稅을
주기 위햇다고. 償還期日은 四{月}. 五日
頃에 館村에서 農協 융자받아 주겟다고.

<1985년 2월 23일 토요일>
養老院에서 休息. 午後에는 舍郞에서 잇는
데 金哲浩 韓昌煥이가 단여갓다.

<1985년 2월 24일 일요일>
巳梅面 水月里 黃海周 氏 別世. 出喪에 參
禮햇다.

<1985년 2월 25일 월요일>
서울서 郭在煥이가 車를 가지고 쌀을 팔겟
다고 했다.
잠시 休息하고 出發했다.
重宇 回甲을 正月 九日로 定했다고 들엇다.

<1985년 2월 26일 화요일>
오늘부터 禁酒令을 自身이 當分間 내렷다.
꼭 實行하겟다.92
金興源 氏가 招請하야 養老院에 갓다. 中
食을 따젓다.
夕陽에 成英이 結婚日이 三月 十七日경이
라고 듯고 압이 감감하드라.

<1985년 2월 27일 수요일>
成英 結婚日字가 迫頭하니 잠도 들지 안는
다. 全部 他의 債務로 하야 하겟으니 엇지
하면 좋으리.

<1985년 2월 28일 목요일>
重宇 回甲日이다.
終日 重宇 집에서 지냇다.

<1985년 3월 1일 금요일>
全州 堂叔 親友 回甲이엿다. 맛참 全州 嚴
仁基가 車를 가저왓다. 全州까지 無事하
{게} 갓다.
三月 二日 字로 農協債務를 統合하야 參
百萬 원으로 契約 成證했다.93

<1985년 3월 2일 토요일>
元泉 孫周喆 氏 來訪.

三溪 鴻谷里 金敎鎭 死亡 訃告가 왔다. 旣
히 出喪 後 엿다. 眞心으로 哀感心 禁할 수
업다. 今年 六〇歲이고 十二月 三十一日
本人의 집에서 契 有司도 치렷는데.
小祥은 明年 正月 初七日로 안다.

<1985년 3월 3일 일요일>
아침에 任實驛前 朴公熙 玆堂[慈堂]이 別
世했다고. 同窓會員에 通報했다.
全州 崔宗植 朴順龍 朴泰珍 金炯宇 ◇里
金點童 大里 金哲浩에 電通으로 했다.

<1985년 3월 4일 월요일>
舍郞에서 書類作成. 各 日誌 處{理} 그리
고 同窓會 日誌도 作成했다.
農協債務 崔完宇 名儀로 參拾萬 원을 利
用한바 今般에 내의 名儀에다 包合[包含]
했다.
夕陽에 全州에서 成英 四星이 왔다. 成東
이는 말했다. 任實 兄수는 말하기를 婦夫
間에 못 살아도 父母의 生計는 協助 못하
겟다고 햇다고 햇다.

<1985년 3월 5일 화요일>
南原에서 參拾萬 원 南連 氏에서 七拾萬
원을 集合해서 于先 成英에 參拾萬 원만
주고 七拾萬 원는 가지고 왔다.
산돈[사돈]하고 다방에서 簡單이 相論햇다.

<1985년 3월 6일 수요일>
南原 寶節面 黃茂里[黃筏里] 李得香 氏을
禮訪하고 婚事 擇日을 해본바 三月 十八
日 日曜日은 화해日이라 不吉한 날이오니
단겨서 土曜日 二時가 조으니 擇日해주마
해서 婚婿紙[婚書紙] 擇日紙 사돈에 편지

까지 해왔다.
집에 와서 全州로 전화햇든니 변경은 못하
겟다고 햇다. 成英는 擇日이 무슨 必要 있
으며 딴 사람은 잘만 살드라고 햇다. 알아
서 해라 햇다.

<1985년 3월 7일 목요일>
成英이는 參拾萬 원을 가지고 全州에 갓
다. 시아비 洋服을 一六萬 원에 마첫다고
햇다.
任實서 메누리가 夕陽에 왔다.
成英 婚事로 每日 不安을 禁할 수 없다. 돈
때문 더욱 괴롭고 成英의 要求대로 하면
經濟가 쪼들이겟다.

<1985년 3월 8일 금요일>
成東이는 契에 參席하고 成奎 便에 請諜
狀[請牒狀]을 面에서 謄寫해 오라 햇다.
養老院에서 招請한바 豊物[風物] 收入支
出 決算한바 白米 四叺이고 現金이 二六
萬 五仟 원이다.
全部을 利穀 利錢으로 分給햇다.

<1985년 3월 9일 토요일>
請諜狀을 보낸다.
成曉 內外 成英 等 家族[家族]이 參席 下
婚禮品 購入에 打合햇다.
夕陽에 成允 便에 下宿費 1/4 分期 授業料
用金 計 十九萬 원을 주어 보낸다.

<1985년 3월 10일 일요일>
成曉 內外 成英하고 전주에 婚禮品 購入
하려 갓다.
늦도록 오지 안햇다.
成傑이는 밤에 왔다고.

<1985년 3월 11일 월요일>
連山 守護者 邊理官[辦理官]한고 前 守護
者 崔 氏하고 同伴해서 禮訪햇다.

<1985년 3월 12일 화요일>
光州 崔振宇에 電話로 成英 結婚日字를
알엿다.
밤에 成傑이가 왔다. 술 滿醉되엿다.
작대기로 때렷다. 必遇에 고백을 받앗다.
그러나 마음은 如前이 不安햇다. 차라리 안
보왓으면 한다. 술 먹고 한 번 두 번이 안니
다. 退居를 해갔으면 한다.

<1985년 3월 13일 수요일>
成傑이로 因하야 外出하고 십지 안트라.
他人의 子息이 잘 못하면 납은 놈이라고
햇는데 이제는 他人의 말을 못하게 成傑이
내의 입을 막아버렷다.
昌宇 집에서 招請하야 成吉하고 同伴해서
中食을 갖이 햇다.
農協長은 廉東根이가 二票 次[差]로 當選
되엿다고 들엇다.

<1985년 3월 14일 목요일>
成英 婚禮品 및 寢具 其他을 실고 相範 母
하고 仁範이하고 成英이가 갖이 全州로 떠
낫다.
집에서 집안일을 햇다.

<1985년 3월 15일 금요일>
家事 整理햇다.
任實 相範 母는 舘村에서 饌감을 가지고
와서 午後에는 장만하고 잇드라.
밤에는 炳列 炳基 基宇 全州에 電話로 成
英 結婚日字를 알엿다.

<1985년 3월 16일 토요일>
밤에 十一時쯤 張寅燮 婿가 親友 四名을 同伴해 왔다. 舍郎에 와서 人事 後 繕物로 時計을 가저왔다. 밤 새로 二時쯤까지 놀다가 全州로 떠낫다.
合[函]94을 가저왔다.

<1985년 3월 17일 일요일>
成英 結婚日이다.
賀客은 一五〇餘 名이 왔고 祝賀金 一五〇餘 萬 원 入. 婚禮는 願滿[圓滿]하고 無事이 치럿다.
兩家 산돈들끼리 인사가 交換되엿다.
婦夫는 新婚旅行길로 떠낫다. 木曜日에 再行길에 온다.

<1985년 3월 18일 월요일>
三月 五日 字로 崔南連 氏에서 成英 結婚 資金으로 七拾萬 원을 取貸한바 今日 成東이 便에 四二五,〇〇〇(祝儀金 條)하고 別途金 二七五,〇〇〇원을 보태서 南連 氏에 七拾萬 원을 償還해드럿다.
子息들은 오늘 全部 各 집으로 떠낫다.

<1985년 3월 19일 화요일>
結婚 仲介人 四萬 五仟 원을 주웟다. 約少[略少]하드라.
全州에서 어느 程度 받앗소 했든니 四萬 五仟 원이라기에 갖이 주웟다.

<1985년 3월 20일 수요일>
집안에 모든 之事을 整理햇다.

成東이는 耕耘機 修理하려 갓다.
成奎에 付託햇다. 明年에 붓골 軍人이 들어오면 田畓이 없어저 工場은 作業量이 없으니 間諜[間接] 被害가 있으니 교섭해보라 햇다.

<1985년 3월 21일 목요일>
箱子用 上土를 農園에서 屈取[掘取] 운반햇다.
庭園에 乾燥場[乾燥場] 修理.
夕陽에 張寅燮 內外가 왔다.
밤에는 家族끼리 夕食을 햇{다}.

<1985년 3월 22일 금요일>
成英 內外는 中食을 맞이고 本家로 떠낫다.
對略[大略]으로 結婚費가 淸算이 낫다.
成英 母가 別途로 取貸해준 돈을 成英에서 바닷다고 햇다.
午後에는 工場에 손보고 堆肥 其他 事가 多樣햇다.

<1985년 3월 23일 토요일>
完全이 農繁期가 왔다.
元泉里 廉東南 別世. 弔問햇다.
肥料 約 六〇萬 원어치를 外上한바 出資를 五萬 원 하라기에 五萬 壹千 원만 金仁喆에 保菅[保管]하고 왔다.
日曜日 방수리 朴준섭 씨을 禮訪하고 고초가리[고추 갈이] 常識을 見學햇다.95

<1985년 3월 25일 월요일>
蔚山을 가기 위하야 牟潤植 氏에서 一金 拾萬 원을 가저왔다.96

---

94 본래 '合'을 쓰려고 했던 것으로 보이나 다음날 딸의 결혼을 앞둔 시점이므로 '函'으로 보는 것이 맞다.

---

95 이 문장은 붉은색으로 기록되어 있다.

午前 一〇時 三〇分 列車로 出發하야 울산을 당하니 午後 三時 半이엿다. 울주군 웅청면[웅촌면(熊村面)]에 가니 五時가 되엿다.

밤에 鄭桓烈 朴行善 韓운權 外 三이 募臨中 朴行善 氏 家屋을 拾萬 원에 賣買契約하고 現金 全額을 주엇다.

<1985년 3월 26일 화요일>
朴行善 집에서 자고 朝食을 맞이고 八時 버스로 蔚山 着. 全州에 오니 三時엿다.
館村에서 下車 面에 들이여 저울 檢査을 맞이고 舟川里 朴行善 장인을(林氏) 맛나고 朴行善 家屋 賣買 件을 말해주고 손대지 말아고 했다.

<1985년 3월 27일 수요일>
三〇號하고 原豊벼하고 五〇k를 浸種하여 消毒까지 했다.
포투라[포플러] 一〇〇株을 혼자 심엇다.
夕陽에는 每遇 고단햇다.

<1985년 3월 28일 목요일>
새보들 똘 보매기 〇.五日만 햇다.
새보의 工事가 理由가 잇는 것으로 안다.
面長에 전화로 土曜日 狄 現場을 視察해 달아고 했다.
燃料用 立木材를 渡河作業을 햇다.
成東이는 狄坪 水門을 製作햇다.
되밭[뒷밭]을 畓으로 煥地하고 십다.

<1985년 3월 29일 금요일>
朝食을 맞이고 붓골 朴行善 家屋을 求景하

려 갓다. 大端이 험하드라. 門은 없어젓드라. 修理하면 그대로 살만 하드라.
里長 崔完宇 便에 外上으로 肥料 五五〇, 〇〇〇원을 出庫證을 바다 왔다.
尿素 四〇袋 복합 一八 – 一八 – 四〇袋 十七 – 二十一 – 三〇袋 게 一一〇袋.

<1985년 3월 30일 토요일>
故 金漢駿 別世한 出喪에 參席햇다.
成東이는 肥料 운반. 一一〇袋.
只沙面 芳鷄里[芳磧里] 弔問을 단여왔다.
成曉도 왓드라.

<1985년 3월 31일 일요일>
金炯守 宅에서 會議가 開催되엿다.
會員은 一〇餘 名이 募엿다.

<1985년 4월 1일 월요일>
소 새기 암것을 順産 햇다.
술을 먹다 보니 一日이 그럭저럭 너머갓다.
成奎 漁養場[養魚場] 作業하는 데 가보왓다. 黃化榮이하고 合資한다고 들엇다.

<1985년 4월 2일 화요일>
機械苗 上土를 家蔟끼리 사來[97]로 내려노왓다.
苗板 耕耘을 했다.
全州 成英에서 電話가 왓다. 婚姻屆[婚姻屆] {提}出하시라고. 面에 가서 하겟다고 햇다.

---

96 이 문장은 붉은색으로 기록되어 있다.

97 3월 23일 자 일기에 "移秧用 上土를 사래로 처노 왓다."라는 내용이 있는 것으로 보아 '사래'를 가리키는 말로 보인다. 사래는, 이앙용 상토를 고르는 일에 사용된 것으로 볼 때 흙을 치는 체와 같은 도구일 것으로 짐작된다.

<1985년 4월 3일 수요일>
새벽부터 내린 비는 終日 來럿다.
機械移秧會議 新沓坪 作人會議 貯水作人
會議가 있엇다.
新畓 開墾畓으로 一斗只當 五斗식 밧기로
하고 못텡 所任을 鄭圭太이바 白米 一叭을
주기로 했다.

<1985년 4월 4일 목요일>
비가 내려 休息.
舍郞에 讀書만.

<1985년 4월 5일 금요일>
成東이는 完宇 耕耘作.
田畓을 돌아보앗다.
新沓坪 보매기 ○.五日 作業햇다.

<1985년 4월 6일 토요일>
집에서 堆肥 貯藏햇다.

<1985년 4월 7일 일요일>
連山 墓祀에 參席.
成吉 炳基 乃宇 三人이 參席햇{다}.
土稅 三五,○○○원 바닷다.

<1985년 4월 8일 월요일>
동래[동네] 새마을事業金 五,○○○. 工場
앞에 作業하는데 治下金 五仟을 里長에 주
면서 治下를 表했다.

<1985년 4월 9일 화요일>
全州 張判童 女息 結婚式에 參席햇다.
成吉이는 오늘 서울로 떠난다기에 旅비 條
로 (宗土稅에서) 六仟 원을 주웟다.
成英이를 만나고 戶籍抄本을 傳해 주고 成

允 下宿비도 주웟다.

<1985년 4월 10일 수요일>
成東이하고 王板 栗田에 肥料을 뿌렷다.
午後에는 苗板에 물을 넛코 드럭[두럭]을
지여 準備햇다.

<1985년 4월 11일 목요일>
移秧箱子 二八一個를 옴기여 入床[入箱]
하려 한바 崔末女 外 一人이 協助해주웟다.
午後에는 成東 內外가 품 갑푸로[갚으러]
갓다.
金鎭玉을 시켜서 畜牛 四頭의 코를 뚜렷다.

<1985년 4월 12일 금요일>
고추 말뚝을 깍앗다.
全州에 許吉童이가 一○餘 年 만에 來訪
햇다. 내의 回甲에 請諜[請牒]을 하지 안햇
다고.
돌머리宅 別世. 出喪하는데 參席햇다.

<1985년 4월 13일 토요일>
鄭宰澤하고 同伴해서 只沙 雁下里 申炳均
氏 回甲宴에 參席하고 왓다.
大里 朴參福 氏 子 結婚式에는 祝儀金만
보냇다.

<1985년 4월 14일 일요일>
任實에서 成曉 家族이 全員이 왔다.
成曉보고 老人에 病들면 藥을 쓰지 말고
只今이라도 月當 二, 三萬 원식 用錢을 보
내라 햇다.

<1985년 4월 15일 월요일>
成東이는 農協에서 後계者特資金 六拾萬

을 융자해 왔다.
崔南連 崔吉부 借用金을 갑고 成奎 條도
移秧費까지 분무기代까지 一四八,〇〇〇
원을 拂入해주웠다.
終日 못텡이 作人 貯水池 作業을 햇다.

<1985년 4월 16일 화요일>
靑云堤 修理作業을 마무리햇다.
總收入에서 八七,〇〇〇 支出이 五四,〇〇
〇 殘金 三三,〇〇〇원 鄭圭太 所任에 有
保[保有]햇다.
成東이는 고초가리 햇다.

<1985년 4월 17일 수요일>
畜舍 牛을 교미시켯다.

<1985년 4월 18일 목요일>
後野 桑田 桑木 屈取作業을 하다 베야링
이 나가 作業 中止하고.
水原서 成奉가 왔다. 他人 債務을 말햇든
니 未安해서 于先 말삼이라도 드르려 윗다
고[왔다고] 用錢 二萬 원 주고 가드라.

<1985년 4월 19일 금요일>
炳列 堂叔 子 結婚에 參席하고 任實로 行
해 保健所에서 成曉 母 齒牙을 뺏다.
바로 德峙面 망월리 위 氏을 訪問하고 藥
木 栽培法을 배워 왔다.

<1985년 4월 20일 토요일>
新平 金允圭 氏 回甲에 參席햇다.
전화료금 보험료을 局長에 傳햇다.
夕陽에 新安 堂叔 問病한바 운명이 時急
하드라.

<1985년 4월 21일 일요일>
새벽 一時쯤인데 堂叔이 別世햇드라.
終日 喪家에서 일을 보고 손님도 接待[接
待]햇다.

<1985년 4월 22일 월요일>
喪家에서 일을 밧다.
廉昌烈에 전화로 苗板 종[좀] 구경하라 햇다.

<1985년 4월 23일 화요일>
出喪을 하고 中食을 맞이고 成東에서 三萬
원을 달아고 해서 成奎 五柳里 成英이하고
三人 同伴해서 서울을 當하니 一〇時쯤 해
서 完浩 집에 갓다.

<1985년 4월 24일 수요일>
完浩 집에서 一泊하고 朝食 後에는 잠을
잣다.
十二時을 期해서 택시로 禮式場에 式을 맞
이고 中食만 끝내고 成傑 事業場에 갓다.
旅비 萬 원을 주기{에} 바로 집에 왔다.

<1985년 4월 25일 목요일>
家蔟끼리 藥木 苗木 五〇〇株를 植樹햇다.
밭으로 보면 約 二〇〇株가 必要햇다.
苗板을 살펴보니 병이 드럿다.
논물을 高深으로 대보왓다.

<1985년 4월 26일 금요일>
아침부터 비가 내려 作業計劃이 어긋낫다.
午後에 가이는데 成康 집 방 되비를 仁範
이하고 했으나 못다 햇다.
廉 所長하고 苗板을 相議햇든니 葉面 施
肥을 해보라 햇다.

<1985년 4월 27일 토요일>
任實에서 成曉 內外가 왔다. 目的은 成康
母 回甲宴 打合次라 햇다. 成苑 內外 成曉
內外 成東이 內外가 成康 집에서 募여 每
事을 打合 結定[決定]햇다고 들엇다.
場所는이곳으로 定햇다고.

<1985년 4월 28일 일요일>
苗板을 護置햇다.
午後에는 丁基善이하고 同伴하야 皮巖里
金炯根 回甲宴에 단여왔다.
相子苗[箱子苗]는 大端이 不良햇다.

<1985년 4월 29일 월요일>
家族기리 麥畓 二毛作 苗板 設置하고 種
籾 三光벼를 散布햇다.
相子苗는 硫安을 뿌럿다.
廉 所長이 단여갓다.
兩妻는 二泊 三日 豫定으로 外遊길에 떳다.

<1985년 4월 30일 화요일>
오늘 作業 狀況.
成東이하고 王板 宗山 茂木[伐木]을 햇다.
午後에는 堆肥을 고초밭에 운반햇다.
오늘도 休息 없이 熱心이 햇다.

<1985년 5월 1일 수요일>98
오늘도 大端이 분주햇다.
午前에는 방아 찟고 논에 갈아[가라] 소죽
끄릴내 똥 칠아[치우랴] 새기 꼴아[꼬랴]
여물 썰아[썰랴] 一分도 餘有[餘裕]가 없
으니 못살겟다. 成康네 문 바를라 掃除할아
이려케 살면 무엇 하나.

<1985년 5월 2일 목요일>99
人夫 四名을 帶同하야 王板 宗山에서 茂
木을 햇다.
뒷밭에 노타리 햇다.

<1985년 5월 3일 금요일>100
서울서 成康가 오고 成樂 成傑갓 왔다.
成英이도 왔다.

<1985년 5월 4일 토요일>
成康 母 回甲日이다.
生覺 外에 祝客이 午後에 初滿員[超滿員]
이 募엿다 子息들의 機關에서 全員이 왔다.
비는 約間[若干] 내렸으나 支章[支障]은
없섯다.
成奉이는 밤차로 水原으로 出發햇다.

<1985년 5월 5일 일요일>
養老院 財金 金長映 氏에서 五六,〇〇〇
원 引受햇다. 明日 여수 旅行費로.
成苑은 今般 母 回甲에 祝儀金이 約 四〇
餘萬 원이 入金이라고. 그런데 外上代를
除外하고 殘金은 母에 드리겟다고. 그래라
고 應答햇다.
高相厚 子 結婚에 參席.

<1985년 5월 6일 월요일>
아침 五時 二〇分 列車로 老人會員 十四
名이 여수에 갓다. 全員이 가면 二四 名인
데 一〇餘 名이 不參햇다.
支出은 九萬 원이 들엇다.

---

98 전문이 붉은색으로 기록되어 있다.

99 전문이 붉은색으로 기록되어 있다.
100 전문이 붉은색으로 기록되어 있다.

<1985년 5월 7일 화요일>
여수에 단여온 收入支出 決算을 해주윗다.
그려나 總收入支出을 따지니 約 六萬 원이
殘金으로 잇드라.
尹志燮에 保有햇다.
全州 成允 下宿비 元喆에 傳햇다.

<1985년 5월 8일 수요일>
湖麥[胡麥] 刈取 作業을 햇다.
늦지만 嚴俊祥 氏에서 포푸라 三〇本을 주
기에 植樹햇다.

<1985년 5월 9일 목요일>
고초밭을 갈고 堆肥을 散布햇다.
팔이 異常이 生起엿다.
참깨밭도 갈앗다.
宋成龍 氏가 招請햇다.
郡 指導所에서 단여갓다.

<1985년 5월 10일 금요일>
못텡이畓 作業을 했다.
고초가리田에 두력도 첫다.
이제는 完全이 農繁期가 當{한} 듯십다.
밤에 서울서 成赫의 전화가 왓는데 兄 成
吉이가 위암으로 制定되여 五月 十三日 手
術 如否[與否]가 判定된다고. 그려나 本人
는 모르고 잇다고 햇다.

<1985년 5월 11일 토요일>
安承均 金進映 金昌圭 丁壽福 鄭九福 金
宗西 金宗出 崔乃宇 八名이 못텡이野 沑
매기 햇다. 〇.五日 日當을 주기로.
成東이는 人夫 四人과 갖이 고초 비니루
씨우고 明日 淸州 서울 旅비 三萬 원을 둘
여 왓다.

<1985년 5월 12일 일요일>
崔基宇 四女 結婚日에 參席햇다. 參席者
는 館村 崔炳基 崔乃宇 崔成默 內外 貫宇
內外 善宇 妻 計 七名이 同行 忠州에 四時
間 만에 當햇다. 式場은 公園이엿다.
나는 서울로 行 九時에 당하야 成赫을 對
面햇다.

<1985년 5월 13일 월요일>
成吉 本家에서 成赫을 同伴하야 同寢하고
아침에 永登浦驛前 成赫 집에 왓다.
朝食 後에 다방에 있으니 成奎가 當햇다.
三人이 同行 세브란스病院에 問病. 終日
잇다가 午後 六時에야 鄭 박사 課長을 相
面한바 위암으로 판단. 手術은 안코 退院
키로 햇다.
宿泊은 崔完鎬 집에서 잣다.

<1985년 5월 14일 화요일>
아침에 德順 집에서 成吉에 전화하고 退院
하면 全州로 來려와 治料[治療]하라 햇다.
十一時 列車로 내려왔다. 집에 온니 三時
三〇分이엿다.
德順이가 旅費를 주는데 萬 원이드라. 姪
이{지}만 未安하드라.

<1985년 5월 15일 수요일>
金判植은 終日 牛사람이 장기질햇다. 못텡
五斗只.
成東이는 村前 五斗只 土事 논 고루기 햇다.
喪家에서 休息햇다.
成奎을 불려다 서울 成吉 形便을 물엇다.

<1985년 5월 16일 목요일>
機械移秧 作人總會을 열엇다.

班別로 移秧 日定[日程]은 짜젓다. 十九日
부터.
末會 大同機械는 드무니 成奎 말이 自己
는 東洋치로만 심겟다니까 모두가 大同은
시려하는 눈치다. 一部에서는 大同機를 修
理할 必要 없다고 햇다. 나도 大同으로는
못 심겟다고 햇다. 배채우기로[101] 말햇다.

<1985년 5월 17일 금요일>
모 떼고 경운기로 노타리. 못텡이들에서.

<1985년 5월 18일 토요일>
새보들 노타리.

<1985년 5월 19일 일요일>
朴順用 子 結婚式에 參席.
새보들 肥料 뿌리고 여가가 엇다[없다].
白康俊 氏은 써레질.

<1985년 5월 20일 월요일>
移秧機械 三臺가 돌아갓다.
附品이 없어 全州에서 購入햇다.
午後에 진옥에 장기질을 시킨바 술이 {취
했다}.
斗◇奉宅은 논을 고루로 왓다.
못텡이 五斗只 밤에까지 했다.

<1985년 5월 21일 화요일>
새보들 八斗只이를 移秧햇다.
노타리도 해주엇다.
成苑에 말하야 싸이카를 利用하자 하고 驛
前 쎈타에다 修理를 依賴햇다.

<1985년 5월 22일 수요일>
機械移秧이 끝이 나니가 많은 일손이 줄엇다.
移秧機 修理 햇다.
每日 夕陽이면 組長을 召集 作業指示을
햇다.

<1985년 5월 23일 목요일>
모를 때웟다.
梁奉俊 慈堂이 別世. 喪家에 간바 護喪을
시라고.

<1985년 5월 24일 금요일>
싸이카를 驛前에서 修理하야 試運轉을 햇
다. 처음이라서 危險하드라.
試驗 삼아서 大里로 舘村 成苑 집으로 任
實 相範 집으로 단여왓다. 行人들이 비웃
드라.
밤에는 喪家에 가 娶客[醉客] 蘇가하고 是
非도 햇다.

<1985년 5월 25일 토요일>
梁奉俊 出喪하는데 보와 주웟다.
못텡이 移秧場에 가보니 故章[故障]이나
서있드라.
任實서 相範 食口가 왓다.

<1985년 5월 26일 일요일>
牟圭煥이는 今日부터 作業 中止하라 햇다.
成東이하고 安榮模만 作業을 하라 햇다.

<1985년 5월 27일 월요일>
束綿稧. 內外가 南原 廣寒樓에 列車로 갓다.
行事는 明日로 延期하고 오늘은 사람만 수
萬 名이 募엿드라.
中食만 하고 써커스만 보고 왓다.

---

101 '약올리다'라는 뜻의 제주 방언으로 '배채우다'
라는 말이 있는데, 문맥상으로 볼 때 이와 유사
하게 '오기로' 정도로 풀이될 수 있을 듯하다.

<1985년 5월 28일 화요일>
除草濟[除草劑] 十三.五斗只을 뿌렷다.
밤에는 大端이 곤하드라.

<1985년 5월 29일 수요일>
成東이는 單獨으로 鄭圭太 移秧 二斗只만
하고 왔다.
館村 堂叔이 와서 二〇萬 원을 要求하는데
据絶[拒絶]햇다.
未安하지만 할 수 업다.

<1985년 5월 30일 목요일>
成東이는 崔六巖 移秧 一〇斗只 單身이
하고 왔다.
벽담을 쌋다.
下水口[下水溝]을 改修햇다.

<1985년 5월 31일 금요일>
館村 炳基 氏가 付託한 借用 條는 아침에
전화로 据絶햇다.
桑田에 사구라 나무를 除据[除去]햇고 깔
비여다 소죽 끄린데 日課는 每우 고되드라.

<1985년 6월 1일 토요일>
終日 後田 桑木 屈取[掘取] 作業. 大端이
苦되드라.

<1985년 6월 2일 일요일>
桑木 堀取[掘取] 作業.

<1985년 6월 3일 월요일>
桑木 屈取 作業이 三日 만에 끝냇다.

<1985년 6월 4일 화요일>
人夫 六名이 終日 麥刈 作業을 한바 매우

고되엿다.
連日 苦役 作業만 햇다.
日課는 새벽 三時에 起床하야 日誌 作成
讀書 便所 牛食을 주고 牛草 벼다 노코 田
畓을 돌고 朝食하면 作業場으로 行하고 夕
食이 끝이 나면 九時. 바로 寢室에 든다.

<1985년 6월 5일 수요일>
成東이는 昌宇 楊水[揚水]하려 가고 나는
방아 찌엿다.
夕陽에는 館村 吳 氏 種苗商에 갓다. 열무
種子을 무르니 가무라서 不適合하다고.

<1985년 6월 6일 목요일>
午後에 家族 四名 外人 二명 하야 六名이
起用 보리를 묵거 드렷다.
비가 온다기에 밤에까지 多忙햇다.

<1985년 6월 7일 금요일>
自宅 牛 교미를 시켯다.
後藥田 노타리 햇고 피 뽑기.
싸이카가 動力이 不足해서 相議햇든니 보
링을 해야 한다고 하기에 依託하고 왔다.

<1985년 6월 8일 토요일>
분열 肥料 尿素을 뿌리고 移秧畓 肥料을
뿌리고 논두력 비고 日課가 多量이엿다.
任實서 一金 拾萬 원이 農費로 貸借햇다.
돈을 가저왓으면 나를 준 게 안니고 成東이
妻에 주고 갓다.

<1985년 6월 9일 일요일>
배답논에서 일햇다.

<1985년 6월 10일 월요일>
人夫 九名이 배답 五斗只 移秧햇다.

<1985년 6월 11일 화요일>
보리 脫作햇다.
約 二○餘 叺 生産햇다.

<1985년 6월 12일 수요일>
뉴예 飼育하는 데 助力햇다.
모텡이 가지치기. 尿素 一袋을 뿌렷다.
每日 作業日課가 過重하다. 못살겟다.

<1985년 6월 13일 목요일>
館村 吳永元 農藥社에서 고초用 殺蟲濟
[殺蟲劑] 肥王 除草 二封 泣濟用[粒劑用]
外上으로 萬 仟 원윗치를 가저왓다.
除草濟는 바로 뿌리고 尿素 一袋을 가지고
內外間 王板 고초밭에 뿌리고 학바우 밭에
다 열무를 試驗 사마 播種해보앗다.

<1985년 6월 14일 금요일>
明日 上簇할 뉴예 機具을(回轉簇)을 불태
우고 完全 組立햇다.
고초에 줄도 매고 뽕도 처오고 깔도 벼오고
논두럭도 벳다.
每日 餘暇는 없다. 참으로 苦되다.
家蔟이 全員이 맞안가지다.

<1985년 6월 15일 토요일>
養蠶 一部를 上簇햇다.
任實서 相範 母이 助力햇다.

<1985년 6월 16일 일요일>
殘 全部를 上簇햇다.
막잠 後 八日 만에 上簇하고 人員은 八名

이 動員되엿다.

<1985년 6월 17일 월요일>
고초에 줄을 매고 殺蟲濟 肥王 탄전병[탄
저병] 藥을 뿌리고 采蔬[菜蔬]에 물도 주
고 小麥밀을 벼냇다.
오늘도 日課는 多忙으로 如前햇다.
面에서 務安보리를 보고 種子로 選澤[選擇].

<1985년 6월 18일 화요일>
成奎 누에 上簇하려 午前 中만 해주윗다.
成東이는 까밭[깨밭]에 堆肥 운반하고 나
는 깔아주고 耕耘機로 갈아노왓다.

<1985년 6월 19일 수요일>
오늘의 日課도 大端이 多事엿다.
舍郞에 뉴예고추를 五日 만에 땃다.
午後에는 참깨 골을 家蔟끼리 치고 바로
噴霧機[噴霧器]를 確巖川[鶴巖川]에 대
고 물을 밤에까지 품엇다.

<1985년 6월 20일 목요일>
참까밭에 비니루 씨우기 作業을 햇다.
午後에는 全 家員이 뉴예고초를 땃다.
五時 三○分 頃에 共販場에 갓다. 賣上햇든
니 成東이 親友間이라고 잘 바준 便이드라.
三枚에 五五六,○○○원 所得햇다.

<1985년 6월 21일 금요일>
成康 母하고 예수病院에 綜合珍察[綜合診
察]하려 갓다.
成東이는 養蠶 三枚代 五三五,○○○원을
領受해 왓다.
郡農協에 畜牛資金 利子 七九,三四一 發
動機資金 利子 一六八,六○○원 計 二四

七,九四〇원 拂入해주윗다.
成允이 下宿비 授業料 其他 一九萬 원 받앗다.
참깨를 파종했다.
成東 母 메누리 뉴예 키니라고 手苦햇는데 돈이 不足해서 治下를 못하고 未安하드라.

<1985년 6월 22일 토요일>
朝食 後 바로 全州에 갓다.
象山高에 授業料를 拂入하고 回路에 吳永煥 成允 下宿집을 訪問코 下宿비 七五,〇〇〇 用金 一五,〇〇〇을 주고 왔다.
成奎 工場을 둘여 午後에는 논두럭 베고 밀 脫穀을 햇다.

<1985년 6월 23일 일요일>
새벽부터 비가 내리는데 단비엿다.
嚴俊祥 氏에서 一金 五萬 원 取貸햇다. 전화료금 三萬 원이 不足 保險料 一〇,〇〇〇원 주고 其他 用錢으로 利用하기 위햇다.
田畓을 두루 둘여보왔다.
基宇에서 경유 一드람 가저왔다.

<1985년 6월 24일 월요일>
成康 母을 데리고 全州 예수病院에 갓다.
結果는 水曜日에 判定을 내리겟다고.
二日 만에 約 三萬 원이 들엇다.
이것은 成苑이 댄 돈이다.
나는 旅비만는 써주윗다.

<1985년 6월 25일 화요일>
오도바이가 왔다. 아마도 成愼이가 가지고 온 것 갓다.
핸들에 쪽지가 부텃는데 일거 보니 成苑이 보냇는데 아버지가 타세요 했다.

아무리 生覺해도 아버지가 修理을 全部 하고 사랑이 여기는데 返還을 안하면 섭 〃 할가바 生覺한 끝에 內外間에 相議해서 보내 듯십다.
水畓에 肥料 뿌리고 水中 이사디102을 뿌리고 昌宇 移秧하는 데 가보왔다.

<1985년 6월 26일 수요일>
成康 母와 同伴해서 예수病院에 三日채 갓다.
오늘은 위시경만 한바 來 二八日 金曜日에 最終 珍단[診斷] 結果[結果]를 내리겟다고.
집에 와서 桑木 切取 作業을 했다.
술도 없고 돈 없고 해서 夕陽에 身經질[神經質]이 生起드라.
每日 餘暇도 없이 苦役만 한니 그럴 수박게.

<1985년 6월 27일 목요일>
비는 終日 내렷다.
移秧會員 臨時會議를 召集하고 移秧面積 調査 技士들 日工 調定을 하고 總會는 六日 二十九日로 定하야 有司 牟潤植 氏에 倭任햇다.

<1985년 6월 28일 금요일>
成康 母하고 예수病院에 結果을 듯기 위하야 同行햇다.
崔 博士는 위에 혹이 생겻다고 하고 不遠 手術해야 한다고 햇다.
임시적으로 治料濟[治療劑] 洋藥만 가지고 왔다.

---

102 2, 4-D(2, 4-dichlorophenoxyacetic acid). 호르몬형 침투이행성 제초제로, 사용량에 따라 살초작용과 생장조절제의 역할을 한다. 한국에서는 논의 광엽(廣葉) 잡초 방제약제로 사용되고 있다.

初伏에나 入院 手術할 計劃이다.

<1985년 6월 29일 토요일>
◎ 成東 便에 복송花[복숭아] 資金 一○五
　　萬 貸付.
移秧會員 決算總會. 移秧面積 三四○斗只.
負擔金은 斗落當 二,五○○인데 約 七萬
원이 殘餘인바 二萬 원은 成奎 治下金을
五萬 원은 機械 修理費로 殘高로 햇다.
崔六嚴 氏에서 十七個月 利子 六八,○○
○원 收入하고 成奎에 一八,○○○원 保管
하고 六嚴 氏는 再契約 二○萬 원으로 締
結 作成.

<1985년 6월 30일 일요일>
任實 成曉가 서울 旅비 하라고 一金 壹萬
원을 주드라.
서울서 成吉이가 편지햇는데 病勢가 악화
되여 寒心하게 썻드라.
婦人 六名하고 成東기 除草햇다.
終{日} 各 畓에 두력을 벳다.

<1985년 7월 1일 월요일>
鄭宰澤 便에 契畓 移轉手續 付託한바 代
書비 四,一○○원 拂入. 移秧 共同 揮發油
代 基宇에 會計. 一四四,五○○원 中 五○
○원이 不足하고 自家用 휴발유代 一,○○
○ 計 一,五○○원을 外上으로 하고 왓다.
참깨 및 고초에 藥 散布햇다.

<1985년 7월 2일 화요일>
後桑田에 肥料 散布하고 김치에 藥도 하고
고초에 줄을 매고 成東이는 各 畓에 殺蟲
濟 散布하고 多面으로 多忙햇다.
成奎을 맛나고 三南土地 競장公開入札[경

쟁공개입찰(競爭公開入札)]에　對한　討論
을 햇다.
成苑을 館村에서 對面하고 경장入札에 對
備하라고 햇다.

<1985년 7월 3일 수요일>
서울 出發 成吉 問病次다.
成吉 집에 當하니 三時엿다.
밤車로 歸家하려 한바 對話가 만코 하여
一泊을 要하기에 一泊햇다. 遺書을 썻드
라.
南禮 兄弟에 對 遺書 子息들에 各 一通식
專[傳]{해} 주겟다고 하드라.
對略 讀書해보왓다.
病勢는 좃이 못하고 밤에 六, 七번식 小便을
보려 다니고 居處방에서 내음이 풍기드라.

<1985년 7월 4일 목요일>
範의 母는 早起[早期]에 토卷을 팔여 간다
고. 交代로. 막내딸이 食事는 해주나 晝間
에는 病者 單身 歲月을 보낸다고 하드라.
只今 죽은 몸{이}나 갓고 病은 重病이라면
更生으 어렵겟다고 하드라.
作別하고 五八八號 뻐스로 永登浦로 왓다.
成赫 商店을 訪問하려 간{바} 撤居[撤去]
된 것 갓드라.
安養 鄭炳鉉 집을 찾앗다. 赫鉉 釜山 漢昌
을 相面햇다. 來日이 故 漢俊 一○○日祭
라고 해서 一泊하고 아무 말 없이 赫鉉 氏
하고 赫鉉 氏 宅으로 왓다.

<1985년 7월 5일 금요일>
安養서 一○時에 出發 水原에 왓다.
成康 兄弟을 相面하고 事業에 對해 指示
를 하고 成康 母 病勢도 말햇다.

中食을 맞이고 집에 오니 六時엿다.
裡里에서 金判龍을 相逢하고 朔寧 崔氏 世譜을 보자 하니 新平에 잇다고 하드라. 舊譜諜[譜牒]은 아니고 近世의 것으로 안다.

<1985년 7월 6일 토요일>
成奎 母子가 왓다. 成吉에 病勢을 말해주엇다.
어제 契員 그리고 成奎도 갗이 서울 成吉 問病하려 갓다고 들엇다.
終日 비가 내럿다.
田畓을 두루 둘여보왓다.

<1985년 7월 7일 일요일>
尹鎬錫 氏가 來訪코 山主도 몰애 落辟松 大로 四 柱[株]을 伐木햇다고 不平하면서 里長에 專해 달라고.
成奎을 對面하고 明 八日 法院에서 會社 土地 拂下하는데 가자고 햇다.
夕陽에 水原서 成奉이가 전화로 成康 兄이 내려갓으니 絶對로 오려보내지 말도록 타일여라고 햇다.
아마도 赤字을 내고 계집도 있는 것으로 나타난 듯십다.

<1985년 7월 8일 월요일>
◎ 成奉 전화내용은 成康이를 올여보내지 말고 타일여서 絶對 보내지 말아고 햇다. 成康이가 오면 事業이 되지 안는다고 햇다. 다시 二次 전화가 왓다. 成奉은 兄으로 하여금 二집 三집 살님을 하는 셈이데 支出이 만타고 햇다.[103]

---

[103] 8일자 지면에 적혀 있으나 지면이 부족하여 전날 일기를 다음날 일기장 지면에 이어 적은 것으로 보인다.

일전에도 成愼이가 一週 以上 作業하고 왓는데 成奉 말이 兄만 없으면 돈도 벌고 債務도 진즉 完拂되엿다고 하드라.
成奎하고 同伴 全州 法院에 갓다. 李允載도 맛나고 一〇時 拂下公告을 하고 十一時 二〇分에 公開하는데 오수會社 條는 全體 田 昌坪里 二三七-二番地 外 一九筆{地} 約 二萬平에(五,五〇〇평방m) 七八,七〇九,四二〇원에 事定[査定] 되드라.
水原 成康에 兄弟間 合資事業을 廢하고 成奉하고는 손을 떼라 햇다.

<1985년 7월 9일 화요일>
桑木 伐木를 햇다.
廉昌烈 氏가 단여간바 病蟲害 防止를 당부하드라.

<1985년 7월 10일 수요일>
終日 비가 내럿다.
할 일은 多事로 밀엿는데 마음은 早急[躁急]하다.
成東이는 말없이 帶江 妻家에 갓다고.
成奎 집을 들엿든니 兄수는 館村市場에 갓다고. 雨中 신 사로.
成奎 內外間에 말하는 것이 成奎 母를 不信으로 말하드라.

<1985년 7월 11일 목요일>
오는[오늘]도 終日 비는 왓다.
新平農協에 가서 夏麥을 乾燥調節器에 監定[鑑定]햇든니 乾操不良이엿다.
보리 作石을 햇다.
炳列 宅을 訪問햇다.

<1985년 7월 12일 금요일>
오는도 비가 내렷다.
보리共販은 無期延期햇다.

<1985년 7월 13일 토요일>
材木을 벽기엇다. 蠶室을 擴張하기 위{해}
서엇다.
成康 母 藥을 投藥[投藥]해 왓다.

<1985년 7월 14일 일요일>
外上으로 농약 一二,五〇〇.
오늘도 如前이 비는 오나 깔을 職業的 비
엿다.
오래 장마가 되니 답 〃 하다.
고초밭에 참깨밭에 藥을 散布햇다.
王板 고초도 잘되엇다.

<1985년 7월 15일 월요일>
噴霧機[噴霧器] 修理 農藥 購入하려 市場
에 갓다.
夏穀을 再乾燥코 作石햇다.
齒牙가 애려서 견디여내{기}가 難處햇다.
成奎 집에 來日 치과의가 온다고.

<1985년 7월 16일 화요일>
假設蠶室 設置을 終日 設備햇다.
成東이는 成奎 胡麥 脫穀을 하고 午後에
는 婦人 三人과 五斗 只 除草을 끝냇다.
밤새도록 齒牙가 애려 苦役을 치럿다.

<1985년 7월 17일 수요일>
비는 終日 내럿다.
이발[이빨]은 如前 아럿다. 昌宇 집에 간바
面刀을 주면서 使用하라 햇다.
成東이는 방아 찌엿다.

夕陽에 裵明善 母 小祥에 弔問한바 이는
아린데 술을 권하는데 生覺한 끝에 탁주를
마셔밧다. 異常은 없다.

<1985년 7월 18일 목요일>
成東이는 終日 방아 찌엿다.
崔南連 氏 住催氏[주최로] 방아 찌로 온
사람들에서 쌀 되식 바다 닥줄[닭죽] 쑤고
한 잔식 먹엇다.
養老堂 越冬用 燃炭[煉炭] 五一〇個을 買
入하고 南連 氏에서 取代 一,六五〇을 주
고 自家用 燃炭 一〇〇個을 뗏다.

<1985년 7월 19일 금요일>
夏穀 一九叺 買上햇다. 代金 四三〇,〇〇〇
원 收入하고 보니 보리農事도 할만 하드라.
加工組合分會에 參席햇다. 全員이 募엿다.
組合費 殘 一五,〇〇〇원을 完拂해 주엇다.
成東이에서 九萬 원을 가지고 成允 下宿費
도 주고 防동帽도 전기줄 其他 全額을 支
出햇다.
이삭肥料 一〇袋을 外上으로 가저왓다.

<1985년 7월 20일 토요일>
터밭에 除草 除据[除去]햇다. 鐵條網도
첫다.
成東이는 四仙臺 油代도 갑고 白米도 一
叺 賣渡햇다.
가섭하기[간섭하기] 難햇다.

<1985년 7월 21일 일요일>
任實에 갓다.
市場에서 家畜農家 데모가 잇다고 듯고 가
보왓다.
아무른 異常이 업고 牛갑은 丈牛가 一〇萬

원 小牛가 五萬 원돈 올앗다고 들엇다.
고초밭에 이삭肥料 三袋을 뿌렷다. 生覺
끝에 모두가 괴롭다. 과로운니까[괴로우니
까] 술도 드려가드라. 家族은 家長을 無視
한다. 元[原因]은 金錢이 없은 탓이다. 밥
며여라[먹어라] 말도 안는다. 成질[性質]
이 낫다.

<별지>104
家族 中에 信任者가 없다. 生覺하니 老期
에 큰일이{라} 生覺이다. 死時에 엇지 하리
요. 마음 괴롭다. 깨끗이 子息에 피해 끼지
지 안코 죽게다고 覺悟은 섯지만 老期이가
되니 生覺도 여려 가지다. 父子 婦夫之間
도 行위가 마음에 맞이 안타. 그네들들도
老期 나와 같은 것이다.
齒牙가 앞이서[아파서] 三日間 苦役으로
지냇다.
齒師가 왔다. 一部 齒牙을 빼는데 一二萬
원이 든다. 生覺 끝에 돈이 말련하기 難햇
다. 이가 애릴 적에는 急하든니 돈이 압스
니가 마음이 달앗다. 子息이 잇다면 그려지
도 안는데 나는 子息이 잇고도 없는 人生
이다.

<1985년 7월 22일 월요일>
丁振根에서 一金 貳萬 五仟 원을 借貸햇
다. 用途는 전화料金이 不足하고 七月分
保險料도 주고 팔이 애려서 針[鍼]도 맞기
위해엿다.
婦人 九名이 動員 田作物 除草作業을 하
고 桑田에 박사 분제 五封을 散布하고 율

무에 施肥도 햇다.

<1985년 7월 23일 화요일>
乾燥場으로 庭園에다 假設蠶室을 設置햇
다.
율무에 施肥햇다.
五斗只 水畓에다 이삭肥料 貳袋을 散布햇
다. 市基 四仙臺注油所에서 石油 一斗을
外上으로 가저왔다.
成樂 成傑이가 가는 길에 入家.
夕陽에 商人 한 분이 왔다. 까스製品 및 設
置을 하라고 권하면서 잔소리는 하는데 不
安해서 答辯을 회피햇든니 가드라.

<1985년 7월 24일 수요일>
除草濟을 散布한바 팔이 不安햇다. 勞役햇
이니까 날로 深해진다.
깔을 베니 多少 普通인 듯십다.
南原 稅金 成縣 課外비 約 五萬餘 원이 要
햇다.

<1985년 7월 25일 목요일>
鄭九福 氏에서 一金 五萬 원 借用하고. 用
途는 成允 學비 貳萬 원 南原 稅金 二萬
八仟 원을 주기 위해엿다.
어제 成允이가 放學次 왔다. 마참 機會가
잇다고 해서 오늘 農藥을 散布하라 하야
終日 苦役을 시켯다.
고초밭도 생석회 유산돈[유산동(황산구리)]
을 混合하야 고초밭에 뿌리고 田畓은 全部
메루약[멸구약] 문고병약을 終日 끝냇다.
班常會라고 떠든데 가면 무엇 하느야. 가고
십지 안타.
成允는 放學도 없이 夕陽에 下宿집을 갓다.

<1985년 7월 26일 금요일>
終日 꺼치[거적]를 製作하고 外出은 禁止
했다.
夕陽에 桂壽里 崔炳文 氏가 來訪. 鎭安 딸
에 집에 갓다 오는 中이라고.
夏節期에 밥은데 外來客이 오면 不安感이
들고 내 자신도 外出을 하지 안는다. 孫夏柱
便에 南原 稅金 二八,〇〇〇원을 보냇다.

<1985년 7월 27일 토요일>
成康 母을 同伴하야 예수病院에 갓다. 擔
當의사가 박기엿는데 꼭 手術을 하라고. 秋
季에 하겟다고 하고 왓다.
驛前 林氏에서 덕석 二枚하고 乾燥場用
布張[布帳]하고 合해서 外上으로 二五,〇
〇〇원에 가저왓다.

<1985년 7월 28일 일요일>
金鎭玉 丁宗燁 尹在浩 人夫들 데리고 王
板 松葉을 下山했다.
日氣는 못이[몹시] 더운데 手苦들 햇다.

<1985년 7월 29일 월요일>
完州郡 白驅面[白鷗面]105에 針을 마지려
갓다.
婦人들만 四〇餘 名이 募엿다.
다음에는 任實로 오시는데 木曜日이라고.
終日 팔은 異常 있엇다.
今日부터 禁酒令이 내렷다.

<1985년 7월 30일 화요일>
右手足은 如前이 不安했다.

---

105 김제시 백구면을 완주군에 속한 것으로 오인한
    듯하다.

그려타고 勞役을 않을 수는 없서다.
王板 고초밭에 생석회 우돈산[유산동]을
뿌렷다. 율무밭에 尿素도 뿌렷다.
工場 內部 庭園도 보살폇다.
館村에서 農藥도 購入해왓다.
日課는 多事多難햇다.

<1985년 7월 31일 수요일>
八時 四〇分 列車로 水原 着 十二時 三〇
分이다.
途中에서 成奉을 相面햇다. 休息다방으로
갓다.
成奉는 말햇다. 저이 四兄弟만 도탄에 잇
다고 願情[原情].
成康의 形便이 難困[困難]하다고. 成奉이
도 愛人이 生起여 月稅[月貰]방 三五,〇〇
〇에 同居 中 食事 및 衣服을 치다가리 해
준다고. 中食을 맞이고 一金 九拾萬 원을
가지고 午後 六時에 特急으로 裡里 着. 九
時엿다. 直行뻐스로 全州 着 九時 四〇分.
多幸이 最終 莫뻐스 長水行이 一〇時에
있어 집에 오니 十一時엿다.
成奉이는 成康이하고 別居하려 한다. 要는
支出이 많아고.

<1985년 8월 1일 목요일>
아침에 崔南連 氏을 訪問하고 成奉 條 借
金 八二六,〇〇〇원을 淸算해준바 六仟 원
는 返還해주면서 술이나 한 잔 드시라고.
今日 四日채 禁酒 中이다. 任實 加工組合
에 들엇든니 全州 韓治根 機械工社 ″長
[社長]을 相面하고 餘假[餘暇]을 내서 乘
降臺을 修理 要求햇다.
成東이는 婦人 二名과 午前 中만 피사리
햇다.

午後에는 植物全滅藥을 뿌럿다.

<1985년 8월 2일 금요일>
처음으로 生고초 따기 햇다.
成康 母 同伴해서 예수病院에 갓다.
院長과 相議한바 來 月曜日에 手術키로
하고 왓다.
비는 조금식 終日 내렷다.
모든 食植物은 活氣를 띠고 잇다.
手術費는 約 五萬 원을 要하고 잇다.
丁振根이는 外國産 牛黃淸心丸 一玉을 가
저왓다. 大端이 感謝하기에 술 한 잔을 接
待햇다.

<1985년 8월 3일 토요일>
假設蠶室 修理햇다.
采蔬밭에 雜草를 除草햇다.
成東 培畓 五斗只에 이삭肥料 二袋을 뿌
렷다.
牛黃淸心丸을 공복에 먹엇다.

<1985년 8월 4일 일요일>
假設 蠶室을 오늘도 造組立[組立]하는데
終日이 지냇다.
成東이는 終日 방아 찌엿다.
手足은 勞力만 한면 不安하다. 그려치만
놀고는 십지 않아 매우 언짠하다.
今年 고초를 처음으로 火室 入庫하야 乾燥
中이다.

<1985년 8월 5일 월요일>
丁振根에서 一金 五萬 원을 借貸하야 成
康 母하고 예수病院 眼課[眼科]에 갓다.
手術費 三〇,六〇〇원을 拂入하고 바로 手
術에 着手햇다. 約 一時間이 經過햇다.

歸家 時에 館村 成苑 집에다 宿下시켯다.
成傑이가 休假[休暇]次(二, 三日間) 왓다.
成奎 母가 서울서 왓단 해서 가밧다.

<1985년 8월 6일 화요일>
朝食은 尹在厚 집에서 햇다.
오늘은 任實 牛市場日인데 牛畜農民이 데
모할가바 官에서 破場[罷場]을 시켯다고
햇다.
成康 母을 帶同하고 治料 받으려 갓다. 오
는 十二日 실밥을 빼로 오라 햇다.
夕陽에 市場에서 온 사람 便에 廣告紙 一
枚을 보니 政府에서 畜牛 代價로 不正이
만트라.
不正不敗[不正腐敗] 一掃하자든 政府가
模範을 보이고 있드라.

<1985년 8월 7일 수요일>
오늘도 蠶室 修理을 햇다(土事엿다).
屯南에 郭在錫이가 軍 休家次 왓다.
館村에서 炳基 氏가 왓다. 三南造絲[三南
製絲] 田畓 競장立札[競爭入札]에 對하야
中小基業[中小企業]에서 六仟五百에 立
札을 바닷{다}고 햇다.
昌宇 完宇에 따르면 骨材 取得者하고 嚴
俊峰이가 삿다고 드럿는데 成奎는 멋 年
耕作할가 한바 嚴俊峰에 섭〃이 잇는 듯.

<1985년 8월 8일 목요일>
小麥으로 穀子[曲子(누룩)]을 製造햇다.
庭園에 草을 맷다.
十二時頃에 任實에 針을 마즈려 간바 郡廳
에 小便로 단이듯 사람 晉 氏드라.
針士가 不參하기에 歸家햇다.
午後에는 藥農을 散布하고 成東이는 昌宇

논도 散布.
서울 正彦이가 왓는데 成吉 病이 惡化되엿
다고 햇다.

<1985년 8월 9일 금요일>
工場에 掃地을 하고 牛舍 前路 補修하고
村前에서 砂利 운반해다 노왓다.
成東이는 契募臨에 갓다.
內食口는 고초 따기 햇다.
午後에는 비가 종 내렷다.

<1985년 8월 10일 토요일>
成康 母을 同伴해서 예수病院에 治料하려
갓다.
가는 길에 內課[內科]에 들여서 相議하고
十五日分을 投藥해 왓다.
오늘[오는] 길에 館村 成苑 집에 들이여 中
食을 하고 택시로 왓다.
病列의 子가 全州에서 체포하야 任實署에
구속되엿다고.

<1985년 8월 11일 일요일>
十五日채 禁酒日이다.
아무런 뜻이 없다. 從前에는 一日 참기가
極難이였엇다.
丁振根 五萬 원 借用金은 成康 母가 가저
왓기에 메누리를 시켜서 振根 五一,○○○
원 보내 주엇다.
早朝에 崔南連 氏게서 來訪. 用件는 長男
永植이가 外國으로 事業次 出國하는데 身
元保證과 財政保證을 서달라고 하기 應答
햇다.
食後에 崔永植이가 왓다. 感謝하다며 今般
에 出國하면 技術者로 成傑이를 招請하는
데 約 五年間 勤務하겟다고 햇다.

<1985년 8월 12일 월요일>
成東이는 親友끼리 川邊노리 갓다.
崔南連 氏 付託으로 子 永喆106의 財政保
證으로 面事務所에 同伴하야 納稅證明 印
鑑까지 一切 書類을 가추워 주고 全州로
直行햇다.
모-타 一八,○○○원에 引受해왓다.
電話 修理햇다.
成傑이는 營業訂止[營業停止] 당햇다고
왓다.

<1985년 8월 13일 화요일>
家事에 從事햇다. 마당 쓸기 풀 매기 采蔬
밭에 雜草 매기를 햇다.
成康 母 契員들 中食을 이곳에서 接待햇다.
節酒 禁止令이 내린 十七日 만인데 술은 만
이 생겻다.

<1985년 8월 14일 수요일>
終日 바람을 同伴해서 비가 내렷다.
舍郎에서 讀書코 午後에는 養老院에서 休息.
家庭에서 蠶室도 손을 댓다.
成奎가 왓다.
三南會社 桑田競賣에 對한 相談 여려 가
지를 論議햇다.

<1985년 8월 15일 목요일>
今日도 終日 비만 내렷다.
할 일은 多量으로 밀엿는데 日氣不順으로
不安만 햇다.
采蔬도 播種하야 하고 강냉이도 播種해야
고 木材도 長斫으로 만들여야 하고 고초도

---

106 앞서의 내용으로 볼 때 영식(永植)이 맞으나 착
오로 다른 이름을 적은 것으로 보인다.

따야 하고 많은 作業이 밀엿다.
終日 舍郞에 讀書만 하고 日課를 보냇다.

<1985년 8월 16일 금요일>
오늘도 終日 비가 내렷다.
身經質[神經質]이 낫다. 農繁期 每日 까치
비가 오고 보니 不安하다.
五柳里 成順가 왓다. 只沙 點順이도 왓다.
제의 母 問病次로 온 것 갓다.
成奎도 病이 좋이 못한 듯십다.
任實 成曉가 采蔬種子 一二,二〇〇원 程
度을 사 보냇다.

<1985년 8월 17일 토요일>107
加工組合 各面 運營委員會議가 聖壽面 五
柳里에 姜信洐 常務 宅에서 開催되엿다.
注[主]로 目的은 親睦을 目的이고 組合 規
側[規則] 尊守[遵守]엿다. 機工業者가 手
巾 一枚식을 繕賜[膳賜] 하드라.

<1985년 8월 18일 일요일>
除草濟藥을 뿌리고 工場 內 修理도 하고
便所 掃地도 하고 햇다.
只沙에서 崔萬鎬가 고모(成奎 母) 問病次
왓다 갓다.
成允이가 돈 때문에 단여갓다.

<1985년 8월 19일 월요일>
메누리가 六仟 원을 주워서 白驅를 단여
왓다.
成東 內外는 고초밭에 農藥 散布햇고 午後
에는 家族이 참깨를 베 왓다.

<1985년 8월 20일 화요일>
工場에서 여러 가지 손을 댓다.
참깨를 結束해서 陣烈[陳列]햇다.
논에 가보니 벼가 損害가 많으라[많더라].
成東이는 白米一叺 七二,〇〇〇원 밧고 고
초도 一叺 賣渡햇다.
成允 下宿비 冊代 願書代 拂入하기로.

<1985년 8월 21일 수요일>
全州 成允 下宿집을 訪問햇든니 家族이
全部가 不在中이엿다.
學校로 連絡햇든니 吳正煥 氏도 缺勤이라
고 해서 孝子洞事務室에 元喆이를 面談하
고 下宿費를 九萬 원을 正煥 氏에 傳해달
라고 依賴하고 왓다.
夕陽에 王板 宗山을 단여왓다.

<1985년 8월 22일 목요일>
牛舍에서 畜牛 一頭가 색기를 곳 낫게 되
엿다. 푸히 自宅舍로 옴겻으니 아즉 몃칠
갈 듯십다. 교미를 시킨 일은 없는데 소들
끼리 고미[교미]된 듯십다.
七七稧日
七月 七夕日이다. 豫定대로 鴨綠川邊에
募人 契員는 約 七〇餘 名이다. 最高令[最
高齡]은 八五歲엿다.
會費 二仟 원 契 負金 一仟을 냇다.
募人 稧員은 서울人 全州人 任實人 南原
人 谷城人 金堤人 求禮人 谷城人으로 募
엿다. 子女 侄[姪]들이 旅비도 多額을 준
것 갓으라. 나는 無錢者엿다.

<1985년 8월 23일 금요일>
터밭에 耕耘機로 노타리 作業하고 비니루
를 씨웟다. 율무에 殺虫濟를 뿌럿다.

못텡이도 메루 도열 문고病 豫防藥을 最終
으로 뿌럿다.
비니루 없이 采蔬를 播種햇다.

<1985년 8월 24일 토요일>
尹鎬錫 氏을 帶同하고 養蠶會議에 參席햇
다. 中食만 끝내고 바로 歸家햇다.
夕陽에 新田里 사돈 金福洙 氏가 來訪햇다.
뽀푸라를 購入하려 왓다.
農藥을 散布햇다.

<1985년 8월 25일 일요일>
큰방에 養蠶 間子을 매고 消毒가지 햇다.
午後에는 農藥을 一濟[一齊] 햇는데 今年
는 이것으로 莫勘[磨勘]될 듯십다.

<1985년 8월 26일 월요일>
成康 母 手術 問題는 九月 一〇日頃에 着
手키로 하고 왓다. 許基錫 의사.

北大[全北大學校] 崔勝範 學長室을 禮訪
햇다.
成允 入試에 對한 要領을 물엇다. 入試課
는 只今부터 擔任先生하고 相議하야 課를
結定하되 父兄은 勤[勸]하지 마시고 全北大
에 入學만 하면 여려 가지로 돌바주겟다고
約束햇다. 職場까지도 保章[保障]할 容意가
잇다고 해고 作別햇다(課는 關係 없이).

<1985년 8월 27일 화요일>
井戸에 물을 뽀밧아냇다.
고초 땟다[땄다].
相範 母가 夕陽에 왓다.
큰 兒는 마음 不安하다고 햇다. 고초가 흉
작이라고 햇든니 그게 잘못이라고 道에가

지 呼出을 당햇다고 햇다.

<1985년 8월 28일 수요일>
蠶室 補修햇다.
고초를 乾燥場에 入庫햇다.
成東이는 王板에서 燃料 木材을 운반해 왓다.
참까[참깨] 순도 집에 주윗다.
成奎 집에 갓으니 寧川 崔鎭鎬가 問病次
왓드라.

<1985년 8월 29일 목요일>
집에서 마당을 고루고 고초밭에 탄저병 農
藥 그리고 복합肥料도 試驗 삼마서 最終으
로 뿌려보앗다.
석양에 成奎 집에 갓으니 서울서 德順이도
오고 成曉도 왓드라.

<1985년 8월 30일 금요일>
采蔬밭에 물을 주윗다.
七月 伯仲이라고 住民이 一日 休息햇다.
成赫이도 서울서 왓다.
相範 食口는 오늘 任實로 갓다.

<1985년 8월 31일 토요일>
참깨 순을 집엇다.
他人에서 一金 六萬 원을 取貸햇다. 用途
는 풀베기 위해서엿다. 人夫 七名 主人 一
명 昌宇 一명 계 九名 豫定으로.
人夫 七名 三五,〇〇〇 반찬 一五,〇〇〇
治料비 一〇,〇〇〇원 豫定으로 게 六萬 원.

<1985년 9월 1일 일요일>
金鎭玉 丁宗燁 尹在浩 成東 四名이 長斫
팻다.
牛市場에 가보니 牛갑이 내렷다고.

基宇 집에 갓든니 營業 取消되엿다고 햇다.
밤에 成東이 藥 지로 갓다 왓다.

<1985년 9월 2일 월요일>
午前 中 비가 내린데 多幸의 비엿다.
舍郞에 帳簿 整理햇다.
門間 雨水用 채양을 만드럿다.
驛前 鐵物店에서 외上으로.

<1985년 9월 3일 화요일>
成奉가 왓다. 成康하고 分離 事業을 한다
고 햇다.
終日 비가 래린데 洪水가 來려갓다.
雨中 家蔟기리 王板에서 고초를 따왓는데
三叺쯤 되엿다.
眞心으로 多幸이다.
蠶室 修繕. 門도 바르고 燃突[煙突]도 고
치고 약도 피고. 終日 분주햇다.

<1985년 9월 4일 수요일>
成奉가 用金 式萬 원을 주고 가드라.
大里 金哲浩 照介[紹介]로 牟敎本 氏에서
우유 一〇통을 無償으로 가저왓다.
成東이는 人夫 八名을 帶同하고 王板 栗
田 草刈을 햇다.
作業場을 둘여서 夕陽에 집에 온니 송아지
새기를 生産햇드라.
任實서 메누리가 왓다. 穀子 때문이엿다.
뉴예는 석잠 자고 오늘부터 첫밥을 주다.

<1985년 9월 5일 목요일>
成東이는 成康 代로 民防衛隊員 敎育에
參席 햇다.
논에 가보니 입마른벌에[잎마름병벌레]가
深하야 市中에서 農藥을 購入해 왓다. 쩨

빈하고 殺蟲濟를.
아침 소죽을 二숫을 끄리고 고초 乾燥場
뒤적이고 長斫 운반 整理하고 宗山에 가보
고. 오늘도 多事한 日課엿다.
許東{安} 母가 別世햇다. 加德 文貞植 父
도 別世.

<1985년 9월 6일 금요일>
메누리는 고초 一五斤을 가지고 任實市場
에 갓다.
祭祠 祭物을 購入하려엿다. 고초갑은 四
五,〇〇〇.
마지막으로 農藥을 뿌린데 約 二萬 원이
드럿다.
집안일을 보살펏다.
오늘부터 뉴예는 막잠을 잣다.

<1985년 9월 7일 토요일>
고초 따기 作業이 함참이다.
袋수는 七袋 以上이다. 近年間에 처음 豊
作이다.
日課가 多樣하다.
成允이가 體力檢査를 마치고 단이러왓다.
人力이 不足하다.

<1985년 9월 8일 일요일>
先妣 祭祠日이다. 任實서 成曉 食口가 全
員 왓다.
벼 묵그기 뽕 따기 祭物 가추기 多事엿다.
成允이에 大入試驗에 注力하라고 당부햇다.

<1985년 9월 9일 월요일>
重宇 永植을 同伴하야 宗山 乾草을 무그
며서[묶으면서] 成東이는 耕耘機로 五回
次 운반.

當初부터 내의 注爭[主張] 대로 우겨서 乾草는 만니 햇지만 目的{은} 明春에 고초를 만히 갈가서엿다.
養蠶은 大盛況을 이루고 잇다.

<1985년 9월 10일 화요일>
임실메누리가 왓다.
뒤밭에 참깨을 비엿다. 많이 하실햇다.108
成康 母 藥을 處方햇다.
丁振根하고 林仁圭가 是非 끝에 뇌를 手術한바 狀況이 不能하다고 들엇다.
오늘도 多樣으로 分走[奔走]햇다.
大里 成奎 母 問病햇다.

<1985년 9월 11일 수요일>
오늘도 終日 奔走햇다. 어제밤에 많은 비가 래럿다. 水畓에 가보니 벼가 너머갓다.
自宅舍에 잇는 畜牛를 本舍로 分離시켯다. 四頭를 養牛하다 보니 過勞가 深하기에엿다.
蠶具도 工場에서 脫毛시켯다.

<1985년 9월 12일 목요일>
上簇機를 組立햇다.
채소에 복합肥料 散布햇다.

<1985년 9월 13일 금요일>
加工組合 各面 分會長會議이다. 八六年度 歲入歲出 豫算編成 通過햇다.
中食만 하고 바로 왓다.
집에 온니 누예는 只今도 上簇이 안되드라.

---

108 下失했다, 즉 참깨를 베는 동안 깨가 떨어져 많이 잃었다는 정도의 뜻으로 풀이될 수 있을 듯하다.

<1985년 9월 14일 토요일>
秋蠶 四枚를 上簇햇다.
加工會員 定期總會日이다. 半수 程度 募엿드라.
會議 進行 中 發議을 通해 공로 히상[시상]을 하는데 表{彰}狀 업이 봉투만 주고 밧고 하느냐 뭇고 86年度 新豫算額에서 八五年度에 小扱[遡及]햇서 執行할 수도 잇는가 하고 質議한바 잘못이라고 사과하드라. 要은 會長職을 留任코자 그런 行爲로 본다.

<1985년 9월 15일 일요일>
終日 成奎 누예를 上簇해 주웟다.
밤에 成東이를 시켜서 成奎 누예 三잠된 〇.五枚을 가저온바 種字代 程度 주기료.
今年度 누예 作況은 良護[良好]한 便이다.

<1985년 9월 16일 월요일>
市場에 고초 一〇斤을 보낸바 二七,〇〇〇원 收入햇다고 夕食床에서 메누리에 말햇다. 고초 其他 物品을 市場化 시키면 必히 收入額을 말해주고 物品을 購入햇으면 帳簿에 記入해야 하니 말해 달아고 햇다.
누예 殘재를 뜨덧다.

<1985년 9월 17일 화요일>
食口들은 宗山에서 고초 따기 뒤밭에 고초 따기 햇다. 任實서 메누리가 왓는데 成曉 母의 生日잔치를 하겟다고. 準備가 느진 듯하나 두고 보겟다.
菜蔬을 속아낸다.
뉴예고초를 손질하고.

<1985년 9월 18일 수요일>
完宇하고 同伴해서 只沙 崔鎭鎬 母 小祥
에 갓다.
비는 終日 끊일 사이 없이 내렷다.
마당에는 안즐 자리도 없고 困難햇다. 中食
을 하고 바로 出發햇다.
뉴예고초를 땃다.

<1985년 9월 19일 목요일>
住民 一〇〇餘 名이 同伴해서 自然農園에
觀光次 갓다.
車中에서 林澤俊하고 金二周하고 남이 실
어해도 不故[不拘]하고 마이크를 獨차지
하기에 불어다 除止[制止]햇든니 大端이
섭 〃 하계 生覺하드라.

<1985년 9월 20일 금요일>
고초는 機檢으로 依賴햇다.
來日이 成曉 母 回甲이라고 任實메누리는
單獨으로 準備하느라고 手苦하드라. 飮食
도 任實 館村서 모두 장만해다가 車로 운반.
夕陽에 뉴예고초 共販場에 聖壽로 갓다.
加工組合 常務 沈希萬 氏 組合長 崔 氏을
相逢 술이 취햇다.
말峙에서 자다 경찰官을 맛나서 태시[택
시]를 要求해서 집에 왓다. 不安햇다.

<1985년 9월 21일 토요일>
오토바이를 聖壽 新村에서 차자 왓다.
新德에서 云巖[雲巖] 新平 三面合同會議
가 있엇다.
全州에서 成英 內外가 來日 母 回甲을 마
지하야 왓다. 成苑 內外도 왓다.
成玉이도 왓다.

<1985년 9월 22일 일요일>
成曉 母 還甲인데 生覺 外 賀客이 많이 오
시엿다.
祝賀金은 九拾餘萬 원이고 繕物까지 하면
約 一〇〇餘萬 원이 된다고 햇다.
外上갑을 除하고 三人 內外의 사진 찍고
成曉 母 藥 七萬 원 주고 하겟다고 하드라.

<1985년 9월 23일 월요일>
마참 今日은 里民 總動員 作業日이다.
正午를 期해서 男女 合해서 約 七〇餘 名
을 募侍다가 中食을 接待햇다.
寧川 點順이가 왓다.
親家 母를(成奎 母) 募侍겟다고 하기에 鎭
浩 承諾을 밧고 募시라 햇다.

<1985년 9월 24일 화요일>
全州 崔二範이가 齒牙하려 왓다.
成東에서 一金 二十萬 원을 가지고 全州에
갓다.
成允 授業料 3/4分期 八四,八〇〇원 주고
九月分 下宿비 七五,〇〇〇원 주고 冊代
二萬 원을 주고 왓다.
成東이는 기름을 二도람 띠고 裡里에서 附
屬品 購入해왓다.

<1985년 9월 25일 수요일>
四仙臺注油所 基宇 外上代 一七六,五〇〇
원을 完拂해주고 成東 便에 오늘부터 前
金宗喆 氏하고 据來[去來]햇다.
館村市場에 고초를 실고 갓는데 昌宇을 들
예서 맛나고 무르니 고초는 두 가진데 一〇
萬은 바고[받고] 五六,〇〇〇 計 一五六,
〇〇〇원 바닷다고 하드라.
무에 肥料 주고 成奎 點順 男妹을 맛나고

형수를 모시로 온다고 햇다.

<1985년 9월 26일 목요일>
鄭榮植 카터기로 堆肥를 製造햇다.
人夫는 崔喆洙 成東 나엿다.
메누리는 市場에 갓다.
시예미는 뽕땃다. 나는 실여다주웟다.
氣分이 少햇다. 어제 館村市場에다 고초
몃 근을 가저갓는데 結算[決算]을 하지 안
코 無言이다.

<1985년 9월 27일 금요일>
崔喆洙 丁宗燁 成東하고 堆肥 貯藏을 햇다.
新穀 搗精을 午前 中만 하고.
嚴俊祥 氏에서 一金 拾萬 원을 두르고 成
康 母 藥을 投藥. 全州를 예수病院에 들이
여 投藥하고 오는 길에 館村 吳永煥 農藥
代 驛前 라지오방 鐵物店 布장집 오도바이
이집 新聞代 等을 全額 拂入해 주고 보니
拾萬 원이 다 들엇다.

<1985년 9월 28일 토요일>
秋夕을 마지하야 家族 全員이 밤 夕陽에
到着햇다.
水原서 成康 成傑이도 왓다.

<1985년 9월 29일 일요일>
次祠을 잡수시고 子息 孫女까지 山所에 省
慕[省墓]드렷다.
全州 泰宇 家族 大里 炳基 氏 家族이 내
집으로 全員이 募엿다.
서울서 成康이 四父子가 왓다.

<1985년 9월 30일 월요일>
任實國校 保健大會에 參席 햇다.

歸路에 國際寫眞館에서 死後用으로 三人
이 찰영햇다.
成樂에 고초 一〇斤을 주웟다.

<1985 10월 1일 화요일>
大里國校 保健大會에 招請을 받앗다.
家族 全員이 參賀[參加]햇다.
祝儀金 五仟 원을 傳해 주웟다.
成康이를 學校서 相對하고 母의 手術 問
題를 相儀햇다.
今月 十日 內에 入院시키로 하고 不遠 一
〇餘萬 원을 보내기로 햇다.

<1985년 10월 2일 수요일>
全州에서 崔二範이가 와서 齒牙를 三개를
除据한바 몸이 不安햇다.
一〇月 六日頃에 다시 오기로 햇다.
成康이가 水原으로 出發하면서 不遠 母에
對 入院을 要하고 갓다. 七日경으로 豫定
하고 잇다.
面長 中隊長이 왓다. 稻刈 人力을 協助을
要한바 七日경에 協力하겟다고 햇다.

<1985년 10월 3일 목요일>
家族은 벼 베기하고 나는 菜蔬에 물肥料를
주웟다.
宗山 栗實을 둘러보고 왓다.
누예고추를 따는데 상해서 困難햇다.
成苑이 왓기에 七日에 네의 母 入院한다고
햇다.

<1985년 10월 4일 금요일>
成康 母 手術에 對備코자 高相原 氏에서
一金 拾萬 원을 購햇다.
晩秋蠶 共販햇다. 三二,六〇〇 種子代 〇.

五枚代는 秋蠶共販 時 받앗다고 하들라.
鄭宰澤 말 依하면.
벼 베기.

<1985년 10월 5일 토요일>
(서울 鄕友會에서 보낸 돈인데 二分利로
尹鎬錫 氏에서 一金 拾萬 원 借用해 왓다.
二分利로 해서.) 成康 母 수술에 쓰기 위해
서엿다.
終日 비만 래럇다. 夕陽에 成英이가 왓다.
옌일[웬일]이냐 무럿다. 來日 아버지 生日
이라고 햇다. 내의 生日도 내가 이것다. 밤
에 任實 家族이 全員이 왓다.
아침에 食口끼리 朝食만 하자고 햇다.

<1985년 10월 6일 일요일>
成曉가 用錢 萬 원 주고 가드라.
大小間만 朝食을 햇다.
館村서 成苑 食口도 아침에 왓다.
오늘 夕陽에 全員이 館村 任實 全 家族이
떠낫다.
全州 崔二範이가 단여갓다.
成英이도 二範 車便에 갓다.
밤 十二k에 七二,〇〇〇원에 購入해 보냇다.

<1985년 10월 7일 월요일>
벼 베기 作業 豫定이다.
面 防衛兵 七名이 稻刈하러 왓다.
終日 八斗只을 베엿다. 大端이 고맙게 生
覺햇다.
成康 母을 데리고 예수病院에 갓다. 綜合
조직檢査을 再參[再三]하야 한다기에 終
日 걸엿다.
二十三日 入院하고 二十四日 手術키로 햇다.
萬諾[萬若]을 몰아서 마음 괴롭다.

<1985년 10월 8일 화요일>
崔大宇 協助로 民防衛兵 七名을 보내 주
워서 벼 八斗只을 稻刈햇다.
成康 母하고 同伴해서 예수病院에 갓다.
綜合진단을 再檢査하고 二三日 入院하고
二四日 手術에 着手키로 햇다.

<1985년 10월 9일 수요일>
家族기리 宗山에 栗을 따려갓다.
午前에 끝내고 午後에는 全員이 배亩 벼를
묵는데 大端이 過勞햇다.

<1985년 10월 10일 목요일>
예수病院에 갓다.
조직檢査는 끝이 나고 一〇月 二十三日 入
院하야 二十四日 手術에 着手키로 햇다.
館村에서 中食하고 바로 只沙 寧川에 갓
다. 兄수를 問病하고 投宿을 햇다.
조금 있으니 成奎도 왓드라.

<1985년 10월 11일 금요일>
아침 六時에 出發하고 집에 온니 七時엿다.
白康俊 丁基善 집에서 募侍려왓다.
丁基善 집에서 朝食을 햇다.
예수病院에 業務課 金 係長이 와서 丁振
根 林仁圭 집을 둘여보고 治料비는 全額
받을 수 없다고 하고 婦人 男長 나하고 三
人이 형무소 病院을 据處서 加被人을 相對
하야 一〇〇萬 원 締結하야 一〇月 二十日
까지 拂入키로 햇다.

<1985년 10월 12일 토요일>
日前에 嚴俊祥 氏에서 一金 拾萬 원 用貸
한바 靑云 高相厚 氏에서 一金 拾萬 원을
借用해다 嚴俊祥 氏 條을 갚앗다.

成傑이가 百萬 원을 要求하기에 崔南連 嚴俊祥 氏에 用貸을 付託했다.
夕陽에 崔南連 氏가 一金 百萬 원을 가저 왔다.
工場修理 物品目을 빼서 拾餘萬 원엇치를 購入해 왔다.
木手는 午後부터 始作.

<1985년 10월 13일 일요일>
조랭이를 一五개 全州에서 購入해다 組立했다.
成康 母 條로 林澤俊에서 參萬 원 前條 參萬 원 계 六萬 원을 둘여 成康 母에 주윗다.
秋事 後에 成康 母에서 받으라고 했다.

<1985년 10월 14일 월요일>
成英이가 단여갓다.
만 二日 만에 工場修理을 끝냇다. 日工은 八八,〇〇〇 여비 六,〇〇〇 계 九四,〇〇〇원을 주워 보냇다.
成傑이가 왔다. 書類는 느저도 現金이 急하다기에 九拾萬 원만 于先 주윗다.
오늘 內日 간에 六百을 대고 車는 契約이 成立되면 바로 運營할 수 잇다고 했다.

<1985년 10월 15일 화요일>
貳拾萬 원을 他人에서 借用하면 成康 母 手術비 一〇萬 원하고 成傑 拾萬 원을 會計해야 올타. 本 金額은 工場 修理하는 데 人件비 資材代로 代用했다.109
成奎 鉉一 내의 印鑑 納稅證을 各〃 갓추엇다.
中食을 接侍[接待]했다.

---

109 이상 문장은 붉은색으로 기록되어 있다.

全州로 行次 成允 사진代을 學校에 내고 大學병원 吳正煥이를 問病했다.

<1985년 10월 16일 수요일>
工場 修繕하고 오늘 試運轉한바 如意하드라.
終日 雨中인데 精米는 햇다.

<1985년 10월 17일 목요일>
입안이 異常 잇어 中央病院에서 治料를 햇다.
面 淨化委員會議에 參席 햇다.
南原서 成樂 食口가 全員이 歸家했다.
全州에서 成傑이가 車를 가지고 왔다.
契約金 五百萬 원만 于先 대고 利用키로 하고 明日 書類하고 保證人 印章을 가지려 온다고 햇다. 車 番號 全北⑦ 三六五六號.

<1985년 10월 18일 금요일>
成傑이가 와서 保證書類 一切을 印章도 三人分을 갖이 가저갓다.
오늘부터 夕陽에 서울 한탕 한다고 하고 今日부터 收入으로 드려갓다.
家族끼리 배甾 脫穀을 햇다. 收穫은 約 四六叺.
夕陽에 元喆 母케서 효주 一병 一金 參仟 원을 보내 왔다.

<1985년 10월 19일 토요일>
任實서 成曉 家族이 全員이 募엿다.
새보들 三斗只 脫穀.
밤에는 完宇 벼 타작. 三斗只에서 約 三〇餘 袋 收穫.

<1985년 10월 20일 일요일>
家族기리 村前 三斗只 脫穀을 한바 二〇叺 하고 明日로 미루고 中止 햇다.

工場 掃除도 했다.
成曉 兄弟는 午前에 갓다.
午前에 鄭九福 脫穀稅 一叺 入.

<1985년 10월 21일 월요일>
成曉가 麻袋 一○○枚을 購入해 주드라.
家族기리 어제 脫作하다 殘役을 끝냇다.
四三叺가 收穫인 셈이다.
成東이는 金判植 脫穀을 했다.
農協에서 債務 確認하려 왓다. 今年에 償
還할 額이 約 二一二萬 원 程度드라.

<1985년 10월 22일 화요일>110
嚴俊祥 氏에서 一金 貳拾萬 원을 借用햇
다. 用途는 工場 修理 時 代用金 拾萬하고
成傑 條 一○萬 원하고 갑기 위{해}서엿다.
그려나 급해서 南原稅 二七,○○○ 保險金
一三,二○○ 전화로[전화료] 不足金 壹萬
원 계 五○,三○○원을 代用햇다(全額 今
日 拂入).

<1985년 10월 23일 수요일>
成康 母를 예수病院 三○一號室에 入院시
켯다.
金鍾默 院務係長이 手續을 받아 주시여 大
端 感謝햇다. 先金으로 壹拾萬 원을 拂入
햇다.
手術은 明 二十四日 着手키로햇다.
成愼이가 왓드라.
急하지 안하기에 나는 밤에 내려왔다.

<1985년 10월 24일 목요일>
入院費 一○萬 원을 拂入코 覺書에 署名

___
110 본 일자 내용 전문을 붉은색으로 기록하였다.

捺印해 주고 手術 着手햇다.
約 二時間 만에 끝이 낫다.
밤 一○時에 回復室에 가보왓다.

<1985년 10월 25일 금요일>
내의 食事는 一,三○○원식 酒 四○○식
한 때 一,七○○식 주고 지냇다.
九時가 된니 回復室에서 三층 入院室로 왔다.
患者는 禁食이엿다.

<1985년 10월 26일 토요일>
時 〃로 小便을 보는데 不平햇다. 患者는
七名인데 全部 女들이다.
患者 엽에서 갖이 잣다. 그러나 잠은 들지
안타.

<1985년 10월 27일 일요일>
집에 잠시 단이려 왔다.
成東이는 每日 家事에 從事하고 苦役이드
라. 夕陽에 바로 갓다.

<1985년 10월 28일 월요일>
患者에 매달여 나도 苦役이드라.
保護者들은 男子가 만해서 多幸이드라.

<1985년 10월 29일 화요일>
成傑 會社에서 金甲順 氏 外 一人이 病院
으로 왔다. 成傑의 書類가 未備햇다고. 明
日로 미루고.
成奎가 保證人인데 不動産이 없어 資格
상실.

<1985년 10월 30일 수요일>
病院에서 집에 七時경에 왔다. 嚴俊峰을
찾고 成傑 事業에 保證을 서달아고 한바

應햇다.
登記所에 가서 俊峰의 不動産 登記臺帳
登本[謄本]은 떼보니 全部 農協에 底當
[抵當]이 되엿드라. 헛탕햇다.

<1985년 10월 31일 목요일>
病院에서 生覺한바 이즉이[일찍이] 집에
왓다.
嚴俊峰을 찾고 林野라도 등기부臺帳을 떼자
햇든니 안된다기에[안된다기에] 安承均을
訪問하고 保證을 서달아 햇드니 不應햇다.
丁基善을 訪問하고 相議햇드니 承諾이 떠
려저서 같이 面에 가서 印鑑을 떼고 同行
全州會社에 가서 本人 署名捺印해 주니
感謝하드라.

<1985년 11월 1일 금요일>
會社 業務課長 고려상호금고 銀行員하고
同行하야 新德 五弓國校에 갓다. 鄭鉉一
에 保證確認署名을 밧고 昌坪里로 와서 成
奎 確認을 밧고 同行 病院으로 갓다. 모든
書類 끝이 나고 햇는데 自家用 택시가 기
스가 나서 大端이 未安하게 되엿드라.

<1985년 11월 2일 토요일>
院長은 今日 退院하라기에 退院手續을 밥
는데 子息들이 한 놈도 不參하야 熱이 낫
다. 急錢으로 退院비 一〇萬 원을 대고 왓
다. 夕陽에 成苑이 와서 母를 데려갓다.
高相厚 妻喪에 弔文햇다.

<1985년 11월 3일 일요일>
十一日 만에 退院한바 雜支出까지 全額이
二一六,五五〇원이 支出 되엿다.
淸算 計劃은 成康에서 一〇萬 成苑에서

一〇萬 成傑이는 一〇萬 원이 드려왓고 해
서 淸算하겟다.
退院 時 一〇萬 원은 成允이 下宿비에서
代佛햇다.
집에서 집안일을 햇다.
具判洙 子息 外 二{,} 三名이 싸이카를 부
섯다. 당장에 修理해오라 햇다.

<1985년 11월 4일 월요일>
丁振根 二五仟 원을 借貸한바 今日 아침
에 元利를 준바 利子 二,三〇〇원는 받이
안햇다.
싸이카를 修理햇다. 一一,五〇〇원인데 具
判洙 婦人에 請求書를 주엇다.
舘村 成苑 집을 訪問코 成苑 母를 慰勞햇
다.
午前에는 방아 찌엿다.

<1985년 11월 5일 화요일>
象山高校 4/4分期 授業料를 拂入햇다.
學校 拂入金은 今日 字로 끝이 낫다.
十一月 二〇日 大入應試日고 十二月 二十
四日 放學이고 해서 今年 授業日도 二個
月쯤이 남앗다.
擔任先生 金昌根 氏을 相面햇다. 成績은
조금 올앗으나 營養이 不足하니 保身을 해
주라고 햇다.

<1985년 11월 6일 수요일>
안모니야까스[암모니아가스]   注入(飼料
用) 講習次 任實에 단여왓다(成東이가).
비는 終日 내렷다.
밤에 成吉이가 서울서 왓다고 들엇다. 아마
도 죽계 되니 래려온 것 갓다. 그러나 成奎
內外가 難困에 處해 잇다. 一家에 患者가

三人이 있으니 그도 複雜할 수박계.

<1985년 11월 7일 목요일>
서울 金永台 葬禮에 參席해 보왔다.
喪主들은 몃 안되지만 예배군이들이 만트라.
中食만하고 소리 없이 왔다.
行爲가 不美스렵드라.
館村 成苑 집에 成康 母을 찾앗다.

<1985년 11월 8일 금요일>
家蔟끼리 율무 脫作.
成東 방아 찟고.

<1985년 11월 9일 토요일>
成吉이 갖이 잣다.
成苑 母하고 예수病院에 珍察[診察]하려
갓다. 良護[良好]하다 햇다.
入院 治料 清算한바 二〇萬 원 中 七一,〇
六〇을 차잣다.
入院비 계는 一三萬 원이고 客{室}費가 八
萬 원쯤.
七一,〇六〇원을 찻고 二萬 원은 내가 쓰
고 五萬 원은 成康 母을 주웟다.

<1985년 11월 10일 일요일>
丁基善 鄭鉉一하고 同行 申東鎬 子息 結
婚에 參席햇다.
밤에 成吉이 하고 잔바 病勢가 안 좃드라.
驛前 싸이카집에 修理費 一一,五〇〇원인
데 一一,〇〇〇원만 주고 끝냇다. 會洙 아
들 條엿다.

<1985년 11월 11일 월요일>
終日 비가 래린데 마음 不安햇다.
서울서 崔完宇가 왔다.

新汰坪 客土事業次 面長 外 二人이 來臨
햇다.
任實서 成曉도 단여갓다.

<1985년 11월 12일 화요일>
清州땜을 구경하고 왔다.
旅行員는 二五名이엿다. 많이 오지 안햇다.
밤 九時 三〇分에 집에 왔다.
全州 成英이는 病院에서 滕男[得男]햇다
고 任實서 傳해 왔다.
外孫子로 多幸하다.

<1985년 11월 13일 수요일>
成曉 母하고 同伴해서 成允을 찾고 用金
萬 원을 주고 왔다.

<1985년 11월 14일 목요일>
初丁日 大宗 墓祠[墓祠]日이다. 不得已
不參햇다.
秋穀 共販日이다. 五三叺을 買上햇다. 三
叺는 貸與穀으로 하고 五〇叺가 買上分이
다. 代金은 外上으로 하야 十二月 二日 찻
기로 햇다.
參拾萬 원을 取貸하야 原動機 畜牛資金
利子만 整算[精算]햇다.

<1985년 11월 15일 금요일>
방아 찌엿다.
율무을 終日 말이엿다.
韓 氏가 와서 k當 八〇〇 원 주마 햇다.

<1985년 11월 16일 토요일>
全州 崔基宇 女息 結婚式에 參席햇다. 江
景이엿다.
薛仁洙을 禮訪햇다. 親이 侍接[待接]을 바

닷다.

<1985년 11월 17일 일요일>
雙佰堂 一〇代祖祖 墓祠에 參席했다.
成康 母가 館村서 一週日 만에 왔다.
못텡이 成奎 養魚가 죽어간다고 했다.
밤에 五마리를 가저왔다.

<1985년 11월 18일 월요일>
모사정 九代祖 墓祠에 參席했다.
많은 宗員이 募엿다. 成傑에서 一金 貳萬 원
을 밧고 保證人에 술 한 잔 드리라고 했다.
南宇 氏에 付託코 十一月 二十六日 六代
조 墓祠에 準備하라고 專했다.
사제봉은 十一月 二十五日로 변경했다.

<1985년 11월 19일 화요일>
道峰 崔重宇하고 同伴하야 德杲[德果] 從
七代祖 墓祠에 參席했다. 祭官은 八名이
엿다. 처음으로 參席했다.
大栗里 刑[邢] 氏을 訪問하고 墓祠日字를
十月 十四日로 定해 주고 왔다.

<1985년 11월 20일 수요일>
午前에는 방{아} 찌는 데 보와 주웟다.
율무 二七〇×八〇〇원=二一六,〇〇〇원
收入했다.
午後에 全州 大入考查場에 갓다. 成允이
를 못보고 왔다.

<1985년 11월 21일 목요일>
面에서 成英 退居을 해 보냇다.
云巖分會 參席했다. 全州로 直行한바 車
中에서 成曉을 맛낫다. 一金 壹萬 원을 주
드라. 成允 下宿집에서 一〇月 十一月分

下宿비 一金 十五萬 원을 完拂해 주고 成
允을 相面하고 오는 二三日 字로 自宅으로
모두 引上하라 했다.

<1985년 11월 22일 금요일>
방아 찌엿다.

<1985년 11월 23일 토요일>
방아 찟고 夕陽에 大里에서 오라 한바 술
이 취하야 못 가고 말앗다.

<1985년 11월 24일 일요일>
아침 五時에 싸이카로 大里에 갓다. 一〇
餘 名이 봉고차에 乘車하야 着은 十二時엿
다. 一時에 式을 맞이고 新郎 집을 찻고 만
은 接待을 바닷다.

<1985년 11월 25일 월요일>
어제 任實서 成曉가 전화로 드려오라 했다
고. 六時을 期해서 成曉 집에 갓다.
成樂 職場 關係엿다. 바로 大里 代議員 崔
宗仁을 맛나고 履歷書 一通을 주고 付託
했다.
炳基 炳列 堂叔 重宇 四人이 八代祖 墓祠
엣 {갓}다.
土稅 四斗代 二六,〇〇〇원 收入했다.

<1985년 11월 26일 화요일>
炳基 炳列 外 三人이 同行하야 桂壽里 六
代祖 墓祠에 參拜했다.
每年 墓祠 日定은 八代 十月 十五日이고
六代 十月 十六日로 五代 곡성 十月 十七
日로 各 〃 結定했다.
黃牛 새기을 아침에 出産했다.

<1985년 11월 27일 수요일>
곡성 南陽里 五代祖 墓祠에 炳基 兄弟하
고 三人이 但日[當日] 慕侍고 왔다.
祭物은 恒時 그려트라.
昌宇는 아침에 成吉 밭을 張泰燁가 사고
싶는데 不遠 서울을 가서 成吉하고 契約하
시라기에 不應햇다. 理由는 成吉이가 욕심
도 만하고 사람을 미더주지 안는 데 理由가
잇다고 햇다.

<1985년 11월 28일 목요일>
朝食 後에 任實 嚴秉圭 代書所를 거처서
打合하고 成曉를 郡廳에서 불여내고 成樂
關係를 相議햇다.
澤俊이를 成曉와 갚{이} 相面하고 薛東佰
氏를 꼭 對面하고 郡守을 面談하라고 햇다.

<1985년 11월 29일 금요일>
共販用 買上하기 위하야 三〇餘 叺을 乾燥
햇다.
中食은 昌宇 집에서 햇다. 大里 斗流에 傳
하고 全州 泰宇에도 전하야 明日 墓祠에
參席하라햇다.

<1985년 11월 30일 토요일>
陰 十月 十九日 高祖 墓祠日이다. 宗員이
十餘 名 參慕[參墓]햇{다}.
雪中인데 昌宇도 不平을 하드라.
宗稧도 맞이고 決算額은 二二六,四〇〇원
으로 決算햇다.

<1985년 12월 1일 일요일>
水原 成奉이 招請으로 첫車로 갓다.
要는 新婦감의 家族이 서울서 成奉의 父母
을 相面하잔다고 햇다. 女子을 {보}니 別뜻

은 없어도 저이들이 마음에 맞아 그런지 其
의 家族을 마낫다. 成奉이는 入家을 要求
한데 其者들은 成康이가 있으니 쉽게 보내
주지 못하겟다고 하고 왔다.

<1985년 12월 2일 월요일>
成康 母에 水原 단여온 之事을 存細[仔
細]히 設明[說明]해 주웟다.
買上해서 李道植 條 農協 條 債務를 갑자
고 햇다.

<1985년 12월 3일 화요일>
墓祠 時 曾祖父 祭祠을 내가 지게다고 햇
든니 全 家族이 返發[反撥]햇다.
五柳에서 成順이가 母를 慕侍고 왔다고.
바로 가보왔다. 눈물을 흐리면서 말하드라.

<1985년 12월 4일 수요일>
成傑이가 왔다. 別途 技士을 두고 며칠식
格日制[隔日制]로 나가고 車代 債도 거이
請算[淸算] 단계에 잇다고 햇다.
成奎에 말햇다. 初三日 祭祠는 잘 지내든
못 지내든 또 이곳에서 가든 안가든 서울
兄에 미루자고 햇다.
成東이는 멈소하고 개하고 막바구원[맞바
꾸어] 왔다.

<1985년 12월 5일 목요일>
全州 韓治根 氏가 靑雄 韓老壽 氏 搗精工
場을 引受 받아 修理하고 今日 開業式을
햇다. 參席해 보니 별 사람이 없다.
韓俊錫 氏 姜 常務 李光연이만 參席햇드
라. 驛前에서 大里 炳基 氏을 相面하고 曾
祖 祭祠는 宗財을 旅비로 하야 서울로 가
자고 햇다.

<1985년 12월 6일 금요일>
感氣가 드러 꼼작 못하고 舍廊에 누웠다.
藥을 지여왔다.
成東이는 콩 九斗 代金 四九,五〇〇원 밧고.
午前에는 방아 찌엿다.
成奎가 단여갓다.

<1985년 12월 7일 토요일>
廉昌烈 指{導}所長에 七星벼 二〇k을 신
청한바 代金은 k當 七四〇식 一四,八〇〇
을 보내라 햇다.
예수病院에서 林仁貴 丁振根 關係로 왓는
데 一五〇萬 원으로 決定했으나 女子를 밋
이 못했다.

<1985년 12월 8일 일요일>
金判童 子 結婚식에 參席한바 會員 約 一
〇餘 名을 相面햇다.
家族은 마늘갈이 햇다.
南原 成樂 家族이 왔다.

<1985년 12월 9일 월요일>
全州에서 崔二範이가 齒牙 너로 왔다.
成樂 家族이 왔다 白采[白菜] 무를 가지고
南原으로 갓다.
今年 드려 最高 〇下[零下]로 六, 七度엿다.
外出을 禁하고 舍廊에서 終日을 보냇다.

<1985년 12월 10일 화요일>
大田에서 姪 點禮가 招請햇다.
昌宇하고 同行하야 大田에 갓다.
點禮 집에서 中食을 하고 判禮누이 집에
갓다. 負傷햇다고 허리를 못 쓰고 顔形도
붓고 身病이 가득하드라. 故鄕에는 이 골
[꼴]로 발은 못대겟다고 햇다.

잘 이거라고[있거라고] 하고 이제 마지막
作別이라고 하고 왔다.

<1985년 12월 11일 수요일>
點禮 집에서 페를 만이 끼첫다.
飯饌 및 酒까지 마련햇고 올 때는 旅費 萬
원까지 주는데 未安感 禁할 수 없고 洋발
까지 한 컬에 사주드라. 點禮는 子息을 不
生産이 不安하지만 生活與件는 異議 없고
用錢도 풍부하드라.

<1985년 12월 12일 목요일>
舍廊에 壁紙을 발앗다.
오늘 成東 越冬燃料 落葉을 協力하려 간
다 햇드니 成東이는 남부그렷게 오시지 마
시요 햇다. 生覺햇드니 그려 법햇다.
完宇을 對面하고 買上을 打合햇다. 아마도
約 二〇餘 叺은 買上케 할지. 그려면 昌宇
條 二〇叺 其他 一〇叺도 約 五〇叺는 할
테지 햇다.

<1985년 12월 13일 금요일>
甲午年 朔寧崔氏 簇譜[族譜] 九卷을 面에
서 引受해 갓다. 歷史硏究資料을 찾기 위
하야 六個月間 道廳에 保管한다고 가저갓
다.
十二月 二十五日頃에 內外가 媤父母에 初
面禮를 드리기 위해 成傑 會社 業務課長
을에 전화를 해보왓드니 婦人게서 밧는데
處女가 잇는데 善良하지만 貧하게 사는 게
欽이라고 햇다.

<1985년 12월 14일 토요일>
豫備軍 막幕사111 竣工式에 參席햇다. 面
民 多數가 參加햇드라.

崔宗仁 氏를 맛나서 成樂 關係를 무르니 곳 될 것이라고 햇다. 所長이 決裁를 올여야 한다고 햇다.

<1985년 12월 15일 일요일>
成曉가 簇譜 一卷 가저갓다.
終日 舍郞에 休息. 親友들이 募엿다.
任實에서 成曉가 왓다.
成樂 就職의 件을 무르니 所長 內務課長 郡守까지 決裁는 낫는데 發令을 하지 안느다고 햇다.

<1985년 12월 16일 월요일>
벼 作石햇다.

<1985년 12월 17일 화요일>
못다 한 벼 全部 作石.
계 九七叺을 作石한바 前番 總量은 一五○袋엿다. 其中에 三叺는 貸與곡이다.

<1985년 12월 18일 수요일>
大里 共販場에서 檢査한바 九七叺 中 二等 三叺이고 全部 一等이엿다.
아마도 政府에서 特別이 指示가 이는[있는] 듯십드라.

<1985년 12월 19일 목요일>
館村 崔炳基 氏을 相面한바 十二月 二十五日 字 쌀계日에 不參하겟다고 하고 계쌀은 一月 末日게나 주겟다고 하는데 不良心을 가젓드라. 昨年에 本人은 타먹고 그럴 수 있으며 宗穀도 七叺인데 그도 못주겟다

고. 個人債務가 多額으로 償還틀 못해서 不信用者가 되여 居來[去來]가 單絶[斷絶]되엿다고 하고 不遠 서울로 떠나겟다고.

<1985년 12월 20일 금요일>
業者分會議 參席코 會費 五萬 원 拂入햇다.
終日 搗精햇다.
夕陽에 農協職員 全 氏가 來臨햇다.
秋穀 買上代 四,一九八,○○○원 會計하고 農協에 債務額 三,○七二,○○○원을 拂入해 주엇다.
私債는 償還 加能[可能]이 不能햇다.
夕食도 못하고 不安하야 잠이 들지 안트라.

<1985년 12월 21일 토요일>
成康 母 條 六三,六○○원을 林澤俊에 주윗다.
裵銀淑 金永熙 裵미란 金順禮 林澤俊 嚴俊峰 外 三人이 立席햇는데 裵銀淑이가 서울 六四-○○九七에 전화 신청하는데 一, 二, 三 四 五次까지 信號해도 無答햇다. 六次에야 교환이 말하기를 이제 信號가 왓다고 하니 認證이 안가고 募{인} 사람들이 비수[비소(誹笑)]가 자〃하다.

<1985년 12월 22일 일요일>
養老堂 定期總會日이다. 會議는 收入支出을 終日 書類 整理해주윗다.
成康 母 手術 條 債務 一○六,○○○ 元利를 주고 다시 拾萬 원을 契約햇다.112

<1985년 12월 23일 월요일>
丁振根 婦人이 아침에 왓드라. 오늘 꼭 좀

---

111 한글로 '막사'라고 쓴 후에 '막' 옆에 한자 '幕'을 병기해 두었다.

112 이 문장은 붉은색으로 기록되어 있다.

全州에 가시여 男便의 事件을 合議하게코
롬 協助해 주시요 햇다. 그려면서 一金 萬
원을 주는{데} 据絶하고 萬一에 돈을 주신
다면 못가겟소 하고 食後에 完宇를 同伴해
서 예수병원에 갓다. 兩家을 設得[說得]해
서 加害者에 保償金[補償金]을 내라 햇드
니 準備가 안 되엿다기에 氣分 不安하고
왔다.

<1985년 12월 24일 화요일>
成東이 便에 계쌀代 주기 위해서 農協에서
六〇萬 貸付.
아침에 다시 振根의 妻가 왔다. 오늘은 꼭
一八〇萬 원이 準備되였으니 믿으시고 가
자 햇다. 여{러} 가지로 生覺타 갖이 갓다.
一行 基善 完宇 나엿다.
또 兩 家族들에 設得하야 夕陽에야 二〇〇
萬 원에 合議書에 捺印코 바로 退院 手續
하고 基善과 갖이 法院 刑事課에 提出햇다.
一三〇萬 원은 十二月 二十六日 法院에서
引渡키로 햇다.

<1985년 12월 25일 수요일>
쌀계가리日이다.
쌀契員는 牟潤植 崔成苑 成曉 本人만 募
이고 崔炳基 氏 沈參茂가 不參햇다.
成東 條 先子 벼 十二叺代 三六九,九六〇
계쌀 乃宇 條 八六八,〇〇〇 牟潤植 條 五
一八,〇〇〇 參茂 條 七〇〇,〇〇〇 계 二,
四五五,九六〇을 支拂해주{고} 殘는 곳 바
다 주마 햇다.113
쌀계는 끝이 낫다.

---

113 붉은색으로 기록하였다.

<1985년 12월 26일 목요일>
基善하고 同伴해서 法院에 갓다. 丁柱현
裁判는 끝낫드라. 中食을 接侍 받고 바로
왔다.
柳正進 집에서 移秧契{會}議가 있어 參席
햇다. 負擔金은 三四,五〇〇원이다고.
밤에는 基善이하고 갖이 寢食을 舍郎에서
잣다.

<1985년 12월 27일 금요일>
밤 十二時 三〇分경 大田 丁도根이 死亡햇
다고 전화가 왔다. 新友會議가 있어 基善을
同伴햇서 參席햇다. 募人 會員 二六名이엿
다. 一{人}當 萬 원식 据出[醵出]햇다.
鄭鉉一에서 萬 원을 取해서 會{비}을 拂入
햇다.

<1985년 12월 28일 토요일>
大田 丁道根 出喪한 데에 參席햇다.
崔南連 氏 宅에 갓다. 술게 한다고 햇다. 尹
鎬錫 氏 安承均 氏에 말햇다.
養老稧쌀 收入支出에 說敎 말라고 햇다.
成苑 內外가 와서 拾萬 원 주고 手術비 一
〇萬 원 갑푸라고 햇다.

<1985년 12월 29일 일요일>
아침에 崔南連 氏에서 招請을 밧고 朝食을
鄭鉉一 氏하고 三人이 갖이 햇다. 食床에
서 鄭鉉一에 萬 원을 드렷다. 南連 氏 보는
데. 二十七日 字 新友會비 代納 條이다.
韓昌煥 女息 結婚式에 參席햇다.
宗仁 氏을 맛나고 成樂 關係을 付託햇다.

<1985년 12월 30일 월요일>
爲親稧에 參席하고 決算을 마처주고 집에

와 있아오니 全州에서 전화가 왔다. 알고
보니 成曉엿다. 오늘이 堂叔 祭 小祥이라
고 햇다. 大小家에 알엿드니 不應햇다. 호
자[혼자] 斗峴에 當하니 밤 九時엿다. 이것
다고 할 수도 없고 해서 未安하드라.

<1985년 12월 31일 화요일>
아침에 일즉 大里 山所에 왔다.
喪主들과 作別. 全州 齒科 갓다. 齒牙을 하
나 뺏다. 밤에 李道植 氏 婦人이 왔다. 債
務을 再促하니 딱햇다.
昌宇 집에 가서 一金 貳拾萬 원을 둘여서
주웟다. 成奉 條다.

<1986년 1월 1일 수요일>
終日 舍郎에서 休息만 취햇다.
不遠間 大宗契{會}議日은 닥치고 私契도 잇
는데 負擔金을 準備 못해서 不安感이 든다.

<1985. 12. 1.>114
十一月 二十九日 字로 水原에서 成奉이가
電話로 上京을 要求햇다.
或時 債務 整理코자인지 또는 事業에 關한
打合인지 每于 궁금햇다.
八時 四〇分 特急列車로 急히 到着한바
十二時 三〇分이엿다.
事業場에서 成奉이는 對面한바 成康이는
不在中이여 무르니 成康 生日이라고 해서
女子가 데려갓다고 햇다.
近處에 다방으로 갓다. 그 자리에서 成奉가
말햇다. 兄하고는 致底[到底]히 合議할 수
없고 兄의 行爲는 心理가 맞지 안타는 것

____
114 이하는 1985년 일기가 끝나고 남은 지면에 적힌
　　내용이다.

이다. 그래서 据來金錢 出納을 成奉이가 單
獨取扱 한니가 이웃집에 아무나 돈을 要求
하고 利用해다 女子에 대주니 絕對로 相從
할 수 없다고 햇다. 몃 번 집으로 가든지 그
려치 못하면 其의 女子와 別途로 生活策을
模究[摸索 또는 講究]하라 햇다고 말햇다.
그러나 兄은 아무런 返營[反應]이 없고 責
任感도 없이 더퍼노코 支出만 하려하야 不
平 不安感이 날로 高調되고 擴聲言爭이
한두 번이 아니라고 햇다.
그래서 할 수 없이 兄에 事業場을 맷기고
約 月餘 日 間을 關係치 안코 出入을 禁하
고 있엇드니 도부군들이 擴議[抗議]이는
勿論이고 우리가 當初에 成奉이를 信用하
고 왓는데 信用 없고 不信者을 미들 수 없
으니 成奉이가 權利行事하야 우리도 誠意
끗 하겠지만 成康이는 相從을 못하게다기
에 할 수 없이 드려왓는데 다음부터는 兄의
金錢据來 關係는 認正[認定]치 못하겠으
니 그쯤 明心[銘心]하야 내에 順應하기를
約束하야 事業에 着手햇다고 햇다.
다음 此 事業을 支續[持續]하려면 運搬用
車輪이 要하기에 二屯[二噸]짜리를 購入
하야 運營 中라고. 技士 두고 하지만 將來
에는 即接[直接] 本人이 運營하겟다며 兄
이 誠意가 없으니 雇用人[雇傭人] 一名을
두고 있다고 하고 兄에 매기고 成奉이가 없
으면 없어진 物品이 만타는데 理由가 잇다
고 햇다.
그래서 이제는 兄에 무엇을 하라 하지 말아
고 하지를 안코 남 보듯 하니까 不安感이
禁할 수 업다고 하고 願情하드라.
다음
참다못해 計劃을 변경하야 다음과 갖이 設
計를 냇다고 햇다.

于然[偶然]이 맛난 女가 잇는데 女子의 큰
언니가 다방을 即營[直營]하는 데서 一○
餘 年 돌바주엇는데 이제 結婚할 年令[年
齡]도 되고 해서 新郎감을 購[求]하려는
中 우연이 接見하게 되엿다고 햇다.
그래서 將來를 約束햇다는 것이다. 오늘은
女子의 家蔟 出家한 언니가 四名 父母와 아
버지하고 兩家가 募여 將來를 打合코자 오
시라고 했음니다 {했다}. 그려면 兩家가 合
議가 成立되면 엇더케 할 計劃이냐 무럿다.
合議가 이루워지면 바로 其 女子를 事業場
에 드려 세우고 古物 收入支出 計算까지
맛기면 兄은 自然이 물어갈 겜니다.
그려면 結婚式은 有限이 없고 女와 갗이
合營을 하는데 成奉이는 車가 있으니 古物
을 운반해오고 買上 時는 即接 本社에 운
반해주면 完全 事業이 되야감니다 햇다.
다음은 面談時間이 正刻 三時에 오니 갗이
가자고 해서 다방에서 나오니 박게서 모른
女子가 인사하드라. 알고 보니 成奉 將來
妻가 될 사람이라고. 存細이 보니 人物은
普通物은 되고 양그려 보이드라.
택시로 서울 九老洞까지 가는데 둘이 서로
말을 주고밧고 하는데 同居夫婦 處地 갇으
라. 約束場所까지는 約 四○分이 지냇다.
某다방 앞에 당하니 婦人 한 분이 機侍[待
機]한 듯하드라.
다방 안에 드르니 老人 한 분이 起立人事
을 하면서 閣···라고 하드라. 조금 있으
니 절문 婦人 四名이 드려오고 女子 老人
이 갗이 한자리에 座席햇다. 面目을 두루
살펴 存細히 보니 人物이 다 中物은 넘는
데 成奉 條만 不足트라. 老人에 古鄕[故
鄕]이 어데요 무럿다. 本籍은 新都變[新都
案]이라고 햇다. 그려나 큰宅은 新都안이

되 自己는 公州라고 하고 農事를 짓고 우
로 쌀[딸]이 五人인데 야가[이 애가] 맛이
라고[맏이라고] 하고 밑에 아들이 둘인가
잇다고 햇다.
나는 명함을 주고 우리 아는[애는] 六男채
라고 햇다.
둘채 언니 되는 사람이 말을 내드라. 둘이
는 서로 뜻이 맞아 多情한 사이지만 그리고
오랜 전부터 알고 잇는데 兩家으 許諾도
없이 그럴 수가 잇느냐 하며 앞으로 時日이
많으니 深中[愼重]이 더 生覺 끝에 結定하
라고 하드라.
成奉이는 答辯을 通하야 나는 現在 事業上
人力이 不足하기 때문에 未婚 前에 내의
代行을 위임할가 합니다. 그리고 나는 車가
있으니 外事만 보고 內務는 本人에 맛기고
자 時가 急합니다 하니가 모두들 폭笑하며
뜻은 좃코 計劃成[計劃性]이 올치만 내의
동생이 드려가기 前에 모두를 完璧하게 解
結[解決] 整理하고 드려가서 熱心이 勞力
하야 올치 드려간 後에야 兄弟 間에 옥신
각신하면 내의 동생 立場이 엇지 되계는가
하고 三間집을 질 때 주추돌이 完全해야
집이 무너지지 안{는}다면서 成奉이가 집
을 질아면 지추돌부터 다지고 始作하라 햇
다. 그이의 말은 모두가 成康이 兄이 있으
니 解結하야 各居을 시키고 난 후에 우리
동생을 드리세워 主權을 마겨라 하는 뜻이
엿다.
나는 對答 曰 그게 正當한 말삼이요 햇다.
터를 處地을 바구워서 生覺하드래도 나도
그려케 말슴하겠오 햇다. 그리고 成奉이도
兄이니가 잘 打合하고 나도 집으로 불여다
타일여서 네의 뜻에 맞게 할 터이{니} 時日
이 지내드래도 오른 方向行으로 하는 것이

올타고 햇다.
언니의 말이 언변가처럼 잘 하드라. 그려면
서 어른 말삼이 올타고 하드라.
그리고 다음에 全部 整理가 되면 그 時에
다시 相面합시다고 하기에 나는 자리에서
일어서고 박에서 모두 作別의 人事를 하고
떠낫다. 其後 高束뻐스場으로 가려고 成奉
이하고 路上에 있으니 女子가 뛰여왓다. 成
奉이가 엇지 오나 하드라. 언니하고 不安케
하고 온 것 같으며 눈이 북드라[붉더라].
할 수 없이 갖이 택시로 고속뻐스장가지 왓
다. 한족[한쪽]에서 成奉을 불어 저 女子를
엊이 하게나 무렷다. 그쪽에서는 每事을 處
理하고 드려세워라 하지만 첫재 女子가 떠
러지지를 안코 나도 本 事業에 人力이 不
足하고 그려니가 할 수 없이 그쪽의 返對
[反對]를 무릅쓰고 드려세우면 兄은 自然
이 떠려 나갈 겁니다 하드라. 生覺하면 그
뜻도 알겠는데 그려케 되면 成康 形便이
難處해엇다.
그려면 네의 債務는 엊이할 테야 햇다. 사
실은 모르겟다. 떠려버려도 그만니요 왜야
한면 冷장庫 장사할 때 利得金으로 兄이
빛을 다 갑겟다고 하고 利得이 約 千餘만
원이 된다고 햇지만 그려케는 못되고 六,
七百萬 원이 너멋는데 其의 利得金이 간
데 온 데 없고 오히려 빛이 三〇〇萬 원인
그 돈이 女子에 다 간 듯십소 햇다.
그래서 등낫는데 무슨 말을 해도 그 반응이
없으니 번그려지기는 如次可之 안니요 햇다.
그러나 이번에 운바차[운반차]를 사고 운
전기사를 두고 마당일군을 두워 月給이 지
출되고 그런 중에도 땅갑이 支出이 만코 잇
다면 館村에 移金[積金] 代付을 받아서 成
苑누{님} 二〇〇百 주고 一〇〇萬 원는 鄭

宰澤 債務을 갑겟으니 눈님[누님]하고 언
제나 貸付를 밧게 되는지 알아서 전화하시
고 三개월분 積金을 送金 못햇는데 不遠
送하게다고 하고 李道植 農協 借用金은 明
初春 안니면 不遠이라도 收金만 되면 바로
래려가겟다고 햇다. 모두가 兄이 안니면 진
즉 淸算이낫고 이제까지 잇겟써요 햇다.
以上과 갖이 成奉 뜻대로만 돌아간다면 成
功은 눈앞에 잇다고 햇다.
成奉 母하고 相議하야 秋곡 買上하며는 李
道植 三〇萬 원 條는 利子만 주고 農協는
全額을 償還해주자고 햇는니 그려케 하자
고 應햇다.
一九八五年 十二月 二日
崔乃宇 書

<1986년 1월 2일 화요일>
昌宇 取貸金을 因하야 基善을 禮訪코 貳
拾萬 원을 要求햇든니 承諾햇다.

<1986년 1월 3일 수요일>
新德面 五弓里 崔東煥 氏 宅을 訪問햇다.
會員는 八名이 募엿다.
今 夏期에 一泊二日로 豫定 外遊키로 햇
다.
昌宇 돈을 주기 위해서 丁基善에서 貳拾萬
원을 取해왓다. 成奉 條.

<1986년 1월 4일 목요일>
全州에서 高相厚 氏가 來訪햇다. 客地에
移居하다 보니 故鄕生覺이 藉〃하다며 不
遠 다시 올 뜻이드라.

<1986년 1월 5일 금요일>
親睦契日이다. 嚴俊祥 有司 宅에서 內外

가 募엿다.
契곡 元穀이 六叺로 決算햇다.

<1986년 1월 6일 토요일>
崔南連를 面談하야 不動産 못텡이畓을 賣
渡케 해달아 햇다. 바로 牟光浩에 말햇다고
不遠 成立될 것이라고. 三〇叺만 받아달아
햇다.

<1986년 1월 8일 월요일>
束錦契日이다.
全員이 參席햇다. 郭宗燁 氏만 不參.
誠意것 接待햇다.
夕食 後에 不安點이 生起엿다. 밤새도록
生覺 끝에 遺書을 쓰기 始作햇다.
結局은 家長의 位置에서 債務나 淸算코
極老 前에 子息의 페를 끼치지 안코 社會
을 作別함이 至當하고 十一男妹들에 死前
에 侍遇[待遇]은 그럿다고 보고 서로가 미
루는 듯하고 있으니 모두가 家長이 責任
저야 올타고 生覺이다.

1986년

<내지1>
一九八六年 丙寅 一月 一日 새아침
健康第一
崔乃宇 書

<내지2>
85{年}度 收入支出 累計
收入 10,303,980원 = 支出 15,524,337 =
15,524,337 − 10,302,980 = 5,221,357 赤字
赤字額 全額은 私債로 殘高이다.

<1986년 1월 1일 수요일>
해는 배기고[바뀌고] 새해는 當햇는데 마
음은 如前이 不安하다. 舊年 歲入歲出을
따지고 보니 約 五二二萬 원이 赤字가 되
여 農協 私債로 殘高도 나마 있으니 엇이
不安感이 禁할소야. 年 〃 히 赤字는 늘어만
가고 私債로 農協債務을 갚아야 한다.

<1986년 1월 2일 목요일>
昌宇에서 貳拾萬 원을 取貸하야 李道植
條는 주었으나 後束[後續]이 難處햇다.
丁基善서 다시 貳拾萬 원을 債務하야 昌宇
돈은 돌여주웟다.

<1986년 1월 3일 금요일>
全州에서 高相厚 氏가 來臨햇다.
客地에서 지나보니 故鄕 生覺이 懇切하다

고 다시 還鄕코자 하겟다고 햇다.

<1986년 1월 4일 토요일>
私債을 整理할 道理가 없다.
八募로 生覺해도 念頭 生起질을 안는다.
私債만 해도 參百拾萬 원이 되니 마음 괴
롭다.
成奉 兄弟까지도 내게 苦役을 주니 眞實로
不安하다.

<1986년 1월 5일 일요일>
親睦契日이다. 嚴俊祥 氏에서 有司인데 終
日 休息 兼 日慕[日暮]를 보내고 契穀은
六叺로 남겻다.
夕陽에 崔南連 氏를 訪問하고 못텡 田畓
을 賣買케 해라 햇다. 斗落當 三〇叺로 決
定해 주웟다.

<1986년 1월 6일 월요일>
鄭宰澤이가 왔다. 成奉 條 百萬 원을 償還
要求 햇다.
安銀順 氏가 왔다. 契穀 一二 叺을 내라 햇다.
鄭九福도 왔다. 終日 不安 햇다.

<1986년 1월 7일 화요일>
束錦契日다.
郭宗燁 內外만 不參하고 全員이 參席 햇다.
債務는 未定인데 成東 內外 보고 明春에
는 各居하라 햇다.
出入도 禁하고 自家에서만 生居하겟다고
햇다.
早死만 하고 십다.

<1986년 1월 8일 수요일>
丁基善 梁奉俊하고 同行하야 面에 갓다.
梁春根 身元保證을 서 주웟다.
成苑이 館村에서 新平 民願室 勤務로 傳
勤[轉勤]햇다.
尹在成 面長도 對面하야 成苑을 付託햇다.

<1986년 1월 9일 목요일>
서울서 成康이가 왔다. 館村農協 積金 復
活하려 왔다고. 貳拾萬 원을 가지고 왔고
取貸도 받아 보겟다고 하고 明春에는 成奉
하고 分利[分離] 事業을 하겟다고 햇다.
銀姬 兄弟는 外上[外家]에서 데려간다고
햇다. 아마도 제 에미가 客地에서 온 듯십다.
成曉 母는 山西 具家 回甲宴에 參席.
집에 메누리는 쌀계 五〇叺 자리를 드려 私
債을 갑겟다고 하고 田畓은 팔지 말자고.

<1986년 1월 10일 금요일>
先考 祭祀日이다.

서울서 崔完鎬 內外가 왔다. 故鄕에 가는
길에 들엿다고.
大小家에서 一部 募엿다. 任實에서 成曉
食口도 全員이 왔다.
밤에 李澤俊이도 왔다. 成苑 成樂 問題가
나왔다. 深中[愼重]이 生覺해서 着手하라
햇다.

<1986년 1월 11일 토요일>
終日 舍郎[舍廊]에서 지냇다.
間밤에 祭祀는 慕待엿이만[115] 大小家 食口
들은 中食까지 먹고 任實 食口까지 夕陽에
떠낫다.
牛장수가 왔다. 大牛 二마리 小牛 二마리
계 四마리에 百參拾萬 원 주마고 갓다.
農村 形便이 이토록 못 살계 되엿으니 寒
心之事다.

<1986년 1월 12일 일요일>
曾祖父 祭祀日이다.
炳基 炳列하고 三人이 서울 成吉 집에 到
着하니 五時엿다.
炳基에 宗土稅을 가저왔나고 한니 準備가
못 되엿다고 하기에 不安하드라. 新田里 林
野가 賣買되여야 모두가 解決된다고 햇다.
生覺한니 成曉 게쌀도 四叺 五斗 大宗中
쌀도 六叺 九斗 位土稅도 一叺 게 十二叺
四斗쯤 되는데 每우 異心[疑心]이 만트라.
夕食 後에는 成吉에 말햇다. 拾餘 年間 成
吉의 祖父 祭祀을 次子가 慕待엿는데 祭

---

[115] 일기 전체에 걸쳐 우리말 '모시다'를 '慕待다' 식
으로 표기하고 있다. 이와 유사하게 '기다리다'
를 '機待리다' 식으로 표기하고 있는 것도 종종
찾아볼 수 있다. 여기서는 '侍'를 '待'로 잘못 표
기한 것으로 볼 수 있는데, 이러한 오기는 종종
발견된다.

祠[祭祀]는 宗孫이 慕侍여야 至當하니 明年부터 慕侍라고 햇다(炳列 炳基 立會下에). 그려면 合同祭祀로 하겟소 하기에 그도 좋아고 하고 宗孫이 알아서 하라면서 당부했다.

<1986년 1월 13일 월요일>
炳列 氏하고 一行이 되여 相宇 營業집으로 단여 高束[高速]으로 오는데 旅비가 不足해서 不安햇다. 맛참 炳列 氏가 車票를 사주기에 多幸이엿다.
집에 오니 오늘 畜牛 四頭에 一,三四〇,〇〇〇에 賣買햇다고. 분개햇다. 政府에서 장에[장려]만 해놋코 代案도 없이 農民으로 이려케 못 살게 했으니 못고 살 데 없다.

<1986년 1월 14일 화요일>
七星契에서 明日 契가리를 하겟다고 하기에 契錢도 準備가 없는데 日割만 定한면 무엇하나 햇다. 代案이 없으니 不安하기도 햇다. 私債 農協債務 多額인데 엇지할가.
成東이는 郡政報告會에 參席.
崔六嚴 問病도 햇다.

<1986년 1월 15일 수요일>
鄭九福 債務 五六,〇〇〇원 會計해 주었으나 三次 만에 주웟다.
嚴仁子 母 安銀順 氏을 오시라고 하야 七星契錢 全額 一,一八二,五〇〇원을 完拂해 주웟다.
시원하지만 또 一部 成東이 條 債務가 잇어 마음 괴롭다.

<1986년 1월 16일 목요일>
八六年 附加價치稅 調定次 組合에 갓다.

成東에 附品[部品] 外上代 五萬 원을 加工組合에 주고 現金으로 金網 二組을 가저왔다.
農協에 成東 便에 宗中 宗錢 元利 合해서 四參萬 六仟 원을 預置햇다.
成東 妻男에서 貸借한 듯십다.
成曉을 驛前에서 對面코 成樂이 關係가 엇더야 햇다. 技能職 免許狀이 있어야 한다고. 그려면 初面 時에 그려케 말하제 이제 成苑을 보복으로 新平에 發令해 노코 이제 條件을 달으면 其의 理由 무엇인지.

<1986년 1월 17일 금요일>
尹鎬錫을 相面하고 成康 밭을 賣買하자고 하야 七叺만 받아달아고 햇다. 日曜日 本人이 全州에 가겟다고.
成東이는 終日 방아 찌엿다.
夕陽 불무가 故章[故障]이 나서 館村에서 八仟 원에 買受햇다.
異常하계 마음이 不安하고 債務에 시달여 잇다.

<1986년 1월 18일 토요일>
面에서 客土事業을 하라 하오니 뜻이 없는데 勤勵[勸勵]을 한다. 債務額이 多額인데 加算債務을 짓케 한다. 客土 不要하다고 各 畓에 써 보첫다[붙였다].

<1986년 1월 19일 일요일>
私宗親會議가 有司 崔基宇 方[房]에서 開催햇다. 總務로써 빨이 간바 光州에서 震宇가 먼저 왓드라.
宗員은 八名이 募엿다. 經過之事을 말하고 宗財 收入支出도 決算해 주엇다. 南原宗員들 任實宗員들 할 것 없이 全員이 總務

崔乃宇을 治下[致賀]가 만트라. 꼼이[꼼꼼히] 存細[仔細]히 經過을 말하고 記錄이 分明하다고 햇다.
經理帳簿는 別紙와 如하다.

<1986년 1월 20일 월요일>
高相厚에서 一金 壹萬 원이 드려온 것을 韓相俊에 傳해 주웟다.
客土事業하는데 勤[勸]해서 五車만 받앗다.

<1986년 1월 21일 화요일>
成奉 條 鄭宰澤 債務 때문에 苦悶이 深하다.
子息들은 父母에 미루고 있으니 難處하다.
엇저면 될고. 督促은 藉 〃 하는데 成曉 母조차 身病이 生하야 오늘도 藥은 지여 왓지만 변비에다 치질가지 兼햇다니 돈도 없지 또 겹처 마음 괴롭다.

<1986년 1월 22일 수요일>
成曉 母하고 全州 李外課[李外科] 病院에 갓다.
治料[治療]하고 藥을 投藥하야 왔다. 단번에 效果가 있엇다.

<1986년 1월 23일 목요일>
오늘도 全州 病院에 단여왔다.
모두가 年末은 當햇는데 債務整理가 못 되여 不安感만 生起고 잇다.

<1986년 1월 24일 금요일>
三日채 全州 病院에 단여왔다.
參茂하고 朴日成하고 成東이하고 같이 고초 溫床을 하기로 햇다. 資料는 朴日成이가 全部를 貧擔[負擔]하기로 햇다.
고초資金을 二〇萬 원을 융{자}햇다고. 于

先 牟潤植 借用金부터 갚으라고 햇다.

<1986년 1월 25일 토요일>
館村 吳永雲 氏에서 고초種子 紅一品 一〇封 秋來紅 一〇封 계 二〇封을 八七,〇〇〇원인데 外上으로 引受해 왔다.
成康 母는 成苑을 通해서 一,二二〇,〇〇〇원을 借用해서 鄭宰澤 債務를[116] 完拂하고 成東이는 고초資金 二〇萬 원을 農協에서 融資하야 于先 牟潤植 氏 債務 十二萬 원을 完拂해 주웟다.
밤에는 班常會에 參席 햇다.

<1986년 1월 26일 일요일>
崔宗仁 子 結婚式에 參席햇다. 親友들도 많이 相面햇다.
成曉는 張寅燮 弟 結婚에 보낸다.
내가 돈이 있으면 兩家를 단여도 時間은 있었으나 祝儀金이 없어서 가라 햇지만 參席햇는지 좇아도 모루겠다. 心理가 合意되지 안다.

<1986년 1월 27일 월요일>
舍郎에서 八六年度 複合營農設計書을 作成해 보왔다.
嚴俊祥 氏 宅에서 招請 中食을 接待[接待] 받앗다.
全州 成傑이가 왔다. 崔南連 氏 債務 一〇〇萬 원을 챙기여 왔다. 元利 合해서 一,〇七〇,〇〇〇원을 本人을 오시라고 해야 淸算해 주웟다. 마음 淸心햇다.

---

116 원문에서는 '債務' 옆에 채무액 '一,二二〇,〇〇〇'을 작은 글씨로 붉은색으로 기입해 두었다.

<1986년 1월 28일 화요일>
一九八六年度 歲出 豫算案 最底[最低]히
줄여서 四五〇萬 원을 줄잡고 豫算額을
마추윗다. 農協債務 支出은 除外하고는
工場까지 全部 드려갓다. 年中 食糧은 除
外햇다.
새벽에 서울 成吉 집에서 電話가 왔다. 異
常이 여겻든바 金三浩 딸을 利用하려 한
듯싶어서 대주윗다.

<1986년 1월 29일 수요일>
昌宇 집에서 鄭宰澤 氏을 相面하고 相子
[箱子] 餘有[餘裕]가 있으면 一〇〇개만
달아 햇다. 八〇개가 餘有라면서 주시겟다
고 應答햇다.
昌宇 成奎 柳正進 鄭宰澤이가 午後에 休
息하고 갓다.
成東이는 韓相俊 氏 벼을 운반해 왔다.

<1986년 1월 30일 목요일>
舍郞에서 終日 지냇다.
成樂 職場 關係로 不安이 深햇다. 任實 成
曉에 전화로 엊이 되는야 햇든니 여렵다고
햇고 南原 哲宇에 園예組合에 말햇든니 그
도 公開應試 하야 된다면서 自信이 없다고
햇다.

<1986년 1월 31일 금요일>
成東이는 終日 방아 찌엿다.
郵替局[郵遞局]에서 定期預金(宗中錢) 二
四二,〇八〇원을 引出해 왔다. 農協에다
預託하고 십다.
成奎을 오래서 成樂의 件을 打合햇든니 約
三〇〇萬 원을 주위야 된다고 햇다.

<1986년 2월 1일 토요일>
마음이 不安하야 갈 곳이 있어도 不出入하
고 舍郞에서 休息만 햇다.
私債가 整理가 못 되고 舊 年末은 未舊[未
久]에 當한데 每遇 괴롭다.
里長에 營農資金 百萬 원을 申請햇다.

<1986년 2월 2일 일요일>
韓相俊하고 鄭圭太 氏와 同伴해서 崔六巖
氏 問病을 하고 移秧契錢 二〇萬 원을 그리
고 移秧機 利錢까지 會計해라고 促求햇다.
營農資金 放出하면 주겟다고. 그러나 本人
의 病勢는 回復하기는 不能하드라.

<1986년 2월 3일 월요일>
崔泰宇 五女 成吉 結婚式에 參席햇다.
炳基 氏을 相面하고 成曉 쌀契 代金을 要
求햇든니 조금 延期 要하는데 不遠 淸算해
주시요 햇다.
全南 羅州에서 왔다고 崔康錫 魚陰里[漁
隱里] 崔康俊 三弟라고 햇다. 近方에다 養
豚飼育을 해보겟다고.
밤에 沈參茂 電話稅로 依해서 無識한 놈하
고 是非을 햇다.

<1986년 1월 4일 화요일>
羅州에서 온 崔康錫은 갖{이} 一泊 하고
떠나는데 大里 野田을 둘여본바 별 뜻이
없는 십고 一種으 사기군 같으라. 旅費 要
求하는데 異常햇고 모든 在會[社會]之事
에 모르는 것이 없다.
私宗錢 拾四萬 원을 預託햇다. 郵替局에다
하는데 끝錢 六,五〇〇원은 밫이 안트라.
農協에다 私儀[個人名義] 預託金 拾萬 원
을 預託코 一年 定期預金 햇다.

황소 一頭을 가지고 南原市場에서 六八萬
원 收入.

<1986년 2월 5일 수요일>
午前 中에 黃牛 새기 一頭을 出産하는데
父子이 前足을 때기여[당겨서] 냇다.
收支打算은 計算差異는 있어도 할 수 없다.

<1986년 2월 6일 목요일>
柳正進하고 任實市場에 갓다. 암소 一頭
五八〇,〇〇〇원에 買入햇다. 鄭宰澤 外
五名이 株主가 되서 햇다. 갑고 보니 赤字
는 메구듯 햇다. 一斤當 三,三〇〇원식.

<1986년 2월 7일 금요일>
오늘까지 소고기를 파랏다.
밋은 안 갓다.

<1986년 2월 8일 토요일>
成樂 成奉 成傑 成曉도 全員 왓다.

<1986년 2월 9일 일요일>
冥節日[名節日]이다. 次祀[茶祀]를 올이
고 喪家 멋 집을 단엿다.
成苑 內外도 왓다. 밤에는 成曉 家族은 全
員 歸家햇다.

<1986년 2월 10일 월요일>
全州 張寅燮 內外 孫子 雄善이가 왓다. 生
後 처음 왓다. 忠實[充實]하계 잘 生起엿
드라.
成傑 成樂 成奉이도 못 가고 잇다.[117]
成東이는 農協에서 四拾參萬 원을 引出햇

---

[117] 이상의 문장은 붉은색으로 기록되어 있다.

다. 男妹契錢 주기 위{해}서엿다.
이게 大宗中稧錢인데 할 수 없이 承諾햇
다. 年 9%利다.

<1986년 2월 11일 화요일>
成曉 母는 成英이가 주드라고 二五仟을 보
이드라. 或 旅行이라도 가시면 쓰시라고.
大端이 고맙드라.
바로 아이사쓰[와이셔츠]가 없다 五仟 원
을 要求하야 任實市場에서 八仟을 주고 購
入햇다.
南原서 成東이 男妹契員이 왓다. 契錢 九
八萬 원을 주워 보냇다. 參席契員는 六名
이다.

<1986년 2월 12일 수요일>
成奉 母 말에 依하면 成奉이는 과개방[가겟
방]에서 投宿하면서 營業을 한다고 드럿다.
방은 둘이지만 成康이도 弟수 밑에서 창피
感이 들겟지 한다.
오늘은 客地의 子息들이 歸家한 것 갓다.

<1986년 2월 13일 목요일>
全州 成英는 오늘 四日 만에 媤家로 歸家
햇다.
成東이는 訓鍊[訓練]하려 갓다.
館村 李存泰가 왓다. 牛代 取貸金 拾參萬
원을 還拂해 주웟다.
丁奉來 立會下.

<1986년 2월 14일 금요일>
農休期에 營農敎育이 있어 里會館에 갓다.
里民는 不過 二〇餘 名이 募엿다. 講師게
서 講義는 하는데 잘 드럿다.
中食 後 바로 大里 柳鉉煥 回甲에 參席햇다.

孫周喆 金鉉圭 面長 崔宗仁과 同伴햇다.
오는 길에 炳基 宅을 禮訪햇다. 不遠 서울
로 移居해겟다고 햇다. 宗畓은 大字를 주
겟다고 햇다.

<1986년 2월 15일 토요일>
三溪面 金敎鎭 子 金正範 父 小祥에 단여
왓다.
任實 成曉 契米는 淸算하라 햇다. 서울 根
宇 建宇에서 五百萬 원자리 어음 通帳이
있으니 不遠 成曉 쌀갑은 주고 가겟다고
햇다.

삼계 問喪	五,〇〇〇	⎤	計
최길 結婚	五,〇〇〇		38,300원을
金哲浩 回甲	五,〇〇〇		成東이에
二月分 保險料	一三,〇〇〇		請求
二月까지 新聞代	一〇,〇〇〇	⎦	햇다.118

<1986년 2월 16일 일요일>
고초種子를 溫水에 浸種하고 成康 집에 갓
다. 成允이는 조용히 功夫[工夫]하고 있다.
田畓을 둘여보고 昌宇 집에 갓다.
柳正進 鄭宰澤이가 同席햇다. 소고기 殘有
[殘餘]을 分級[分給]햇다.
大里 炳基 氏가 곳 서울로 移居 간{다}고
햇다. 昌宇는 宗土를 任實 成曉 契쌀 五叺
四斗을 내가 안을 터이니 其 宗土을 내게
로 말해 주시요 햇다. 그려케 해서 무슨 收
支가 마겟나 햇다. 바로 우리 집에 와서 또
그런 말을 하드라. 拒絶[拒絶]햇다. 夕陽에
또 왓다. 心理에 맞이 안해서 對面을 不應
햇다. 柳正進이하고 갖이 왓드라.
뜻은 잊이만 萬諾[萬若]에 成曉 契쌀을 昌

---
118 본 내용은 붉은색으로 기록하였다.

宇가 주지 안으면 炳基 氏는 債任[責任]
完逐[完遂]햇는데 다시 번복은 못하고 兄
弟 間에 異議만 생기겟으니 應 안 햇다. 炳
基는 그려케만 되면 感應할 것이다.

<1986년 2월 17일 월요일>
靑云洞 後峙을 둘여보고 移秧土質을 監定
[鑑定]해 보고 왓다.
八七年度 假設用[架設用] 電化[電話] 加
入申請 한다고 햇다.
柳正進이가 藉〃이 오는데 情報者처럼 生覺
이 든다. 아마도 昌宇하고 某議[謀議]하야
付託도 받은 것 갓다(大里 宗土에 對하야).

<1986년 2월 19일 수요일>
고초 溫床 設置햇다.
種子는 아직 發牙[發芽]가 되지 못햇다.

<1986년 2월 20일 목요일>
終日 舍郎에서 讀書하면서 休息햇다.
日氣不順으로 作業與件도 좋이 않코 고초
苗도 發牙가 不順하다.

<1986년 2월 21일 금요일>
고초種子를 發牙하야 溫床에 入植햇다.
밤에 成奎가 왓다. 全州에서 成曉를 맛낫
다고 햇다. 요즘 집에 한 번도 오지 안나 햇
다고. 그려[그럴] 일이 잇다고. 成樂之事로
아버지가 誤該[誤解]을 한다고.
成奎는 들머리 開間[開墾] 事業을 할가요
뭇기에 事業을 하는데 里에다 畿[幾]百萬
원을 내노라 햇다.

<1986년 2월 22일 토요일>
오늘도 終日 舍郎에서 新聞 歷史冊만 보왓다.

생石灰 五〇袋을 고초밭에 하기로 引受햇다.
꼭 먹고 싶은 것은 市場에 가면 海參[海
蔘]이 生覺난 지 數月인데 돈이 없다. 다음
은 冷면인데 그것도 生覺뿐이지 無錢이라
無效이다.
오늘도 전화료금만 주고 保險料는 못 주고
보니 不安햇다.
生覺하면 살고 십지 안다. 要는 돈이 없으
니 死身이나 다를 게 무엇 잇나.

<1986년 2월 23일 일요일>
成曉 母는 親母 祭祠에 參祀하려 갓다.
鄕校에 단여왔다.
鄕校에서 들은 말이다.
집 궁 宮燈이 → 家政婦 內室에게는 궁등
이고
가까울 응 膺燈이는 雜婦[酌婦] 又는 寡婦
의 {것}를 음등[응등]이라고.
꽃다울 방 정조 등 芳燈이는 處女 궁등이
를 말한{다고}.

八母가 잇다.　生母 出母 系母[繼母]　　庶母 養母 乳母

　　　三年福[三年服]　　　　三개月 媤福[緦麻服]이고

釜山 漢昌의 弟가 아침에 死亡. 電話가
왔다.

<1986년 2월 24일 월요일>
全州法院 競賣課에서 五樹[獒樹] 工場 所
有 土地 公開競爭 入札場에 參席해 보왔다.
오늘로 第二次 流札이 되고 다음은 十五日
後에 再入札한다고 햇다.
只沙에서 電話가 왔는데 來日 出喪한다고.
또 돈을 準備하라 햇든니 確實한 對答이 없
으니 自尊心은 있는데 창피하기 限이 없다.

<1986년 2월 25일 화요일>
金漢錫 出喪한데 參席해 보왔다. 金氏 大
小家에서 出喪 時 行爲가 不快하드라. 中
食이 끝이 나기가 밥으게 葬儀車便으로 五
樹까지 왔다.

<1986년 2월 26일 수요일>
丁基善하고 同伴하야 靑云洞 崔六巖 氏 問
病을 햇다. 回複[回復]하기는 不能하드라.
崔南連 氏에 一金 拾萬 원을 要求햇다. 應
햇다. 用錢이 多額으로 累積되야 할 수 없
이 債務를 要하는 것이다.

<1986년 2월 27일 목요일>
崔南連 氏에서 一金 壹拾萬 원 借用햇다.
終日 눈이 많이 來럿다.
舍郞에서 讀書만 햇다.
崔南連 氏 白康俊 氏가 왔다. 終日 談話만
하고 日課는 맞이엿다.

<1986년 2월 28일 금요일>
成東이가 外出의 用錢으로 五萬 원을 用貸
해 왔다. 그래서 只沙 金喜植 妹 結{婚}에
壹萬 원 光州 震宇에 壹萬 원 崔南連 氏에
五仟 원 大里 金哲浩에 五仟 원式 封入하
야 參萬 원을 投入해 準備햇다.
成傑이가 訓鍊次 왔다 必要하다고 一金 參
拾萬 원을 要求해서 崔南連 氏에서 借用
해다가 成傑에 주면서 一個月 後에 꼭 갑
아라 햇다.
崔南連 氏하고 同伴해서 金哲浩 回甲宴에
미리 갓다. 三月 一日 來日 일을 보기 위하

야 人事을 닥앗다.
成傑이는 母들 父가 不遠 濟州島[濟州道]
에 간다고 해든바(成東 母가) 그려면 貳萬
원을 주면서 보태 쓰라고 주웟다고 成東 母
는 내게 주드라.
客土 投入[投入] 條 資金을 成東이 便에
六拾萬 원을 融資해 왓다. 一年据置 二年
償{還} 條件을 해왓다.

<1986년 3월 1일 토요일>
光州에 가기로 하야 基宇 집에 갓다.
自家用 택시를 不遠에 購入햇다고 하야 光
州가지 택시로 갓다.
禮式을 맞이고 오는데 地理를 잘 몰나서
淳昌으로 온다는 게 가다 보니 全州方面
高速道路가 生起에[생겨] 뒤도라 슬 수도
없어 全州로 도라 오는데 約 三時間이 經
過햇다.
大里 哲浩 집을 단여 밤에 왓다.

<1986년 3월 2일 일요일>
鄭鉉一 丁基善과 同伴하야 崔南連 氏를
禮訪하고 女息 結婚에 不參해서 未安함
傳하고 一金 貳萬 五仟 원을 傳햇다.
安養에 郭炳鉉 氏 同婿가 電話로 不遠 打
合之事가 있으니 相逢을 要해 왓다.
成曉 母는 어제 光州 結婚에 參席하고 오
늘 왓다.

<1986년 3월 3일 월요일>
大里 金承浩 便에 까스렌지 一組을 組立
햇다. 貸價는 一三萬 五仟 원에 外上으로
드렷다.
成東 農協에서 客土資金 六拾萬 원을 貸
借하야 其中 一部 貳拾壹萬 六仟 원을 嚴

俊祥 氏 元利金을 淸算햇다. 俊祥 氏는 술이
취햇지만 방바닥에 늣코 婦人에 당부햇다.

<1986년 3월 4일 화요일>
德峙 崔福洙 氏를 禮訪햇다. 注要[主要]
로 龍云峙 사람들이 內外가 많이 왓다.
驛前 李相燮 新聞代 二月分까지 一金 壹
萬 원 주웟다.
畜舍 牛 較尾[交尾]를 시켯다. 二八五日
出生이면 十二月 十五日이 된다.

<1986년 3월 5일 수요일>
靑云洞 喪家宅에 弔問하고 終日 노랏다.
듯자니 賭博板이 벌어저 尹龍文 같은 사람
은 夫婦가 서울서 雇傭사리 하야 幾百萬
원을 募인 것으로 아는데 相當히 퍼냇다고
들엇다.
聖壽面 三峰里 朴 氏 八二年度 鄕校掌議
인데 相面햇다.

<1986년 3월 6일 목요일>
喪家에 가서 出喪한 데 보고 바로 館村에
갓다. 金宗喆에 揮發油代로 주고 成苑 집
을 단여 南原 成樂 移居집에 갓다.
成東이하고 同行하야 집에 왓다.

<1986년 3월 7일 금요일>
成東이하고 靑云洞에 移秧 上土를 파로 갓
다. 農路가 좃이 못해서 耕耘機가 故章을
이르켯다. 成東이는 附品을 사로 가고 나는
加工協會 郡廳 主催 會議에 갓다.
會議場에서 前 行政係長 李 氏가 相面하고
成樂 關係 件을 내면서 全體가 自己의 債
任이라면서 證人을 對달아면 後에 對드리
겟다고 햇다. 그만 끝내면 되지 안나 햇다.

<1986년 3월 8일 토요일>
八時 四八分 列車로 安養에 到着한니 二
時엿다. 對面의 案件는 外家의 之事엿다.
上關面에 外祖父 所有가 잇는데 現在 엇
이 되여 잇는지 如否[與否]를 알아바 달아
고엿다.
成康에 전화만 通話햇다.
午後 四時 三三分 列車로 全州를 經由하
야 집에 온니 一○時쯤. 任實 食口가 全員
募엿다. 旅비도 주드라.

<1986년 3월 9일 일요일>
成東 內外는 鎭安에 妻男 移事[移徒]하는
데 協助하려 햇다.
館村에서 쥐약을 購入해다 고초苗田에 散
布[撒布]하고 衣불이 더퍼[덮어] 주웟다.
揮發油를 六日 字로 一,五○○원어치를 사
서 油入햇는데 三日 만에 없으니 異常하게
여겻다.
成曉 食口는 澤俊의 車便으로 떠낫다.

<1986년 3월 10일 월요일>
郭秉鉉 氏 之事로 靑雄面 官古里119를 二
往復을 햇다. 任實邑事務所에서 戶籍係長
하고 相議하야 舊戶籍을 閱覽한바 韓祥教
와 女 秉鉉 氏 母와는 何等으 親權之間이
못 되드라. 그래서 本 事件을 執行할 수 없
서 抛棄하고 밤늦게사 歸家햇다. 中食도
兄 秉浩 氏에서 햇다.
成傑이가 苗板用 竹角 一束(四○○개)을
보내 왓다.

<1986년 3월 11일 화요일>
成東이하고 갖이 移秧用 上土를 靑云에서
五車를 운반햇다.

<1986년 3월 12일 수요일>
新沃坪 作人總會議日이다. 所任者 者을
更新選出 林澤俊 指示코 新開畓은 斗落當
白米 三斗식을 指定 約 五叺 程度는 되는
데 一時 預託하라고 指示햇다.
밤에 水原서 成奉이가 電話햇는데 成康이
가 午後에 집을 내려갓다고. 그러나 到着은
안코 出金傳票를 가지고 가다면서 急電을
要햇다. 異常햇다.

<1986년 3월 13일 목요일>
비는 終日 내리는데 成東 新友[親友]가 왓
다. 舍郎을 비워주고 養老堂에 갓다.
바로 택시 便으로 任實까지 同行햇다.
밤에는 哲浩 氏와 갖이 운수旅館에서 갖이
投宿햇다.

<1986년 3월 14일 금요일>
아침에 鄕校에 간바 曲祝官120으로 指定하
야 朝食도 끝이 나기 전에 再促이 深햇다.
바로 曲祝官 行爲을 執行하고 眞設[陳設]
까지 햇다.
中食을 맞이고 바로 出發해 歸家햇다.

<1986년 3월 15일 토요일>
14日 밤 任實 유수旅館에서 드른(哲浩) 말

---

119 청웅면에는 이러한 명칭의 마을이 없고, 이와 유
사하게 九皐里라는 마을이 있기는 하나 분명치
않다.

120 여기서 '曲祝官'이란 아마도 향교의 춘계제전에
서 축관 역할을 수행했다는 뜻으로 '典祝官'을
쓰려던 것이 오기된 경우라고 생각된다. 실제 일
기 용례에서 '體典'을 '體曲'으로 표기하는 것과
같이 典을 曲으로 오기하는 경우가 몇 차례 있
었다.

인데 館{村} 崔炳基 氏 安否을 무르니 哲
浩 氏는 炳基는 旣히 서울을 가고 郭福基
가 家屋을 買收하야 殘金은 郭道燁에 白
米로 四二叺을 주라고 하고 斗流 朴福來에
서 四百萬 원 康治根 氏에서 四百萬 원 其
他 ○○○萬 원이라면서 康治根 條는 崔宗
仁 男妹間에 保證을 섯다고 드렷다.
그런 소리를 듯고 不安햇다. 成曉 契쌀 五
叺 四斗 大宗穀 六叺 私宗곡 一叺 계 十二
叺 四斗 남앗{는}데 本人 自體가 不良하다
고 본다.

三月 十五日[121]
成東 內外는 二泊 三日 豫定으로 雪儼山
[雪嶽山] 求景하려 出發햇다. 約 五○餘
名이라고 햇다.

<1986년 3월 16일 일요일.
水原서 成康이가 왓다. 印鑑證明을 내서
融資을 받아 私債 整理키 爲하야엿다.
듯자니 成奉 內子가 살임을 잘 하드라면서
食事도 잘 해주고 作業도 같이 한다면서
미듬직하드라고 햇다.

三月 十六日
서울서 許俊晩이가 왓다. 藥材을 播種해
보라고. 用金 五千 원을 주고 가드라.

---

[121] 1986년 일기장은 각 날짜별로 칸을 나누어 인쇄
된 일기장이므로, 기록할 내용이 해당 날짜의
쓸 수 있는 공간을 넘어서면 별도로 칸을 찾아
기록할 수밖에 없게 되어 있다. 이 부분은 3월
16일의 기록에 이어 '三月 十五日'이라고 날짜
를 별기한 후 원래의 3월 15일 자 내용에 이어
별도로 적은 부분인데, 여기에서는 3월 15일 자
기록에 이어서 입력하였다. 3월 16일 자 아래의
'三月 十六日'라고 새 날짜를 적고 내용을 기록
한 것도 같은 이유에서이다.

昌宇 집을 단여 成奎 집가지 둘여 왔다.

<1986년 3월 17일 월요일>
朝食 後에 畜舍 牛가 새기를 낫다. 똥에다
새기를 난바 물을 데다 시겻다. 새기는 健
康햇다.
耕耘機를 利用해서 집[짚]도 실여 오고 율
무때도 실예 왔다.
一○時 半쯤에야 成東 內外는 旅行을 맞이
고 왔다.

<1986년 3월 18일 화요일>
終日 쉴 사이 없이 내렷다.
舍郞에 終日 讀書만 하고 하루를 보낸다.
田畓으로 단이며 活動을 해야 하는데 꼼짝
못하고 있아오니 不安하고 답〃햇다.

<1986년 3월 19일 수요일>
成東이를 農協에 보내서 成康 條 融資金
(營農資金) 五○萬 원을 貸付하야 李道植
氏 二○九,○○○ 丁基善 二一○,○○○
계 四一九,○○○을 淸算해 주고 殘金 八
一,○○○원는 成康 母에 傳해 주웟다.
昌宇는 同窓會員 約 二○餘 名이 參席햇
다. 中食 夕食까지도 갖이 햇다.
李道植 氏는 元利金을 淸算하는데 九,○
○○원을 빼주드라. 未安하드라.

<1986년 3월 20일 목요일>
大里에서 理髮을 햇다. 數年間 驛前에서
해왓는데 高 氏 休業을 하는 통에 할 수 없
이 大里로 옴겻다.
驛前에서 外上으로 燃突[煙突] 세멘을 가
저왓는데 外上이엿다.

<1986년 3월 21일 금요일>
家族기리 乾燥場[乾燥場]을 새보들 논에
다 옴겻다.
沈參茂에서 乾燥場 一凍[一棟]分 파이푸
二〇介을 貸여해 왓다.
夕陽에 新平面農協에 가서 비니루 五棟[五
棟]分 三萬 五仟 원에 外上으로 引受해 왓다.
늦게까지 參茂 일군하고 갖이 비니루를 씨
웟다.
밤에 成奉에서 二十五日 上京해 달아고 전
화가 왓다.

<1986년 3월 22일 토요일>
德峙 望月里122에서 崔福洙가 왓다. 대사
리[다슬기]를 삿다고 가저왓는데 술하고
中食을 侍接[待接]하고 대사리갑도 三仟
원을 주워 보냇다.
成傑 仲賣[仲媒]을 하겟다고 해서 生年月
日을 저거 보냇다. 못지는 못하지만.

<1986년 3월 23일 일요일>
丁振根이가 왓다. 手足이 不平[不便]하다
햇든니 外製 藥이라고 去風活濕丸이란 丸
藥을 三日分이라고 가저왓다.
移秧用 上土를 사래로 처 노왓다.
成康 妻 關係로 成曉 家蔟[家族]과 갖이
相議햇든니 不應하고 아버지만 단여오시
요 햇다.

<1986년 3월 24일 월요일>
庭園에다 乾燥場을 設置햇다.

고초 移植場에 耕耘機로 노타리를 하고 堆
肥까지 混合 第二次로 노타리를 햇다.
明日 水原 車票를 夕陽에 사왓다.

<1986년 3월 25일 화요일>
八時 四〇分 列車로 成康 母하고 同伴하
야 水原에 갓다. 成奉 집에서 中食을 하고
成康 妻母와 딸하고 갖이 對話을 햇다. 妻
處에서 要求條件는 本妻와 이혼을 債任지
겟소 햇다. 지마 하고 作別햇다.
밤 六時에 列車를 타고 裡里에 九時 三〇
分 着. 下宿집에서 잣다.

<1986년 3월 26일 수요일>
아침 八時 三〇分에 館村驛 着햇다.
집에 고초 苗木 移植하는데 보고 面에 갓
다. 成康의 付託 이혼 關係로 戶籍係長하
고 相議햇든니 신판이혼[심판이혼] 신청을
提示하라 햇다. 旣히 伊西面 서울 獨山洞
[禿山洞]에 依賴하야 料金은 四仟 원이 들
엇다. 아마도 힘이 들 것 갓다.
싸이카 다이여[타이어] 外上으로 一三,〇
〇〇원에 交替햇다.

<1986년 3월 27일 목요일>
全州 法院 앞에 行政代書所 林채수을 訪
問햇다. 成康 이혼 關係를 打合코 不遠 一
件 書類를 가추어 오겟다고 햇다.
안경집에서 長거리 도수을 맞우워 一四,〇
〇〇원에 買收햇다.
새기도 二玉 四,〇〇〇원에 사서 왓다.

<1986년 3월 28일 금요일>
庭園에 乾燥場 設置. 角木을 사다 前後 門
을 달고 村前에 고초 溫床도 前後 門을 달

앗다.

全州 泰宇에서 전화가 왓는데 三〇日 光州
를 못 가겟다고 一金 壹萬 원만 代拂해 달
아고.

<1986년 3월 29일 토요일>
午前 中에는 桑木을 屈取[掘取]햇다.
午後에는 成東이도 同窓會에 가고 成允이
도 全州 가고 나 혼자만니 家事에 從事햇
다. 勞力이 만햇다.
種籾도 藥物을 二四時間 만에 갈고 票紙
[表紙]도 부첫다.
伊西에서는 戶籍謄本이 回報가 왓다.

<1986년 3월 30일 일요일>
全州에서 九時 二〇分 高束으로 光州 着.
十一時 三〇分 着햇다. 寶城 堂叔는 長期
病으로 古生[苦生]하드라.
全州 태宇가 付託해서 一金 壹萬 원을 代
納해 주윗다.
禮式이 끝이 나고 三時 二〇分에 光州에서
出發 집에 五時에 當햇다.

<1986년 3월 31일 월요일>
발미하려 人夫 五名하고 갖이 한바 終日
勞苦가 많앗다. 手足이 被곤[疲困]햇다.

<1986년 4월 1일 화요일>
成東이는 郡에 會議를 가고 나는 內外가
同伴하야 安承均 氏하고 南原 옹정리 金
池藥局에 造製[調劑]하려 갓다. 진맥도 하
고 藥은 萬 원치를 지엿다. 十八日分.
十一時 列車로 오려 햇든니 承黙 氏가 딸
에 집에 갖이 가자고 하야 간바 많은 페를
끼치고 왓다. 大端이 未安햇다.

<1986년 4월 2일 수요일>
鄭泰植가 콤바이[콤바인]로 桑木을 屈取
햇다. 그래도 못다 햇다.
鷄舍을 손보고 牛舍을 가보니 水路 맥하여
[막히어] 水道 不通햇다. 完全히 除据[除
去]햇다.
終日 休息할 餘有 없이 終日 뛰엿다.

<1986년 4월 3일 목요일>
家蔟기리 後田 苗桑을 屈取햇다. 매우 複
雜多難事엿다. 그래도 殘在가 잇다.

<1986년 4월 4일 금요일>
아침에 成傑가 全州에서 왓다. 崔南連 氏
에서 成傑이가 參拾萬 원 借用한바 오늘
바로 參拾萬 六仟 원을 償還해 주윗다.
用金으로 貳萬 五仟 원 주면서 쓰시라고
햇다. 未安하지만 받앗다.

<1986년 4월 5일 토요일>
午前 中에는 집에서 熱心이 일하고 十二時
에 全州 朴泰珍 女息 結婚式場에 갓다. 同
窓會員 一〇餘 名을 相面햇다.
中食이 끝나고 바로 鎭安 宋 氏 사돈宅을
訪問햇다.
바로 全州을 지나서 집에 온니 八時엿다.
明日 連山 墓祠[墓祀]에 갈 祭軍 四名 車
票을 사가지고 왓다.

<1986년 4월 6일 일요일>
連山 墓祠에 昌宇 炳基 炳列 四人이 特急
으로 갓다.
位土稅는 五斗代 四萬 원을 밧고 酒代 旅
費 祭床代 計 二萬 參仟九百을 消耗하고
一六,一〇〇원을 殘金으로 保菅[保管]하

고 잇다.
驛前에서 炳基을 個別 相對하고 契穀을
要求햇든니 林野나 賣渡하면 주겟다고.

<1986년 4월 7일 월요일>
後田에서 桑木을 終日 운반을 끝냇다.
밤 八時경 李相勳 婦人이 왓다. 市外電話
을 申請하려 왓으니 교환이 밧이를 안는다.
오늘 十一時경에 와서 信號를 해도 밧이
안는다. 四月 四日 安善模 婦人이 信號를
一〇次나 해도 밧이 안하 포기하고 갓다.
三月 三十日 밤에 鄭柱相 氏도 전화하려
왓다가 밧이 안해서 간 事實이 잇다.
할 수 없이 支署 申告햇다.

<1986년 4월 8일 화요일>
家簇[家族]기리 相子예 種籾을 入相[入
箱]햇다.

<1986년 4월 9일 수요일>
完宇 父 小祥이다. 光州에서 南原서 올 줄
알앗든니 不參햇드라. 地方에서 몃 왓지 통
없드라.
昌宇는 約 參拾餘萬 원 損害을 보왓다고.

<1986년 4월 10일 목요일>
家簇기리 種籾을 入相한바 全部 四二〇개
엿다.

<1986년 4월 11일 금요일>
孫周喆 氏 回甲에 參禮햇다.
任實에 갓다. 信用組合에서 三七,〇〇〇원
을 引出하고 成曉 집에 갓다.
炳基 氏 林野가 新田里에서 賣渡되엿다고
듯고 바로 館村 炳基 氏을 訪問한바 不在

中나 叔母 되는 니를 밧으니 그려치 안타고
햇다.

<1986년 4월 12일 토요일>
아침에 炳基 氏가 電話로 王板 宗山 宗畓
地番地積을 물엇다. 알 수 업다고 하고 理
由을 무럿든니 軍基地 作業이라고. 그 분
이 何等의 權利가 없는데 生覺햇다.
昌宇 生日 招請해서 가보니 柳正進 妻男
尹在玄(월주리) 外人은 그뿐이드라. 朝食
갗이 햇다.

<1986년 4월 13일 일요일>
成東이하고 庭園에 觀象樹[觀賞樹]을 約
十八柱[一株]을 造成햇다. 家簇끼리 田에
원두충 藥木에 肥料 堆肥을 投入햇다.
任實 큰메누리가 明日 濟州道 旅行에 쓰시
라고 萬 원을 주고 갓다. 夕陽에 成苑이 萬
원을 주면서 잘 단여오라 햇다.
明日 濟州道 旅行에 男女가 準備에 분주
하드라.

<1986년 4월 14일 월요일>
집에다 私錢 四萬 원 - 전화料金 二一,五
〇〇 계 六一,五〇〇원을 秘장하고 갓다.
里에서 正却[正刻] 八時에 出發하야 木浦
에 十二時에 到着햇다.
遊達山[儒達山]에 단여서 一時 半쯤 中食
을 機待하다[機待하다(기다리다)] 四時에
渡船햇다.
濟州에는 밤 一〇時 着한바 船場에 金南圭
內外가 伴迎을 나왓드라.

<1986년 4월 15일 화요일>
朝食 後에는 抗蒙殉義碑을 求景하고 芳名

錄에 代表로 名記햇다.
다음은 挾才窟[狹才窟] - 雙龍窟을 求景
코 山古寺[山房窟寺]을 据處서 藥水터에
서 飮水하고 下山햇다.
다음은 西歸浦 向해서 天帝樓을 求景코 仙
臨橋를 건넛다.
第一 瀑甫水[瀑布水] - 第二 瀑甫水를 求
景햇다.

<1986년 4월 16일 수요일>
天池淵에서 우리 一行을 團體로 사진을 찍
고 夕陽에 日出峰을 乘山[昇山]코 萬丈窟
을 七〇〇m 드려갓다.
崔容安 農場을 들여 繕物[膳物]도 바닷다.

<1986년 4월 17일 목요일>
午後 三時쯤에야 뻐스 一臺가 나타낫다.
마음 不安햇다. 三南會社를 非平[批評]햇
다. 求景갈 데도 못 가고 六時에 飛行機 乘
車코 光州에 當하니 三南뻐스가 있드라.
바로 乘車하야 發車하는데 車中에서 會社
를 까기 始作하고 不良한 會社라고 햇다.
운전수는 내가 무슨 罪요 一日 萬 원 받고
잇소 하드라.

<1986년 4월 18일 금요일>
서울 金鴻翼 妹弟에 依하면 全州地方法院
에 金成漢 氏 部長判事라고 잇는데 親友
의 子라고 하고 무슨 之事가 있으면 알이라
고 햇다.
婦人 몇 분이 全州 會社를 訪問하고 謝過
를 밧고 謝禮金으로 받아 繕物을 가저왓다
고 들엇다.

<1986년 4월 19일 토요일>
館村驛前에서 大里 李鍾南 內外를 相面햇
든니 南原 成樂이가 職場이 나갓다고 하고
生活之事를 엇더케 하느야 햇다.
濟州에 金南圭 付託으로 館村面事무소에
들이여 除籍簿를 覽한바 如前 本貫는 金海
로 되엿드라. 靑{雄} 金永萬을 맛내고 本
事件을 위任햇다.

<1986년 4월 20일 일요일>
豚足에다 부자藥을 너서 끄려서 製作햇다.
夕陽에 마셔보니 異常은 없드라.
※ 後계者育成資金 六拾萬 원을 貸付는 치
갑[齒값](입발) 二〇萬 원 노타리 一〇
肥料代 一部 七萬 원 飼料 八萬 원 등을
주기 위해서 貸付을 바닷다.
草種代 옥수수代도 拂入 햇다고.

<1986년 4월 21일 월요일>
舍宅 牛舍 암소를 後牛舍로 옴겨고 새기는
멧다.
成允이는 오늘 全州로 徵兵檢查 하려 갓다.

<1986년 4월 22일 화요일>
人夫 三名을 同伴해서 終日 宗山에서 燃
料 枝葉 下山作業을 갖이 햇다.
밤에는 몹시 고달푸드라.

<1986년 4월 23일 수요일>
里民 몃 분이 同行해서 廉東根 氏 子 結婚
식에 參席햇다.
成康 母 진갑일이라고 해서 가 보왓다. 水
原서 成奉 妻도 館村 成苑 內外도 왓다. 동
내 婦人이 募여 終日 잘 노랏다.
任實에 成曉는 몰앗다고 하든니 밤에 또

왓드라. 할 말이 만햇지만 黙忍[黙認]햇다.

<1986년 4월 24일 목요일>
來日 養老會員 旅行 準備하고 이발[이빨]
代 二〇萬 원을 주웟다.
鄭九福 韓相俊은 五月 末日를 하야 내게
約束코 갓다.
밤에 三八名分 群山行 列車票 一八,〇〇
〇원에 賣入[買入]해 왓다.

<1986년 4월 25일 금요일>
養老會員 男女 三八名을 데리고 群山에
갓다. 公園을에서 中食 하고 長項을 渡船
하야 魚市場을 둘여보고 밤 七時에 無事히
歸家햇다.
路上에서 鄭九福 婦人 牟潤植 婦人이 是
非가 부텃는데 참마 볼 수도 없고 들을 수
도 없드라. 非人生들로 보왓다.

<1986년 4월 26일 토요일>
成東이는 林澤俊에서 五萬 원 借用하고 白
米 一叺 賣渡 五七,〇〇〇 計 拾萬 七仟을
가지고 南原稅金 二九,〇〇〇원 고초 멀칭
三九,〇〇〇 까스레지代 月報[月賦] 三〇,
〇〇〇원을 주웟다고 햇다.
靑云 高相厚 氏가 招請해서 가보니 位瞻
[爲先]한다고 人夫가 五, 六名이 役事하고
잇드라. 中食만 갖이 하고 왓다.

<1986년 4월 27일 일요일>
韓계錫 金三浩을 오라 해서 어제 群山旅行
收入支出 決算을 밧다. 收入 三一六,六五
〇 支出 二二六,五〇〇[二二五,六五〇]
殘 九一,〇〇〇원을 保管햇다.
全州 李虔鎬 氏 五男 結婚式에 參席하고

바로 任實驛前 金今南 回甲에 參席하고
作別 時에 晉領 朴公熙을 相面하고 酒店
에서 한 잔식 노누고 왓다.

<1986년 4월 28일 월요일>
韓相俊 丁基善 同伴하야 筆洞區域에 고사
리를 끈으로 갓다. 헤매다가 空탕하고 왓다.
아침에는 宋成龍 生日이라고 招請해서 朝
食을 하고 群山旅行 收入支出 決算을 해
주엇다.
멋 〃이 尹鎬錫 問病을 햇다.

<1986년 4월 29일 화요일>
成允 成東 나 家簇 全員이 動員되여 고초
밭에 堆肥 運搬 散布 作業을 午前에 햇다.
成允이는 現役軍人에 志願한다면서 願書
에 父으 書名捺印을 要하고 오늘 願書을
내면 五月 一日 論山訓鍊所에서 身體檢査
을 밧고 五月 三〇頃 可不[可否]가 決定
通報한다고 햇다. 合格이면 七月 中에 入
隊가 可能하다고 햇다.
旅費 七仟 원을 주고 오늘밤은 裡里 成玉
에서 자고 三〇日 論山에 가서 자고 五月
一日 身檢한다고 햇다.
마음은 괴로와도 제가 공부가 不足하야 大
入 不合{格}했으니 道理가 없다.

<1986년 4월 30일 수요일>
噴霧機[噴霧器]를 市場에서 修理하고 苗床
農藥을 購入(벰리트을) 苗板에 散布햇다.
비니루를 全部 除据햇다.

<1986년 5월 1일 목요일>
終日 비가 내려 舍郞에서 休息.
苗床을 보니 多少 느그려저 黃色으로 변해

지드라.
完宇 弟가 結婚하고 濟州島 新婚旅行을
단여왔다고 朝食을 갖이 하자고 해서 갖이
만 大小間인데 內外間의 人事法이 없드라.
敎信者라 그런지는 모르지만 道理는 안니
드라.

<1986년 5월 2일 금요일>
人夫 三人 꽃이[같이] 長斫을 패는 데 協
力햇다.
夕陽에는 具會鎭 父 小祥에 弔問햇다.

<1986년 5월 3일 토요일>
家庭에서 일을 보고 昌宇 집에 가서 明日
麗水 旅行 準備하는데 가보왔다.

<1986년 5월 4일 일요일>
아침 五時 四〇分 列車로 男女 九名이 麗
水行을 햇다.
九時 三〇分 着. 오동도를 据處서 大橋를
건너서 船便으로 麗水港에 왔다.
間단[簡單]이 食事를 맞이고 五時 三五分
列車에 乘車. 집에 오니 一〇時엿다.

<1986년 5월 5일 월요일>
丁基善하고 同伴해서 任實 李증빈 氏 子
結婚式에 參席 햇다.
成曉 집을 訪問햇든니 全員 不在엿다.
夕陽에 古品 테레비 一臺가 通運에 잇다고
해서 가저왔다.
相範이가 단여갓다.

<1986년 5월 6일 화요일>
婦人 二名 家簇 全員 七名 鄭圭太 氏 八名
이 全動員해서 고초 두럭을 첫다.

成允이는 論山에 志願試驗 보려 간다고 갓다.
夕陽에 館村 炳基 堂叔母 回甲日이라고
招請해 갓다. 子息들 메누리들이 왓드라.
밤에 집에 왔다.

<1986년 5월 7일 수요일>
人夫 婦人 三名 家簇 七名이 動員해서 고
초 移植 두력을 첫다.
梁奉俊 氏 집을 訪問햇든니 祭酒를 주워
취해 버렷다.
午後에는 休息햇다.

<1986년 5월 8일 목요일>
大里國校 어버이날에 養老會 代表로 參席
햇다. 老人들 만나고 갖이 中食을 햇다. 一
金 五仟 원도 傳達햇다.

<1986년 5월 9일 금요일>
南原 甕井에 藥을 지려 갓다. 一金 壹萬 원
을 주고 十八日分.
成東이는 丁基善 移秧을 始作으로 午後에
着手햇다.

<1986년 5월 10일 토요일>
家簇에 全員 動員하야 成東이는 노타리 成
允이를 데리고 논 고루고 相子를 떼여 옴
김. 作業 大端이 勞苦役이엿다.
메누리는 肥料 散布. 成東 母는 놉을 데리
고 참깨 심기를 햇다.

<1986년 5월 11일 일요일>
三斗只만 첫 모내기 햇다.
成東이는 他人의 機械移秧 하려 갓다.
成允하고 두리 終日 노[논] 고루기 햇다.
耕耘機로 利用하는데 成允가 할 줄 알드

라. 그러나 처음이라 애는 먹으로되 不安感
은 만트라.
上級校에 進學도 못하고 農村物이 되다니
生覺하니 本人도 生覺이 다를 테지만 父母
로서는 아주 不安햇다.

<1986년 5월 12일 월요일>
오늘은 成允하고 午前 中만 논을 고루고.
듯자니 鄭鉉一이가 交通事故로 예수病院
에 入院햇다고. 午後에는 丁基善 崔完宇
成奎하고 同伴하야 問病을 갓다. 大端치는
않트라.
배답 移秧은 未完햇지만 成東이는 술이 취
한 듯 허성구성 하는데 不安햇다.

<1986년 5월 13일 화요일>
배답 移秧하려 간바 機械가 고장을 이르켜
할 수 엽시 任實에 가서 손을 보고 마참 安
永模의 機械가 구랏지[클러치]가 떠려젓
다고 하기에 全州로 갓다. 비는 終日 내리
는데 附品은 購入해 왔다.
夕陽에 듯자하니 安承均 氏 만[말]에 依하
면 鄭鉉一 問病을 갓다 온다면서 病이 惡
化되여 헛소리를 한다고.

<1986년 5월 14일 수요일>
食前에 鄭泰植이가 와서 어제 아버지 뇌를
手術햇다고 햇다. 萬諾[萬若]에 手術을 하
지 않으면 不遠이면 死할 지경에 달해서 햇
다고.
家簇이 全員 動員하고 任實 相範 母까지
오래서 그리고 耕耘機도 成奎야를 代用하
야 고초 正植[定植]을 햇다. 뒤밭에만 끝냇
다. 오늘은 移秧을 全部 페지하고 技士들
은 各自 私務에 들엇다.

丁宗燁 鄭宰澤 相子를 一二〇개 各 〃 보
내 주웟다.

<1986년 5월 15일 목요일>
成允을 同伴해서 몰엥이논을 고루는데 愛
勞[隘路]가 多樣햇다.
日氣는 强風으로 매우 추웟다.
夕陽에 驛前에서 成傑이가 전화로 成允을
오라 해야 갖이 馬山으로 同行. 助手資格
으로 갓다.

<1986년 5월 16일 금요일>
오늘도 終日 분주하고 多忙多大햇다. 古夫
[姑婦]기리는 王板 율무를 심으로 가고 成
東이는 移秧하려 가고 나는 모 때우고 고초
乾燥場 整理햇다.
連日 日課가 딱 재이여 조금도 餘暇는 없다.

<1986년 5월 17일 토요일>
몰엥이 五斗只 移秧을 끝냇다.
日氣도 淸明한데 多幸으로 移種햇다.
夕陽에 牟圭煥 機械가 故章이 낫다. 任實
을 据處서 南原에서 購入해 왔다.
兄嫂 問病하려 갓다. 病者는 눈물을 흘이
면서 국기[죽기]를 시려하드라. 只沙 寧川
딸에 전화해서 왔다 가라 햇다.

<1986년 5월 18일 일요일>
移秧機 附品을 購入하려 갓다.
只沙에서 點順이가 왔다. 成苑도 왓드라.
成東이는 終日 移秧햇다.

<1986년 5월 19일 월요일>
家簇이 全員 動員하야 고초苗 移植햇다.
約 二萬 本 豫定.

多幸 間夜에 단비가 내려 支章[支障]은 없섯다.
成允이는 軍 志願한바 不合格햇다고 햇다.
成奉에게 電話하야 不遠 보낼 터이니 利用하라 햇다.

<1986년 5월 20일 화요일>
成東이는 屏巖里 사람 모내기 해주고 鄭柱相 金進映 모 심다 未決햇다.
成允이를 水原 成奉 집으로 보내기로 햇든니 成奉이 休假[休暇]로 依하야 압동첫다. 다음에 보내야겟다.
고초밭 菅理[管理] 村前畓 고초溫床 整理 두력 베기 논 整理햇다.

<1986년 5월 21일 수요일>
丁基善을 同伴해서 面 愛鄕運動 面支部 結成을 햇다. 郡에서 朴勝干 氏도 參席햇다.
中食을 마치고 갗이 예수病院에 鄭鉉一을 問病한바 精神이 바로 잡이지 못하고 농 비슷하드라.
또 韓相俊 딸이 學校 가다 貨車에 닺이여 入院 中이드라.

<1986년 5월 22일 목요일>
成東이는 논가리 하는데 나는 牟潤植 氏 논으로 水門을 파고 노왓다.
丁基善 氏에서 一金 五萬 원을 借用해 왓다. 用金도 없고 고초밭에 農藥도 사기 위하여 借貸햇다.

<1986년 5월 23일 금요일>
새보들 二斗只 노타리 하고 平線[平坦] 作業을 끝내고 苗도 드려냇다.
嚴俊峰 便에 듯자한니 全州 鉉一의 病勢가 惡化되 異識[意識] 不明이라고 들엇다.
夕陽에 成允는 水原 成奉 兄에 간다 떠낫다. 兄 시키는 대로 잘 해보고 苦生도 해보라 햇다.

<1986년 5월 24일 토요일>
새보들 물대기 한바 不平햇다.
靑云洞 모내기 하는데 丁基善하고 同行해 가 밧다.
成奎 問病햇든니 不遠間이드라.

<1986년 5월 25일 일요일>
家族기리 苗를 때우면서 成東이는 새보들 二斗只을 機械로 移秧을 끝냇다.
苗가 모자라서 靑云洞에 갓다. 崔松吉에서 반 두력을 購해 놋코 왓다.
今日도 終日 愛苦[哀苦]가 만햇다.

<1986년 5월 26일 월요일>
終日 家簇끼리 苗 때우기 除草濟[除草劑] 散布. 苦役이엿다.

<1986년 5월 27일 화요일>
못텡이 畓 除草濟 뿌리고 成東이는 今日로 機械移秧을 끝냇다. 成奎.
밤 十一時경에 서울 成吉이가 入院햇고 遺言을 傳해겟다고 成奎을 急이 오라 햇다.

<1986년 5월 28일 수요일>
아침에 成奎 집에 가보니 곳 도라가게 되엿드라 서울로 전하야 못 가겟다고 한바 成吉의 病勢도 惡化되여 不遠이면 別世하겟다고 햇다. 午後 八時 三〇分쯤 兄수는 숨을 거두웟다.
各處 親家에 電話를 通하야 訃音을 알엿다.

서울 孫 서방 內外가 問病온바 終身을 햇다.

<1986년 5월 29일 목요일>
새벼[새벽]부터 내리는 비는 終日 내렷다.
人便으로 訃告를 專[傳]한바 雨中이라도
地方에서 多少 弔問客이 왓다.
夕陽에 入棺 中이데 서울 範이가 兄弟間에
當햇다.
菊花 內外도 參席햇다.

<1986년 5월 30일 금요일>
出喪日이다.
비는 개고 淸明햇다 住民들이 多數 參禮하
야 無事이 出喪을 끝냇다.
外來客은 全員 가고 딸만 三慕[三虞]을 보
기 위하야 남앗다. 賻儀도 參萬 원 만드려
주윗다.

<1986년 5월 31일 토요일>
全州에 求景次 가보려 햇는데 終日 苗만
때웟다.

<1986년 6월 1일 일요일>
十一時경 乃宇 成奎 成赫 內外 成英 德順
金三浩 七名이 同伴해서 成吉 問病을 하
려 病院으로 行햇다. 日曜日이라 範도 동
생도 病院에 잇드라. 病勢는 惡化된듯 回
生하기는 不能하겟드라. 死後 葬地는 어데
로 定할 테야 물으니 圓拂敎[圓佛敎] 共同
墓地로 定햇다고 하드라.
不動産의 田畓과 住宅은 목을 거여 子息에
定希햇나 무르니 헐 것이나 잇느야 하드라.
뭇고 싶은 것은 成奎가 其間에 先塋도 慕
侍엿고 兩親父母 死後까지 먹새 藥수새 生
存 時 旅行비 等 〃 多額을 支出햇으니 母

親이 生存한 것으로 보고 논 三斗只을 成
奎 讓保[讓步]하라 햇든니 不應하드라. 그
려다 끝판에 生覺해 보겟소는 햇지만 不可
心인 듯십으라.
밤에는 範이 집에서 投宿하려 한바 南禮
內外가 와서 제집으로 가시자고 勸하는데
三浩 氏을 두고 갈 수는 없어 不應햇다.

<1986년 6월 2일 월요일>
二日에는[123] 病院을 다시 訪問하고 成康이
를 面談하고 前妻에 對策을 促求햇다.
病院에서 作別人事하고 三浩하고 出發 水
原 딸에 집으로 行하야 中食을 待接 밧고
바로 成奉 事業場으로 行햇다. 作業狀況을
살펴보고 成允도 맛나서 熱心이 일하고 冊
도 일거보라 햇다.
四時 車로 出發 집에 오니 一○時쯤 되엿
드라.
成奉가 旅費 二萬 원 주드라.

<1986년 6월 3일 화요일>
成東이하고 晉山에 가서 고초 말을 茂木
[伐木]해 왔다.
午後부터 각기 始作햇다.

<1986년 6월 4일 수요일>
終日 새보들논에 苗를 때웟다.
成東이는 昌宇 북골 移秧하는데 노타리 첫다.

---

123 "二日에는"이라는 말로 시작하는 것으로 볼 때
6월 1일과 2일의 일기는 아마도 타지로 출타한
터라 매일 일기를 적지 못하다가 2일이나 집으
로 돌아온 다음날에 한꺼번에 기록한 것이지 않
나 추정된다. 원문에서는 1일 자의 일기를 2일
자 지면에까지 이어 기록한 다음 한 줄을 띄고
2일에 한 일의 내용을 추려 기록하였다. 본 입력
본에서는 편의상 날짜를 구분하여 내용을 배분
하였다.

<1986년 6월 5일 목요일>
집에 庭園을 닥고 蠶室 住邊[周邊]을 整理
햇다.
논에 모를 때웟다. 餘假[餘暇]만 있으면 모
를 때운다.
夕陽에는 丁柱完 問病을 햇다.
鄭圭太을 訪問하고 桑葉도 付託햇다.

<1986년 6월 6일 금요일>
비가 終日 내려 舍郞에서 讀書만 햇다.

<1986년 6월 7일 토요일>
대사리를 사려 江津市場에 갓다. 品切라
사지 못햇다.
回路에 中央病院에 들이여 注射 一臺을
맛고 왓다.
午後에는 基善하고 完宇하고 同行하야 예
수病院을 찻고 鉉一 韓相俊 딸을 問病햇다.

<1986년 6월 8일 일요일>
終日 논두럭 베고 모를 때웟다.
큰방에 蠶室로 누예를 옴기엿다. 四잠을 재
워서 옴기엿다.

<1986년 6월 9일 월요일>
오늘도 모 때운데 실증이 낫다.
除草濟을 사다 율무밭에 뿌럿다(宗山 밭에).

<1986년 6월 10일 화요일>
噴霧機 修理하고 終日 논두럭 베엿다.

<1986년 6월 11일 수요일>
임실서 대사리를 사서 보내겟지 機待[期
待]햇지만 無消息이다.
오늘도 多事多難햇다.

논두럭 베기 사구라목 베기. 오늘도 日課는
밥앗다.
里民 多수는 端午節이라고 全州에 男女
할 것 없이 간바 나는 우리 食口는 그 參禮
못햇다.

<1986년 6월 12일 목요일>
오늘도 多忙햇다.
사구라 나무 조기고 고초밭에 말 밧고 內簇
[內族]은 율{무}밭에 除草作業. 外人 놉도
四名이엿다.
뽕 처오기 논물 대기 多邊的으로 매우 밥은
農繁期가 當한듯 십다.
앞으로도 고초에 藥 散布할 새기 비로 주기
고초밭에 줄 매기 多樣之事가 밀여 잇다.

<1986년 6월 13일 금요일>
밤 九時 三〇分경 水原 成奉에 전화하야
館村農協 成康 條 積金을 拂入하라 햇든
니 六月 三日경 四〇萬 원을 成苑 앞으로
보냇다고 햇다. 바로 館村으로 전화하야 確
認햇든니 成苑이 바닷다고. 成允도 잘 잇
는야 햇든니 自動車 運轉 배우겟다고.
오늘도 終日 틈이 없이 自124 作業햇다.

<1986년 6월 14일 토요일>
終日 가랑비는 내렸으나 많은 비는 안니
엿다.
午後부터 뉴예 一部를 上簇하기 始作햇다.
任實서 成曉 內外가 왓고 褆里에서 成玉
이 왓다.

---

124 원문에서는 스스로 자(自) 자에 동그라미를 둘
러 강조하였다(⊜ 모양).

<1986년 6월 15일 일요일>
家族키리 午前 中에 뉴예는 全部 上簇햇다.
午後에는 집안 請掃[淸掃]를 하고 庭園에
풀매기 하다 보니 日暮가 되엿다.
任實 食口 裡里 成玉도 夕陽에 歸家햇다.
成玉가 술 三병을 받아 왔다.

<1986년 6월 16일 월요일>
아침부터 래린 비는 終日 내렷다. 할 수 없
이 舍郎에서 讀書만 햇다.
고초밭에 줄도 매야지 藥도 뿌려야지 배수
口도 처야지 할 일들은 多分이 싸엿는데 舍
郎에 잇자 하니 마음 燥急[躁急]햇다.
館村에서 고초에 할 農藥하고 줄하고 합해
서 二二,〇〇〇원어치 外上으로 가저왓다.

<1986년 6월 17일 화요일>
오늘도 家族기리 고초밭에서 줄 매고 풀 베
고 똘 치고 참깨 옴기고 햇서{도} 못다 햇
다. 율무을 못 때웟다.
今月 二十五日부터 장마철로 七月 十七日경
나 끝난다는데 其間 之事가 많이 밀이엿다.
藥도 뿌려야 하는데.

<1986년 6월 18일 수요일>
成東이하고 終日 고초밭에 풀베기 햇다.
午前 中에 十一時가 되여도 間食이 오지
안해 熱이 낫다.

<1986년 6월 19일 목요일>
家族 그리고 任實메누리까지 오라 해서 뉴
예고치를 따라고 하고 成東하고는 또 고초
밭에 풀을 맷다. 大端이 苦役이다.
午前에는 고초밭 참깨밭에 農藥을 뿌리는
데는 좀 수월햇다.

<1986년 6월 20일 금요일>
오늘도 분주햇다.
뉴예고치를 까서 成東에 買上하라고 보내
고 뒤들 밭에 뽀푸라 가지 치고 每우 밥앗다.
夕陽에 婦人 三名이 왔다. 成傑 結婚 仲介
之事엿다.
成東이는 뉴예고치 二枚代 三八三,〇〇〇
원을 收入해 왔다. 農協債務 利子도 不足
하겠다.

<1986년 6월 21일 토요일>
崔南連 氏에서 一金 參萬 원을 借用한바
今日로 二十日이 되엿는데 利子는 밧이 안
코 元金만 밧기에 未安하드라.
成東이 便에 工場 原動機 利子 一八八,五
四八을 拂入.
郡農協에 여려 가지 家庭用品을 사왓드라.
뉴예 飼育 一個月을 苦生햇어도 用金 拾
원도 所持 못하고 어굴하게 쓴 듯십다.
每日 作業率은 만코 고되여 못 살겟다 못
살겟다. 成東이는 每日 술만 마시고 허성구
성 하고 마지못해 놀 수는 없고 일은 고되
고 죽고만 십다. 子息은 十一男妹라 하지
만 每月 단돈 萬 원도 보내주지 안코 用돈
하나 없고 일은 되고 그렷타.
나무[남의] 일을 보와주면 그래도 메기고
一日 壹仟 원은 주겟지 生覺하면 바로 來
日이라도 떠나고 십다. 내의 財産을 두고
묵기 가지고 용납을 못할 바에는 깨끗이 山
中으로 가서 까마까치밥이 되고 십다. 조금
치라도 死後에나 死前에나 子息들에 조금
치라도 페를 끼치지 안코 없는 데기[듯이]
조용하게 行方을 감추고 사라지고 십다. 子
息들 하는 行爲가 서로 미루고 父母를 생
각지 안코 잇는 심장이드라.

<1986년 6월 22일 일요일>
全州에서 새기 한 테 사가지고 와서 家簇
기리 桑田에 桑木 茂木을 하고 풀 치는데
終日이 걸엇다.

<1986년 6월 23일 월요일>
비는 終日 내렷다.
田畓을 둘여보고 배수구도 첫다.
成傑에 전화 햇든니 모른 婦人 두 명이 會
社를 단여갓는데 身分을 뭇고 갓다고 햇다.

<1986년 6월 24일 화요일>
아침부터 래리 비는 終日 끝이들 안햇다.
每日 비는 계속 온다 하니 마음 괴롭다. 할
수 없이 雨製[雨裝]을 하야 作業하려 들로
갓다. 桑田에 肥料 投入하고 午後에는 노
두력[논두렁] 풀 베다 夕陽이 되여 집에 오
는데 大洪水가 젓드라.
고되기 限 없지만 내가 해야 家簇도 하게
되니.
全州人이 왔다. 어제 會社田 拂下 밧는 사
람이라고. 얼마에 落札되엿나 햇든니 五,三
○○萬 원이라고.

<1986년 6월 25일 수요일>
六二五 궐기大會 하는데 民防衛隊員을 召
集하는데 우리는 成康 成允 二人이나 되는
데 客地에 있어 不在中. 할 수 없이 내가 代
身 따지겟다고 갓다.
里長에 付託하고 歸家햇다.
午後에는 비가 갯다.
바로 家簇은 고초밭에 줄을 매고 말도 박고
햇다.
고초는 病이 듯 놈도 잇드라.

<1986년 6월 26일 목요일>
全州에서 유산동[황산구리] 各 〃 一○k을
購入하고 館村에서 殺蟲濟[殺蟲劑]하고
營養濟[營養劑] 二封을 購入하고 보니 約
一七,○○○원이 드럿다.
고초에 藥을 散布하면 二萬 원 돈이 든다.
고초고랑까{지} 받고랑까지 殺草藥 뿌렷다.
連日 비가 내리다 오늘은 請明[淸明]하야
多幸여서 全 食口가 終日 고초밭에서 從事
햇다.
來日 移秧契 總會 中食用 犬 一頭에 六,六
○○을 주고 삿다.

<1986년 6월 27일 금요일>
成東이는 桑田에 殺草藥을 뿌리고 成康 고
초밭에 殺蟲濟도 뿌려 주윗다.
移秧契 總會日다.
收入支出을 따지고 負擔金은 斗落當 參仟
원씩 부담햇다.
成東이는 一○餘 日 一五萬 원 收入하고
五五,五○○원 控除(부담금)하고 一○萬
원 程度 收入햇다.

<1986년 6월 28일 토요일>
別帳과 如히 成東이는 農協에 利子 償還
하려 갓다.
논두력 풀 베다 비가 래려서 왔다.
鄭泰植 婦人을 對面햇든니 시아버지 病勢
가 惡化되여 今明間이라고 들엇다.
丁基善 氏을 對面하고 明 二十九日 問病
次 가보자고 햇다.
午後에는 새보들 보매기 햇다.

<1986년 6월 29일 일요일>
새벽 四時에 起床해서 債務帳簿 整理햇다.

朝食 後에 丁基善 氏을 同伴해서 全州에
鄭鉉一 問病을 갓다.
患者는 볼 것도 없고 말을 드르니 上下身
는 完全이 구덧다고 하드라. 다시 基善이하
고 同行햇서 中央市場에 가서 中食을 갗이
하고 作別햇다.
午後 四時 三○分쯤 되니 鉉一는 到着햇
다. 生覺 中에 가보니 숨은 젓드라. 小염을
해 주윗다. 葬禮는 圓拂敎 식을 하고 學校
葬으로 한다고 햇다.

<1986년 6월 30일 월요일>
喪家집에서 弔問客들을 接待해 주윗다.

<1986년 7월 1일 화요일>
故 鄭鉉一 葬禮式이 館村 圓拂敎堂[圓佛
敎堂]에서 擧行하고 出發하야 五弓國民校
庭에서 學校葬으로 擧行되엿다. 마음的으
로 슬푸드라.
다시 故鄕으로 와서 埋葬햇다.

<1986년 7월 2일 수요일>
婦人 六名을 起用해서 除草作業을 햇으나
못다 햇다.
日氣가 多幸이 좋아서 作業에는 適當햇다.
尿素 二袋을 散布하고 두력도 終日 베면서
갗이 作業을 햇다.

<1986년 7월 3일 목요일>
水畓 全部 一濟[一齊]이 農藥 散布햇다.
고초밭에 고랑에다 尿素 二袋하고 鹽化加
里[鹽化加理(염화칼륨)]을 混合하야 뿌려
보왓다.
大里에서 尿素 五袋을 運搬햇다.
朝食은 太植 집에서 햇다.

午後 精米도 햇다.

<1986년 7월 4일 금요일>
農協에 成東이를 보내 六○萬 원 一般資金
을 今日 字로 償還 措置햇다.
고초밭에 殺草濟[殺草劑] 一○餘 桶을 뿌
리는{데} 苦役이엿다.
고초에 第二次 줄도 맷다.
成東이는 農協에 단여온 길에 館村 농약商
會에서 外上으로 四萬 원 中 五仟 원 拂入
하고 三萬 五仟 원 殘高로 하고 왓다.

<1986년 7월 5일 토요일>
工場 原動機室을 改修 始作하야 物品 購
入도 해왔다.
金贊基를 館村에서 相面햇지만 無心한 듯
십드라.

<1986년 7월 6일 일요일>
原動機室을 完全히 修理햇다.
고초에 藥도 散布햇다.
德果[德果]에서 李厚來 內外가 成奎 집 弔
問하려 왔다. 할 수 없이 多事多難하지만
午後에는 갗이 相談하고 夕陽에 作別햇다.
任實서 成曉가 단여갓다.

<1986년 7월 7일 월요일>
오늘도 工場에서 從事햇다.
家簇은 강냉이 播種햇다.
夕陽에 任實驛前에서 냉면을 먹고 屛巖里
趙治鎬을 訪問하고 有司을 要求햇다.
오는 길에 善宇 집 찻고 飮料水 한 잔 들고
왔다.
每日 여가는 없고 苦役이다. 못 살겟다.

<1986년 7월 8일 화요일>
水原에서 成奉이가 왔다. 結婚 日定[日程]
을 八月 三十一日로 定하고 간단이 禮式만
하기로 했다. 그려나 父母가 뻐스나 一臺나
불어줄가 하는데 苦心이다.
工場에서 손을 보고 王板 율무밭에 施肥햇다.
里에 電話事業 工事가 始作하는데 今年
一〇月頃에 完通話된다고 햇다.

<1986년 7월 9일 수요일>
오늘 字로 筆洞 靑云洞 地域에 軍事基地로
選定됨을 公布햇다. 兩 地域 農地는 約 四
〇〇餘 斗落인데 年〃 一般벼만 移種하야
食糧을 하는데 工場收入도 減量이 뻔하다.
成傑이가 全州에서 釜山 가는 길에 드려왔다.
十三日 日曜日 一〇時경에 全州에 觀善키
로 約束하고 갓다.
選125

<1986년 7월 10일 목요일>
집안 整理을 햇다.
풀매기 고초말 깍기를 햇다. 午後에는 방아
짓고 運搬도 해 주엇다.

<1986년 7월 11일 금요일>
今日은 終日 비가 내렷다.

---

125 원문에는 觀善이라고 적은 후 착할 선(善) 자 옆
에 가릴 선(選) 자를 써놓았다. 어느 쪽인지 확
신할 수 없었기 때문일 것이다. 현대국어에서
'주로 결혼할 대상자를 정하기 위하여 사람의
좋고 나쁨과 마땅하고 마땅하지 않음을 가리는
일'을 뜻하는 '선'—'선을 보다'의 형태로 쓰는—
이라는 명사는 기본적으로 한글어휘로 취급한
다. 그러나 그런 한편 가릴 선 자 한 글자만으로
'시험이나 심사에 든 사람을 뽑는 일'을 뜻하는
경우도 있으므로, 일기에 사용된 한자어가 마냥
허황된 것만은 아니다.

作業할 것은 多樣으로 밀이엿는데 장마로
因하야 미루어진다.
고초 藥이 急하고 水畓에 施肥 또는 農藥
散布할 {일}이다.
成奎가 왔다. 大里坪 밧을 全州人이 賣渡
하라고. 그려치는 못하고 그저 田換하려 하
다고 햇다.
밤에 成傑에서 전화가 왔는데 女子 處에서
抛棄햇다고 傳해 왔다.

<1986년 7월 12일 토요일>
館村 興農藥舍로 農藥을 購入하려 갓다.
오늘 藥代 二四仟 원이라고. 前條까지 合
計는 고초 種子代까지 全部 十二萬 六仟
四百 원이라고 햇다. 每遇 未安하게 生覺
햇다.
오늘은 多幸하계도 비 끝이여 반갑드라.
바로 고초에부터 서회[석회]하고 유산돈
[유산동]하고 營養濟을 混合해서 散布한
바 四石을 뿌렷다.
成傑이 觀選은 抛棄햇다.

<1986년 7월 13일 일요일>
율무밭에 堆肥을 하고 앞들 二斗只이도 이
삭肥을 兼하야 一袋을 뿌렷다.
오늘도 第二次로 尿素를 混合해서 또 고초
에 뿌려댓다.
午後에는 杜谷里 休계소에 갓다. 冷면 한
그릇 먹엇다. 一金 一,五〇〇.
大里로 行하야 理髮을 하고 安吉豊 氏 相
面하고 成樂 履歷書를 주마 햇든니 他人에
提出토록 하시고 其後에는 自己가 操從
[操縱]하겟다고 햇다.
館村에 李澤俊에 갓다. 不在中이여 成苑에
付託하고 왔다.

<1986년 7월 14일 월요일>
終日 비 내려 作業上 支章을 냇다.
舍郎에서 讀書만 햇다.
尹用文을 오래다 노코 來日 初伏日이니 닭
멧 마리 사고 쌀을 据出[釀出]하야 養老員
伏다름[복달임]을 하게 하라고 指示햇다.

<1986년 7월 15일 화요일>
尹用文을 帶同하고 館村市場에 갓다. 伏다
름 한다고 닭 마늘 사고 보니 二五,六○○
원이 드럿다.
男女가 募하고 中食을 햇다.
里民는 貧役[負役] 農路 改修하고 日課를
보냇다.

<1986년 7월 16일 수요일>
廉昌烈 指導所 指導所長이 農事 座談會에
參加해서 農産物 菅理要領[管理要領]을
指示햇다.
비는 終日 내려 귀찬할 程度이다.
장마로 因하야 고초도 病이 든 듯십다.
藉〃히 尿素 葉面 散布로 一週日 間格[間
隔]으로 뿌려 달아고 당부하드라.

<1986년 7월 17일 목요일>
乙支訓鍊[乙支訓練]이라고 成傑이도 全
州에서 와서 參加햇다.
靑云洞 寺 보살님이 왓다. 成傑이하고 全
州 徐 孃하고 結婚을 成事해 보자고 再參
[再三] 기별이 왓다. 오는 日曜日 다시 觀
選하기로 한바 處女으 伯父가 督促을 하는
듯십다. 相面해도 無方[無妨]하다고 햇다.
終日 노두력 베는 苦役이고 밤에는 被곤햇다.
고초가 병이 들어 마음 괴롭다.

<1986년 7월 18일 금요일>
고초 乾燥場用 間子을 終日 다듬앗다.
成東 便에 農協에 보내 이삭肥料 一○袋
尿素 六袋 鹽化加里 三袋을 外上으로 貸
付해 오고 桑田用 박사粉製[박사粉劑]126
一박스(八封入)는 里長 名儀[名義]로 外
上으로 가저왓다.
成傑이를 맛나고 結婚 觀選에 對하야 相議
햇든니 이제끝[이제껏] 돈이 없어서 觀選
을 뜻이 없엇고 어젠가는 내가 돈을 募아서
가려 햇는데 아버지가 勤한다면 七月 二十
七에 觀하겟다고 햇다.

<1986년 7월 19일 토요일>
고초 乾燥場을 組立햇다. 終日 걸엿다.
家簇 一部는 고초에 追肥 四袋을 散布햇다.
고초가 異常이 生起여 精神이 밧악 낫다.
數百萬이 投資되엿는데 神經을 쓸 수박게
없다.
成東 母는 麗水에 外遊하려 갓다 밤 九時
三○分에 着. 驛前 마중하야 同伴햇다.

<1986년 7월 20일 일요일>
오늘도 日課는 多樣햇다.
못텡이 논두려 베{기} 하고 桑田에 밧사粉
製 散布에다 路上 우리 農路에 殺草濟 뿌
리기 作業이엿다. 每日 多事多難한 日課인
데 生覺하면 作業만 하면 고민증은 없으나
몸은 고되다. 身病은 없으니 多幸으로 안다.

---

126 일기에서 말하는 '박사' 또는 '밧사'란 밧사그란
을 말하는 것으로 보인다. 밧사그란은 벤타존
성분의 제초제 브랜드이다. 후기 경엽·광엽처
리형 제초제의 하나로 일년생 및 다년생 잡초들
을 제거하므로, 논에서는 올미, 벗풀, 올방개, 너
도방동사니, 올챙이고랭이 등에 대한 제초용으
로 사용된다.

夕陽에는 喪家에 弔問하고 왔다.

<1986년 7월 21일 월요일>
喪家를 단여 靑云洞 高相厚 妻 墓所에 法士[法師]의 神굿을 한다기에 參席햇다. 造作劇이드라.
終日 비가 내렷다.
水原에 成奉는 耕耘機 一臺를 要求해왓다.
成傑 二十七日 全州에 觀選하기로 約言햇으나 萬諾 盛事[成事]가 이루워즈면 于先 約婚만 해노코 冬至 무렵에 盛婚[成婚]하면 其間에 成曉가 全州 집을 장만하면 그 집으로 新行을 할 計劃이오나 뜻대로 될가.

<1986년 7월 22일 화요일>
보리種子 늦쌀보리 六○k代 二七,〇〇〇원으로 전화稅에서 代納해 주엇다.
嚴俊祥 氏에서 一金 拾萬 원을 借用해서 (우체국에서) 보리종자代 二七,〇〇〇원 주고 南原稅金 三一,〇〇〇원을 주고 角木代(고초相子用) 一〇,〇〇〇원 주고 계 六八,〇〇〇 除한 殘金은 三二,〇〇〇원은 成東에 引계 주면서 전기稅 水道稅 其他 주라고 햇다.
新平에서 丁基善을 相面 對햇다. 오는 中 뻐스 內에서 基善 말에 依하면 故 鄭鉉一은 순직으로는 볼 수 없다고 드렷다고. 주로 大里人 칙에서 드렷다고 하며 어려운 점이 잇고 深知여 六.二五 부역行爲까지도 드렷다고 하드라.

<1986년 7월 23일 수요일>
任實에 갓다. 東洋機工社에 엔징만 貸付手續을 相議하고 水原으로 전화 連洛[連絡] 햇든니 大同 치로 해달아기 할 수 없이 변

경햇으나 東洋社는 未安하게 되엿다.
成傑하고 觀選할 女子을 金長原이를 通하야 秘로 卽席에서 觀象[觀相]을 보왓다.
大同機工社로 連洛한바 專務 明日 내 집으로 와서 相議하겟다고.
館村通運에서는 現品을 帶機[待機]하라고 連洛이 왓다.
水原 出發할 豫定이다.

<1986년 7월 24일 목요일>
水原 成奉에 電話해서 大同은 되지 안켓다기 말햇든니 東洋을 보내래라 해야 다시 任實에 連洛해서 관촌역에다 운반 水原에 託送햇다. 引受는 明日 二十五日 午後 四時쯤 된다고 햇다.
오늘도 成東이는 農藥 散布. 나는 집에서 일하다 任實에 단여 館驛에 가서 交涉. 大端이 분주햇다.
水原 旅비 하려 完宇에서 二萬 원 取貸햇다.

<1986년 7월 25일 금요일>
十二時 四八分 列車로(特急) 水原에 갓다. 午後 四時쯤 당햇다.
成奉에 전화해서 機體를 引受햇다. 夕陽에까지 組立해서 試運轉하야 完全이 運行케 햇다.
成奉 結婚에 關한 打合도 햇다.
밤 十二時경에 安養 郭炳鉉 氏 집을 禮訪하야 宿泊햇다.
成奉이가 旅비 參萬 원 주드라.

<1986년 7월 26일 토요일>
아침 五時 半에 起床하야 택시로 安養驛에 왔다. 主人하고는 말없이 出發햇다.
裡里에 當한니 十一時엿다. 朝飯을 하고

全州을 지나 館村에 당헷다. 屛巖里 趙治
鎬 氏을 相面 有司을 치르라고 하야 八月
十五日로 定헷다. 場所는 驛前 川邊으로.

<1986년 7월 27일 일요일>
에제밤에 왓다고 水原서 成奉 妻가 왓다.
八月 三十一日 字로 結婚式 節次을 打合
하려 왓다고 헷다. 婚禮品은 兩家 被害 負
擔 없이 節約 簡約해서 치루자고 헷다. 그
려나 人事禮服은 全家에는 못할지라도 아
버지 洋服은 한 벌 해야곗다고 하기에 整
그려하다면 韓山모시로 韓服 한 벌 하라
헷다. 집에 洋服은 잇고 한 번 하면 五, 六
年 입는다 헷다.
耕耘機 엥진代로 二四萬 원을 밧고 四〇萬
으로 契約하겟다고 메누리에 傳해 보냇다.

<1986년 7월 28일 월요일>
大里 崔八龍 氏 長子가 自殺헷다고 듯고
八龍 氏 慰勞하려 갓다. 老人들이 募엿드
라. 곳바로 面에 가서 里長 印鑑을 내고 成
苑에서 貳仟을 둘엿다.
任實 東洋農機社에서 職員이 왓다. 耕耘
機 엥진만 六四萬 원에 結定[決定]하고 二
四萬 원을 支拂하고 四拾萬에 契約締結
完成헷다.
裡里에 成玉이가 왓다.

<1986년 7월 29일 화요일>
고초相子를 組立헷다.
郵替局 孫夏柱는 滿 三年 만에 保險金 五
拾萬을 가저왓다. 그러나 다시 一件 加入
해 달이기에 承諾하야 今般에 倍을 加算
月 二萬 參仟 원식을 拂入해야 한다고 헷
다. 別紙 契約書와 如함.

<1986년 7월 30일 수요일>
工場에서 相子을 組立. 끝을 냇는데 二五
個옛다.
成傑이가 단여갓다고 들엇다. 觀選은 뜻이
없다고 헷다고 하고 갓다고.

<1986년 7월 31일 목요일>
龍山坪 똘 보매기.
고초밭 고랑 풀베기.

<1986년 8월 1일 금요일>
成東이 內外는 團體로 珍島로 求景하려
갓다.
나는 집에서 고초밭 고랑 풀베기 헷다.
靑云寺 보살이 全州에서 왓다.
成傑 觀選을 다시 하자고 왓다. 오는 九日
土曜日 豫定으로 하고 갓다.

<1986년 8월 2일 토요일>
고초밭 고랑에 풀베기를 끝냇다.
成東이 後繼者大會 參席.
모텡이논에 갓든니 農藥害를 본 듯십다. 마
음니 不安헷다.

<1986년 8월 3일 일요일>
午後에 내린 비는 해갈은 충분하오{나} 被
害 있겠다.
新平서는 우박이 내려 農作物에 被害가 잇
다고 傳해 왓다.
任實서 成曉 內外가 왓{다} 갓다. 明日 濟
州島에 旅行하려 간다고.

<1986년 8월 4일 월요일>
南原 보절면 황벌이[황벌리(黃筏里)] 李得
香 氏 相面하고 成奉 結婚書紙 四星을 書

載했다. 結婚日字는 旣히 八月 三十一日
로 旣定되엿으니 감정해 보라고 햇든니 其
日字는 안는[아는] 者가 받앗다고 하며 잘
되엿다고 햇다. 氣分이 滿促[滿足]하드라.

<1986년 8월 5일 화요일>
田畓을 둘여보니 또 不安햇다. 석회 보루대
를 利用한 것이 害을 본 듯십다. 面 指導所
長을 連洛해서 鑑正[鑑定]해 보라 햇다.

<1986년 8월 6일 수요일>
只沙에서 點順이가 왓다.
來日 七月 二日 亡母 生辰日이라고 成順
이도 왓다.
成苑 內外는 水原 成奉에 갓다 왓다고. 四
星하고 婚書紙을 가지고 간바 新婦 衣服도
購入해 주려 갓다.

<1986년 8월 7일 목요일>
成奎 집에서 朝食을 햇다.
成東 內外도 野外遊하려 가고 成東 母 外
遊하렷 {갓}다.
나는 집에 親舊하고 집노리 햇다.
成曉 內外는 濟州에서 왓다.

<1986년 8월 8일 금요일>
竹峙 裵京洙 氏을 禮訪하고 칠을 付託햇
다. 마참 朴京洙 氏을 相面하고 自己 집에
서 가저왓다. 厚하게 侍接하면서 多量으로
무근 品을 주드라. 술 한 잔식 대접하고 칠
代金은 五仟 원 드럿든니 고맙게 生覺하
드라.
途中에서 郭在燁 金炯順 孫周喆 氏도 相
面햇다.

<1986년 8월 9일 토요일>
加工組合 面分會에 參席햇다. 全員이 募
엿다.
迫途[歸途]에[127] 館村 炳基 堂叔 宅을 訪
問하고 宗中之事 家庭之事도 論議햇다.
館村에 成苑 집을 訪問하고 成奉 婚姻 關
係 丁基善 子 明燮이 關係도 付託햇다.

<1986년 8월 10일 일요일>
完宇 집에서 朝食을 햇다.
成東이는 竹峙로 同窓會 參席.
듯자하니 뒤밭 三南田 現在 내가 管理하고
이는데 完宇가 買收할 뜰[뜻]을 갓고 잇다
고. 遊入[流入]이 되면 被次[彼此] 難點만
잇고 내 역시 抛棄는 안켓다고 햇다.
嚴俊祥 氏에서 一〇萬 원을 取貸햇는데 今
日 返還 주고 丁基善 立會下에 利子는 밧
이 안트라.

<1986년 8월 11일 월요일>
嚴俊祥 一〇萬 원을 주기 위하야 崔末女
氏에서 貸借햇다고 햇다.
丁基善 氏에 一〇萬 원을 要求햇다. 用途
는 栗田 除草하기 위{해}서엿다.
◎ 丁基善에서 一金 貳拾萬 원을 貸借햇다.
　用途는 崔末女 貸借金을 주고 拾萬 원은
　栗田 除草人夫賃을 주기 위한 것이다.

<1986년 8월 12일 화요일>
七夕날이다.
午前 八時 四〇分 列車로 鴨錄江[鴨綠江]
에 着. 約 二五名쯤 募엿드라. 雨氣 있{어}

---

127 본래 '歸'의 속자인 '故'를 쓰려다 잘못 쓴 것으
로 보인다. 같은 방식으로 '故家[歸家]'를 '迫家'
로 쓴 예를 찾아볼 수 있다.

그런 듯십다.
今秋에 四仙臺에서 募이기로 하고 내가 有
司을 치르기로 햇다.
成奎을 오라고 해서 뒤밭을 完宇 사겟다고
한다니 내 抛棄도 하지 안는데 雙立이 되
면 價格만 上承[上昇]할 터매 何人을 莫論
하고 덤부지 말아고 햇다.

<1986년 8월 13일 수요일>
終日 비가 내려 穀物이 被害가 많은 것으
로 안다.
午後 늦계 水原서 成奉가 왓다. 前 任高 擔
任先生 李起日 先生에 主禮士로 慕侍기
위해서엿다고 하고 婚禮人事 衣服감을 가
지고 왓는데 父親에는 韓山모시 一筆을 兩
母에는 各 〃 夏服 한 벌식 繕物을 바고 보
니 未安한바 其外는 一切 繕物은 없기로
햇다.
明 末伏日에 老人을 보다룸[복달임] 하기
위하야 新平市場에서 物品을 購해 왓다.
成奉이는 父親 三萬 원 母 二萬 원을 주고
갓다.

<1986년 8월 14일 목요일>
고초 乾燥場을 손보고 出入門도 늘엿다.
養老會員 接侍 有司을 치럿다. 當日 接侍
費[接待費]은 收入支出을 하고 不促金[不
足金] 一二,九〇〇원을 韓相俊에 代納하
라고 倭任[委任]햇다.
金二周가 효주 三병을 喜捨해왔다.
午後에는 늦계 쏘낙비 내렷다.

<1986년 8월 15일 금요일>
十五回 同窓會日이엿다. 會員 十四名이
募엿는데 近年에 처음 多數 募엿드라. 願

滿[圓滿]이 討論도 하고 情談도 햇다.

<1986년 8월 16일 토요일>
成東이는 金鎭玉 農藥 散布하고 午後에는
우리 집 고초 藥을 햇다.
오늘도 日課는 館村 農藥 購入하려 가고
고초밭에 쓰려진 고초 줄 매기 田畓 들려보
기. 多忙햇다.

<1986년 8월 17일 일요일>
고추밭에 殺蟲濟 藥 散布하고 율무밭에도
뿌렷다. 율무 大成長으로 每遇 難點이엿다.
午後에는 桑田에 藥을 뿌렷다. 來日은 王
板 율무에 뿌릴 豫定.
우리 집에 燒酒 一병이 殘高가 있어 老人
들을 募亭[茅亭]으로 오라고 해서 논와주
웟다.

<1986년 8월 18일 월요일>
成東하고 宗山 율무밭에 殺蟲濟 藥을 散布
하려 갓다. 군데군데서 軍人들 一般人들이
側量[測量]을 하드라.
全州에서 泰宇가 왓다. 墓地申告次. 中食을
侍接하고 술을 준바 술을 第一 잘하드라.
墓地申告을 끝냇다.
메누리는 친정에 問病次 갓다.

<1986년 8월 19일 화요일>
成奉 婚姻申告을 面에 가서 接受햇다.
任實에 갓다. 洋服店 崔允晟 氏에 모시배
衣服을 依賴햇다. 自己 못하고 엽집에 招
介[紹介]해 주드라. 고맙게 生覺햇다.
相範 집에 갓다. 內外 全州 갓다고. 不安하
드라.
싸이카 한도루[핸들]가 부려것다.

<1986년 8월 20일 수요일>
成曉 母 恒時 기침을 하드라. 몇일 전부터 山城藥局에서 지여다 주려 햇지나 日程이 짜이여 미루웠다.
押作 오늘 말없이 山城에 갓다. 一〇餘 日 分을 짓고 成允 집에 갓다.
中食을 하고 네의 祖母 祭祀에 參席해라 하고 왔다.

<1986년 8월 21일 목요일>
새벽 三時에 館村 成苑에서 전화가 왔다. 成愼이가 술이 취하야 파출소 문도 붓고 次席에 행패가 이민전햇다고[이만저만 아니었다고]. 아버지가 가셔서 사과말삼 하라고. 不安했다.
아침 六時 車로 全州 殿洞파출소에 갓다. 成愼이 相面하고 次席을 맛나 사과했다. 문은 변상해게다고 했다. 終日 不安했다.
任實로 行하야 衣服을 차잣다.

<1986년 8월 22일 금요일>
栗田 草刈하는데 人夫 二〇名이 動員되엿다. 終日 監督햇다. 人夫賃은 人當 六仟 원식.
食事 人夫賃 酒 담배代을 合致하면 約 萬 원쯤 머기드라.

<1986년 8월 23일 토요일>
家蔟기리 참깨 베기 한바 若間[若干] 느진 듯 십다. 例年에 比하면 豊物으로 보이드라.

<1986년 8월 24일 일요일>
婦人 五名이 動員되여 終日 고초 따기 하는데 못다 햇다.

四仙臺 노리廳에 갓다. 菅理者[管理者] 金在斗 氏을 相面하고 一日 貸用하자고 要求햇든니 一日 五仟 원만 주시라고 햇다.
任實 洋靴店에 갓다. 萬 八仟 원 一足 맞엿다.
麥 種子가 發芽 不能하야 指導所 返還 주고 試驗해 보라 햇다.

<1986년 8월 25일 월요일>
丁基善 氏 成奎 完宇가 同行하야 上加里 文正植 父 小祥에 參席햇다.
元泉里에서 中食床에서 成奎 完宇 말은 今般 昌坪里 軍事基地 策定에는 村落까지도 드려가게 陳情書을 내자고 햇다.
生覺해 보니 嚴俊祥 兄弟의 栗田이 이변에 該當 없는 것으로 보와 俊峰가 서드른 것으로 보고 成奎 完宇가 俊峰에 말여드려간 듯십다. 밤에 部隊에 탕장이 參席 한바 나는 部落 浸범[侵犯]을 反對한다고 햇다.

<1986년 8월 26일 화요일>
免稅油로 農協에서 一.五드람을 뗏다.
任實 洋靴店에 갓다. 오는 三〇日까지는 完製하야 달아 햇다.

<1986년 8월 27일 수요일>
아침부터 采疏[菜蔬]을 播種햇다.
고초 乾燥하는데 每遇 分忙[奔忙]햇다. 챔깨가 收穫하는 데 時急햇다. 비는 내리려 하는데 又한 분走햇다.
밤에까지 무 白采[白菜]을 播種해지만 結局은 未完햇다.
고초에 탄저病 藥을 한바 아마도 마지막 散布로 본다.

<1986년 8월 28일 목요일>
아침부터 太風[颱風]이 비바람을 몰고 强
勢을 보이고 終日 비가 내렷다. 田畓에 被
害 만타.
强風으리 율무 고초 벼가 많이 너머젓다.
밤에 쉴 아이[사이] 없이 부려댄다.

<1986년 8월 29일 금요일>
오늘 終日 家蔟기리 벼묵{기} 作業을 했다.
그도 못다 햇다.
軍基地로 部落을 흡수해 달아고 完宇가 陳
情書 署名捺印을 받드로 단니는데 내게도
왓다. 百般으로 生覺하다 捺印해 주윗다.

<1986년 8월 30일 토요일>
家蔟기리 어제에 依하야 昌宇도 午前 中에
벼묵기를 끝냇다.
任實에서 白靴 一足 찻고 半소데 와이샤쓰
一着을 購入햇다.
住民들이 말은 안 햇지만 듯건대 相當이
結婚式에 參席할 것 갓다. 調定을 잘 하라
고 完宇에 付託햇다. 봉고車을 一臺 追加
햇다고.

<1986년 8월 31일 일요일>
成奉 結婚日이다. 어제 듯자오니 住民들
生覺 外에 多數가 乘車한다니 座席이 없으
면 未安해 엇지할가 {했으나} 多幸이 봉고
차 一臺을 追加 녕력하게 出發햇다. 約 六
〇餘 名이 行次햇다.
正午에 到着. 式은 無事하{게} 마첫다.
中食을 마치고 歸家 中 顯患祠[顯忠祠]에
들이여 約 一時間 半쯤 보내고 바로 出發.
無事이 歸家햇다. 祝賀金은 八五萬 원쯤
收入. 客地에서 그런대로 나는 일 분[푼]

봇대지 못하고 未安하오나 多幸으로 生覺
햇다.
봉고차가 故章을 일으켜서 大田 工場에 入
庫햇다고 전화가 왓다.
밤에 任實 食口 張 書方[書房] 內外 成玉
모두 成傑 車便으로 밤에 떠낫다.
八五萬 원 收入에 支出이 七二萬이고 殘
額 一三萬 원을 成康 母에 引斷[引繼]하드
라. 成奉이는 式이 끝이 나는 대로 新婚旅
行을 설악산으로 떠낫다.
二〇萬 원 祝賀金에 支出햇다고.

<1986년 9월 1일 월요일>
아침에 들으니 어제 水原에 단여오다가 봉
고차를 成俊가 몰고 오다 엥징이 오바이트
하야 못 쓰게 되엿다고 들엇다.
그런데 昌宇은 방아실 앞에서 丁基善하고
이야기하는데 무슨 조흔 之事라고 봉고차
에 對한 이야기를 하는데 不安햇다. 나는
자리를 떳다. 멋 時{間} 後에는 집 마루에
와서 또 봉고車 말을 하기에 事故는 成俊
가 몰고 오다 故章을 냇다고 햇든니 사기가
뚝 떠려지든이 말없이 가드라. 엊이 되엿든
간에 不安으로 生覺코 말하지 안는 게 오
른데 氣分 좋은 것처럼 말하는데 不安햇다.
밤 十一 時頃에 成奉이 內外가 왓다. 밥아
서 目的地는 抛棄하고 서울서 一泊하고 왓
다고 햇다.

<1986년 9월 2일 화요일>
成奉가 와서 母 親友 中食을 侍接햇다.
水原 結婚式에 단여오다 故章을 이르켜 其
費用 四萬 八仟 원을 要求해 왔다. 氣分이
不安햇다. 그려치만 할 수 없이 주겟다고
햇다.

成奉 內外는 公州로 行햇다. 그러나 祝儀
金을 한 푼도 주지 안해 氣分이 좋이 못한
것 갇드라.

<1986년 9월 3일 수요일>
民防衛訓練日인데 成康 代身는 成東이가
參席하고 成允 代身은 李東喆(崔末女 子)
가 代身 갓다.

<1986년 9월 4일 목요일>
婦人 三人을 엇고 家族하고 五名이 終日
고초를 땃다. 그래도 못다 햇다.

<1986년 9월 5일 금요일>
婦人 二名하고 家族하고 고초 따기 햇다.
成東이는 고초(생것) 三二〇k을 市場化 買
上한바 k當 四〇〇원식 바닷다고 햇다.
生覺하다가 不時에 大里 彈倉場에 金昌根
文官을 訪問하려 갓다. 出張 中이라고 不
在中인바 夕陽에 다시 大里을 갓다. 金昌
根 氏로 알아내고 館村에 居住한다고 해
館村으로 갓다. 舍宅에서 맛고 文菅[文官]
을 付託햇다. 此後로 미루드라. 名咸[名
銜] 一枚을 專하고 왓다.

<1986년 9월 6일 토요일>
成苑 집에 들이엿든니 氣分 不安 말을 하드
라. 봉고車 修理費가 約 九〇萬 원이 請求
되엿다고. 이것을 누가 내야 하나가 問題다.
大小家 모두에 明日 炳列 堂叔 子 結婚式
에 參席하라고 집 〃 단여 말햇다. 不得已
나는 參席지 못하게 되엿다.
任實에서 成曉 內外를 오라 해서 왓다.
高相厚 氏을 맛나고 相談햇다.
四仙臺 入口에 表示을 부친바 七七稧 大

會議場 入口라고 햇다. 300m.[128]

<1986년 9월 7일 일요일>
七七稧日이다. 會議場에 가보니 約 五五名
이라는 會員이 募엿다. 近年에 처음이엿다.
中食만을 提供키로 하고 場所을 定햇다.
그래도 그래도 酒代 및 飮料水 해서 人當
一,五〇〇원이 据出되엿다.
成曉 成康 母는 炳列 氏의 子 結婚式에 參
席하려 서울로 갓다.

<1986년 9월 8일 월요일>
成東이는 終日 搗精햇다.
蠶室 掃除하고 乾燥場도 施設하고 뽕도 시
려온 作業이엿다.
庭園도 除草도 말끔이 맷다.

<1986년 9월 9일 화요일>
午前 中에는 비가 내렷다.
午前에 鄕校에 祭官資格으로 갓다.
李鍾性 氏가 指揮 下에 豫習을 햇다. 年中
一, 二次 가는데 가기만 하면 배울 點이 만
햇다.
잠자리가 不便해서 歸家하야 取寢[就寢]
햇다.

<1986년 9월 10일 수요일>
아침 七時에 起床해서 鄕校에 갓다. 많은
儒林이 募엿다. 責任은 典祀 責任이엿다.

---

128 세로쓰기로 적힌 일기본문 마지막에 '300m'라는
내용이 가로쓰기로 기재되어 있다. 문맥상 안내
표지를 붙인 사선대 입구로부터 모임 장소인 사
선대 누정까지의 거리가 300m이고, 그래서 '칠
칠계 대회의장 300m'라고 안내표지를 붙였는데,
일기를 쓸 때 '300m'를 누락하였으므로 문장을
맺은 후에 추가로 부기한 것으로 보인다.

祭官 수십 名 中에서 物目 芴記[笏記]을 讀促[讀祝]하는데 每遇 不安했다. 異議 없이 完遂했다.
典校 李炳春을 初面 人事했다. 正實한 人物로 認定했다.

<1986년 9월 11일 금요일>
오늘은 成曉 母 生辰日이다.
養老人 二〇餘 名을 招請코 朝食을 갗이 했다.
中食 時는 婦人들 全員을 募이 中食을 갗이 했다.
成奎 完宇을 안처노코 누구를 爲해서 村落을 軍部 汲收[吸收]하려 한야고 따젓다. 아마도 알송달송한드라.

<1986년 9월 12일 금요일>
成東이는 重宇 鎭玉을 同伴하야 宗山 栗田 除草 운반.
各 방문을 발앗다[발랐다].
누예도 蠶室로 옴기엿다.
驛前 布製[布袋]집에서 布裝[包裝] 外上으로 一筆 一三,〇〇〇원에 가저왓다.
전화료 里長에서 萬 원 받앗다.

<1986년 9월 13일 토요일>
家蔟하고 婦人 二名을 購해서 終日 고초를 땃다. 半만 따고 約 一〇餘 袋 收入.
庭園에 乾燥場을 改築했다.
館村 吳永云 商社에서 農藥 고초약 四石用을 外上으로 購入했다. 代金은 外上 三二,三〇〇원.

<1986년 9월 14일 일요일>
午前 中에는 里民 動員 間線道路[幹線道路] 修理했다.
婦人 二名을 購해서 고초 따기 했다.
그리고 고초에 탄저병 藥을 散布했다.
어제 吳泳勳 氏에서 外上으로 三二,三〇〇원을 가저온바 金三浩 婦人이 桑田에 被害가 잇다고 항의하기에 半節[半折]은 다시 農藥社 갓다 주고 半額 一六,六〇〇원을 {외상금액을 고쳐} 記入하라고 하고 現品은 返還해 주고 왔다.

<1986년 9월 15일 월요일>
成東 便에 乾고초 三五斤 생고초 一六〇k 合計해서 約 十五萬은 收하고 驛前 化永 外上代 二〇,二〇〇 鐵物店 一〇,五〇〇 雲巖屋 一三,〇〇〇원 全部 完拂했다고.
約 一〇餘萬 원는 殘高인데 담배 받는 데 보태고 殘金은 어절는지.
各 芳[房] 門을 風紙도 바르고 午後에는 畓에 피사리를 했다.
閑時 餘暇는 없다.
무엇을 하든지 之事는 多量으로 밀여잇다.

<1986년 9월 16일 화요일>
家事 政理[整理]을 했다.
午後에는 또 새보뜰 피사리을 했다.
듯자하니 全州 金鎭億 氏가 三南會社 밭을 買入했다고 듯고 우리 밭을 田換畓으로 만드려 주겟다고 한다고 들엇다. 生覺해 보겟다고 했다.
밤에 成允이가 水原에서 왔다. 秋夕節次.

<1986년 9월 17일 수요일>
못텡이畓 피사리 하는데 押作이 冷寒氣가 있어 作業하다 왔다.
집에서 秋蠶 上簇 準備을 했다.

客地에서 成康 內外드 오고 成曉 家族 全員 成傑이도 車까지 가지고 밤에 到着햇다. 大家族이 募엿다.
南原서 成樂 家族도 全員이 왔다.

<1986년 9월 18일 목요일>
秋夕日다. 家簇들을 動員해서 省募[省墓]에 갓다.
成奎 집에서는 靈位에서 火재가 나서 全堯[全燒]되엿다. 그러나 成奎는 靈位를 없이 겟다고 하는데 勤을 못햇다.
全州에서 近方에서 大小家 全員이 募여 갛이 中食도 햇다.
大里 山所에 省墓하고 郭四峰 氏 婦人을 오시라고 해서 是非를 햇다.

<1986년 9월 19일 금요일>
終日 休息햇다.
成曉 成樂 成奉 家族 全員이 各者[各自] 집으로 떠낫다.

<1986년 9월 20일 토요일>
起床을 하고 있으니 全身이 떨이드라. 異常이 여기고 試練을 해도 如前하드라.
아마도 過酒한 탓인가 生覺이 든다.
試險[試驗]해 보기 위하야 오늘도 술을 마셔 보앗다.

<1986년 9월 21일 일요일>
韓相俊을 同伴하야 全州에 갓다.
書類函을 八仟 원에 購入하고 안테나 參仟 원 스레트 五枚 八,五百 원 買入햇다.
館村驛前에서 中食 兼하여 酒代 合하야 一,一〇〇원 往復 車비 一,〇〇〇원 總 貳萬 원 程度가 支出되엿다.

<1986년 9월 22일 월요일>
金三浩 昌宇하고 同行하야 聖壽面 可壽里 据處 松村里에 갓다. 館村 李存泰 所有 山을 본바 据里[距離]가 멀엇고 通路가 不平하야 抛棄햇다.
回路에 金判山 氏을 訪問하고 中食을 接待밧고 購山을 付託햇다.
다시 回路에 任實面 程月里 權仁錫 氏를 禮訪하고 購山을 付託한바 坪當 三仟 원 식을 要求한다고 햇다. 二町쯤 된다고. 佐山里 것은 一.五町이라고 햇다. 如何間에 付託햇다.

<1986년 9월 23일 화요일>
八時 四〇分 列車로 桂壽里 露儒濟[露儒齋] 宗畓 收稅鑑定次 갓다.
마참 全州에서 一家 一行을 相逢하야 同行햇다.
收稅鑑定을 맞이고 中食이 끝나고 全州 崔洪範을 맛고 成傑 結婚 仲介를 要求햇다.
手帖에 記入하고 基宇 便에 알이기로 하고 不遠 宗親會 時에 參席해 달아고 하드라.

<1986년 9월 24일 수요일>
秋蠶 三枚을 三溪面으로 買上하려 갓다. 品質이 不良햇지만 三五四仟 원을 해 왓다.
采蔬밭에 물肥을 주웟다.

<1986년 9월 25일 목요일>
丁基善 債務 利元金 合計 二六萬 원을 拂入햇다.
새보들 成康畓 三斗只 二九叺 收穫을 햇다.
成東 內外는 南原 帶江 妻祖母 喪에 갓다.
全州에서 成英이가 왔다. 父의 生日로 알고 왔다. 그려나 任實메누리도 成東의 妻

도 忠分[充分]이 자고 家族기리 朝食이라
도 논누고 갈 수 잇는데 시아비를 無視하고
갓다.

<1986년 9월 26일 금요일>
加工協會 運營委員會議에 參席햇다.
支部長하고 言設[言說]이 주고받고 햇다.
豫算 播査[審査 過定[過程]에서 獨繕[獨
善] 行爲를 하려 하기 때문 그랫다.
一,二〇〇萬 원 豫算.
成愼이가 除隊햇다. 妹兄이 履歷書를 내라
고 햇다고.

<1986년 9월 27일 토요일>
愛鄕團 新平支部會 定관 通과햇다. 相當
수가 參席 햇다.
道峰里 李宗甲 氏을 訪問하고 宗山 購入
을 要求하고 왓다.

<1986년 9월 28일 일요일>
成傑 婚姻之事로 山西面 月谷 崔成桓가
왓다.
貴수[閨秀]는 山西面에 民願室에서 勤務
한다는데 키가 적어서 함[흠]이라고.
집안이 조코 賀級的[可及的]이면 해보자
고 해서 成傑 住所을 적어 주웟다.

<1986년 9월 29일 월요일>
加工組合 定期總會日인데 宗山에 栗木 수
자를 세로 온다기에 會議는 抛棄하고 金昌
根 문관하고 宗山에서 數字를 셋다.
大栗木은 八〇株 小栗木은 約 四百63주株
로 꼼꼼이 셋다.
　大栗　　八〇株
　小栗　　四六三株

　其他　　　五七株
　　計　　六〇〇株
새보들 五斗只 벼 脫穀. 三八袋 收入.

<1986년 9월 30일 화요일>
任實에서 相範 家族이 全員 왓다.
夕陽에는 全州 成英이가 왓다. 알고 보니
내의 生日 時 해준 것이 없다고 생조구[생
조기] 한 相子 分乳[粉乳] 一통 其他을 가
지고 왓다.
昌宇 完宇 成奎을 一席해노코 軍部에 部
落흡수 問題을 따젓다. 來 明日 梁泳植이
가 온다고. 나는 그 사람을 相對 안켓다고
햇다. 相對하면 反對하겟다고 햇다.
五斗只.

<1986년 10월 1일 수요일>
家族 全員이 宗山에 밤을 따려 갓다. 一部
따다 보니 비가 내려 다시 왓다.
成愼은 곳 就職이 可能하다고 햇다.

<1986년 10월 2일 목요일>
程月里 權仁錫 氏가 왓다. 宗山을 購入하
실아면 只今이 좃코 山住[山主]가 債務關
係가 잇어 不遠間 處分하려 한다고 왓다.
몇일만 기드려 달아고 햇다. 約 千萬 원이
면 된다고 햇다.
주민들 崔成奎 外 一〇餘 名이 部落 扱受
[吸收]해 달아고 陳情次 南原 梁창식 氏을
禮訪코자 간다고 들엇다. 반갑지 안는 行動
이라고 본다.

<1986년 10월 3일 금요일>
丁基善 李相云 崔宗彦 子 結婚式에 參席
햇다.

回路에 泰宇 집을 炳基 氏와 同伴 訪問햇다.
位先[爲先]하는데 宗山 購入을 相議했다.
江景 薛仁洙 女息 結婚式에 參席 如不[與否]을 會員들과 相議한바 會長이 代表로
단여오라고 打合이 낫고 祝儀金은 哲浩가
五仟 원 朴順龍 五仟 원 朴公히 五仟 원 崔
宗植 五仟 원 계 二萬 원을 收金해 왔다.

<1986년 10월 4일 토요일>
어제 술이 過해서 食事도 못햇지만 堆肥
貯장하는 데 協力했다.
밤에는 꿈 〃 알앗고 꿈자리가 않 좋으라.

<1986년 10월 5일 일요일>
몸이 不平해서 終日 舍郞에서 休養햇다.
夕陽에 田畓을 둘여보니 秋事 時期가 當햇다.
栗實도 收穫하야 되겟고 밥은 時다.
光州에 附品도 購入하려 가야겟다.
成東이는 乾草 一〇〇斤 市場化해서 一七
五,〇〇〇원 收入.

<1986년 10월 6일 월요일>
光州에 到着 十一時 옛다.
工場 主人을 맛나고 附品을 組立했으나 異
常 生覺이 들드라.
할 수 없이 技士하고 同乘하야 집에 왔다.
機體을 뜻고 보니 交替할 附品이 多量인바
全額 計算한바 四五萬원데 先拂을 빼고
(九萬 원) 三五萬에 決定하고 來日 와서 組
立해 주기로 하고 附品을 全部 실고 갓다.

<1986년 10월 7일 화요일>
全州 耳鼻課[耳鼻咽喉科]에 들이엿다.
左耳을 檢診해 본바 異常은 없고 헤랍[혈
압]도 正常이고 하나 營養不足이라고 했다.

午後 三時쯤 光州에서 附品을 가지고 왔
다. 밤에까지 修理 組立을 마첫다. 그런데
아침에 嚴俊祥에 가서 一金 參拾萬 원을
要求햇든니 夕陽에 트림 없이 주마 햇다.
夕陽 같은니 嚴俊峰에서 나와야 한든니 俊
峰에 가다 와서는 없다고 했다. 나도 으심
이 낫다.
丁基善에서 拾萬 원 崔南連에서 參拾萬
원 둘어서 修工費 三五萬을 주워 보냇다.
五萬 원 殘은 고초갑을 줄가 한다.

<1986년 10월 8일 수요일>
宗山에 간바 金 文官 外 四名이 밭을 재드
라. 북골 草家집이 내 집이라고 했든니 사
진는 찍어 갓다고 하드라. 中食이나 侍接하
겟다고 한바 感謝하다고 해서 驛前에 가서
닥 一首을 사가지고 왔다. 中食을 해 주엇
든니 고맙게 生覺하드라.
午後에는 大里 宗彦 母 弔問을 갓다.
서울서 김順禮가 왔다. 結婚했으니 婚届을
해야 하기예 戶籍滕本[戶籍謄本]을 떼로
왔다고 했다.
新德 申東鎬에서 祝儀金 一〇,〇〇〇원
收金햇다. 東浩 分 東安 分이다.

<1986년 10월 9일 목요일>
八時 四八分 列車로 서울에 갓다.
十二時 五五分 着. 成均{館}大學校 儒林
會館예 入場. 薛仁洙 婚主를 相面햇다.
式이 끝이 나고 바로 中食도 못하고 왓는데
列車時間이 맞{지} 안니 해서 翌日 아침
三時 三〇分에 任實驛에 着햇다.

<1986년 10월 10일 금요일>
秋事가 늦겟다.

終日 비하고 느리[우박]가 兼하야 오는데
秋事 支章도 되겟다.
舍郞에서 休養햇다.
成東이는 乾草 八○斤을 賣渡하야 八七年
度 고초種子代 一○萬 燃炭代[煉炭代]도
淸算키 위{해}서엿다.

<1986년 10월 11일 토요일>
任實郡民의 날이라고 해서 參席해 보왓다.
國會議員도 왓드라. 在京人事들이 많이 왓
드라.
終日 學校에서 行事 및 競走하는 模習을
求景햇다.

<1986년 10월 12일 일요일>
任實에서 成曉 家族이 全員이 왓다.
全州에서 成英까지 全 食口가 募여서 宗山
에 栗實을 따려 갓다.
中食도 휴帶하고 午前 中에는 밤을 따로
午後에는 율무을 거두엇다.
夕陽에는 成英에 밤 一斗을 주고 고초는
돈을 밧고 二○斤에 參萬 원 주고 받앗다.
任實 食口도 全員 떠낫다.

<1986년 10월 13일 월요일>
終日 栗實 밤을 깟다.
메누리는 밤 三六k을 가지고 任實에다 賣
渡. 二二,○○○원 收入 햇다.
鄭圭太 소사람 품싹(올봄치) 一○,○○○
원을 주윗다.
嚴俊祥 氏에서 一○萬 원을 두려서 丁基善
一○萬 條를 返還해 주윗다.
丁基善 氏는 아마도 明燮이가 行方을 감추
다 오늘 서울서 붓잡혓다고 전화가 왓다.

<1986년 10월 14일 화요일>
終日 밤을 깟다.
三八k을 任實에 賣渡하야 二二,○○○원
을 바더 왓다.

<1986년 10월 15일 수요일>
家族끼리 보리가리 햇다.
人夫 二名을 利用하야 堆肥 貯장햇다.

<1986년 10월 16일 목요일>
市場에 밤을 보내서 市場化햇든니 約 五萬
貳仟 원을 收入햇다고.
附品代(脫穀機) 一○,○○○ 女子人夫賃
二名分 一○,○○○ 男子 二名分 一二,○
○○ 계 三二,○○○원이 支出되엿다고.
人夫 飯饌代 其他을 包合[包含]해서 全額
을 使用햇다고.
밤에까지 昌宇 脫穀을 한바 二二袋을 脫
穀. 稅는 一袋 가저왓다. 全州을 二次 來往
햇다.

<1986년 10월 17일 목요일>
成曉 母을 任實 中央病院에 入院시컷다.
院長은 珍察[診察]해 보고 約 三, 四日間
入院하고 退院함이 올타고 햇다.
程月里 權仁錫 氏을 訪問하고 山을 둘어
보니 마음에 들지 안트라.
다음으로 미루고 왓다.
人夫 四名이 벼 베기 하는데 午後에는 갖
이 돌보아 주윗다.
山所을 定望해야겟는데는 누가 協助도 안
니 하고 마음 괴롭다.

<1986년 10월 18일 토요일>
脫穀機을 修繕햇다.

麥畓에 除草濟을 散布햇고 못텡이畓 벼 벼기도 햇다.
東扮西走[東奔西走]할 秋穫季節이다. 每日 作業을 해도 밀려만 간다.

<1986년 10월 19일 일요일>
못텡이 벼 베고 율무도 베고 宗山에 율무도 운반한바 해가 저무럿다.
밤에는 몸 고돳다. 任實에서 메누리가 와서 協力해 주웟다.

<1986년 10월 20일 월요일>
아침에 이러나니 첫서리가 내렷다. 고초에 해나 업는지.
싸이카가 하도루가 부려젓다.
金昌根 氏을 驛前에서 相面하고 中食을 갖이 햇다.
宗山 포푸{라} 二〇六株을 세여주고 樹令[樹齡]을 오리여 잘 바라고 付託햇다.

<1986년 10월 21일 화요일>
秋雨가 終日 내렷다.
全州에서 高相厚가 來訪햇다.
劉貞子 夫君 弔問햇다.

<1986년 10월 22일 수요일>
婦人 三人을 起動해서 고초 따기 햇다.
서리가 올 것 같아 마구 따기를 햇다.
서울서 梁창식 國會議員이 通諜[通牒]을 보냇는데 理由인즉 本村은 軍部에서 必要 없으니 買入 不能하다고 햇다.

<1986년 10월 23일 목요일>
一〇月分 전화稅   五四,二五〇—
南原稅金   三一,〇〇〇—

四月分 保險金   二三,九〇〇—
계   一〇九,一五〇원을 集配員 孫夏周에 보냇다.
고초밭 매기.

<1986년 10월 24일 금요일>
비가 連日 來리는데 不安햇다.
벼는 水中에 담겨 잇고 秋事가 만니 밀려 잇는데 괴롭기 限이 업다.

<1986년 10월 25일 토요일>
고초대를 뽑고 成東이는 市場에 가고 午後에는 成愼을 데리고 家族기리 율무 打作을 햇다.
任實에서 孫子들이 왓다.
밤에 비 내려 稻作物은 損害 多分한 듯십다. 비 때문에 不安하다.

<1986년 10월 26일 일요일>
오늘도 日氣는 不順하다.
아침에 昌宇가 왓다. 요지음 嚴俊峰이는 住民들에게 軍事基地 個人通報狀에 署名 捺印을 不應하야 한다고 햇다는데 아마도 俊峰의 土地가 汲收 不能으로 依한 듯 生覺이 든다.
鄭柱相이는 金今龍 妻하고 性的 接촉이 되엿다고 女子에 對한 非訪[誹謗]이 藉〃 햇다고.
堆肥貯藏 作業도 햇다.
밤도 市{場}化.

<1986년 10월 27일 월요일>
農協에 가서 燃炭代 一〇五,六〇〇 麥 種子代 九,〇〇〇 免稅油代 七九,六〇〇—
計 一九六,〇〇〇원**129** 淸算해 주웟다.

午後에는 유무[율무] 脫穀햇든니 八袋 마
토리가 收入. 合計 約 十四袋가 收穫햇다.
와이샤쓰을 一着 마춤햇다.

<1986년 10월 28일 화요일>
家族기리 雨氣가 있어 추진 벼을 묵었다.
成東이는 畜協 所菅[所管]으로 全州 道廳
에 敎育을 갓다.
단여와서는 中央에서 왓다는 분이 畜産業
者는 自省해서 減畜을 하고 繁殖을 못하게
수의사의 人工受精을 禁地토록 하겟다고.
政府에서는 對策도 없이 繁殖만 시킨 處事
는 非訪을 않이 할 수 없다.
成愼하고 丁宗燁 打作을 햇다.

<1986년 10월 29일 수요일>
新平面 淨化委員會 主催로 擔日[當日] 코
스로 서울 旅行길에 떠낫다.
會費 六仟 와이샤쓰 一着 一二,〇〇〇원
旅費 一八,〇〇〇원을 準備 使用 豫定이
다. 計 三萬六仟 원 消耗되겟다.
丁基善 氏와 同伴해서 서울에 갓다. 會員
은 約 四〇名이 參席햇드라.
初志一貫 有終의 美을 빛내고 無事이 단여
왓다.

<1986년 10월 30일 목요일>
大里 舘村 炳基 氏가 來訪햇다.
宗山 關係로 私所有地 종람하려 왓다.
終日 방아 찟고.
金昌根 文官이 來訪. 山住을 알여 주시라
고 왔다. 宗山 宗土도 全部 崔乃宇 代表로

認證해 달아고 햇다. 署{名} 捺印해 주윗다.

<1986년 10월 31일 금요일>
몰엥이畓 脫穀햇다.
成東 畓에서 二一袋 收入.
成康 畓에서 一五袋 收入.
終日 방아 찌엿다.
밤에는 嚴俊映 子 嚴大은이가 任實驛前에
서 술을 마시고 金城里 薛氏을 치고 驛派
{出所} 警察官을 첫다고 전화가 왔다. 俊映
하고 韓相俊 氏하고 同伴하야 解結[解決]
을 보고 왔다.
놉 人夫은 昌宇 金鎭玉 丁奉來 妻 三人이
作業햇다.

<1986년 11월 1일 토요일>
金哲浩 崔炳基 炳列 四人이 同伴하야 新
德 智長里 申東鎬 回甲宴에 參席햇다.
오늘 稻作을 全部 脫穀을 끝이고 昌宇 內
{外}가 協力햇다.

<1986년 11월 2일 일요일>
炳基 兄弟 울리[우리] 兄弟 全州 泰宇 五
名이 同伴해서 大宗 墓祀에 參禮햇다.
全州에서 뻐스로 서울서 大形뻐스 一臺 等
많은 宗員이 參禮햇다. 時着記을 보니 約
一五〇名이 參席햇다.
서울 뻐스 便으로 歸家햇다.
今年부터서는 每年 一〇月 첫 공휘일(公休
日)로 墓祀 日程을 定햇고 그려기에 宗員
이 多수가 募엿다.

<1986년 11월 3일 월요일>
外出 時 用金 및 旅費로 利用하라고 成東
은 一金 七萬 원을 주드라.

____
129 여기에서 연탄 값과 보리종자 값, 면세유 값의
합계는 194,200원이 맞다.

麥 播種하려 計劃하고 作業 中 비가 내려
大端 不安하고 當日 墓祀도 가기로 햇는데
麥 播種으로 못 갓다.
서울서 吳 氏가 보냇다고 도야지고기 二斤
을 보내왓다.

<1986년 11월 4일 화요일>
家族기리 後田 麥 播種햇다. 조금 느즌 듯
하나 日氣가 溫化[溫和]하기에 適合한 것
으로 안다.

<1986년 11월 5일 수요일>
屯基里 雙百堂 墓祀日이다.
炳基 兄弟 昌宇하고 四人이 參席햇다.
墓祀가 끝이 나고 南宇에 말하기를 通禮公
以下는 몰아도 木川公 以下는 우리 任實派
도 終續이라도 주는 게 올치 안소 햇다.

<1986년 11월 6일 목요일>
모사정 九代祖 墓祀日이다.
어제 말한바 오늘 墓祀에는 날[나]를 祝菅
[祝官]으로 定하고 炳基 氏를 初顯官[初
獻官]으로 주드라.

<1986년 11월 7일 금요일>
벼 共販日이다.
아침부터 住民들은 분주햇다.
七三叺을 作石햇으나 共販檢查員에 回付
[回附]. 三叺 退하고 貸與곡을 成東 三叺
昌宇 四叺 除하고 五九叺을 全部 一等으
로 하야 一,九八〇,〇〇〇원 程度엿다.
現金이 찻이 못햇다. (債務 整理하야지)
面長 丁基善 갗이 酒席에서 軍事 問題도
論議햇다.

<1986년 11월 8일 토요일>
成奎 便에 서울 德順 女息 結婚式에 못 가
고 祝儀金만 貳萬 원 보냇다.
加工組合에서 附品을 가저왓다.
終日 방아 찟고.
丁基善하고 同行하야 面에 갓다.
宗土 宗山 軍部 넘기는데 書類 購費[具
備] 切次[節次]을 相議한바 死亡者 移居
者는 必要 없고 代身 保證人을 세우면 通
過된다고 햇다.
月曜日에 다시 가기로 햇다.

<1986년 11월 9일 일요일>
북골 昌宇 畓 집[짚] 무그기[묶기] 햇다.
全州에서 鄭仁浩 來臨. 酒店에서 相談.
午後 成東이는 金鎭玉 脫穀.

<1986년 11월 10일 월요일>
崔南連 氏 崔重宇 丁基善 氏을 帶同하야
位土 書類 切次을 가추기 위하야 갓다.
任實 成曉도 臺帳 登本[謄本]을 떼 가지고
오라 햇드니 十一時頃에 왓드라.
夕陽에 昌宇가 왓는데 位土 登記 名儀을
누가 햇느니 나는 왜 너치 안햇느니 하고
族譜[族譜]에 나 뺏느니 是非가 있서는데
生覺해 보니 不良心이 찌엿드라.

<1986년 11월 11일 화요일>
成東 成愼는 野積한 볍집을 운반햇 왓다.
나는 방아 찌는데 愛勞가 만햇다.

<1986년 11월 12일 수요일>
午前 中은 집가리를 하고 午後에는 고초種
字을 吳永云에서 引受햇다.
오는 中에 基宇 집을 訪問햇든니 마참 炳

基 氏가 드려왔다.
조용이 單獨 打合을 하자며 大里로 가자고
하는데 여기가 좇{지} 안냐고 하고 事務室
에 案이 나왔는데 自己 私山 新田 所在을
引受하라는데 不安햇다. 他人에 賣渡하시
고 宗中에서 買受한다는 것을 宗員總會에
決議가 있어야지 나 단독을 決定 못해계다
고 햇든니 栗代도 半額은 宗中에 내노라
하드라.

<1986년 11월 13일 목요일>
內外間에 全州 張寅燮(外孫子) 돌日인데
査頓宅을 禮訪했다.
금반지 二벌을 選物[膳物]하고 中食만 하
고는 바로 왔다.
成東이는 終日 방아 찌엿다.
鄭泰植을 相面하고 債務을 무럿다.
明日 해주겟다고 햇다.

<1986년 11월 14일 금요일>
來日 八代祖 墓祀을 가자고 全州 泰宇에
전화햇든니 弟수씨가 밧는데 아침 일즉 新
平을 据處 昌坪里로 간다고 햇다고 하드
라. 그間 舘村 炳基 氏가 왓드냐 햇든니 어
제 왓드라고 하드라. 그려면 叔侄[叔姪] 間
에 對話가 잇드야고 무르니 叔父 林野을
사라고 하고 代價는 四仟萬 원 말하드라고
햇다. 그려면 동생은 承諾하드야고 햇든니
千萬에야고 하면서 그려케 빗사게 살 수 잇
소 하드라고.
終日 방아 찌엿다. 어제 오늘은 工場이 多
事햇다.

<1986년 11월 15일 토요일>
基宇 自家用으로 炳基 昌宇하고 四人이

八代祖 모사정 墓祠에 갓다.
日氣는 처음 춥드라[춥더라].
택시로 가고 오니 平安했다.
位土稅 四斗代 二八,〇〇〇원을 會計햇다.
或時 炳基 氏가 自己 林野 件을 말할는지
으문햇든니 緘口[緘口]하드라.
面 洪星烈에 八七年 種籾 三光벼 四〇k 동
진벼 二〇k 購入申請햇다.
白米 四叺 賣渡　　二八八,〇〇〇
고초　　　　　　　一二〇,〇〇〇
　　　　　계　　四〇八,〇〇〇 收

<1986년 11월 16일 일요일>
桂壽里 六代祖 墓祠에 參席. 炳基 乃宇 重
宇 三人이 三還官[三獻官]이 갓든니 南宇
도 參禮햇다.

<1986년 11월 17일 월요일>
基宇하고 택시로 五代祖 墓祠에 가기로 한
바 基宇 押作 못가겟다고. 할 수 업이 直行
뻐스 택시를 이용하야 昌宇하고 兄弟가 갓
다. 느젓지만 兄弟間 慕侍니 不安도 햇다.

<1986년 11월 18일 화요일>
郵替局에다 電話料金 保險料 宗錢 等 八
萬 六仟七百 원을 拂入 預託햇다.
韓相俊하고 同行이 되여 任實 登記所에
가 臺帳 滕本[謄本]을 떼 밧다.

<1986년 11월 19일 수요일>
終日 방아 찌엿다.
來日이 慕祠[墓祀]인데 오늘 炳基 兄弟 全
州 泰宇가 왔다. 우리 집에서 終日 宗山 宗
土을 論議햇다. 그러나 結局은 炳基 氏 욕
심이 多樣햇다. 來日 오기로 하고 夕陽에

떠낫다.
日間 山淸을 둘여보리고[둘러보자고] 햇다.

<1986년 11월 20일 목요일>
高祖考 墓祠日이다. 館村 炳基 全州 泰宇
成奎 重宇 昌宇 나하고 慕侍엿다.
館村 堂叔 人象[印象]을 살펴보니 좋은 人
象은 못 되드라. 어제 是非로 因 듯십다.
決算은 暇決算[假決算]하고 陰 十二月 初
三日 曾祖 祭祠에 하자고 햇다.
밤에 全州에서 泰宇가 전화로 館村 炳基에
서 無安[無限]한 섭〃을 사고 言戰햇다고.
일단 전화는 끈엇다.

<1986년 11월 21일 금요일>
成東이는 市場에 牛 四頭을 賣渡. 一八〇
萬 원을 받앗다고. 寒心之事다.
裡里 崔信범을 面會하려 갓다. 不在中. 回
路에 全州 泰宇 집을 들엿다.
말인즉 어제 館驛前에서 言戰하는데 昌坪
里 乃宇하고 태우하고 宗事를 하는데 나는
빠지겟다고 하고 石物을 하는데 乃우 태우
가 防害[妨害]을 해서 내 산을 못 판니 두
고두고 碑石에 새겨서 後孫까지 專하겟다
고 들엇다. 그려나 할 수 없다고 햇다.

<1986년 11월 22일 토요일>
서울 成吉 子 結婚日하고 完宇 女息 結婚
日하고 한날한시로 通報가 왓다.
田畓을 둘여보니 麥 播種 作況이 護作[好
作]이드라.
밤에 裡里에서 成玉이 왓다.

<1986년 11월 23일 일요일>
館村 成苑 집을 단여 農協禮式場에 參席

햇다.
中食을 끝내고 全州로 行햇다.
서울서 離婚關係로 手續切次을 발부려 戶
籍膝本 하려 왓다. 밤에 갓다.
밤에 成奎가 왓다. 宗事 家事 其他之事에
時間을 두고 長期 打論햇다.

<1986년 11월 24일 월요일>
驛前에 담배 바드려 간바 大里 韓昌煥 面
長을 相面하고 술자리가 되엿다.
基善하고 張泰燁 氏을 訪問햇다. 宗山 茂
木을 付託하고 왓다.

<1986년 11월 25일 화요일>
張泰燁에 付託하야 宗山 票松[標松]을 五
株을 伐採을 햇다.
夕陽에 館{村} 炳基 氏가 왓다. 故 李鳳辛
名儀로 田 五八坪이 있어 印鑑을 要求하
려 왓다고. 그려나 又 位土 宗山에 對 据論
[擧論]이 나왓다.
可不間[可否間]에 山만은 求景해 보겟다
고 햇다.

<1986년 11월 26일 수요일>
昌宇 成奎 全州 泰宇 四人이 新田里 炳基
氏 私山을 求景하려 館村에서 車를 기드리
니 炳基 全州 金正涉가 갖이 同行이 되엿다.
산을 보니 其 山이 범위가 大山이여서 難
點이 잇드라. 그려나 西向 陰달[응달]이라
때{가} 잘 살지 못하겟드라.
관촌에 왓다.
炳列이를 相面햇든니 自己을 소리 안햇다
고 不評이 나왓다.
館驛에서 炳基하고 술을 하는데 또 말이
山말을 하드라. 그려나 坪當 仟 원 넘으면

못 사겟다고 햇든니 오늘도 炳列에 소리를
안 햇다 不平하기에 소리 못 한 것은 未安
해되 非人間 行爲 같으라.

<1986년 11월 27일 목요일>
大里 査頓 鍾國 別世. 弔問하고 炳基 宅을
禮訪햇다.
成奎 집에 갓다. 듯자하니 궷짝[궤짝]을 서
울 成吉가 보내라고 해서 마음 좋이 못햇다.
成奎보고 궷작을 보내지 말아고 하고 30日
서울 結婚式에 가면 내가 말하겟다고 햇다.
不遠이면 주계[죽게] 될 사람이 욕구심이
만타고 본다.

<1986년 11월 28일 금요일>
牛舍 修理했다.
成東이는 방아 찌엿다.
靑云에서 金昌圭 鄭圭太 來訪. 酒店에서
對話햇다.

<1986년 11월 29일 토요일>
成東에 오늘 作業 日程을 짜고 당부햇다.
宗山에 票松을 運搬하라고 하고 九時 列車
로 求禮 着햇다. 十二月 一日字 正三의 子
結婚인데 못 갈 形便이여서 미리 人事次
간바 오늘이 故 慈堂의 小祥日이라고. 封
投[封套]을 빌여 고치고 보니 異常스럽게
當한 셈이 되엿다.

<1986년 11월 30일 일요일>
崔範 結婚이다.
서울 旅費 四五仟 원을 받앗다.
住民 親戚척 五〇餘 名이 出發햇다. 禮式을
맞이고 病床에서 成吉 問病하고 一行은 四
時쯤 出發하고 나는 成吉 집에서 一泊햇다.

德順 點順 成順 寧川 鎭鎬가 갖이 一泊햇다.

<1986년 12월 1일 월요일>
아침에 朝食을 하고 信範을 데리고 洞事무
실에 갓다. 成吉 인감 自己의 인감을 냇다.
成吉하고 作別하고 良宇 집을 訪問햇다.
宗山 宗畓 移轉印鑑을 要求하고 냇다.
錫宇 집을 訪問햇다. 宗事之事을 設得[說
得]햇다.
夕陽에 成植 집을 訪問하고 一泊햇다.[130]
밤늦게까지 대화하고 잣다.
아침에 전화로 成吉 집에 전화햇든니 어제
밤에 侄[姪]은 病이 惡化되여 잠을 못 이루
고 잇다고. 成吉이가 전화를 박구고 말하기
를 오늘 中으로 成奎가 전화해 달아고 부탁
하기에 그럼마 햇지만 成奉 집에서 一泊을
하는 통에 느젓다.

<1986년 12월 2일 화요일>
水原 成奉 집에 갓다. 메누리가 入身[姙
娠] 中인데 異常하야 病院에 治料次 갓다
고 없서 보지 못하고 기드린바 成奉 成允
人夫 三人이 어둡까지 作業하드라.
成奉이는 少年 時에 고생햇다고 前條을 말
하드라.

<1986년 12월 3일 수요일>
朝食을 맞이고 바로 出發하야 二時 四〇分에
全州 着. 泰宇 집을 訪問하야 印鑑을 냇다.
집에 오니 五時쯤인데 서울 成吉이가 死亡
햇다고 하드라.

---

130 이상은 일기장의 12월 1일자 인쇄지면 전 여백
에 따로 날짜를 적고 기록한 내용이다. 다음 이
어지는 내용은 인쇄된 지면에 정식으로 기록한
1일자 일기이다.

各處에 전화 렬악을 햇다.
益山郡 王宮面 圓拂教 共同墓地로 葬地를 定햇다고 서울서 連絡이 왔다.
다시 서울向을 十一時 列車로 行. 비는 오는데 택시로 出發햇다.
出喪日은 十二月 五日.

<1986년 12월 4일 목요일>
새벽 三時 四〇分에 서울 着. (成順하고) 택시로 江西區에 갓다. 靈位에 參拜햇다.
서울에 사는 一家親척이 募엿드라.
밤에 六時쯤 入官[入棺]을 맟이고 弔客들 接待햇다.

<1986년 12월 5일 금요일>
正刻 七時頃에 葬地로 向하야 出發햇다.
南禮는 會社에서 自家用 一臺을 보내와서 갖이 同乘하야 益山郡 王宮面에 着햇다.
時는 午後 二時 半 着한바 埋葬時는 三時 半인바 時間이 되니까 裡里 拂教堂[佛教堂]에 學生들이 수拾 名이 參席하야 盛大히 入官式[入棺式]을 끝냇다.
任實 全州地方 一家親척들은 葬地에서 作別하고 나는 喪主 또는 家族들에 당부할 말이 있어 다시 서울도 갓다. 夕食을 맟이고 南禮는 父의 遺書가 있다니 할아버지가 말삼해서 보이게 해주시요 하고 要請햇다.
崔範을 불여 遺書를 가저다 全家族이 立會하는데 一〇餘 課目을 郎讀[朗讀]해 주엇다. 그러나 南禮 菊花 兄弟는 其 目的이 不動産 財産 關係 整理을 엇더케 햇는지가 目的인다. 不動産 土地 建物을 成吉 名儀로 되여 있으니가 次後[此後]에 處分을 말한바 이것은 全部 公證濟[公證制]로 되엿다고 하드라. 그러면 根据[根據]을 보자 하

니까 次後 차자서 말하겟다고 하고 南禮 兄弟는 作別한바 路上에서 南禮는 明日(七日) 永登浦驛前에서 十二時에 相面하고 清陽里[清凉里] 母親을 相面케 해주시요 햇다. 應햇다.
밤늦게까지 成吉의 財産 賣渡處分을 論議한바 死亡이 되고 보니 難關이 있드라. 萬諾 잘못하면 增餘稅[贈與稅]가 元價[原價]에서 五〇%가 부가된다니 困難해 하고 債務가 多額이 마음 不安하다고 範이는 말하드라.

<1986년 12월 7일 일요일>
朝食을 맟이고 崔範 全 家簇을 한자리에 募이게 하고 今般 父喪에 對하야 範의 母에 治下하고 範 兄弟 內外에 몇 가지 당부햇다.
첫재는 死亡 父으 遺書에는 敎訓 資料가 되니 너이들은 恒時 念頭에 두고 잘 尊守[遵守]하라 햇다. 너는 두 번채로 집안 十代 宗孫으로 其 任務를 다해야 한다고 말하고 先塋의 祭祀는 誠意껏 지내되 너의 曾祖父만은 내가 慕侍겟다고 햇다.
바로 約束대로 南禮을 正刻 十二時에 맞나고 電鐵을 타고 청양리에 着. 뻐스로 南禮 母 집을 訪問한바 南禮 母는 반가히 마지하드라. 中食을 미리 準備한 듯 만이 차렷드라.
中食이 끝이 나고 對話한바 이제는 夫가 別世햇으니 過居[過去]으 變〃之心을 버리라고 햇드니 南禮 母는 夫가 죽고 보니 마음이 달아젓다고 하고 또한 敎信者가 되고 보니 모두를 完全히 마을[마음] 돌이엿다고 하드라. 그러나 日後에 侄婦[姪婦]가 故人이 되면 先山 下에 무치야 하고 南禮

에 당부했든니 南禮 母는 고맙게 하고 참으로 오라면 가겟다고 하드라. 또 당부는 死後에 神이 잇는지는 모르지만 祭祀는 崔範에서 지내도록 하고 내가 範에 付託하겟고 남보다는 낮이[낫지] 안켓나 햇다. 모두 感謝하다고 하고 이번에 마지막길인데 꼭 喪家에 가려한바 가지 못하고 叔父게서 오시니 每우 罪束[罪悚]하다고 하는데 예적보다는 만이 달아젓쓰니 끝으로 四十年間 食母사리를 했으니 其 代價는 꼭 박겟다고 하고 其의 代價는 宗事에 宗中에 내놋켓다고 하드라. 우수면서 全部를 抛棄하라 햇다.

바로 出發하야 富川 鉉宇 집을 訪問햇다. 寶城 堂叔은 病席에 누워 大小便을 바다내고 메누리는 其 病關[병구완(病救援)]하느라 고욕을 치르고 있으라. 女息이 四名이고 끝으로 男兒 一人이 잇드라. 作別하려 하니 못 가게 말류하야 할 수 없이 一泊을 하게 되엿다. 밤에는 十二時까지 家事 宗事에 對한 論議를 햇다.

十二月 七日이다. 朝食을 맞이고 바로 떨치고 永登浦驛에서 一〇時 二十九分 列車로 出發하야 집에 오니 午後 四時엿다. 全州에서 成傑가 왓다. 鄭太植 債務 整理하라 햇다.

十一月 三〇日부터 서울 向하야 結婚 및 成吉 死亡으로 因하야 八日間을 서울에서 日課를 보냇다. 死後 四十九日 만에 大祭를 지낸다고 그때에나 가볼가 한다.

十二月 八日[131]
新平郵替局에다 拾五萬 원 預置햇다.

嚴俊祥 氏 借用金 一〇四,〇〇〇원 完拂햇다.
鄭泰植 成傑 債務 條 一五三萬 원 完拂濟. (印)[132]
鄭泰植 條(비밀금) 二〇萬 원도 成康가 完拂햇다.

十二月 九日
新平面에 갓다 오는 途中에서 炳基 氏 집 訪問한바 炳基 氏 婦人하고 言爭햇다.
靑云洞에 갓다. 文{씨} 山을 求景햇다. 가깝고 近處인데 마음에 들드라.

十二月 十日
任實郡守에서 燃炭[煉炭]代로 二六,一一〇원 傳해 왔다.
日本 金商文 氏에 招請 要求書을 보내고 서울 崔良宇에 印章을 郵送햇다.
成東이는 참깨 白米 三叺 고추 계 四八三,〇〇〇원 收入해 왔다.
鄭圭太 집을 訪問하고 龍云峙 文氏 山을 求景햇다.

<1986년 12월 11일 목요일>
十二時頃 新平面에 갓다.
完宇하고 上泉里長하고 同行하야 宗山 買收코저 求景하려 갓다.
山淸을 보니 배재들은 마음이 맞이 안하고 上泉 後山은 마음에 들드라.
오는 길에 炳列 堂叔 宅을 禮訪햇다.
◎ 炳基 氏 新田 山은 宗中에 팔기는 抛棄햇다고 햇다.

---

[131] 이하 내용은 서울에 다녀온 후 밀린 일기의 개요를 추려 모아 한꺼번에 날짜를 적고 기록한 것이다.

[132] 원문에서 채무를 상환했다는 뜻으로 저자가 날인한 것을 표시한 것이다.

밤에 서울서 全州 泰宇에서 전화 왓다.

<1986년 12월 12일 금요일>
아침에 成奎을 放送으로 오라 햇다. 서울
崔範에 전화하라 햇고 북골 四九三 田 九
一坪을 내의 名儀로 申告하라 햇다. 約 代
價는 六九萬 원 王板 墓地 六三번지 四〇
萬 원 계 一,〇九萬 원 程度라고 하고 成奎
에 印章을 주고 申請하라 햇다.
崔南連 崔泰宇 昌宇 갖이 道峰에 갓다.
崔重宇 仲介로 宗山을 求景한바 모두 마음
에 든다고 햇다.

<1986년 12월 13일 토요일>
아침에 館村 炳基 氏에 전화로 道峰을 가
보자고 햇든니 허리가 앞아서 못 가겟다고.
炳列에 전화하야 道峰 山 求景하려 가자고
햇든니 볼{일}이 잇다고 하기에 來日 가자
고 햇드니 그날도 못 간다고 하드라. 아마
도 理由는 있겟지.
桂壽里 薦宇 氏을 同伴해서 道峰을 갓다.
購山해논 데를 보엿든니 不吉地라면서 絶
對 못쓴다고 햇다. 十五日 桂壽里에서 相
面키로 하고 作別햇다.

<1986년 12월 14일 일요일>
아침에 宗山 購山하려 館村 炳基 氏에 電
話햇다. 南原으로 가자 햇든니 斗流里 炳
列 집에 相面하자고 하기에 應햇다. 잠時
後 館村 基宇 집에서 全州 泰宇가 전화로
相面하자고 하야 잘되엿다고 하고 館村 炳
基 氏을 基宇 집으로 오라 햇다. 三人이 終
日 打合한바 泰宇 炳基는 是非가 벌어젓
다. (以下 略함)
明日 桂壽里에 가서 購山하기로 하고 炳基

가 同行하기로 햇다. 泰宇는 不應햇다. 新
田里 山은 다음에는 据論 안키로 햇다. 大
端이 不安햇다. 宗事는 時急한데.

<1986년 12월 15일 월요일>
館村 崔炳基 氏하고 同伴하야 南原 桂壽
里 崔薦宇 氏을 禮訪하고 宗山 購入 打合
하고 山淸에 갓다.
九三番地 二町 三反 게 九町 一反 八畝 二
七,〇〇〇坪×四〇〇=一,〇八〇萬 원 程
度. 밤에 完宇 成奎는 全部 三筆地을 사자
고. 十八日 總會議에서 附議하자고 햇다.

<1986년 12월 16일 화요일>
成東에서 四萬 원을 바닷다. 用金이 不足
해서엇다.
四仙臺注油所에서 全州 泰宇을 相面하고
購山을 打合햇다.
메누리에 十八日 總會 饌 장보기을 해오라
햇다.
十二月 十八日 宗員總會
十九日 全州 泰宇 同伴 宗山 求景
十二月 二十日 宗山 契約日
二十五日 高祖 祖父 內外 移葬日

<1986년 12월 17일 수요일>
昌宇는 自己의 生活補償을 해주지 않이 하
면 移葬은 못한다고 人象을 썻다. 이젠가는
[언젠가는] 宗畓을 抛棄하야지 生前 耕作
치는 못한다며 말해 주엇다.
마음이 不安햇다.

<1986년 12월 18일 목요일>
宗員總會日다.
서울서 全州서 近方에서 本里에서 一〇餘

宗員이 募엿다.
十二時부터 正式으로 發議하야 元案[原案]에 依하야 支出部[支出簿] 一部가 修正하야 通過햇다.
밤까지 移葬에 對하야 論難이 되고 夕食을 끝내고 作別햇다.

<1986년 12월 19일 금요일>
全州 泰宇하고 李 氏하고 三人 갖이 桂壽里 山淸을 둘여보고 目票[目標]해 놋코 왓다.
밤에 全州에서 전화가 왓다.
泰宇 말에 依하면 서울 良宇가 집에 가는 길 왓는데 日間 大宇 承宇가 全州 태우에 와서 移葬 不應 條로 말하드라고 전해 왓다.

<1986년 12월 20일 토요일>
終日 舍郎에서 宗事之{事}를 硏究하고 設計를 내보왓다.
祭物도 準備해야 하고 人夫도 마련해야 하고 여려 가지 備品 購入할 게 만타.

<1986년 12월 21일 일요일>
移葬 祭物 準備하라고 成東이에 拾萬 원을 주고 나는 桂壽里 露儒濟[露儒齋]에 大宗會議에 參席햇다.
大宗會場에 간바 多數가 募엿드라. 宗財 收入支出 決算에 드려갓다.
會議 中 薦宇 氏하고 山所에 갓다. 잘 둘여 보고 目票햇다.
山 契約은 來日 하겟다고 하고 南宇을 相面하고 形便을 말해 주윗다.
炳仁 氏도 相面하고 移葬日 人夫 中食을 해다라고 햇다.

<1986년 12월 22일 월요일>
全州 泰宇 炳基 成奎 完宇 同伴해서 桂壽里 宗會에 參席하고 薦宇 氏을 對面하고 宗山 契約 締結햇다. 契約金 百{만} 원을 주고 왓다.
一月 中旬頃에 二〇〇萬 원 中途金을 待期로 하고 殘金 一月 末日에 完拂키로 햇다.

<1986년 12월 23일 화요일>
十二月分 保險料 전화료 合計 七四,六九〇원을 주워 보냇다.
떼 뜨는 데 德峙面에 갓다. 成奎 成東 正範하고 熱心 뜨들라.
바로 桂壽里로 갓다. 모사정 宗契日이드라. 終日 기드려도 떼가 오지 안햇다. 一泊을 宗垈에서 지냇다.

<1986년 12월 24일 수요일>
아침에 正範이가 떼를 실코 왓다. 갖이 下車하고 왓다. 墓地 週邊[周邊] 벌목에 官에서 是非가 잇는 듯햇다. 大里 탄약창을 거처 三五사단까지 갓다. 金 文官을 맛나고 相議한바 巳梅面에 가서 相議하시고 萬諾에 不應하면 三五사단에서 가겟다 햇다.

<1986년 12월 25일 목요일>
高祖 祖父 兩位 曾祖 晉州 鄭氏 破墓을 햇다. 參席 宗員은 炳基 泰宇 成奎 成曉 完宇엿다.
마음이 초조함은 高祖게서는 遺骨이 없다는 點이다.
祭物은 大小間에서 가추윗다.

<1986년 12월 26일 금요일>
宗員들은 列車로 보내고 나는 택시로 遺骨

祭物을 運柩햇다.

外來客 役軍 宗員들 約 五〇餘 名 內外間에 動員되엿다. 部落하고 墓所 近거라[근거리]라 每事가 便利햇다.

宗員들은 列車로 보내고 炳基 昌宇 泰宇 나하고는 宗垈로 들이여 흔宇 炳鉉에 人夫賃 酒代 食代 담배代 地官 謝禮金을 全額 會計한바 約 三五萬 원 돈이 支出된 셈이다.

南原 宗員들 比交的[比較的] 人色[츾츕]해 보이드라.

<1986년 12월 27일 토요일>

아침 早起[早期]에 桂壽에서 薦宇 氏가 왓다. 朝食을 갖이 하고 後田을 둘여보고 慕侍겟다고 햇다. 日字는 十二月 六日 字로 定해 주웟다.

道峰에 泰宇 산을 보려 갓다.

移葬費 收入支出을 整理햇다. 一二,三八〇원이 不足햇다.

<1986년 12월 28일 일요일>

舍郞에서 宗中文書 帳簿 整{理}햇다. 陰 十二月 初三日 曾祖考祭祀에 對備코자 였다.

午後에는 金三浩 移葬地에 갓다. 많은 人役軍이 왓드라.

金官玉 女息을 結婚시킨다고. 請葉狀[請牒狀]은 成曉 앞으로 왓지만 母 文子가 보기 실어 不參햇다.

<1986년 12월 29일 월요일>

떼를 오늘부터 昌宇 成東 仁範하고 들에서 三耕耘機을 떠왓다.

白康善 牟潤植 氏가 來訪햇다.

<1986년 12월 30일 화요일>

昌宇 成東 仁範하고 떼 一경운기 떠왓다.

떼 안닌 비가 내렷다. 移葬이 닥처온데 추어질가 念餘[念慮]된다.

丁基善에서 一金 貳拾萬 원 貸借햇다. 其 用途는 十二月 初一日 陰曆 先考 祭祀 祭物하고 十二月 初六日 移葬 祭需감 購入하려 貸借햇다.

<1986년 12월 31일 수요일>

中央日報 購讀代 三月 – 十二月 까지 一〇개月分 二0,000원을 拂入해 주웟다.

成東이는 農協 舊債 償還措置 하려 갓다. 全額을 償還하려면 約 千餘萬 원이면 完決 될 것 같야 마음은 恒時 괴롭다.

밤에 늦게 成東이가 왓다. 三八〇萬 원을 形式的을 書類上 新債 貸付을 받아 舊債을 整{理}하고 왓다고 하고 父子 앞으로 갈아서 一九〇萬 원을 各 〃 契約 作成햇다고.

年 〃히 償還하고 보면 債務는 늘고 잇다. 農事 農穀으로 附産物[副産物]로 生産하야 債務을 絶對로 償還 못 한다. 이려케 政府에서 農民을 골탕을 메기니 政府와 農民 之間에는 大端이 遺憾千萬[遺憾千萬]之間이다. 農産을 輸入해다 國産品하고 경장을 시키고 잇고 養畜農家는 畜資金 償還을 못하고 죽을 之경[地境]이다.

陽曆	陰			
12. 31.	12月	初1日	巳酉日	先考 祭祠
87. 1. 2.	12月	初3日	辛亥日	曾祖考 祭祠 서울
1. 5.	12月	6日	申寅日	先考妣 移葬日

<1987년 1월 1일 목요일>
舍郞에서 終日 送舊 整理하고 迎新年 家計設{計}를 내보왓다.
今年에도 支出은 多額이 나오고 支{出}收入은 不足케 되여 赤字는 뻔하드라.
選擧가 當하면 與堂[與黨]은 政權 잡기 어려울 듯십드라.
外出하야 列車 中에 或은 茶방에서 들은면 二口同聲[異口同聲]으로 老少 間에 政府 非訪을 하드라. 于先 나도 不平하고 십다.
農村을 이려케 債務을 많이 지게 못살게 햇으니 弱한 農民이라고 그토록 괄세하다니 보자.

<1987년 1월 2일 금요일>
서울 曾祖父 祭祀에 參禮차 炳基 成奎을 同伴하야 高束뻐스로 出發햇다.

<별기>133
89年 改憲 次期 候補者 公約 決議
八九年 憲法改定을 黨의 次期 大統領(十三代) 候補者가 選擧公約으로 提示하도록 決議할 豫定이다.
한 黨職者는 七日 中央委가 卽接的[直接的]으로 選擧公約을 할 수 잇는 機具가 안니기 때문에 이를 뒤바침함으로써 事實上 十三代 大統領 候補가 公約하는 것과 같은 效果[效果]를 거두기 위한 것이라고 設明[說明]햇다.
中央委가 責澤[採擇]134할 大統領 候補選出規定案는 候補으 資格은 黨員으로 하고 在籍代議員 1/10 推薦 또는 中央委 堤請

[提請]으로 候補에 出馬할 수 잇게 하며 候補選出菅理機具에 登錄 過半數 得票로 選出되도록 하는 등의 大統領候補選出에 關한 細部的인 節次를 담고 잇다.
大統領候補選出規定案에 따르면 大統領候補 出馬者가 複數일 經遇[境遇] 一次 投票에서 過半수 得票者가 없으면 二次 投票를 實施하고 二次 投票에도 過半수 以上 得票하지 못하면 三次 結選投票[決選投票]에서 終 多수로 當選者로 定하고 잇다. 十三代 大統領候補 選出은 現大統領 任期 中 一年 前부터 九〇日前까지로 規定하고 있어 來年 三月부터 十一月間에 全黨大會가 開催되여야 한다.
民政堂[民政黨]에서.

---

133 이하는 일기장의 빈 지면에 적어둔 내용이다.
134 저자 자신은 본래 '債澤'으로 쓰려 했던 것으로 보인다.

창평일기 3

찾아보기

ㄱ

161, 174, 176, 180, 185, 199, 201,
203, 206, 207, 214, 215, 217, 226,
227, 230, 251, 255, 266, 267, 275,
278, 279, 282, 284, 292, 294, 295,
302, 308, 330, 333, 342, 346, 348,
349, 352, 357, 358, 360, 362, 371,
395, 403, 412, 414, 440, 442, 443,
448, 449, 458, 459, 480

계가리·契가리·契加理　　78, 123,
200, 201, 333, 383, 384, 427, 434

契穀·稧穀　　78, 79, 189, 193, 198, 199,
215, 254, 255, 256, 257, 259, 289,
322, 324, 325, 328, 329, 330, 375,
385, 391, 432, 433, 445

鷄舍　　203, 444

契日·稧日　　94, 95, 235, 252, 255, 259,
275, 320, 328, 349, 383, 385, 412,
430, 431, 432, 433, 464, 479

고속·고속버스·高束·高速　　30, 36, 37,
38, 66, 175, 200, 247, 280, 384, 389,
430, 434, 440, 444, 481

고초·고추·고추파동　　18, 21, 22, 35, 40,
51, 53, 55, 61, 62, 86, 131, 135, 140,
149, 150, 152, 153, 165, 173, 190,
196, 214, 220, 226, 231, 232, 234,
235, 238, 241, 242, 243, 244, 245,
251, 285, 286, 289, 291, 292, 294,
295, 297, 298, 299, 300, 301, 302,
305, 306, 307, 308, 310, 313, 315,
317, 346, 356, 362, 395, 397, 398,
399, 400, 403, 405, 407, 408, 409,
410, 411, 412, 413, 414, 415, 416,
417, 435, 438, 439, 441, 443, 447,
448, 449, 450, 451, 452, 453, 454,

455, 456, 457, 458, 459, 461, 462,
463, 464, 465, 468, 469, 470, 472,
473, 477

穀子·曲子　　410, 414

骨材　　140, 410

공장·工場　　22, 28, 29, 34, 45, 48, 49,
51, 56, 57, 59, 60, 61, 62, 63, 64, 65,
67, 70, 71, 78, 83, 87, 123, 134, 135,
168, 171, 175, 176, 177, 179, 180,
184, 186, 191, 197, 199, 200, 201,
202, 213, 217, 229, 231, 233, 236,
237, 238, 239, 240, 241, 242, 243,
244, 245, 246, 247, 248, 249, 250,
251, 252, 253, 254, 255, 256, 257,
259, 260, 262, 265, 269, 270, 272,
273, 274, 275, 279, 282, 283, 284,
285, 286, 288, 290, 291, 294, 297,
298, 299, 301, 303, 306, 307, 308,
310, 311, 312, 313, 314, 317, 318,
330, 331, 332, 334, 338, 339, 341,
349, 354, 355, 358, 359, 366, 367,
368, 369, 370, 372, 373, 374, 376,
377, 379, 381, 395, 397, 404, 409,
411, 412, 415, 419, 420, 424, 436,
439, 453, 455, 456, 459, 463, 468,
473

공중전화·公衆電話　　67, 72, 127

공판·共販　　31, 39, 40, 48, 53, 179, 182,
184, 185, 195, 225, 229, 240, 249,
250, 254, 258, 266, 267, 295, 301,
309, 314, 315, 321, 322, 355, 376,
403, 407, 416, 417, 418

觀光　　46, 120, 200, 202, 208, 217,
331, 334, 360, 373, 416

저자

이정덕   전북대학교 인문대학 고고문화인류학과 교수

소순열   전북대학교 농업생명과학대학 농업경제학과 교수

이성호   (사)호남사회연구회 연구위원

문만용   KAIST 한국과학문명사연구소 연구교수

안승택   (사)지역문화연구소 연구위원

김규남   전북대학교 SSK개인기록연구팀 전임연구원

김희숙   전북대학교 대학원 고고문화인류학과 박사과정

김민영   전북대학교 대학원 국어국문학과 석사과정

창평일기 3

초판 인쇄 | 2013년 6월 21일
초판 발행 | 2013년 6월 29일

저   자 이정덕·소순열·이성호·문만용·안승택·김규남·김희숙·김민영

책임편집 윤예미

발 행 처 도서출판 지식과교양
등록번호 제 2010-19호
주   소 서울시 도봉구 창5동 262-3번지 3층
전   화 (02) 900-4520 (대표)/ 편집부 (02) 900-4521
팩   스 (02) 900-1541
전자우편 kncbook@hanmail.net

ISBN 978-89-6764-026-2 94810   **정가** 38,000원

이 도서의 국립중앙도서관 출판도서목록(CIP)은 e-CIP홈페이지(http://www.nl.go.kr/ecip)에서 이용하실 수 있습니다.
(CIP제어번호: CIP2013009981)